U0533949

让-保尔·萨特

(1905 – 1980)

Jean-Paul Sartre

萨特文集
Jean-Paul Sartre

沈志明
夏玟
主编

小说卷 Ⅰ

桂裕芳
王庭荣
译

人民文学出版社

著作权合同登记号　图字 01-2013-6771

JEAN-PAUL SARTRE
La nausée© Editions Gallimard, Paris, 1938
Le mur © Editions Gallimard, Paris, 1939
Simplified Chinese translation copyright © People's Literature Publishing House 2018
All rights reserved

图书在版编目（CIP）数据

萨特文集：1—10 卷/（法）让-保尔·萨特著；沈志明等译. —北京：人民文学出版社，2017
ISBN 978-7-02-013288-1

Ⅰ.①萨… Ⅱ.①让…②沈… Ⅲ.①萨特（Sartre, Jean Paul 1905—1980）—文集　Ⅳ.①I565.15

中国版本图书馆 CIP 数据核字（2017）第 209301 号

责任编辑　黄凌霞
装帧设计　刘　远
责任印制　徐　冉

出版发行　人民文学出版社
社　　址　北京市朝内大街 166 号
邮政编码　100705
网　　址　http://www.rw-cn.com

印　　刷　中煤（北京）印务有限公司
经　　销　全国新华书店等

字　　数　3581 千字
开　　本　880 毫米×1230 毫米　1/32
印　　张　159.375　插页 32
印　　数　1—4000
版　　次　2019 年 7 月北京第 1 版
印　　次　2019 年 7 月第 1 次印刷

书　　号　978-7-02-013288-1
定　　价　630.00 元

如有印装质量问题，请与本社图书销售中心调换。电话：010-65233595

总 目 次

总序 …………………………………… 艾 珉 1

第一卷 小说卷〔Ⅰ〕

小说卷导言 ……………………………… 沈志明 1

恶心(*La nausée*,1940) ……………… 桂裕芳 译 1
墙(*Le mur*,1939) ……………………… 王庭荣 译 219
 墙(*Le mur*) ………………………………… 223
 卧室(*La chambre*) ………………………… 247
 厄罗斯忒拉特(*Erostrate*) ………………… 279
 床笫秘事(*Intimité*) ……………………… 297
 一个企业主的童年(*L'enfance d'un chef*) …… 335

第二卷 小说卷〔Ⅱ〕

自由之路(第一部)(*Les chemins de la liberté I*) … 丁世中 译 1
 不惑之年(*L'âge de raison*,1945) …………………… 1

第三卷 小说卷〔Ⅲ〕

自由之路(第二部)(*Les chemins de la liberté II*) … 丁世中 译 1
 缓期执行(*Le sursis*,1945) ……………………………… 1

第四卷　小说卷〔Ⅳ〕

自由之路（第三部）(*Les chemins de la liberté* Ⅲ) …… 沈志明 译　1
　痛心疾首(*La mort dans l'âme*, 1949) ……………………………… 1

第五卷　戏剧卷〔Ⅰ〕

戏剧卷导言 ……………………………………………… 沈志明　1

苍蝇(*Les mouches*, 1943) ……………………………… 袁树仁 译　1
隔离审讯(*Huis-clos*, 1945) ……………………………… 李恒基 译　99
死无葬身之地(*Morts sans sépulture*, 1946) ………… 沈志明 译 153
恭顺的妓女(*La putain respectueuse*, 1946) ………… 罗大冈 译 229
脏手(*Les mains sales*, 1948) ………………………… 林秀清 译 269
魔鬼与上帝(*Le Diable et le bon Dieu*, 1951) ……… 罗嘉美 译 415

第六卷　戏剧卷〔Ⅱ〕

涅克拉索夫(*Nekrassov*, 1956) ………………………… 郭安定 译　1
阿尔托纳的隐居者
(*Les séquestrés d'Altona*, 1960) ……………………… 沈志明 译 197
凯恩(*Kean*, 1953) ……………………………………… 郭安定 译 381

附录

萨特谈"萨特戏剧"
(*Entretiens de Sartre sur le théâtre*) ………………… 沈志明 选译 543

第七卷　作家散论卷

作家散论卷导言 ·················· 沈志明　1

文字生涯（*Les mots*, 1964） ············ 沈志明　译　1
波德莱尔（*Baudelaire*, 1946） ··········· 施康强　译　177
马拉美（*Mallarmé*, 1979） ············ 沈志明　译　313

第八卷　文论卷〔Ⅰ〕

文论卷〔Ⅰ〕导言 ·················· 施康强　1

福克纳的《萨托里斯》（*Sartoris*） ············· 1
关于多斯·帕索斯和《一九一九年》
（*A propos de John Dos Passos*） ············· 8
弗朗索瓦·莫里亚克先生与自由
（*François Mauriac et la liberté*） ············ 18
德尼·德·鲁日蒙的《爱情与西方》
（*Denis de Rougemont：L'amour et L'Occident*） ······ 38
关于《喧哗与骚动》·福克纳小说中的时间
（*A propos de Le bruit et la fureur, la temporalité
　chez Faulkner*） ····················· 46
《局外人》的诠释（*Explication de L'étranger*） ····· 56
被捆绑的人（*L'homme ligoté*） ·············· 76
什么是文学？（*Qu'est-ce que la littérature?*） ····· 94
《一个陌生人的肖像》序（*Portrait d'un inconnu*） ··· 326
《艺术家和他的良心》序（*L'artiste et sa conscience*） ··· 333

3

纪德活着(Gide vivant) ………………………………… 348
阿尔贝·加缪(Albert Camus) ………………………… 352
关于《家中的低能儿》(Sur L'Idiot de la famille) …… 355
七十述怀(Entretiens sur moi-même) ………………… 377
提倡一种处境剧(Pour un théâtre de situations) …… 462
铸造神话(Forger des mythes) ………………………… 465
布莱希特与古典主义戏剧家(Brecht et les classiques) … 475
作者,作品与公众(L'auteur, l'oeuvre et le public) …… 479

第九卷 文论卷〔Ⅱ〕

文论卷〔Ⅱ〕导言 ………………………… 沈志明 1

存在主义是一种人道主义
(L'existentialisme est un humanisme) ………………… 1
反思犹太人问题(Réflexions sur la question juive) …… 32
答复阿尔贝·加缪(Réponse à Albert Camus) ……… 124
威尼斯的幽禁者(Le séquestré de Venise) …………… 151
圣乔治与毒龙(Saint Georges et le Dragon) ………… 210
贾珂梅蒂的绘画(Les peintures de Giacometti) ……… 230
绝对之探求(La recherches de l'absolu) ……………… 244
没有特权的画家(Le peintre sans priviléges) ………… 257
马松(Masson) …………………………………………… 277
萨特评说萨特(Sartre par Sartre) …………………… 294
作家其人其事(Les écrivains en personne) …………… 320
作家及其语言(L'écrivain et sa langue) ……………… 345
人类中心论(又译:人类学)(L'anthropologie) ……… 377

第十卷 书信卷

书信卷导言 ································· 沈志明 1

寄语海狸（*Lettres au Castor*）················· 1
  写在前面 ········ 西蒙娜·德·波伏瓦 作 沈志明 译 3

  一九二六年 ···························· 沈志明 译 5
  一九二七年 ···························· 沈志明 译 28
  一九二八年（夏天） ····················· 沈志明 译 33
  一九二九年 ···························· 沈志明 译 35
  一九三〇年 ···························· 沈志明 译 36
  一九三一年 ···························· 沈志明 译 39
  一九三四年 ···························· 沈志明 译 47
  一九三五年 ···························· 沈志明 译 51
  一九三六年 ···························· 沈志明 译 56
  一九三七年 ···························· 沈志明 译 85
  一九三八年 ···························· 沈志明 译 174
  一九三九年（7月—11月13日） ·········· 袁 莉 译 217
      （11月14日—12月31日） ········ 罗新璋 译 297
  一九四〇年 ···························· 施康强 译 362
  一九四一年 ···························· 施康强 译 627
  一九四三年 ···························· 施康强 译 631
  一九四四年 ···························· 施康强 译 641
  一九四五年 ···························· 施康强 译 645
  一九四六年 ···························· 施康强 译 654

一九四七年 …………………………………… 施康强 译 660
一九四八年 …………………………………… 施康强 译 661
一九五九年 …………………………………… 施康强 译 667
一九六三年 …………………………………… 施康强 译 674

附录
萨特生平、创作年表……………………………… 罗新璋 编译 679

总　序[*]

一九八〇年四月十九日，载着萨特灵柩的柩车向蒙巴那斯公墓徐徐行进，后面随着望不到尽头的巨大人流。柩车到达时，公墓内外早已人山人海，致使柩车长时间难以通过。据悉约有六万（也有一说是十万）群众自发参加了这次葬礼，其中不少人甚至是千里迢迢从外省赶到巴黎来的。此后很长一段时间，萨特的坟头每天都有不知名姓者奉献的鲜花……一个作家，在为自己的一生画上句号时出现如此动人的场景，至少说明他曾与千千万万民众息息相通，他已刻入人们的记忆，并将在历史上占有一席不容忽视的位置。

让-保尔·萨特（Jean-Paul Sartre, 1905—1980）无疑是二十世纪法国思想文化界最引人注目的人物。作为哲学家、思想家，他是战后风靡整个西方世界的存在主义哲学的主要代表；作为文学家，他针对"为艺术而艺术"的倾向提出了"介入文学"理论，并以自己的创作实践介入了当代社会生活中的重大问题；作为社会活动家，他勇敢地站在受奴役、受压迫的人民一边，不倦不息地反对帝国主义、殖民主义、种族歧视及专制暴政。他是战后法国知识界的一面

---

[*] 本文原系一九九六年七卷本《萨特文集》撰写的"总序"，二〇〇五年一月人民文学出版社出版八卷本《萨特文集》时曾作修改。

旗帜,对整整一代甚至数代青年都产生过深刻影响。

萨特于一九〇五年出生在巴黎一个海军军官的家庭。他两岁丧父,童年时代一直随母亲和外祖父母一起生活。外祖父夏尔·施韦泽是位语言教师,家中藏书甚丰,萨特从小生活在书的世界,四岁即能阅读,八岁开始尝试写作,被全家视为神童。一九二四年,萨特考入法国最高学府——高等师范学院,一九二九年获哲学教师学衔会考第一名,成为一名深受学生爱戴的中学哲学教师。一九三三年,萨特作为官费留学生赴柏林进修,受业于德国著名哲学教授胡塞尔①门下,研究克尔凯郭尔②、海德格尔③、雅斯贝斯④等人关于"存在"的学说及胡塞尔的现象学,并在此基础上形成了自己的思想体系。一九三四年,萨特学成归国,仍在中学任教,同时开始了他的写作生涯。一九三六年,他的第一部哲学著作《想象》出版,一九三八至一九三九年又先后出版了长篇小说《恶心》和中短篇小说集《墙》,其思想及艺术的新颖独特,立即为文坛及读书界所瞩目。萨特在战前的这段生活,正如他在传记小说《文字生涯》中所描述的,以"读书""写作"四字便可概括:"我的生活从书本开始,大约也要在书本中结束。"这一点是萨特其人的重要特征。

第二次世界大战打破了萨特的平静,迫使他走出书斋。一九

---

① 胡塞尔(1859—1938),德国哲学家,"现象学"的创始人,他以现象还原的新方法探讨分析深层意识及事物本质,并提倡道德自主权。
② 克尔凯郭尔(1813—1855),丹麦基督教哲学家,以理性哲学,特别是黑格尔哲学的批判闻名,他认为历来哲学只关心客体世界,忽视了作为世界主体的"人",从而主张以"人的存在"作为哲学研究的基础。
③ 海德格尔(1889—1976),德国哲学家,著名的"本体论"者,主张人类有自我选择的自由。
④ 雅斯贝斯(1883—1969),德国哲学家,他将人的主观世界视为现实的核心,并为人的自由呼吁。

三九年他应征入伍,次年六月被俘,在战俘营生活了十个月后获释,仍回中学教书。战争成为他的生活和思想的转折点,用他自己的话说,是"从纯粹的个人转向社会"。他意识到个人对社会所承担的责任,参加了地下抗敌活动,为抵抗运动组织的地下刊物撰稿。一九四三年,他的第一部剧作《苍蝇》首演成功,此剧借古喻今,以暗示手法召唤人们奋起反抗法西斯的统治,在敌占区引起强烈反响。同年,萨特又出版了已酝酿十年之久的哲学专著《存在与虚无》,系统阐述了他的无神论存在主义学说,且强调了在被奴役情况下,完全有权选择反抗的道路。放弃选择,也就是放弃自由。此书显示了反对消极无为、妥协投降思想的挑战态度,被誉为"反附敌思想的宣言书",当时在知识界产生了很大影响。一九四四年,萨特辞去教职,和梅洛-庞蒂、雷蒙·阿隆等人一起创办《现代》杂志,从此专事著书立说,直至去世。

战后十年,是萨特的极盛时期,其声誉之高,连他本人都颇感惊异。青年们纷纷以阅读《现代》杂志为时髦,他的戏剧上演时场场爆满;甚至他经常光顾的咖啡馆也染上了史诗般的传奇色彩。萨特及其学说之所以能形成一股强大的冲击波,首先在于他准确地把握住了战争创伤和战后的冷战局面给人们造成的焦虑彷徨心理,并试图以自己的学说给人们指出一条精神上的出路。特别是对那些既不满意现存秩序又不能认同共产党的知识分子,萨特的学说由于标志着一种忠于个人信念的独立不羁精神而具有格外强烈的吸引力。另一方面,萨特既是哲学家,又是文学家,他出色地运用了小说、戏剧等文学形式,使存在主义这种抽象晦涩的哲学变得通俗易懂了。对大多数人来说,哲学是哲学家们的事情,只有生活才值得自己关心。萨特把存在主义解释为"生活与行动的哲学","一种怎样使人们的生活过得去的哲学",他在小说、戏剧中展示人们共同的生活处境,揭露现实的荒谬,将人们面临的选择提到哲理高度来启发人们深思,这样他的文学作品便与同时代人建立了密切的精神联系,他的哲学也就跳出了玄奥之塔而贴近了人们的生活,变得深入浅出、平易近人了。

事实上萨特的学说的确不属于传统意义上的哲学,而是有关思想、生活和行动的一种哲理。萨特自己也曾说,存在主义不是真正的哲学,而只是一种"思想体系"。这一思想体系源于克尔凯郭尔、海德格尔、雅斯贝斯关于"存在"的学说和胡塞尔的现象学。就其产生的土壤而言,原是社会矛盾深化、乐观主义丧失的产物:无情的生存竞争、尖锐的阶级冲突、经济危机、通货膨胀、失业、破产、贫困、人与人之间的冷漠,特别是战争的残酷、死亡的恐怖……将人们抛入焦虑不安的困惑之中,人们感到自己置身于一个荒诞、异己、动荡不宁和令人绝望的世界,个人孤立无援,人丧失了人的价值,变成了物的奴隶;资产阶级上升时期的思想家们所称颂的高大、尊严的"人",如今却渺小、软弱,完全不能左右自己的命运……正是在这种背景下,存在主义哲学家们提出要从新的角度研究人、关注人,重新探索人的价值和人生的意义。

和前辈存在主义哲学家一样,"存在先于本质"和"自我选择"论是萨特学说的基本命题。即人首先存在,然后按自己的意志造就自身;生活本是一片虚无,全靠自己赋予生活以意义。萨特认为存在先于本质是人区别于物的最大特点。对于物来说,是本质先于存在,物在被制造出来以前,其性能功用早已设计好了;人却只能通过自我选择来创造自己的本质,确立自己的价值:"人生不是别的,乃是自我设计和自我实现的过程。"

萨特当然不会停留于重复或阐释前辈哲学家的论点。如果他的学说毫无新意可言,我们就无法解释为何萨特的影响能大大超过他的前辈,而被西方尊为"本世纪最伟大的哲人"和"半个世纪的精神导师"。

萨特超越前人的地方,首先是完全剔除了存在主义自我选择论中的宗教神秘色彩,把人类自身的意志提到前所未有的高度。克尔凯郭尔曾将人类可选择的生活分为三类:美学阶段、道德阶段和宗教阶段。在人生最高境界的宗教阶段,人的精神世界才与上帝的意志达到和谐统一。萨特不承认上帝,他说"上帝死了"。意思是人不需要任何神示来指导自己的行动,每个人应自己进行选择,且以行动来体现自己的选择。于是自由选择、重在行动便成为萨特的无神论存在主义的最大特色。萨特拒绝上帝,同时也拒绝一切社会定见和习俗,他蔑视社会的评判,不承认既定的伦理道德和是非标准,主张按自己的独立判断采取行动,自己对自己负责。总之,萨特认为人必须从一切禁锢中解放出来,冲破神灵或社会强加于自己的观念,敢于自己做出判断,自己承担一切,哪怕遭到失败、牺牲,毕竟作为一个自由的人生活过、行动过。

萨特强调存在主义是一种"关于自由的学说",自由是这一学说的核心,但他所谓的自由,并不是随心所欲、为所欲为的自由,而是思想的自由,选择的自由。这里,自由是一个哲学概念,它所体现的是人格的尊严和独立的思考。这一概念中包含了两个重要的思想因素:一是对现存秩序和传统观念的否定;二是在意识到人的异化和贬值的情况下,力图恢复人的尊严与价值的努力。萨特认为,无论人的处境多么恶劣,意识总是自由的,思想总是由自己支配的,人毕竟可以按自己的意志选择行为走向。你被敌人俘虏,失去人身自由,但你是成为宁死不屈的英雄,还是卑怯可耻的叛徒,全凭自己决断。一个残疾人,受到生理的局限,他可以怨天尤人,也可以发掘自己的潜能,找到自救的途径,全看自己作何选择。

由此可见萨特的存在主义实质上是一种试图超越环境的限制,努力寻求个人价值的学说。在人们对外部世界普遍感到悲观和无能为力的情况下,这种学说无疑因提倡了某种较积极的人生追求而在人们心中燃起了新的希望。所以,安德烈·莫洛亚①将萨特的存在主义称作一种"随时给人以希望和向往"的哲学。萨特学说之所以在广大民众,特别是青年中产生巨大影响,原因大约在此。

　　萨特还有一个超越前辈之处,即在个人与社会的关系问题上有了较大的突破。以往的存在主义学说,都将人的主观世界视为唯一的实在,而将外部世界视为虚无。萨特在战前的学术思想,同样只着眼于孤立的个人,看不到个人与他生活于其间的社会有什么联系。战争使他意识到不存在什么纯粹的个人,每个人都是一个社会存在,个人无法与社会割裂。萨特曾经认为,人的自由是绝对的、无条件的,在任何情况、任何时间、任何地点,都有选择的自由。后来这一观点有所修正,他承认了社会存在对人的制约,并修改了自由的概念:"自由是一种小小的行动,它把完全受社会制约的生物变成部分摆脱所受制约的人,譬如热内②生存的条件不折不扣使他成为小偷,他却同时使自己成为诗人。"(《处境种种》第9集)也就是说,萨特开始在承认社会制约作用的前提下强调人的主观能动作用,这就比将主观意志绝对化有所前进了。

　　萨特不能不正视,战争一旦发生,任何人都无法回避。战争从根本上改变了每个人的生活;而每个人对战争的态度、每个人自我选择的总和又决定着战争与和平的进程。"每个人的处境和集体

---

① 安德烈·莫洛亚(1885—1967),法国作家,尤以其传记文学闻名于世。
② 让·热内(1910—1986),法国作家,原系一惯窃,曾多次入狱,在狱中写出为其罪行辩护的作品,极富才华。萨特惜其才,将他保释出狱。

的处境是分不开的,只有在改变集体处境的同时才能改变个人的处境。"(《七十述怀》)因而每个人都对社会、对人类承担着一份责任,人人都应对社会上的重大问题作认真的思考与抉择,"不仅要考虑对自己负责,同时也要对人类负责。"(《存在主义是一种人道主义》)这一思想,显然使萨特的存在主义比他的前辈具有了更多的理性色彩和积极意义。萨特宣称:"战争使我懂得了必须干预生活。"于是他参与了所有重大的社会政治斗争,并创立了"介入文学"的理论。

一九四七年二月,《现代》杂志开始连载萨特的文学理论著作《什么是文学?》。作者探讨文学的属性时,着重论证了"写作便是揭露,揭露带来变革,因而写作就是介入①。"萨特声明他不要求绘画、雕刻、音乐直接介入,但以语言文字为表达工具的文学却必定要介入。因为说话是一种行动,行动必然使作家介入。

谈及"为什么写作?"时,萨特认为艺术创作的深层动机,是作者需要向世界证实自己的重要性,而这一过程必须由作者和读者双方共同完成。"只有为了别人,才有艺术;只有通过别人,才有艺术。"因而"任何文学作品都是一种召唤",即向读者的自由发出召唤。作家作为自由人诉诸另一些自由人,作者和读者的自由互相寻找、彼此影响。自由是创作的中心题材,但萨特认为,实际上作家在自己身上和他的读者身上遇到的都是"陷在泥淖中的、有待打扫干净的"自由,每本书都使人们从个别的异化中得到具体的解放。

谈及"为谁写作?"时,作者回顾了作家与读者关系的演变史,

---

① 萨特所说的介入,即介入现实生活中的矛盾斗争。

说明在不同的历史时期,作家有不同的处境和不同的自由度。萨特提出,当一种文学对自主性没有明确的意识,而听命于某种意识形态时,这种文学便是异化的文学;当一种文学对自身本质没有完整的认识,仅以形式上的自主为原则,而忽视作品主题的重要性时,这种文学便是抽象的文学。

萨特将二十世纪的作家分为三代:第一代在一九一四年已经成名,他们大都依附资产阶级;第二代活跃在两次世界大战之间,他们深受战争刺激,对现实持否定态度,但他们只顾破坏,不思建设。萨特将自己归入从二战前夕开始写作的第三代作家,这批作家不像第一代那样依附资产阶级,也不像第二代那样只顾破坏。他们面对战后百业凋敝、一片废墟的现实,其自由意识中,既有否定性的一面,也有建设性的一面:否定性表现在对劳动的异化提出抗议;建设性表现为创造性的超越,即人们为超越自身的异化、追求更好的处境而作的努力。萨特认为当今文学的批判职能主要是代表被压迫的工人阶级抗议资产阶级的压迫,但又感到法国被压迫阶级已为追随苏联政策的法共所控制,而苏联在"革命出了故障"的现阶段,保卫的已不是革命利益,而是它自身的国家利益。萨特认为文学艺术的本质既不能容忍资产阶级的功利主义,也不能与共产党的功利主义相调和。所以作家无法在资产阶级和共产党之间做出选择,只能既反对资产阶级也批评共产党。萨特的上述立场,与其说是政治上的中间路线,毋宁说是他的存在主义自由观的表现,他拒绝接受任何意识形态的约束和控制,要求自由地做出判断,自由地介入现实。

萨特的文学创作既是他介入生活的重要手段,也是他的哲学思想形象化的体现。但这并不意味着萨特把文学放在从属地位。相反,文学才是他一生中的主要追求。较之哲学家的声誉,他更重视自己文学家的声誉:"哲学是第二位的,文学则是第一位,我要通过文学实现不朽。①"在萨特看来,哲学本身没有绝对价值,时代的变化会导致哲学思想的相应变化,哲学探究的是永恒,而其论点总要不断为后人所超越;文学则不然,文学记录当今世界,而优秀的作品却可以超越时间空间,永远为人们所喜爱。不过萨特视哲学为文学的灵魂和尺度,因而"一个作家必须首先是个哲学家,哲学是对作家的基本要求"②。萨特的文学创作在战前已初露锋芒。一九三八年发表的长篇小说《恶心》第一次以文学形式提出了存在主义哲学的一个基本命题:没有本质的存在等于虚无。主人公罗冈丹意识到自己生活得浑浑噩噩,全然是个没有理由的、偶然的存在,便为一种虚妄、荒诞的感觉所缠绕,对一切都感到恶心和厌倦。整部小说就是刻画罗冈丹的这种心理体验,亦即揭示尚未获得本质的存在的自在状态。这实际上是生活中的普遍状态,只是多数人尚未明确地意识到罢了。小说抓住了这一普遍存在却又往往被人忽视的现象,上升到哲理高度引发人们思考,这是小说给人深刻印象并获得成功的主要原因。可以说,《恶心》阐明了萨特存在主义学说的出发点,罗冈丹的恶心感标志着醒悟的开端。

中短篇小说集《墙》(1939)所收的五篇作品,则提出了存在主义哲学的另一个基本命题:人是自由的,人的命运取决于自己的选择。五个故事分别将人物置于五种荒谬的、甚至是极限的处境,让他们在困境中自由选择,自由行动。共和党人帕勃洛等人被长枪党徒判处死刑,每个人都不由自主地因处于死亡的临界状态而备受折磨,怯懦但却无辜的小儒昂被枪杀,超越了恐惧的帕勃洛为愚

---

①② 见萨特和西蒙娜·德·波伏瓦《关于文学与哲学的对话》(1974 年 8—9 月)。

弄敌人说的一句假话,却暴露了战友的藏身之地,并意外地因此获释(《墙》)。夏娃放弃正常人的生活,和精神失常的丈夫厮守在一起,她宁愿在最后的时刻亲手杀死丈夫,也不愿接受医生和父母的建议,把他送进精神病院(《卧室》)。希尔贝想要模仿古希腊无赖厄罗斯忒拉特,以惊世骇俗之举使自己千古留名,他打算在大街上开枪打死几个行人,然后自杀,但在关键时刻失去了勇气(《厄罗斯忒拉特》)。吕吕因丈夫性无能而不能过正常的夫妻生活,女友劝她离家出走,但她犹豫再三,最终还是回到了丈夫身边(《床笫秘事》)。工厂主的独生子吕西安试图寻找却一直找不到自我,因而对一切感到兴味索然。他曾想自杀,又尝试过同性恋,后来为一个极右的民族主义集团所吸引,成为一名狂热的反犹分子。就在他以偏执的态度将自己的意志强加于人时,他以为找到了"自我"和充当"首领"的感觉(《一个企业主的童年》)。作者一方面揭露这种种存在的荒谬性,同时让读者领会到,这完全是主人公自我选择的后果。他们也可以有其他的选择,不同的选择可能给他(或她)带来完全不同的生活和命运,因此人的命运其实掌握在他自己手中。人生充满各种可能,没有神灵事先做出安排,也没有人能代替他做出决定,他的命运是他自己选择的。显然,当时萨特认为一切取决于个人的意志,自由是绝对的。

二战结束以后发表的长篇小说《自由之路》三部曲(1945—1949),如标题所示,是对自由之路的思考与探索。萨特在这组小说中融入了自己在战争中获得的新感受。他第一次将个人的处境与群体的处境联系在一起,第一次将自由置于一定的社会制约之下,他试图指出,作为一个社会人,在做出选择时不仅要对自己负责,也要考虑到对社会负责,因为个人的命运和社会的命运是无法分割的。小说的中心人物马蒂厄是个独立不羁、崇尚自由的知识分子,而事实上他并不比他周围的人更自由。为了寻求自由他走过了一段漫长的路……

小说的第一部《不惑之年》以一九三八年西班牙内战正酣时期为背景,刻画了法国人普遍的冷漠态度。马蒂厄并非不同情西班牙人民的解放战争,但下不了决心去介入,何况他身不由己,陷入矛盾重重的生活泥淖中不能自拔……尽管已届不惑之年,他仍然处在困惑之中,从无果断的选择或行动,也一直不承担自己行为的后果。

第二部《缓期执行》以慕尼黑会议为背景,描写战争阴云笼罩下法国各地区、各阶层人民的思想动态,以及被迫卷入备战行动的情景。小说采用蒙太奇手法,以令人目不暇接的速度不断转换场景,达拉第、张伯伦等真实的历史人物和小说中众多的虚构人物交替出现……不管人们是否愿意,面对一触即发的战争,谁也无法置身事外,马蒂厄也被动员入伍。捷克已经岌岌可危,绝大多数法国人却存着侥幸心理,祈望战火不要烧到法国来。英、法政府决定向希特勒妥协,慕尼黑协定签订了,人们松了一口气,然而实际上战争仅仅是延缓而已。

第三部《痛心疾首》描写战争发生和法国惨败后人们的心理状态。马蒂厄和他的伙伴们参战以来,未及放一枪,法军已全线崩溃。他们所在部队的军官全部逃之夭夭,士兵们愤懑却无能为力,只好借酒浇愁。马蒂厄冷静地直面现实,法国的惨败引起他的反思,他意识到自己对战败并不是完全无辜的。迄今为止他一直生活在个人的小天地里,从未想到应对社会承担一份责任,他既不参加选举,也不过问世界大事,他意识到正是自己和所有法国人的精神状态决定了今日法国的面貌。德国人已进入村庄,马蒂厄在工人皮内特的带动下,参加了钟楼阻击战。从来不曾参与战斗的马蒂厄也开枪射击了,而且命中了敌人,他兴奋地体验到做出选择并付诸行动的快感。最后钟楼上只剩下马蒂厄一人,他高声嚷道:"总不能说我们坚持不了十五分钟吧!"他走近栏杆,站着射击,每发子弹都成为对优柔寡断、无所作为的过去的清算与报复。他坚持了十五分钟,最后一枪正好射中了向教堂奔来的德国军官。马蒂厄终于证实了自己的意志、价值和力量,他获得了自由。马蒂厄消失了,他的朋友,共产党人布吕内在战俘营中坚持斗争……

小说本来还有第四部(《最后的机会》),但只起草了一些片断。作者本想通过布吕内对战后生活的积极介入谱写自由的凯歌,然而战后复杂的社会矛盾和政治斗争常令萨特无法做出选择,他曾寄予厚望的共产党也令他大感失望,自由陷入困境,漫长的自由之路望不到尽头,于是《自由之路》只能成为一阕"未完成的交响曲"。

萨特的小说没有跌宕起伏的情节,也不曾着意塑造典型形象,作者的匠心主要用于刻画人物的处境、内心的冲突和艰难的抉择,所以他的小说一般被称为"处境小说"。由于他抓住了人们当时共同面临的困境,颇能引起同代人的共鸣。如果说萨特所刻画的人物似乎缺乏魅力,那是因为他原本无意于表现美或崇高。相反,他的主旨是揭露人性的弱点,表现他们浑浑噩噩的自在状态,他们那种意志薄弱的循规蹈矩或盲目而无效的挑战行为、报复行为,乃至自惩行为……萨特认为通过揭露引起人们的愧疚,便是召唤人们为改变现状做出努力。这就是他所谓的"揭露带来变革"。

与小说相比,萨特在戏剧方面取得了更大的成功。正是通过戏剧,萨特的影响迅速地遍及全欧。就艺术手法而言,萨特戏剧对法国传统戏剧并无大的突破,但其重要特色同样是突出了对处境的刻画。萨特认为,"戏剧能够表现的最动人的东西是一个正在形成的性格,是选择和自由地做出决定的瞬间,这个决定使决定者承担道德责任,影响他的终身。"(《提倡一种处境剧》)所以,和小说一样,萨特的戏剧也被称作"处境剧"。

萨特一生创作了八部戏剧,不言而喻,"自由"是这些剧的共同主题。一九四四年五月首演的独幕剧《隔离审讯》(又译《禁锢》《秘审》《没有出口》)是萨特最重要的剧作之一,这是一部内涵丰富的哲理剧,生动地阐明了作者关于"自由"的思想。故事发生在地狱里,但这不是传说中充满鬼蜮和酷刑的地狱,而是一个普通的房间。房间里的三个人都是死者,正在接受他人评判的折磨。原来地狱不是别的,正是他人投向自己的清醒目光。萨特既不相信来世也不相信地狱,但他相信人活着就是为自己写历史,死后只能任人评说。这就是所谓"他人即地狱"。这一论点具有双重含义:一是任何人无法逃脱他人的审判,因而务必以对己负责的态度作认真的选择;二是不能因惧怕他人的审判而放弃自由,违心地按世俗偏见决定自己的行动。此剧的标题包含被禁锢和没有出口之意,实际上出口是有的,房门没有上锁,只是三个死者出于种种顾虑不敢迈出房门一步。这一细节画龙点睛地图解了萨特的自由观,说明自由是存在的,选择是可能的,地狱并非不能砸碎,人们放弃选择只是由于他们还没意识到自己是自由的。

萨特的第一部剧作《苍蝇》(1943)是他为自由提供的第一个范例。主人公俄瑞斯忒斯回到阿尔戈斯,发现故国落入仇敌之手。朱庇特要他放弃复仇,远走他乡。俄瑞斯忒斯回答:"朱庇特是天上的神,不是人间之神,人间的事应由人来主宰。"他毅然采取行动,杀死谋害父亲的凶手和充当同谋的母亲,解放了阿尔戈斯的人民,然后独自承担罪责,在苍蝇(复仇女神的象征)的追逐下离开阿尔戈斯。此剧在巴黎沦陷时期演出,其暗示是一望而知的,因而获得极大成功。

《恭顺的妓女》(1946)与前剧相反,描写了人是如何放弃自由,从而丧失人的本质的。丽瑟是个白人妓女,她并不喜欢黑人,但也不想做任何不公正的事。她本已答应为被诬杀人的黑人做证,可是在社会偏见、种族歧视的压力下,终于屈服于白人统治者的威胁利诱,为维护达官贵人的利益做了假证。她放弃了良知的选择,不仅丧失了意志自由,甚至也失去了人身自由。

《死无葬身之地》(1946)把人物置于极限的处境,面对生死的考验。被俘的抵抗战士失去人身自由,受着严刑拷打,但他们仍是自己的主人,他们和刽子手之间展开了一场意志的决斗。事实上,英雄也好,懦夫也好,最终都难逃一死,关键是选择什么方式去死,是作为英雄尊严地死去,还是作为懦夫卑贱地死去。此剧对同一处境中的不同心态作了精细的描绘,在萨特笔下,被掩护者远比受拷打者痛苦,性格软弱者远比意志坚强者受折磨。

《脏手》(1948)的剧情,同样围绕主人公面临的两难困境展开,并涉及革命队伍中自由与纪律、理想与行为、目的与手段等关系问题。尽管萨特不否认为了达到善的目的不排斥某些恶的手段,但革命者能否以革命的名义行不义之事,是否应遵照领导指令去做自己认为完全错误的事情,仍是令他困惑的问题。此剧以某革命党(指共产党)党内斗争为背景,党的领导人贺德雷因受到党内教条主义者的反对而遭暗杀,资产阶级家庭出身的青年知识分子雨果充当了这次谋杀的工具。雨果在执行任务的过程中已经意识到贺德雷的主张是有道理的,为此深深陷于矛盾之中……三年后,雨果出狱,得知被害的贺德雷才是正确路线代表,自己的行为毫无价值,于是在绝望中开枪自杀。萨特从不承认《脏手》是一出政治剧,更不承认对共产党怀有恶意,但此剧毕竟批评了共产党的教条主义和党内斗争的残酷,且影射了苏共对法共的控制,因而大大触怒了法共和苏联当局,引起一场轩然大波,萨特一时被视为反共分子。

《魔鬼与上帝》(1951)被萨特解释为《脏手》的续篇,试图继续探讨善与恶的辩证关系。剧情被安排在四百年前农民起义的背景上。主人公格茨是贵族和农民的私生子,受到两方面的唾弃,于是立志报复。他先是酷爱暴力,杀人作恶,以对抗上帝,结果丝毫不能动摇旧世界的根基,反而受到王侯们的利用;后来他摒弃暴力,广行善事以讨好上帝,结果毁掉了自己的人格,百姓们也生灵涂炭。他觉悟到行善的恶果更甚于作恶,"上帝毁人不亚于魔鬼",于是他转变观念,开始皈依人,投身于农民的起义斗争。他摆脱了上帝,摆脱了抽象的善与恶,过渡到具体的介入,即从斗争的实际需要出发,求善,而不排斥必要的恶。

萨特宣称《魔鬼与上帝》是他最重要的剧作,认为在解决知识分子与行动这一矛盾上,"我使自己笔下的格茨做了我所做不到的事"。这部剧可以理解为萨特试图靠拢工人运动的一种表示。之所以出现这种转变,显然与他研读马克思主义著作有关。一九四九至一九五〇年,萨特在介入现实的过程中一再面临困境,他所参加的知识分子中立组织"革命民主联盟"也因意见分歧而解体。正在此时他开始系统研读马克思的著作,且深受吸引。他将马克思主义列为十七世纪以来哲学发展的第三阶段[1],认为马克思主义是上升中的阶级——工人阶级——的自我意识,是当代"唯一

---

[1] 按萨特的意见,笛卡儿和洛克是第一阶段;康德和黑格尔是第二阶段;马克思是第三阶段。

有生命力"的和"不可超越"的哲学。他承认历史唯物主义提供了对历史的唯一合理解释,肯定了马克思主义的阶级斗争学说和剩余价值学说。唯一有保留的是,马克思强调客观规律,而萨特强调人的主观意志,萨特相信主宰历史的是人而不是规律。不过萨特认为马克思主义和存在主义并无矛盾。正是在马克思的感召下,萨特产生了靠拢工人运动的意向,从而成为创作《魔鬼与上帝》的契机。而且此后数年,萨特的确在反对冷战的斗争中与共产党结为同盟。

一九五二至一九五六年间,萨特与共产党关系相当友善,曾应邀访问苏联和中国,发表热情洋溢的观感,并被选为法苏友协副主席。一九五五年首演的《涅克拉索夫》,以讽刺闹剧的形式猛烈抨击了西方新闻媒体的反苏反共宣传。由于这部剧,萨特被指控为"暗藏的共产党人"。其实萨特与共产党人之间始终不曾消除意识形态上的分歧。这些分歧集中反映在他的哲学论著《辩证理性批判》(1957—1960)里。萨特声称这是一部马克思主义的著作,但却是批判共产党的。在他心目中,马克思主义和现代马克思主义(指共产党的理论家)是完全不同的两个概念。他把现代马克思主义称作"懒汉式的马克思主义",认为其主张已与真正的马克思主义相去甚远。他批评共产党将思想与事实扼杀在党的路线之下,动辄按路线划分革命与反革命。他认为马克思主义本是一种"真正的人道主义",本当包含存在主义,可是当今共产党的教条主义和官僚主义却使马克思主义出现了"人学的空场",因而有必要将存在主义融入马克思主义,使马克思主义重新完善起来,重新"发现人""探索人"……

意识形态的分歧决定了萨特与共产党的合作只能是暂时的。一九五六年十月,发生了匈牙利事件,萨特指责苏联出兵,为此与法共分道扬镳,并辞去了法苏友协的职务。与此同时,萨特也严厉谴责法国的殖民主义政策,支持阿尔及利亚的民族解放运动。《阿尔托纳的隐居者》(1959)便是针对阿尔及利亚战争创作的。

在以战后德国为背景的五幕剧《阿尔托纳的隐居者》中,作者试图通过一个不愿正视战争罪责的法西斯走卒在精神上所受的折磨,重温德国发动侵略战争的历史教训,借以启发法国人民认真思考自己在阿尔及利亚战争中应承担的责任。萨特想要说明,在一个正向暴力社会演变的历史阶段,谁都逃脱不了犯罪的可能。格拉赫父子本不是纳粹分子,而且内心对法西斯主义不以为然,但侵略战争能给格拉赫家族的企业带来巨大利润,于是老格拉赫接受了纳粹的订货,且向纳粹出售建立集中营的土地,实际上成为纳粹的支持者。儿子弗朗茨因救援一个犹太人受到追究,被遣送到前线作战,尽管杀人违背他的初衷,终于身不由己地成为一名法西斯走卒、屠杀苏军俘虏的刽子手。他出于民族主义情绪,以为战争一旦发生,便非打赢不可,否则将是德国的毁灭。德国战败后,弗朗茨十余年闭门不出,在负罪感和逃避罪责的矛盾心理折磨下濒于疯狂。他宁愿已成废墟,以便为自己的罪行辩护,也不愿看到德国的复兴而面对良心法庭的审判。最后,已患绝症的父亲决心和儿子一起自裁,以"车祸"形式结束自己的生命。此剧以振聋发聩的力量向法国公众敲起了警钟,召唤人们对阿尔及利亚问题做出认真选择,切勿向侵略者妥协而沦为共犯。此剧公演后在社会各阶层中引起强烈震动,自然也招致极右分子的敌视,他的寓所两次被极右组织投放炸弹,损失惨重,他本人也险遭暗害,但他仍为阿尔及利亚民族解放运动积极奔走,直至一九六二年阿尔及利亚独立。

除上述八部戏剧,萨特还改编过若干前人的剧作,如大仲马的《凯恩》、欧里庇德斯的《特洛亚妇女》等。一九五三年首演的《凯恩》,虽非萨特的原创,但他将剧中主人公塑造成一个精彩鲜活的萨特式人物,使之面对选择的激烈挑战,戏剧效果绝佳,演出场场爆满,是一部改编得极成功的剧本,实际上包含了许多别出心裁的创造。因而本书编者将改编后的《凯恩》也作为萨特的剧作收入《文集》,以飨读者。

除哲学、小说、戏剧外,萨特还有多种关于作家的散论或专著,如《波德莱尔》(1947)、《马拉美》(1952)、《圣热内,演员和殉道者》[1](1952)和《家中的低能儿——福楼拜》[2](1971—1972)等。

这里最值得一提的是萨特的自传体散记《文字生涯》。尽管采用了自传体,却不是真正的传记,而是一部以叙述作家本人童年生活为主的小书。萨特以自嘲的口吻,诙谐俏皮、妙趣横生地向读者讲述他自我发现、自我扩张和自我认识的过程,解释了他的存在主义思想的胚芽和整个学说的出发点。实质是作者的自我剖析和自我批判。他的家庭环境使他很早就破除了对上帝的迷信,很早就开始寻求自己的价值,追求不朽。他喜欢扮演孤胆英雄,救世人于水火之中。他深信文学能救世,于是"引天下为己任",立志以他的作品"保护人类不跌入万丈深渊"。然而使命固然崇高,自己却不堪重负,原来"一项伟大的事业落在了一个不能胜任的人肩上"。他回顾往事,发现过去的幻想是"十足的疯狂",实际上他对"大众的需求一无所知,对大众的希望一窍不通,对大众的欢乐漠不关心",他"自封为大众的救星,私下却是为自己得救"。萨特承

---

[1] 这原是为热内作品写的一篇序,写作过程中竟膨胀成长达690页的一部书,萨特声称这是把他所理解的自由解释得最清楚的一本书。
[2] 萨特晚年致力于福楼拜研究,为此花了十年心血,但全书并未写完,仅出版了前三卷。

认自己骨子里是理想主义的哲学家,脱离实际,把概念当现实,把文字当作事物的精髓。对他而言,"写作即存在?存在只是为了写作"。他说:"由此产生了我的唯心主义,后来我花了三十年工夫才摆脱。"最后他发现"文化救不了世,救不了人,也维护不了正义"。但写作已成为他的习惯、他的职业,他还得继续写下去,文化是人类的财产,毕竟还有些用处。

纵观全书,既非真正的传记,又未对作家做全面的评介,称作评传实不确切,倒不如归之为"作家散论"更好理解一些。

这部书自一九五三年着手写作,一九五四年已经完稿,但断断续续修改了十年,直到一九六四年才发表。这部作品出版后,法国及整个西方文坛反映强烈,很快译成各种文字。无论他的朋友或敌人都为这部作品优美的文体和独特的风格所倾倒,一致认为确系匠心独运、新颖脱俗的大手笔,足以代表萨特的最高艺术成就。正是这部作品出版以后,萨特被授予一九六四年度诺贝尔文学奖,尽管萨特声明"谢绝一切来自官方的荣誉"拒绝了领奖。

《波德莱尔》(1946)与其说是文学评论,毋宁说是从自己的哲学理论出发。对波德莱尔这个"存在"进行解剖分析。作者从详尽描述波德莱尔作为自然物的自在状态入手,刻意描写他重新塑造自己的自为过程。为了摆脱充满"恶"的自在状态,他不得不给自己"套上笼头","严格控制、时刻强迫自己"。由于明知一切优越目标或所追求的理想境界均不可能轻易实现,唯一途径只能是自身不间断的努力。道路是自己选择的,所谓"自由"无非是选择的"自由"。他的一生不取决于任何"命运",只取决于他自己的选择。他活得很不轻松,似乎永远面临深渊,永远不得不重新塑造自己。他的困扰、劳碌、所遇到的种种矛盾和挫折,完全是他在行使自由的过程中,试图超越自身,真正达到自在存在和自为存在的彻底融合。

　　作为象征派诗人,马拉美的诗歌真正的主题其实是"非存在"。在他看来,所有现实的"存在"都是虚幻的,一切都是某种幻象。他不信作家能成为"上帝的代言人",因为上帝早就不存在了。如果说我们心中还有个上帝,那是把他作为一个永恒的存在、最高的存在、最完美的存在,或曰"理想的存在"。马拉美眼中的现实永远是丑恶的,难以正视。要活下去只能"躲进艺术"。他知道现实是实实在在的存在,无可否认,但他坚持只能经过虚无的通道才能接触现实的道路。对他来说,"实有"即"实无",两者根本无法区分。马拉美的存在不过是为了否定自己的存在罢了。

　　萨特是位多产作家,除各类专著外,还在报刊上发表了大量政论、杂文和文学评论,后结集出版,编为《处境种种》,共十集。萨特三岁失去右眼,靠一只左眼完成了五十卷巨著,到一九七三年以后,双目濒于失明,仍以口述或对话方式勤奋工作。一九七五年发表的《七十述怀》,便是以接受采访的形式完成的。

　　萨特忠于自己的介入原则,直到晚年,参加社会活动依然热情不减,为了抗议美国入侵越南,他拒绝去美国康奈尔大学讲学,并接受罗素邀请,参加"战犯审判法庭",调查美国侵越罪行,谴责美国总统等战争罪犯。同样,他也谴责苏联对待持不同政见者的迫害和对捷克、阿富汗的入侵。一九六八年巴黎学生发动"五月风暴",萨特站在学生一边,不断地发表演说、签署宣言、出庭做证、参加游行,乃至上街叫卖宣传"毛派"思想的《人民事业报》。很难说萨特真的相信学生们的行动能有什么成果,但他支持一切挑战现存制度的行为。他宣称自己是"资产阶级的叛逆,而且坚持背叛"。他始终相信自己是"社会主义者",相信"社会主义必将取代资本主义"。不过社会主义对他而言只是一个模糊抽象的概念，一个高于现代资本主义的未来社会的代名词，而不是当时以苏联为代表的社会主义制度。

总之，萨特一生叱咤风云，轰轰烈烈，虽然时而不免有惊世骇俗之嫌，但的确以实际行动坚持了自己的信念。他不畏强暴，不怕孤立，从不屈服于来自任何一方的压力，始终凭良知做出自己的判断和选择。人们不见得在每一个具体问题上都同意他的见解，但他的勇气和人格却赢得了公众的敬重，以至有人赞他为"世纪的良心"。一个作家不论有过多少失误和缺点，能够在民众中赢得如此广泛的尊敬和由衷的悼念，就值得引起重视和探究，他的这份遗产就值得我们认真对待。因而我们将萨特创作的全部小说、戏剧及重要文论结集翻译出版，让读者对作为文学家的萨特有个较全面的了解。为了使萨特其人给读者留下更清晰的印象，我们还在末卷卷尾编入了《萨特生平、创作年表》。萨特的作家散论《圣热内，演员和殉道者》和《家中的低能儿——福楼拜》，由于篇幅巨大，翻译出版尚有困难，故暂不收入本《文集》，望读者鉴谅。

本《文集》的译文，约一半属新译，一半属重新校订。尽管作了很大努力，但水平所限，差错在所难免，我们衷心希望得到读者和专家们的批评指正。

艾　珉
一九九六年十月初稿
二〇〇五年一月修改
二〇一六年再次补充修订

目　次

小说卷导言 …………………………………… 沈志明　1

恶心 ……………………………………… 桂裕芳　译　1
    出版者声明 ………………………………………… 5
    没有日期的一页 …………………………………… 7
    日记 ………………………………………………… 10

墙 ………………………………………… 王庭荣　译 219
    墙 ………………………………………………… 223
    卧室 ……………………………………………… 247
    厄罗斯忒拉特 …………………………………… 279
    床笫秘事 ………………………………………… 297
    一个企业主的童年 ……………………………… 335

小说卷导言

众所周知,让-保尔·萨特既是杰出的文学家又是著名的哲学家,从其文字生涯发端就双管齐下,使文学与哲学相辅相成。一九三八年十二月萨特作为作家和哲学家第一次接受记者的正式采访,题为《让-保尔·萨特,哲学小说家》一文中有一段萨特原话:"我想望只以美的形式来表达思想,即运用艺术作品:长篇小说或中短篇小说。但我发觉这不可能。有些东西技术性太强,要求纯哲学语汇。所以我不得不两面出击,几乎一篇小说配一篇论文。"[①]

尽管萨特许多年后声称文学与哲学具有不同的功能,哲学论文不提供文学创作的线索,但他不能否认上述用艺术作品来表达哲学思想的事实。从三十年代初露锋芒到五六十年代成为西方思想和文化界巨匠,萨特文学创作和哲学专论、文艺评论乃至伦理及政治论著,始终犬牙交错,并行不悖。他一开始就专心致志把叙述技巧与伦理学及形而上学相结合,始终坚持在文学创作之前先确定哲学基质,比如为《自由之路》先确定"人注定是自由的""不幸就不幸在我们是自由的"等命题,并使两者既分工又不分家,其概念表达主要由哲学著作来完成,而小说、剧本则限于图解哲学依

[①] 《萨特著作索引》第 65 页,加利马出版社。

据。他的小说并非由果溯因地图解其哲学观点,相反,从具体着眼,由表及里,在一定的时间和空间,让人感受和体验其自由哲学。《存在与虚无》所阐述的自由哲学,先前已在《恶心》中得到部分体现,但没有生硬地移植到罗冈丹的思想感情和行为方式中去,而是听任人物在叙事过程中经受考验,使自由哲学得以具体落实。

况且,萨特很早就给自己立下一条规矩:文学创作不要过分具体,要富有哲理;哲学则应避免过分抽象,切忌从概念到概念,应从分析具体事例入手。他是这么想也是这么做的,以致阅读小说《恶心》,常有小说化的哲学之感,而通读《存在与虚无》则不时感到好似哲理小说。如果说普鲁斯特[1]未能实现把哲学诗化的理想,那么萨特倒初步把哲学小说化了。总之,无论哪种文体,都明显见出作者本人真诚的投影和萨特思想的轨迹,只是表达方式不同罢了。所以我们论述萨特的小说创作时,不可避免要涉及他的哲学、伦理、文艺理论,否则无法真正理解其小说的内容和技巧。

萨特的小说创作可分为三个阶段,用他自己的话来说:"《恶心》、中短篇小说、长篇小说"。三个阶段构成他小说创作的整体:《恶心》以一种独特的叙事文体,揭示了人的自在状态,即存在的偶然性;中短篇小说集《墙》再现怪异的个体所经历的奇特而徒劳的生存方式;长篇小说《自由之路》则是传统小说艺术的回归,作为介入文学,揭露世人真诚作弊[2](又译:自欺欺人),描绘社会生活的种种处境,可称处境小说。

现就萨特的几部小说,分别加以评述。

---

[1] 普鲁斯特(1871—1922),法国作家,长篇小说《追忆似水年华》的作者,以"意识流"表现手法为其艺术特色。
[2] 萨特所说的"真诚作弊",意谓人们习惯于按传统观念及社会定见规范自己的言行,而不是经过独立思考做出判断和选择。

一 《恶心》

萨特于一九三一年着手创作《恶心》,历时七年。起初题为《陈述偶然》,后来改为《忧郁》。如果说这个时期他在胡塞尔门下学习和研究现象学和存在主义哲学颇有心得,为后来创建自己的学说打下坚实的基础,他的文学创作却是惨淡经营,屡遭拒绝。直到短篇小说《墙》获纪德主持的《新法兰西评论》的好评后,此书才得以于一九三八年发表,定名《恶心》。

小说内容很简单,几乎没有什么情节。主人公罗冈丹游历多年,终于在布维尔住下,生活在循规蹈矩的市民们中间。他准备写一部历史论著,论述十八世纪冒险家罗尔邦。为写论文,他经常去市图书馆,在那里结识一位人文主义的自学者,此人按字母顺序读书。晚上罗冈丹泡酒店,专点一张爵士歌曲唱片:《这些日子里》,有时跟酒店老板娘上楼幽会。他四年来一直爱恋的女人安妮已离他而去,因她执意追求"完美时刻",他为在她周围再现完美时刻而精疲力竭。分手后,罗冈丹渐渐忘却过去,日益陷入扑朔迷离、奇异荒诞的现在。生活失去了意义。他先前以为会有美好的奇遇,如今只剩下"历史故事"。于是专心致志研究历史人物罗尔邦,以为死者应当为生者辩护。

不料就在此时,他开始经历真正的奇遇:一种叫他五官七窍难受的感觉影响着他的七情六欲,一种恶心感从四面八方向他悄然袭来,他仿佛漂浮在温热的时间水塘里。是他变了,还是世界变了?仿佛屋宇、花园、咖啡馆都在恶心,似乎空气、光线、路人都散发着腐臭。终于他明白了:他要论述的那个古人不会复活,因为死者永远不能为生者辩护。接着春天来临,他悟出恶心的意义就是存在的揭示。赤裸裸的存在,好难看呀! 突然安妮给他来信,使他重抱一线希望:他们又重逢了。但安妮变得肥胖臃肿、垂头丧气。她已不再追求完美时刻,就像罗冈丹不再追求美好的奇遇。她以她的方式发现了存在。他俩无话可说,再次分手。罗冈丹又陷入孤独。怎么办?向谁求救? 周围都是道貌岸然的资产者,他们逢人便举帽致意,却意识不到自己的存在。最后罗冈丹决定离开布维尔,临行前再去咖啡馆听一遍《这些日子里》,就在唱片转动的时刻,他瞥见一线希望、一个机遇,朦胧感到自己可以立身处世了。

《恶心》的创作过程,正是萨特从二十六至三十四岁经历精神危机和身份危机的时期。他孤独彷徨,无所适从,围绕着偶然性这个题目冥思苦想,坐立不安。的确,他从少年时就思考偶然性:幼年丧父的普卢[1]生活在平庸的、演戏似的家庭氛围中,很早就寻思"我来到世上干什么"。显然这是个哲学命题,因为偶然性理论涉及自在存在、自为存在、自由和必然性。但萨特偏偏以文学形式来揭示和表现,要用一切艺术手段来揭示人和物的偶然性,为此拟定主题:一个孤独者在外省体验偶然性。其形式只能是小说和哲学沉思的混合体。这样,偶然观成为全书的动力和主线。

其时偶然像死神又像疯魔徘徊在萨特周围,他决意通过笔下的主人公罗冈丹来表达他的切身感受。因此,罗冈丹便成了第一个萨特式人物[2]。他通过罗冈丹表现写作是他的天职,高于一切,占据生活的最高地位,是追求,是未来,是生命;同时通过罗冈丹来倾诉他内心深处的烦恼:讨厌一切自在状态的事物,厌恶白生生的肉体。只有此时,一向不接受别人批判的萨特才真诚地作自我

---

[1] 普卢,萨特的乳名,即保尔的昵称。
[2] 萨特式人物,指带有萨特式思维特征的艺术形象,这些形象常常部分地反映了作者的思想历程、感情体验和行为方式,但不能等同于作者本人。

批判。

可以说,罗冈丹在某种程度上是精神危机时期的萨特。作者受到的压抑显然来自正统思想,他把内心的感受,诸如孤独,焦虑,不满,通过罗冈丹发泄出来,只不过情绪更激烈、更疯狂罢了。再进一步看,这里的焦虑、惶惑、消沉乃至疯魔恐怕主要来自萨特初期创作的困境:天才往往产生于绝望,在绝望之下,急中生智,创造发明。罗冈丹是着了魔的萨特。有如梵高疯狂时那些红须赤发的自画像,尤其那幅把自己耳朵割掉的自画像。

一九三八年春,《恶心》发表不久,评论界就将其誉为法国二十世纪最重要的文学现象之一,庆幸终于产生了法国的卡夫卡。读书界不管喜欢或不喜欢萨特,公开或私下一致认为法国又产生了一位大作家。法国战后六十年文学的历史证明,《恶心》和加缪的《局外人》是二十世纪法国文学界最令人瞩目的作品,就是说,评论文章和论文最多。只要拿起一本法国文学史或选读,必有《恶心》的地位和篇幅,《恶心》甚至名列最畅销的严肃文学书目,成为二十世纪法国文学一个重要坐标。该书一方面以现实主义手法描绘三十年代法国日常生活某些侧面和社会焦虑,另一方面以小说虚构来图解哲学疑团和哲学发现(如偶然观)。内容与形式相结合,构成独创的作品,标志着法国文学一个新起点。

《恶心》是对抗环境的狂怒心声,很像塞利纳的《茫茫黑夜漫游》。罗冈丹和巴达缪①都在漆黑一团的人生状况中不知所措。卷首题铭正是塞利纳的一句话:"这个青年没有群体的重要性,他仅仅是一介个体。"

《恶心》发现和揭示的存在丑得像树根。并不是存在本身丑

---

① 巴达缪,《茫茫黑夜漫游》中的主人公。

陋,而是因为在认识存在之前,人们的头脑充斥着假象和幻想,粉饰了谎言。就像萨特在自传述评《文字生涯》中说的那样,看惯书本插图,遇到真的猴子,反倒觉得不像;面对真的树木花卉,反倒觉得不美。总之,不喜欢一切天然的东西。所以,发现存在等于发现错觉,拨开错觉,直面存在的虚无,重新开始生活。这就是罗冈丹听到爵士歌曲所产生的那种喜悦。他决心投入写作,做些切实有益的事情。正如《苍蝇》中俄瑞斯忒斯所说:"人生始于绝望的彼岸。"但不管怎么说,俄瑞斯忒斯有社会和家庭背景,心里有所牵挂;罗冈丹却是纯粹的畸零人,在社会边缘游荡,是社会的飘浮物。他所遇之人,都是有地位、有身份、有资产的。这些资产者自欺欺人,真诚作弊,看不见自身存在的偶然性。他们享受荣华,受人尊敬,恶习被掩盖、被粉饰,因此他们存在的偶然性是不透明的。这引起罗冈丹极大的反感,所以他同情和支持自学者对图书管理员(科西嘉人)的不满。

有鉴于此,连罗冈丹自己都承认"属于另类",即活脱脱是哲学论文《自我的超越性》的文学形象诠释。这不,他本想说出自己的情爱、性爱和激情,但一出口便是下流话。罗冈丹混杂在"愚蠢的集群"中不知所措,变成一个抽象的符号,对自我的淡淡回忆始终在自我意识中摇晃,"我"变得苍白后渐渐消失,不过内心独白般的爵士乐回响起来,"自我"从意识中"喷薄而出"。于是,罗冈丹因思考自己失而复得的身份而感到眩晕:意识起初四分五裂,落入虚空,继而复原而翩翩起舞。这一切皆处于偶然性中。

这并不等于说,罗冈丹发现偶然就能摆脱偶然,他所瞥见的解决办法仅仅是一种诱惑,一种实现不了的幻想。只有摆脱孤独,走向大众,才有解决办法,不管是好是坏,毕竟是一条出路。可此时的萨特与人民大众、阶级斗争、社会实践相距甚远。他只把资产者当作写作素材。小说中罗冈丹对存在的意识是消极的。因为当时萨特本人虽发现和认识了存在,却还想逃避存在。后来他摆脱了孤独,投入火热的社会生活和斗争,才能承受存在。那将是《自由之路》时期的萨特,下文将专门论述。

我们知道,《存在与虚无》比《恶心》晚五年发表,但诸如 l'en-soi et le pour-soi(自在与自为),la mauvaise foi(真诚作弊)等哲学观念早已通过显而易见的隐喻在《恶心》中表现出来,其形式是罗冈丹自始至终处于不稳定状态:既被现实吸引又对现实反感,遇到所渴望的东西立即产生恶心。举目望去,收入眼底的尽是骚动的世界,丑陋至极:螃蟹横行,白色大虫蠕动,树根疯长,树木呕吐绿叶,油污的纸张到处乱飞,变成一块块烂肉,等等,一片令人恶心的幻象。同时,世道的灰色使人泄气:软绵绵,昏昏然,脏兮兮,黏糊糊,而事物之无情又叫人畏惧:硬硬的,挺挺的,直直的,亮亮的,白白的,纯纯的。后者代表"自在存在",前者体现"自为存在",两者有如阴阳结合,你中有我,似是而非。这种形象很符合《存在与虚无》中的一句悖论:"它是它不是的东西,它不是它是的东西"。换句话说,存在的困难意味着存在的必然,您想不存在也得存在,回避困难的存在徒劳无益。但你的存在又是偶然的,没有征求你的意见就让你从娘肚子出来了,你不得不承受这偶然的必然性。从这层意义上讲,《恶心》的积极面在于人类自在存在的觉醒。换言之,人找到了一切行为的基础和出发点,才有自为存在的可能性,才有争取自由的可能性,才使萨特后来有可能承受历史的必然性。

总之,《恶心》别出心裁,有意把小说与哲学、虚构与自传、想象与真实熔于一炉,使之相反相成,叫人说不出什么体裁。发表和再版时标题下有"小说"字样,从一九六〇年版就没有了,似乎《恶心》自成一体,并得到了承认。

二 《墙》

如果说《恶心》是纯哲理小说，或是把哲学小说化的尝试，那么中短篇小说集《墙》则是挑战文学，甚至可说是挑衅文学。既是挑战，就得了解挑战的对象和内容、挑战的方式方法，以及挑战的结果是否经得起历史考验。为此我们不得不多花些篇幅。

萨特从两个方面提出挑战，在哲学思想上，他以现象心理学的意识主导论来反对弗洛伊德精神分析学的潜意识原动论；在文学创作上，他以多斯·帕索斯来反对莫里亚克，捧前者为"我们时代最伟大的作家"，贬后者"不是小说家"，"不是艺术家"。总之，他通过创作《墙》等几个中短篇来批判弗洛伊德和莫里亚克，进而图解自己的哲学思想和文学理论。

中短篇小说集《墙》于一九三九年二月出版，包括四个短篇和一个中篇。关于这五篇作品，萨特曾作过这样的介绍：

> 谁都不肯正视大写的存在。这里是迷途不知返的五个小故事，不管可悲或可笑，反正是面对存在的五个人生。帕勃洛即将遭到枪决，则臆想生存的彼岸和设想自己的死亡，徒劳无益。夏娃试图追随皮埃尔体验非现实世界和囿于疯魔，徒劳无益。因为这个世界只不过是个幌子，疯子说谎成性。厄罗斯忒拉特执意摈弃生存状态，想要犯罪，闹个满城风雨，徒劳无益。因为罪已犯下，罪行成立，他眼见一团血淋淋的污物，却辨认不出自己的罪行。吕吕自己骗自己：在自己和情不自禁反顾自己的目光之间，她试图抹上一层轻纱般的薄雾，徒劳无益。因为薄雾旋即变成透明；自己骗不了自己，一厢情愿而已。吕西安·弗勒里耶是最接近有存在感的，但他硬不肯接

近,躲之避之,龟缩着静观自己的权利。权利本不存在,是理所当然拥有的,徒劳无益。因为一切逃避都被大写的墙阻拦;逃避存在,而存在依旧。存在无所不包,人须臾不可离。①

这段文字使许多人把中短篇小说集《墙》视为《恶心》的续篇。因为《恶心》的主人公罗冈丹发现了世人熟视无睹的存在,而小说集《墙》的主人公们则个个窥伺存在,企图体验存在,尽管徒劳无益。这种理解不算曲解,但不太符合事实。从创作年代来看,《厄罗斯忒拉特》写于一九三六年,《墙》于一九三七年七月发表,《卧室》于一九三八年一月问世,同年八月和九月《新法兰西评论》连载《床笫秘事》,而《一个企业主的童年》于一九三八年七月完稿。由此可见,五个中短篇和《恶心》几乎同时创作,但大部分发表在先。甚至可以说,《恶心》的出版,有赖于短篇小说《墙》的成功。因为《墙》在《新法兰西评论》发表,受到纪德好评:"这是篇杰作,很久没有读到如此令人高兴的作品了……当可寄大希望于作者。"萨特这才变得引人注目。

以《墙》为书名,显然既有现实意义,也有象征意义。在以《墙》为篇名的短篇小说中,墙是禁锢死囚的牢笼,实实在在的大墙。死囚拼命用背顶墙,恨不得把墙推倒,逃之夭夭。《卧室》之墙既是实在的——因为它把"正常人"和"反常人"隔开,"反常人"自我幽禁,自绝于"正常人";但也是隐喻的——因为夏娃曾试图进入皮埃尔的疯魔世界,后来终于发现他俩之间隔着一堵无法逾越的墙。《厄罗斯忒拉特》的墙是无形的,一种无形的隔板,主人公借以窥视世人,视世人为仇敌,充当色厉内荏的假想英雄。《床笫秘事》中,墙是玻璃做的,当吕吕把亨利关在阳台的玻璃门

---

① 以上这段文字是萨特给报刊提供的关于中短篇小说集《墙》的内容介绍。

外，透明而封闭的阳台成了吕吕施虐的场所，聊以满足暂时的逃避。《一个企业主的童年》中，人与人的隔阂像厚厚的墙阻挡着世人沟通。总之，逃避存在的世人处处受到墙的拦阻，碰得头破血流。

这里，作者开门见山点明小说集《墙》的哲学涵义：五个故事，五种人生，都因不肯正视存在，全部走入歧途，落个可悲或可笑的下场。作者为他的主人公选择了极限处境，让人物陷入两难境地。

《墙》的主人公面临死亡。"什么是死亡？"必然成为他首先思考的问题，非常迫切，但整个晚上他避而不答，又好像找不出答案，正如要给"无限"下定义，不知从何下手。转而以数学推理的方式来进行哲理思辨：帕勃洛对死亡的恐惧首先在自己身上引起生理反应，尽管还不清楚恐惧的客体究竟为何物；随着推理的深入，害怕死亡的理由慢慢被排斥，悄悄强迫自己听天由命。比利时医生引起他极大的反感，但愤慨突然消失，重压感油然而生，他莫名惊诧："这不是想到死亡，也不是害怕死亡，而是不可名状的。"死亡在即，当意识到一身冷汗和小便失禁时，反而不再羞愧不再发怒，进而不再留恋生命。最后如何解决"什么是死亡"这个疑难问题呢？干脆不去想它，因为想也想不出所以然。既然死亡摧毁一切，人的生命只不过是过眼云烟；生命既无价值可言，人类一切活动便都是可笑的。于是帕勃洛开始以潇洒的态度对待死亡，他想捉弄敌人，向敌人提供假供。不料假供变成实供，假出卖变成真出卖。面对这样的结局，他不禁失声大笑。事实似乎证明，他对生与死的思考徒劳无益，人依然未能战胜偶然。

《卧室》提出了伦理学和社会学中的一个问题，即如何对待精神病患者。达尔贝达先生代表了社会上一般人的共识，即疯子应当被幽禁在舒适的监狱——疯人院里，隔离于世人之外。因为疯人已不属于正常人的范围,夏娃拒绝了父母及医生的建议,坚持和精神失常的丈夫生活在一起。她宁愿在皮埃尔的病情发展到不可收拾时亲手杀死丈夫,也不肯把他送进精神病院。她试图进入疯魔世界去理解疯魔,试图适应精神病患者的思维方式,但正如弗朗肖大夫所说:"所有的疯子都是说谎的,您想区分他们的真实感受和他们编造的感受,那是白费心力。"夏娃尽管作了勇敢的选择,却完全无视真实的存在,结果是枉费心机,最终她不能不意识到皮埃尔的那个世界完全是虚妄的,皮埃尔已不再有正常人的思想感情。

《厄罗斯忒拉特》继续探讨"存在"的意义。小说的主人公保尔·希尔贝是个反人道主义者,他否定欧洲人文主义的传统观念,厌恶和仇视人文主义者所热爱和歌颂的"人";他蔑视正面英雄,崇拜厄罗斯忒拉特式的"黑色英雄",即尼采笔下的"极端厄罗斯忒拉特主义者"[①]"阴郁的生活"使他产生荒诞的野心,以极端的行为显示"超人"的能量,试图通过杀人、犯罪来肯定自己的存在,使自己扬名天下。不惜放火烧毁自己的时间,就像镁光灯发出强烈却短暂的火光。但真到采取行动时,他又丧失勇气,向行人开枪已使他惊慌失措,自杀更是下不了决心。归根结底他和社会的对抗纯属胡思乱想,他最终仍是一个毫无价值的荒谬存在。

《床笫秘事》的命题属于哲学和伦理学范畴,具体讲就是目光:自己的目光和他人的目光,以及两者之间的关系。中心议题是:吕吕嫁给一个性无能的男人,她该不该离开他?吕吕的女友丽蕾特认为这样的夫妻关系完全违情悖理,竭力怂恿吕吕离家出走;

[①] 参见尼采《人性的、太人性的》第Ⅱ卷第66节。厄罗斯忒拉特系古以弗所人,为了出名竟放火烧毁世界七大奇迹之一的阿耳忒弥斯(自然和狩猎女神)神庙。

吕吕由于患有性冷漠症,并无离家私奔的强烈愿望。最终起作用的自然是吕吕自己的选择。但吕吕却以社会伦理、家庭的责任及义务等大道理掩饰真实的自我,实际上是自欺欺人。

中篇小说《一个企业主的童年》涉及重大的哲学命题:人是什么?来到世上干什么?吕西安作为企业主的继承人,前程早已由家庭为他安排妥当。但他自己不清楚自己是谁,该怎样生活,怎样决定自己的命运。他年幼时,按照家人给"乖孩子"制订的行为规范而行动,让他感到与演戏没什么差别。进入少年时期,他开始探索自我:我是谁?第一个答案是哲学老师援引笛卡儿的一句话:"我不存在"。第二个答案是一个超现实主义者运用精神分析法对他做出的判断:吕西安是个"不安分的精神紊乱者,同性恋者,鸡奸者"。但很快又被哲学老师否定了:"尽是胡说八道。"经过长期努力,他摆脱了恋母情结、同性诱惑、胆怯怕事等等,但始终无法为自己界定。他觉得真正的吕西安并不存在,只有一具白生生的、彷徨无主的行尸走肉。"我是什么呢?"勒莫尔当的评语也不合适。他说,吕西安到头来变得像"一块明胶状透明物"。吕西安找不到答案,开始怀疑问题的提法不对头:他提的是哲学问题,应当用哲学思辨来解决,而他偏要"从他人的目光认出真正的吕西安"。可是一旦面临自由的考验,便慌乱得不知所措,更衣室那么多衣帽装备,无非是道德和政治的外衣,借以充当专制领袖来为自己壮胆。终于他明白必须从实践角度提出问题,要通过自己的行为确立自己真正的形象,但不幸,为表现自己是真正的男子汉,他选择了种族主义、法西斯主义的道路。

我们可以从中看出,萨特与先师笛卡儿的思想决裂了:一反"我思故我在",他明确提出"我可以不思而存在",这意味着我不必思而以别的方式存在,诸如想象、幻觉、冲动、激情、感觉、直觉等等,一系列的并非思想的东西都可以存在。当然,这绝不等于说,萨特放弃了主体,另当别论。

综上所述,表明作者通过小说集《墙》对不同形式的"虚妄存在"进行了现象学分析,批评了当时意识形态上的种种"偏见"。

萨特首先挑战弗洛伊德精神分析学。说来话长,萨特与精神分析学很有缘分,一辈子形影相随,用他自己的话来说,他不是精神分析学的假朋友,而是批判性的同路人。一言以蔽之,他对弗洛伊德精神分析学爱之深、恨之切,千方百计要发展弗洛伊德学说,经过几十年努力,才创立了存在主义精神分析学。此是后话。但最初阶段,他走过了一段弯路。

萨特出身书香门第,满脑子笛卡儿理性主义,而二三十年代正是弗洛伊德主义最时髦的年代,被超现实主义者捧上了天,可萨特与之格格不入。其实他只读过《梦的解析》和《日常生活心理分析》,便大胆否定弗洛伊德学说的两大支柱:泛性欲论和潜意识论。为了捍卫意识主导论和"我思故我在"的哲学公式,萨特试图结合研究现象学,创立一种摒弃潜意识论的精神分析学,具体成果见于他一九三八年发表的哲学论文:《情感现象学理论初探》。他指出:"我们不拒绝精神分析学的成果,假如这些成果是通过理解力获得的。我们只否定有关因果关系的隐蔽理论的一切价值和一切可理解性。况且,我们断言,倘若精神分析学家运用理解力来解释意识,那最好干脆承认意识中所发生的一切只能由意识本身来解释。"[①]在这之先,他更明确指出:"假如我们对自己真正的性欲有某种不清晰的意识,那我们就是真诚作弊。"

---

① 《情感现象学理论初探》是《情感理论初探》最主要的一章,参见第35、37页,艾曼恩出版社,1965年。

因此萨特在致力于创立现象心理学的同时,不断参照精神分析学。萨特当时初出茅庐,知道《初探》不会有多大反响,便接连抛出一系列中短篇小说,企图用人物形象来批判弗氏理论,即用清醒的意识描绘世人受到精神刺激,程度不同产生精神病态,抑或有意无意真诚作弊,包括撒谎、推托、心理补偿和升华等,而与泛性欲论和潜意识无关。

萨特对精神病理学的关心体现在三十年代所有的文学乃至哲学作品中。《恶心》的主人公不时感觉错乱,《墙》收的五个中短篇都有精神病态的描述。其中《卧室》《厄罗斯忒拉特》和《床笫秘事》专门写精神失常和性反常。皮埃尔得了幻觉症,对光线和声响极度敏感,以为受到迫害,编造回忆,自建井然有序的疯狂世界。保尔·希尔贝的精神病态恰似弗洛伊德所说的强迫性精神病。他非常迷信,处处见到命运的征象。他情绪矛盾,优柔寡断,准备行动的时间很长,而且偏执症和窥淫癖兼而有之,此外还患有洁癖,时时处处戴着白手套,仍摆脱不了怀疑和犹豫引起的痛苦。至于吕吕,她因典型的性冷漠而心理失常,下意识地厌恶雄性象征:大胆的目光、多毛的皮肤、冲鼻的男子气味等等。

如果说萨特承认精神分析学适用于病态案例,那他坚决否认它适用正常情况。譬如在他看来,帕勃洛和吕西安都是正常人。尽管他们的精神状态和行为方式可为精神分析学家所利用,如帕勃洛的忧郁、焦虑、恐慌、幻想,吕西安的恋母情结、同性恋乃至施虐倾向,但萨特认为,这是社会病态产生的影响,而不是他们的天性所造成。他以大量篇幅描述吕西安如何不断适应各种恶习和无行,指名道姓嘲笑弗洛伊德,连带抨击和讽刺超现实主义。《卧室》似乎有意针对超现实主义者某些精神病学实践,如夏娃效仿勃勒东①通过《娜嘉》来反对幽禁疯子,认为疯魔是智能高超的表现,是独创性的反映。而萨特则认为这是真诚作弊的某种形式。

后来萨特承认三十年代自己有两大无知:对精神分析学极度反感,根本不懂潜意识;对阶级斗争视而不见,根本不懂马克思的学说。尔后终于发现马克思主义和精神分析学是近代人类思想最伟大的成就。确实,萨特的错误关键在于否定潜意识,进而把自我克制一律斥为真诚作弊。而弗氏的独创和发现恰恰在于把潜意识视为人类精神活动最原始、最基本、最普通、最简单的因素。弗洛伊德在治疗精神病时发现,潜意识或称本能的冲动受到压抑,得不到宣泄时,就可能变成歇斯底里的隐患。因此,抑制作用,就成为精神分析学的核心,即把歇斯底里症视为心理冲突和抑制作用交织互动的结果。

实际上,弗洛伊德的潜意识论和抑制作用说既适合精神病患者也适合正常人;相反,萨特的真诚作弊说,只适合正常人而不适合精神病患者。可惜他这段弯路后来一度走得更远,连普通心理学都被他当作"最抽象的科学"加以批判(参见本《文集》第七卷"文论"部分:《提倡一种处境剧》)。幸而最后萨特明白了精神分析学的奥秘,取其精华,创建了存在主义精神分析学。限于篇幅,仅举一例。萨特以存在主义精神分析学写成的第一部评传《波德莱尔》,有一段文字论及窥淫癖,很适合用来分析《厄罗斯忒拉特》的主人公戏弄妓女的卑劣行径。他指出,窥淫者不交出自身,在他穿得整整齐齐,观看一个裸体而不触及它时,一阵淫荡的、不显山露水的战栗传遍全身。他在作恶,他知道这一点;他隔着一段距离

---

① 勃勒东(1896—1966),法国作家,超现实主义流派的奠基人,《娜嘉》是他的代表作。

占有她,又保留了自己。当他在一名妓女身上满足他的恶习时,他的偶像会向他显现,他要嘲弄他的偶像,欺骗和玷污他的偶像。这就是我们常说的存在主义精神分析法的个例。

最后我们不能不评说萨特抨击和挑战莫里亚克这一震撼法国文坛的文学现象。一九三九年萨特至多算得上文坛新秀,居然胆敢发表文章,从小说理论上全盘否定享有盛誉的小说家莫里亚克。他在《弗朗索瓦·莫里亚克先生与自由》(1939 年 2 月)一文中指出:"显而易见,莫里亚克先生不爱重时间,也不爱重柏格森所谓等待'糖块溶化'的必要性。在他,笔下人物的时间是梦幻,是过于合乎人情的幻觉;他摆脱时间,断然置身于永恒之中。"①意思是说,莫里亚克排除时间,扼杀人物自由,把人物幽禁在某种命运之中。而"小说如同生活,在现时中展开……小说里的情节不成定局,因为小说里的人是自由的"②。为此,萨特认为莫里亚克不是写小说,而是"记叙",或曰"静止记叙",即静止结构或静止布局。因为"记叙诠释:年代次序(生活次序)掩盖不住因果次序(知性次序)。事件不触及我们,而置于事实与规律的中途。"③后来在《话说〈局外人〉》(1943)一文中进一步为记叙下定义:"记叙诠释,并且在叙述的同时进行协调,用因果次序代替时间顺序。"④

显然萨特偏爱小说不爱记叙,他主张按时间顺序让人物自由活动。从《恶心》《墙》《自由之路》来看,他的理论确实指导着他的实践。举短篇小说《墙》为例:

帕勃洛经过五天的单独禁闭,又在地窖关押了二十四小时。

---

① 《处境种种》第一卷第 52 页。
②③ 《关于多斯·帕索斯》,见《处境种种》第一卷第 16 页。
④ 《处境种种》第一卷第 121 页。

他等了三个小时才轮到受审。回到牢房再等。晚上八点,他获悉被判死刑。漫长的夜晚,漫长的等待,直到比利时医生告知其时是凌晨三点半,他才恢复时间概念。黎明时分,两名死囚被带走。一个小时后,他被带走,等了一刻钟才传讯。假出卖朋友后,又等了半个小时才被带到大院与其他囚徒为伍。中午吃饭,傍晚获悉朋友被捕,弄假成真。

小说集的其他四篇,时间感也很强烈。几乎所有的情节都在虚构的时间中展开,处处标明具体的、确切的时刻。事情随着时间顺序按部就班铺展,仿佛都是人物亲自经历的,让人看不出作者的调遣,进而让人看不出小说的动机和因果关系。

为了掩盖事情的因果关系,行文中多用并列句和表示使人感到突然的各种副词。这是他从多斯·帕索斯①那里学来的。他归纳这位美国作家的手法时指出:"每件事都是一个物件,耀眼而孤立,不是任何其他物件派生的,而是突然出现,同其他物件为伍:一个不可制约的物件。"就是说把逻辑串连的事情一件件孤立起来,一一列举,并列堆砌,借此掩盖因果关系。仅举《一个企业主的童年》中一例:

> 他们抽着英国香烟,留声机上放着唱片,吕西安听到了索菲·塔克和艾尔·约翰逊的歌声。他们两人都变得很伤感,吕西安心想,贝尔利亚克是他最好的朋友。

这里诚如萨特所说,"句子纯粹是并列的,回避了种种因果联系。"这些并列句的确叫人看不出因果关系,其实作者是想说:吕西安听到索菲·塔克和艾尔·约翰逊的歌声,因为是他选的唱片;

---

① 多斯·帕索斯(1896—1970),第一次世界大战后美国"迷惘的一代"的代表作家之一。

他心想贝尔利亚克是他最好的朋友,因为后者的伤感情绪使他也多愁善感起来。

至于用表示突然的各种副词来掩盖因果联系,借以显示事情的突然性、荒诞性,借以突出人物情绪的波动性、本能的爆发性、存在的偶然性,也是从多斯·帕索斯处取经得来的。仅举一例:"我(帕勃洛)正要说下去,但突然发生了我自己也感到惊奇的事:骤然间,我对这个医生的到来再也不感兴趣了。"但不指出帕勃洛为何不想再说,为何对医生再也不感兴趣。作者故意掩盖因果关系,借以突出事件的紊乱性,使小说更近似生活。

如果说上述手法确实可取,那也不能因此而全盘否定其他手法。小说艺术唯有多种多样才能欣欣向荣,这是无须赘述的。自从《莫里亚克与自由》发表后,萨特与莫里亚克一直笔战不休,倒是莫氏颇有长者风度,对萨特的偏激比较宽厚,称他为"天命的无神论者",不像受到萨特抨击的塞利纳讥讽他是"玻璃缸里的金鱼"。

一九六〇年当记者问萨特是否坚持认为莫里亚克不是小说家,此时萨特已饱经沧桑,答道:"我想如今我比较灵活了,想到小说的主要特质在于感人肺腑,引人入胜,对写作方法远不像从前那么吹毛求疵了。"此时萨特早已不把多斯·帕索斯视为"当代最伟大的作家",他进一步解释道:"我发觉所有的方法都是弄虚作假,包括美国方法。总有办法对读者说出想说的话,作者无时不在嘛。"[①] 也就是说,方法各有千秋,不是小说成败的关键。

[①] 《萨特著作索引》第72页,加利马出版社。

三 《自由之路》

长篇小说《自由之路》是一部未完成的三部曲,包括《不惑之年》《缓期执行》和《痛心疾首》。全书描写一九三八至一九四一年间第二次世界大战爆发前后法国乃至欧洲所发生的一些事情。作者谈到创作设想时指出:"我的本意是写一部有关自由的长篇小说。我想描述几个人物和几个社会群体于一九三八至一九四四年间走过的道路。这条道路一直把他们引向巴黎解放,也许还达不到他们自身的解放。"①全书贯穿一个主题:"没有目的之自由"与"实际的自由""有目的之自由"之间的争议。

《恶心》的成功增强了萨特写小说的信心,一九三九年初他确定三部曲总题,年底加利马出版社已预告次年出版《不惑之年》,但战争爆发,出版计划中断。萨特本人于一九三九年九月应征入伍,一九四〇年五、六月间被俘关进集中营。设法脱逃后,在巴黎从事哲学研究和文化战线的地下抵抗活动。这场战争使他的政治思想和行为方式发生了重大变化,不仅改变了他与世界的关系,而且把他造就为社会活动家。如果说他体现了他那一代人的觉醒,那他是当之无愧的。不妨引用萨特晚年的回顾:"战争确实把我的生活一分为二。战争开始,我三十四岁,战争结束,我四十岁,这确是青年向壮年的过渡期……就是说,我从战前的个体主义、纯个人主义过渡到了社团主义、社会主义。这是我生活的真正转折:战

---

① 引自一九四五年九月作者在《不惑之年》和《缓期执行》出版之际为加利马出版社撰写的新书介绍。

前,战后。战前,写下像《恶心》那样一些作品,其中与社会的关系是形而上的;战后,慢慢达到了《辩证理性批判》。"①

然而萨特的自由哲学观和小说创作指导思想始终一贯,尽管内容和形式大大改变了。《自由之路》的自由观仍然发端于《存在与虚无》中提出的那个命题:"我们注定是自由的。"其中心思想是,不管我们做什么,不管处境多么受限制,我们都在选择,并以行动表明自己的选择,不选择的消极状态也是一种选择。"人不是先存在而后自由的","人的自由先于人的本质,并使人获得本质成为可能,人的存在本质是悬在自由之中的"。② 因此,自由不是外在于人的实在性的一种品质,而是其构成部分。自由就是选择,包括存在选择。"不选择,其实是选择了不选择。"③ 同时,人只是在创造自己的时候才占有自己,一旦创造了自己,就逃脱了自己;人能占有的,永远是物。可是,如果人在世上只是物而已,人便失去创造性的自由,而创造性的自由则是占有的基础。虽然人能够感受和喜爱自由,但处在意识朦胧时,在自由面前会感到害怕。因此,人们发现自由时定会走向绝对的孤独和负有完全的责任。孤独者知道自己无依无靠,却对世界、对善恶负有责任。他们为此感到焦虑。

萨特把上述自由观作为《自由之路》的哲学基础,改变了一般传统小说正面人物的设计,所有的人物都不同程度受到了异化,一般表现为真诚作弊,言不由衷,自欺欺人。他们企图挣脱时代风尚的樊篱,但缺乏足够的勇气,更不知道如何获得自由。他们在永无尽头的自由之路上徘徊或迂回行进,祖国可能得到解放,他们却得

---

① 引自《七十述怀》,参见《处境种种》第十卷第179—180页。
②③ 引自《存在与虚无》第61页,加利马出版社,1947年。

不到自由。

《不惑之年》的情节发生在一九三八年六月十三日前后四十八小时之内。那正是西班牙内战高潮时期,欧洲局势已动荡不宁。但法国人依然麻木不仁。日常琐事填满了人们的生活,谁也无暇顾及其他。主人公马蒂厄是中学哲学教师,他头脑清晰,独立不羁,一心想要掌握自己的命运,"自由"是他生命中的最高追求。他收入稳定,又是单身贵族,按理可以活得十分潇洒,完全可以做出自由的选择,然而事实并非如此,他并不比其他人更自由。他同情西班牙人民,甚至考虑过到西班牙去投入战斗,但又下不了这样的决心。他从报上读到马德里被轰炸的消息,真心诚意地为西班牙发生的惨案而愤慨,愤慨之余还产生了强烈的自责,他承认"法国人是浑蛋",甚至认为自己也是罪人,然而他依然没有任何行动,他摆脱不了自己深陷其中的生活:玛赛儿怀孕了,而他已不再爱玛赛儿,不愿和她结婚;他想要让玛赛儿在高级产科大夫那儿安全地堕胎,却又筹借不到这么大一笔钱,时间紧迫,除了偷盗似乎别无良策;他爱伊维什,却又不知道是否应当向她表白;伊维什考试落榜,伤心欲绝,他不能丢开她不管……总之,"每个人都有自己的天地",人人都处在自己的种种现实矛盾之中,无法超脱,无法回避。他如众人所说是个"想得到自由的人",然而他和众人一样庸庸碌碌,无所作为,被种种日常的、无聊的麻烦事填满了人生。尽管他在思想上是资产阶级的叛逆,他的所作所为经常与市民社会的传统道德相抵触——他抛弃了已相好七年的情妇,眼睁睁看着一个同性恋者将娶他的情妇为妻……可他并没有因此获得自由,尽管已届不惑之年,他仍然处在困惑之中,在全书结尾处,他无限感慨地想道:"没有人妨碍我的自由,是我的生活汲干了我的自由。"

《缓期执行》原名《九月》，内容是记叙一九三八年九月慕尼黑会议期间的危机。确切讲，小说描述了一九三八年九月二十三日星期五下午四点三十分至九月三十日星期五下午整整一个星期的社会动态。全书既无集中的情节，也看不出谁是故事主人公。只见真实的历史人物和大量虚构的人物交替出现，蒙太奇式的镜头转换令人目不暇接……各阶层、各类型的人物各自按其本来面目登场表演：雅克的慕尼黑立场，比尔南沙兹的侥幸心理，皮埃尔的怯懦，菲力普的和平幻想，胖路易的懵懂，萨拉的菩萨心肠……法国人普遍对战争缺乏心理准备，谁也不愿改变自己已经习惯了的生活，唯有共产党人希望战争给革命带来机遇，流亡中的俄国贵族指望希特勒的进攻能摧毁苏维埃政权……总之，不管人们是否关注世界大事，在这场巨大的危机面前，谁都不能置身事外。人们抱着侥幸心理，只求战火不要烧到法国。马蒂厄试图站在历史的高度思考整个局势，却得不出客观、确切的结论。马蒂厄抓不住战争，正如当时萨特本人也未能摆脱迷茫和困惑。马蒂厄当然厌恶战争，从来不曾想到要参与战争，但是动员令一下达，他别无选择，只能应征入伍。他开始意识到，在某些情况下，个人的自由和群体的自由是无法分割的。

　　慕尼黑协议签订了，没有人比当事人更清楚这是何等卑劣的叛卖。达拉第返回巴黎，以为自己将面对群众的抗议和唾骂，没想到人们竟兴高采烈地捧着鲜花欢迎他。他忍不住低声骂道："一群蠢货！"因为欧洲局势并未真正改变，战争只是延缓而已。

　　《痛心疾首》描写一九四〇年六月马其诺防线的崩溃和巴黎的沦陷。全书的主题是对法国惨败的反思，反复出现的主旋律是自省对法国的战败是否完全无辜，谴责包括自己在内的法国人一贯蜷缩在个人生活的小天地里，从未意识到每个人都对世界、对人类承担着一份责任。小说分上、下两篇,上篇再现六月十五至十八日马蒂厄及其战友得知法国一败涂地时的心理反应;下篇记叙六月十八至二十九日法国战俘被转移到德国的过程,以及共产党员布吕内在战俘中酝酿和组织抵抗活动的动态。

与小说的前两部相比,主人公马蒂厄已经有了很大变化,显然正处在蜕变过程之中。孤独者罗冈丹的个体经验让位于战争环境中的集体经验;马蒂厄不再是一个独来独往的个人主义者,而是与周围的战友同呼吸、共命运的集体中的一员。在马其诺防线崩溃的同时,他以往的价值观念也受到了猛烈的震撼,他甚至对战友皮内特说:"应当由我替你去送死,因为我没有理由再活下去,我一开始就错了。"他在钟楼坚持抵抗十五分钟,对整个战局而言可说是于事无补,但对他本人来说,却攀上了他生命的最高峰:他第一次做出了选择,采取了行动;第一次体验到"自由"带来的欢乐,从而也意识到了人生的价值,他射出的每一发子弹都成为对旧我的清算与批判。

马蒂厄的朋友布吕内在《不惑之年》中是共产党人尼赞①的化身,他曾动员马蒂厄加入共产党,但马蒂厄表示:"必须有了信仰才能下跪",拒绝了布吕内的好意。但在《痛心疾首》中,这两个人事实上走到了一起,马蒂厄为追求自由付出了悲壮而沉重的代价;布吕内则在实际斗争中意识到曾经作为他行动准则的政治思想出现了某种差错。总之,马蒂厄和布吕内经过战争的撞击,殊途同归,两人都逐渐放弃原先的意识形态,开始关注"人",开始重新思考战争的性质和人类的命运。他们走出以往狭窄的圈子,萌发了

---

① 尼赞(1905—1940),战前是法共机关报《人道报》的主编,一直是萨特政治思想上的向导。

博爱的价值观。这种观念,既非形成于形而上,亦非形成于伦理学;既不同于马尔罗的行动博爱观,亦有别于加缪的理念博爱观。这仅仅是一种萌发,实际上只是一种朦胧的希望。后来萨特在《辩证理性批判》中提出,博爱之路要靠群体的每个个体在取得共识之下,自由组合,结伴而行。

《痛心疾首》是萨特在抗德胜利之后创作和发表的,其间萨特在思想上、政治上、伦理上与苏共和法共产生了分歧。他试图建立第三政治势力(革命民主同盟)的努力遭到失败后,不得不与法共既联合又斗争,思想上充满矛盾,政治立场暧昧不明。他的小说原构思为布吕内和重伤康复的马蒂厄联手领导战俘一起走向巴黎解放,共奏自由的凯歌,所以原题名《最后的机会》。但尼赞事件①使他对法共极为失望,小说无法继续,戛然而止,只得将《最后的机会》更名为《痛心疾首》,在读者面前展示出一条望不到尽头的"自由之路"。于是继《存在与虚无》的未完成,《自由之路》又一次未完成,而后《文字生涯》《圣热内,演员和殉道者》《家中的低能儿》更是一次接一次未完成。"未完成"成了萨特著作的一大特征。至于《辩证理性批判》,恐怕是最大的未完成。也许我们可以从如此普遍的未完成现象中进一步理解萨特有关自由的思想:有始无终是考验自由的法则,终结了,自由就消失了。所以,如同断臂维纳斯一样,"未完成"倒成了萨特著作的特殊魅力。

总之,萨特阐述"自由之路"时,并没有向读者指出一条具体的通往自由的道路。相反,谁想把自由作为物来寻求,必会大失所望。萨特的书不提供自由,因为自由是不可提供的。他描述的自

---

① 尼赞因一九三九年八月二十三日签订的苏德互不侵犯条约与法共产生分歧,旋即脱党,并奔赴前线,献身疆场,后受到法共严厉谴责,被诬为叛徒。萨特曾于一九六〇年撰文为尼赞鸣不平。

由,是一种需求,不是某个"已知项"。自由在萨特的书中,只是遥远的地平线,可望不可即;只是有始无终的历程,后浪促前浪的推动。在这层意义上,自由就是道路,前人未走过的道路,等待开辟的道路,永无尽头的道路。萨特让他的萨特式人物在这条道路上不断求索,任其在焦虑、困惑、挫败中经受考验。他不作结论,不勉为其难地为他们制造结局。萨特说过:"人注定是自由的",但他没有说过,人注定获得自由。但他一再强调,没有勇气去寻找自由之路的人,必定永远得不到自由。

除了描写萨特式人物,萨特的《自由之路》最强调的是对"处境"的刻画。一九四七年萨特在著名的《什么是文学》中公开提倡"处境文学",此时他恰好以创作《不惑之年》和《缓期执行》前后不同时期的形势变化,改变了小说人物的命运和写作方法。三十年代世界总体危机,酝酿和导致世界大战。战争阴云密布,山雨欲来风满楼,萨特虽属首批意识到被欺骗被遗弃的人士,而面对云谲波诡的情势,颇感"囿于处境",无能为力。然而作为有历史责任感的作家,不愿坐以待毙,必须揭示困扰亿万众生的"处境"。在这样的形势下,萨特萌生创作"处境小说"的想法,并付诸实践。

所谓"处境小说",就是既没有先入为主的"内在叙述者",也没有"无所不晓的见证人"。为了展示时代真相,萨特认为必须使小说技巧适应表现处境的需要,要让同时发生的诸多事件相对同步地铺叙。小说人物走马灯似的出现,每个人物登场的时间有长有短,但任何人物都不占特殊地位。这样就会"处处引起怀疑,引起等待,叫人有未完成之感","迫使读者自己推测,感受自己对情节对人物的看法是许许多多看法中的一种"。① 见仁见智是也。

---

① 《处境种种》第二卷第 252—253 页。

同时，萨特大力推崇卡夫卡、福克纳、海明威、多斯·帕索斯和伍尔芙，充分肯定他们的积极影响，主张他这一代作家要与文学理想主义决裂，全方位反映现实，使活生生的事件具有文学价值，把事件的方方面面以电影快速分镜头的方式和盘托出，像机舱滑梯把乘客（读者）倾泻到茫茫尘海，让读者自己在火热的生活中识别是非，辨别方向。萨特本人在小说创作上直接运用了上述作家的技巧。为了表现事件的"多维性"，他排除了"无所不晓的叙述者"，排除了位于读者和小说人物主观思绪之间的中介者，让意识和人物自由出入，络绎不绝，或互不相关，或偶然相遇。萨特称此手法为"暂存现实主义"。

《不惑之年》作为第一部处境小说，萨特动手创作时相信找到了适合当时处境的小说技巧和美学：平铺直叙与大屏幕电影手法相结合。故事情节的时间和地点简单紧凑，内心独白占相当的篇幅。除了人物心理描写明显受到陀思妥耶夫斯基的影响，主要采用海明威等人把十九世纪现实主义进行再创造的技巧，这些技巧曾被三十年代美国"小说式电影"采用过。而《不惑之年》中则多处可见"电影视觉景象"。如马蒂厄和鲍里斯的姐姐伊维什在蒙巴那斯圆顶咖啡厅约会。鲍里斯突然慌慌张张跑来，报告他的情人洛拉死了。他非常害怕，恳求马蒂厄去洛拉房间取回他的信件，因为涉及毒品事由：洛拉可能因吸毒过量致死。马蒂厄立即前往，偷偷进入洛拉房间，打开箱子，见除信件外，还有许多钱。急需用钱的马蒂厄犹豫片刻，只拿走信件而未动钞票。待他重新折回，想要取钱时，传来了洛拉的声音："谁呀？"原来洛拉醒过来了。类似的描写，给读者的感觉，可说与看电影不相上下。

《缓期执行》的写作手法基本相同，不过较《不惑之年》的空间更广阔,时间更拓展,叙述节奏更加快,层次也更复杂了;人物的数量成倍增加,好似"群像小说",并且以"大屏幕"平行或同步显形的手法来协调种种意识。为此,作者大量采用蒙太奇手法(现时已不新奇,但在四十年代,引入小说尚属尝试阶段)。例如,小说开始不久,"九月二十五日星期天",菲利普和胖路易各自同时在空寂无人的街上游荡,前者在巴黎,后者在马赛。他们两人产生相同的被遗弃感,同一时间产生相同的念头:"没有任何人可以帮助我吗?"他们同时都受到伤害,胖路易头部受伤,菲利普则吃了继父的耳光,前一天又让莫里斯打了一巴掌,自尊心受到严重伤害。他们同时在不同城市临街窗户的盲眼监视下游荡,好比置于上帝目光的审视下。此处构成处境、情节、情感的多层次镜头。一切事物,包括风景、房屋、火车、音乐、摆钟、广播,乃至不同的政治观点都以蒙太奇手法迅速转换,同时表现。如比尔南沙茨先生断言情势恶化的全部责任应由希特勒一人负责,而布吕内认为德国资本主义为万恶之根源。两种简单化的观点客观地、平行地摆在读者面前。最后,倒数第二章,捷克斯洛伐克无奈地被割让给德国时,伊维什正半推半就地被一个青年人奸污。

多角度的镜头汇成万花筒般的景象。作者转动万花筒,让不同的价值观念撞击,让复调音乐夹着噪音一起迸发,让人心的浮动通过乱哄哄的场景跃然纸上。《缓期执行》是战争的前奏,作者回顾这段历史,心情十分复杂,创作时可说运用了浑身解数,使出了身兼编年史家、醒世作家、哲学家、心理学家、短篇小说家、电影编剧、对白者、笔战家、新闻记者的看家本领,犹如有十八般武艺的艺人,变换着怪异的服装,在狂欢节上做各种表演;又像有经验的厨师,博采众长,精心做了一大盘杂烩。虽然整体笔调悲怆,却处处显露出讽刺和戏谑。

《痛心疾首》主要写大崩溃。作者极力保持客观，资料多于想象，现实多于幻想，他把众多单个的故事巧妙地加以归并组合，写成"人类崩溃"的编年史式小说，使人想起左拉的《崩溃》。但具体手法又不同于《崩溃》。萨特不像左拉那样提供情趣、意志、表象，他避免像讲一个人似的谈论一群人或一个民族，避免把人物归类作简单化的描绘。本书除了继续采用同步叙述技巧，还增加了心理分析和内心独白的篇幅。如下篇描述以布吕内为中心的一大群法国战俘被押往德国。通过人物的内心独白，突出了压抑沉闷的气氛和灰暗单一的色调，使人感到成群的法国人似乎正无奈地走下地狱。在这里萨特又一次选择了极限处境：以法国战俘被押往德国所引起的恐惧为背景，描写他们在死与生、恨与爱、怒与喜、战争与和平的临界线上挣扎。

　　综上所述，可以看出萨特的创作方法完全取决于他的创作思想。这位自由哲学的倡导者认为小说是他阐明哲学思想最自由的场所。从小说整体内容上看，的确可以找到萨特思想发展的轨迹。一九四〇至一九四九年，虽然哲学思想充满矛盾，政治立场暧昧不明，但在小说创作中，毕竟从罗冈丹式孤立的自我过渡到马蒂厄初步醒悟到的"社会人"。从这个角度看，《痛心疾首》无疑是《自由之路》三部曲——也许还是他全部小说——中格调最高的。

　　总之，从写作技巧上看，《自由之路》是法国二十世纪最具革新意义的小说，尤其《缓期执行》和《痛心疾首》，巧妙引进多斯·帕索斯、福克纳、米兰·昆德拉、布洛奇等人的"新手法"，综合借鉴使之法国化，以自己的哲学原则加以形象描述，独创萨特式的轻灵、活泼、强劲之文体。

　　综观萨特的小说，我们不难看出其主要特征在于揭露资产阶级传统道德和行为方式,从社会生活禁区突破,把种种阴暗面,包括阴暗心理暴露在光天化日之下。二十世纪三四十年代法国人虽然已经接受左拉对社会阴暗面赤裸裸的描绘,但难以接受萨特把未婚同居、堕胎、同性恋、变态性欲等犯罪心理和行为,堂而皇之如实搬到艺术作品中。这种把不可告人的社会现象公之于众,不管作者主观愿望如何,客观上会激起人们产生挑战现存秩序的自由倾向,起到"搅乱人心"的作用。比如一些大胆的教师把小说集《墙》中的某些作品引入中学课堂,曾引起教育界和学生家长的强烈抗议。一时间,萨特在循规蹈矩的人们眼里,成了魔鬼的象征。他和他的追随者成了一群凭本能行事的走兽,媒体报导对他常常很不利,从文学抨击转向攻讦他们的生活方式。其内容大致如下:"在花神咖啡馆(萨特等人的活动场所之一),人们动不动亲吻面颊。姑娘穿长裤。诗人长发披肩,不男不女。画家蓬头乱发。赶时髦的年轻人穿牛仔衬衫,花花绿绿,不三不四……一群妖魔"。奇怪的是,报刊抨击萨特越激烈,萨特著作在青年人的心目中威望越高。当年受批判的小说集《墙》供不应求,改为普及本,大量销售。

究其原因,他的小说不以先入为主的思想强迫读者接受,而把读者置于某种处境,任其自由思考自由裁决。主题涉及人的处境、人的状况,可谓严肃而永久的内容,旨在培养读者的感受力,使读者懂得价值和反价值的辩证关系。况且作者始终持愤世嫉俗的态度,尤其集中批判萨特式人物,即某种形式的自我批判,锋芒所向,恰恰针对他们把自由作为物来祈求。萨特式人物总希望实现无法实现的事情,越办不到的事越想办到,其结果,自欺欺人地把办不到的事情当作思想去追求。他们往往过着纨绔子弟无病呻吟的生活,既渴望行动,又游手好闲。他们有着孩子般的逆反心理,一味依靠否定成年人才获得暂时的自由感。但这样做,又担心自己也会变成成年人从而失去自由。所以,萨特式人物无疑永远得不到他所渴望的自由,只好面对自由的已知项作空转,借助痛苦把自己打扮成被排斥在社会之外的人。以致他们绝大多数染上无所为而为的浪荡作风,因为这种作风是在颓废之中的最后一次闪光,一轮"无限好"的落日。而自杀又是浪荡作风的最高圣事,《痛心疾首》中菲利普想投塞纳河自杀就是一例。萨特如此描写他:"傲慢而软弱。自欺欺人。一张布尔乔亚的小脸因陷进抽象的误区而惊恐失色;相貌迷人却不肯慷慨施予。"他们的作风宛如"自杀俱乐部",其成员一生无非操练永久性的自杀。挥之不去的自杀念头,对于他们与其说是结束生命的手段,不如说是保护生命的方法。萨特由此得出结论:"人对他自己所作的自由选择与所谓的命运绝对等同。"①

因此,萨特式人物虽非"正面形象",却有醒世之效,令人思考如何选择人生。当代著名法国哲学家吉尔·德勒兹(Gilles Deleuse)指出:

> 巴黎解放时,文人学士奇怪地囿于黑格尔、胡塞尔和海德格尔的藩篱,小狗似的急匆匆投入比中世纪更糟糕的经院哲学中去。唯有萨特赋予我们重整哲学秩序的力量。他不是作为一种方式或一个榜样出现,而是不断向我们输送新鲜空气,即使是来自花神咖啡馆。他是以奇特方式改变知识分子处境的知识分子。企图弄清楚萨特是某种东西的开端或终结是愚蠢的。正如一切事物和一切创造者那样,他处在中间,从中间

---

① 《波德莱尔》第179页,加利马出版社。

推陈出新。①

德勒兹以平易近人的话语,中肯地道出了萨特的价值和魅力。

沈 志 明

一九九七年春于巴黎

二〇一四年冬于上海

---

① 《对话》第18页,弗拉马里翁出版社,1977年。

恶 心

桂裕芳 译

献给海狸*

---

* 海狸,指萨特的终身伴侣西蒙娜·德·波伏瓦。海狸是朋友们因她勤奋认真而赠给她的绰号。——原编者注

"这个青年没有群体的重要性,他仅仅是一介个体。"

L.-F. 塞利纳:《教堂》*

---

* 《教堂》,指法国作家塞利纳(1894—1961)的处女作——五幕喜剧《教堂》。

出版者声明

这几本日记是在安托万·罗冈丹的文件中找到的,现在原封不动地予以刊登。

第一页没有标明日期,但我们有充分的理由相信它写于日记以前数周,最晚是在一九三二年一月初。

安托万·罗冈丹自中欧、北非、远东旅行归来后,此时已在芒布维尔居住三年,为的是完成对德·罗尔邦侯爵的历史研究。

没有日期的一页

最好是逐日记录事件。写日记使我看得更清楚。别漏过细微差别和细枝末节,哪怕它们看上去无足轻重。千万别将它们分门别类。应该写我怎样看这张桌子、街道、人、我的那包香烟,因为它发生了变化。应该精确判定变化的广度和性质。

譬如说,这里有一个装墨水瓶的纸盒。我应该努力说出从前我如何看它,现在又如何……①它。那么,这是一个直角平行六边形,它突出在——蠢话,这有什么可说的呢。别将空无吹成神奇,这一点可要注意。我想这正是写日记的危险:夸大一切,时时窥探,不断歪曲真实。另一方面,当然我能随时找到前天的感觉——对这个墨水瓶盒或其他任何物体的感觉。我必须时刻准备好,不然这个感觉就会再次从我指缝间溜走。不应该……②而应该小心谨慎地、详详细细地记下发生的一切。

当然,我现在无法写清楚星期六和前天的事,因为我离它们已经太远了。我能说的只是无论是在星期六还是前天,都没有发生任何通常所谓的大事。星期六,孩子们玩石子打水漂儿,我也想象他们那样往海面上扔石子,但我停住了,石子从我手中落下走开

---

① 此处空白。——作者注
② 此处有一字被擦掉(可能是"歪曲"或"制造"),另加一字,但不清楚。——作者注

了,可能神情恍惚,以致孩子们在我背后哄笑。

这便是表象,而我身上发生的事未留下清楚的印迹。我看到了什么东西,它使我恶心,但我不知道自己注视的是海还是石子。石子是扁平的,整整一面是干的,另一面潮湿,沾满污泥,我张开手指捏住它的边沿,免得把手弄脏。

前天,事情就更复杂了,再加上一系列巧合和误会,连我自己也莫名其妙,但我不会把这一切写在纸上来自娱。总之,我确实有过害怕或类似的感觉。如果我知道自己害怕什么,那我早就迈进一大步了。

奇怪的是,我毫不感到自己精神失常,而是确确实实看出自己精神健全。所有这些变化只涉及物体,至少这是我想证实的一点。

十点半钟[①]

话说回来,也许那真是一次轻微的神经质发作。它没有留下任何迹象。上星期的古怪感觉今天看来十分可笑,我已经摆脱了它。今晚我很自在,舒舒服服地活在世上。这里是我的房间,它朝向东北,下面是残废者街和新火车站工地。从窗口望出去,在维克多-诺瓦尔大街的拐角,是铁路之家的红白火焰招牌。由巴黎来的火车刚刚到站,人们走出老火车站,在各条街上散开。我听见脚步声和说话声。不少人在等候最后一班有轨电车,他们正站在我的窗下,围着路灯,大概形成了愁苦的一小堆。他们还要等几分钟,有轨电车十点四十五分才来。但愿今夜没有生意人来投宿,因为我直想睡觉,早就困了。只要一夜,美美的一夜,所有那些事都

[①] 当然是指晚上。下文与上文相隔很久。我们认为它最早写于第二天。——作者注

会忘得干干净净。

十一点差一刻,不用害怕了。他们已经来了,除非今天是鲁昂那位先生来的日子。他每个星期都来,二楼的那间带浴盆的 2 号房间是专为他留着的。现在他随时可能来,因为他常去铁路之家喝杯啤酒,然后才来睡觉。他不喧闹,个子小小的,干干净净,戴着假发,蓄着黑黑的、打了蜡的小胡子。他来了。

当我听见他上楼时,心中轻轻一动,感到十分宽慰,如此井然有序的世界有什么叫我害怕的呢?我想我已经痊愈了。

挂着"屠宰场-大船坞"牌子的 7 路有轨电车来了,丁零当啷直响。它又开走了。现在它载满箱子和熟睡的儿童驶向大船坞,驶向工厂,驶向黑暗的东区。这是倒数第二班车,末班车在一小时以后才来。

我要上床了。我已经痊愈,我不想像小姑娘那样在一个崭新漂亮的本子上逐日记下我的感受。

只有在一种情况下写日记才有意义,那就是如果……①

---

① 没有日期的一页至此结束。——作者注

日　记

一九三二年一月二十五日　星期一

　　我遇到一件不平凡的事，我不能再怀疑了。它不是一般确切的或确凿的事实，而是像疾病一样来到我身上，偷偷地、一步一步地安顿下来，我感到自己有点古怪，有点别扭，仅此而已。它一旦进入就不再动弹，静静地待着，因此我才能说服自己我没事，这只是一场虚惊。但是现在它却发挥威力了。

　　我不认为历史学家的职业有利于作心理分析，我们这一行接触的只是概括性的情感，统称为野心、利益等等。但是，如果我对自己有些许认识的话，此刻正该加以应用了。

　　譬如，我的手有点新奇，它们以某种方式来握烟斗或餐叉，或者说餐叉正以某种姿势被握着，我不知道。刚才我正要走进房间时突然停住，因为我的手感觉到一个冷冷的东西，它具有某种个性，引起了我的注意。我张开手一看，只是门锁。今天早上在图书馆里，自学者①走过来和我打招呼，我竟然用了十秒钟才认出他来。我看到一张陌生的面孔，几乎不能算面孔。还有他那只手，像一条肥大的白蠕虫放在我手里。我立刻把它甩掉，手臂便无力地

---

① 指奥吉埃·普（Ogier P…），日记中常提到他。他当过庶务文书。罗冈丹于一九三〇年在布维尔图书馆与他相识。——作者注

垂下来。

街上也有许多暧昧的、拖长的声音。

看来这几个星期里发生了变化。但变化在哪里呢？它是抽象的，不寄寓于任何东西。莫非是我变了？如果我没有变，那么就是这个房间、这个城市、这个环境变了，二者必居其一。

我看是我变了，这是最简单的答案，也是最不愉快的。总之，我得承认，我被这些突然的变化所左右，因为我很少思考，于是一大堆微小变化在我身上积累起来，而我不加防范，终于有一天爆发了真正的革命，我的生活便具有了这种缺乏和谐和条理的面貌。例如我离开法国时，许多人说我是心血来潮。在国外旅居六年以后，我突然回国，仍然有人说我是心血来潮。我还记得在梅尔西埃这位法国官员办公室里的情景。他去年在佩特鲁事件后辞了职。梅尔西埃随一个考古代表团去孟加拉。我一直想去孟加拉，他便极力邀我同去。我现在想他为什么邀我去，大概是信不过波尔塔，想让我去监视他吧。当时我没有理由拒绝，即使预感到这针对波尔塔的小阴谋，我更该高兴地接受邀请。总之，我僵住了，一句话也说不出来，眼睛盯住绿台布上电话机旁的一尊高棉小雕像。我全身仿佛充满了淋巴液和温奶。梅尔西埃用天使般的耐心来掩饰少许的不快，他说：

"我需要得到正式决定。我知道您迟早会同意的，最好还是马上接受。"

他蓄着棕黑色的胡子，香喷喷的。他一晃脑袋，香气便扑鼻而来。接着，突然间，我从长达六年的睡眠中苏醒。

雕像显得可厌和愚蠢，我厌倦至极。我不明白自己为什么待在印度支那。我去那里做什么？为什么要和那些人谈话？为什么我的装束如此古怪？我的热情已经消逝。在好几年里它曾淹没我、裹胁我,此刻我感到自己空空如也。然而这还不是最糟糕的,因为在我面前晃晃悠悠地出现了一个庞大而乏味的思想,我不知它是什么,但我不能正视它,因为它使我恶心。这一切都与梅尔西埃的胡子的香气混杂在一起。

我对他很生气,便打起精神冷冷地回答说:

"谢谢您,但是我旅行够了,现在该回法国去了。"

第三天,我便乘船回马赛了。

如果我没有弄错,如果所有这些迹象堆积起来预示着我的生活将发生新变化,那么我很害怕。这倒不是说我的生活很丰富或是很有价值,或是很可贵。我害怕那个即将产生、即将控制我的东西——它将把我带往何处？难道我得再次出走,放弃一切,放弃我的研究和书？难道在数月、数年以后,我将精疲力竭、心灰意懒地在新的废墟上醒来？趁现在还来得及,我想看清楚自己。

一月二十六日　星期二

没有什么新鲜事。

我在图书馆里从九点工作到一点,写完了第十二章以及罗尔邦在俄罗斯的侨居生活,直到保罗一世去世。这部分已经写完,就只等将来誊清了。

现在是一点半钟。我坐在马布利咖啡馆里,我在吃三明治,一切都相当正常。的确,在咖啡馆里一切总是正常的,特别是马布利咖啡馆,因为主管法斯盖尔先生总有一种讲求实效、令人放心的谄媚神态。他的午睡时间就要到了,眼睛已经发红,但举止仍然轻快果断。他穿梭在桌子中间,走近客人,用推心置腹的声调问道:

"还可以吧,先生？"

我见他如此积极,不禁微笑,因为当咖啡馆空无一人时,他的头脑也空荡荡的。两点钟到四点钟之间,咖啡馆里没有客人,这时法斯盖尔先生迟钝地踱上几步,等侍者关了灯,他也就滑进了无意识中。他一人独处时,便进入梦乡。

还剩下二十多位顾客,都是些单身汉、小工程师和职员。他们在别人家里寄宿搭伙,在这些他们所谓的食堂里匆匆用过餐后,便来这里喝喝咖啡,玩玩牌,他们需要稍稍享受一下。他们发出轻微的吵闹声,声音单薄,并不干扰我。他们也一样,必须好几个人在一起才能生存。

我独自生活,完全是独自一人。我不和任何人说话,不接受任何东西,也不给予任何东西。自学者不值一提。只有铁路之家的老板娘弗朗索瓦兹。可我和她谈话吗?有时,晚餐以后,她端来啤酒,于是我问道:

"您今晚有空吗?"

她从来不说"不",于是我跟她走进二楼的一间大房,这是她按钟点或按天租用的。我不付她钱,我们做爱,以工代酬。她很喜欢做爱(她每天需要一个男人,除了我,她还有许多男人),而我也能排解忧郁,我知道它从何而来。我们说不了几句话,有什么用呢?各人都是为自己,何况在她眼中,我始终首先是咖啡馆的顾客。

她一面脱衣一面说:

"喂,有种叫布里科的开胃酒,您喝过吗?这星期有两位客人叫这种酒,小姑娘不知道,跑来告诉我。这两人是旅客,肯定在巴黎喝过这酒。可我总不能一无所知就进这种酒吧。如果您不在意,我就不脱长袜了。"

从前我是为安妮而思考的——甚至在她离开我很久以后。现在我不为任何人思考,我甚至无意寻找字词。字词在我身上流动,或快或慢,我不使它固定,而是听之任之。在大多数情况下,我的思想模糊不清,因为它未被字词拴住。思想呈现出含混可笑的形式,沉没了,立即被我忘得一干二净。

我赞叹这些年轻人。他们一边喝咖啡,一边讲述清清楚楚、真实可信的故事。如果你问他们昨天干什么了,他们会毫无难色、三言两语就讲明白。要是我,我会张嘴结舌的。的确,长久以来,没有人关心我的时间表。当你独自生活时,你连讲述也不会了。真实性随朋友们一同消失。事件也一样,你听任它流逝。你看见突然出现了一些人,他们说话、走动,于是你沉入无头无尾的故事之中,你会是一个蹩脚的见证人。然而,作为补偿,所有那些在咖啡馆里无人相信的事,所有那些不可置信的事,你却屡屡遇见。例如,星期六下午三四点钟,在车站工地的小段木板人行道上,有一位身穿天蓝色大衣的小女人在倒退着奔跑,一面笑着,一面挥舞手帕。与此同时,一个黑人正拐过街角,吹着口哨走过来。他穿着乳白色雨衣,一双黄皮鞋,头戴一顶绿帽。女人一直在倒退,退到挂在栅栏上为夜晚照明的那盏灯下,正撞在黑人身上。此时此刻,在火红的天空下,既有发出浓重湿气的木栅栏,又有路灯,又有黑人怀中的那位可爱的金发小女子。如果我们是四五个人,我想我们会注意这个撞击,注意这些柔和的色彩的:酷似压脚被的漂亮蓝大衣、浅色雨衣、红色的玻璃灯;我们会对这两张惊愕不已的孩子面孔大笑一场的。

一个独处的人很少笑。这整个场面对我产生了十分强烈的甚至粗暴的、然而却是纯洁的印象。接着它便解体了,只剩下灯、栅栏和天空,这就算不错了。一小时后,灯点燃了,刮起了风,天空变成黑色,再也没有什么了。

这一切并不新鲜。我从未拒绝过这种无害的激情。恰恰相反,要感受它只需稍稍孤独,以便在恰当时刻摆脱真实性。我仅仅在孤独的表层,我与人们十分接近,一遇危险便躲藏在他们中间。其实我至今只是业余爱好者。

　　现在到处都有东西,譬如桌上这只啤酒杯。我看见这只杯子,很想说:"暂停,我不玩了。"我知道自己走得太远,我想不能让孤独"占上风"。这并不是说我上床以前先看看床底下,也不是说我害怕房门在半夜里突然打开。只是我感到不安,因为半小时以来,我就一直避而不看这只啤酒杯,我看它的上方、下方、左面、右面,就是不看它。我知道周围这些单身汉都无法救我,因为太晚了,我无法逃到他们中间避难。他们会走过来拍拍我的肩头,对我说:"怎么了,这只啤酒杯怎么了?"它和别的杯子一样,有斜切面,有杯柄,还有一个带铁铲的小纹章,纹章上刻着施帕滕布罗。这些我都知道,但我知道还有其他东西。几乎莫须有的东西。我无法解释我见到的,无论对谁。就是这样,我慢慢沉到水底,滑向恐惧。

　　在这些欢快和理智的声音中,我是孤单的。所有这些人都一直在相互解释,愉快地看到他们思想一致。他们都想到一起了,这对他们是多么重要呀,老天爷!只要看看他们的脸色就明白了,因为在他们中间,有时走过一个长着凸眼的人,他似乎朝内观看,与他们完全不一致,他们便做鬼脸。我八岁时去卢森堡公园玩耍,那里也有一个凸眼人,他坐在一个岗亭里,紧靠沿奥古斯特-孔德街的铁栅栏。他不说话,不时伸直一条腿,惊恐地瞧着这只脚,它穿的是高帮皮鞋,另一只脚上却是拖鞋。看园人对我叔叔说此人曾是中学学监。他穿着法兰西院士的院服去课堂上宣读季度成绩,于是被迫退休。我们觉出他是孤单一人,对他十分恐惧。有一天,他从远处朝罗贝尔微笑,并伸出双臂,罗贝尔几乎晕倒。使我们恐惧的不是他那穷途潦倒的神态，也不是他脖子上那块与假领相摩擦的肿瘤，而是因为我们感到他脑子里装的是螃蟹或龙虾的思想。一个人居然用龙虾的思想来看待岗亭，看待我们玩的铁环，看待灌木丛，我们不免惊恐万分。

难道等待我的就是这个吗？我头一次讨厌孤独。我想把我身上发生的事告诉别人，趁现在还来得及，趁我现在还没有使小男孩害怕。我希望安妮在这里。

真奇怪，我写满了十页纸，可还没有说出真相，至少没有说出全部真相。我在日期下方写"没有什么新鲜事"时是问心有愧的。事实上我不愿说出一件小事，一件既不丢人又不奇特的小事。"没有什么新鲜事"。一个人说谎而自恃有理，真叫人佩服。当然，可以说没有发生什么新鲜事。今天早上，我八点一刻从普兰塔尼亚旅馆出来去图书馆，我看到地上有一张纸片，想拾起来，但没能拾起。就是这件事，甚至还算不上一件事。是的，可是，说实话，我受到深深的触动，因为我想我不再是自由的了。在图书馆里，我试图摆脱这个想法，但挥之不去。我逃到马布利咖啡馆，希望它会消失在灯光下，但它仍然待在我身上，沉重而痛苦。前几页纸正是在它的授意下写的。

我为什么没有讲这件事呢？大概是出于骄傲，也许还带有几分笨拙。我不习惯向自己讲述我身上发生的事，记不清先后顺序，因此也分不清哪些是重要的。不过现在都结束了。我重读一遍在马布利咖啡馆写的东西，感到羞愧。我不要神秘，不要心境，不要难以表述的东西。我不是童贞女，也不是神父，不善于玩弄内心生活。

没有什么大事可讲。我未能拾起那张纸片，仅此而已。

我很喜欢拾东西：栗子、破布，特别是纸片。拾起它们，用手捏着它们，这使我很愉快。我几乎像孩子一样将它们凑到嘴边。我在角落里拾起一些厚沉而豪华、但可能沾上粪便的纸片时，安妮便大发雷霆。在夏天或初秋，可以在公园里看见一些烂报纸，它被阳光烤熟了，像落叶一样又干又脆，黄黄的，仿佛在苦味酸里浸泡过。还有些纸片在冬天被捣碎、碾碎、污迹斑斑，返回到土中去。另一些纸片完全是新的，甚至上了光，白白的，令人激动，像天鹅一样展在那里，但是泥土已经从下面将它粘住。纸片卷曲着，脱离了烂泥，但是最后，在稍远的地方，又伏贴在地面上。这一切都可以拾起来。有时我从近处看看纸片，只是摸摸它，有时我将纸片撕碎，好听它发出长长的噼啪声。如果纸很潮湿，我便点上火，这当然有点费事，然后我在墙上或树上擦净那满是泥泞的手心。

今天早上，我瞧着一双浅黄褐色的皮靴，这是一位刚从军营出来的骑兵军官的皮靴。我瞧着它走动，看见在一个小水洼旁有一张纸。我料想军官会用鞋跟把纸片踩进泥水里，可是没有，军官大步越过了纸片和水洼。我走近那张纸，是横格纸，大概是从小学生练习本上撕下来的。它被雨水浇透，卷了起来，像烧伤的手那样布满了肿胀的水疱。纸边的红道褪了色，成为粉红色的水渍，有些地方的墨迹也模糊不清，纸的下半部被一块干泥盖住。我弯下身，高兴地盼着触摸这团柔软凉爽的纸浆，用手将它揉成灰色小团……但我没有做到。

我弯腰待了一秒钟，看到纸片上的字："听写：白猫头鹰"，我两手空空地直起腰来。我不再是自由的，不能再做我想做的事。

物体是没有生命的，不该触动人。我们使用物体，将它们放回原处，在它们中间生活，它们是有用的，仅此而已。然而它们居然触动我，真是无法容忍。我害怕接触它们，仿佛它们是有生命的野兽。

现在我明白了。那天我在海边拿着石子的感觉,现在记得更清楚了。那是一种淡淡的恶心。多么令人不快!而这种感觉来自石子,我敢肯定,是由石子传到我手上的。对,就是这个,就是这个:手上感到一阵恶心。

星期四上午,图书馆

刚才,在走下旅馆的楼梯时,我听见吕西一边给楼梯打蜡,一边在向老板娘诉苦,她诉苦已不下一百次了。老板娘很吃力地回答,话语简短,因为她还没有戴上假牙。她几乎赤身露体,只穿着粉红色的晨衣,脚蹬拖鞋。吕西像平时一样很脏,时不时地停下来,跪着直起上半身瞧着老板娘。她滔滔不绝地说着,显得理直气壮。

"我宁可他去追女人,这我不在乎,这对他也没有坏处。"

她讲的是她丈夫。这个黑发棕肤的小女人四十岁上才用积蓄买来了一个很可爱的年轻男人,勒库安特工厂的钳工,但家庭生活很不幸。丈夫并不打她,也不找别的女人,只是酗酒,每晚回家时都是酩酊大醉。他情况不妙,三个月以来面色发黄,日见消瘦。吕西认为是因为酗酒,可我看是肺病。

"得振作精神。"吕西常常说。

很明显,她十分苦恼,但她慢慢地、有耐心地振作起来,因为她既无法自我安慰,也不自甘沉沦。偶尔她也稍稍想到这桩烦恼,稍一想起便借机发挥,尤其是与人交谈时,因为人们总是安慰她,而她也稍感轻松,她那不慌不忙的语气仿佛在为他们出主意。她独自一人收拾房间时,我听见她在哼歌,为的是不去想这件事。但她整天闷闷不乐,厌烦愤懑地指着喉咙说:

"这里咽不下去。"

她独自享用痛苦,大概也独自享用快乐吧。我在想,她有时是否想摆脱这种单调的痛苦,摆脱这种她一停止歌唱便卷土重来的唠叨话呢?她是否希望痛痛快快地痛苦,自溺于绝望中呢?但是对她来说,这不可能,因为她已经被卡住了。

星期四下午

德·罗尔邦先生容貌奇丑。玛丽-安托瓦内特王后[①]常称他为"亲爱的丑八怪",然而他却赢得宫廷里所有女人的欢心。他不像丑男人瓦泽农[②]那样扮演小丑,而是靠一种吸引力,这种吸引力使被他征服的女人神魂颠倒。他长于耍阴谋诡计,在项链事件[③]中举止暧昧,与圆桶米拉博[④]及奈尔西亚[⑤]来往频繁,后来在一七九〇年销声匿迹,不久后又出现在俄罗斯,参与暗杀保罗一世事件,后从俄罗斯去到最遥远的国度,印度、中国、土耳其斯坦,走私、玩弄阴谋、充当密探。一八一三年他返回巴黎,一八一六年执掌大权,成为昂古莱姆公爵夫人[⑥]的唯一亲信。这位老夫人喜怒无常,为童年回忆所困扰,只有看到德·罗尔邦先生时才开心地微笑。他通过这位

---

① 玛丽-安托瓦内特(1755—1793),法王路易十六的王后。
② 瓦泽农(1708—1775),其貌不扬,但十分风流,曾被伏尔泰称为"女人们亲爱的情夫"。——原编者注
③ 指一七八四年发生的玛丽-安托瓦内特王后的项链事件。德·拉莫特夫人欺骗红衣主教罗昂,让他借债购买珍贵项链赠送皇后,后罗昂无力偿还债务,被捕入狱,王后也受到指控,朝廷上下分为两派。这个案件持续一年之久,后罗昂被流放,德·拉莫特夫人被捕入狱。
④ 圆桶米拉博子爵(1754—1792),曾武装反对法国大革命。
⑤ 奈尔西亚(1739—1801),法国小说家,其作品当时被视为淫秽之作。
⑥ 昂古莱姆公爵夫人(1778—1851),法王路易十六之女,曾目睹父母被处死。

公爵夫人在宫廷里为所欲为。一八二〇年三月,他娶了美丽的德·罗克洛尔小姐为妻,她芳龄十八,而他已七十岁了。此时他至尊至贵,处于一生的巅峰。七个月以后,他被控谋反,被捕入狱,五个月以后死于狱中,而此案无人过问。

我忧郁地重读热尔曼·贝尔热的这段注解[①]。我是从这几行字中首先知道德·罗尔邦先生的。我觉得他十分迷人,而且,根据这几行字,就立刻爱上了他!正是为了他,为了这位亲爱的先生,我才来到这里。我从国外旅行归来时,原本可以立刻定居巴黎或马赛,然而,大部分有关这位侯爵滞居国外的资料都保存在布维尔市立图书馆。罗尔邦曾是马罗姆城堡的领主。在战前,那个村子里还有他的一个后代,是位建筑师,姓罗尔邦-康普雷。他于一九一二年去世,将大量遗物赠给布维尔图书馆,其中有这位侯爵的书信、日记片断以及各种文件。我还没有仔细研究过这些资料。

我很高兴找到这些笔记。我有十多年没有碰它们了。我的笔迹似乎变了。从前我写得很密。那一年我是多么热爱德·罗尔邦先生啊!我还记得有天傍晚,一个星期二傍晚,我在马扎林图书馆工作了一整天,阅读了罗尔邦先生于一七八九至一七九〇年期间的书信,从中猜到他多么巧妙地欺骗奈尔西亚。这时天色已黑,我走下曼恩大街,来到快乐街拐角,买了一些栗子。我真快活!我想到奈尔西亚从德国回来时那副模样,不禁独自大笑起来。侯爵的面孔和这墨水一样,自我研究以来,已大大暗淡了。

首先,从一八〇一年起,他的行为就难以理解。我不缺资料:信件、日记片断、秘密报告、警察局档案,我的资料甚至太多了。但

[①] 热尔曼·贝尔热:《圆桶米拉博及其朋友》第406页,注②,尚皮翁出版社,1906。——原编者注

我认为这些见证不够可靠,不够确实。它们相互并不矛盾,不,然而也不吻合。它们说的仿佛不是同一个人。可是,别的历史学家依据的也是同样的资料,他们是怎样做的?莫非我过于谨慎或者不够聪明?其实这样提问题对我毫无意义。我追求的到底是什么?我不知道。长久以来,我对罗尔邦这个人的兴趣超过我打算写的那本书,可是现在,这个人……开始使我厌烦。我更关注的是书,写书的愿望日益强烈,大概是因为我越来越老了吧。

当然,我们可以假定罗尔邦积极参与了谋杀保罗一世的阴谋,后来又被沙皇派去东方做密探,并且经常背叛亚历山大一世而效忠拿破仑。与此同时他还可能与阿图瓦伯爵①保持频繁通信,并告之以无足轻重的信息以显示自己的忠诚,这一切并非不可能。在这个时期,富歇②也在玩弄更复杂、更危险的把戏。罗尔邦也许还私下和亚洲的公国做枪支交易。

是的,他很可能做这一切,但是没有证据,我开始想也许永远也找不到证据。这些假定十分恰当,能反映事件,但它们来自于我,它们只是我归纳知识的一种办法。没有任何一点来自罗尔邦。事实是缓慢、怠惰、阴沉的东西,它们顺应我所强加的严格秩序,但始终留在秩序之外。我觉得自己在做一种纯粹臆想性的工作。小说人物肯定更真实可信,而且更为有趣。

星期五

三点钟。三点钟。要干事已经太晚,或者太早了。下午三点钟可是个怪钟点。今天更是无法容忍。

---

① 阿图瓦伯爵,法王路易十六最小的弟弟,即未来的国王查理十世。
② 富歇(1759—1820),法国政治家,在法国督政府、执政府、拿破仑帝国期间曾任警察总监。

寒冷的阳光照得灰扑扑的玻璃窗发白。天空暗淡泛白。今天早上小河结了冰。

我坐在暖气炉旁艰难地消化午餐。我知道这一天将白白浪费掉。除非夜幕降临,否则我什么事也做不了,这是由于阳光,阳光将工地上空肮脏的白雾染成泛泛的金色,阳光泻进我的房间,苍白发黄,在我桌上铺开四个灰暗、虚假的影子。

我的烟斗上有一层金色的漆,初一看十分悦目,但细看之下金漆已脱落,木头上只剩下长长一道灰白痕迹。一切都是如此,一切,包括我的手。既然阳光是这样,最好还是上床睡觉,但是我已闷头睡了一夜,现在毫无困意。

我喜欢昨日的天空,昏暗的雨空,它显得窄狭,紧贴着我的玻璃窗,仿佛是一张可笑而动人的面孔。今天的太阳却一点也不可笑,恰恰相反。它向我所喜爱的一切,向工地上的锈迹和栅栏的烂木板投下一种吝啬和有节制的光线,就像人们在不眠之夜以后看着头天晚上冲动之中做出的决定,或者一气呵成、未加修改的文章。维克多-诺瓦尔大街的四家咖啡馆一到夜间便灯光灿烂,交相辉映。它们远不止是咖啡馆,还是水族馆、大船、星星或白色的大眼,然而它们此刻却失去了这种朦胧的风采。

这种天气对自省是再好不过了。太阳向万物投下冷冷的光,仿佛是毫不留情的审判。它从我的眼睛进入我体内,照亮我的内部,使我贫瘠。我敢肯定,不出一刻钟,我就会达到自我厌恶的极端。多谢了,我可不想这样。我也不打算重读我昨天写的有关罗尔邦旅居圣彼得堡的文章。我垂着手坐着,或者胡乱画着,百无聊赖,打着呵欠,等待黑夜来临。等天黑以后,我们,物体和我,将走出虚渺。

罗尔邦参与还是没有参与暗杀保罗一世的阴谋?这就是今天

的问题。我已经走到了这一步,这一点不确定我就无法继续下去。

按照切尔科夫的说法,罗尔邦受雇于帕伦伯爵。切尔科夫说,大多数谋反者都同意推翻并囚禁沙皇(亚历山大似乎也赞成这个办法)。但是帕伦希望一劳永逸地除掉保罗,于是德·罗尔邦先生便受命去一一劝说谋反者,使他们同意暗杀。

> 他拜访他们中间的每个人,而且绘声绘色地模仿可能出现的场面。就这样他使他们产生并发展了谋杀的狂热。

但是我不相信切尔科夫。他不是明智的见证人,而是暴虐的占星家,是半个疯子,因为他把一切都说成恶魔。我根本看不出为什么德·罗尔邦先生要扮演这个夸张的角色。他模仿了暗杀的场面?算了吧。他很冷静,一般从不以情来打动人,不作明示,只作暗示。他这种平淡的、缺乏戏剧性的方法只能在他的同类人身上奏效,即能够理喻的阴谋家、政治家。

夏里埃尔夫人①写道:

> 阿代马尔·德·罗尔邦讲话时从不绘声绘色,不做手势,没有抑扬顿挫。他半闭着眼,睫毛下勉强露出一点点灰色眼珠。近几年我才敢承认他曾使我十分厌烦。他的话有几分像马布利神甫②写的书。

而正是这个人,利用模仿的才能……可他是如何迷惑女人的呢?这里还有塞居尔③讲的一件奇事,我觉得它是真实的:

> 一七八七年,在穆兰附近的一家小旅店里,一位老人正奄

---

① 夏里埃尔夫人(1740—1805),荷兰女作家。
② 马布利神甫(1709—1785),法国哲学家和历史学家,天性悲观,绰号为"预言不幸的先知"。本书中的马布利咖啡馆由他得名。
③ 塞居尔(1753—1830),拿破仑麾下的将军,剧作家,著有三卷回忆录。

奄一息。他是狄德罗的朋友,曾受到哲学家们的熏陶。附近的神甫们忙得不可开交,竭尽全力,但毫无效果。这老人是泛神论者,拒绝临终圣事。德·罗尔邦先生正经过这里,不相信这件事,向穆兰的本堂神甫打赌,说不出两小时他就能使病人恢复基督教感情。本堂神甫接受了打赌,而且输了,因为罗尔邦在清晨三点钟开始接触病人,五点钟病人就进行了忏悔,七点钟便死去。"您竟如此雄辩?"本堂神甫说:"您比我们厉害!"罗尔邦答道:"我没有辩论,只是使他害怕地狱。"

现在,他真正参与谋杀了吗?那天晚上八点钟时,一位军官朋友送他回到住所。如果他后来又出来,那怎能顺顺利利穿过圣彼得堡呢?保罗处于半疯狂状态,已下令自晚上九时起逮捕一切行人,只有产婆和医生除外。难道那个荒谬的传闻是真的:罗尔邦装扮成产婆混进皇宫?不过,这种事他也做得出来。总之,发生暗杀的那天晚上,他不在自己家里,这事似乎已被证实了。亚历山大多半对他疑虑重重,所以在登基后的头一批举措中,就以赴远东执行任务这种含糊其辞的借口使罗尔邦侯爵远离圣彼得堡。

德·罗尔邦先生使我非常厌烦。我站起身,在苍白的光线中活动一下。我看见光线在我手上和衣袖上变化,说不出多么恶心。我打呵欠。我点燃桌上的灯,灯光也许能压过日光。可是不然,灯柱脚周围只有可怜的一小片光。我灭了灯,站起来。墙上有一个白色的洞,是玻璃镜,这是陷阱。我知道我会陷下去。我陷下去了。那灰东西出现在镜子里。我走近它,瞧着它,再也无法走开。

这是我的面影。在这种白白浪费的日子里,我常常待在这里端详它。我不明白它,不明白这张面孔。别人的面孔都有含意,而我的面孔却没有,我甚至说不出它是美是丑。我想它是丑的,因为人家这样对我说。但我并不感到惊奇。说实话,将这种类型的品质赋予面孔,我甚至很反感,难道可以说一块土或一块岩石是美还是丑吗?

然而,毕竟有一个东西使我看了高兴,它是在软塌塌的面颊上方,在前额上方,这便是使我头部发亮的、漂亮的红色火焰:我的头发。它可是悦目的,至少颜色鲜艳。我很高兴有一头棕红头发。它,在那里,在镜子里,引人注目,光彩照人。我算是幸运儿,如果我的头发晦暗无光、介乎褐色和黄色之间,那么我的面孔会暧昧不清,它会使我发晕。

我的眼光慢慢地、烦闷地,顺着额头,顺着面颊往下,它遇不到任何坚实的东西,它陷在沙里。当然,这里有鼻子、眼睛、嘴,但它们没有任何含意,甚至也没有人的表情。不过安妮和韦莉曾经说我炯炯有神,可能是我对自己的面孔太习惯了吧。我小时候,毕儒瓦婶婶对我说:"你要是老照镜子,就会看见一只猴子。"我大概看得太久了,我看到的还够不上猴子,只是像块息肉,与植物界相近,它有生命,这我不否认,但不是安妮想的那种生命。我看见轻微的颤抖,我看见黯淡的肌肉正自在地伸展和抽动。从如此近处看,眼睛十分可怕。它是呆滞的、软塌的、盲目的,周围是红圈,像鱼鳞。

我整个身子倚在陶制框沿上,将脸凑近镜子,直至贴着它。眼睛、鼻子和嘴都消失了,不剩下任何有人性的东西了。在努起的滚烫的嘴唇两侧是棕色的皱纹、裂缝和隆起。大角度倾斜的面颊上有一层细软光滑的白毛,鼻孔里也伸出两根毛。这是一幅凸起的地质图。但这个月球世界毕竟是我熟悉的,我不敢说认出了它的细枝末节,但它的总体使我感到似曾相识,这种感觉使我变得迟钝,我渐渐滑入梦乡。

我想振作精神,强烈而锐利的感觉会使我得到解脱。我将左手贴在脸上,用力扯皮肤,扮一个鬼脸。整整半边脸被扯歪了,左半侧的嘴巴扭曲了,膨胀了,露出一颗牙齿;眼眶里是白色的眼球,下面是粉红色的、充血的皮肤。这不是我想要的,这里没有任何强烈的、新鲜的东西,而是淡淡的、朦胧的、已经见过的东西!我睁着眼睛入睡了,在镜子中我的脸已经胀大、胀大,成为一个奇大无比的、浅浅的光晕,滑入光线中……

我突然惊醒,因为我失去了平衡。我发现自己骑坐在椅子上,仍然恍恍惚惚。别人是否也这样对自己的面孔难作判断呢?我看自己的面孔时就好比在感觉自己的身体,那是一种隐约的、器质性的感觉。但是别人呢?譬如罗尔邦?他看着自己在镜子里的面孔时也昏昏欲睡吗?德·冉利斯夫人①曾经写道:

> 在他那布满皱纹和麻点、干干净净、清清爽爽的小脸上有一种奇怪的狡黠神气,虽然他竭力掩饰,但仍一目了然。他着意修饰头发,每次见他,他总戴着假发。他的面颊呈蓝黑色,因为他蓄着浓须,他喜欢自己刮胡须,但又刮得不好。他常像格里姆一样往脸上涂铅白粉。德·当热维尔②先生说他那张脸又白又蓝,活像一块罗克福尔奶酪。

他大概很有趣,但是在德·夏里埃尔夫人眼中可不是这样,她大概觉得他死气沉沉。人也许根本不可能了解自己的面孔,或者是因为我孤独一人?群居的人们学会了在镜子里看见自己出现在朋友面前的模样。我没有朋友,所以我的肉体才如此赤裸?真好像,是的,真好像是没有人的自然。

我没有兴趣工作,什么也干不了!只有等待黑夜。

---

① 冉利斯夫人(1746—1830),法国作家,曾写过八十多部作品,特别是回忆录。——原编者注
② 当热维尔,可能影射法兰西喜剧院演员博托(1707—1783)。——原编者注

五点半

情况不妙！糟糕透了！我感觉到那个脏东西,恶心！这一次它在咖啡馆里袭击了我,这是从未有过的,因为迄今为止咖啡馆是我唯一的避难所,这里有许多人,又有明亮的灯光,然而以后连这也没有了。我在房间里走投无路时,我再也无处可去。

我来咖啡馆寻欢作乐,可是我刚推开门,女侍者玛德莱娜就对我喊道：

"老板娘不在,上街买东西了。"

我大失所望,生殖器一阵发痒,很不舒服。与此同时我感到乳头在与衬衣摩擦。我被一种缓慢的、有色彩的涡流围住、裹住,这是由烟雾和镜子组成的雾和光的涡流,尽头处有几张长椅在发亮。我不明白为什么它在这里,为什么会这样。我站在门口犹豫不决,这时产生了一股旋涡,天花板上出现了一个阴影。我感到自己被朝前推了一下。我在漂浮,明亮的雾气从四面八方进入我体内,使我晕头转向。玛德莱娜漂浮着走过来,帮我脱下大衣。我注意到她的头发是往后梳的,她戴着耳环,我认不出她来了。我瞧着她的大脸颊,它们没完没了地往耳朵延伸。在颧骨下方的颊窝里有两个孤立的粉红色印迹,它们在这可怜的肉体上似乎感到乏味。面颊延伸,朝耳朵延伸,玛德莱娜笑着说：

"您要点什么,安托万先生？"

于是恶心攫住了我,我跌坐在长椅上,甚至不知身在何处。颜色在我周围慢慢旋转,我想呕吐。就这样,从此恶心不再离开我,它牢牢地抓住我。

我付了钱。玛德莱娜端走了碟子。我的玻璃杯紧压着桌面上一小摊黄色啤酒,酒里漂着一个小气泡。长椅的软垫在我坐的地方塌了下去,于是我不得不用鞋底紧紧蹬着地面,以免滑下去。天很冷。在我右边,他们正在呢绒桌布上玩牌。我进门时没有看见他们,只是感到那里有暖暖的一大团东西,一半在长椅上,一半在最里面的桌子上,还有成双成对挥动的手臂。后来玛德莱娜给他们送去纸牌、桌布和一只盛着筹码的木碗。他们是三个人还是五个人,我不知道,我不敢看他们。我身上断了一根弹簧,我能转动眼睛,但不能转动脑袋。我的头软软的,富有弹性,仿佛正好架在我脖子上。我要是转头,头就会掉下来。尽管如此,我还是听见一个短促的呼吸声,眼角偶尔瞟见一个布满白毛的发红的闪光。这是一只手。

老板娘上街买东西时,她的表亲便替她站柜台。他叫阿道尔夫。我坐下时开始看他,一直看着他,因为我的脑袋不能转动。他穿着衬衣,挂着淡紫色的背带,衬衣袖子一直卷到肘弯以上。蓝衬衣上的背带几乎看不见,它们隐没了,隐藏在蓝色中,但这是虚假的谦虚,事实上它们不甘于被遗忘。它们温顺而固执,令我不快,仿佛它们原来要成为紫色,但中途却停了下来,放弃了最初的抱负。我真想对它们说:"去呀,成为紫色,事情就了了。"可是不,它们悬在那里,既未完成抱负,又痴心不改。有时,四周的蓝色滑过来将它们完全盖住,有一刻我根本看不见它们。但这仅仅是一阵波浪,不久以后,有几处蓝色变淡了,于是我看见迟疑不决的淡紫色像小岛一样露了出来,小岛逐渐扩大,相互连成一片,重新组合成背带。阿道尔夫没有眼睛,他的眼皮肿胀翘起,只露出下面一小点眼白。他在微笑,似睡非睡,不时地响响鼻子,叫一叫,身子轻轻抖动,活像一只睡梦中的狗。

他那件蓝布衬衣在巧克力色的墙壁前显得欢快。这也产生了恶心,或者这就是恶心。恶心并不在我身上,我感到它在那里,在墙上,在背带上,在我四周。它与咖啡馆合而为一。我在恶心中。

在我右手,那暖暖的一团开始喧闹起来,成双的手臂在挥动。

"噫,这是你的王牌。""王牌,怎么回事?"一个大黑脊梁俯在牌桌上:"嘿嘿嘿!""怎么,王牌,他出了王牌。""我不知道,我没看见……""对,我出王牌。""那好,红心王牌。"他哼唱:"红心王牌,红心王牌。红—心—王—牌。"说白:"怎么回事,先生?怎么回事,先生?我要了!"

再度寂静——我的口腔后部感到空气的甜味。气味。背带。

表亲站起来走了几步,将手背在身后。现在他微笑,抬起头,身体往后仰,重心放在脚跟上。他就用这种姿势睡着了。他摇摇晃晃,始终带着微笑,双颊在颤动。他要跌倒了。他往后仰,往后仰,往后仰,面孔完全对着天花板,接着,快跌倒时,他灵敏地抓住柜台边沿,又恢复了平衡。如此这般往返不已。我看腻了,将女侍者唤过来:

"玛德莱娜,在留声机上放一支曲子吧,好不好?你知道,就是我喜欢的那支歌:Some of these days.①"

"好,不过这些先生们可能不高兴,他们玩牌时不喜欢音乐。哦,我去问问。"

我使出很大力气才转动了脑袋。他们是四个人。女侍者俯身对一位老头说话,他脸膛红红的,鼻尖上架着黑圈单片眼镜。他把纸牌藏在胸前,从下朝上看我一眼。

"好吧,先生。"

微笑。他的牙齿烂了。那只红手不是他的手,而是他的邻

---

① 英文:《有一天》——拉格泰姆乐曲(源于美国黑人乐队的早期爵士音乐),由黑人音乐家谢尔顿·布鲁克于一九一〇年作曲并作词。曾风靡一时。

座——一个蓄着黑髭须的人——的手。此人鼻孔极大,占去他半张脸,似乎足以为一大家人泵送空气,但是,尽管如此,他仍然张着嘴呼吸,还气喘吁吁。和他们在一起的还有一个长着狗脸的青年。第四位玩牌的人我看不清楚。

纸牌旋转着落在呢绒桌布上,然后几只戴着戒指的手拾起它们,指甲刮着桌布。手在桌布上构成白色的斑点,显得鼓胀,灰尘扑扑。纸牌不停地落下,手也来来回回地动。多么古怪,既不像游戏,也不像仪式,也不像习惯。我想他们这样做仅仅为了填满时间。但时间太长了,无法填满。我们往时间里投的一切都软化了,变得松弛。譬如这只红手,它踉踉跄跄地拾牌,这个动作太松弛无力,应该把它拆散、压缩。

玛德莱娜摇动留声机的手柄。但愿她没有弄错,可别像那天一样放上 Cavalleria rusticana① 这首大曲子。她没有弄错,正是我要的曲子,一听旋律我就认出来了。这是一首拉格泰姆老曲子,迭句是歌唱。一九一七年我曾经在拉罗歇尔的街上听见美国兵用口哨吹这个曲子。它在战前就有了,但录音则是近得多的事。不过,这张唱片是这一套中最老的,是使用宝石唱针的帕泰牌唱片。

一会儿就有迭句,我最爱听,它像悬崖绝壁一样陡直地伸入海中。眼下还是爵士乐,没有旋律,只有一些音,一大堆小震动。它们没有间隙,一个不可变更的顺序使它们诞生和死亡,它们无法从容不迫,无法为它们自己而生存。它们在奔跑,一个紧跟着一个,狠命地敲我一下就消失了。我很想留住它们,但是我知道,如果我拦住一个,它在我手里将只是一个暧昧和萎靡的音。我必须接受它们的死亡,我甚至应该盼望它们的死亡。我的感觉很少如此尖

---

① 意大利文:《乡村骑士》——意大利作曲家马斯卡尼(1863—1945)的歌剧。

锐,如此强烈。

我开始感到暖和,感到快活。这还算不了什么,只是一个小小的、恶心的快乐。这快乐在黏糊糊的水洼深处,在我们的时间——浅紫色背带和破长椅的时间——深处伸展,它是由大而软的瞬间组成,瞬间的边沿渐渐向外扩展。它刚诞生就已经衰老,我似乎认识它有二十年了。

还有另一种快乐。外面有那条钢带——音乐的狭窄时间,它穿透我们的时间,拒绝它,并且用冷冷的小尖角刺伤它,这是另一个时间。

"朗迪先生出红心,你出 A。"

声音滑过去,消失了。门开了,一阵冷气拂过我的膝头,兽医领着小女儿走了进来。但这一切丝毫无损于钢带,音乐刺破和穿越这些模糊的形状。小姑娘刚一坐下就被吸引住了,她睁大眼睛,直挺挺地听着,一面用手在桌上摩擦。

再过几秒钟,那位黑女人就要唱了。这似乎不可避免,这音乐是必然的,任何东西也无法使它中止,任何来自这个让世界搁浅的时间也无法使它中止,它会自动地、按顺序地停止。正是因为这一点,我更喜欢这美丽的声音,不是因为它宽阔,也不是因为它忧郁,而是因为它被那么多音符千呼万唤才出来,音符的死亡带来了它的诞生。然而我很担心,因为一点点小事就会使唱片停下来,或者是弹簧断了,或者是表亲阿道尔夫忽发奇想。奇怪而感人的是,这段时间竟如此脆弱。任何东西都无法使它中断,然而任何东西都能使它破碎。

最后的音符消失了,随之而来的是短暂的寂静,我强烈地感到:行了,发生了什么事。

Some of these days

You'll miss me honey. ①

　　发生的事就是恶心消失了。在寂静中,歌声渐高,我感到自己的身体变硬了,恶心消失。突然一下变得如此坚硬,如此鲜红,几乎令人难受。与此同时,音乐的时间膨胀了,像龙卷风一样膨胀开来,金属般透明的时间充溢了整个咖啡厅,将我们可怜的时间挤到墙边。我在音乐中。玻璃镜里滚动着火球,烟雾的环圈围绕着它们转动,将光线的冷酷微笑时而遮住,时而揭露。我的啤酒杯缩小了,蜷缩在桌子上,显得稠实、不可或缺。我想拿起它掂量掂量,我伸出手……老天爷! 它变了,我的手变了。我手臂的动作像威严的旋律一样扩展,沿着黑女人的歌声滑动,我仿佛在跳舞。

　　阿道尔夫的脸就在那里,靠在巧克力色的墙上。它仿佛就在近旁。我捏紧手时,看见了他的头。它显出了结论一般的确凿性、必然性。我用手捏住杯子,瞧着阿道尔夫,我很快活。

　　"瞧这个!"

　　在嘈杂的背景前迸出了这个声音。这是我的邻座,那个红脸膛老头在说话。棕红色的长椅更衬托出他紫红色的面颊。他将牌往桌上一拍。方块王牌。长着狗脸的年轻人微微一笑。红脸膛牌友身子俯在牌桌上,偷眼瞧他,随时会蹦起来。

　　"瞧这个!"

　　年轻人的手从暗处露了出来,显得白净,它懒洋洋地在空中停留了一刻,接着便突然像鸢一样俯冲下来,紧紧压着桌上的一张牌。红脸膛的胖子跳起老高:

　　"妈的! 他用王牌压。"

　　在痉挛的手指下露出了红心国王的模样,随后国王脸朝下地

---

① 英文:有一天你会想念我,亲爱的。

被翻了过去,游戏继续进行。漂亮的国王来自远方,那么多计谋,那么多已消失的行动为他的出现作了准备,而现在他也消失了,让位给另一些计谋,另一些行动,进攻,反攻,胜负易手,一大堆小小的冒险。

我很激动,我感到自己的身体像一台停住的精密机器。我有过真正的冒险,现在想不起任何细节了,但我看到种种情境中有严格的连贯性。我曾漂洋过海,告别许多城市,沿着河逆流而上或者钻进森林。我总是朝另一个城市走去。我有过女人,有过斗殴,而我永远不能倒退,就像唱片无法倒转一样。但这一切将我带到了哪里?带到了此时此刻,带到了这张长椅上,带到了这个响着音乐的、光亮的气泡中。

And when you leave me.①

是的,在罗马,我喜欢坐在台伯河畔,在巴塞罗那,我喜欢黄昏时分在宽人行道的街上散步,在吴哥附近的波罗坎巴莱小岛上,我见过一株用根缠着纳加②神庙的印度榕树,此刻我在这里,和玩牌的人生活在同一时刻,我听着黑女人唱歌,外面是游荡中的虚弱的夜。

唱片停止了。

夜进来了,虚情假意,犹犹豫豫。人们看不见它,但它在这里,它蒙住灯光,你呼吸空气,感到其中有什么厚厚的东西,这就是它。天冷。一个玩牌的人将乱七八糟的牌推向另一个人,让他收拢来。有一张牌被漏掉了。难道他们看不见?这是一张红心9,终于有人拾起它来,递给了长着狗脸的年轻人。

---

① 英文:当你离开我时。
② 纳加,即高棉雕刻中经常出现的神圣动物之一七头蛇。

"啊！红心9！"

很好，我要走了。红脸膛的老头低头瞧着一张纸，嘴里吮着铅笔头。玛德莱娜用明亮而无神的眼睛瞧着他。年轻人将那张红心9拿在手中转来转去。老天爷！……

我艰难地站起身。我看见在镜子里，在兽医的头部上方，滑过一张非人的面孔。

待会儿我要去看电影。

新鲜空气使我很舒服，它没有糖味，也没有苦艾酒的酒气，可是，老天爷，天真冷。

现在是七点半钟，我不饿。电影要到九点才开演。我干什么呢？快步走走，暖暖身子。我在犹豫，我身后的那条大街通往市中心，通往灯火辉煌的中心区街道，通往派拉蒙宫、帝国宫、雅昂大商场，但它们对我毫无吸引力。现在是喝开胃酒的时刻。一切活物，无论是狗是人，一切自然活动的柔软主体，我都看腻了。

我向左转，我要钻进那排路灯尽头的洞里，顺着诺瓦尔大街一直走到加尔瓦尼大道。洞里刮着冰冷的风，那里只有石头和泥土。石头是硬的，而且不会动。有一段路十分讨厌。右边的人行道上有一大团灰色气体，夹带着几串火光，发出贝壳类的声音，这是老火车站。它的存在丰富了诺瓦尔大街上的头一百米——从棱堡大街到天堂街——使那里出现了十几盏路灯和四家并排的咖啡馆：铁路之家和另外三家。咖啡馆在白天有气无力，一入夜便灯火通明，并向街心投下长方形的光影。我还要沐浴在三条黄色光影中。我看见从拉巴什针线杂货店里走出一位老妇，她将方巾拉起盖着头，跑了起来。现在走完了，我来到天堂街人行道的边沿，站在最后一根灯柱旁边。沥青地突然中止。在街对面是黑暗和泥泞,我穿过天堂街,右脚踩在水洼里,袜子湿了。散步开始了。

人们不住在诺瓦尔大街这个区里。这里气候严酷,土地贫瘠,无法定居和发展。索莱伊兄弟(他们曾为海滨圣塞西尔教堂提供有护壁的拱穹,价值十万法郎)的三家锯木厂门窗都朝西,开向静谧的冉娜-贝尔特-克鲁瓦街,使这条街上机声隆隆。三家工厂都背朝维克多-诺瓦尔大街,以围墙相连。这些建筑物沿着左边人行道,长约四百米,没有一扇窗户,连天窗都没有。

这一次我踩在水里走着。我走到对面人行道上,那里有唯一一盏路灯,它像地球尖端的灯塔,照着一道破损的、有几处被拆毁的栅栏。

木板上还挂着几张破广告。在一张星形的破绿纸上,有一个满脸仇恨的、美丽的面孔正在做怪相,有人用铅笔在它鼻子下面画了一副钩状髭须。在另一张碎纸上,可以看出白色的字 purâtre①,它滴下几个红点,也许是血。这张脸和这个字也许属于同一张广告。现在广告撕碎了,它们相互之间的简单关系消失了,另一种关系则自动地在扭曲的嘴、血迹、白字、字尾 âtre 之间建立了起来。这些神秘的符号仿佛试图表达一种毫不松弛的、罪恶的情欲。透过木板之间的缝隙,可以看见铁路的灯光。栅栏过去就是一堵长长的墙。墙上没有缺口,没有门,没窗,直伸到二百米开外的一座房屋。我走出路灯的光区,进入黑洞。我看着脚前自己的影子融入黑暗,我仿佛掉进了冰水。在前方尽头,透过层层稠密的黑暗,我看见浅浅的粉红色,那是加尔瓦尼大道。我回转身,在远方,在路灯后面,有一点光亮,那是火车站和四家咖啡馆。在我前面,

---

① pur,纯洁;âtre,含贬义的字尾。这是作者臆造的字,大意为"不洁的纯洁"。

在我后面,都有人在啤酒店里玩牌,但这里只有黑暗。风间或送来一阵微弱而孤独的铃声,它来自远方。做家务的声音、汽车的隆隆声、呼喊声、狗吠声,它们都留在温暖处,不会离开明亮的街道,但这铃声却穿过黑暗达到我这里。它比别的声音更坚硬,更缺少人性。

我停步聆听它。我很冷,耳朵疼,耳朵大概冻得通红。但我感到自己是纯净的,我的四周以其纯净征服了我。没有任何东西有生命,风吹着,僵直的线条遁入黑夜。诺瓦尔大街没有卑下的姿态,不像资产阶级的大街那样向行人献媚。没有人想到要装饰它,它恰恰是反面,冉娜-贝尔特-克鲁瓦街的反面,加尔瓦尼大道的反面。布维尔的居民对车站附近还稍加收拾,为了旅客有时去打扫打扫,可是再往远他们就完全不管了。于是这条街便盲目地、笔直地向前,与加尔瓦尼大道相撞。它被这座城市遗忘了。有时一辆土色大卡车飞快驰过,发出雷鸣声。这里甚至没有谋杀案,因为既缺乏凶手也缺乏受害人。诺瓦尔大街是无人性的,就像一块矿石,就像一个三角形。布维尔能有这样一条街真是幸运。一般说来,这种街只是在首都才有,譬如在柏林的新科隆或腓特烈海因附近,或者在伦敦的格林威治附近。这是些笔直的狭长通道,十分肮脏,刮着穿堂风,人行道很宽但没有树。它们几乎总是在城郊的古怪街区,有了它们才有了城市,附近是货车车站、有轨电车车站、屠宰场、煤气储气厂。暴雨过后两天,全城在阳光下半潮半干,散发出潮湿的热气,但这些街道仍然十分寒冷,而且到处是水洼和烂泥。有些水洼终年不干,除非到了每年的八月。

恶心待在这里,待在黄色的光中。我很快活,寒冷是如此纯净,夜晚是如此纯净,连我自己不也是一股冰冷的空气吗?没有血液,没有淋巴,没有肉体。在这条长长的通道里朝着远处苍白的光线流动。只有寒冷。

这里有人。两个人影。他们来这里干什么？

一个小个子女人拉着一个男人的袖子。她低声说话，说得很快。由于有风，我听不清她在说什么。

"你闭嘴，行不行？"男人说。

她仍然在说。男人猛然推开她。他们四目相视，迟疑不决，接着男人把两手插进口袋，头也不回地走了。

他消失了。我与那女人相距不到三米。突然间，一种沙哑深沉的声音将她撕裂，从她身上迸发出来，整条街便响起了激烈冲动的话语：

"夏尔，求求你，你知道我对你说什么？夏尔，回来吧，我受不了，我太痛苦了！"

我从她身边走过，几乎能碰着她。这是……怎么能相信这个热情冲动的肉体，这张痛苦不堪的脸竟是……？但我认出了那条头巾、那件大衣，以及她右手上的那块紫红色大胎痣。这是她，是女佣吕西。我可以帮助她，但她得有能力提出要求。我慢慢地从她面前走过，眼睛瞧着她。她盯着我，但仿佛看不见我，她痛苦得不知身在何处。我走了几步，又回过头……

不错，是她，是吕西，但神情完全变了，不再是她自己。她正在埋头忍受痛苦。我羡慕她。她直挺挺地站在那里，张开双臂，仿佛等待被打上烙印。她张着嘴，呼吸困难。我感到街道两旁的墙在升高，在相互靠近，她好像站在井底。我等了一刻，我怕她突然倒在地上，因为她很娇弱，承受不了这异常的痛苦。但是她凝然不动，仿佛像周围的一切那样变成了石头。片刻间我怀疑自己是否看错了她，这突然显现的才是她真正的本质……

吕西发出轻微的呻吟，惊讶地睁着大眼，用手摸着喉咙。不，她能承受这样的痛苦,这力量不来自她本身,而来自外部……就是这条街。应该搂住她的双肩,将她领到明亮处,领到粉红色温暖的街道上,领到人们中间,因为在那里人们不会感到如此强烈的痛苦。她会软化,恢复她那讲究实际的神气以及普通程度的痛苦。

我背朝她转过身去。毕竟她运气不错。而我呢,三年来过于平静。从这种悲惨的孤独中,我如今只能得到一点空空的纯净。我走开了。

星期四,十一点半

我在阅览室工作了两个小时,然后下到抵押广场抽烟。这是一个用红砖铺砌的场地,修建于十八世纪,是布维尔居民的骄傲。在夏马德街和絮斯佩达街的街口,横挂着旧铁链,表示禁止车辆通行。一些身着黑衣的女士在遛狗,她们沿着墙,在拱廊下慢慢走动,很少来到空地上,但她们像年轻姑娘一样偷眼瞧着居斯塔夫·安佩特拉兹①的雕像,悄悄投去满意的目光。她们大约不知道这尊大铜像是谁,但是从他的礼服和高礼帽看,他显然是一位上流社会的人。他左手拿着礼帽,右手放在一大摞对开本的文书上。她们感到底座上的这尊铜像像是她们的祖父。她们不需久久注视就能明白他和她们想法一致,在一切问题上都完全一致。他用他的权威,用被他的手所沉甸甸压着的渊博学识为她们服务,为她们狭隘而牢固的思想服务。黑衣女士们大可放心,尽可以安安心心地操持家务和遛狗。至于那些神圣的思想,那些从父辈传下来的良好思想,已不再由她们,而由这个

---

① 安佩特拉兹,萨特臆造的名字,与求得荣誉(头衔……)者(impétrant)音、形相近。——原编者注

铜铸的人来捍卫了。

《大百科全书》①上有关于这个人物的几行文字,我去年读过。我把书放在窗台上,透过玻璃窗看到安佩特拉兹的绿色脑袋。我读到他于一八九〇年左右踌躇满志,担任学区督察,画了一些精美的小玩意,又写了三本书:《论希腊人的民主》(1887)、《罗兰②的教育学》(1891)以及一八九九年的诗体遗嘱。他于一九〇二年去世,受到同胞及有识之士的深深惋惜。

我靠在图书馆正面的墙上。烟斗快灭了,我抽了一口。一位老妇人畏畏缩缩地从拱廊里走出来,精细而固执地瞧着安佩特拉兹。她突然壮起胆子。尽快地穿过院子,来到铜像前站立片刻,一面翕动嘴唇。接着她那在粉红色石砖上的黑色身影便逃走了,消失在墙的裂缝里。

一八〇〇年时,这个广场也许是很轻快的,因为它有粉红色的地砖和周围那些房屋,但现在它却显出几分冷漠与不祥,稍稍令人厌恶,这是由于底座上那个高高的铜像。这位大学教师被铸成铜像,也就成了巫师。

我看着安佩特拉兹的正面。他没有眼睛,也几乎没有鼻子,胡须上到处有一种古怪的斑点,它像传染病一样,有时袭击本区所有的雕像。安佩特拉兹在致敬,在他坎肩上,靠心脏的地方,有一大块浅绿色印迹。他看上去体弱不适,精神不佳。他没有生命,是的,但他也不是死的。他发出一种隐约的力量,像风在推开我。安佩特拉兹想将我赶出抵押广场。我得抽完烟斗再走。

---

① 指一九〇〇年左右出版的《大百科全书》,共32卷。——原编者注
② 指夏尔·罗兰(1661—1741),法兰西研究院教授,巴黎大学校长,曾著书论教育学。萨特在此也可能指他在勒阿弗尔中学的同事罗兰。——原编者注

一个瘦瘦的大黑影突然出现在我身后,使我吓了一跳。

"对不起,先生,我本不想打扰您。我看见您的嘴唇在动。您大概在重复您书里的话吧。"他笑了,"是在寻找十二音节诗句?"

我惊讶地看着自学者,他对我的惊讶感到吃惊。我说:

"在散文里不是应该小心翼翼地避免这种诗句吗,先生?"

我在他眼中的身价降低了。我问他此刻在这里做什么,他说老板让他走,他便直接来到图书馆。他不打算吃午饭,他要看书,一直看到图书馆关门。我不再听他讲,他大概离开了最初的话题,因为他突然说:

"像您那样享受写书的幸福。"

我得说点什么。

"幸福……"我的语气流露出怀疑。

他误解了这句回答,迅速纠正说:

"应该说:本领,先生。"

我们走上楼。我无心写作,便拿起有人忘在桌上的一本书,《欧也妮·葛朗台》,它翻到第 27 页,我机械地拿起它,开始读第 27 页,接着又读第 28 页。我没有勇气从头读起。自学者快步朝靠墙的书架走去,取回两本书放在桌子上,就像一只找到骨头的狗。

"您在读什么?"

他似乎不想告诉我,犹豫了一下,转动着迷惘的大眼,接着无可奈何地递过书来。这是拉尔巴莱特里耶[①]的《泥炭和泥炭沼》以及拉斯泰克斯的《希托帕代萨或有益的教诲》[②]。怎么了?有什么

[①] 拉尔巴莱特里耶,法国作家,曾写过五十多部有关农业的书。——原编者注
[②] 这是一部由梵文译成的寓言与故事集,作者姓名是萨特臆造的。——原编者注

使他为难的,这些书不是很正派的吗?为了于心无愧,我翻了翻后一本书,其中都是高尚的东西。

三点钟

我放下《欧也妮·葛朗台》,又工作起来,但情绪不高。自学者看到我在写,用既尊敬又艳羡的目光观察我。我不时稍稍抬起头,看见从他那硕大的硬领中伸出一个鸡脖子,他的衣服磨损了,但衬衣却白得耀眼。他在同一个书架上又取了一本书,我从反面看清了标题,那是朱莉·拉韦尔尼小姐的诺曼底编年史《科得贝克之箭》①。我不由得对自学者的阅读书目感到困惑。

突然间我想起他最近读的书的作者姓名:朗贝尔、朗格卢瓦、拉尔巴莱特里耶、拉斯泰克斯、拉韦尔尼。我心头一亮,原来这就是自学者的方法:按字母顺序来阅读。

我看着他,带着几分赞叹。慢慢地、坚持不懈地实现如此庞大的计划,他必须有多么大的毅力!七年前的某一天(他告诉我他已经自学七年了),他大模大样地走进阅览室,用眼光扫过那些靠墙的、不计其数的书,大概像拉斯蒂涅②一样说:"人文科学,咱们俩来拼一拼吧。"然后便从右端第一个书架上取下第一本书,翻开第一页,对自己这个不可动摇的决定怀着敬畏之情。现在他读到了字母L,J后是K,K后是L。他从鞘翅目研究跳到量子论研究,从瘸腿帖木儿评传跳到抨击达尔文主义的天主教小册子,而且从不感到困惑。他什么都读,单性生殖的理论,反对活性解剖的论据,他都东拉西扯地全部收进大脑里。在他后面,在他前面,有整

---

① 《科得贝克之箭》,朱莉·拉韦尔尼小姐的一本小册子,于一八八〇年出版。
② 拉斯蒂涅,巴尔扎克小说中的人物,他曾站在拉雪兹神甫公墓的高处,面向巴黎上流社会,气概非凡地说"现在咱们俩来拼一拼吧!"。

整一个宇宙。有一天他将合上最左端最后一个书架上的最后一本书,对自己说:"现在呢?"

该吃点心了。他老老实实地吃面包和一块加拉彼特牌巧克力。他垂着眼皮,我可以尽情欣赏他那美丽的、弯弯的睫毛——女人的睫毛。他发出一股老烟草的气味,吐气时还夹杂着淡淡的巧克力香味。

星期五,三点钟

我差一点上了镜子的当。我避开镜子,却落入玻璃窗的陷阱。我无所事事,晃着胳膊走到窗前。工地、栅栏、老车站——老车站、栅栏、工地。我打着呵欠,连眼泪都打出来了。我右手拿着烟斗,左手拿着那包烟丝。应该装烟斗,但我没有勇气。我垂着两臂,前额靠在玻璃窗上。那位老妇人使我不快。她固执地碎步疾走,眼神迷惘,有时又畏葸地停住,仿佛刚有一个无形的危险从她身边擦过。她来到我窗下,风吹她的裙子紧贴着膝盖。她站住了,整理一下头巾,手在颤抖。她又走了。现在我看见的是她的背影。老鼠妇!我估计她会朝右走上诺瓦尔大街,大概还有一百多米吧,照她现在的速度,得用上十分钟。在这十分钟里,我就这样待着,额头靠在玻璃窗上瞧着她。她会停下二十次,再走,再停……

我看到了未来,它在那里,在街上,比现在稍稍更苍白。它为什么非要实现不可呢?那会给它增加什么呢?老妇人步履蹒跚地走远了,不一会儿又停下来,理理从头巾下遁出的一绺灰发。她走着,刚才她在这里,现在她在那里……我开始糊涂了,我是看见还是预见她的姿势?我再分不清现在和将来,然而它在持续,它在逐渐实现。老妇人在僻静的街上走,摆动着脚上那双肥大的男鞋。这就是时间,赤裸裸的时间,它慢慢来到存在中,它让你等待,可是当它来到时,你感到恶心,因为你发现它早已在这里了。老妇人走近街的拐角,成了一小堆黑衣服。对,不错,这是新事,因为刚才她不在那里。但这种新事褪了色,凋谢了,永远不会使人惊讶。她要拐弯,她在拐弯——无止境的时间。

我奋力使自己离开窗口,跟跟跄跄地在房间里走。我贴着镜子瞧自己,我对自己感到恶心,又是无止境的时间。最后我摆脱了自己的影像,倒在床上。我瞧着天花板,想睡一觉。

安静。安静。我不再感到时间的滑动和擦动。我看见天花板上的图像。首先是圆圆的光圈,然后是十字形,它们像蝴蝶一样飞来飞去。接着,另一个图像在我眼睛的底部成形了。这是一个跪着的大动物。我看见它的前腿和驮鞍,其他部分被蒙在雾里。但我认出了它,它是我在马拉喀什见到的一头骆驼。它被系在一块石头上,一连六次跪下又立起,一些孩子们笑着喊着逗它玩。

两年以前真是奇妙。那时我一闭上眼,脑子里就像蜂箱一样嗡嗡响,于是我又看到一些面孔、树木、房屋、一个光着身子在桶里洗澡的日本釜石女人,一个死了的俄国人——他身上有一个大伤口,血流干了,在身体周围流成一大摊。我又感觉到古斯古斯①的味道,中午时分布尔戈斯市满街上的油味,特杜安城街上飘浮的茴香味,希腊牧人的口哨声,我深为感动。然而很久以来这种快乐就耗尽了。今天它会再生吗?

一个炙热的太阳在我脑中迅速滑动,就像一张幻灯片,在它后面是蔚蓝色的天空,它摇晃几下便停住不动了,我的内心被一片金光照耀。这光辉突然来自哪个摩洛哥(还是阿尔及利亚?叙利

---

① 古斯古斯(Couscous),北非食品,用粗麦粉团加作料或再加鱼、肉、蔬菜等制作而成。

亚?)的太阳呢?我沉入了往昔。

梅克内斯。那位山民当时是什么模样?在贝达伊清真寺和桑树浓荫下那个可爱的广场之间,他在小街上径直朝我们走来,使我们害怕。当时安妮是在我右边还是左边?

太阳及蓝天都是假象。我这是第一百次上当。我的记忆就像魔鬼钱袋里的钱:打开钱袋时,看见的只是落叶。

至于那位山民,我只看见一只大大的、乳白色的瞎眼。这只眼睛真是他的吗?在巴库向我讲述国家堕胎原则的医生也是独眼。当我想回忆他的面孔时,出现的也是这个发白的眼球。他们俩像诺尔恩①一样,只有一只眼睛,轮流使用。

至于当时我每天都去的那个梅克内斯的广场,事情更简单,它的形象完全记不起来了。我只模糊地感到它很可爱,而这几个字牢牢地连在一起:梅克内斯可爱的广场。如果我闭上眼,或者茫然盯住天花板,也许我能重建那个场景:远处有一棵树,一个矮壮的黑影朝我奔来。但这是为回忆而臆想出来的。那个摩洛哥人是瘦高个,当他碰到我时我才看见他。这么说我仍然知道他是瘦高个,某些简化了的知识仍然留在我的记忆里。但我什么也看不见,我搜索记忆,但是枉然,寻到的只是支离破碎的形象,我不清楚它们代表什么,也不清楚这是回忆还是臆想。

此外,在许多情况下,这些片断本身也消失了。剩下的只是字词。我还能够讲故事,讲得太好了(要说讲趣闻,除了海军军官和故事专家以外,我谁也不怕),但它们只是框架。有一个人,他干了这个,干了那个,但这不是我,他与我毫不相干。他游历一些国

---

① 诺尔恩(Nornes),斯堪的那维亚神话中的命运女神,掌管人的生死及宇宙秩序。

家,而对于这些国家我知之甚少,和从未去过一样。在我的叙述中,有时会出现从地图上看到的美丽名字:阿兰胡埃斯或坎特伯雷。它们在我身上引发了全新的形象,就像从未出门旅行的人根据书本所臆想的全新形象一样。我根据字词来遐想,就是这样。

然而在一百个死故事中,总有一两个活故事。对它们我是十分谨慎,偶尔讲讲,但不经常,唯恐损坏了。我打捞上一个故事,重又看见它的背景、人物、姿态。突然我停住了,我感到有损耗,我看见在感受的脉络之间出现了一个字词,我猜它将很快地取代我喜爱的某几个形象。我立刻停住,想别的事。我不愿意使记忆疲劳,不过这样做也没用,下一次讲述往事时,一大部分将会是凝止的。

我做了一个泛泛的动作想站起来,去找我在梅克内斯拍的照片。它们放在推到桌子下面的一个纸箱里。其实何必呢?这些刺激性欲的东西对我的记忆力不再起什么作用了。那天我在吸墨纸下面找到一张发白的照片,上面有一个女人站在水池旁微笑。我端详了一会儿没认出她来。照片反面写着:"安妮,朴次茅斯,二七年四月七日"。

我从未像今天这样强烈地感到自己缺乏深度,我被我的身体及从它那里像气泡般轻盈升起的思想所限制。我用现在来构筑回忆。我被抛弃,被丢弃在现在中。我努力要和过去会合,但是枉然,我逃不掉。

有人敲门,这是自学者,我把他忘了。我答应过让他来看我的旅行照片。真见他的鬼。

他在椅子上坐下。屁股紧张地挨着椅背,僵直的上半身向前倾斜。我跳下床,开灯。

"怎么,先生,刚才不是很好吗?"

"看照片太暗了。"

他不知怎样处置帽子,我接了过来。

"真的吗,先生?您真想让我看照片?"

"那当然。"

这是策略。我希望他看照片时会闭上嘴。我钻到桌子下面,将纸箱推到他的漆皮鞋旁边,抱出一堆明信片和照片放到他膝上:西班牙和西属摩洛哥。

从他那副笑吟吟的开心神气,我明白要让他闭嘴谈何容易。他看了一眼那张从伊格尔多山俯瞰圣塞巴斯蒂安的风景照片,小心翼翼地将它放在桌子上,沉默了一会儿,然后叹口气说:

"啊,先生,您真走运,俗话说旅行是最好的学校。您同意这个观点吗,先生?"

我做了一个泛泛的手势。幸好他没有讲完。

"那该是多么巨大的变化呀。哪一天我能去旅行,出发以前一定要用文字记下我的性格,详详细细,这样,当我回来时,便可以把从前的我和后来的我作一番比较。书上说,有些人旅行以后身体和精神都发生了很大变化,连他们最亲的亲人都认不出他们了。"

他心不在焉地摆弄一大包照片,取出一张放在桌上,但是不看,接着又死死盯住下一张照片,那是布尔戈斯大教堂讲道台上的雕刻——圣热罗姆像。

"您见过布尔戈斯的那个动物形状的基督雕像吗?有一本奇怪的书,先生,专讲那些动物形状,甚至人形的雕像。还有黑圣母?它不在布尔戈斯,是在萨拉戈斯吧?不过布尔戈斯也有一座?朝圣者都亲吻它,对吧?我是指萨拉戈斯的黑圣母。一块石砖上还有她的脚印?是在一个洞里?母亲们把孩子推下去了?"

他直挺挺地,双手将幻想中的孩子往前推,仿佛在拒绝阿尔塔薛西斯①的礼物。

"啊,习俗,可真……真奇怪,先生。"

他稍稍气喘,对我仰起驴一般的大下颌。他身上有烟草和腐水的气味。那双美丽而迷惘的眼睛像火球一样闪光,几根稀疏的头发给头部蒙上雾气。在这个脑袋里,萨莫泽德人、尼亚姆-尼亚姆人、马达加斯加人、火地岛人都有极其怪异的庆典,他们吞食自己的老父亲和孩子;他们随着鼓声旋转,直至昏倒在地;他们是杀人犯,焚烧死人,将死人晾在屋顶上,或者将死人放在点着火把的船上,任它随波漂流;他们随意交媾——母与子、父与女、兄弟姊妹之间;他们毁伤自己的肢体,阉割自己,将托盘吊在嘴唇上,在腰部刻上凶恶的动物形象。

"我们能不能像帕斯卡尔②那样说:习俗是第二天性呢?"

他那双黑眼睛紧盯着我的眼睛,他在乞求回答。

"那要看情况。"我说。

他舒了一口气。

"我也是这样想的,先生。但我怀疑自己,得读过所有的书才行。"

他看到下一张照片,激奋起来,高兴地喊着:

"塞戈维亚!塞戈维亚!我读过一本关于塞戈维亚的书。"

他带着几分高贵神气又说:

"我记不起作者是谁了,先生,我有时爱忘。是讷……诺……诺德。"

"这不可能,"我立刻说,"您刚刚读到拉韦尔尼。"

---

① 大约指阿尔塔薛西斯一世,薛西斯一世之子,公元前五世纪的波斯国王。
② 帕斯卡尔(1623—1662),法国数学家、物理学家、哲学家和作家。

话一出口我便后悔。毕竟他从未谈起他的阅读方法,这种狂热应该是秘密。果然,他不知所措,噘起嘴唇好像要哭,接着他低下头,一言不发地翻看十几张明信片。

但是,三十秒钟以后,一种强烈的热情使他膨胀,他再不说话就会爆炸了。

"等我完成学业以后(大概还需要六年),要是可能,我就参加大学师生们每年组织的近东旅行。我想对某些知识进行确认,"他热情地说,"我还希望遇到意外的事,新鲜事,总之,奇遇。"

他降低了声音,一副调皮的神气。

"什么样的奇遇?"我吃惊地问。

"各种各样的,先生。坐错了火车,下错了站,到了一个陌生的城市,丢了钱包,误遭逮捕,在牢房里过了一夜。先生,我看可以给奇遇下个定义:一件反常的、但并不一定是非凡的事情。有人谈到奇遇的魔力。您觉得这种说法对吗?我想问您一个问题,先生。"

"什么问题?"

他脸红了,笑着说:

"也许冒昧……"

"说吧。"

他朝我俯下身,半闭着眼睛说:

"您有过许多次奇遇吗?"

我本能地回答说:"有几次吧。"我的身体往后缩,避开他的口臭。是的,我这样说是出于本能,未经思考。一般说来,我为奇遇而自豪。但是今天,话刚出口,我便对自己愤愤不满,觉得自己在撒谎。我这一生没有任何奇遇,或者说我甚至不知何谓奇遇。与此同时,我肩上感到重负:气馁,这气馁与四年前在河内感到的一样,那时梅尔西埃催促我与他同行,而我闭口不答,只是盯住一尊高棉雕像。思想,这个使我十分厌恶的白色大物,就在这里,我有四年没有见到它了。

"我能问您……?"自学者说。

当然啦!给他讲一件事,一件出名的奇遇。但是,关于这个我一个字也不想说。

"这里,"我俯在他窄窄的肩头上,指着一张照片说,"这里,这就是桑蒂亚纳,西班牙最美的村庄。"

"吉尔·布拉斯的桑蒂亚纳①?我以为它是虚构的呢。啊,先生,您的谈话真使我长见识。显然您去过不少地方。"

我往自学者口袋里塞满了明信片、画片、照片,然后就把他赶出了门。他高高兴兴地走了。我灭了灯。现在我独自一人,不完全独自一人。还有那个思想,它在我面前,它在等待。它缩成一团,像只大猫待在那里。它什么也不解释,一动不动,只说不。不,我没有过奇遇。

我往烟斗里装烟丝,点燃烟斗,倒在床上,用大衣盖住腿。令我惊奇的是,我竟如此忧愁、如此烦闷。即使我的确没有过奇遇,那又怎样呢?首先,这似乎仅仅是语言问题。譬如我刚才想到的梅克内斯的那件事:一个摩洛哥人扑到我身上,想用一把大折刀扎我,但我给了他一拳,打在他的太阳穴下方……他用阿拉伯语喊了起来,于是来了一大群肮脏的人,他们追赶我们,一直追到阿塔兰市场。这件事,你管它叫什么都行,总之,它是我遇到的一件大事。

---

① 指法国作家勒萨日(1668—1747)的小说《桑蒂亚纳的吉尔·布拉斯》中的桑蒂亚纳。

天完全黑了,我不知道烟斗是否熄灭。一辆有轨电车驶过,天花板上闪过红光,接着又驶过一辆笨重汽车,连房屋也在震颤。现在大概是六点钟。

我不曾有过奇遇。我有过麻烦事、事件、事故,你叫什么都行。但是没有奇遇。这不是语言问题,我开始明白了。我一直珍视某个东西胜于一切,但我自己并未意识到。那不是爱情,不是,也不是荣誉,也不是钱财,而是……总之我想象自己的生活在某些时刻会具有珍贵罕见的品质,那并不需要非凡的条件,我只要求一点点严格性。我目前的生活没有多少光泽,但是时不时地,例如当咖啡馆里响起音乐时,我便沉入往昔,心里想:从前,在伦敦,在梅克内斯,在东京,我也有过美好的时光,有过奇遇。但是现在,我连这一点也被夺去了。突然间,莫名其妙地,我明白十年来我在欺骗自己。奇遇是在书本里。当然,书本讲的事也可能在现实中发生,但方式不同,而我重视的正是这种发生的方式。

首先,开始应该是真正的开始。唉!我现在明白我想要什么了。真正的开始,像一声号角,像爵士乐的第一个音符,它突然切断了烦闷,加固了瞬间。它属于那样的黄昏,你事后说:"那是一个五月的黄昏,我在散步。"你散步,月亮刚刚升起,你很清闲,无所事事,甚至有点空荡荡的,但突然间,你想道:"有点什么事发生了。"不论是什么事:黑影里轻轻的爆裂声或是穿过街道的隐约人影。但这件小事与别的事不同,你立刻就看出它只是隐在朦胧中的一个大形态的前部;于是你暗想:"有点什么事开始了。"

开始是为了结束。奇遇是不能加延长线的。它的意义来自它的死亡。我被永不复返地引向这个死亡——它也可能是我的死亡。每一时刻的存在似乎只是为了引来后面的时刻。我全心全意地珍惜每一时刻,我知道它是独一无二的、不可替代的,但我绝不阻止它的死亡。我在萍水相逢——在柏林和伦敦——的女人怀中度过的最后一刻——我热爱那一刻,我几乎爱上了那个女人——会结束的,这我知道。不久我就要去另一个国家。我再也见不到这个女人,再也见不到这一夜。我细察每一时刻,将它汲尽,无论是美丽眼睛里短暂的柔情,还是街上的嘈杂、黎明的微光,我都一一捕捉,并且永远将它固定在我身上。然而,那一刻在流逝,我不挽留它,我喜欢它流逝。

突然间有什么东西断裂了。奇遇结束了,时间又恢复它通常的惰性。我向后转头,身后那个富有旋律的美好形态完全沉没于往昔中。它越来越小,收缩成一团,现在,结尾与开端合而为一了。我瞧着这个金点在缩小,心想我愿意在同样条件下,从头到尾再生活一次,哪怕因此几乎丧命,哪怕因此而失去财富、朋友。然而,奇遇是不能重新开始的,也不能延长。

对,这就是我以前想要的——唉,也是我仍然想要的。当黑女人唱歌时,我是多么快活。如果我自己的生活成为旋律,又有什么高峰我达不到呢?

思想一直在那里,无以名之。它静静地等待。现在它似乎在说:

"是吗?你想要的就是这个?可这正是你从未得到过的(你想想,你一直用字词欺骗自己,将华而不实的旅行、女人的情爱、殴斗、玻璃首饰,称为奇遇),而且将来也永远得不到——任何人也得不到。"

但这是为什么?为什么?

星期六,中午十二时

自学者没有看见我走进阅览室。他坐在最里边那张桌子尽头。他面前放着一本书,但他不在看书,而是微笑地看着右邻,那是常来图书馆的一位很脏的中学生。那青年最初任凭他看,后来突然伸舌头扮了一个可怕的鬼脸。自学者脸红了,赶紧将脸藏在书里,埋头看书。

我改变了昨天的想法。昨天我太生硬了,觉得有没有奇遇都无所谓,只想弄清楚是否可能有奇遇。

现在我是这样想的:要使一件平庸无奇的事成为奇遇,必须也只需讲述它。人们会上当的。一个人永远是讲故事者,他生活在自己的故事和别人的故事之中,他通过故事来看他所遭遇的一切,而且他努力像他讲的那样去生活。

然而必须做出选择:或是生活或是讲述。例如我在汉堡与埃尔娜相处的日子,我不信任她,她也害怕我,我过着一种古怪的生活,但是既然我在生活里面,我就不去想它。后来有一天晚上,在圣保利的一家咖啡馆里,埃尔娜离我去盥洗室。我独自待着,留声机里放出音乐 Blue Sky[①]。我开始向自己讲述来汉堡以后发生的事。我对自己说:"第三天晚上,我走进一家叫蓝洞的舞厅,注意到一位半醉的高大女人。那女人就是此刻我一面听 Blue Sky 一面等待的女人,她即将回来坐在我右边,用双臂搂住我。"于是我强烈感到这是奇遇。埃尔娜回来了,在我身边坐下,用手臂搂着我,但我却莫名其妙地憎恶她。我现在明白:当你必须重新开始生活时,奇遇的印象便消失了。

当你生活时,什么事也不会发生。环境在变化,人们进进出出,如此而已。从来不会有开始。日子一天接着一天,无缘无故的。这是一种没有止境的、单调乏味的加法。时不时地你会作部

[①] 英文:蓝天。

分小结,你说:我已经旅行三年了。我在布维尔已经住了三年了。但是也不会有结尾,你不可能一劳永逸地离开一个女人、一位朋友、一座城市。再说,一切都很相似。两星期以后,上海、莫斯科、阿尔及尔,都是一回事。有时——这种时候罕见——你检查自己的位置,发现你和一个女人粘上了,你被卷入一件不光彩的事,但这个念头转瞬即逝。一长串的日子又开始了,你又开始做加法:小时、天。星期一、星期二、星期三、四月、五月、六月、一九二四、一九二五、一九二六。

这,这就是生活。可是当你讲述生活时,一切都变了,只不过这种变化不为人们所注意罢了。证据便是你说你讲的是真实的故事,仿佛世上确有真实的故事。事件朝某个方向产生,而我们从反方向来讲述。你似乎从头说起:"那是一九二二年秋天的一个傍晚,我在马罗姆当公证人的书记。"实际上,你是从结尾开始的。结尾在那里,它无形,但确实在场,是它使这几句话具有开端的夸张和价值。"我一面散步,一面想我的拮据,不知不觉地出了村。"这句话就它的本意而言,表明说话人心事重重、闷闷不乐,与奇遇相隔万里,即使有事件从身边掠过,他也视而不见。然而结尾在那里,它改变了一切。在我们眼中,说话人已经是故事的主人公。他的烦闷、他的拮据比我们的烦闷和拮据要珍贵得多,它们被未来热情的强光照成金黄色。叙述是逆向进行的。瞬间不再是随意地相互堆砌,而是被故事结尾啄住,每一个瞬间又引来前一个瞬间:"天很黑,路上没有人。"这句话被漫不经心地抛出,仿佛是多余的,但我们可别上当,我们将它放在一边。这是信息,到后来我们才明白它的价值。主人公所体验的这个夜晚的一切细节,都仿佛是预示,仿佛是诺言,甚至可以说,他只体验那些诺言性的细节,而对那些不预示奇遇的事情则视而不见、听而不闻。我们忘记了未来还没有来到,那人在毫无预兆的黑夜里散步,黑夜向他提供杂乱而单调的财宝,他并不作选择。

我希望我生活的瞬间像回忆中的生活瞬间一样前后连贯,并然有序。这等于试图从尾巴上抓住时间。

星期日

今早我忘记这是星期日了。我像往常一样出门上街。我带着《欧也妮·葛朗台》。当我推开公园的铁栅门时,我突然感到有什么东西在和我打招呼。公园里空无一人,光秃秃的。可是……怎么说呢?公园的模样与往常不同,它向我微笑,我靠在铁栅门上待了一会儿,猛然间我明白今天是星期日,它在树上,在草坪上,仿佛是淡淡的微笑。这是无法形容的,只能简单地说:"这是公园,冬天里一个星期日早晨。"

我放开铁门,反身朝房屋和市民们的街道走去,低声说:"今天是星期日。"

今天是星期日。在沿海的码头后面,在货车车站附近,在城市周围,都有一些空荡荡的库房和一动不动地停在暗处的机器。在所有的房屋里,男人们都在窗子后面刮胡子,他们仰起头,时而瞧瞧镜子,时而瞧瞧寒冷的天空,看看天气如何。妓院也开始接待头一批客人:乡下人和士兵。在教堂里,在烛光下,一个男人面对一群跪着的女人喝葡萄酒。在所有的郊区,在长得没有尽头的工厂围墙之间,黑色的长队伍开始移动,慢慢向市中心行进。街道以骚乱时期的姿态来迎接他们:除了绕绳街以外,所有的商店都放下了铁挡板。再过一会儿,黑色人流将静静地侵入这些伴死的街道,首先是图尔维尔的铁路工人以及他们在圣森福兰肥皂厂工作的妻子,接着是儒克斯特布维尔的小市民,接着是皮诺纺织厂的工人,接着是圣马克藏斯区所有的修理工,最后是蒂埃拉什的人,他们乘十一点钟的有轨电车来。很快,在关门上锁的商店和房屋之间将出现星期日的人潮。

一座挂钟敲了十点半,我出发了。在星期日的这个钟点,可以在布维尔见到一种难见的景象,但不能去得太晚,必须赶在大弥撒结束以前。

若泽凡-苏拉里小街是条死街,有股地窖的气味,但是和每个星期日一样,它也充满了喧闹,充满了潮汐声。我转进夏马尔议长街,沿街是三层楼房,配上白色的长百叶窗。这条公证人的街也像每个星期日一样,闹哄哄的。我来到吉耶小巷,嘈声更大,我听出来了,这是人声。接着,在左边,突然迸发出了光与声。我到了,这就是绕绳街,我只要走进同类们的队伍,就会看到体面的先生们相互脱帽致意。

六十年前,谁会想到绕绳街会有如此奇妙的变化呢,它今天被布维尔的居民称作小普拉多大道①。我见过一张一八四七年的地图,上面根本没有这条街。那时它大概是一条又黑又臭的小巷,排水沟里流着砖片、鱼头和鱼内脏。但是,一八七三年年底,国民议会宣布,为了公益事业,在蒙马特尔山丘建立一座教堂②。此外不久,布维尔市长夫人见到了显圣,她的主保圣人圣塞西尔对她进行指责。让精英贵人们每星期日踩一脚泥去圣勒内教堂或圣克洛迪安教堂和小店主们一同做弥撒,是可忍孰不可忍?国民议会不是已经做出榜样了吗?靠上天保佑,布维尔的经济状况属于上乘,难道不该修建一座教堂向上帝谢恩吗?

这些幻象被接受了。市议会召开了一次历史性会议,主教同

---

① 普拉多大道,马赛市一条长达三公里的大街。
② 指一八七三年决定修建的圣心大教堂,意在为巴黎公社"赎罪"。

意募捐。剩下的是选址问题。商人和船主的古老家族主张将教堂盖在他们居住的绿丘，"让圣塞西尔俯视布维尔，就像耶稣圣心教堂俯视巴黎一样"。然而，人数不多却腰缠万贯的海滨大街的新贵们却不以为然。他们不在乎出多少钱，但教堂必须建在马里尼昂广场。他们出钱盖教堂是为了使用。他们很高兴能向称他们为暴发户的傲慢的市民们施展一下威风。主教想出了一个折中办法，于是教堂被建在绿丘和海滨大街的中途点。这座庞大的教堂于一八八七年建成，耗资一千四百万法郎以上。

绕绳街虽然很宽，但十分肮脏，名声不好，不得不全部重新翻修，居民们一律被迫迁到圣塞西尔广场后面，于是小普拉多大道就成了——特别是星期日上午——名人雅士的聚集处。他们所到之处，豪华商店一个接着一个开张，就连复活节星期一、圣诞节通宵、星期日上午也开门营业。于连熟肉店的热肉糜远近闻名，旁边的福隆糕点店陈列着它的名产，精致的圆锥形黄油小点心呈淡紫色，上面插着一朵糖做的蝴蝶花。迪帕蒂书店的橱窗里有普隆出版社的新书，几本技术书籍，例如船舶的理论、船帆的论著，还有一大本带插图的布维尔历史，以及陈设得十分雅致的精装本：蓝皮面的《柯尔希斯马克》①，淡黄皮面上烫有大红花的《我儿子们的书》，它是保尔·杜梅尔②的作品。在"高级时装、巴黎款式"的吉斯兰商店两旁，有皮埃儒瓦花店和帕甘古董店。在一座崭新的黄色大楼的二楼是雇有四位指甲修剪师的居斯塔夫美发店。

两年前，在双磨坊巷和绕绳街的交接处曾经有过一家不知趣的小店，它贴出的广告是"滴必灵"牌杀虫药。这家店是在圣塞西

---

① 《柯尔希斯马克》，法国作家伯努瓦(1886—1962)的小说。
② 保尔·杜梅尔(1857—1932)，法国政治家，一九三一年当选总统，一九三二年遭暗杀。

尔广场上还有人叫卖鳕鱼的时代发迹的,已经有一百多年了。小店的橱窗很少被擦洗,你得费劲地透过灰尘和水汽往里瞧,才能看见一大群穿着火红紧身上衣的小蜡人,代表形形色色的老鼠。它们拄着拐杖,从一条多层甲板的大船上下来,刚登陆就被一位农妇挡住。这位穿着花哨,但面色发青、浑身污垢的农妇朝他们喷洒"滴必灵"药,将它们赶跑。我很喜欢这家小店,它有一种玩世不恭、冥顽不化的神气。它离那座法国最昂贵的教堂不过两步远,它在那里傲慢地提醒人们蚤虱和污垢的权利。

这位老草药商去年死了,她的侄子盘卖了小店。几堵墙一拆,便有了现在的小会议厅——"雅厅"。亨利·波尔多①去年还来这里做过一次有关登山运动的谈话。

走在绕绳街上,不能匆忙,因为一家一家的人都在缓缓而行。有时,一家人走进福隆糕点店或皮埃儒瓦花店,于是你便可以向前挪一个位置。可是,有时两家人相遇,一家人属于正向的人流,一家人属于逆向的人流,他们相互紧紧握手,你只好站住,原地踏步。我小步前行。我比正反方向的人流高出整整一头,我看见许多帽子,帽子的海洋。大多数帽子都是黑色的硬帽。有时一顶帽子被一只手臂举起,微微发亮的脑勺露了出来,然后,几秒钟后,帽子又沉沉地落下来。绕绳街十六号是于尔班帽店,它专做军帽,门前挂着一个硕大无比的总主教红帽做招牌,金色的流苏从离地两米的高处垂下。

我站住了,因为在流苏的正下方聚集了一群人。我旁边的那人晃着胳膊,心安理得地等着。这是一个小老头,像瓷人一样苍白易碎,我估计他是商会会长科菲埃。据说他令人生畏,因为他总不

---

① 亨利·波尔多(1870—1963),法国作家,惯以大山为题材。

说话。他住在绿丘顶上一座大砖房里,窗户总是敞开着。好了,那群人散开,我们向前走了。另一群人又聚在一起,好在不占许多地方;他们刚一聚拢,就朝吉斯兰商店靠过去。人流甚至没有停下,只是稍稍向外弯一弯。我们从六个人面前走过,他们相互握着手说:"您好,先生";"您好,亲爱的先生,您好吗?快戴上帽子,先生,您会着凉的";"谢谢,夫人,今天可不暖和";"亲爱的,我给你介绍勒弗朗索瓦大夫";"大夫,很高兴认识您,我丈夫常常讲起给他治好病的勒弗朗索瓦大夫,不过您快戴上帽子,大夫,您会得病的,不过大夫好得快";"唉,夫人,大夫是最缺人护理的";"大夫是出色的音乐家";"哎呀,大夫,这我可不知道,您拉小提琴?大夫真是多才多艺"。

我身边那个小老头肯定是科菲埃。那群人中有一个女人,棕发女人,她一面朝大夫微笑,一面死死盯住小老头,仿佛在想:"这不是商会会长科菲埃吗?他真叫人害怕,冷冰冰的。"但是科菲埃不屑一顾,这些是海滨大街上的人,不是上流社会的人。自从我在这条街上看到人们在星期日相互脱帽致意以来,我也学会了区分海滨大街和绿丘的住户。崭新的大衣、软毡帽、雪白耀眼的衬衫,走起路来大摇大摆,毫无疑问,这准是海滨大街的人。至于绿丘的人,他们有一种说不出的可怜相、消沉相。他们的肩膀窄窄的,憔悴的脸上露出傲慢不逊的神气。这位牵着一个孩子的胖先生,我敢打赌,他准是绿丘人,因为他脸色铁灰,领带细得像根绳子。

胖先生走近我们,盯着科菲埃先生,但是在快与科菲埃相遇时却扭过头去,慈爱地与小男孩逗趣。他又走了几步,俯身瞧着儿子的眼睛,俨然是个爸爸。突然间,他灵巧地向我们转过头来,迅速看了一眼小老头,弯起手臂做了一个大幅度的、冷冰冰的致意动作。小男孩不知所措,没有脱帽,因为这是大人之间的事。

在老下街的拐角上,我们的人流与刚从教堂涌出的信徒的潮流相遇,十几个人撞在一起,打着旋相互致意,帽子摘得飞快,我难以看清。在这个肥胖而苍白的人群上方是圣塞西尔教堂那庞大的白色建筑,它在阴沉的天空下显出白垩般的白色;它那光辉的厚墙后面还留着少许的黑夜。我们又开始走了,但顺序稍有变化。科菲埃先生被推到我后面,一位穿海蓝衣服的女士紧贴在我左边。她刚做完弥撒,眨着眼睛,晨光使她稍稍炫目。走在她前面、后颈瘦瘦的那位先生就是她丈夫。

街对面的人行道上,一位先生挽着妻子的手臂,凑到她耳边说了几句话,微笑了起来。她立刻小心翼翼地收起奶油色面孔上的一切表情,像盲人一样走了几步。这是明确的信号:他们要打招呼了。果然,片刻以后,这位先生便举起了手。当他的手指接近毡帽时,它们稍稍犹豫,然后才轻巧地落在帽子上。他轻轻提起帽子,一面配合性地稍稍低头,此时他妻子脸上突然堆出年轻的微笑。一个人影点着头从他们身边走过去,但是他们那孪生的笑容并没有立刻消失。出于一种顽磁现象,它们还在嘴唇上停留了一会儿。当这位先生和夫人和我迎面相遇时,他们恢复了冷漠的神气,但嘴边还留有几分愉快。

结束了。人群开始稀疏,脱帽致意也越来越少,商店橱窗也不那么精美了。我来到绕绳街的尽头。是否穿过街心,在对面的人行道上再往回走呢?我想已经够了,我看够了那些粉红色的脑袋,那些高贵的和谦逊的小脸。我打算穿过马里尼昂广场。我小心翼翼地从人流中抽出身来,这时,就在我旁边,黑帽下露出一个真正绅士的脑袋,就是那位海蓝衣服女士的丈夫。啊!长头型人的漂亮长脑袋,上面长着浓密的短发,漂亮的美国式唇须中夹着几根银丝。还有微笑,特别是微笑,有教养的美妙微笑。鼻子上什么地方还有一副单片眼镜。

他转过头对妻子说：

"这是工厂里新来的绘图员。不知他来这里干什么。他是个好小伙子,很腼腆,很逗。"

年轻的绘图员正靠着于连熟肉店的玻璃窗站着,他刚又戴上帽子,面孔绯红,垂着眼睛,神态执拗——这是强烈快感的外部迹象。显然他这是头一次在星期日来绕绳街。他看上去像初领圣体者。他两手背在身后,转头看着橱窗,露出十分讨人喜欢的腼腆。四根香肠披着晶莹闪亮的冻汁心花怒放地躺在香芹配菜上,但他视而不见。

一个女人走出熟肉店,挽起他的手臂。这是他妻子。她很年轻,但皮肤憔悴。她可以在绕绳街周围转来转去,谁也不会把她看作贵妇。她那玩世不恭的眼神,理智而警惕的态度泄露了她的身份。真正的贵妇是不知道价格的,她们爱的是痛快的挥霍。她们的眼睛是美丽天真的花朵,温室的花朵。

敲一点钟时我来到韦兹利兹餐馆。像往常一样,老头们都在那里,其中两位已经开始用餐了。有四位正在喝着开胃酒玩牌。其他人站在那里看他们玩,一面等待侍者摆餐具。最高的那位蓄着长须,是经纪人。另一位是海军军籍局的退休专员。他们像二十岁的人一样大吃大喝。星期日他们总是吃舒克鲁特①。最后到的人与正用餐的人打招呼。

"怎么,还是星期天的舒克鲁特?"

---

① 舒克鲁特,源自法国阿尔萨斯省的一道名菜,以酸白菜为主,配以大量的香肠、熟肉、土豆等等。

他们坐下,舒了一口气:

"玛丽埃特,小姑娘,来一杯不带泡沫的啤酒,再来一份舒克鲁特。"

这位玛丽埃特是个壮实的女人。我在最里边的餐桌前坐下,这时一位红脸老头拼命咳嗽,玛丽埃特正给他倒苦艾酒。

"再倒一点呀,瞧你。"他一边咳一边说。

一直在倒酒的玛丽埃特生气了:

"我不是在倒吗,谁说什么了?您这人,别人还没开口就生气。"

别人都笑了起来。

"一针见血!"

经纪人走去坐下,一边搭着玛丽埃特的肩膀:

"今天是星期日,玛丽埃特。下午和亲爱的男人一道去看电影?"

"啊,对,今天该安托瓦内特值班。至于亲爱的男人,成天干活的可是我。"

经纪人在一位胡子刮得光光的、神色不快的老头对面坐了下来。老头立刻激动起来。经纪人没有听,扮扮鬼脸,捋捋胡子。他们从来不听对方说话。

我认出了我的邻座,他们是附近的小商人。星期日女佣外出,他们便来这里用餐,总是拣同一张桌子。丈夫在吃一大块粉红色的牛排,凑近看看牛排,有时还闻闻。妻子正埋头小口小口地吃。这是个四十岁的金发女人,身体结实,两颊红红的、松松的,缎子衫下有着丰满、坚实的乳房。像男人一样,她每顿饭都大口喝下一瓶波尔多葡萄酒。

我读《欧也妮·葛朗台》,不是因为我喜欢,而是无事可干。

我随意翻开这本书,母亲和女儿正在谈论欧也妮初生的爱情。

　　欧也妮亲吻她的手,说道:
　　"你真好,亲爱的妈妈!"
　　这句话使母亲那张因长期痛苦而格外憔悴的老脸露出了光彩。
　　"你觉得他好吗?"欧也妮问。
　　葛朗台太太只微微一笑,沉默片刻后,她轻声说道:
　　"你已经爱上他了?那可不好。"
　　"不好,"欧也妮说,"为什么?你喜欢他,拿侬喜欢他,为什么我就不能喜欢他呢?好了,妈妈,摆桌子准备他来吃饭吧。"
　　她扔下手中的活计,母亲也跟着扔下,一边说着:
　　"你疯了!"
　　但她自己也高兴地跟着发疯,仿佛证明女儿疯得有理。
　　欧也妮唤来拿侬。
　　"又有什么事呀,小姐?"
　　"拿侬,中午能有奶油吗?"
　　"啊,行,中午行。"老女仆回答说。
　　"那好,给他上的咖啡要特别浓。我听德·格拉桑先生说巴黎人都喝浓咖啡。你得多放些咖啡才行。"
　　"我哪儿来那么多的咖啡?"
　　"去买呀。"
　　"要是撞上先生了呢?"
　　"他去牧场了……"

自我进来以后,我的邻座便沉默无语,此刻,突然间,丈夫的声音使我从阅读中惊醒。

丈夫用神秘的、甚感有趣的声调说:

"喂,你明白了吧?"

妻子吓了一跳,从遐想中醒来,瞧着他。他边吃边喝,然后又用同样诡秘的声音说:

"哈!哈!"

沉默。妻子又陷入遐想。

她突然打了一个寒战,问道:

"你说什么?"

"昨天,苏珊。"

"哦,对,"妻子说,"她去看维克多了。"

"我跟你说什么来着?"

妻子不耐烦地推开盘子:

"真难吃。"

盘子边上挂着她吐出来的灰色小肉丸。丈夫继续他的话题:

"那个小女人……"

他闭上嘴,茫然地微笑。在我们对面,老经纪人正在抚摸玛丽埃特的手臂,一面微微喘气。过了一会儿,丈夫说:

"那天我对你说过。"

"你说什么了?"

"维克多。她会去看他的。你怎么了?"他突然惊慌失措地问,"你不喜欢这个菜?"

"很难吃。"

"手艺不行了,"他傲慢地说,"赶不上从前埃卡尔的时候了。你知道埃卡尔如今在哪里吗?"

"在东雷米,是吧?"

"是的,是的,谁告诉你的?"

"是你,星期天你告诉我的。"

她拿起随便放在纸桌布上的一块面包吃了,然后用手熨平桌子边沿上的纸,迟疑地说:

"你知道,你弄错了,苏珊更……"

"这有可能,亲爱的姑娘,这有可能。"他心不在焉地回答,用目光寻找玛丽埃特,给她做手势。

"真热。"

玛丽埃特举止随便地靠在桌沿上。

"啊,是的,很热。"妻子抱怨地说,"这里很闷,牛肉又难吃。我要对老板说,手艺不如从前了。请你稍稍打开气窗吧,亲爱的玛丽埃特。"

丈夫又用逗乐的语气说:

"喂,你没看见她的眼睛?"

"什么时候,宝贝?"

他不耐烦地模仿她:

"'什么时候,宝贝?'你就是这样。在夏天,下雪的时候。"

"你是指昨天,哦,对!"

他笑起来,目视远方,相当用心地迅速背诵:

  眼睛就像在火炭里撒尿的猫

他很满意,似乎忘记了想说什么。她也兴奋起来,并无什么想法:

"哈,哈,你这个机灵鬼。"

她一下一下地轻轻拍着他的肩头:

"机灵鬼,机灵鬼。"

他更自信地重复说：

"在火炭里撒尿的猫。"

她不再笑了：

"不，说真的，她可是个严肃的人，你知道。"

他俯下头，在她耳边讲了一个长长的故事。她张着大嘴听，面孔紧张而快活，仿佛想扑哧笑出来，接着她朝后一仰，抓搔他的手：

"这不是真的，不是真的。"

他理智而平静地说：

"你听我说，亲爱的，既然他是这样说的，要不是真的，他何必这样说呢？"

"不，不。"

"可既然他这样说了，你听着，假设……"

她笑了起来：

"我笑是因为我想到勒内。"

"是的。"

他也笑了，她煞有介事地低声说：

"那么，他是星期二发现的……"

"星期四。"

"不，星期二，你知道，因为……"

她在空中画了一个省略号。

长长的沉默。丈夫用面包蘸着汤汁。玛丽埃特撤下盘子，送上水果馅饼。等一会儿我也要吃一块水果馅饼。妻子心神恍惚，唇边挂着骄傲和不以为然的微笑，然后用拖长的声音说：

"啊，不，你是知道的。"

她的声音充满了感官欲望，以致他动了心，用胖手抚摸她的后颈。

"夏尔,别说了,你在刺激我,亲爱的。"她含着满嘴的馅饼微笑着说。

我试图继续看书:

"我哪儿来那么多的咖啡?"

"去买呀。"

"要是撞上先生了呢?"

可我又听见那女人在说:

"是呀,我会让玛尔特大笑的,我要讲给她听。"

他们不再说话了。在馅饼以后,玛丽埃特又端上了李子干,女人忙着吐果核,优雅地吐在匙上;丈夫则两眼看着天花板,用手在餐桌上敲进行曲。沉默似乎是他们的正常状态,而话语则是有时发作的小小的狂热。

"我哪儿来那么多的咖啡?"

"去买呀。"

我合上书,我要去散散步。

我走出韦兹利兹餐馆时,已将近三点钟了。我那沉甸甸的身体感到这是下午。不是我的下午,是他们的下午,是十万布维尔人将共同度过的下午。就在此刻,他们用完了丰富而漫长的星期日午餐,离开餐桌,对他们来说,什么东西已经死了。星期日已经耗尽它轻快的青春,现在该消化消化小鸡和馅饼,该换衣服上街了。

清亮的空气中响起了黄金国影院的铃声。大白天里响起铃声,这在星期日是司空见惯的。沿着绿墙有一百多人在排队,在贪婪地等待进入美妙的黑暗,等待那轻松自在的时刻,银幕将像水中的白石一样发亮,说出他们的心事和梦想。但这是空想,因为他们身上的某个东西仍然很紧张,他们担心美好的星期日会遭到破坏。

等一会儿,他们会像每星期日那样大失所望,或者因为影片愚蠢,或者因为邻座抽烟斗并且往两腿下面吐痰,或者因为吕西安令人扫兴,没有说一句好话,或者,就在难得去电影院的今天,他们偏偏发作了肋间神经痛。等一会儿,像每个星期日一样,隐隐的愤懑将在黑暗的影厅里膨胀。

我走上布雷桑街。阳光驱散了云雾。天气晴朗。从波浪别墅走出了一家人。女儿站在人行道上扣手套,她大概有三十岁。母亲站在台阶的第一级上,自信地目视前方,一面深深地呼吸。至于父亲,我只看见他宽大的后背,他正弯下腰锁门。房子将幽暗无人,直到他们回来。在旁边那几所已经走空的、上了锁的房屋里,家具和地板在轻轻作响。出门以前他们熄灭了餐厅壁炉里的火。父亲和那两个女人会合在一起,全家人便一言不发地上路了。他们去哪里呢?星期日,人们或是去那座巨大的墓园,或是去拜访亲戚,或者,如果完全没事,去海堤上走走。我没事,便走在布雷桑街上,这条街通往海堤—散步场。

天空呈淡蓝色,几缕轻烟,几只白鹭,不时掠过一片浮云遮住了太阳。远处是沿着海堤—散步场的白色水泥栏杆,我透过栏杆的孔洞,看见大海在闪闪发光。这一家人向右拐,走上通往绿丘的上坡路布道神甫-伊莱尔街。我看见他们慢慢上坡,在闪烁的水泥地上形成三个黑点。我向左转,走进在海边络绎不绝的人群。

与上午相比,人群更为混杂。他们似乎都没有勇气继续承受规规矩矩的等级制度,而在午饭以前,他们曾为此自豪。商人和公务人员肩并肩地走着,任凭那些可怜巴巴的小职员和他们擦肩而过,甚至碰撞和挤压他们。贵族、精英、专业人员都融合在这温暖的人群中,他们现在只是人,几乎仅仅是人,他们不再代表任何东西。

远处有一摊亮光,那是退潮的大海。水面上的几块礁石尖撕破了这光亮的表层。沙滩上躺着几条渔船,不远便是黏糊糊的立方形石头,那是被胡乱扔到海堤脚下护堤防波的,石头与石头之间有洞隙,塞满了蠕动的东西。在外港的进口处,一条挖泥船矗立在阳光耀眼的天空下。每到晚上,它便轰鸣吼叫,喧嚣至极,直到午夜。但是每星期日,工人们上岸走走,只留下一个人看船,因此挖泥船便安静下来。

阳光清澈透明,像白葡萄酒。光线轻轻拂过身体,没有产生阴影或曲线,手和脸只是淡黄色的斑点。所有穿大衣的人都仿佛在离地几厘米的地方轻轻飘浮。风不时将水一般颤抖的阴影吹向我们。片刻间面孔褪了色,变成白色。

这是星期日。人群被夹在栏杆和别墅的铁栅之间缓缓流动,在大西洋轮船公司的大饭店前散开成上千条小溪。有许许多多孩子,他们或坐在车上,或被抱着、牵着,或三三两两、一本正经地走在父母前面。这些面孔,刚才我都见过,它们在朝气蓬勃的星期日上午显得得意扬扬,而现在,沐浴在阳光中,它们表露的只是安详、轻松和几分执拗。

大手势没有了。人们当然还摘帽致意,但不再夸张,不再像上午那样兴奋。他们微微向后仰着,抬头望着远方,任凭风吹着自己走,大衣在风中鼓胀了起来。有时有一声干笑,但立刻就被止住了。一位母亲在喊:雅诺,雅诺,听话。接着便是沉静。我闻见黄烟丝的淡淡的气味,原来小职员们在抽烟,萨朗波牌、阿依夏牌,这是星期日的香烟。在几张比较松弛的脸上,我仿佛看到几分忧愁。不,这些人既不忧愁也不欢快,他们只是在休息。他们那睁大的、凝神的眼睛被动地反射出大海和天空。等一会儿他们要回家,全家人围着餐桌喝茶。眼下他们只想少费力气,节省手势、话语和思想,随波漂流;他们只有一天的时间来抹去皱纹、鱼尾纹,以及一周的工作所带来的辛酸的表情,仅仅一天。他们感到时间从指缝间流过。他们来得及聚集精力以便在星期一早上焕然一新地从头开始吗?他们深深呼吸,因为海边的空气能增补精力。只有他们那入睡者般的均匀而深沉的呼吸表明他们还活着。我悄悄地走在这个处于休息状态的、悲惨的人群中,不知如何处置我那结实而且精力充沛的身体。

大海现在是深灰色,慢慢涨潮,晚上就该是满潮了。今晚,海堤—散步场会比维克多-诺瓦尔大街更荒凉。在左前方,有盏红灯在航道中闪烁。

太阳慢慢落在海面,途中将一所诺曼底别墅的窗子照得火红。有个女人被照得眼花缭乱,懒懒地用手捂住眼睛,一面摇着头。

"加斯东,真晃眼。"她半笑不笑地说。

"嘿!这可是好太阳,"丈夫说,"它不暖和,但叫人高兴。"

她转身朝着大海,又说:

"我还以为看得见它呢。"

"不可能,"丈夫说,"它在晃眼的地方。"

他们大概在谈卡伊博特岛,岛的南端位于挖泥船和外港码头之间,本该看得见的。

光线变柔和了。这个不稳定的钟点预示着黄昏来临。星期日已经成了过去。别墅和灰白栏杆仿佛是新近的回忆。面孔——失去闲暇的表情,有几张脸几乎变得温情。

一位怀孕的女人倚在一个模样粗鲁的金发青年身上。

"那儿,那儿,你瞧。"她说道。

"什么?"

"那儿,那儿,是海鸥。"

他耸耸肩,哪里有海鸥呢。天空几乎纯净如洗,天际露出淡淡的粉红色。

"我听见它们叫了。你听听,它们在叫。"

"那是什么东西在吱吱响。"他说。

一盏路灯在闪光。我以为是点灯的人来过了。孩子们等着他,因为这是回家的信号。其实这只是太阳的最后一缕反光。天空仍然明亮,但大地已进入阴暗中。人群越来越稀疏,海涛声清晰可闻。一个年轻女人双手抓住栏杆,仰面望天,她的脸呈蓝色,有一条由唇膏形成的黑道。刹那间我想我也许会爱人们,但星期日毕竟是他们的,不是我的。

首先亮起的是卡伊博特灯塔。一个小男孩在我身边站住,醉心地低声说:"啊!灯塔!"

于是我心中充满了奇遇的强烈感觉。

我向左转,经过帆船街到达小普拉多大道。橱窗都拉下了铁帘。绕绳街明亮,但行人稀少,已失去上午那短暂的繁华,此刻与周围的街道毫无区别。刮起了相当强劲的风,总主教的铁皮帽子在吱嘎作响。

我独自一人。人们大都回到了家,一边听广播一边看晚报。逝去的星期日给他们留下逝者如斯的感觉,他们的思想已经转向了星期一。但对我来说,既没有星期日也没有星期一,只有在混乱中相互推挤的日子,以及像这次一样突如其来的闪电。

什么也没有变,然而一切又都以另一种方式存在。我不知如何描写,它仿佛是恶心,但又与恶心正相反。总之我碰到了奇遇,我询问自己,我看出来我是我,我在这里。穿破黑夜的是我,我像小说主人公一样高兴。

什么事即将发生。在阴暗的老下街上,有什么东西在等我。在这里,在这条安静街道的拐角上,我的生活将要开始。我怀着宿命的感觉看着自己朝前走。在街的拐角处有一块白色界石。从远处看,它似乎很黑,但我每走近一步,它就变白一点。这个逐渐变白的黑色物体给我一种异样的感觉。当它完全明亮,完全变白时,我会停下来,恰好在它旁边,于是奇遇便将开始。黑暗中露出的这个白色灯塔现在近在咫尺,以致我几乎害怕起来,有一刻甚至想退回去。然而要打破魔力已不可能,我朝前走,伸出手,摸到了界石。

这是老下街和庞大无比的圣塞西尔教堂。教堂蹲在黑暗中,彩画玻璃窗闪着光。铁皮帽子在吱嘎作响。我不知道是世界突然缩小了,还是我使声音与形状达到了高度一致,我甚至无法想象周围的一切会与现状有什么不同。

我停下片刻,等待,我感到心跳。我用眼睛搜索荒寂的广场,什么也没有见到。刮起了相当强劲的风。我弄错了,老下街只是一个驿站,那东西在迪科通广场尽头等我。

我不急于继续往前走。我仿佛触摸到幸福的顶峰。我曾在马赛、上海、梅克内斯多方寻找这种饱满的感觉,今天我不再抱任何希望,我在这个空空的星期日傍晚回家,它却在这里。

我又走了起来。风吹来船的汽笛声。我独自一人,却像攻克城池的军队一样前进。就在此刻,轮船上的音乐在海上鸣响,欧洲城市都亮起了灯,共产党人和纳粹分子在柏林街头交火,失业者在纽约流落街头,女人们在温暖的房间里,在梳妆台前涂眼睫膏,而我,我在这里,在这条荒凉的街上。但是,从新科隆的窗口射出的每一枪,被抬走的血淋淋伤员的每一声抽噎,女人化妆时的每一个精确而细微的动作,它们都与我的每个脚步,我心脏的每次跳动相呼应。

我来到吉耶小巷,不知该怎么办,不是有人在巷尾等我吗?可是,在绕绳街尽头的迪科通广场,也有点什么东西在等我,等我去它才能诞生。我焦虑不安,因为一个小小的动作就会使我承担后果。我猜不出人们要求我做什么,但是必须做出选择,我放弃了吉耶小巷,它为我准备了什么,我将永远不得而知。

迪科通广场空无一人。难道我弄错了?我似乎无法接受这一点。真的什么事也不会发生?我走近亮着灯光的马布利咖啡馆。我犹豫不决,不知该不该进去。我从蒙着水汽的大玻璃窗往里面看了一眼。

店堂里挤满了人。香烟的烟雾与湿衣服散发的水汽使空气变成了蓝色。女收款员坐在柜台后面。我很熟悉她,她和我一样,长着棕红头发。她肠胃有病,忧郁地微笑着,下半身慢慢地腐烂,就像腐烂物体发出的那种堇菜气味。我从头到脚打了一个寒战,这是……等我的就是她。她在那里,上半身一动不动地露出柜台,她在微笑。从这个咖啡馆的深处,有什么东西向后倒转,回到这个星期日的散乱的瞬间,将瞬间一一串连起来,赋予它们含义。我穿越了这整整一天,最后来到这里,额头靠在玻璃窗上,端详这张在石榴红窗帘前微笑的清秀面孔。一切都停止了,我的生命停止了。这扇大玻璃窗,这像水一样蓝的浊重空气,这株在水底的又肥又白的植物,还有我自己,我们形成了一动不动的、完整的整体,我很快活。

但是当我回到棱堡大街时,心中只剩下辛酸的遗憾。我心中想:"这种奇遇感也许是我在世上最珍惜的东西了,但它来得突然,去得匆忙,它去以后我又是何等的干瘪!难道它这种短暂的来访只是为了挖苦我,说我错过了生活?"

在我身后,在城市里,在发出冷冷的路灯光的笔直的大街上,一件重要的社会事件正寿终正寝,这是星期日的结束。

星期一

昨天我怎会写出这种荒唐和浮夸的句子呢?

"我独自一人,却像攻克城池的军队一样前进。"

我不需要华丽的辞藻。我写作是为了弄清某些情景。应该避免漂亮的空话,应该信手写来,不雕琢字句。

总之,昨晚我自觉崇高,这一点使我恶心。我二十岁时曾醉过,后来我解释说自己属于笛卡儿①那个类型。我很清楚英雄主义使我膨胀,但我听之任之,甚觉有趣。在这以后我感到恶心,仿佛躺在一张满是呕吐物的床上。我酒醉时从不呕吐,但呕吐也许更好。昨天我甚至没有酒醉的借口。我像傻瓜一样兴奋,现在我需要用清水一般透明的、抽象的思想来洗涤。

这种奇遇感肯定并非来自事件,这已得到证明。它多半是瞬间相连的方式。事实大概是这样:你突然感到时间在流逝,每个瞬间导致另一个瞬间,另一个瞬间又导致下一个瞬间,就这样继续下去;每个瞬间都消失,用不着挽留它,如此等等。于是人们把这种特性赋予在瞬间出现的事件,把属于形式的东西转移到内容上。总之,人们对著名的时间流逝谈得很多,却很少见到。人们看见一个女人,心想她会衰老,但是看不见她衰老,而另一些时候,人们似乎看见她衰老,并且感到与她一同衰老,这便是奇遇感。

如果我记得不错,人们称它为时间的不可逆转性。那么,奇遇感仅仅是对时间不可逆转性的感觉了。但为什么并不永远有这种

---

① 笛卡儿(1596—1650),法国哲学家。

感觉呢？难道时间并不永远是不可逆转的？有时候，人们感到可以为所欲为，前进或后退都无所谓，但在另一些时候，网眼仿佛收紧了，因此不能错过机会，因为不可能再一次从头开始。

安妮使时间恢复了它的作用。有一段时间，她在吉布提，我在亚丁，我常常去看她，共度二十四小时。她千方百计地增加我们之间的误解，直到最后离我走只剩下六十分钟了，确确切切的六十分钟。六十分钟正好使你感到时间在一秒钟一秒钟地流逝。我还记得一个可怕的晚上。我应该在午夜动身回亚丁。我们坐在露天电影院里，心情沮丧，她和我一样，只不过她是策划者。到了十一点钟正片开始时，她拉过我的一只手，双手紧紧握住，一言不发。我感到一种刺激性的欢乐，不用看表，我知道现在是十一点钟。从这时起，我们开始感到时间在一分钟一分钟地流逝。这一次我们要分别三个月。银幕上有一次出现了全白的图像，冲淡了黑暗，我看见安妮在流泪。后来，到了午夜，她使劲握握我的手便放开了。我站起身，没有说一句话便走了。圆满的工作。

晚上七点钟

工作了一天，进展不错。我写了六页，感受到几分乐趣，何况这是对保罗一世统治的抽象论述。在昨天的狂喜以后，今天一整天我都正襟危坐。我真不该动情。不过，我在揭露俄国专制政体的手段时，感到十分自在。

但是这个罗尔邦令我很恼火。他在细小的事情上十分诡秘。一八〇四年八月他在乌克兰到底干了些什么？他隐晦地谈到这次旅行：

后代将做出判断：我的努力——未能成功——是否该受到粗暴的背叛和侮辱，我默默地忍受它们，而我心中的秘密足以使嘲讽者闭嘴和无比恐惧。

我受骗过一次。在谈到一七九〇年短暂的布维尔之行时,他的文字充满了浮夸和隐晦。我浪费了一个月去核实他的言行。最终,他使一个佃户的女儿怀了孕。也许他只是一个华而不实的人?

我对这个自命不凡、满口谎言的人十分气恼,也许这是怨恨吧。他对别人撒谎我很高兴,但是他应该对我破例。我原以为我与他会串通一气,骗过这么多死人,他终究会对我,对我讲真话的!可他什么也没有说,没有说,他对我说的就和对亚历山大或路易十八说的谎话一样。罗尔邦必须是个体面人,这点对我十分重要。机灵鬼,大概吧,谁不是机灵鬼呢?大机灵鬼还是小机灵鬼?我尊重历史研究,但并不因此而在这样的死人身上浪费时间,因为如果他活着,我对他是不屑一顾的。关于他,我知道些什么呢?想象不出会有比他的生活更美好的生活了,但他确实有美好生活吗?如果他的信件不是那么浮夸……啊,应该看到他的目光,他也许有一种迷人的动作:歪着头,调皮地竖起细长的食指放在鼻子旁边,或者,有时在两个彬彬有礼的谎言之间,他突然变得粗暴,但为时不长,他很快就克制住了。然而他死了,留下的只有《论战略》和《对道德的思考》。

如果我随意想去,我想象他是这样的人:他善于讽刺揶揄,伤害过不少人,但是在这个表象下面,他很单纯,近乎幼稚。他很少思考,但是,出于一种深沉的天赋,他在任何场合都举止得体。他的恶作剧是天真的、自发的、慷慨的,与他对道德的爱同样诚挚。他背叛了恩人和朋友,然后便严肃地转向事件以吸取教益。他从不认为自己对他人有任何权利,也不认为他人对他有任何权利。他认为生活对他的赐予是没有道理、毫无理由的。他迷恋一切,但又轻易地摆脱。他的信件和作品从来不是他自己写的,而是由一位写字先生代笔。

如果最终是这样,我还不如写一本关于德·罗尔邦侯爵的小说。

晚上十一点钟

我在铁路之家吃晚饭。老板娘在那里,我只好和她做爱,这是出于礼貌。我对她有几分厌烦,因为她太白,又有一股新生婴儿的气味。她热情洋溢地把我的头紧紧抱在胸前,认为应该这样做。至于我,我心不在焉地在毯子下面摸玩她的生殖器,弄得手臂发麻。我想到德·罗尔邦先生,为什么不写一本关于他生平的小说呢?我的手臂直直地贴着老板娘的腰。我突然看见一个小花园,那里的树木既矮又粗,毛茸茸的硕大的叶子从树上垂下,四处有蚂蚁在爬,还有蜈蚣和衣蛾。有的动物更可怕,身体是一片烤面包,就像一盘烧鸽里垫底的烤面包。它们像螃蟹一样用脚爪横行。宽大的树叶上有黑黑一层小虫。在仙人掌后面,公园里的韦莱达[①]用手指着自己的生殖器。"真令人作呕。"我大声叫了起来。

"我本不想弄醒你,"老板娘说,"但是床单压在我屁股下面,再说,我得下楼照料乘火车去巴黎的客人。"

封斋节前的星期二

我揍了莫里斯·巴雷斯[②]的屁股。我们是三个士兵,其中一人的脸中央有一个洞。莫里斯·巴雷斯走近我们说:"很好!"并且给我们每人一小束堇菜花。脸上有洞的士兵说:"我不知往哪

[①] 韦莱达,公元一世纪的日耳曼女祭司,反对罗马人入侵,后成为人们崇拜的偶像。——原编者注
[②] 莫里斯·巴雷斯(1862—1923),法国作家,曾是民族主义运动的精神领袖。

里插。"莫里斯·巴雷斯说："插在你头上的洞里。"士兵回答说："插在你的屁眼里。"我们便把莫里斯·巴雷斯打翻在地,脱下他的裤子,裤子下面有一件主教的红袍,我们掀起红袍,莫里斯·巴雷斯喊了起来："当心,我的长裤是连鞋套的。"我们揍他的屁股,揍得出血,并且用堇菜花瓣在他臀部上画了一个戴鲁莱德①的头像。

一段时间以来,我经常想起我的梦。此外,我睡觉大概很不老实,因为每早起来毯子都掉在地上。今天是封斋节前的星期二,但是在布维尔,这并不是什么大事。全城只有一百多人化装打扮。

我走下楼梯时,老板娘叫住了我,

"这里有您一封信。"

一封信,我收到的最后一封信是去年五月份鲁昂图书馆馆长寄来的。老板娘领我去她的办公室,递给我一个鼓鼓的黄色长信封,这是安妮写来的。我有五年没有她的消息了。信是寄到我在巴黎的旧地址的,邮戳是二月一日。

我出门,信封握在手里不敢打开。安妮用的信纸没有变,她也许仍然去庇卡迪伊那家小文具店去买信纸。她大概还保持原来的发型,留着浓浓的金色长发,不愿剪掉。在镜子面前,她不得不耐心地搏斗才能拯救自己的面孔。她不爱打扮,也不怕衰老。她愿意保持本色,仅仅保持本色。我欣赏她的也许正是这一点:对自己形象的忠实,绝对严格的忠实。

地址是用紫墨水写的(她也没有换墨水),有力的笔迹仍然微微闪着光泽。

安托万·罗冈丹先生

---

① 戴鲁莱德(1846—1914),法国作家与政治家,曾参与未遂的军事政变(1899)。

我多么喜欢在这些信封上看到我的名字。在朦胧中我又看到她的微笑。我猜到她的眼睛和那低俯的头。我坐着,她走过来,微笑地站在我面前。她比我高出上半身,她伸直手臂抓住我的两肩,摇晃我。

信封沉甸甸的,至少装了六张纸。在秀丽的笔迹旁边是我从前的门房那潦草的小字:

布维尔市普兰塔尼亚旅馆

这些小字没有光泽。

我拆开信封,失望使我又年轻了六岁。

"我不知道安妮是怎样把信封弄得鼓鼓的,里面可什么也没有。"

这句话,我在一九二四年春天说过一百次,当时我也像今天一样,使劲地从信封衬纸里抽出一小张方格纸。

安妮用铅笔写道:"我过几天去巴黎。二月二十号你来西班牙旅店看我,求你了('求你了'被加在这行字的上方,并且以一个古怪的螺线与'看我'相连),我必须见到你,安妮。"

我在梅克内斯和丹吉尔的时候,晚上回家有时看见床上有张纸条:"我要立刻见到你。"我跑去看她,她开了门,抬着眉毛似乎很惊讶。她不再有话对我说了。她埋怨我去找她。这一次我要去,也许她拒绝见我,也许旅馆的人说:"没有这个姓名的人住在我们这里。"但我想她不会这样做。不过,再过一星期,她可能写信告诉我她改变了主意,下一次再见面吧。

人们都在上班。这个封斋节前的星期二将平淡无奇。残废者街上有股浓重的湿木头气味,每次下雨以前都是这样。我不喜欢这种古怪的日子:电影院放映日场,学校的孩子们放假。街上有一种泛泛的、淡淡的节日气氛,不断引起你的注意,但当你真正注意时,它又消失了。

我大概能重新见到安妮,但不能说这个念头使我真正快活起来。接到她的信后,我便感到无所事事。幸好现在是中午。我不饿,但我要去吃饭,以消磨时间。我走进钟表匠街上的卡米尔餐馆。

这是一家比较封闭的餐馆,整夜供应舒克鲁特或荤杂烩。人们看完戏就来这里就餐。那些夜里到达、饥肠辘辘的旅客们,在警察的指点下,来这里吃饭。八张石板面的桌子,沿墙是一排皮制长椅,两边是布满棕色斑点的镜子。两扇窗子和门上的玻璃用的都是毛玻璃。柜台在一个凹处,隔壁还有一个单间,是为成双成对的人准备的,我从来没有进去过。

"来一份火腿蛋。"

女侍者是一个双颊红红的高个子姑娘,她和男人讲话时总是笑。

"这我可没办法。您来一份土豆蛋吧?火腿给锁起来了,只有老板才能动。"

我叫了一份荤杂烩。老板叫卡米尔,很凶。

女侍者走开了。我独自待在这间阴暗的老店堂里。我的皮夹里有安妮的一封信。出于一种虚假的羞愧,我不再读这封信,只是试着一一回忆每句话。

我亲爱的安托万

我微笑了,当然不,安妮当然没有写"我亲爱的安托万"。

六年前——我们刚刚按照双方同意分了手——我决定去东京。我给她写了几个字,当然不能再称她为"心爱的"了,便天真地称她为"我亲爱的安妮"。

"你的自如真令我佩服,"她回答说,"我过去不是,现在也不是你亲爱的安妮,而你呢,我请你相信你也不是我亲爱的安托万。如果你不知道怎样称呼我,就别称呼我,那样更好。"

我从皮夹里取出她的信。她没有写"我亲爱的安托万",信尾也没有客套话,只有"我必须见到你。安妮。"没有任何东西确切地告诉我她的感情。我不能抱怨,因为她喜爱完美。她总想实现"完美的时刻"。如果实现不了,她便对一切都不再感兴趣,生命从她的眼神中消失,她懒洋洋地待着,像一个青春期的大姑娘,要不就是挑我的毛病:

"你擤鼻涕像一个资产者,大模大样,还用手绢捂着咳嗽,一副志得意满的样子。"

不能回答,必须等待。突然,从我无意的举动中,她看到了信号,战栗了一下,无精打采的清秀面孔变得严肃了,她开始了辛勤的工作。她有一种无法抗拒的、迷人的魔法:她哼着歌,眼睛巡视四周,然后微笑着站起身,走过来摇晃我的双肩,而且,在几秒钟内,仿佛给周围的物体下命令。她用低沉、急促的声音解释她对我的期望:

"听我说,你想努力,对吧?上一次你可真傻。你知道这个时刻会多美吗?你瞧瞧天空,瞧瞧阳光在地毯上的颜色。我刚好穿上了绿裙衣,也没有化装,很苍白。你往后退退,坐在阴影里。你明白你该做什么吗?真是!你真傻!给我说点什么呀!"

我感到手中握着成败的关键。这个瞬间有一种朦胧的含意,必须使它更精练、更完美。某些动作必须要做,某些话必须要说。但我不堪责任的重负,瞪着眼睛什么也看不见。我陷在安妮臆想的那套关于瞬间的礼仪中,奋力挣扎,而且挥动粗大的手臂将它们像蛛网一样撕碎。在这种时刻,安妮恨我。

当然,我要去看她。我尊重她,而且仍然全心地爱她。但愿另一个男人对完美瞬间的游戏比我灵巧,比我走运。

"你这该死的头发把什么都破坏了,"她说,"能拿红头发的男人怎么办呢?"

她微笑。我首先失去的,是对她的眼睛的记忆,后来,是对她长长的身体的记忆,我尽量长久地记住她的微笑,后来,三年前,我也失去了这个记忆。不过刚才,当我从老板娘手中接过信时,这个回忆又突然回来了,我仿佛看见安妮在微笑。我再试试回忆它,因为我需要感受安妮所勾起的全部柔情。这个柔情就在那里,近在咫尺,它渴望诞生。然而,回忆不再来,完了。我仍然空荡荡、干巴巴的。

一个男人冷飕飕地走了进来。

"先生女士们好。"

他没有脱下发绿的大衣便坐了下来,两只大手相互搓着,手指交叉在一起。

"您要点什么?"

他一惊,神色不安地说:

"嗯?来点加水的比尔酒。"

女侍者一动不动。她在镜子里的面孔仿佛在睡觉。其实她是睁着眼睛的,只是睁开一条缝。她一向如此,接待客人慢慢吞吞,客人点了酒菜后,她总要遐想片刻,大概从遐想中得到小小的乐趣吧。我猜她在想那瓶酒,即将从柜台上方取下的、带白底红字商标的瓶子,她在想她即将倒出的浓稠的黑汁,仿佛她本人也喝。

我将安妮的信塞回皮夹里,它给了我它所能给的。我无法追溯到那个曾经拿着它,折叠它,将它装进信封的女人。然而,用过去时来思念某人,这是不可能的。当我们相爱时,我们不让最短的瞬间、最轻的不快脱离我们而留在后面。声音、气味、日光的细微变化,还有我们相互并未道出的思想,这一切都被我们带走,这一切都是鲜活的。我们不停地、身临其境地为它们高兴,为它们痛苦。不是回忆,是强烈炽热的爱,没有阴影,没有时间距离,没有庇护所。三年的一切都在我们眼前。正因为这个我们才分手,因为我们承担不了这副重担。当安妮离开我时,突然一下子,我感到这三年都塌陷在过去时里了。我甚至没感到痛苦,只感到空虚。后来时间又开始流逝,空洞越来越大,再后来,在西贡,我决定返回法国,于是残留的一切——陌生面孔、地点、长河沿岸的码头——全部化为乌有,因此我的过去如今只是一个大洞,而我的现在就是靠着柜台遐想的黑衣女侍者和这个小个子男人。我对自己生活所知道的一切,似乎都是从书本上来的。贝拿雷斯城的宫殿、麻风病王的平台,带有曲折高梯的爪哇寺庙,它们曾反映在我眼中,但它们留在那边,留在原处。电车晚上从普兰塔尼亚旅馆门前驶过,车窗上并不带走霓虹灯招牌的影像,电车燃烧片刻,然后带着黑黑的车窗远去。

那个人一直看着我,令我生厌,他个子小小的,倒摆出一副派头。女侍者终究去照应他了。她抬起黑黑的长臂去取饮料,然后端来瓶和杯子。

"来了,先生。"

"阿希尔先生。"他彬彬有礼地说。

她倒饮料,没有回答。他突然灵巧地从鼻子旁边抽回手指,摊开两只手掌放在桌子上,头朝后仰,眼睛发亮,冷冷地说:

"可怜的姑娘。"

女侍者吓了一跳,我也吓了一跳。他的表情难以捉摸,可能是吃惊,仿佛这句话不是他说的。我们三个人都局促不安。

胖胖的女侍者最先恢复镇静。她缺乏想象力。她庄重地打量阿希尔先生,明白她只要动一只手就能把他从座位上提起来,扔到街上去。

"我为什么是可怜的姑娘?"

他迟疑着,瞧着她,不知所措,接着便笑了。他脸上堆满了皱纹,用手腕轻松地做了做手势:

"这把她惹恼了,'可怜的姑娘',不过就这么说说罢了。没有什么意思。"

她转身回到柜台后面。她的确在生气,可他还在笑:

"哈哈!我不过随口说说。真生气了?她生气了。"他朝我这个方向说。

我转过头去。他拿起杯子,但不想喝,惊讶而胆怯地眯着眼睛,仿佛在回忆什么事。女侍者已经在收款处坐下了,拿起了针线活。一切重归于平静。但已不是原先的平静了。下雨了,雨点轻轻敲着毛玻璃窗。如果化装的孩子们还在街上,他们的硬纸面具会变成软塌塌的一团。

女侍者开了灯。现在还不到两点钟,但天空完全黑了,所以她看不清手中的活计。柔和的灯光。人们在家里大概也开了灯,看看书,在窗前瞧瞧天空。对他们来说……这是另一回事。他们是以另一种方式衰老的。他们生活在遗赠和礼品中间,每件家具都是纪念品。小钟、奖章、肖像、贝壳、镇纸、屏风、披巾。橱柜里堆满了瓶子、织物、旧衣服和报纸。他们什么都留着。保存往昔,这是有产者的奢侈。

我能在哪里保存我的往昔呢?不能将它揣在口袋里,必须有房子来安置它。我只拥有自己的身体。一个孤零零的人,只拥有自己的身体,他是无法截住回忆的,回忆从他身上穿越过去。我不该埋怨,我追求的不正是自由吗?

小个子男人坐立不安,叹了口气。他缩在大衣里,但有时挺直身体,露出傲慢的神气。他也没有往昔。要是仔细找一找,在他的表亲——如今互不来往——那里,大概能找出一张照片吧:在一个婚礼上,他戴着硬领,穿着硬胸衬衣,蓄着年轻人的粗硬髭须。至于我,大概连照片都没留下。

他仍然看着我,要和我说话了。我感到自己很僵硬。他与我彼此并无好感,但我们是同一类人,就是这样。他像我一样孤单,但比我更深地陷入孤独。他大概在等待他的恶心或者什么类似的东西。这么说,现在有人能认出我了,对我打量一番以后心里想:"这是我们的人。"那又怎么样呢?他想干什么?他应该知道我们谁也管不了谁。有家的人都在家里,生活在纪念品中间,而我们在这里,两个没有记忆的落魄者。如果他突然站起来,如果他对我说话,我会跳起来的。

门咣当地开了。这是罗杰医生。

"大家好。"

他走了进来,神态孤僻而多疑,两条长腿在微微打战,勉强架住他的身体。星期日我在韦兹利兹餐馆常常看见他,但他不认识我。他的体格像儒安维尔的教官,胳膊和大腿一样粗,胸围一百一十公分,站立不便。

"冉娜,小冉娜。"

他小步走到衣架前,将那顶宽宽的软帽挂在衣钩上。女侍者已叠好活计,无精打采、不慌不忙地走过来,将医生从雨衣里拽出来。

"您要点什么,大夫?"

他严肃地端详她。他真有一个我称作的漂亮脑袋,一个被生活和激情磨损和耗竭的脑袋,但他了解了生活,控制了激情。

"我也不知道要点什么。"他用深沉的声音说。

他一屁股坐在我对面的长椅上,擦擦额头。只要不是站着,他就感到自在。他的眼睛又大又黑,十分威严,叫人害怕。

"要点……要点……要点……要点……陈年苹果烧酒吧,孩子。"

女侍者一动不动地端详这张堆满皱纹的大脸。她在遐想。小个子男人如释重负地抬头微笑。的确,这位巨人使我们得到解脱。刚才有什么可怕的东西要攫住我们。现在我大大松了一口气,因为我们面对的是人。

"怎么,不给我拿苹果烧酒?"

女侍者惊醒过来便走开了,医生伸开两只粗胳膊抓住桌子两侧。阿希尔先生异常高兴,想引起医生的注意,便摇晃着腿在长椅上跳动,但是白费力气,他个子太小,弄不出响声来。

女侍者端来苹果烧酒,并且向医生仰仰头,示意他旁边有那位客人。罗杰医生慢慢旋转上身,因为他的脖子动不了。

"咦,是你,老坏蛋。"他叫道,"你还活着?"

他又对女侍者说:

"你们接待这种人?"

他瞧着小个子男人,目光凶狠。这是一种纠正谬误的坦率目光。他解释说:

"他是个老神经病,老神经病。"

他甚至懒得表明这是开玩笑。他知道老神经病不会生气,而会微笑。果然如此,小个子谦卑地微笑了。老神经病,他这下轻松了,感到自己能抵御自己。今天不会发生任何事。最奇怪的是,我也松了一口气。老神经病,说得不错,仅此而已。

医生笑了,向我投来一个邀请与会意的目光,大概是由于我的身材吧——再加上我身上那件干净衬衣。他想邀我加入他的玩笑。

我没有笑,没有回答他的主动表示,于是,他一面笑,一面用瞳孔的可怕火光在我身上试探。我们默默地对视了几秒钟,他像近视眼一样上下打量我,将我归类。归入神经病还是流氓?

终于是他先转过头去。在一个没有社会地位的孤独者面前稍稍退缩,这是不值一提的小事,立刻就被忘在脑后。他拿起一支烟,点燃,然后像老头一样一动不动,眼光无情而凝滞。

漂亮的皱纹,各式各样的;有贯穿前额的横纹、鱼尾纹、嘴巴两侧苦涩的褶纹,还有吊在下颌下面的、绳索般的横肉。这个人可真走运。远远一看见他,你就想他一定受过痛苦,他一定生活过。他配得上这张面孔,因为他毫无差错地留住和利用了往昔。他直截了当地将往昔制成标本,并且在女人和年轻人身上试用。

阿希尔先生很快活,大概很久以来没有这么快活了。他赞赏地张着嘴,鼓起脸腮小口小口地喝酒汁。好吧!医生镇住了他。医生没有被这个即将发作的老神经病给吓倒。几句粗话刺刺他,结结实实敲他一下,事情就成了。医生是有经验的,他是职业经验论者。医生、神甫、法官、官员,他们了解人,仿佛人是由他们造的。

我为阿希尔先生感到羞耻。我们是一条船上的人,应该团结一致反对他们。而他却抛弃了我,投到他们那边去了。他真心地相信经验,不是他的经验,也不是我的经验,而是罗杰医生的经验。刚才阿希尔先生感到自己古怪,似乎孑然一身,而现在他知道像他这样的人还有,而且不少,因为罗杰医生见过他们,罗杰医生可以对阿希尔先生讲述他们每个人的故事以及故事的结尾。阿希尔先生只不过是一个案例,可以轻而易举地被纳入某些一般概念之中。

我真想对他说他受骗了,被那些重要人物利用了。职业经验论者?他们在半醒半睡的麻木状态中熬日子,由于急躁而仓促结婚,又莫名其妙地生了孩子。他们在咖啡馆、婚礼和葬礼上与别人相遇。有时他们被卷入旋涡,奋力挣扎,但不明白发生了什么事。他们周围发生的一切,其开始与结束都在他们的视野以外。长长的模糊形状、事件,从远方来,迅速擦过他们身边,等他们想观看时,一切已经结束。然而,他们快到四十岁时,却把本人可怜的固执习性和几句格言称为经验,于是他们就成了自动售货机:你往左边那个缝里扔两个苏,出来的就是银纸包装的小故事,你往右边那个缝里扔两个苏,出来的就是像融化的焦糖一样粘牙的宝贵忠告。照此办理,连我也会受到人们的邀请,他们会相互散播说我是空前绝后的大旅行家。是的,穆斯林蹲着撒尿,印度产婆用在牛粪中研碎的玻璃代替麦角碱,婆罗洲的姑娘来月经时便上屋顶待三天三夜。我在威尼斯见过小游船上的送葬仪式,在塞维利亚见过受难周的庆典,在上阿默高也见过受难主日。当然,这一切只是我的见识的极小部分。我可以仰靠在椅子上,乐呵呵地开讲:

"您知道吉赫拉瓦吗,亲爱的夫人?那是摩拉维亚的一座奇特的小城,一九二四年我在那里待过……"

法庭庭长见识过许多案件,听完我的故事后会说:

"多么真实,亲爱的先生,多么有人情味。我刚工作时也见过类似的案件。那是一九〇二年,我在利摩日当代理推事……"

但是,我年轻时就讨厌这些事。我不是出自职业经验论者的家庭,不过业余经验论者也是有的:秘书、职员、商人、在咖啡馆听别人讲述的人。将近四十岁时,他们感到全身被经验塞得满满的,无法排泄,幸好他们有孩子,便强迫孩子就地将经验消化掉。他们想让我们相信他们的往昔并未丧失,他们的回忆浓缩了,柔顺地变成了智慧。驯服的往昔!可藏在衣袋里的往昔——充满漂亮格言的金色小书。"请相信我,我这是经验之谈,我知道一切都来自生活。"难道生活也替代他们去思想吗?他们用旧的来解释新的,用更旧的来解释旧的,就像那些历史学家说列宁是俄国的罗伯斯庇尔,说罗伯斯庇尔是法国的克伦威尔一样,实际上,他们从来什么也不懂……在他们的傲慢后面,可以隐隐看出一种郁闷和懒惰。他们看着一些现象从面前驰过,却连连打呵欠,认为普天之下没有什么新鲜事。"一个老神经病",于是罗杰医生便泛泛想到另一些老神经病,但却记不起任何一位了。现在,阿希尔先生不论做什么,都不会令我们吃惊,因为他是个老神经病!

他不是老神经病,他是害怕。怕什么呢?当你想理解一个事物时,你站到它面前,孤立无援。世界的全部过去都将毫无用处。后来事物消失,你的理解也随它消失。

人们喜欢笼统的概念,再说,职业家,甚至业余爱好者最后总是有理的。他们的智慧劝诫你尽量不出声,尽量少生活,让你自己被人遗忘。他们讲得最好的故事就是冒失鬼和怪人如何受到惩罚。对,事情就是这样,谁也不会说相反的话。阿希尔先生也许良心不安,也许在想如果当初听了父亲和姐姐的话,就不至于到今天这个地步。医生有发言权。他没有错过自己的生活,他使自己成为有益的人。他平静而威严地矗立在这个穷途潦倒者的上方,像一块岩石。

罗杰医生喝了他的苹果烧酒。他那高大的身躯下沉,眼皮也重重地下垂。我第一次看见他那没有眼睛的面孔,真像一个硬纸面具,就是今天商店里卖的那种。他的两颊有一种可怕的粉红色……突然间,真理向我显现:这个人很快就要死了。他肯定知道这一点，只要照照镜子就知道了。他一天比一天更像他将成为的尸体。这便是他们的经验，这便是为什么我常想他们的经验散发一股死亡的气息，这是他们的最后一道防线。罗杰医生相信经验，他想掩饰无法容忍的现实：他是孤独的，一无所获，没有过去，智力日渐衰退，身体日渐蜕化。于是他努力制造、安排、铺垫一个小小的谵想作为补偿：对自己说他在进步。他的思维有空洞吗，脑子里有时出现空白吗？那是因为他的判断力已不如青年时代敏捷。他看不懂书里的话吗？那是因为他现在远离书籍。他再不能做爱了吗？可是他曾经做过爱。而做过爱比仍在做爱要强得多，因为有了时间距离，我们就可以进行判断、比较和思考。这张可怕的死尸面孔无法忍受镜中的影像，于是便极力相信自己被刻上了经验的智慧。

医生稍稍转过头来，半睁开眼皮，用微红的、发困的眼睛看着我。我对他微笑。我想用这个微笑来揭示他试图掩饰的一切。如果他想："这人知道我快死了！"那么他就会醒过来。但是他的眼皮又垂下，他睡着了。我走开了，让阿希尔先生守护着他的睡眠。

雨停了，空气温和，美丽的黑色形象在天空里缓缓滚动，对完美时刻来说，这是再好不过的环境了。安妮会使我们心中产生暗暗的、小小的潮汐，以配合这些形象。但是我不会利用时机。在这片未加利用的天空下，我茫然走着，平静而空虚。

星期三

不应该害怕。

星期四

写了四页纸。然后是一个长长的幸福时刻。不要对历史的价值思考过多,那样会感到厌烦的。不要忘记罗尔邦先生目前是我生存的唯一理由。

再过一星期,我将去看安妮。

星期五

棱堡大街上浓雾弥漫,我只好小心翼翼地沿着兵营的墙根走。在我右边,汽车车灯将湿漉漉的灯光抛向前面。我根本看不清人行道的边沿。我周围有人,我听见他们的脚步声,偶尔还听见说话的嗡嗡声,但我看不见人。有一次,一张女人面孔出现在我肩头,但立即被浓雾吞没。另一次,有一个人喘着大气掠过我。我不知道我去哪里,一心只想谨慎前行,用脚尖探地,甚至向前伸出双臂。对这种练习我毫无兴趣,但我不想回家,我已经上了钩。半小时后,我总算远远望见一团发蓝的烟雾。我朝它走去,很快就来到一片明亮地的边沿,我认出中央那个灯光穿透浓雾的地方就是马布利咖啡馆。

马布利咖啡馆里有十二盏灯,只有两盏灯亮着,一盏是在付款台的上方,一盏是在天花板上。唯一的侍者一把把我推到一个暗角里。

"别坐这儿,先生,我在打扫。"

他穿着上装和白底紫条纹衬衫,没穿坎肩,没戴假领。他打着呵欠,不高兴地瞧着我,一面用手指拢头发。

"黑咖啡和羊角面包。"

他没有回答,揉揉眼睛走开了。我眼前都是阴影,可恶的、冷冰冰的阴影。暖气肯定没有开。

我不是独自一人。我对面坐着一个脸色蜡黄的女人,她的手一直在动,时而摸摸衬衣,时而整整黑帽。和她在一起的是一位高个子的金发男人,他在埋头吃奶油面包。寂静使我感到压抑,我想点烟斗,但是划火柴的声音会引起他们注意,我不愿意这样。

电话铃声。她的手停住了,贴在衬衣上。侍者不慌不忙、慢条斯理地扫完地后才去摘下话筒。"喂!乔治先生吗?您好,乔治先生……是的,乔治先生……老板不在……是的,他应该下来了……啊,这种大雾天……他通常在八点钟下楼……是的,乔治先生,我会告诉他的。再见,乔治先生。"

浓雾像灰色的厚绒窗帘一样压在玻璃窗上。有一张脸贴在玻璃窗上,不一刻又消失了。

女人埋怨地说:

"你给我系鞋带。"

"鞋带没有散。"男人头也不抬地说。女人激动起来,两只手像大蜘蛛一样上下摸着衬衣和颈部。

"散了,散了,你给我系鞋带。"

他厌烦地弯下腰,轻轻碰碰她在桌子下面的脚。

"系好了。"

她满意地微笑。男人唤来侍者:

"多少钱?"

"几个奶油面包?"侍者问。

我低下眼睛,不愿显出盯住他们的神气。几分钟后,我听见嘎吱声,看到出现了裙子的边角和两只沾着干泥的高帮皮鞋,接着是男人的尖头漆皮鞋,它们朝我走来,停住,向后转。他正在穿大衣。这时,一只手臂直挺挺地垂着,那只手沿着裙子往下伸,犹豫片刻后,在裙子上抓抓搔搔。

"准备好了吗?"男人问。

那只手张开了,摸到右鞋上一大块成星状的泥,接着手便消失了。

"总算好了。"男人说。

他提起衣架旁边的皮箱。他们走了出去,我看着他们没入浓雾中。

"他们是艺术家,"侍者端来咖啡时说,"在电影《大饭店》里演幕间节目的,就是他们。他们今天走,今天是星期五,要更换节目。"

他走到艺术家刚离开的桌子旁边去取那盘羊角面包。

"用不着了。"我说。

我根本不想吃这些面包。

"我得关灯了。早上九点钟了,还为一位客人开两盏灯,老板会说我的。"

昏暗笼罩了店堂。从高高的玻璃窗透进紫棕色的微光。

"我想见法斯盖尔先生。"

我没有看见这位老妇人进来。一股寒气使我打了个寒战。

"法斯盖尔先生还没有下来。"

"是弗洛朗夫人叫我来的,"她又说,"她不太好,今天来不了。"

弗洛朗夫人就是那位一头棕发的收款员。

"这种天气对她的肠胃不好。"老妇人说。

侍者摆出煞有介事的神气说:

"这是由于大雾,和法斯盖尔先生一样。真奇怪,他还没有下来。有人来电话找他。往常他总是八点钟下楼的。"

老妇人机械地瞧瞧天花板:

"他在上面?"

"是的,在他的卧室里。"

老妇人有气无力地,仿佛在自言自语:

"也许死了……"

"什么!"侍者脸上露出强烈的愤慨,"什么话!真多谢您了。"

也许死了……这个想法也掠过我。这种雾天里难免有这种想法。

老妇人走了。我也该效仿她,这里又黑又冷。雾气从门底下钻进来,它将慢慢上升,淹没一切。我本可以去市立图书馆的,那里既明亮又暖和。

一张面孔再次紧贴在玻璃窗上,还扮着鬼脸。"你等着瞧。"

侍者气急败坏地跑到外面去了。

面孔消失了,我独自一人。我狠狠地埋怨自己不该出门。浓雾多半已经侵入了我的房间,我害怕回去。

在收款台后面的阴暗处,什么东西咯啦响了一下。声音来自私人楼梯,老板终于下楼了?不,没有人出现,楼梯是自动地咯啦响。法斯盖尔先生还在睡,要不他就是在我头上死了。一个雾天的清晨,他被人发现死在床上。小标题:在一家咖啡馆里,顾客们吃喝着,哪知……

但是他仍然在床上吗?他没有拽着被单翻倒在床下,脑袋碰着地板?

我很熟悉法斯盖尔先生,他有时向我询问我的健康状况。他是一个蓄着整整齐齐的大胡子的、快活的胖子。如果他死了,准是由于中风,他的脸会呈酱紫色,舌头伸在外面,胡子翘起,卷曲起伏的须毛下,脖子呈紫色。

私人楼梯隐没在黑暗中。我勉强能看见栏杆顶头的球形装饰。必须穿过这层黑暗。楼梯会响。在楼上我能找到房间的门……

尸体在那里,在我头上。我会扭动开关,摸摸那温暖的皮肤,瞧一瞧。我坐不住了,站起身来。如果侍者突然发现我上楼梯,我就告诉他我听见了声音。

侍者突然回来了,气喘吁吁。

"来了,先生!"他叫道。

傻瓜!他朝我走来。

"两法郎。"

"我听见上面有声音。"我说。

"也该有声音了。"

"是的,但我看情况不妙,好像有人在喘气,还有一个低沉的声音。"

厅堂阴暗,窗外是雾,在这种氛围下,这些话显得十分自然。侍者露出古怪的眼神,我永远难忘。

"你该上去看看。"我狡诈地说。

"啊,不!"他说,"我怕他骂我。现在几点钟了?"

"十点钟。"

"他要是到了十点半钟还不下来,我就上去。"

我朝门口走了一步。

"您走了?不再待一会儿?"

"不了。"

"真是有喘气声?"

"我不知道,"我一边往外走一边说,"也许是我的想象吧。"

雾气稍稍散开。我急急忙忙去绕绳街,因为我需要亮光,但我大失所望。的确,绕绳街上有亮光,商店橱窗里有亮光,但不是欢快的,而是蒙着雾气的白生生的亮光,像淋浴水一样落到你肩上。

这里有许多人,主要是女人:女仆、做零工的女佣、老板娘,总之那些认为"我亲自采购比较可靠"的女人。她们在商店橱窗前闻一闻，最后才走了进去。

我在于连熟肉店门口停了下来。玻璃窗内有只手指点着块焅猪脚和小香肠，接着出现了一位胖胖的金发姑娘，她向前弯下身子露出了胸部，用手指拿起了那块死肉。在离这里五分钟路的地方，法斯盖尔先生死了。

我在四周寻找可靠的支持，以抵御我自己的思想，但没有找到。雾逐渐破碎，然而街上仍然有某种令人不安的东西，也许它不是真正的威胁，因为它是隐蔽的、透明的。不过也许正是这一点使我害怕。我的前额靠在橱窗上，注意到俄式蛋黄调味汁上有一个暗红点，那是血。黄色上的这个红点使我想呕吐。

突然我看到幻象：一个人朝前摔倒了，血流进菜里。鸡蛋滚落在血中，上面的西红柿圆片平平地落下，红色落在红色上。调味汁有点变稀，成为一摊黄黄的奶油，将血分为两个支流。

"这太蠢了，我得动一动，还是去图书馆工作吧。"

工作？我很清楚我一个字也写不出来。又虚度了一天。我穿过公园时，看见有个人坐在我常坐的长椅上，他披着蓝色长斗篷，纹丝不动。他可真不怕冷。

我走进阅览室时，自学者正要出来。他朝我扑过来：

"我得谢谢您，先生，您的照片使我度过了难忘的时光。"

一见到他，我产生了片刻的希望。两个人在一起也许更容易度过这一天。然而，和自学者在一起，所谓两个人只是徒具形式而已。

他在一个四开本的书上拍了一下，那是《宗教史》。

"先生，努萨皮埃能写出如此广博的综论，谁也比不上他，对吧？"

他看上去很疲乏，两手发抖。

"您气色不好。"我对他说。

"啊，先生，是的，因为我遇见了一件倒霉事。"

图书馆的管理员朝我们走来，这是一个肝火旺的小个子科西嘉人，蓄着军乐队队长那种大髭须。他在桌子中间一连走上几个小时，鞋跟橐橐地响。冬天，他捂着手绢吐痰，然后将手绢放在炉边烤干。

自学者走近我，凑到我脸边低声说：

"在这个人面前我不讲，"接着用知心的语气说，"如果您愿意，先生？……"

"什么事？"

他脸红了，腰部优美地晃动了一下：

"先生，啊，先生。我斗胆问您。您肯赏脸在星期三和我一起吃午饭吗？"

"很乐意。"

我乐意和他一起吃午饭，就像我乐意自缢上吊一样。

"您真给我面子，"他说，又急忙加了一句，"如果您同意，我去您家找您。"然后他就消失了，大概是怕我反悔。

那时是十一点半，我一直工作到两点差一刻，效果很差。我眼睛看着书，心里却不停地想着马布利咖啡馆。法斯盖尔先生现在下楼了吗？其实我并不太相信他会死，正是这一点使我不快，因为我这个念头飘浮不定，我既无法信服，也无法摆脱。科西嘉人的皮鞋在地板上橐橐响。有好几次，他来到我面前，仿佛要和我说话，但改变主意又走开了。

将近一点钟时，最后一批读者走了。我不饿，主要是不想走。我接着工作了一会儿，突然惊跳起来，因为我感到自己被掩埋在寂静里。

我抬起头,阅览室里只剩下我一个人。科西嘉人多半下楼去他妻子那里了,她是图书馆的看门人。我想听见他的脚步声,但听见的只是炉子里的煤炭在轻轻地跌落。雾气侵入了阅览室,不是真正的雾,因为它早已散去,而是另一种雾,充斥街道的、从墙和地砖中散出的雾气。物体显得缥缈。当然,书籍仍然在这里,按字母顺序排列在书架上,书脊或呈黑色或呈棕色,上面有标记 UP lf 7996(公众用书——法国文学)或者 UPsn(公众用书——自然科学),可是……怎么说呢?在平时,这些强大而矮壮的书籍,加上火炉、绿灯、大窗和梯子,就抵挡了未来。只要你待在这四堵墙里,将发生的事只能在火炉的左面或右面发生。即使圣德尼①本人捧着自己的头进来,他也必须从右边进来,行走在法国文学书籍和女读者的桌子中间。如果他脚不着地,在离地二十公分的地方飘浮,那么,他那血淋淋的脖子正好和书架第三层一样高。因此,这些物体至少可以用来确定可能性的界限。

然而今天,它们不再确定任何东西了,它们的存在本身似乎都成了问题,它们艰难地从这一刻挨到那一刻。我两手紧紧握住我看的书,但是最强烈的感觉已经迟钝了。一切看上去都不是真的。我好像置身于纸板布景中,布景随时可能被拆掉。世界在等待,它屏住呼吸,缩得小小的——它在等待它自己的危机,它的恶心,就像阿希尔先生那天一样。

我站起来,我再也不能在这些衰弱的物体中间待下去了。我走到窗前,看了一眼安佩特拉兹的头。我低声说:一切都可能出

---

① 圣德尼,三世纪巴黎第一位主教,后殉教而死。民间传说他捧着头从坟墓中出来。

现,一切都可能发生。当然不会是人们臆想的那种恐怖,安佩特拉兹不会在底座上跳起舞来。而是另外的东西。

我惊恐地看着这些不稳定的存在物,它们再过一小时,再过一分钟就可能崩溃。对,是这样。我在这里,我生活在这些载满知识的书籍之中,一些书描述了动物种类永不变更的形状,另一些书解释了宇宙的能量不灭。我在这里,站在窗前,窗玻璃有一定的折射率。但这是多么软弱无力的屏障呀!世界大概是出于懒惰才一成不变。可今天它似乎想变了。于是一切,一切都可能发生。

我没有时间可以浪费。我的不适起因于马布利咖啡馆的那件事。我必须再去一趟,必须看见法斯盖尔先生活着,甚至摸摸他的胡子和手。那样一来,我也许就得到了解脱。

我匆匆取下外套,顾不得穿,往肩上一披就逃走了。穿过公园时,我又见到那个穿斗篷的人,他仍然坐在原处;他那张大脸呈灰白色,耳朵冻得通红。

马布利咖啡馆在远处闪亮。这一次,那十二盏电灯大概都开了。我加快脚步,得尽快结束。我先从大玻璃窗往里瞧,厅里没有人。收款员不在那里,侍者也不在——法斯盖尔先生也不在。

我鼓起勇气走了进去。我没有坐下,喊道:"侍者!"没人答应。一张桌子上有一只空杯子,碟子里还有一块糖。

"没有人吗?"

衣钩上挂着一件大衣。在独脚小圆桌上有几个黑纸夹,里面夹着一沓沓的画报。我屏住呼吸,捕捉最轻微的声音。私人楼梯在轻轻响动。外面响起了汽笛声。我紧盯着楼梯,倒退着出来。

我知道,下午两点钟时顾客稀少。法斯盖尔先生患了感冒,准是打发侍者出去办事了——也许是请医生。对,只不过我需要看见法斯盖尔先生。我走到绕绳街街口时,转过身来,厌恶地端详那灯光灿烂却荒寂无人的咖啡馆。二楼的百叶窗是关着的。

一种名副其实的恐慌攫住了我。我不知道自己正去什么地方。我沿着码头跑,拐进博伏瓦齐区荒凉的街道。房屋用无神的目光看着我逃跑。我焦急地一再自问:去哪里?去哪里?一切都可能发生。有时我的心怦怦跳,我猛然转身,我背后出了什么事?也许它在我背后开始,而我突然向后转身时,已经太晚了。只要我能盯住物体,就不会发生任何事。我尽可能地盯住地砖、房屋、路灯,我的视线迅速地从这些物体转到那些物体,以便出其不意地打断它们的变化。它们的模样不太自然,但是我拼命对自己说,这是一盏路灯,这是一个界石形状的小喷泉,而且我试图用强烈的目光使它们显出日常的面貌。我在路上遇见好几个酒吧,其中有布列塔尼人咖啡馆和海员酒吧。我站住,看着它们粉红色的罗纱窗帘,犹豫不决,这些封闭式的小酒店也许被幸免,也许还保留着昨日世界的一部分,孤立的、被遗忘的部分。但是我必须推门进去。我不敢,便走开了。我特别害怕房屋的门,怕它们自动打开。最后,我在街心走。

我忽然来到诺尔船坞码头。几只渔船和小游艇。我的脚踏在嵌在石头里的圆环上。我在这里,远离房屋,远离门,我将得到片刻的休息。在有小黑点的、静静的水面上,漂着一个瓶塞。

"那么水下呢?你没有想到水下会有什么吗?"

一个虫子?一个半陷在泥里的大甲壳虫?它那十二对脚爪在泥里慢慢地挖。它有时稍稍抬起身子。在水底。我走近观看,等待一个旋涡,一个轻微的波动。瓶塞静止不动地待在黑点中间。

这时我听见人声。正是时候。我转过身继续走路。

在卡斯蒂格利奥讷街,我赶上了两个正在说话的男人。他们听见我的脚步声大吃一惊,一同转过身来,不安地看看我,然后看看我的身后,唯恐还有别的东西。那么,他们和我一样,也在害怕?我超过他们时,我们相互对视,差一点就搭上话了。但是,他们的目光中突然露出了怀疑。在这样的天气里,不能随便和人说话。

我气喘吁吁地又回到布利贝街。是的,命中注定,我得再去图书馆,试着拿起一本小说看看。我沿着公园的铁栅走,远远看见那个披斗篷的人。他一直在那里,在荒凉的公园里。他的鼻子现在和耳朵一样红。

我正要推开铁栅门,便被他的面部表情吓呆了。他眯着眼睛,似乎在傻笑,一副痴呆和虚情假意的神气。而与此同时,他直直地盯着前方我看不见的某个东西,眼神冷酷而强烈,以致我突然回过身去。

在他正对面,有一个十几岁的小姑娘。她抬起一只脚,半张着嘴,尖尖的脸往前探;她一面神经质地扯头巾,一面呆呆地看着他。

男人在对自己微笑,仿佛即将开一个大大的玩笑。他突然站起来,两手伸进一直垂到脚边的斗篷的口袋里。他走了两步,直翻白眼。我想他要跌倒了,但他仍然在痴痴地笑。

我突然明白了,那件斗篷!我本可以阻止这件事,只要咳两声或推开铁门就行了。但是小姑娘的表情使我呆住了。她满脸恐惧,心肯定在猛烈地跳动,但是在这张老鼠脸上,我也看到一种强烈和邪恶的东西。不是好奇,而是一种有把握的等待。我感到无能为力。我是在外面,在公园的边沿,在他们小小的悲剧的边沿,而他们呢,他们被暗暗的强烈欲望铆合在一起,形成了一对。我屏住呼吸,想看看当我身后的这个男人敞开斗篷时,那张显老的尖脸上会有什么表情。

突然间,小姑娘得到了解脱,摇着头跑开了。穿斗篷的人看见了我便站住了,在小径中央一动不动地站了一秒钟,然后便缩着脖子走了,斗篷边碰着他的小腿。

我推开铁门,一下子跳到他跟前。

"这是怎么回事!"我喊道。

他战栗起来。

"城市受到严重的威胁。"我从他身边走过时,有礼貌地说。

我走进阅览室,从桌上拿起《巴马修道院》,想聚精会神地读,在司汤达的明媚的意大利寻找庇护。但我只有短暂的、断断续续的幻觉,不时地跌入充满威胁的现实。在我对面,一个小老头在清嗓子,一位年轻人正仰坐在椅子上遐想。

时间在流逝,玻璃窗完全黑了。科西嘉人正在办公桌上给新进的图书打钢印,不算他,我们是四个人:那个小老头、金发青年、一位正在读学士学位的年轻女人,还有我。有时候,我们之中的一位抬起头,迅速地、疑虑地向另外三个人看一眼,仿佛害怕他们。有一刻小老头笑了起来,年轻女人便全身发抖。我从反面认出了他看的书,这是一本轻松小说。

七点差十分。我突然想到图书馆七点钟关门。我又将再次被赶到街上。上哪里去呢?干什么呢?

老头看完了小说,但是不走,用指头敲着桌子,一下一下,干脆而均匀。

"先生们,"科西嘉人说,"马上就闭馆了。"

青年一惊,飞快地瞟了我一眼。年轻女人转身看着科西嘉人,接着又拿起书,似乎沉入阅读之中。

"闭馆了。"五分钟后科西嘉人又说。

老头迟疑地点点头。年轻女人推开书,但不站起来。

科西嘉人很吃惊,犹豫不决地走了几步,捺下了开关。阅览桌上的台灯熄灭了,只有室中央的那盏灯还亮着。

"该走了？"老头轻声问道。

青年恋恋不舍地慢慢站起来。每个人穿大衣时都慢慢吞吞。当我走出去时，那女人仍然坐着，一只手平放在书上。

下面，大门开向黑夜。青年走在最前面，他回头看看，慢步下楼，穿过门厅，在门口停留片刻，然后投入黑暗中，消失了。

我下了楼梯，抬起头。过了一会儿，小老头一边扣大衣纽扣，一边走出阅览室。当他走下三级阶梯时，我闭上眼睛，冲到外面。

我脸上感到一阵微弱清新的抚摸。远处有人在吹口哨。我抬起眼皮，在下雨。轻柔安静的雨。四盏路灯宁静地照着广场，雨中的外省广场。青年大步走远了，是他在吹口哨。我真想对那两个不知道的人大喊，告诉他们可以大胆地出来，威胁已经过去了。

小老头出现在门口，局促地搔搔嘴腮，然后大度地微微笑着，撑开了雨伞。

星期六上午

可爱的阳光。薄雾预示今天是个大晴天。我去马布利咖啡馆吃早饭。

收款员弗洛朗夫人对我嫣然一笑。我从座位上大声问道："法斯盖尔先生病了？"

"是的，先生，重感冒，得在床上躺几天。他女儿今天从敦刻尔克来了，住在这里照顾他。"

自从收到安妮的信后，我这是头一次真正高兴能再见到她。六年以来她干了些什么？我们见面时会感到局促吗？安妮从不局促。她接待我时仿佛我们昨天才分别。但愿我别一上来就犯傻，别使她不快。好好记住，见面时别伸出手去，她最讨厌握手。

我们在一起待几天呢？也许我带她来布维尔？只要她在这里

生活几小时,在普兰塔尼亚旅馆过一夜就够了。然后,一切将改变,我不会再害怕了。

下午

去年我头一次参观布维尔博物馆时,奥利维埃·布莱维涅的肖像令我吃惊。是比例失调还是透视法有问题?我也说不上来,但是我感到别扭。这位议员在画布上并不自在。

后来我又去过好几次,仍然感到别扭。我不愿意相信博尔迪兰——罗马奖得主,六次获奖者——会有败笔。

今天下午,我翻阅《布维尔讽刺报》的老合订本,——这是一份进行敲诈的报纸,老板在战争期间被控有叛国罪——隐隐约约明白了真相,我立即走出图书馆,去博物馆转转。

我快步穿过幽暗的门厅。我的脚步在黑白两色的石砖上没有任何声音。在我周围是一大群扭着手臂的石膏像。我从两个大入口处门前经过时,看见里面有碎纹瓷瓶、盘子、立在底座上的一个蓝色和黄色的森林之神的像。这是贝尔纳·帕利西①陈列室,专门陈列陶瓷制品和小工艺品。我不喜欢陶瓷制品。一位先生和一位戴孝的女士正毕恭毕敬地欣赏那些烧制品。

在大厅——或称博尔迪兰-雷诺达厅——入口的上方,有一幅大画,大概是前不久挂上去的,我没有见过。它叫《独身者之死》,署名理查·塞弗朗。这是国家赠品。

独身者躺在一张零乱的床上,上身赤裸着,像死人一样微微发绿。紊乱不堪的褥单表明临终阶段为时很长。我微笑着想起了法

---

① 贝尔纳·帕利西(约1510—1589),法国画家,陶瓷玻璃工艺家,农学家,古生物学家和作家。

斯盖尔先生。他可不是孤独一人,他的女儿在照料他。在画幅上,一个女仆——满脸邪恶的女管家——已经打开了柜子的抽屉,在那里数钱。从另一扇开着的门,可以看到在阴暗中有一个头戴鸭舌帽的男人,他下唇叼着烟,正在等待。靠墙边,一只猫在漠然地舔牛奶吃。

这个人一生都为了自己。他受到了应得的、严厉的惩罚,临终时,没有任何人来帮他合上眼睛。这幅画给了我最后的警告:我还来得及往回走。而如果我继续往前,那就必须清楚这一点:在我即将走进的大厅里,墙上挂着一百五十多幅肖像。除了几位过早夭折的年轻人和一位孤儿院院长以外,画上的人物去世时都不是独身,都有儿女在场,都立有遗嘱,都接受临终圣事。这一天像别的日子一样,无论是对上帝还是对尘世,他们都合乎礼仪;他们慢慢地滑入死亡,去索取他们有权享受的那一份永恒。

他们曾有权享受一切:生活、工作、财富、权力、尊敬,最后是不朽。

我冥想片刻,便走了进去。一位看守在窗边打盹。从玻璃窗泻下的淡黄色光线在画面上留下了斑点。在这个长方形的大展厅里,除了一只见我来就吓跑了的猫以外,没有任何有生命的东西,但我却感到有一百五十双眼睛在注视我。

布维尔城在一八七五至一九一〇年间的全部精英都在这里,其中有男有女。这是雷诺达和博尔迪兰精心绘制的。

这些男人们修建了海滨圣塞西尔教堂。一八八二年他们成立了布维尔船主和商人联合会,"以便将一切善良的人们组成有力的束棒①,重振国家,挫败无秩序党派……"。他们使布维尔成为

---

① 束棒,古罗马执法官的权力标志,束棒中捆有一柄突出的斧头,意大利法西斯(fascio)借用了这个字。

设备最好的法国商港——煤炭和木材。扩建码头是他们的功绩。他们充分扩大了泊船站,并且不懈地挖泥,使低潮时的抛锚水深达10.7米。由于有了他们,渔船的吨位从一八六九年的五千吨上升到一万八千吨。他们不惜为培养劳动阶级中的优秀代表而主动创办各种技术和职业教育中心,这些中心在他们的大力扶持下十分兴旺。一八九八年,他们瓦解了著名的码头工人罢工,一九一四年,他们为祖国献出了儿子。

女人们——这些斗士可尊敬的伴侣——创建了大部分教养院、托儿所和缝纫工厂,但她们首先是贤妻良母。她们抚育了漂亮的儿女,教他们懂得自己的责任和权利、信仰宗教和尊重法兰西赖以生存的传统。

肖像画的总体颜色近乎深棕色。由于考虑到庄重,画家们排除了鲜艳的颜色。雷诺达喜欢画老头,在他的画中,雪白的须发与黑色背景形成反差,他擅长画手。博尔迪兰的画技不如雷诺达丰富,他对手有所忽略,但是他画中的硬领像白色大理石一样闪光。

室内很热,看守在轻轻打鼾。我环视四周的墙壁,看见了手和眼睛;这里或那里,有一张面孔被光影吞食了。我朝奥利维埃·布莱维涅走去时,被什么东西拦住了,因为从墙壁的葱形饰上,商人帕科姆朝我投来明亮的目光。

他站在那里,头稍稍后仰,一只手臂贴着珠灰色长裤,手里拿着高礼帽和手套。我不禁有几分赞叹,因为在他身上我看不到一丝庸俗,简直无懈可击;细小的脚,纤细的手,角斗士的宽肩,含蓄的高雅,再加上几分花哨。他礼貌地向参观者显露那明晰、整洁、没有皱纹的面孔,唇上甚至漾着几分笑意,但他那双灰色的眼睛没有笑。他可能有五十岁了,但像三十岁的人那样年轻、精神。他很美。

我不对他吹毛求疵,但他却不放过我。我在他眼中看到一种平静而不留情的评价。

于是我明白我们之间相距遥远。我对他的看法根本不能触及他,这只是心理学,和小说中一样。但是,他对我的评价却像一把利剑刺穿了我,使我的生存权也成了问题。这是真的,我始终意识到自己没有权利生存。我的出现纯属偶然,我像石头、植物、细菌一样存在。我的生命胡乱地向四面八方生长。有时它给我一些模糊的信号,有时我仅仅感到一种无足轻重的嗡嗡声。

然而,对于冉·帕科姆这位死去的、毫无瑕疵的美男子——他是国防部的帕科姆的儿子——来说,情况却完全不同。他的心跳,他的器官发出的沉闷的声音,都像小小的权利,瞬间的、纯净的权利。在六十年间,他始终一贯地使用生存权。多么美丽的灰色眼睛!它们从未闪过一丝怀疑。帕科姆从未弄错。

他一贯履行责任,全部责任,作为儿子、丈夫、父亲、领袖的责任。他也理直气壮地要求他的权利:作为孩子,要求受良好教育,要求家庭和睦,继承清白的名声和兴旺的家业;作为丈夫,要求受到照料和爱的关怀;作为父亲,要求受到尊敬;作为领袖,要求得到任劳任怨的服从。其实,权利始终只是责任的另一面。他的巨大成就(帕科姆一家今天是布维尔最富有的家族)大概从未使他本人吃惊。他从不对自己说他很高兴,而当他高兴时,他便很有节制地说:"我在消除疲劳。"这样一来,高兴转换为权利,便不再是刺激性的无聊事了。在左面,在他那发蓝的灰白头发上方,书架上有书。漂亮的精装本,显然是经典著作。每晚睡觉以前,帕科姆大概重读几页"我的老蒙田"或者拉丁文版的几首贺拉斯的颂歌。有时他大概也读一本当代作品以了解世事。因此他读巴雷斯和布尔热。阅读片刻以后,他微笑着放下书,目光失去了值得赞赏的警惕性,几乎充满遐想。他说:"尽责任是多么简单,又是多么困难呀。"

他从来没有反躬自问,因为他是领袖。

墙上挂的还有其他领袖。甚至只有领袖。这个坐在安乐椅上的、灰绿色的大个子老头,是领袖。他的白坎肩与银发十分相配。(这些肖像主要是为了道德感化而绘制的,其精确性真的达到一丝不苟,艺术性也有所考虑。)他将细长的手搭在一个小男孩头上。他的两膝裹着毯子,上面放着一本打开的书,但他的目光游移在远方。他看见年轻人看不见的一切。在肖像下面的一块菱形金色木牌上写着他的姓名,他大概姓帕科姆,或者帕罗坦,或者谢尼奥,我无意走近去看。对他的亲朋好友,对这个孩子,对他自己而言,他仅仅是祖父。等一会儿,如果他认为时机成熟,应该用未来的诸多责任来开导孩子的话,他将用第三人称来谈论自己:

"答应祖父你要好好听话,小乖乖。明年要好好学习,明年祖父就可能不在人世了。"

在生命的黄昏,他将宽容的关怀分给每个人。如果他看得见我——在他的目光下我是透明的——我也会得到他的好感,他会想到我也曾有过祖父母。他不再要求任何东西,这个岁数的人不再有欲望了。他只要求在他进来时人们稍稍压低声音;只要求当他经过时人们对他露出温柔而尊敬的微笑;只要求儿媳妇有时说:"父亲可真了不起,比我们大家都年轻。"只要求当孙儿生气时,唯有自己能用手摸着他的头使他冷静下来,然后说:"这些伤心事,只有祖父能安慰他。"只要求儿子每年就棘手的问题多次请教于他。最后,只要求自己感到安详、泰然、睿智。老先生的手仅仅碰着孩子的鬈发,仿佛是祝福。他会想到什么呢?想到他光荣的过去,正是这个过去使他有权谈论一切,而且在一切事情上有最后决定权。这是我以前没有想到的,因为经验不仅仅是对死亡的抵御,它也是权利,老年人的权利。

　　挂在菱形饰上的奥布里将军佩着长军刀,他是领袖。埃贝尔院长也是领袖,他是敏锐精细的文人,是安佩特拉兹的朋友。他的脸长长的,和其长无比的下巴很对称。嘴唇正下方有一小绺胡须。他的下颌微微前伸,像是在打嗝,那副得意的神态仿佛在作精细的剖析,在提出不同的原则。他手执鹅毛笔遐想,他也在消除疲劳,用写诗来消除疲劳。但他具有领袖的深邃目光。

　　那么,士兵们呢?我站在展室中央,成为所有这些严肃目光的靶子。我不是祖父,不是父亲,甚至也不是丈夫。我不参加投票,只是交点捐税。我不能夸口说我有纳税人的权利,或者选民的权利,我甚至没有受人敬重的小小权利——这是顺从了二十年的职员所获得的权利。我开始对自己的存在真正地感到吃惊。莫非我仅仅是个表象?

　　"嘿,"我突然对自己说,"士兵就是我!"我毫无怨懑地笑了起来。

　　一位五十多岁的胖乎乎的人有礼貌地回我一个漂亮的微笑。雷诺达是怀着爱来绘制这幅肖像的,他的笔触十分柔和:小小的、厚厚的、精雕细琢的耳朵,尤其是两只手,修长而有力,十指尖尖的。这的确是学者或艺术家的手。他的面孔对我是陌生的,我大概经常从它面前走过而未加留意。我走近这幅画:"雷米·帕罗坦,一八四九年出生于布维尔,巴黎医学院教授"。

　　帕罗坦·瓦克菲尔德医生和我谈起过他:"我一生只遇见过一位大人物,就是雷米·帕罗坦。一九〇四年冬天我听过他的课(您知道我在巴黎学过两年产科)。他使我明白了什么叫领袖人物。我向您发誓,他真有领袖气质。他使我们激奋,我们会跟随他到天涯海角。此外,他还是位绅士,他家财万贯,并且拿出一大部分去资助穷学生。"

就是这样,当我头一次听人谈起这位科学王子时,我便有了强烈的印象。现在我来到他面前,他对我微笑。多么机智聪明、多么和蔼可亲的微笑!他那胖胖的身体舒适地坐在一只大皮安乐椅上。这位不装模作样的学者立刻使人不再拘束。如果没有他那充满灵性的目光,你甚至会把他当作一位好好先生。

不需很久就能猜到他的威信从何而来。他受人爱戴是因为他理解一切,人们什么事都可以对他讲。他有点像勒南①,只是更优雅。他属于说这种话的一类人:

"社会主义者吗?可我比他们走得更远!"当你跟他走上这条危险的路时,你很快便不得不战战兢兢地放弃家庭、祖国、财产权以及最神圣的价值,甚至怀疑资产阶级精英的统治权。然而,再往前走一步,一功又突然恢复了旧有的方式,而且理由出奇地充足。你回过头去,看见社会主义者被远远抛在后面,显得很小,他们挥动手绢喊道:"等等我们。"

从瓦克菲尔德那里我还听说,这位大师常常微笑着说他喜欢"分娩灵魂"。他始终年轻,身边也都是年轻人。他经常接待攻读医学的富家子弟。瓦克菲尔德去他那里吃过几次饭。大师把刚刚学会抽烟的学生当成年男人看待,请他们抽雪茄。他躺在长沙发上,半闭着眼,滔滔不绝地说,大群弟子们如饥似渴地围在四周。他追忆往事,讲述故事,从中得出有趣而深刻的教训。在这些有教养的青年中,如果谁的见解与众不同,帕罗坦便对他特别关心,请

---

① 勒南(1823—1892),法国作家及历史学家,在语文学、宗教史诸方面均有建树,对十九世纪八十年代的青年影响很大。

他发言,专心致志地听,并提供意见和思考题目。这位青年被丰富的思想装得满满的,遭到同伴们的仇视,又不愿再孤身一人与众人唱反调,于是必然有一天会请求单独谒见大师,腼腆地向他倾诉最隐秘的思想、不满和希望。帕罗坦将他抱在怀里,说道:"我理解你,从一开始我就理解你。"于是两人畅谈一番。帕罗坦走得很远、很远,年轻人跟不上。但是,在这样会谈几次以后,年轻叛逆者的情绪出现了明显的好转。他看清楚了自己,开始明白自己与家庭及阶层之间的密切关系,终于理解了精英们令人钦佩的作用。最后,仿佛出现了魔法,这只迷途羔羊在帕罗坦一步一步的指引下回到了羊圈,大彻大悟,改邪归正。瓦克菲尔德说:"他医治的灵魂比我医治的肉体还多。"

雷米·帕罗坦和蔼地向我微笑。他犹豫着,想了解我的立场,以便慢慢改变它,将我带回羊圈。但是我不怕他,我不是羔羊。我瞧着他那没有皱纹的、美丽而平静的额头,他那稍稍凸出的肚子以及放在膝上的一只手。我回他一个微笑,便走开了。

他的弟弟冉·帕罗坦是 S. A. B.① 的主席,他正两手扶着堆满文件的桌子的边沿,那姿势向来访者表明会见已经结束。他的目光很特别,仿佛既抽象又闪着纯粹权利的光辉。令人目眩的眼睛占据了整个面孔。在这团火的下方是神秘主义者紧闭着的薄薄的嘴唇。"真奇怪,"我心里想:"他和雷米·帕罗坦很相像。"我转过头看那位大名医,寻找他们的相似点,突然在他那张温柔的脸上看到某种冷漠和忧愁,这是这家人特有的神情。我的目光又回到冉·帕罗坦身上。

---

① 可能是"布维尔船主协会"的缩写。——原编者注

这个人思想简单,在他身上,除了骨头和死肉外,只剩下纯粹权利。这是一个着魔中邪的案例,我想道。人一旦被权利占领,任何驱魔咒语也赶不走它。冉·帕罗坦一生都在思考自己的权利,没有任何其他东西。像每次参观博物馆一样,我感到轻微的头疼,但他不会头痛,他感到的只会是被医治的痛苦权利。人们不能让他过多思考,不能让他看到令人不快的现实,看到他可能的死亡,看到旁人的痛苦。人们在弥留之际往往按自苏格拉底以来的习惯,说几句崇高的话,而他呢,对守护了他十二夜的妻子说(就像我的一位叔叔对他妻子那样):"你,泰蕾兹,我不谢你了,你只是尽到了责任。"一个人竟然到了这个地步,真该向他脱帽致敬。

我惊讶地凝视他的眼睛,它们示意我离去。我不走开,显然很不知趣。我曾在埃斯库里亚尔图书馆久久凝视过腓力二世的肖像,因此我知道,当你正视一张闪烁着权利的面孔时,不用多久,闪光就会熄灭,只剩下灰烬残渣,正是这残渣使我感兴趣。

帕罗坦有很好的耐力。但是突然间,他的目光熄灭,画幅暗淡下来。还剩下什么呢?盲人的眼睛,像死蛇一样细薄的嘴唇,还有脸颊,孩子般圆圆的、苍白的脸颊,它摊开在画幅上。S.A.B.的职员们不会猜到它们的模样,因为在帕罗坦的办公室里从来待不长,他们走进办公室时,遇见的是那道可怕的目光,它像一堵墙,遮掩住那张苍白的、软弱无力的脸颊。他的妻子是在多少年以后才注意到的呢?两年?五年?我想象,有一天,当丈夫躺在身边,鼻子蒙上一缕月光时,或者当他饭后仰靠在安乐椅上,半闭着眼吃力地消食,下巴上有一片阳光时,她鼓起勇气正视他,于是这一大堆肉便现出原形,臃肿不堪,流着涎,有几分猥亵。从那一天起,帕罗坦夫人大概就掌握了指挥权。

我向后退了几步,一眼览尽所有这些大人物:帕科姆、埃贝尔院长、两位帕罗坦、奥布里将军。他们曾戴过高礼帽,星期日曾在绕绳街与市长夫人——曾见到圣塞西尔显灵的格拉蒂昂太太——相遇,他们郑重其事地对她行大礼,这种大礼的秘诀已失传。

他们的肖像精确之至,然而,在画笔下,他们的面孔已失去人脸的神秘弱点。就连最懦弱的面孔也像陶器一样纯净。我在上面寻找与树木和动物、与土生或水生的三色堇的相似之处,但是找不到。我想他们在世时不曾需要肖像,但是,在去世前,他们请来名画师为自己画像,好让他们为改变布维尔周围的海洋和田野而进行的工程审慎地重现在他们脸上:疏浚、钻探、灌溉。因此,凭借雷诺达和博尔迪兰的帮助,他们征服了全部自然:身外的自然和自己身上的自然。这些暗色肖像提供给我目光的,是人对人的重新思考,而唯一的装饰是人所获得的最大战利品:美妙的人和公民的权利。我毫无保留地赞赏人的统治。

一位先生和一位女士走了进来。他们身穿黑衣,尽量避免引人注意。他们在门口站住了,显得很惊奇,先生本能地摘下帽子。

"啊!怎么?"女士激动地说。

先生很快镇静下来,用恭敬的口气说:

"这可是整整一个时代!"

"是的,"女士说,"是我祖母的时代。"

他们走了几步,遇见冉·帕罗坦的目光,女士仍然惊呆地张着嘴,先生并不扬扬得意,他显得谦卑,大概是对这种令人生畏的眼神和短暂的接见十分熟悉吧。他轻轻拉拉妻子的手臂。

"瞧瞧这一位。"他说。

雷米·帕罗坦的微笑从来不让卑微者感到拘束。女人走近肖像,专心致志地看:

"雷米·帕罗坦,一八四九年出生于布维尔,巴黎医学院教授。肖像由雷诺达绘制。"

"帕罗坦是科学院院士,"丈夫说,"雷诺达是研究院院士。这可真是历史。"

女人点点头,然后看着大名医:

"多么有派头!神气多么聪明!"

丈夫做了一个泛泛的手势,简单地说:

"正是这些人建造了布维尔。"

"把他们全放在这里,真不错。"女人感动地说。

我们这三个士兵在这间宽大的展厅里操练。丈夫在不出声地、毕恭毕敬地笑,不安地看了我一眼就突然不笑了。我转过身,走到奥利维埃·布莱维涅的肖像前。一种温和的快感侵袭了我。啊,对,我是对的。真是太逗了。

女人走近了我。

"加斯东,"她突然壮起胆子说,"你来看看。"

丈夫朝我们走过来,她又说:

"你瞧瞧,这个奥利维埃·布莱维涅还有一条街哩,你知道,就是那条到达儒克斯特布维尔之前,朝绿岗上坡的小街。"

片刻后她又说:

"他那样子可不随和。"

"可不!不满意的人要和他打交道可不容易。"

这句话是冲我来的。先生用眼角瞟了我,出声地笑了。这一次他显得自命不凡、吹毛求疵,仿佛他就是奥利维埃·布莱维涅。

奥利维埃·布莱维涅可没有笑。他向我们伸出肌肉紧张的下颌和突出的喉结。

片刻的安静和凝神赞赏。

"他好像要动起来了。"女人说。

丈夫殷勤地向她解释：

"他是做棉花生意的大商人，后来弃商从政，当上了议员。"

这一点我也知道。两年前我曾在莫勒雷神甫①的《布维尔名人小辞典》中查阅到有关他的条目，我抄了下来：

> 布莱维涅，名奥利维埃-马夏尔，前者之子，在布维尔出生和去世（1849—1908），曾在巴黎攻读法学，一八七二年获学士学位。在公社起义期间，曾与众多巴黎人一样被迫避难于凡尔赛宫，受到国民议会庇护，因此感触极深。布莱维涅不同于只追求玩乐的同龄青年，他立下誓言要"为重整秩序而献身"。他信守诺言，回到家乡后立即建立著名的秩序俱乐部，该俱乐部在漫长的岁月里成为布维尔的大商人大船主每晚的聚会处。有人俏皮地称这个贵族圈子比骑师俱乐部更加封闭，然而，在一九〇八年以前，它对我们这个大商港的命运起着良好的作用。一八八〇年，奥利维埃·布莱维涅与商人夏尔·帕科姆（见另一条目）的幼女玛丽-路易丝·帕科姆成婚，并在夏尔·帕科姆去世后成立帕科姆-布莱维涅父子公司。不久后弃商从政，竞选议员。

> 布莱维涅曾在一次著名的演讲中说："国家患了重病，那就是统治阶级不愿继续领导。如果那些就继承性、教养和经验而言都最有能力行使权力的人，由于顺从或厌倦而放弃权力，那么，先生们，谁将来领导呢？我常说，领导不是精英们的权利，而是他们的主要责任。先生们，我恳求你们，恢复权威原则吧。"

> 布莱维涅于一八八五年十月四日第一轮选举中当选为国民

---

① 莫勒雷神甫（1727—1819），法兰西学院院士。——原编者注

议会议员,后一再连选连任。他能言善辩,言辞激烈锋利,作过无数次精彩的演说。一八九八年可怕的罢工爆发之时,他正在巴黎,连夜赶回布维尔,领导研究对策,并提出与罢工工人谈判。谈判是本着宽厚调解的精神进行的,后来由于儒克斯特布维尔的殴斗而中断。军队谨慎介入后民心才安定下来。

他的儿子奥克塔夫年纪轻轻就进了综合理工学院①,他一心培养儿子当"领袖人物",但奥克塔夫却英年早逝,在这个沉重打击下,他一蹶不振,两年后,一九〇八年二月,他与世长辞。

演讲集:《道德的力量》(1894,绝版),《惩罚的责任》(1900)——本集的全部演讲都是关于德雷弗斯事件(绝版),《意志》(1902,绝版)。在他死后,人们又将他的最后几次演讲及致亲友的信收集成册,取名《Labor improbus》②(普隆出版社,1910)。肖像:一幅由博尔迪兰绘制的绝妙肖像现存布维尔博物馆。

绝妙的肖像,不错。奥利维埃·布莱维涅蓄着一小撮黑胡须,黄褐色的面孔有点像莫里斯·巴雷斯。他们两人一定相识,在议会中坐的是一条板凳,但是这位布维尔议员没有那位爱国者联盟主席那般潇洒,他像棍子一样僵直,像玩偶匣里的玩偶一样从画布上蹦起来,眼睛闪闪发光,瞳孔是黑的,角膜发红。他抿着厚厚的小嘴,右手按在胸前。

我曾经十分讨厌这幅画。在我眼中,布莱维涅时而太大,时而太小,但是今天我明白了是怎么一回事。

---

① 综合理工学院,一七九四年成立的高等学校,进行英才教育,属军队编制。
② 拉丁文,取自维吉尔《农事诗》(I,144—145)名句"顽强的工作无坚不摧"的一半。此处可译为《水到渠成》——原编者注

我翻阅《布维尔讽刺报》时得知了实情。在一九〇五年十一月六日那一期上，整个篇幅都是讲布莱维涅。在封面上，小小的他抓着孔布①老爹的狮鬣，解说文是："狮子的虱子"。从第一页起，一切都清楚了：奥利维埃·布莱维涅身高一米五三。人们嘲笑他身材矮小，嘲笑他的声音像雨蛙——这个声音却不止一次地使整个议会发抖。人们还说他在皮鞋里加了橡皮垫圈。相反，出身帕科姆家的布莱维涅夫人则人高马大。编年史家写道："他的另一半是他的双倍②，这话对他再合适不过了。"

一米五三！对，博尔迪兰小心翼翼地不让肖像四周的物品将肖像衬托得更矮小：一个墩状软垫，一把矮矮的安乐椅，一个书架及十二开本的书，一个小小的波斯圆桌。然而，他的身材与邻居冉·帕罗坦一样，两幅画的尺寸又一样，因此，这幅画上的小圆桌和那幅画上的特大桌几乎一样大，墩状软垫竟和帕罗坦的肩头一样高。目光本能地对这两幅肖像作比较，因此感到不舒服。

现在我想大笑，一米五三！如果我想和布莱维涅说话，我就必须弯腰或蹲下。他如此激昂地仰起头，这也不足为怪了，因为对这种身材的男人来说，命运总是在离他们头顶几厘米的地方起作用。

令人赞叹的艺术威力。这个声音极尖的矮小男人，留给后人的只是一张咄咄逼人的脸、一个高雅的手势和公牛般血红的眼睛。对公社感到恐惧的大学生、肝火旺盛、身材矮小的议员，都被死亡带走了。然而，由于博尔迪兰，这位秩序俱乐部主席兼道德力量组织的雄辩家万世永存。

"啊，可怜的小皮波。"

---

① 孔布（1835—1921），法国政治家，一九〇二至一九〇五年任内阁总理，主张政教分离。
② 双倍（double），此处是双关语，意为复制品及双倍。

夫人遏制住惊呼。在奥克塔夫·布莱维涅——前者的儿子——的肖像下方,一只虔诚的手写下了这几个字:

一九〇四年死于综合理工学院

"他死了!和阿隆代尔的儿子一样!他看上去很聪明。他妈妈该多么伤心啊!这些高等学校功课太多,脑子不停地转,连睡觉也动脑子。我很喜欢他们的两角帽,挺神气。那叫羽饰吧?"

"不,羽饰是圣西尔军校的。"

我也凝视那位英年早逝的综合理工学院学生。他那张蜡黄的脸和正统的髭须足以使人想到死亡即将来临。何况他已预见到自己的命运:明亮的眼睛瞻望远方,流露出一种无可奈何的神情。但是,与此同时,他的头高高仰起,他穿着军服,代表法兰西军队。

Tu Marcellus eris! Manibus date lilia plenis……①

玫瑰花被折断,综合理工学院学生夭折,还有什么比这更悲惨的吗?

我顺着长画廊慢慢走,不停下,路过那些从幽暗中露出的优雅面孔时,向它们致意:商业法庭庭长博苏瓦尔先生②,布维尔独立港口管理委员会主席法比先生,商人布朗日先生及其一家,布维尔市长拉讷坎先生,生于布维尔、任法国驻美大使的诗人德·吕西安先生,一位身着长官制服的陌生人,大孤儿院院长圣玛丽-路易丝嬷嬷,泰雷宗先生及夫人,劳资调解委员会主席蒂布-古龙先生,

---

① 拉丁文:你将是马尔切鲁斯,双手散发百合花……引自维吉尔《埃涅阿斯纪》第六卷。马尔切鲁斯是古罗马皇帝奥古斯都的外甥,曾被视为王位继承者,但二十岁即去世。
② 博苏瓦尔(Bossoire),作为普通名词,指船上升降船锚、小艇的吊架,用作姓名十分可笑,这种例子不止一处。——原编者注

海军军籍局局长博博先生，布里翁先生，米奈特先生，格雷洛先生，勒费弗尔医生，潘女士以及博尔迪兰本人——是他儿子彼埃尔·博尔迪兰给他画的。画中人的目光都明亮而冷静，五官清秀，嘴唇薄薄的。布朗日先生节俭而有耐心，圣玛丽-路易丝嬷嬷虔诚而灵巧，蒂布古龙先生对己对人都十分严厉，泰雷宗夫人与严重疾病作顽强的斗争。她那张疲惫已极的嘴角流露出痛苦，但是这位虔诚的女人从未说："我疼。"她克服病痛，拟定菜单，主持慈善活动。有时，话说到一半，她慢慢闭上眼睛，面无血色。这种衰弱持续不到一秒钟，她又睁开眼睛接着讲。缝纫工厂的人悄悄说："可怜的泰雷宗夫人！她从不诉苦。"

我穿过了长长的博尔迪兰-雷诺达展厅。我回过头，再见了，美丽的百合花①，你们在绘画的小圣殿里精美无比，再见了，美丽的百合花，我们的骄傲和存在的理由，再见了，坏蛋们②。

星期一

我不继续写关于罗尔邦的书了，结束了。我不再写了。我将如何利用我的生命？

三点钟了，我坐在桌前，我从莫斯科偷来的那一沓信放在我身旁，我写道：

> 人们精心散布最不祥的谣言。德·罗尔邦先生上了圈套，因为在九月十三日致侄儿的信中，他说他刚刚立了遗嘱。

侯爵在我身旁。我将自己的生命借给他，直到最后将他安置

---

① 在法国文学中，百合花常是纯洁和德行的象征。
② 根据萨特在《存在主义是一种人道主义》（纳吉尔出版社，第84页）中的说法，"坏蛋"是指那些试图证明其存在是必然的人（其实人在地球上的出现属于偶然）。——原编者注

在历史存在之中。我感觉到他,仿佛他是我腹中的微热。

我突然想到人们肯定会对我提出异议,因为罗尔邦对侄儿毫不坦率,如果他失败,他要让侄儿当证人,在保罗一世面前为他辩解。遗嘱一事很可能是他虚构的,好装作幼稚无知。

这是一个不值一提的、小小的异议,不必大惊小怪,但我却陷入遐想中,闷闷不乐。我突然又看见卡米尔餐馆那位胖胖的女侍者,阿希尔先生那副惊慌的模样,还有那个店堂,我在那里曾清楚感到自己被遗忘、被丢弃在现在时中。我不耐烦地对自己说:

"我这人连自己的往昔都留不住,还能盼望去拯救别人的往昔吗?"

我拿起笔,试图继续工作。那些关于往昔,关于现在,关于世界的种种思考,使我烦透了。我只要求一件事:安安静静地写完书。

然而,当我的目光落在那一沓白纸上时,它的外表令我吃惊,于是我手中的笔停在半空,我呆在那里端详令人目眩的白纸,它是多么坚硬、鲜艳,它属于现在。它上面的东西都是现在。我刚才在上面写的东西还没有干,但已经不属于我了。

　　人们精心散布最不祥的谣言……

这句话是我想出来的,最初曾是我的一小部分,而现在,它印在纸上,它独立于我。我再认不出它了,甚至无法重新思考它。它在那里,在我对面,在它身上我找不到起源的标记。任何其他人都可能写它,而我,我不能确定它是我写的。字母现在不再发亮,它们已经干了。这一点也消失,短暂的光泽已荡然无存。

我不安地瞧瞧四周。现在,只有现在。囿于现在中的一些轻巧、结实的家具:一张桌子、一张床、一个玻璃衣橱,还有我自己。

现在的真正本性暴露了出来：它是现在存在的东西，所有不在场的东西都不存在。往昔不存在，根本不存在，既不存在于物体，也不存在于我的思想中。当然，很久以来我就明白自己错过了往昔，但是，直到那时，我还以为往昔仅仅撤出了我所能及的范围，它仅仅是退休，是另一种生存方式，是一种度假和闲散状态。每一个事件，在完成任务以后，便乖乖地、自动地进入一个盒子，成为名誉事件，因为虚无是难以想象的。而现在我知道，事物完全是它显现的样子，在它后面……什么也没有。

这个想法占据我达好几分钟，后来我使劲晃动两肩想摆脱它，我将那一沓纸拉过来。

……他刚刚立了遗嘱。

我突然剧烈地想呕吐，笔从我手中滑落，墨水四溅。这是怎么回事？是恶心？不，不是它，房间像每日一样和蔼慈祥。桌子似乎稍稍厚沉，笔稍稍紧实，然而德·罗尔邦先生却第二次死去。

刚才他还在那里，在我身上，安静而温暖，而且我不时地感到他在动。他是活生生的，对我来说，他比自学者或铁路之家的老板娘更鲜活。他很任性，可以好几天不露面，但是，在神秘的好时光，他常常像对湿气敏感的嘉布遣会修士一样，露出鼻子来，于是我便看见那张苍白的脸和发蓝的脸颊。而且，即使他不露面，他也沉沉地压在我心上，我感到自己装得满满的。

现在什么也不剩下了，就好比这些干涸的墨渍，它们原先的鲜亮也不再剩下了。这是我的错。我说了恰恰不该说的话。我说往昔不存在。因此，刹那间，德·罗尔邦先生就悄无声息地返回到虚无中去了。

我双手拿起他的信，怀着某种绝望拍拍它们。

"这是他,"我想道,"是他一笔一画地写了这些符号。他俯在这些纸上,手压着纸,不让纸在笔下滑动。"

太晚了,这些字句再没有任何意义。除了我双手捏着的这一沓黄纸外,其他一切都不存在。这里还有一段复杂的故事。罗尔邦的侄子于一八一〇年遭沙皇警察暗杀,他的文件被没收,转入秘密档案,一百一十年以后,又被掌权的苏维埃存入国家图书馆,一九二三年被我从国家图书馆偷出。这事好像不是真的,我对这次偷窃也没有确切的记忆。其实,要解释这些文件为什么在我房间里,可以想出一百个更加可信的故事来。但是,与这些粗糙的纸张相比,那些故事会像气泡一样空洞和轻飘。我与其依靠这些纸来与罗尔邦沟通,还不如直接求助于招魂桌。罗尔邦不存在了,完全不存在了。如果他还剩下几根骨头,那么它们是为自己存在的,完全独立,它们如今只是一点点磷酸酯和碳酸酯,加上盐和水。

我做最后一次尝试,对自己重复德·冉利斯夫人的话——它往往被我用来描绘侯爵:

> 在他那张布满皱纹和麻点、干干净净、清清爽爽的小脸上,有一种奇怪的狡黠神气,虽然他极力掩饰,但仍一目了然。

他的脸顺从地出现了,尖尖的鼻子、发蓝的脸颊,还有微笑。我可以任意——也许比以前更随意地——想象他的五官,但这只是在我身上的一个形象、一个虚构。我叹了一口气,仰靠在椅背上,感觉到一种难以承受的缺陷。

敲四点钟了。我无所事事地在椅子上已经待了一个小时。天暗了下来。除此以外,房间里没有任何变化,白纸仍然在桌子上,旁边是笔和墨水瓶……但是我决不会在已经开始的那张纸上往下写,我决不再顺着残废者街和棱堡大街去图书馆查资料。

我真想跳起来走出去,随便做点什么好排遣排遣。但是我知道,如果我动一动指头,如果我不老老实实地待着,就会发生什么事,而我不愿意它发生。它什么时候发生都为时过早。我不动弹,机械地看着我在纸上没有写完的那段话:

> 人们精心散布最不祥的谣言。德·罗尔邦先生上了圈套,因为在九月十三日致侄儿的信中,他说他刚刚立了遗嘱。

著名的罗尔邦事件结束了,就像热烈的恋情一样。我应该寻找别的东西。几年以前,在上海,在梅尔西埃的办公室里,我突然从梦中惊醒。后来我又做了一个梦:我生活在沙皇的宫廷里,古老的宫殿十分寒冷,在冬天,门上都挂着冰溜。今天我醒过来了,面对的是一沓白纸。烛台、冰冷的庆典、军服,打着寒战的美丽的肩头,这一切统统消失了。取而代之的是这个温暖房间里的某个东西,某个我不愿看见的东西。

德·罗尔邦先生曾是我的合伙人,他需要我是为了他的存在,我需要他是为了不感觉我的存在。我提供原材料,我不知道如何使用的、打算出卖的原材料:存在,我的存在,而他,他要做的是体现。他站在我面前,占领了我的生命,为的是体现他的生命。我不再感觉我的存在,我不再存在于我身上,而是存在于他身上。我为他而进餐,为他而呼吸,我的每个动作的意义都在外面,在那里,在我对面,在他身上。我看不见我的手在纸上写字,甚至也看不见我写出的句子,但是,在纸的另一边,在纸的后面,我看见了侯爵,他要求我做写字的动作,这个动作延续和巩固他的存在。我只是使他存在的手段,他是我存在的目的。他使我摆脱了自己。这些都过去了,现在我该怎么办呢?

千万别动,别动……啊!

我不由自主地耸了耸肩……

处于等待中的那个东西警觉起来,猛扑向我,钻进我身体,将我塞满。这没什么,那东西,就是我。存在被解放了,被解脱了,在我身上回涌。我存在。

我存在。这很柔和,多么柔和,多么缓慢,而且很轻巧,它仿佛半浮在空中。它在动。到处都有轻轻的擦动,擦动在融化、消散。慢慢地,慢慢地,我嘴里有充满泡沫的水,我咽下去,它滑进我的喉咙,抚摸我——它在我嘴里再次产生。我嘴里永远有一小汪发白的——隐蔽的——水,它摩擦我的舌头。而这一小汪水,还是我。还有舌头,还有喉结。这是我。

我看见自己的手,它摊开在桌子上。它活着——这是我。它是张开的,五指伸开、竖起,手背朝下,露出肥肥的腹部,像一头仰卧的野兽,指头就是脚爪。我逗趣地让手指迅速活动,就像仰翻的螃蟹在晃动爪子。螃蟹死了,爪子缩了起来,缩回到手的腹部。我看见指甲——我身上唯一没有生命的东西,这还说不一定哩。我的手又翻倒过来,手心朝下地摊开,我看见手背,银白色的、微微发亮的手背,真像是鱼——如果指根没有红毛的话。我感觉到我的手。在手臂尖端晃动的这两个动物,就是我。我用一只爪子的指甲去搔另一只爪子;我感到手在桌子上的重量,桌子不是我。这种重量的感觉久久不消失,久久地,久久地。它没有理由消失,久而久之变得难以忍受……我缩回手,将手伸进衣袋,立刻隔着布感到大腿的暖气,我马上让手从衣袋里跳出来,让它靠着椅背垂着。现在我感觉到它在我手臂尽头的重量。它稍稍往下坠,轻轻地、徐缓地、软软地,它存在。我不再试了,不论我将它放在哪里,它都会继续存在,我也将继续感到它存在,我无法消除它,也无法消除我身体的其他部分和弄脏我衬衣的潮湿的热气,无法消除那懒洋洋地转动——仿佛用勺子转动——着的热脂肪,无法消除脂肪中的那些感觉,它们来来去去,从腰部上升到腋下,或者从早到晚待在它们习惯的角落里,无声无息。

我猛然站起身。只要我能停止思想,那就好多了。思想是最乏味的东西,比肉体更乏味。它没完没了地延伸,而且还留下一股怪味。此外,思想里有字词,未完成的字词,句子的开头,它们一再重复:"我必须结……我存……死亡……德·罗尔邦先生死了……我不是……我存……"行了,行了……没完没了。这比别的事更糟,因为我感到自己应负责任,又是同谋。例如这种痛苦的反刍:我存在。是我在维持这种反刍,是我。身体一旦起动,就独立出去了,而思想呢,是我在继续它,展开它。我存在。我想我存在。啊,存在的感觉是长长的纸卷——我轻轻地展开它……要是能克制自己不去想,那有多好!我试试,我成功了,我的脑子里一片烟雾……但它又开始了:"烟雾……别想……我不愿意去想……我想我不愿意去想。我不应该想,我不愿意去想,因为这还是思想。"这么说,永远没完?

我的思想就是我,因此我才停不下来。我存在因为我思想,而我无法使自己不去想。就在此刻——多么可怕——如果说我存在,那是因为我害怕存在。是我,是我将自己从我向往的虚无中拉出来。仇恨和对存在的厌恶都使我存在,使我陷入存在。思想在我脑后产生,像眩晕,我感觉思想在我脑后诞生……如果我让步,它就来到前面,来到我两眼之间,而我一直在让步,它在长大,长大,变得奇大无比,将我填得满满的,使我的生存继续下去。

我的唾液是甜的,我的身体是温的,我感到自己淡而无味。小刀在桌子上,我打开它,总之,会有点变化吧。我将左手放在拍纸簿上,往手心狠狠扎了一刀。动作过于紧张,刀锋滑过去了,只是表皮受了伤。流血了。那又怎样?有什么变化呢?不过我满意地看着白纸上的那一摊血,它横在我刚才写的那几行字中间,它终于不再是我。白纸上的四行字,一片血迹,这是美好的回忆。我应该在下面写上:"这一天我放弃了写德·罗尔邦侯爵的计划。"

我该治治这只手?我在犹豫。我瞧着那一丝单调的、细细的血,它正好在凝固。结束了。切口周围的皮肤仿佛长了铁锈。在皮肤下面,只剩下轻微的感觉,与别的感觉相似,也许更淡而无味。

钟敲了五点半,我站立起来,冷衬衫贴着皮肤。我走出门。为什么?嗯,因为我没有理由不这样做。即使我待在那里,即使我悄悄地缩在角落里,我也不会忘记我自己。我将压在地板上。我存在。

我顺手买了一份报纸。耸人听闻。小吕西安娜的尸体被发现了!报纸发出油墨味,在我的手指间皱成一团。无耻的家伙跑掉了。小姑娘遭到强奸。人们找到了她的尸体,她的手指紧紧抓着泥。我将报纸卷成一团,手指紧紧抓住它,油墨味,老天爷,事物的存在今天多么强烈。小吕西安娜被强奸。被掐死。她的身体,她那受伤的肉体仍然存在。但是她已不存在了。她的手。她不再存在。房屋。我在房屋之间行走,我是在房屋之间,直直地在铺路石上。我脚下的铺路石是存在的,房屋在我头上合拢,像水一样盖住我,盖住天鹅一般隆起的纸。我在。我在我存在,我思故我在。我在因我思。我为什么思想?我不愿再想我存在,因为我想我不愿意存在,我思想我……因为……呸!我逃跑,那个无耻的家伙逃跑了,她的身体被奸淫。她感到另一个肉体进入她的肉体。我……我……她被强奸。一种微弱的、血腥的强奸欲望从后面袭击了我,轻轻地,在耳朵后面,耳朵跟在我后面。棕红头发,我头上的头发是棕红色,一根湿草,一根棕红草,这还是我吗?还有报纸,它还是我吗？拿着报纸,存在紧靠着存在,事物相互紧靠着存在,我放开报纸。房屋突然显现了,它在我面前存在,我沿着墙走,沿着长长的墙走,我在墙面前存在,走一步,墙在我面前存在,一座房子,两座房子,在我后面,墙在我后面,一个手指在我的裤子里抓搔,抓搔,抓搔,将小姑娘沾满污泥的手指拉出来,我的手指沾上了污泥,手指刚从泥水中出来,慢慢地,慢慢地垂下,刚才它变软了,轻轻地抓搔小姑娘的手指,她被掐死,无耻之徒,她的手指轻轻地抓土,抓泥,我的手指慢慢滑下,指尖朝下,暖暖地靠着大腿抚摸。存在是软的、滚动的、晃荡的,我在房屋之间晃荡,我在,我存在,我思故我晃荡,我在,存在是跌落,跌下了,将跌下,将不跌下,手指搔着天窗,存在就是不完善。先生。漂亮的先生存在。先生感到他存在。不,走过的这位漂亮先生,像牵牛花一样傲慢温柔的先生,他不感到他存在。开花。我那只受伤的手很疼,存在,存在,存在。漂亮先生,存在荣誉勋位,存在髭须,这便是一切,仅仅成为荣誉勋位,仅仅成为髭须,这该多么高兴,其他的谁也看不见,他看见鼻子两侧的髭须尖梢,我不思故我是髭须。他既看不见他瘦弱的身体,也看不见他那双大脚,仔细搜搜他的裤子,人们会发现一对灰色的小橡皮。他有荣誉勋位,坏蛋们有权存在:"我存在因为这是我的权利。"我有权存在,因此我有权不思想,手指竖起来了。我要……？在喜气洋洋的白被单上抚摸轻轻倒下的充分发育的白色肉体,触摸腋下微潮的腋毛,肉体的黏液、汗液、滑液,进入他人的存在中,进入散发生存的厚重气味的红色黏膜中感觉我存在于两片柔和的湿唇之间,淡血色的红唇,颤抖的唇微微张开,湿湿的充满了存在,湿湿的充满了透明的黏液,在甜蜜的湿唇之间,它们像眼睛一样,泪汪汪的。我的肉体在生活,肉体在蠢动,轻轻地搅动汁液,搅动稠液,肉体在搅动,搅动,搅动,肉体甜甜的淡水,我手上的血,我受伤的肉体微微疼痛,这转动着的肉体走着,我走,我逃,我是肉体受伤的无耻家伙,存在因撞在墙上而受伤。我冷,我走一步,我冷,走一步,我向左转,它向左转,它想它向左转,疯了,我疯了?它说它怕变成疯子,小家伙你瞧瞧存在,它停下,身体停下,它想它停下,它从哪里来?它在做什么?它又走,它害怕,很害怕,无耻的家伙,欲望像浓雾,欲望,厌恶,它说它厌恶存在,它厌恶吗?厌烦了对存在的厌恶。它跑。它希望什么?它跑,逃走,跳进水池。它跑,心脏,心脏跳动,这是高兴,心脏存在,两腿存在,呼吸存在,它们存在,跑动,喘息,无力地跳动,轻轻地喘气,我喘气,它说它喘气。存在从后面抓住我的思想,而且从后面轻轻展开它;我从后面被抓住,我从后面被强迫去思想,也就是去成为某个东西,我喘息着吐出存在的轻轻气泡,在我身后,它是朦胧欲望的气泡,它在镜中像死人一样苍白,罗尔邦死了,安托万·罗冈丹没有死,我失去知觉。它说它要消失,它跑,跑猜环游戏①(从后面),从后面,从后面。小吕西尔②从背后被抓住,从背后被存在奸污,它求饶,它羞于求饶,羞于请求怜悯,羞于呼救命。羞于呼救命因此我存在,它走进海员酒吧,小妓院的小镜子,小妓院的小镜子里棕红头发的大个子面色苍白地跌坐在长椅上,唱机在转,存在,一切都在转,唱机存在,心在跳动,转呀,转呀,生命之液,转呀我肉体的冻汁、糖汁、甜食……唱机。

  When the mellow moon begins to beam
  Every night I dream a little dream. ③

  那个深沉、沙哑的声音突然出现,世界,存在的世界,便隐没了。这声音属于一个有肉体的女人,她穿着最漂亮的衣服对着一

---

① 猜环游戏:大家围坐成圈,相互迅速传递东西,一人站在中央猜东西在谁的手里。
② 上文是吕安娜 Lucienne 而不是吕西尔 Lucile,原文如此。
③ 英文:当温柔的月亮开始闪亮/每晚我做个小小的梦。

个圆盘唱,声音被录了下来。女人,啊!她曾像我,像罗尔邦一样存在,我不想结识她,但是有一点,不能说她现在存在。转动的唱盘现在存在,声音唱出的曲调,颤动的曲调,现在存在,印在唱盘上的声音曾经存在。我在听,我现在存在。一切都是满满的,处处都是密集、沉重、甜蜜的存在。然而在这个近在咫尺但可望不可即的甜蜜之外,在这个年轻的、无情的、宁静的甜蜜之外还有那个……那个严峻。

星期二

无事。存在过。

星期三

纸桌布上有一圈阳光。一只冻僵的苍蝇在光圈里爬动取暖,前面的爪子相互摩擦。我要帮助它,将它拍死。它看不见这个巨大的食指,食指上的金色汗毛在阳光中闪烁。

"别打死它,先生!"自学者喊了起来。

苍蝇裂开了,小小的、白白的内脏从肚子里流了出来。我帮它解脱了存在。我冷冷地对自学者说:

"我这是帮助它。"

我为什么在这里?——为什么不在这里呢?现在是正午,我等待着睡觉的时刻(幸亏睡眠不躲着我)。再过四天我又要见到安妮,目前这是我唯一的生活目的。在那以后呢?等安妮离开我以后呢?我很清楚自己暗暗地希望什么,我希望她永远不再离开我。然而,我应该知道安妮决不肯在我面前衰老的。我是软弱的、孤单的,我需要她,我愿意精神饱满地去见她,因为她瞧不起失魂落魄的人。

"您好吗,先生?您感觉好吗?"

自学者用带笑意的目光斜视我。他有点喘,像喘不过气来的狗那样张着嘴。我承认今早我几乎高兴看见他,我需要和人谈谈。

"我多么高兴能和您同桌用餐,"他说,"您要是冷,我们可以坐在暖气旁边。这些先生要走了,他们已经要了账单。"

有人关心我,考虑我冷不冷,我和另一个男人说话,这是多少年来不曾有过的事。

"他们走了,我们是不是换个座位?"

那两位先生点燃了香烟,走了出去,他们现在在阳光下,在纯净的空气里。他们顺着大玻璃窗走,两手扶着帽子。他们在笑,风吹鼓了他们的大衣。不,我不想换座位,何必呢?何况,透过大玻璃窗,我可以看见海,绿绿的、稠稠的海,它在那些更衣室的白屋顶之间。

自学者从他的钱夹里掏出两张紫色的长方形卡片,一会儿他用这个付账。我从反面认出其中一张上写着:

博塔内店,饭菜实惠。

午餐定价:8法郎

冷盘任选

肉加配菜

奶酪或甜点

二十张卡为140法郎

坐在门旁圆桌上的那个人,我现在认出来了。他经常住普兰塔尼亚旅馆,是旅行推销员。他不时向我抛来专注的、微笑的眼光,但是他看不见我,他在专心致志地观察他吃的东西。在收款台的另一侧,有两个红红的矮壮男人正一边喝白酒,一边品尝海蚌。

蓄着稀疏的黄髭须的那位小个子在讲故事,他自己也乐,他不慌不忙,大笑时露出一口洁白闪亮的牙齿。另一位没有笑,眼光冷漠,但常常点头表示赞同。靠窗处有一个棕色的瘦男人,五官清秀脱俗,一头漂亮的白发往后梳,正带着沉思的神情看报。在他旁边,在长椅上,放着他的公文包。他在喝维希矿泉水。再过一会儿,这些人都要离去。他们的身体被食品撑得沉甸甸的,经微风一吹,他们将敞开大衣,沿着栏杆走,一面观看海滩上的孩子和海面上的船,他们的头脑微微发热、微微作响。他们将去工作。而我呢,我哪里也不去,我没有工作。

自学者天真地笑着,阳光在他稀疏的头发上闪亮。

"您点菜吧。"

他递给我菜单,我有权点一个冷盘:四片圆圆的红肠或者白萝卜或者褐虾或者一小盘浇汁芹菜。勃艮第蜗牛得另外加票。

"给我来红肠吧。"我对女侍者说。

他夺过我手上的菜单。

"没有更好的吗?这不是有勃艮第蜗牛吗?"

"我不大喜欢蜗牛。"

"啊!那么牡蛎呢?"

"得加四法郎。"女侍者说。

"好,来牡蛎吧,小姐。我要白萝卜。"

他脸红了,对我解释说:

"我很喜欢白萝卜。"

其实我也一样。

"然后呢?"他问道。

我看了肉类那一栏,我喜欢焖牛肉,但我预知他会叫烩鸡,因为那是唯一要加票的菜。

"给这位先生来烩鸡,给我来焖牛肉,小姐。"他说。

他将菜单翻过来,反面是酒类。

"我们喝点葡萄酒吧。"他郑重其事地说。

"哟,"女侍者说:"您这回要酒了,您可是从来不喝的。"

"偶尔喝一瓶还是可以的。小姐,来一瓶安茹葡萄酒吧。"

他放下菜单,将面包掰成小块,用餐巾擦餐具。他看了一眼那位看报的白发男人,微笑着对我说:

"我来这里一般总带上一本书,虽然医生劝我不要这样,因为吃快了咀嚼不够充分。但我有个鸵鸟胃,什么都能消化。一九一七年战争期间我当过俘虏,吃得极差,大家都病倒了,当然,我也像别人一样请病假,其实我什么事也没有。"

他当过俘虏……这是他头一次告诉我,我惊奇不已,很难想象他除了自学者以外还能是什么人。

"您在哪里当的俘虏?"

他不回答,放下叉子,用锐利的目光看着我,他要讲述他的麻烦事了。此刻我想起图书馆里曾经有过不顺当的事。我竖起耳朵听,因为对别人的麻烦表示同情,这是我求之不得的,我可以换换脑子。我没有麻烦,我像享受年金者一样有钱,我没有上级,没有妻子,没有孩子,我存在,这就是一切。而我的厌烦是如此空泛,如此玄奥,我为它羞愧。

看来自学者不想讲述。他向我抛来一种古怪的眼光,不是为了观看,而是为了心灵相通。他的心灵上升到那双美妙的盲人眼睛里,显露了出来。如果我的心灵也如法炮制,将鼻子贴到玻璃窗上,么它们将相互致意。

我不要心灵相通,我还没有跌得这么低。我往后退,但是自学者死盯着我,同时在桌子上方向前俯身。幸好女侍者端来了他的萝卜,他坐回椅子上,心灵从眼中消失。他顺从地吃了起来。

"您的麻烦解决了?"

他吓了一跳,惊恐地问:

"什么麻烦,先生?"

"您很清楚,那天您对我说过。"

他满脸通红,冷冷地说:

"哦!哦!对,那天,对了,是那个科西嘉人,先生,图书馆的科西嘉人。"

他再次犹豫,显出母羊的固执神气:

"那都是闲话,我不愿意惹您讨厌。"

我不再坚持。他吃萝卜,吃得极快,不像是吃。当女侍者给我端上牡蛎时,他已经吃完了萝卜,盘子里只剩下一堆绿梢头和少许湿盐。

外面有两个年轻人停下来看菜单,一个厨师模型左手拿着菜单给他们看(右手拿着一只煎锅)。他们在犹豫。女人怕冷,下巴缩在皮衣领里。年轻男人最先决定,推开门,让女伴先进来。

她进来了,和气地环顾四周,有点发抖。

"这儿暖和。"她低声说。

年轻男人又关上了门。

"先生太太们好。"他说。

自学者转身和气地说:

"先生太太们好。"

其他客人不回答,那位高雅的先生稍稍放低报纸,用深沉的眼光打量新来者。

"谢谢,不用麻烦。"

年轻男人不等女侍者跑来帮忙就灵活地脱下了雨衣。他没穿短上装，穿的是带拉锁的皮夹克。女侍者有点失望，转身朝着年轻女人，但那男人又抢在前面了，他用轻巧而准确的动作帮女伴脱下大衣。他们在我们近旁坐下，两人靠在一起。看上去他们相识不久。年轻女人的脸显得疲乏和纯净，有几分怨气。她突然摘掉帽子，微笑地甩甩那头黑发。

自学者和善地久久端详他们，转身对我动情地眨眨眼睛，仿佛是说："他们多美！"

他们不难看。他们沉默着，很高兴在一起，很高兴人们看见他们在一起。从前，当安妮和我走进庇卡迪伊一家餐馆时，我们有时也感到自己成为动情端详的对象。安妮为此不快，而我呢，我承认我有几分得意。主要是惊奇。我从来没有像这个年轻男子那样潇潇洒洒、清爽利索，甚至也不能说我的丑陋打动了人。然而当时我们年轻，而现在，年龄使我为旁人的青春而感动，我不为自己感动。那个女人有一双深色的、温柔的眼睛。男人的皮肤稍呈橘红色，有些颗粒，可爱的小小的下颌显示倔强。他们使我感动，的确如此，但又使我有几分恶心。我觉得他们离我很远。暖气使他们软弱无力，他们在心中追寻同样的梦，如此温柔、如此软弱的梦。他们很自在，充满信心地看着黄墙，看着人，这样的世界真好，它正应该是这样，而目前，他们正从对方的生命中吸取自己生命的意义。不久，他们两人将变成一个唯一的生命，一个缓慢的、温和的、将没有任何意义的生命——而他们将毫不觉察。

他们仿佛彼此害怕。最后，青年男子笨拙而坚决地握起女伴的手指尖。她深深地呼吸，于是两人同时低头看菜单。是的，他们很快活。那以后呢？

自学者得意地带几分神秘地说：

"前天我看见您了。"

"在哪里?"

"哈!哈!"他尊敬地逗我。

他让我等了一会儿,说:

"您正从博物馆出来。"

"啊,对,"我说,"不是前天,是星期六。"

前天我可没有心思去逛博物馆。

"您见到那幅著名的奥尔西尼①谋杀案的木雕吗?"

"我不知道这个作品。"

"怎么可能呢?它在进门靠右首的一个小厅里。作者是一位公社起义者,他躲在布维尔的一个谷仓里,直到颁布大赦。他原想乘船去美洲,可是这里港口的警察很厉害。他是个了不起的人。他利用被迫空闲的时间雕刻了一大块橡木,而且除了小刀和指甲锉以外没有别的工具。他用锉刀来刻精细部位:手和眼睛。木头长一米五,宽一米,整个作品是完整的一片,一共有七十个人物,每个人物像我的手那么大,还有给皇帝拉车的两匹马!那些面孔,先生,用锉刀刻出的那些面孔,都很有表情,很有人情味。先生,我敢说这个作品值得一看。"

我不想做出许诺。

"我只是想去看看博尔迪兰的画。"

自学者突然现出愁容。

"大展厅里的那些肖像?先生,"他露出颤抖的微笑说,"我对绘画一窍不通。当然,我能看出博尔迪兰是大画家,他的笔法,怎么说呢,有功夫。可是,先生,乐趣、美学乐趣,与我无缘。"

---

① 奥尔西尼(1819—1858),意大利革命者,一八五八年一月十四日刺杀拿破仑三世未遂,当场死伤一百五十八人。——原编者注

我同情地说：

"雕刻也与我无缘。"

"啊，先生！唉，我也一样，还有音乐，还有舞蹈。不过我也不是一无所知。是呀，有些事难以想象，有些年轻人的知识不及我的一半，但他们一站到画前就似乎能感受乐趣。"

"也许是装出来的。"我用鼓励的口吻说。

"也许吧……"

他遐想片刻：

"我之所以感到遗憾，主要不是因为我失去某种享受，而是因为人类活动的一部分与我无关……然而我是人，这些作品也是人画的……"

他突然变了声音：

"先生，我曾大胆想过，美仅仅是趣味问题。每个时期不都有不同的标准吗？您允许吗，先生？"

我惊奇地见他从衣袋里掏出一个黑皮小本。他翻了一下，有许多空白页，隔很远就有用红墨水写的几行字。他脸色苍白，将小本平放在桌布上，大手压着翻开的那一页，局促地咳了一声：

"我有时有些——姑且说思想吧。很奇怪，我在那里看书，可突然不知从哪里钻出这些东西，仿佛是幻象。最初我不在意，后来我决定买一个本子。"

他停住，看着我，他在等待。

"哦哦！"我说。

"先生，这些格言当然是暂时的，因为我的自学还没有完成。"

他用颤抖的手捧着小本子，十分激动：

"这里正好谈到绘画。您要是允许我念念，我就太高兴了。"

"请吧。"我说。

他念道：

"十八世纪所认为的真实,如今已无人相信。十八世纪所认为的杰作,难道我们必须欣赏吗？"

他用恳求的眼光看着我。

"您看怎样,先生？也许有点像悖论。我是想让自己的思想采取俏皮话的形式。"

"是的,我……我觉得很有意思。"

"您在别处见过吗？"

"没有,当然没有。"

"真的？哪里也没有见过？那么,先生,"他的脸色阴沉下来:"这就是说它不是真理,否则别人早想到了。"

"您等等,"我说,"我现在想起来了,好像在什么地方见过。"

他的眼睛亮了起来,他掏出铅笔,用精确的语调问我:

"是哪位作家？"

"是……是勒南。"

他欣喜若狂。

"您能给我那段精确的话吗？"他一边舔笔尖一边说。

"可您知道,我是很早以前看到的。"

"啊,没关系,没关系。"

他在小本上那条格言下方写上勒南的名字。

"我和勒南不谋而合。我用铅笔写他的名字,晚上再用红墨水描一遍。"他兴奋地解释说。

他入迷地瞧了一会儿小本,我等他继续念格言,他却谨慎地合上小本,塞进衣兜,大概想一次有这么多幸福就足够了。他用亲密的口吻说:

"时不时地这样倾心交谈,这可真是愉快的事啊。"

可以想象,这块砖头击碎了我们有气无力的谈话,接着便是长长的沉默。

两个年轻人进来以后,餐馆的气氛变了。那两位红皮肤的男人不再说话,放肆地端详迷人的女郎。高雅的先生放下报纸瞧着那对青年,露出欣赏甚至会意的神气。他在想老年是智慧,青年是美丽,他带着几分殷勤点点头。他知道自己仍然漂亮,风韵犹存,他那棕色的面孔和瘦高身材仍然有吸引力。他高兴地以慈父自居。女侍者的感情似乎更为单纯,她站在那对青年面前,目瞪口呆地瞧着。

他们在低声交谈。女侍者已经端上了冷盘,但他们根本没碰。我竖起耳朵,抓住谈话中的片言只语。女人的声音低哑而丰富,我听得更清楚。

"不,冉,不。"

"为什么?"年轻男人激动地说。

"我已经跟你说过了。"

"那不是理由。"

有几句话我没有听见,接着年轻女人做了一个可爱的手势表示厌烦:

"我尝试够了。我已经过了重新开始生活的年龄,我老了,你知道。"

年轻男人嘲讽地笑了。她又说:

"我承受过不止一次……失望。"

"应该有信心,瞧,你现在的样子,这不是生活。"

她叹了口气:

"我知道。"

"你瞧瞧热内特。"

"是呀。"她撇撇嘴说。

"可我,我觉得她做得很对,很有勇气。"

"你知道,"年轻女人说,"她是饥不择食。我告诉你,我要是愿意,这种机会有的是。我宁可等一等。"

"你做得对,"他温情地说,"这才等到了我。"

她也笑了:

"自命不凡!我可没这么说。"

我不再往下听了。他们使我不快。他们会在一起睡觉,这一点他们知道,他们每人都清楚对方知道这一点。然而,他们多么年轻、纯洁、端庄得体,他们都想保持对自己和对对方的尊重,爱情是一个富有诗意的大东西,受不得惊吓,他们每星期去几次舞会和餐馆,表演他们惯常的和机械的小小舞蹈……

总之,得消磨时间。他们年轻,身体好,还得这样过三十多年,所以他们不慌不忙,慢慢吞吞,他们没有错。等他们在一起睡过觉以后,他们就该寻找别的东西来掩饰存在的巨大荒谬性了。不过……必须对自己撒谎吗?

我用眼光扫视店堂。这是闹剧!这些人都万分严肃地坐在那里,他们在吃饭,不,不是吃饭,是在补充体力以完成所承担的任务。他们每人都有自己小小的顽念,因此看不到自己的存在。没有一个人不认为自己对某人或某事是必不可少的。自学者那天不是说过吗?"努萨皮埃写出这么广博的综论,谁也比不上他。"他们每人都做一件小事,做得比谁都在行。那位旅行推销员推销斯万牌牙膏,比谁都在行,这位有趣的年轻人在旁边女人的裙子下乱摸,比谁都在行。而我,我在他们中间,如果他们看我,他们一定想到我干我的事,比谁都在行。但是我知道。我看上去若无其事,但我知道我存在,我知道他们存在。如果我精通辩术,我会走去坐在那位漂亮的白发先生旁边,向他解释什么是存在,他会做出一副怪相,想到这副怪相我不禁大笑起来。自学者惊讶地看着我。我想打住,但不由自主,一直笑出了眼泪。

"您可真开心,先生。"自学者用审慎的口气说。

"这是因为我在想,"我笑着说,"我们这些人在这里吃饭喝酒,无非是为了保持我们珍贵的存在,不为其他任何东西,任何东西,没有任何存在的理由。"

自学者神情严肃起来,他在努力理解我的话。我的笑声太大,几个人转头看我。我后悔说了这么多话,其实这事与谁也没有关系。

"没有任何存在的理由……您大概是说,先生,生命没有目的吧?这不就是所谓的悲观主义吗?"

他又沉思片刻,然后缓缓地说:

"几年前,我读过一本美国人写的书《生命值得你活着吗?》①。这就是您对自己提的问题吧?"

当然不是,这不是我对自己提出的问题,但我不想解释。

自学者用安慰的口吻说:

"书的结论是提倡有意义的乐观主义。如果你愿意赋予生命意义,它就有了意义。首先得行动,投入一个事业。等你后来思考时,大局已定,你已经介入了。不知您怎么想,先生。"

"没有想法。"我说。

不如说我在想:这正是这位旅行推销员、这两位青年、这位白发先生经常欺骗自己的谎话。

自学者微微一笑,狡黠而又一本正经地说:

---

① 《生命值得你活着吗?》,罗宾逊著,麦克米伦出版社,伦敦,1933。

"这也是我的看法,我想我们不必老远去寻找生命的意义。"

"啊?"

"有一个目的,先生,有一个目的……有人。"

说得对,我刚才忘记他是人道主义者了。他沉默片刻,以便将半盘焖牛肉和一大片面包消灭掉,干净利落、毫不留情地消灭掉。"有人……"他刚刚描绘了自己,这位多情人。——是的,但是他说不清楚。他的眼睛里充满了心灵,这是无可辩驳的,然而这远远不够。从前我结交过一些巴黎的人道主义者,听他们说过上百次"有人",但那是另外一回事。维尔冈是无与伦比的。他摘下眼镜,仿佛要赤身露体,用令人激动的眼光,沉重而疲惫的眼光盯着我,似乎要脱光我的衣服,好抓住我的人性本质,接着他便抑扬顿挫地喃喃说:"有人,老朋友,有人。"他赋予"有"字一种笨拙的威力,仿佛他对人类的爱——永远是新的、惊奇的爱——因翅膀太大而行动不便。

自学者的表演还不到这种精湛程度。他的人类之爱是天真的、野蛮的,他是外省的人道主义者。

"人,"我对他说:"人……可您看上去并不十分关心人。您总是独自一人,总是埋头读书。"

他拍拍手,诡秘地笑了:

"您弄错了。啊,先生,请允许我对您说:您完全错了。"

他沉思片刻,然后谨慎地把话咽了下去。他的脸像曙光一样灿烂。在他身后,年轻女人轻快地大笑起来,她的男伴正朝她俯身,和她耳语。

"您弄错了,这也不奇怪,"自学者说,"我早该对您说……可我这人腼腆,先生,我一直在寻找机会。"

"这不就是机会吗?"我有礼貌地问。

"我看也是。我看也是。先生,我要对您说……"他脸红了,停了下来,"也许我使您厌烦了?"

我叫他放心。他高兴地叹了口气:

"不是每天都能遇见像您这样的人,先生,您思想深刻、视野开阔。好几个月以来我就想找您谈谈,向您解释我原来是什么样的人,变成了什么样的人……"

他的盘子空了,干干净净,仿佛刚刚给端上桌来。我突然发现,在我的盘子旁边有一个小锡盘,盛着一只泡在棕色汤汁里的鸡腿。必须把它吃掉。

"我刚才和您谈到我曾被囚禁在德国。一切正是从那里开始的。战前我是孤独的,但我并未意识到,我和父母生活在一起,他们是好人,但我们并不融洽。我现在想起那些年头……怎么能那样生活呢?那时我是死人,先生,而我不知道,我收集邮票。"

他看着我,换了话题:

"您脸色苍白,先生,您看上去很疲乏。我没有使您厌烦吧?"

"我很感兴趣。"

"战争来了,我莫名其妙地参了军,又懵懵懂懂待了两年,前线的生活不容你有许多思考,再者,士兵们都很粗俗。一九一七年年底,我当了俘虏。后来有人告诉我,很多士兵在被关押期间恢复了童年的信仰。"自学者接着说,眼皮垂了下来,垂在燃烧的瞳仁上,"先生,我不相信上帝,科学否定了上帝的存在。然而,在集中营里,我学会了相信人。"

"他们勇敢地承受命运。"

"是的,"他含混地说,"这也是原因之一。不过我们受到良好的待遇,但是我想说别的事。战争最后几个月,我们没有多少活干。下雨时,他们就把我们关进一个木板搭的大厂棚,差不多二百人挤在一起。他们锁上门,让我们待在里面,几乎漆黑一片,我们相互拥挤在一起。"

他迟疑片刻:

"我不知道怎样向您解释,先生,所有的人都在那里,你几乎看不见他们,但你感觉他们紧靠着你,你听见他们的呼吸……最初,有一次拥挤得厉害,我想我要闷死了,但是突然,一种强烈的欢乐在我心中升起,我几乎昏倒,于是我感到我爱这些人,他们像我的兄弟,我想亲吻他们所有的人。从这以后,每次我去都感到同样的欢乐。"

我该吃鸡,它大概凉了。自学者早已吃完,女侍者等在那里换盘子。

"那个厂棚在我眼中显得神圣。有时我躲过警卫的监视,独自溜进去,在阴暗中回忆曾经体验到的欢乐,堕入如痴如狂的状态。时间在流逝,而我毫不觉察,有时我还抽泣。"

我大概病了,否则无法解释这种使我不知所措的震怒。是的,这是病人的愤怒,我的手在颤抖,血涌上我的脸,最后我的嘴唇也哆嗦起来。所有这一切只是因为鸡是凉的,我也是凉的,而这是最难受的事,我是说很久很久以来,我的心就凉透了,冰冰冷。愤怒的旋风穿透了我,像战栗,又仿佛意识在与低温奋力抗争。这种努力毫无效果。我本可以莫名其妙地将自学者或女侍者揍一顿或骂一顿,但是那样一来我便不是完全参与游戏了。我的愤怒在表层上躁动,因此有一刻我十分难受,像是一团被火包着的冰——怪味蛋卷①。这种表层的躁动消失了,我又听见自学者说:

"那时每星期日我都去望弥撒。先生,我从来不信教,但是我

---

① 挪威甜食,由冰激凌、杏仁蛋糕等构成,外热内冰。

可以说,弥撒的真正奥秘在于人与人的相通。有一位失去一只胳膊的法国神甫主持弥撒。那里还有一架风琴。我们脱帽站着听,风琴的声音使我激动,我感到和周围所有的人融为一体。啊,先生,我真喜欢那些弥撒。现在我有时星期日早上还去教堂,去回忆当初的情景。圣塞西尔教堂有一位卓越的管风琴师。"

"您大概常常回想这段生活吧?"

"是的,先生。一九一九年,我被释放。那几个月可是很难熬,我不知干什么好,一天天地消沉。只要看见人们聚在一起,我就钻进去。"他笑笑又说,"有一次我居然跟在人群后面去送葬。有一天,我感到绝望,把我收藏的邮票扔进火里……但我找到了自己的道路。"

"真的?"

"有人劝我……先生,我知道您会为我保密的。我是——也许您不以为然,但您很豁达——我是社会主义者。"

他低下眼睛,长长的睫毛在眨动:

"一九二一年九月我加入了社会党,S.F.I.O.①,这就是我想告诉您的。"

他容光焕发,自豪地瞧着我。他仰着头,半闭着眼,半张着嘴,像一位殉道者。

我说:

"这很好,很美。"

"先生,我早知道您会赞成我。再说,一个人告诉您他是怎样安排生活的,他十分快乐,这时您怎能责备他呢?"

---

① S.F.I.O.——工人国际法国支部。一九二〇年十二月在图尔大会上,社会党分裂,产生了法国共产党。——原编者注

他伸开双臂,手心朝着我,手指朝下,仿佛等待接受什么烙印。他的眼神呆滞,我看见一大块暗红色东西在他嘴里滚动。

"啊,"我说,"既然您快乐……"

"快乐?"他的眼光令我局促,他又抬起眉毛,严厉地看着我,"您可以判断,先生。在做出这个决定以前,我感到可怕的孤独,想到自杀。之所以没有自杀,是因为我想到没有任何人,绝对没有任何人,会为我的自杀感到惋惜,那么我死了比活着更孤独。"

他挺直身体,两颊鼓了起来:

"我不再孤独了,先生,永远不再孤独。"

"啊,您认识许多人?"我问。

他微微一笑,我立刻发现自己多么幼稚。

"我是说我不再感到孤独。当然,先生,这不是说我必须和谁在一起。"

"可是,"我说,"在社会党支部里……"

"啊!我认识那里所有的人,但大都只知道名字,先生,"他调皮地说,"难道必须以这种狭隘的方式去选择同伴吗?所有的人都是我朋友。早上我去上班时,在我的前前后后都有人去上班。我看见他们,要是有勇气的话,我向他们微笑,我想我是社会主义者,他们都是我生活的目的,我努力的目的,而他们不知道。对我来说,这就是快乐,先生。"

他用眼光探询我,我点头赞同,但我感到他稍稍失望,他希望我更热情些。可我能怎样呢?在他的全部表白里,我看出他在模仿和引用别人的话,难道这是我的错吗?在他谈论时,我仿佛看见我见识过的所有人道主义者都再次出现,难道这是我的错吗?唉,人道主义者我可见得多了!激进的人道主义者是官员们的亲密朋友。所谓"左倾"的人道主义者一心要维护人性价值,他不属于任

144

何派别，因为他不愿背叛人，但他同情卑微者，他那丰富的古典学识是献给卑微者的。他往往是一位鳏夫，蓝眼睛里噙满眼泪，每到周年纪念时必定要哭一场。他喜欢猫狗和一切高级哺乳动物。天主教人道主义者出现较晚，最年轻，总用赞叹不已的口吻谈论人。最微不足道的生命，伦敦码头工人的生命，缝鞋女工的生命都是多么美丽的神话呀，他说。他选择了天使的人道主义。为了启迪天使，他写出忧愁的、精彩的长篇小说，并经常获妇女文学奖。

这些都是大明星，还有其他种种人道主义者。哲学家——人道主义者像兄长一样关心弟弟们，并富有责任感；有的人道主义者爱的是现状中的人，有的人道主义者爱的是理想状态中的人；有的人道主义者在你的赞同下挽救你，有的人道主义者不顾你的反对挽救你；有的人道主义者想创造新神话，有的人道主义者满足于旧神话；有的人道主义者欣赏人的死亡，有的人道主义者欣赏人的生命；有的人道主义者总是快乐、诙谐，有的人道主义者总是愁眉苦脸，特别爱去守灵。他们都相互憎恨，当然是作为个体，而不是作为人。然而自学者不知道，他把人道主义者都关在自己身上，就像把几只猫装进一只皮袋里，它们在那里相互残杀，而他一无所知。

他看着我，显然不那么信心十足了。

"您的感觉和我不一样吗，先生？"

"我的天……"

面对他焦急不安、带几分埋怨的神气，刹那间我后悔不该使他失望。但是他又和蔼地说：

"我知道，您有您的研究，您的书，您以您自己的方式为同一事业服务。"

我的书，我的研究，这个傻瓜。这是他最大的蠢话。

"我写作不是为了这个。"

自学者突然变了脸,仿佛嗅出了敌人。我从未见过他这种表情。在我们中间有什么东西死了。

他假装惊奇地问?

"可是……如果不冒昧的话,您为什么写作,先生?"

"嗯……我不知道,就是这样,为写而写。"

他得意地笑了,觉得已经使我不知所措:

"如果是在荒岛上,您会写吗?写东西不总是为了被人读吗?"

出于习惯,他采用了疑问语式,实际上他是有看法的。他那个温和腼腆的表层龟裂了,我认不出他来。他的脸上露出一种笨拙的固执,这是一道自命不凡的墙。我还没有从惊奇中缓过来就听见他说:

"总得为点什么吧:为某个社会阶层写作,为某些朋友写作。好吧,也许您是为后代写作……总之,先生,不管您怎么想,您总是为了某个人写作的吧?"

他等待回答,见我不说话,便微微一笑:

"莫非您愤世嫉俗?"

我知道在这番虚假的调解口吻后隐藏着什么。实际上他对我要求不高,只要求我接受一个标签,但这是一个陷阱。如果我同意,自学者就占了上风,会马上包抄我,抓住我,超越我,因为人道主义将人的种种态度融合在一起。如果我正面反对他,就会上他的当,因为他是靠对立面生活的。有一种既固执又狭隘的人,一种无赖,他们每次都输给他。他对他们的暴力和极端行为进行消化,使之成为一种白色泡沫状的淋巴液。他消化过反理智主义、善恶二元论、神秘主义、悲观主义、无政府主义、自大癖,它们只是一些阶段,一些不完整的思想,它们只有在他那里才能找到解释。愤世嫉俗在这个大合唱中也占一席之地,它是整体和谐所必需的不谐和音。愤世嫉俗者是人,因此人道主义者在某种程度上也应是愤世嫉俗者,但他是科学的愤世嫉俗者,他善于掌握仇恨的分量,他最初恨人正是为了以后更爱人。

我不愿意被收编,也不愿意用我美丽的鲜血去养肥那个淋巴怪物。我不会犯傻地说我是"反人道主义者"。我不是人道主义者,仅此而已。

"我觉得既不该恨人也不该爱人。"我对他说。

他用保护者的冷淡眼光看着我,仿佛不在意地低声说:

"应该爱人,应该爱人……"

"爱谁?这里的这些人?"

"所有的人,包括他们。"

他转头看看青春焕发的那一对青年,这就应该是爱的。他对那位白发先生端详片刻,然后将目光移到我身上,脸上露出一种默默的疑问。我摇头表示"不"。他似乎怜悯我。我不快地说:

"您也一样,您并不爱他们。"

"是吗,先生?我能有不同的看法吗?"

他又变得毕恭毕敬,连指甲尖都毕恭毕敬,但他眼中含着嘲讽,仿佛觉得滑稽可笑。他恨我。我原不该同情这个怪人。我反过来问他:

"那么,您身后这两个年轻人,您爱他们?"

他又看看他们,想了一下,用怀疑的口气说:

"您是想让我说我不认识他们就爱他们。那好,先生,我承认,我不认识他们……"他自命不凡地笑了起来,"除非爱就是真正的认识。"

"可是您爱的是什么呢?"

"我看到他们年轻,我看到他们身上的青春,当然还有别的,先生。"

他停住,侧耳细听:

"您听清他们在说什么吗?"

当然清楚!年轻男子被四周的同情目光所激励,正兴奋地讲述他的足球队去年和勒阿弗尔俱乐部进行比赛,如何战胜了它。

"他在给她讲故事。"我对自学者说。

"啊!我听不清楚。但我听得见他们的声音,一个柔和,一个低沉,相互交替。这……这是很令人高兴的。"

"可是,很可惜,我还听见他们谈话的内容。"

"那又怎么样呢?"

"就是说,他们在演戏。"

"真的?也许是青年人的戏。"接着他讽刺地问道,"对不起,先生,我认为这种戏大有好处。演演戏就能再像他们那样年轻吗?"

我不理睬他的讽刺,继续说:

"您背朝他们,听不清他们的话……年轻女人的头发是什么颜色?"

他发窘:

"哦,我……"他斜瞟了年轻人一眼,恢复了自信,说:

"黑色。"

"您看出来了吧!"

"怎么?"

"您看出来您并不爱这两个人。走在街上您也许认不出他们。对您来说他们只是象征。使您动情的根本不是他们,而是人的青春,男人和女人的爱情,人的声音。"

"那又怎么样呢？它们不存在吗？"

"当然不存在,无论是青春、中年、老年,还是死亡……"

自学者的脸像木瓜一样又黄又硬,凝定在一种斥责性的痉挛状态。但是我继续说：

"就拿您身后这位喝矿泉水的老先生来说吧。我想您爱他是因为他成熟,他勇敢地走向自己的衰亡,而且衣着整齐,不肯马马虎虎。"

"一点不错。"他挑战似的说。

"您看不出这是个坏蛋吗？"

他笑了,认为我太冒失,朝那张白发下的漂亮面孔迅速看了一眼：

"不过,先生,即使他看上去像您说的那样,您也不能以貌取人吧？面孔在休息时是不表达任何东西的,先生。"

盲目的人道主义者！这张脸是如此富有表情,如此清晰,然而人道主义者温情而抽象的心灵是从来不被面孔的含意所触动的。

"您怎么能截住一个人,"自学者说,"怎么能说他是这样或是那样呢？谁能洞察一个人？谁能了解一个人的全部潜力？"

洞察？我向天主教人道主义致敬,自学者从它那里借取了这种说法,自己还不知道。

我说：

"我知道,我知道所有的人都是值得赞美的。您值得赞美。我值得赞美。当然啦,是作为上帝的创造物。"

他不明白地瞧着我,浅浅地微笑说：

"您这是开玩笑吧,先生？不过,的确,所有的人都有权受到我们的赞美。做人是很难很难的,先生。"

他在不知不觉中离开了基督体现的人类之爱。他摇摇头,出于一种奇怪的模仿现象,他与那个可怜的凯厄诺①十分相似。

"对不起,"我说,"那么我不敢肯定我是人了,因为我从不觉得做人难,我觉得只要随意就行了。"

他坦率地笑了,但是眼神仍然不快:

"您太谦虚了,先生。要承受您的处境,人类的处境,您和大家一样,需要很大的勇气。先生,即将到来的时刻可能是您的死期,您知道这一点,您还能够微笑,瞧,这不是值得赞美吗?在您最微不足道的行为中,"他尖刻地说,"都有无限的英雄气概。"

"什么甜点,先生?"女侍者问。

自学者面色煞白,眼皮半搭在石头般的眼珠上。他做了一个小小的手势,好像请我挑选。

"奶酪。"我怀着英雄气概说。

"先生呢?"

他吓了一跳:

"嗯?哦,哦,我什么也不要,我吃完了。"

"路易丝!"

那两个胖子付完账往外走。其中一人是瘸腿。老板送他们到门口,因为这是重要顾客,餐厅刚才用冰桶给他们送上一瓶葡萄酒。

我带着几分歉意瞧着自学者。整个星期他都在快活地想象这次午餐,他将和另一个人谈论他的人类之爱了。他很少有机会与人交谈,而我却使他十分扫兴。其实他和我一样孤独,没有人关心他。只是他意识不到自己的孤独罢了。就是这样。但是,不该由

---

① 冉·凯厄诺(1890—1978),法国作家,法兰西学院院士,曾在作品中描写本人自学成才的经历及对资产阶级文化修养的追求。——原编者注

我来让他睁开眼睛。我感到很不自在,火气大,不错,但针对的不是他,而是维尔冈之流及其他人,针对所有那些毒害了这个可怜的头脑的人。如果他们在这里,在我面前,我会好好教训他们一番。然而,对自学者,我什么也不说,对于他我只感到同情。他像阿希尔先生一样,是我这边的人,只是出于无知、出于善良而叛变了!

自学者的笑声使我从忧郁的遐想中惊醒。

"请原谅。我想到我对人们的深深的爱,想到我对他们的强烈的激情,但我们在这里一个劲地争论,辩论……我真想大笑。"

我不说话,勉强笑笑。女侍者将一只盘子放在我面前,盘中有一小块像白垩一样的奶酪。我环顾店堂,感到一阵剧烈的恶心。我在这里干什么?我为什么多管闲事讨论什么人道主义?这些人为什么在这里?他们为什么吃饭?当然,他们不知道他们存在。我想走,想去什么地方,找到我的位置,嵌进去……然而哪里也没有我的位置,我是多余的人。

自学者的态度温和了下来。他原本怕我做出更强烈的反驳。他愿意将我说的话一笔勾销。他朝我俯身,用秘密的口吻说:

"其实,先生,您爱他们,像我爱他们一样,只是用词不同而已。"

我再也说不出话来,我低下头。自学者的脸紧挨着我的脸。他在自命不凡地笑,紧挨着我的脸,像在噩梦中一样。我艰难地咀嚼一片面包,迟迟不咽下去。人。应该爱人。人是值得赞美的。我想呕吐,突然,它来了,恶心。

一次大发作,我从头到脚都在战栗。一小时前我就看见它逼近,但我不愿意向自己承认。嘴里的奶酪味……自学者在喋喋不休,他的声音在我耳边轻轻鸣响,但我不知他在说什么,只是机械地点头。我的手抓住甜点刀的刀柄。我感觉到这个黑色木柄。是我的手在拿着它。我的手。我个人宁愿不碰这把刀,为什么总是触碰物体呢?物体不是用来让人触碰的。最好是在物体中间滑动,尽量少碰他们。有时你用手拿起一个物体,那就应该尽快放掉它。小刀跌落在盘子上。白发先生听见响声吓了一跳,瞧瞧我。我拾起刀,将刀锋压在桌面上,使它弯曲。

那么说,这个令人目眩的事实,就是恶心了。我绞过多少脑汁,写过多少东西!现在我知道:我存在——世界存在——我知道世界存在。这是一切,但对我无关紧要。奇怪的是一切对我如此无关紧要,它使我害怕。从我想打水漂的那个特别日子起就是这样。当时我正准备扔石子,我瞧瞧石子,于是一切便开始了:我感到石子存在。在这以后还有其他几次恶心。物体起初不时地在我手中存在。有铁路之家的那一次,在它以前,还有夜间从窗口往外看的那一次,然后还有星期日在公园的那一次,然后还有别的。然而哪一次都不如今天强烈。

"……古罗马,先生?"

自学者大概在向我提问。我朝他转身,对他微笑。哦!他怎么了?为什么缩在椅子上?我使他害怕?其实终究会是这样。再说,我对这也无所谓。他们害怕并非毫无道理,因为我感到我什么都干得出来,比方说将奶酪刀插进自学者的眼睛。那样一来,所有的人都会来踢踩我,用鞋子敲掉我的牙。但这并不能阻止我,嘴里是血味而不是奶酪味,其实这并无区别。但是我必须做一个动作,制造一个多余的事件——自学者会惊呼一声,那一声也是多余的——于是他脸上流着血,所有这些人都会惊跳起来。有许多事就是这样存在的。

大家都看着我,那两位青春的代表中断了情话。女的噘着嘴。但他们肯定看出我是不会伤害人的。

我站起来,周围的一切都在旋转。自学者睁大眼睛瞪着我,我是不会扎破他的眼睛的。

"您这就走?"他喃喃说。

"我有点累了。谢谢您邀请了我。再见吧。"

离去时,我发觉左手还握着奶酪刀。我把刀扔到盘子上,盘子咣当一响。我在一片寂静中穿过店堂。他们不吃了,瞧着我,食欲也没有了。如果我朝那位年轻女人走去,对她说"喏!",她准会跳起来。不过这犯不着。

然而,出门以前,我还是转过身,让他们看看我的脸,好终生不忘。

"再见,先生太太们。"

他们不回答。我走了。现在他们脸上该恢复了血色,他们该开始议论了。

我不知道去哪里,直直地站在那个厨师模型旁边。我不用回头便知道他们在玻璃窗后面看我,他们既惊讶又厌恶地瞧着我的后背。他们原以为我和他们一样,也是人,但我欺骗了他们。突然间我失去了人的外形,于是他们看见一只螃蟹,螃蟹后退着逃离如此富有人性的店堂。现在闯入者在被揭露后逃走了,会议继续进行。我感到背后麇集着这么多双眼睛和这么多惊慌失措的思想,我十分不快。我穿过马路,走到对面那条沿着海滩和更衣室延伸的人行道上。

有许多人在海边散步,他们那春天般的、诗意的面孔朝向大海。在阳光下,他们高高兴兴。一些女人穿上了浅色的、去年的春装,她们修长洁白,像是上了光的山羊皮手套。还有些中学的、商业学校的大男孩,此外还有戴着勋章的老头。他们互不相识,却心照不宣地相互注视,因为天气晴朗,因为他们是人。在宣战的日子,人们相互拥抱,虽然互不相识;在春天,他们相互微笑。一位神甫读着祈祷书慢步走来。他不时地抬头,用赞赏的眼光看看海,因为大海也是一本祈祷书,它在讲述上帝。轻快的色彩、轻微的芳香、春天的灵魂。"天气晴朗,海是绿的,我喜欢这种干冷,不喜欢潮湿。"这些诗人!如果我抓住他们之中一人的大衣,对他说:"来帮帮我。"他会想:"这只螃蟹是怎么回事?"于是丢下大衣逃之夭夭。

我背朝他们,两手扶着栏杆。真正的海又冷又黑,充满了动物。海在这薄薄一层蓝色下蠕动,蓝色是用来骗人的。我周围的精灵们上了当,他们只看见那薄薄的表层,是这个表层证明了上帝的存在。而我,我却看见了下面!光泽消失了,一片片润滑闪光的表皮,仁慈上帝的娇艳表皮,在我的注视下,发出爆裂声,裂开了,微微张着嘴。圣埃莱米尔的有轨电车来了,我旋转了一下,物体也随我旋转,它们像牡蛎一样苍白发绿。我跳上车,其实大可不必,大可不必,因为我哪里也不去。

车窗外闪过一些僵直硬挺的东西,一阵一阵地,它们发蓝,有人,有墙。一座房屋开着窗,露出黑黑的心脏。玻璃窗使一切黑色变浅发蓝。这座黄砖的住宅大楼也发蓝,它向我逼近,犹豫着,战栗着,突然又耷拉着脑袋停住了。一位先生上车,在我对面坐下。黄楼又动起来,一下子紧挨着玻璃窗,离得那么近,以致我只能看见局部,它暗了下来。楼房又升高了,其高无比,楼顶看不见了,几百扇开着的窗户露出黑黑的心脏。楼房沿着电车延伸,与之摩擦。颤抖的车窗之间是一片黑暗。楼房像泥土一样黄,没完没了地延伸,而车窗外现在是天蓝色。突然间,楼房消失了,留在了后面,于是一种强烈的灰色光线侵入车厢,而且以一种必然的公正方式四处蔓延。这是天空。透过车窗可以看见层层叠叠的天空,因为电车爬上了埃利法尔山冈，两面都看得清楚，右面一直看到大海，左面一直看到机场。禁止抽烟，哪怕是茨冈女人牌香烟。

我的手搭在长椅上，但又急忙抽回，因为它存在。我坐着的这个东西，刚才用手扶着的这个东西，叫作软垫长椅。他们制造它就是为了让人坐的，他们拿了皮革、弹簧、织物，开始工作，目的是做一张椅子，等他们完工以后，做成的就是它。他们把它搬到这里，搬到这个车厢里，车厢此刻在行进，在颠簸，车窗在颤动，车里载着这个东西。我喃喃说："这是一张长椅。"仿佛在念咒驱邪。然而这个词停留在我唇边，不肯去栖息在物体上。它仍然是原样，有着红绒毛，几千个红色小爪朝上竖着，像僵死的小爪一样直挺挺的。这个硕大的肚皮仰天待在那里，血红色，鼓鼓的，肿胀的，上面净是僵死的小爪。这个肚皮在车厢里，在灰色光线里飘浮。它不是长椅，它完全可以是一头死驴，死驴被水泡胀，在一条泛滥的灰色大河里肚皮朝天随水漂流，而我呢，我可能坐在死驴的肚皮上，两脚泡在清水里。物体摆脱了它们的名字。物体在那里，怪诞、固执、硕大，我称它为长椅，或者说点关于它的什么事，都显得愚蠢。我在物体中间，无以名之的物体中间。我独自一人，没有语言，没有防卫，物体包围我，在我上下前后，它们并无要求，并不强加于人，它们在那里。在长椅的靠垫下，紧靠着大隔板，有一条细细的暗线，一条细细的黑线，它沿着长椅延伸，显得神秘与调皮，几乎像微笑。我很清楚这不是微笑，但是它存在，它在发白的玻璃窗下，在叮当作响的玻璃窗下延伸，它顽固地在那些停停走走、在窗外驰过的蓝色图像下延伸，它很顽固，就像是对微笑的模糊回忆，就像是你已忘记一半，只记得第一个音节的字。最好的办法是移开视线，去想别的事，想这位在你对面半卧在长椅上的男人。他长着陶土般的脑袋和蓝眼睛。他的整个右半身下斜，右臂贴着身体，右侧勉强活着,艰难地、吝啬地活着,仿佛瘫痪了。然而整个左半身有一个小小的寄生性生命,它在繁殖,像毒瘤。手臂颤抖起来,随后便举起,手臂末端的手僵直不动,后来手也颤抖起来,举到头的高度时,一个手指伸了出来,开始用指甲搔头皮。右半边嘴出现了心满意足的鬼脸,而左半边嘴仍然是僵死的。窗玻璃在抖动,手臂在抖动,指甲在搔、搔,嘴巴在笑,眼睛凝滞;这个人在不知不觉中承受了这个小小的存在,它为他的右半身充气,借用他的右臂和右脸以实现自我。售票员挡住我的路:

"您等车到站。"

但是我推开他跳下电车。我受不住了。我再无法容忍物体离我这么近。我推开一扇铁栅门,走了进去,一些轻巧的生命一下子跳了起来,高栖在枝头。现在我认出来了,我知道这是什么地方了,这是公园。我跌坐在一张长凳上,周围是黑色的大树干,是伸向天空的、黑色多结的手。一棵树用黑指甲抓搔我脚下的土地。我多么想放松一下,忘记自己,睡一觉,但我做不到,我透不过气来,因为存在从四面八方钻进我身体,通过眼睛、鼻子、嘴……

突然一下子,面纱撕开了。我明白了,我看到了。

晚上六点钟

我不能说自己感到轻松或满意,相反,我不堪重负,但是我的目的达到了。我知道了我一直想知道的东西。自一月份起在我身上发生的一切,我都明白了。恶心从未离开我,我看它也不会很快离开我,但是我不再忍受它,它不再是疾病或阵咳,它是我。

刚才我在公园里。栗树树根深深扎入土中,恰巧在我的长椅下面。当时我记不起那是树根。字眼已经消失,与之一同消失的是物体的含意、用途以及人们在它的表皮上划出的浅浅标记。我坐在那里,低着头,微微弓着背,单独面对这个黝黑多结、完全野性的庞然大物,它使我害怕。于是我得到了启迪。

我喘不过气来。就在不久以前,我还未预感到"存在"意味着什么。我像别人一样,像那些穿着春装在海边散步的人一样,像他们一样说:"海是绿的,空中那个白点是海鸥。"但是我并不感到它存在,并不感到那只海鸥是"存在的海鸥"。一般说来,存在是隐藏着的。它在那里,在我们周围,在我们身上,它就是我们。人们说话必定要谈到它,但是触摸不到它。我自以为想到它,其实什么也没想到,脑子空空的,或者脑子里只有一个字——"存在"。要不我就想……怎么说呢?我想到属性,我对自己说,海属于绿色物体,或者绿色是海的一种属性。即使我瞧着物体时,我也从未想到它存在,因为在我眼中它是布景。我将它拿在手中,将它当作工具,我预见到它的抗力,但这一切都发生在表层。如果有人问我存在是什么,我会诚心诚意地回答说它什么也不是,仅仅是一种空洞的形式,这形式是从外面加在事物上的,它丝毫不改变事物的本质。但是突然间,它在这里,像白日一样清楚;存在突然露出真面目。它那属于抽象范畴的无害姿态消失了,它就是事物的原料本身,这个树根正是在存在中揉成的。或者说,树根、公园的铁栅门、长椅、草坪上稀疏的绿草,这一切都消失了。物体的多样性、物体的特征,仅仅是表象,是一层清漆。这层漆融化了,只剩下几大块奇形怪状的、混乱不堪的、软塌塌的东西,而且裸露着,令人恐惧地、猥亵地裸露着。

我小心翼翼地一动不动。但是我不用动就能看见树木后面的蓝柱石和音乐亭的路灯,还有月桂树丛中的韦莱达石像。所有这一切……怎么说呢?使我不舒服。我真希望它们的存在不那么强烈,而是比较冷漠、抽象、克制。栗树紧靠在我眼前,整个下半截被绿锈覆盖,黝黑、肿胀的树皮像是煮硬的牛皮。马斯克雷水泉的潺潺水声溜进我耳朵,在里面筑巢,使我耳中充满了叹息,我的鼻孔里充塞着一种绿色的、腐败的气味。一切东西都慢慢地、柔和地随意存在,就像那些疲惫的女人尽情大笑一样,她们说:"笑笑多好。"而她们从前相互卖弄,相互卑下地倾诉自己的存在。我明白,在不存在和痴狂的满盈之间是没有折中的。如果存在,就必须存在到这个程度,直至发霉、肿胀、猥亵。在另一个世界里,圆圈、乐曲,都有它们纯净、严格的线条。然而,存在是一种弯曲。树木、深蓝色的柱石、泉水愉快的喘息、生动的气味、飘浮在冷空气中的薄薄的热雾。在长椅上试图消化的红发男人,所有这些半睡眠和消化状态,合在一起,提供了一个泛泛的滑稽景象。滑稽……不,还不到这个程度,凡是存在的东西都不可能是滑稽的,只是与某些通俗笑剧的情景有着某种飘浮不定、难以捉摸的相似罢了。我们是一群局促的存在者,对我们自己感到困惑,我们之中谁也没有理由在这里;每个存在者都感到不安和泛泛的惶惑,觉得对别人来说自己是多余的人。多余的,这便是我能在这些树木、铁栅、石子之间建立的唯一关系。我试图数数栗树,将它们与韦莱达石像的距离定位,将它们的高度与悬铃木的高度相比,但是我没有成功,因为每株栗树都逃脱我想用来禁锢它的关系,它孤立出来,超越禁锢。至于这些关系(我坚持维护它们,从延缓人类世界的崩溃,延缓衡量、数量、方向的崩溃),我感到它们的任意性。它们不再咬啮物体。多余的,在我前面稍稍偏左的那棵栗树。多余的,韦莱达石像……

还有我——懦弱无力、猥亵、处于消化状态、摇晃着郁闷的思想——我也是多余的。幸亏我没有感觉到,但我明白这一点,我之所以不自在是因为我害怕感觉到(就是现在我也仍然害怕,怕它从我脑后抓住我,像海底巨浪一般将我托起)。我模糊地梦想除掉自己,至少消灭一个多余的存在。然而,就连我的死亡也会是多余的;我的尸体,我的血,在这些石子上,在这些植物中间,在这个笑吟吟的公园深处,也会是多余的;腐烂的肉体在接纳它的泥土里也会是多余的;我的骨头,经过洗濯、去污,最终像牙齿一样干净清爽,但也会是多余的。我永生永世是多余的。

荒谬这个词此刻在我笔下诞生了。刚才在公园里我没有找到它,不过我也没有去寻找,没有必要,因为当时我不是用字词来思想,而是用物体来思考物体。荒谬不是我脑中的一个念头,也不是一种声音,而是我脚下的这条长长的死蛇,木蛇。是蛇还是爪子还是树根还是秃鹫爪,这都没有关系。我没有形成明确的语言,但我明白自己找到了存在的关键、我的恶心及我自己生命的关键。确实,后来我所能抓住的一切都归结为这个基本的荒谬。荒谬,又是一个词,此刻我与字词搏斗,而那时我触及物体。但是,我想在此确定荒谬的绝对性。在涂上色彩的、人的小世界里,一个动作,一个事件,其荒谬性永远只是相对的,就当时的环境而言。例如疯子的胡话,它的荒谬是就他当时的处境而言,而不是就呓语本身而言。而我刚才经历了绝对,绝对或者荒谬。那个树根,它对什么而言是荒谬的呢?没有任何东西。啊!我怎样才能用语言将它确定下来呢?荒谬,对石子、干泥、一簇黄草而言,对树、天、绿色长椅而言。荒谬是无法还原的,什么也无法解释它——包括大自然深沉和隐秘的谵妄。当然,我并非无所不知,我没有见过胚芽发育,也没有见过树木生长。然而,面对这个粗糙的大脚爪,无知还是有知已无关紧要,因为加以说明的世界和理性的世界并非存在的世界。

圆不是荒谬的,一段直线围绕本身的一端旋转,这便清清楚楚地解释了圆,但圆是不存在的。相反,这个树根,我无法解释它,但它存在。它有许多结疤,它没有生气,没有名字,它迷惑我,占据我的眼睛,不断将我引向它本身的存在。我重复说:"这是树根。"但无济于事,不起作用。我看出来:无法从它作为根部、作为抽水泵的功能过渡到那个,过渡到它海豹般坚硬厚实的皮,过渡到它那油光光的、有老茧的、固执的外貌。功能解释不了任何东西。它使你大致了解什么是树根,但不是这个树根。这个树根有它的颜色、形状、固定的姿势,它是……低于任何解释。它的每个品质都稍稍脱离它,流到它外面,半凝固起来,几乎成为物体;每个品质在树根里都是多余的,而整个树根现在也仿佛在稍稍脱离自身,自我否定,消失在一种奇异的极端中。我用鞋跟去刮这个黑爪,我真想刮去一点皮,不为什么,只是为了挑战,只是为了在它棕褐色的树皮上出现荒谬的浅红色伤痕,只是为了与世界的荒谬性开玩笑。然而,当我缩回脚时,我看到树皮仍然是黑色。

　　黑色?我感到这个词在飞速地瘪下去,丧失意义。黑色?树根不是黑色,这棵树上没有黑色……这是……别的东西。黑色,正如圆一样,是不存在的。我瞧着树根,它是超乎黑还是近似黑呢?但是我很快就不自问了,因为我感到我是在熟悉的国度。是的,我已经惴惴不安地探测过一些无以名之的物体,我已经试图——徒劳无益地——对它们有些想法,但我也感到它们那冷冷的、无生气的品质在逃遁,在我手中溜掉。那天晚上,在铁路之家,阿道尔夫的背带不是紫色的。我又看见他衬衣上那两个难以确定的斑点。还有那块小卵石,引起这整个故事的那块不寻常的卵石,它不是……我记不清它拒绝什么,但是我没有忘记它的消极抵抗。还有自学者的手,有一天,在图书馆里,我抓住它,紧握它,我感到它不完全是手,我想到一条白色的大软虫,但它也不是软虫。还有马布利咖啡馆的那只杯子,它具有暧昧的透明性。暧昧、声音、气味、味道,莫不如此。当它们像被人追逐的野兔从你鼻子下面飞快跑过,而你又不太留意时,你可能认为它们很简单,令人放心,你可能认为世上有真正的蓝色,真正的红色,真正的杏仁或堇菜的气味。可是,一旦你留住它们片刻,这种舒适的安全感便被一种深深的不安所取代,因为颜色、味道、气味从来不是真正的,从来不规规矩矩地只是它们本身——仅仅是它们本身。最单纯、最难以分解的品质,它本身也有多余的东西——对它本身而言,在它内部。我脚旁的这个黑色仿佛不是黑色,而是某人对黑色的模糊想象,他可能从未见过黑色,却又不知就此止步,而是想象一种超出颜色的、含糊不清的存在。它像颜色,但也像……伤痕,或者分泌物,或者羊脂,或者别的东西,例如气味;它融为湿土的气味,温湿木头的气味,像漆一样罩在这多结的树木上的黑色气味,还有咀嚼纤维的甜味。我不仅仅看见这个黑色。视觉是一种抽象发明,是一种清洗过的简单化概念,人的概念。这个软弱而无个性的黑色大大超过了视觉、嗅觉和味觉。然而,这种丰富性转变为混杂性,过多最后成为虚无。

这是奇异的时刻。我在那里,一动不动,浑身冰凉,处于一种可怕的迷醉状态。然而,就在这种迷醉中,某个新东西刚刚显现,我理解了恶心,我掌握了它,其实当时我无法表述这个发现,但是,现在,用文字来表述它大概是轻而易举的了。关键是偶然性。我的意思是,从定义上说,存在并非必然性。存在就是在那里,很简单,存在物出现,被遇见,但是绝不能对它们进行推断。我想有些人是明白这一点的,但他们极力克服这种偶然性,臆想一个必然的、自成动机的存在,其实任何必然的存在都无法解释存在。偶然性不是伪装，不是可以排除的表象，它是绝对，因此就是完美的无动机。一切都无动机，这个公园，这座城市，我自己。当你意识到这一点时，你感到恶心，于是一切都飘浮起来，就像那天晚上在铁路之家一样。这就是恶心，这就是那些坏蛋——绿冈及其他地方的坏蛋——试图用权利的思想对自己掩饰的。但这是多么可怜的谎言！谁也没有权利，他们和别人一样也是完全无动机，因此他们无法不感到自己是多余的人，而且，在他们内心，隐秘地，他们是多余的，也就是说朦胧的、不确切的、忧愁的。

这种痴迷状态持续了多久。我是栗树根。或者说我完全是它存在的意识。我独立于它——既然我有意识——但我消失在它身上，我就是它。意识局促不安，但是它以全部重量悬伸在这根没有生气的木头之上。时间停止了，我脚下有一小摊黑水。在这个时刻之后不可能有任何东西。我很想从这可怕的享受中脱身，但这甚至是无法想象的，因为我在它里面。黑树根在那里，在我眼睛里，它下不去，就像一大块东西卡在喉咙里。我既无法接受也无法拒绝它。我费了多大劲才抬起眼睛？我抬眼了吗？也许是在自我消灭片刻以后，我才仰起头、抬起眼，死而复生？事实上，我没有意识到过渡。但是，突然间，我不可能再想树根的存在了。树根消失了，我徒劳地重复说：它存在，它还在那里，在长椅下，在我的右脚边，但这些话再没有任何意义。存在这个东西不是由你在远处想的，它必须猛然侵入你，在你身上扎下来，像静止的大动物一样沉甸甸地压在你心头——要不就什么也不再有。

什么也不再有了，我的眼睛是空的，我高兴得到了解脱，但是突然，我眼前晃动了起来，轻微的、迟疑的晃动，因为风吹动了树梢。

我看到有东西在动，并不因此不快，换换口味也不错，因为我一直在看那些一动不动、像眼睛一样死死盯住我的东西。我看着树枝摆动,心里想:运动从不完全存在,它是两种存在之间的过渡,中间阶段,音乐中的弱拍,我即将看到存在从虚无中诞生,逐渐成熟,充分发展,我终于能看到诞生中的存在了。

但是,不到三秒钟,我的希望被一扫而光。在那些迟疑不决的、像盲人一样在四周摸索的树枝上,我找不到向存在的"过渡"。过渡这个概念,是人的又一个发明。这个概念过于明确。所有这些小小的晃动都是孤立的,是为它们自己而发生的。晃动从四面八方包抄大小树枝,围着这些干瘪的手旋转,用小小的旋风覆盖它们。当然,运动不是树,但运动也是一种绝对。一个物体。我的眼睛遇到的都是满盈。树枝梢头充满了存在,这种存在不停地更新,但永不诞生。风——存在物过来栖息在树上,像一只苍蝇,于是树战栗起来,但战栗并非诞生中的品质,并非从潜能到行动的过渡,它是物体。物体——战栗溜进树里,控制树,摇晃树,又突然放弃它,去更远的地方旋转。一切都是满盈,一切都是行动,没有弱拍,一切,就连最难以觉察的跳动,都是用存在构成的。而所有这些围着树打转的存在物,不来自任何地方,也不去任何地方。突然之间,它们存在,突然之间,它们不再存在。存在是没有记忆的,对已逝者它不保留任何东西,哪怕是回忆。存在无所不在,无限的,多余的,时时处处——存在永远只被存在所限制。我待在长椅上,惊愕不已,被这么多无根无源的存在弄得晕头转向,因为四处都是开放、繁盛,存在使我的耳朵嗡嗡作响,连我的肉体都在颤动、绽开,汇入万物的萌芽状态,这令我厌恶。我想道:"为什么有这么多存在,既然它们都很相似?"为什么有这么多同样的树?这么多的存在,它们失败了又固执地重新开始,然后又失败——就像一只仰翻在地的昆虫在笨拙地挣扎(我就是这样挣扎)。这种丰富并不使你感到它的慷慨大方,相反,它是郁闷的、软弱的,对它自己一筹莫展。这些树,这些高大笨拙的物体……我笑了起来,因为我突然想起书本上描写的美妙的春天,那是充满噼啪声、爆裂声,花木茂盛的美景。有些傻瓜走来和你谈权力意志和生存竞争。难道他们从未观察过一只动物或一棵树?这株有斑秃的悬铃木,那株半腐烂的橡树,有人还想让我把它们看作是向天空冲刺的、顽强的青春力量?还有这个树根,难道我该把它看作是撕裂大地,与它争食的贪婪的爪子?

不可能以这种方式来看待物体。软弱、无力,不错,树在飘浮。向天空冲刺?不如说精疲力竭。时时刻刻我都准备看到树干像疲惫的阴茎一样皱叠、萎缩,倒在地上,成为布满褶子的、黑黑的、软软的一摊。它们不愿意存在,但无能为力,就是这样。于是它们慢慢吞吞、无精打采地为自己打点饭菜;树液缓缓地、无可奈何地在导管里上升,树根缓缓地深入土中,但它们无时无刻不想抛下这一切,无时无刻不想消失。它们疲惫、衰老,但是仍然无可奈何地存在,因为它们太软弱,不会死,因为死亡只能来自外界。只有乐曲能够高傲地负载本身的死亡——作为内在的必然性,但是乐曲并不存在。一切存在物都是毫无道理地出生,因软弱而延续,因偶然而死亡。我向后靠着,闭上眼睛。但是形象立刻警觉起来,跳将起来,使我合着的双眼里充满了存在,因为存在是一种满盈,人无法脱离它。

奇怪的形象。它们表现了大量的物体,不是真正的物体,而是与之相似的其他物体。有些木头东西像椅子,像木屐,还有些东西像植物,然后还有两张脸,那是在某个星期日下午在韦兹利兹餐馆吃饭的那一对。他们离我不远、胖胖的、热热的、充满肉欲的、荒唐的、耳朵红红的。我看见那女人的肩头和胸部。赤裸的存在。这两个人——突然使我厌恶——这两个人继续存在,在布维尔的某个地方,某个地方——在什么样的气味中?那个温柔的胸部继续与凉爽的织物摩擦,继续缩在花边下,而那个女人继续感到胸脯存在于胸衣内,继续想:"我的乳房,我漂亮的果实",继续神秘地微笑,关注使她感到舒服的、丰腴的乳房,我叫了起来,眼睛又睁得大大的。

这个巨大的存在,是我梦见的吗?它在那里,压在公园上,滚落在树木中,软软的,厚厚的,把一切都粘住了,像果酱。而我,我和整个公园都在它里面?我害怕,但更感到愤怒,我觉得这很愚蠢,很不合适,我恨这极其讨厌的果酱。可它多的是!多的是!它一直升上天空,四处蔓延,用它衰竭的胶状体充斥一切,我看见它的深渊,深渊,比公园的边界,比房屋,比布维尔还远得多;我不再在布维尔了,我哪里也不在,我在飘浮。我不惊奇,我知道这是世界,突然显现的、赤裸裸的世界,对这个巨大而荒谬的存在,我愤怒得喘不过气来。你甚至无法想这一切是从哪里来的,怎么会存在一个世界,而不是虚无。这毫无道理。前前、后后,无处没有世界。而在世界之前却什么也没有。什么也没有。不曾有过它不存在的时刻。这一点着实令我气恼,因为这个流动的幼体,它没有任何理由存在,但它又不可能不存在。这是无法设想的!我想象虚无,但我已经在这里,在世界上,睁大眼睛,活着。虚无只是我脑中的一个概念,一个存在的、在无限中飘浮的概念。这个虚无并非在存在之前来的,它也是一种存在,出现在其他许多存在之后。我喊道:"脏货!脏货!"我晃动身体,想抖掉这些黏糊糊的脏货,但是抖不掉,它们是那么多,成吨成吨的,无边无际。我处在这个巨大的烦恼深处透不过气来。但是,突然间,公园变得空空的,仿佛落进了一个大洞,世界像出现时那样骤然消失,或者说我醒过来——总之我再看不见它了。我四周是黄黄的土,从土里向空中伸出枯树枝。

我站起身往外走。来到铁栅门时我回头看看。公园对我微笑。我靠在铁栅门上久久地注视。树木的微笑,丹桂树丛的微笑,它意味着什么。这是存在的真正奥秘。我想起不到三星期前的一个星期日,我曾经在物体上看到会意的神情。这个微笑是针对我的吗?我烦躁地感到没有办法理解。没有任何办法。然而,它在那里,在等待,像是目光。在那里,在栗树树干上……它就是那棵栗树。物体仿佛是中途停下的思想,它忘了自己,忘了原来的想法,无所事事地待在那里,带着它也不明白的、古怪的、小小的含意。这小小的含意使我不快。即使我靠着铁栅门待上一百零七年,我也无法理解它。关于存在,我学到了我所能知道的一切。我走了,回到旅馆,于是写下了这些。

夜

我作了决定。既然我不再写书,就没有理由继续留在布维尔。我将去住在巴黎。星期五我乘五点钟的火车,星期六我将见到安妮。我想我们会在一起过几天。然后我再回来了结一些事,收拾行李。最迟在三月一日,我将在巴黎定居。

星期五

在铁路之家。我的火车再过二十分钟就要开了。唱机。强烈的奇遇感。

星期六

安妮来给我开门,她穿着黑色的长裙。当然她不向我伸手,也不向我问好。我的右手一直插在大衣口袋里。为了避免客套话,她用一种赌气的声音很快地说：

"进来，随便坐，可别坐靠窗的那张安乐椅。"

这是她，的确是她。她垂着两臂，闷闷不乐，那神气从前使她像一个青春期的小姑娘，但现在她不像小姑娘了。她胖了，胸部丰满。

她关上门，用沉思的口吻自言自语：

"我不知道是不是坐在床上……"

最后，她在一个铺着垫子的大箱子上坐了下来。她的举止与从前不同，走动时显出一种庄重的、带几分优雅的笨拙，她似乎为自己年纪轻轻就发胖而感到局促。然而，无论如何，这的确是她，是安妮。

她大笑起来。

"你为什么笑？"

她不像往常那样立刻回答，而是显出吹毛求疵的样子：

"你说说为什么？因为你一进门就摆出宽心的笑容，像位刚刚嫁出女儿的父亲。来，别站着，放下大衣坐下来，对，坐那儿，你要是愿意的话。"

一阵沉默，安妮并不想打破它。这间房是光秃秃的。从前，安妮每次旅行都要带一个大大的箱子，里面塞满了围巾、头巾、头纱、日本面具、民俗图片。她一住进旅馆——哪怕只住一夜——头一件事就是打开那只箱子，拿出全部宝贝，按照复杂多变的秩序，将它们或挂在墙上，或罩在灯上，或铺在桌上，或铺在地上，因此，不到半小时，最普通的房间也具有了个性，一种沉重的、感官的、几乎难以忍受的个性……这间冷冷的卧室通向盥洗间的门是半开的，卧室显得有几分阴森。它很像我在布维尔的房间，只是更豪华、更阴森。

安妮还在笑。我完全认出了这种嗓门很高、略带鼻音的笑声。

"你没有变。干吗这副慌乱的样子?"

她在微笑,但是她用一种几乎仇视的、好奇的目光端详我。

"我只是想这间房不像是你住的。"

"是吗?"她漫不经心地回答。

又是沉默。现在她坐在床上,黑衣裙使她更显苍白。她没有剪发。她一直瞧着我,神态安详,眉毛略略抬起。她没有话对我说?那为什么叫我来呢?这种沉默难以忍受。

我突然可怜巴巴地说:

"我很高兴看见你。"

最后这个字哽在我喉咙里。与其说这句话,我还不如什么都不说。她肯定会生气。我知道最初一刻钟是很难熬的。从前,每次我看见安妮,不管是在分别二十四小时以后还是在清晨一觉醒来,我说的话从来就不是她想听的,从来就与她的裙衣、天气以及前一天的最后交谈不相适应。但是她要什么?我猜不着。

我抬起眼睛,她正带着几分温情看着我。

"这么说你一点也没有变?还是那么傻?"

她脸上流露出满意,但她看上去很疲乏。

"你是一块界石,"她说,"路边的界石。你始终如一地在那里,一辈子都在那里标明此去默伦二十七公里,去蒙塔尔吉四十二公里,所以我很需要你。"

"需要我?我有四年没有见到你了,这段时间你需要我吗?你可真是严守秘密。"

我笑着说,她也许会以为我怨恨她。我感到自己嘴上的微笑很虚假,我感到局促。

"你真傻!当然,我不需要看见你,如果你是这个意思。你知道,你并没有什么特别悦目的地方。我需要的是你的存在,我需要你保持不变。你就像那把白金米尺,它被保存在巴黎或近郊,但是大概谁也不想看见它。"

"你这就错了。"

"总之,这无关紧要,对我无关紧要。怎么说呢,我很高兴这把米尺存在,它的准确长度是地球子午线的四分之一的一千万分之一。每当有人测量住房,或者卖我一米一米的布料时,我都想到那个米尺。"

"是吗?"我冷冷地说。

"可是你知道,我完全可以把你仅仅看作是抽象的道德,看作一种界限。我每次都想起你的面孔,你该感谢我才是。"

又是精深微妙的高论!从前我不得不忍受它,而内心里是简单庸俗的愿望,我想对她说我爱她,想将她抱在怀里。今天我再没有任何愿望了,也许仅仅想默默地看着她,在沉默中体验这件奇事中最重要的一点:安妮在我面前。对她来说,今天是否和别的日子一样呢?她的手并不颤抖。她给我写信的那一天大概有话要对我说——也许仅仅是心血来潮,而现在这个问题早就不存在了。

突然,安妮满怀深情地对我微笑,以致泪水涌上我的眼睛。

"我想你比想白金米尺要多得多。我没有一天不想你。你的整个模样我都记得清清楚楚。"

她站起来到我身边,手搭在我肩头:

"你在抱怨,可你敢说你没有忘记我的脸?"

"你真鬼,"我说,"你明明知道我记性不好。"

"你承认了,你把我完全忘了。在街上你能认出我吗?"

"那当然。这不成问题。"

"你还记得我的头发是什么颜色?"

"当然,浅黄色。"

她笑了起来:

"你说得倒得意。你现在看到我的头发了,当然就知道啦。"

她用手掠了一下我的头发。

"而你呢,你的头发是棕红色,"她模仿我说,"我永远忘不了头一次见到你的情景。你戴着一顶近淡紫色的软帽,与你的棕红头发极不相称,很难看。你的帽子呢?我想看看你是不是还那样缺乏审美力。"

"我不戴帽子了。"

她轻轻吹了一声口哨,睁着大眼。

"这不是你自己想出来的吧?要真是,那我该祝贺你了。当然!是该想到这一点的。你的头发配什么东西都不行,帽子、椅垫甚至作为背景的墙上的壁毯都和它不配。要不然你就该把帽子紧紧压在耳朵上,比如你在伦敦买的那顶英国毡帽。那时你把头发藏在帽子下,人家甚至不知道你有没有头发。"

她用算老账的坚决口吻又说:

"它对你不合适。"

我不知道她指的是哪顶帽子。

"我说过它对我合适吗?"

"我想你说过,甚至你一个劲地说这个。你认为我看不见你,便偷偷地照镜子。"

安妮旧事重提,我感到沮丧。她甚至不像在回忆,她的声调不像在回忆往事时那样动情、怀旧。她好像在谈论今天,最多昨天。在她身上,旧日的观点、固执、怨恨丝毫未变,而我却相反,对我来说,一切都沉浸在一种诗意的朦胧中。我准备做出一切让步。

她突然用平淡的口吻说：

"你瞧，我胖了，我老了，我得保养。"

不错，她显得疲乏。我正要开口，她又接着说：

"我在伦敦演戏。"

"和坎德勒在一起？"

"不，不和坎德勒。你总是这样。胡思乱想，总以为我和坎德勒一起演戏。坎德勒是乐队指挥！跟你说过多少次了。不，我在索霍广场一个小剧院演戏，演过《琼斯皇帝》，肖恩·奥卡西和辛格①的剧本，还有《布里塔尼居斯》②。"

"《布里塔尼居斯》？"我吃惊地问。

"是的，是《布里塔尼居斯》，我就是因为这事才离开的。是我建议他们上演《布里塔尼居斯》的，他们想让我演朱莉。"

"那又怎么样呢？"

"当然我只演阿格里比娜。"

"那你现在在干什么？"

我不该问这个。生命从她脸上消失，但她立即回答说：

"我不演戏了。我旅行。有人养着我。"她微笑地接着说，"啊！别这么担心地看着我，这没有什么了不起。我一直对你说，我不在乎让人养着。再说这是个老家伙，不碍手碍脚。"

"是英国人？"

"这跟你有什么关系？"她不快地说，"我们别谈这个老好人了。他对你、对我都无足轻重。你喝茶吗？"

她走进盥洗室。我听见她来回走动，挪动锅子，自言自语，她

---

① 奥卡西（1880—1964），辛格（1871—1909），均为爱尔兰剧作家。
② 《布里塔尼居斯》，法国十七世纪古典主义剧作家拉辛的名剧。

的声音尖厉,模糊不清。在她的床头柜上,像往常一样,放着一本米什莱的《法国史》。我现在看清了,在床的上方,挂着一张照片,唯一一张照片,是爱米莉·勃朗特的兄弟为姐姐作的肖像画的复制品。

安妮走回来,突然说:

"现在你该谈谈自己了。"

接着她又消失在盥洗室里。尽管我记性不好,这一点我是记得的:她总是这样直截了当地提问题。我十分局促,因为我感到她既是真心关心我,又想赶紧说完了事。总之,听到这句话,我不再怀疑了,她有求于我。目前只是刚刚开场,先排除可能的障碍,彻底解决次要问题:"现在你该谈谈自己了。"再过一会儿,她将谈她自己。突然间,我什么都不想对她说。何必呢?恶心,恐惧,存在……最好还是把这一切留给我自己。

"来吧,快点。"她在墙那边喊道。

她端着茶壶进来了。

"你现在干什么?住在巴黎吗?"

"住在布维尔。"

"布维尔?为什么?但愿你没有结婚吧?"

"结婚?"我吓了一跳。

安妮居然想到这个,我很不痛快,并且告诉了她:

"真荒谬,完全是你曾责怪我的那种自然主义的臆想。你知道,从前我想象你是寡妇和两个男孩的母亲,我还给你讲了许多我们将来的事,你觉得很讨厌。"

"而你还十分得意,"她平静地回答说,"你说那些话是装样子。现在你口头上这么气愤,可哪一天你就会偷偷地结婚,你这人不可靠。整整一年,你一直愤愤地说你决不去看《皇帝的紫罗兰》①,可是有一天我病了,你便独自去街区的小电影院看了。"

"我现在住在布维尔,"我庄重地说,"因为我在写一本关于德·罗尔邦先生的书。"

安妮专注地看着我:

"德·罗尔邦先生?十八世纪的人?"

"是的。"

"不错,你和我讲过。"她含糊地说,"那么是一本历史书了?"

"对。"

"哈!哈!"

如果她再提一个问题,我会告诉她一切,但她什么也不再问了。看来她以为对我知道得够多了。她很善于听人说话,但是只在她愿意的时候。我瞧着她,她低下眼睛,在考虑跟我说什么,怎样开口。我该询问她吗?她大概也不愿意。她认为合适的时候就会说的。我的心跳得很快。

她突然说:

"我变了。"

这就是开头。但她沉默了。她往白瓷茶杯里倒茶。她在等我开口,我得说点什么,不是随便什么,而是她期待的话。我如坐针毡。她真的变了?她发胖,脸色疲惫,但这肯定不是她想说的。

"我不知道,我不觉得。我又看到你的笑容,你起身把手搭在我肩上的姿势,你自言自语的癖好。你仍然读米什莱的《法国史》,还有其他许多东西……"

---

① 指电影《皇帝的紫罗兰》,讲的是第二帝国时期,一位卖花女如何成为贵妇;影片因女演员的精湛演技而大获成功,并受到知识分子的赞赏。——原编者注

她一向关心我的永恒本质,而对我生活中可能发生的事漠不关心;她有一种古怪的矫揉造作,既像书呆子又很可爱;她一见面就排除礼貌和友谊的机械套式,排除一切促进人与人关系的东西,迫使对话者不断想出新花样。

她耸耸肩,冷冷地说:

"是的,我变了。完完全全变了。我不再是原来的我。我以为你一眼就能看出来,而你却和我谈米什莱的《法国史》"。

她站到我面前:

"咱们瞧瞧这个人是不是真像他说的那么厉害。你找一找,我在什么地方变了?"

我在犹豫。她跺着脚,虽然还在微笑,她确实不高兴了:

"从前,你总为了什么事烦恼,至少你是这么说的,而现在这种烦恼没有了,消失了。你肯定觉察到了。你是不是现在太舒服?"

我不敢说不。我像从前一样颠起屁股坐在椅子上,考虑如何躲开陷阱,如何躲开莫名其妙的怒火。

她又坐下来,自信地摇摇头说:

"是呀,你不明白,是因为你忘了许多事,忘得比我估计的多。瞧,你忘了从前干的坏事吧?你来,你说话,你走,没有一件事是合时宜的。想象一下一切都没有变:你进来,墙上挂着面具和披巾,我坐在床上,我对你说(她的头朝后仰,鼻孔张大,说话像在念台词,仿佛在嘲弄自己):'怎么样?还等什么,坐呀!'当然我会小心翼翼地避免说:'别坐靠窗的那张安乐椅。'"

"那时你给我设下陷阱。"

"不是陷阱……于是,当然啦,你会笔直走过去坐下。"

"那又会怎么样呢?"我问,一面转身好奇地瞧着那张椅子。

那是一张普普通通,看上去和蔼可亲、舒舒服服的椅子。

"太不好了。"安妮简短地说。

我不再坚持,因为安妮周围总有这么多忌讳的物品。

我突然说:

"我想我猜到了一点点,太好了。等等,让我想一想,对,这间房是光秃秃的,你得承认我一进来就发现了。对,从前我一进来总看见墙上有披巾、面具等等。旅馆总是被关在门外。你的房间是另一种样子……你不会来给我开门,我会看见你蹲在房角里或者坐在那块红地毯上,你总随身带着那块地毯,你严厉地看着我,等待着……只要我一说话,动一动,吸一口气,你就会皱起眉头,我就会感到自己罪孽深重,也不知为什么。然后,一分钟一分钟地过去,我会做一件又一件的蠢事,深深陷入错误之中……"

"这种事发生过多少次?"

"上百次!"

"至少!那你现在更精明,更机灵了吧?"

"不!"

"我喜欢听你这样说。那又怎样呢?"

"那就是,再没有……"

"哈!哈!"她用演戏的腔调喊了起来,"他还不相信!"

她又轻轻地接着说:

"是的,你可以相信我:再没有了。"

"再没有完美的时刻了?"

"没有了。"

我目瞪口呆,坚持说:

"终于你不……结束了这些……悲剧,瞬间的悲剧;面具、披巾、家具,还有我,都在悲剧里扮演小小的角色,而你演的是大角色。"

她微笑:

"忘恩负义的人!有时我给他的角色比我自己的角色还重要,但是他却看不到。对,是的,结束了,你很吃惊吗?"

"当然吃惊!我原以为那就是你的一部分,谁要是夺走了它,就好比挖掉你的心。"

"我原先也是这样想的。"她说,似乎毫无惋惜之意,接着又用一种使我不快的讽刺语气说:

"你瞧,没有它,我照样生活。"

她交叉着手,抱着一只膝盖,眼瞧着半空。隐约的微笑使她的脸显得年轻。她像是一个胖胖的小姑娘,既神秘又很满足。

"是的,我很高兴你还是老样子。如果有人把你这块界石搬走,上漆,挪到另一条路上,那我就失去确定方向的固定标志了。你对我是不可或缺的,我在变,而你呢,你应该恒定不变,我用你来衡量我自己的变化。"

我仍然有几分恼火,激动地说:

"这话根本不对。正相反,这段时间我完全变了,而且,实际上,我……"

"啊,"她盛气凌人地说,"精神上的变化!可是我连眼白都变了。"

连眼白都变了……她声音里有什么东西使我烦乱不安呢?不管怎样,我纵身一跃!我不再寻找消失了的安妮。令我感动、令我爱的是眼前这个姑娘,这个神情颓丧的胖姑娘。

"我有一种确信……生理上的。我感到没有什么完美的时刻。我走路时连两条腿都感到了这一点。我时时感到它,连睡觉也不例外。我忘不了。什么东西也比不上启示,我说不清从哪一天哪一刻起,我的生活就完全变了。即使在此刻,那个突然的启示也仿佛发生在昨天,我仍然眼花缭乱,局促不安,还很不适应。"

她说这番话时声音平和,稍带几分自豪,因为她有这么大的改变。她在箱子上摇晃,显出优美的风韵。自我进来以后,此刻的她与从前的安妮,马赛的安妮最为相似。她再次攫住我,再次将我投入她那奇怪的世界之中,虽然有那些可笑的、装模作样的、难以捉摸的事。我甚至又恢复了一见她就激动的热情和嘴里那股苦味。

安妮松开了手指,放开了膝盖。她不说话,这是约定的沉默,就像在歌剧院:当乐队演奏最初的七小节时,舞台上是空的。她喝茶,然后放下茶杯,直挺挺地待着,两只手按着箱子边沿。

突然,她脸上出现了墨杜萨①那漂亮的面庞,那是我从前最喜爱的,它扭曲着,充满了仇恨和邪恶。她不是换了一种表情,而是换了一张脸,就像古代的演员换了面具一样,一下子便换了,而每个面具都是用来营造气氛,给后面定调的。在她说话时,这个面具出现并待在那里丝毫不变,然后它落下,脱离了她。

她盯着我,仿佛视而不见。她要说话了。我等着一番与庄严的面具相配的、悲剧性的演说——挽歌。

她只说了一句话:

"我幸存下来了。"

这语气与面孔极不相称。它不是悲剧性的,而是……可怕的,它表达了一种没有眼泪、没有怜悯的、冷冷的绝望。是的,在她身上有什么东西已经无可挽回地干枯了。

面具落下,她微笑了:

---

① 墨杜萨,希腊神话中的女怪,据说原系美女,因触犯雅典娜,头发变成毒蛇,目光使人变为石头。

"我一点也不忧愁,我常常为此吃惊,但是我错了,为什么要忧愁呢?从前我有热烈的激情,我热烈地恨过我母亲,而且,"她挑战似的说,"我也热烈爱过你。"

她等待回答。我一言不发。

"当然,这一切都结束了。"

"你怎么知道呢?"

"我知道。我知道再也遇不到能激起我热情的人或事了。你知道,去爱人可不是小事,需要毅力、慷慨、盲目性……在开始甚至还得跳过一道深渊。要是深思熟虑,就不会这样做了。我知道我永远不会再跳了。"

"为什么?"

她向我掷来一瞥讽刺的目光,不作回答,又说:

"现在我的热情都已死去。我努力回忆从前的狂怒,那时我十二岁,有一天母亲抽打我,我居然从四楼跳了下去。"

她又谈到一个似乎无关的话题,神情冷漠:

"我不能久久地盯住物体,我看一看,知道它们是什么,就赶快挪开视线。"

"为什么?"

"它们使我恶心。"

这岂不是……?总之这里肯定有相似之处。在伦敦就有过一次,我们几乎在同一时刻,就同一件事有同样的想法。我很想……然而安妮的思想常常是曲曲弯弯的,你永远也没有把握完全理解她。我必须弄个清楚。

"听我说,我想告诉你,你知道,我始终不清楚什么是完美的时刻,你从来没有解释过。"

"对,我知道,你从来不努力,待在我身边像根木桩。"

"唉！我知道为此付出了什么代价。"

"你的一切都咎由自取。你太不该了,不该用那种稳重的神气惹我不高兴,你仿佛在说:'我,我可是正常人',你处处要显示健康,全身上下都浸透着精神健康。"

"可我不止一百次地请你解释什么是……"

"对,可你那语气!"她生气地说,"其实你是在屈尊下问。你和和气气,漫不经心,就像我小时问我玩什么游戏的老太太一样。其实,"她带着遐想的神气说,"我在想我最恨的也许是你。"

她努力克制自己,镇静下来,微笑着,两腮仍然红红的。她很美。

"我很愿意向你解释。现在我老了,可以平心静气地向你这位老太太讲述我童年的游戏了。来吧,你说,你想知道什么?"

"想知道那是怎么回事。"

"我和你谈过特殊情景吧?"

"好像没有。"

"谈过,"她满有把握地说,"那是在艾克斯①,在一个广场上,我记不清叫什么广场了。阳光很强烈,我们坐在一家咖啡馆的花园里,坐在橘黄色的遮阳伞下。你不记得了?我们喝着柠檬汁,我发现糖里有几只死苍蝇。"

"对,也许……"

"我就是在那个咖啡馆里和你谈到这些的。我谈到米什莱大开本的《法国史》,就是我小时的那个版本。它比现在的版本大得多,纸页发白,像蘑菇的内侧,也有一股蘑菇味。我父亲死后,约瑟夫叔叔找到这本书,把所有的卷册都拿走了。就在这一天,我叫他

---

① 艾克斯,法国普罗旺斯一地名,以其温泉疗养地著名。

老猪,于是母亲抽打我,我便跳楼。"

"对,对……你肯定跟我谈起过《法国史》……你不是在阁楼上读的吗?你瞧,我还记得,你瞧,你刚才怪我把什么都忘了,真不公平。"

"闭嘴。你没记错,我常把那些大书抱上阁楼。书里的插图很少,每册大概只三四张,但是每张图都占整整一大页,反面什么东西也不印,而在其他书页上,文字排成双栏,好挤出篇幅来,这给我留下很深的印象。我十分喜爱这些插图,熟记在心。我重读这些书时,早早就盼着五十页以后的插图了,重见它们真是奇妙。它们还十分精细,表现的场景与前后几页毫无关系,得到三十页以后去找解释。"

"求求你,讲讲完美时刻吧。"

"我在讲特殊情景。插图上表现的就是这个。我称它为特殊情景,因为我想它一定十分重要,所以才成为那么稀少的插图的主题。它们是经过挑选的,明白吗?但是,有许多插图比这些更有造型价值,还有一些更有历史价值。例如,整个十六世纪只有三幅插图,一幅是亨利二世的死亡,一幅是德·吉斯公爵被谋害,还有一幅是亨利四世进入巴黎,于是我想这些事件具有特殊性。插图也证实了我的想法,它们画得很粗糙,四肢和躯干连得不太好,但是它们充满了崇高。德·吉斯公爵被害时,旁观者都转过头去,向前伸手,手心朝外,以表示惊恐和愤怒。这很美,可以说是古典戏剧中的合唱,那些有趣的或者逸事性的细节也没有被忽略。我们看见纸张飘落在地,几只小狗在逃跑,几个小丑坐在王位宝座的台阶上。所有这些细节处理得既崇高又笨拙,与画面的其他部分十分和谐。我从未见过如此精妙和谐的画。对,就是从这里开始的。"

"特殊情景?"

"至少是我所认为的特殊情景吧。这种情景具有一种罕见的、珍贵的品质,可以说别有风格。比如,我八岁时以为当国王便是特殊情景。或者死亡。你在笑,可是许多人的弥留时刻被画了下来,许多人在弥留之际留下崇高的话语,因此我完全相信……总之,我想人在垂死时是超越自身的。再说,只要在死人房间里待一待就明白了,因为死亡是一种特殊情景,有什么东西从它那里散发出来,传至在场的每一个人。这是一种崇高。我父亲死时,人们叫我去看他最后一眼。我上楼梯时,心中难过,但也似乎沉醉于某种宗教性的欢乐中;我终于进入一种特殊情景了。我靠在墙上,试图做应该做的动作,但是我婶婶和母亲跪在床边哭泣,将一切都破坏了。"

她说最后这句话时很不高兴,仿佛这段回忆仍在灼痛她,她停下来,两眼发呆,抬起眉毛,再次重温这个场面:

"后来,我把它扩展了,首先加进了一种新情景:爱情(我是指做爱的行为)。我为什么拒绝……你的某些要求呢,以前你要是不明白的话,现在该明白了。对我来说,那是要拯救什么东西。后来我又想,一定有许许多多、难以计数的特殊情景,总之我认为特殊情景是无限的。"

"对!可那到底是什么?"

"咦,我不是对你说了吗?"她吃惊地说:"我解释有一刻钟了。"

"主要一点是不是必须充满激情,比如说,仇恨或爱情,或者事件的外貌必须崇高,我是说,能看见的那部分……"

"两者都有……要看情况。"她不高兴地说。

"那完美时刻呢?它与这又有什么关系?"

"完美时刻是在这以后。首先是先兆,然后,特殊情景便慢慢地、庄严地进入人们的生活,于是便提出了问题:你是否想使它变成完美时刻。"

"是的,我明白了。"我说,"在每一个特殊情景中,总应该做某些动作,有某种姿态,说某些话——而其他的态度和话语是严格禁止的。是这样吧?"

"可以这样说……"

"一句话,情景是材料,需要处理。"

"对,"她说,"首先应该浸泡在特殊事物中,感觉到你在对它进行整理。如果这一切条件都实现了,那个时刻就会是完美的。"

"总之,这像是艺术品。"

"这话你已经说过了,"她恼火地说:"不,这是……一种责任。应该使特殊情景转变为完美时刻,这是道德问题。对,你尽管笑,这是道德。"

我根本没有笑,我自发地说:

"听我讲,我承认错误。我从来没有好好地理解你,从来没有真心想帮助你。要是我早知道……"

"谢谢,十分感谢,"她挖苦地说,"你总不至于要我感谢你这姗姗来迟的悔恨吧。何况我也不怨恨你,我没有向你解释清楚,我很紧张,无法对人讲,连你也不例外——特别是你。那时总有什么东西显得虚假,所以我不知所措,可我感到我能做到的我都做了。"

"应该做什么呢?什么样的举动?"

"你真傻,这得看情况,没法举例子。"

"告诉我,你当时想做什么?"

"不,我不想讲。不过,你要是愿意,我告诉你一个故事,那是我上学时读到的,令我十分吃惊。有一位国王吃了败仗,成了俘房,待在战胜者军营的角落里。他看见儿子和女儿被捆绑着从他面前走过,他没有哭,也没有说话。后来他看见一个仆人被捆绑着从他面前走过,他呻吟起来,抓扯自己的头发。你,你也可以想象一些例子。你明白,在某些情况下不应该哭,否则就是卑劣,而当一块木柴砸在你脚上时,你怎么干都行:呻吟、哭叫、踮起另一只脚跳跳。时时自我克制,这是愚蠢的事,因为你在毫无意义地耗尽自己。"

她微笑地接着说:

"而在其他情况下,应该比自我克制还进一步。你肯定记不得我第一次吻你的情景吧?"

"记得,记得很清楚,"我得意地说,"那是在泰晤士河畔的基尤植物园。"

"但是有一点你不知道,那就是当时我坐在荨麻上,我的裙衣撩了起来,大腿全刺破了,稍稍一动就又添伤口。显然,自我克制是远远不够的。当时我并不感到慌乱,我并不特别需要你的嘴唇,我要给你的那个吻可重要得多,它是承诺,是协约,你明白,那疼痛来得不是时候,我不能想到我的大腿。仅仅不流露痛苦还不够,应该感觉不到痛苦。"

她高傲地看着我,对她自己的作为仍感到惊讶:

"你坚持要我的吻,其实我已决心给你了,但我让你一再恳求,因为必须按规矩办事。在这整段时间里,在这二十多分钟里,我终于使自己完全麻醉了。老天知道我的皮肤多么敏感,但我什么也没有感觉到,直到我们又站起来。"

是这个,就是这个。没有奇遇,没有完美时刻……我们失去了同样的幻想,我们走的是同样的道路。剩下的,我猜到了,我甚至可以代她说话,把剩下的事说出来……

"那么,你意识到总有人来破坏你的效果,或是泪流满面的老太婆,或是一个棕红头发的家伙,或是其他什么东西?"

"是的,当然。"她冷淡地说。

"就是这些?"

"啊,你知道,红发家伙的笨拙,久而久之也许我会认了,因为我毕竟对别人如何扮演角色感兴趣……不……可能是……"

"没有特殊情景?"

"对。我原以为仇恨、爱、死亡降临到我们身上,就像耶稣受难日的火舌①一样。我原以为一个人可以因仇恨或死亡而发出异彩,完全错了!对,我的确以为'仇恨'是存在的,它栖息在人们身上,使他们超越自己。当然只有我,只有我恨,只有我爱。而我呢,总是同样的东西,总是同一个面团,不断拉长,拉长……人们彼此这么相似,居然想到起不同的名字以示区别,真是奇怪。"

她的想法和我一样,我仿佛从未离开过她。我说:

"你听着,刚才我想起一件事,比起你慷慨送给我的界石角色来,使我高兴得多。那就是我们都变了,而且是以同一种方式。我喜欢这样,我不愿看见你越走越远,而我却不得不永远当你起点的标志。你告诉我的这一切正是我要对你讲的,当然,用词不同。我们在终点会合了,我真是太高兴了。"

"是吗?"她轻声说,仍然十分固执,"但我宁肯你没有变化,那样更好。我和你不同,我不喜欢别人和我想得一样。也许你弄错了吧。"

我对她讲我的奇遇,讲存在——也许讲得过长。她睁大眼睛,

---

① 安妮将耶稣受难日与圣灵降临节混淆了。在圣灵降临节,圣灵以火舌的形式降临到使徒身上。——原编者注

抬起眉毛,专心听着。

等我说完,她舒了一口气:

"可是,你想的和我完全不同。你抱怨是因为你周围的物体不像一束花那样有序,不用你费心费力。而我呢,我可从来没有这么多的要求,我要的是行动。你知道,我们以前玩冒险先生和冒险女士,你承受冒险,我制造冒险。我常说:'我是一个活动家',你还记得吗?现在我可以简单地说:不可能成为活动家。"

我的神情大概不以为然,因此她激动起来,用更强调的语气说:

"再说,还有许多事我没有告诉你,解释起来太费时间了。例如,我行动时必须自信,相信我的行动会产生后果……注定的后果。我没法向你说清楚……"

"没有必要。"我显出几分学究气,"这一点我也想过。"

她猜疑地看着我说:

"你认为你的想法和我一样,你真令我吃惊。"

我没法说服她,我只会惹她生气,于是便一言不发。我很想将她抱在怀里。

突然,她不安地瞧着我:

"如果你也想到这些,那该怎么办?"

我低下头。

"我……我幸存下来。"她沉重地重复说。

我能说什么呢?我有生活目的吗?我不像她那样绝望,因为我原先的期望不高。面对着我被赋予——莫名其妙地被赋予——的生命,我更多感到的是惊奇。我仍然低着头,不愿在此刻看见安妮的脸。

"我旅行,"她用沉闷的声音继续说,"我从瑞典回来,在柏林待了一星期。那个人养着我……"

将她抱在怀里……有什么用处呢？我对她无能为力,她和我一样孤独。

她的声音稍稍快活一些：

"你在咕哝什么呢？"

我抬起头,她正温柔地看着我：

"没什么。我在想事……"

"啊,神秘人物！你爱说不说,随你便。"

我向她谈起铁路之家,谈起留声机上古老的拉格泰姆音乐,以及这音乐带给我的奇异的愉快。

"当时我想,也许从这方面可以找到,至少寻找……"

她不答话,我想她对我的话兴趣不大。

然而,过了一刻,她说话了,我不知她在继续她的思绪还是回答我刚才的话。

"绘画、塑像,这是些无法使用的东西,它们在我面前很美。音乐……"

"可是在戏剧里……"

"戏剧怎么样了？你想把所有的艺术都说一遍？"

"你从前说你想演戏,因为在舞台上可以实现完美时刻。"

"不错,我实现了,为了别人。我在灰尘里,在穿堂风里,在强烈的灯光下,在硬纸做的布景中间。一般说来,我和桑代克演对手戏。你大概在科文公园见过他演戏吧。我总担心我会当他的面大笑起来。"

"你不完全投入角色？"

"有时稍稍投入,但从不十分投入。对我们来说,重要的是我们正前方的那个黑洞,黑洞里是人,但我们看不见,对他们来说,我们献上的当然是完美时刻。但是,你知道,他们并不生活在完美时刻里,完美时刻在他们眼前出现。而我们这些演员,你想我们生活在完美时刻里吗?总之,完美时刻哪里也不在,既不在舞台下也不在舞台上,它不存在,但所有的人都在想它,你明白吗?亲爱的,"她的声音有气无力,她用几乎耍赖的口吻说,"我把这一切都甩了……"

"可我,我试图写这本书……"

她打断我:

"我生活在过去。我回顾过去发生的一切,并且稍加改变。像这样,从远处看,你不会难过,而且几乎信以为真。我们的整个故事都很美,我稍稍改变一下,就成了一连串完美的时刻。于是我闭上眼,努力想象我生活在其中。我还有些别的人物……得学会全神贯注。你不知道我读过什么书吧?罗耀拉①的《灵性锻炼》。它对我大有帮助。首先要以某种方式安排布景,然后是人物,这样就能够看见。"她用一种怪僻的语气说。

"这不会使我感到满足。"我说。

"你以为我会感到满足吗?"

我们默默地待了一会儿。黄昏降临,我几乎看不清她苍白的面庞,她的黑衣服融入了侵入房间的黑暗里。我端起茶杯,杯里还剩下一点茶,我将它凑到唇边。茶是凉的。我想抽烟,但又不敢。我痛苦地感到我们再无话可说,昨天我还想问她那么多问题:她去过哪里?干了些什么?遇见了什么人?然而,只有当安妮对我推心置腹时,这些问题才有意义。现在我没有好奇心了。所有她去过的国家和城市,所有追求她的或被她爱过的人,所有这一切对她

---

① 指伊纳爵·德·罗耀拉(1491—1556),西班牙人,耶稣会创始人。

都无足轻重,所有这一切实际上对她都无所谓,就像阴沉寒冷的海面上的几缕微弱阳光。安妮坐在我对面,我们有四年没有见面了,而我们没有话说。

"现在你该走了,我在等人。"安妮突然说。

"你等……?"

"不,我等一个德国人,画家。"

她笑了起来。笑声在阴暗的房间里显得古怪。

"他这个人和我们可不一样,至少在目前。他行动,而且不遗余力。"

我无可奈何地站起身。

"什么时候再见到你?"

"不知道。明天晚上我去伦敦。"

"经过第厄普?"

"是的,然后我可能去埃及,也许冬天我再来巴黎,我会给你写信的。"

"明天我一整天都有空。"我腼腆地说。

"是的,可我有许多事要办。"她冷冷地回答,"不,我不能再见你。我会从埃及给你写信。你只要给我地址。"

"好的。"

在阴暗中,我在一个信封角上草草写下地址。等我离开布维尔时,我得告诉普兰塔尼亚旅馆给我转信。其实我很清楚她不会写信的。也许十年以后我才能再见到她。也许这是我们最后一次见面。与她分别,我不禁感到沮丧,我最害怕的是再一次孤独。

她站起身。来到门口时,她轻轻吻了我的嘴唇,微笑地说:

"这是为了记起你的嘴唇,为了《灵性锻炼》。"

我抓住她一只胳膊,将她往身边拉。她不反抗,但摇头表示反对。

"不,我不感兴趣。不会重新开始的。要说和人的关系嘛,哪个稍稍漂亮的小伙子都比得上你。"

"那你想干什么呢?"

"我不是说过了吗?我去英国。"

"不,我是指人……"

"什么也不干!"

我没有松开她的胳膊,我轻声说:

"那么,找到你以后我又得离开你了。"

现在我清清楚楚看见了她的面孔。它突然变得灰白疲惫,一副老妇人的面容,十分可怕,显然这不是她所要的,但它在那里,而她一无所知,也许她无可奈何。

"不,"她慢慢地说,"不,你没有找到我。"

她挣脱胳膊,打开门。走道里一片光明。

她笑了起来:

"可怜的人!运气不佳。第一次演好了角色,却不受赞赏。好了,走吧。"

我听见门在我身后关上。

星期日

今早我查了查火车时刻表。如果她没有撒谎,她该乘五时三十八分的火车去第厄普。也许她的伙伴和她开车去?我在梅尼蒙唐区的街上转了一上午,又在河边转了一下午。她与我相隔不过几步路,几堵墙。到了五时三十八分,我们昨天的会见就会成为回忆,轻轻吻我嘴唇的那个胖女人将和梅克内斯及伦敦的那位瘦小姑娘重叠起来,一同成为往事。不过,事情还没有过去,因为她还在这里,还有可能再看见她,说服她,将她带走,永远。我尚未感到孤独。

我想将思绪从安妮身上挪开,因为我对她的身体和面孔想得太多,神经极为紧张,手在颤抖,身体在打寒战。于是我在旧书报摊上翻起书来,特别是淫猥书刊,因为它们毕竟能吸引你的全部注意。

当奥尔塞车站的大钟敲五点钟时,我正在看一本叫作《拿鞭子的医生》的书的插图。插图大同小异,里面大都有一个满面胡须的小个子对着一个奇大无比的、赤裸裸的臀部挥舞马鞭。我发觉五点钟已到,便匆忙把书扔回书堆,跳上出租车,来到圣拉扎尔火车站。

我在月台上走了约莫二十分钟,便看见他们来了。她穿着一件厚厚的皮毛大衣,一副贵妇的派头。她还戴着短面纱。那男人穿着驼毛绒大衣,皮肤黝黑,人很年轻,高大英俊。他显然是外国人,但不是英国人,也许是埃及人。他们上了车,没有看见我。他们相互没有交谈。后来那男人又下车买报纸。安妮放低她车厢的窗子,看见了我。她久久地注视我,平心静气地,眼神呆滞。后来那男人又上了车,火车就开了。此刻我清楚地看见我们从前吃饭的那家庇卡迪伊餐馆,然后一切都完了。我走路。我感到疲乏便进了这家咖啡馆,睡着了。侍者刚刚叫醒了我,我是在似醒非醒的状态下写下了这些话。

明天我将乘正午的火车返回布维尔。我在那里待两天就够了:收拾行李和去银行结账。普兰塔尼亚旅馆可能要求我多付半月的房钱,因为我没有预先通知他们退房。我还得去图书馆还书。总之,我将在周末以前回到巴黎。

这个改变能对我有什么好处呢?都是城市,这座城市被河流一分为二,那座城市濒临大海,除此以外,它们十分相似。人们挑选一块光秃秃的不毛之地,在上面弄一些空心的大石头,石头里面关着气味——比空气浊重的气味。有时,气味从窗口被抛到大街上,它就待在街上,直到被风吹散。天气晴朗时,气味从城市的这一头进,那一头出,穿越所有的墙。另一些时候,声音在这些日晒冰冻的石头中间打转。

我害怕城市。但是千万不能出城。如果你走得太远,就会遇见植物的包围圈。植物蔓延好几公里,它朝城市爬来,它在等待。当城市死去,植物将乘虚而入,爬上石头,钳住它,深掘它,用黑色长钳使它破裂,堵填孔洞,将绿爪悬吊在各处。只要城市还活着,就应该留在城里,不能孤身一人到城门口那丛生的枝蔓下,应该让枝蔓在没有目击者的情况下飘动和响动。在城市里,如果你会安排,乘动物在洞穴里或有机垃圾堆后面消化或睡觉的时候出门,那么你遇到的只是矿物——最不可怕的存在物。

我要回布维尔。植物仅仅从三面包围它。在第四面有一个大洞,里面全是黑黑的水,水自己在动。风在房屋之间呼啸。气味停留的时间比别处短,它被风吹向大海,像摇曳的薄雾一样贴着黑水水面奔跑。天在下雨。在四个栅栏之间长了一些植物,植物肥肥的,被摘去了芽,被驯化了,变成无害的,布维尔的一切都又肥又白,因为天上降下了那么多雨水。我将回布维尔。多么可怕!

我猛然醒来,现在是午夜。安妮离开巴黎已经六小时了。船已驶入大海,她在船舱里睡觉,那位黝黑的美男子正在甲板上抽烟。

星期二于布维尔

这就是自由吗?在我下方,花园徐缓地向下,朝城市延伸,每座花园里都有一座房子。我看见大海,它沉甸甸地一动不动。我看见布维尔。天气很好。

我是自由的,我不再有任何生活的理由,我尝试的一切理由都成了泡影,我也想不出其他理由。我还相当年轻,还有精力重新开始。但是重新开始什么呢?在我最恐惧,最感恶心的时候,我寄希望于安妮,盼望她来救我,这一点我现在才知道。我的过去死了,德·罗尔邦先生死了,安妮回来又使我的全部希望破灭。我独自待在这条两边是花园的白色街道上。独立和自由。但是这种自由有点像死亡。

我的生活今天结束。明天我将离开这座躺在我脚下的城市,我在这里生活了这么久。它将仅仅是一个名字,矮壮的、市侩气的、完全法国味的名字,我记忆中的一个名字,不像佛罗伦萨或巴格达那样富丽堂皇的名字。将来有一天我会问自己:"我在布维尔时,整天到底在干什么?"至于今天下午,至于今天的太阳,它们将荡然无存,甚至连记忆也没有。

我的全部生活都在我后面。我看见它的全貌,看见它的形式以及至今引导着我的缓慢运动。没有什么话好说,这是一场输掉的比赛,仅此而已。三年前我郑重其事地来到布维尔,那时我就输了第一局;我想玩第二局,结果第二局也输了,输了比赛。同时我明白了我总是输家,只有坏蛋才自以为是赢家。现在我要像安妮那样,幸存下去,吃了睡,睡了吃。慢慢地、悄悄地存在,就像这些树,就像一汪水,就像有轨电车上的红色长椅。

恶心让我喘息片刻。但我知道它将卷土重来,它是我的正常状态。不过我的身体今天很累,无法承担它。病人幸好有虚弱的时刻,他们在几个小时里失去对疼痛的意识。一句话,我感到厌烦。有时我使劲打呵欠,连眼泪都滚落在脸颊上。这是一种深沉、深沉的厌烦,存在的深沉核心,我本身就是由它组成的。我并非不修边幅,恰恰相反,今天我洗了澡,刮了脸。可是当我回想这许多细心的小动作时,我不明白自己是怎样做出来的,因为它们如此虚妄,大概是习惯替我代劳的吧。习惯并未死亡,它继续忙忙碌碌,慢慢地、狡诈地编织网纱;它替我洗身,替我擦身,替我穿衣,就像是奶妈。难道也是它领我来到绿岗?我记不清是怎样来的了,大概是从多特里台阶那边上来的,真是一级一级地爬过一百一十级台阶吗?更难以想象的是等一会儿我还要走下这些台阶。然而,我知道,过一会儿我来到绿岗坡下时,我将抬头看见此刻近在咫尺的房屋,它们将远远地亮起窗口的灯光,远远地,在我头部的上方,而我无法摆脱的此刻,将我关闭,从四面限制我的此刻,成为我的构成元素的此刻,它将仅仅是一个混乱的梦境。

我瞧着布维尔在我脚下闪烁着灰色的光。它在阳光下好像是成堆的贝壳、鳞片、碎骨片和沙砾。在这些碎屑之中,一些小小的玻璃片或云母片不时地闪着微光。贝壳之间,有些沟渠和细细的犁沟在蜿蜒伸展,一小时以后它们将是街道。我行走在这些街道、这些墙壁之间。我看到布利贝街上有些黑色的小人,一小时以后我将是他们中的一员。

我站在山冈的高处,感到离他们十分遥远。我仿佛属于另一个物种。他们下班后走出办公室,满意地瞧瞧房屋和广场,想到这是他们的城市,"美丽的市民城市"。他们不害怕,感到这是他们的家。他们看到的只是从自来水管里流出的、被驯服的水,只是一按开关就从灯泡里射出的光,只是用木叉架住的杂交树。他们每天一百次地目睹一切都按规律进行,世界服从一种亘古不变的、确定的法则。空中的物体以同样的速度坠落,公园在冬天下午四时关门,夏天下午六时关门,铅的熔点是 335 摄氏度,最后一班有轨电车在晚上十一时五分从市政府发车。他们性格温和,稍稍忧郁。他们想到明天,也就是另一个今天。城市只拥有唯一的一天,它在每个清晨不断重复。只有星期日这一天被人们稍加打扮。这都是些傻瓜。一想到要再见到他们那肥肥的、心安理得的面孔,我就感到恶心。他们制定法律,他们写民众主义小说,他们结婚,并且愚蠢之至地生儿育女。然而,含混的大自然溜进了城里,无孔不入地渗入他们的房屋、办公室,钻到他们身上。大自然安安静静,一动不动,他们完完全全在大自然中,他们呼吸它,却看不见它,以为它在外面,在离城二十法里的地方。我却看见了它,这个自然,我看见了它……我知道它的顺从是出于懒惰,我知道它没有规律——而他们以为它有恒定性……它只有习惯,而明天它就可能改变习惯。

　　如果出了点事呢?如果,突然间,它开始跳动了?他们会发现它就在那里,他们的心仿佛裂开了。他们的堤坝、堡垒、电站、高炉以及锻锤对他们能起什么作用呢?这是随时可能发生的,也许立刻就会发生,因为已经有了预兆。例如,一位父亲在散步时,突然看见一块红色的破布仿佛被风吹着穿过街道向他奔来,当破布来到近处时,他看出这是一块腐烂的肉,上面有灰尘的污渍,它在爬动,在跳跃;这一截扭曲的肉体在小溪里滚动,痉挛地喷出血柱。又例如,一位母亲看着孩子的脸颊问道:"你这里是什么,水疱?"于是她看见孩子的脸颊稍稍肿胀起来,绽裂,裂成一个大缝,而在裂缝深处将出现第三只眼睛,笑眯眯的眼睛。又例如,他们全身将感到一种轻轻的摩擦,就像游泳者在河里被灯芯草抚摸一样,于是他们明白身上的衣服变成了有生命的物体。另外一个人将感到嘴里有什么东西在搔,他走近一面镜子,张大嘴,原来他的舌头变成了一个活生生的巨大蜈蚣,它正在编织脚爪,刮着他的上下颚。他想把蜈蚣吐出来,但蜈蚣已成为他的一部分,必须用两手使劲扯。还会出现许多新东西,必须为它们取名:石眼、三色手臂、脚趾-拐杖、蜘蛛-下颌。某人将在温暖舒适的房间里,躺在舒舒服服的床上,但醒来时却会发现自己正一丝不挂地躺在发青的土地上,周围是丛生的阴茎,它们发出响声,呈红色和白色,像儒克斯特布维尔的烟囱一样指向天空,还有半露出地面的睾丸,毛茸茸的,像葱头一样成球形。鸟类将围着这些阴茎飞,用嘴啄它们,直至出血,于是精液将缓缓地、慢慢地从伤口流出,它透明而温热,其中夹着血和小气泡。也许这一切都不会发生,任何大变化都不会发生,但是有一天早上,人们推开百叶窗时,会突然产生一种可怕的感觉,它沉重地栖息在物体上,似乎在等待。仅此而已。然而,这种情况如果稍稍持续,成百上千的人就会自杀。对。稍稍改变,看一看,这是求之不得的。还有些人会突然陷入孤独中。一些完全孤独,绝对孤独,可怕地畸形的人,他们将眼睛发直,在街上奔跑,沉重地从我面前过去;他们在逃避自己的疾病,但他们身上又带着疾病,他们张着嘴,舌头——昆虫在嘴里拍打翅膀,于是我将大笑起来,不顾我全身上下布满了肮脏暧昧的痂盖——它们开放成肉花、紫罗兰、毛茛。我将靠在墙上向他们喊道:"你们的科学又怎样呢?你们的人道主义又怎样呢?你们作为会思想的芦苇的尊严到哪里去了?"我将不再害怕——至少不比现在更害怕。难道这不仍将是存在,存在的不同变异吗?面孔将渐渐被许多眼睛吞没,这些眼睛将是多余的,可能吧,但并不比第一双眼睛更为多余。使我害怕的是存在。

　　黄昏降临,城里亮起了头几盏灯,我的天!城市虽有这许多几何图形,但仍显得如此自然,被暮色压得扁扁的。从这里往下看,这是多么……明显。难道只有我看出这一点吗?难道在别处,没有另一个卡珊德拉①从山冈上观看脚下被自然吞没的城市吗?何

---

① 卡珊德拉,《荷马史诗》中的特洛亚公主和女预言家。

况这与我有何相干？我能对它说什么呢？

我的身体缓缓地转向东方，摇晃了一下，便开步走了。

星期三，在布维尔的最后一天

我跑遍全城寻找自学者。他肯定没有回家。这位遭人抛弃的可怜的人道主义者大概在漫无目的地游荡，无比羞愧和恐惧。说实话，对这件事的发生我并不惊奇，因为长久以来我就感到他那副柔顺畏缩的模样会招来丑闻。其实他没有多大罪过，勉强叫作好色吧，他喜欢凝视年轻小伙子，可以说是一种人道主义。但是有一天他肯定会孤独的，和阿希尔先生一样，和我一样。他属于我这一类人，诚心诚意。现在他进入了孤独，直至永远。突然间一切倒塌了：对文化的梦想，与人和睦相处的梦想。首先出现的将是害怕、恐惧，不眠之夜，然后便是一长串的流放岁月。晚上他将再去抵押广场徘徊，从远处瞧着灯火通明的图书馆窗口，回想那一长排一长排的书、皮封面，还有书页的香气，他会失去勇气。我很后悔没有陪着他，但是他不愿意，他求我让他一人待着，他开始学习孤独。我现在是在马布利咖啡馆写这些话。我大模大样地走进了这家咖啡馆，我想看看总管和女收款员，深刻感觉一下这是最后一次看见他们。但是我的思想摆脱不掉自学者，眼前不断浮现他那张充满责备的萎靡不振的脸和带血迹的高领。于是我要了一点纸，好把事情的经过写下来。

下午将近两点钟时，我去了图书馆。我想："图书馆，这是我最后一次来。"

阅览室里几乎空无一人。我很难认出它来，因为我知道我永远不会再来。它像雾气一样轻盈，似真非真，呈红棕色。夕阳将女读者的桌子、门、书脊都染成了红棕色。刹那间，我愉快地感到仿佛走进了一个金色树叶的小灌木丛,我微笑,想道:"我很久没有微笑了。"科西嘉人背着手朝窗外看。他看见什么了?安佩特拉兹的脑袋?"我再也看不见安佩特拉兹的脑袋了,再也看不见他的高礼帽或礼服了。再过六小时,我将离开布维尔。"我将上月借的两本书放在副管理员的办公桌上。他撕掉一张绿卡片,将碎片递给我:

"给您,罗冈丹先生。"

"谢谢。"

我想道:"现在我什么也不欠他们了。不欠这里任何人任何东西。一会儿我去铁路之家和老板娘告别。我是自由的。"我犹豫了一会儿,是否利用最后这几个小时在布维尔城里多走走,去看看维克多-诺瓦尔大街、加尔瓦尼大道、绕绳街?但是这个灌木丛如此宁静,如此纯洁,它几乎不存在,没有受到恶心之害。我走去坐在火炉边,桌上胡乱放着《布维尔报》,我伸手取了一份。

家犬救主

雷米尔东的一位养犬者杜博克先生,昨晚骑车从诺吉斯集市返回……

一位胖太太在我右边坐了下来,将毡帽放在旁边。她的鼻子正正地竖在脸上,就像一把刀插在苹果上。鼻子下方那个淫猥的小洞倨傲地皱缩着。她从口袋里掏出一本精装书,臂肘支在桌子上,用两只胖手托着头。在我前面,一位老先生正在睡觉。我认识他,我感到害怕的那天晚上他也在图书馆,那时他大概也很害怕。我想道:"这一切现在多么遥远。"

四点半钟,自学者进来了。我原想去和他握手告别,但我们前次的会晤肯定给他留下了不好的印象,因此他冷冷地和我打招呼,然后将一个小白包放在离我相当远的地方,里面大概和往常一样装着一块面包和一长块巧克力。不一会儿,他拿着一本带插图的书走回来,将书放在小包旁边。我想道:"我这是最后一次见他。"明天晚上,后天晚上,以及以后所有的晚上,他都将回到这张桌旁,一面看书,一面吃面包和巧克力,他将有耐心地像老鼠一样啃书,继续往下读:纳多、诺多、诺迪埃、尼斯,并且不时地中断,好往小本上记下警句格言,而我呢,我将在巴黎行走,在巴黎街上行走,看到新面孔。当他仍然在这里,胖胖的脸被灯光照射时,我会遇到什么呢?我即将被奇遇的幻影所迷惑,幸好我及时觉察到,便耸耸肩接着看报。

布维尔及郊区

莫尼斯蒂埃

一九三一年宪兵队的活动。莫尼斯蒂埃宪兵队队长加斯帕尔中士及手下的四位宪兵:拉古特先生、尼藏先生、皮埃蓬先生、吉尔先生,在一九三一年成绩卓著,共处理刑事案七起,民事案八十二起,违章案一百五十九起,自杀案六起,车祸案十五起,其中三起造成伤亡。

儒克斯特布维尔

儒克斯特布维尔小号同谊会。今日总彩排,发放年度音乐会卡。

孔波斯泰尔

向市长授予荣誉勋位。

布维尔旅游者(1924年成立的布维尔童子军基金会):

今晚20时45分,于费尔迪南-比龙街10号A厅总部召开月度例会。议题:宣读上次会议记录。请联系,年度酒会,一九三二年会费,海上出游计划,其他问题,新会员入会。

动物保护(布维尔协会):

下星期四15时至17时,于布维尔市费尔迪南-比龙街10号C厅召开常务会议。函件请寄加尔瓦尼大道154号总部协会会长。

布维尔保护狗俱乐部……布维尔战争伤残人俱乐部……出租车老板工会……师范学校之友布维尔俱乐部……

两个年轻男孩夹着书包进来了。中学生。科西嘉人很喜欢中学生,因为他可以像父亲一样监视他们。他常常喜欢随他们在椅子上摇来晃去聊大天,然后,突然轻轻地走到他们背后说:"你们这些大小伙子,这样做合适吗?你们要是不改,管理员先生肯定要向校长先生告状的。"如果他们抗议,他便用可怕的眼神瞧着他们:"把你们的名字告诉我。"他也指导他们的阅读,因为图书馆里的某些书被打上红叉,这是地狱,例如纪德、狄德罗、波德莱尔的书,还有医学论著。当中学生要求查阅这些书时,科西嘉人便向他打手势,将他拉到墙角查问,不一会儿便大笑起来,声音响彻阅览室:"可是对你这个年纪来说,有些书更有趣,更有教益,首先你完成作业了吗?你在哪个年级?二年级?四点钟以后就没事干了?你的老师常来这里,我要和他谈谈你。"

那两个男孩待在火炉边。年纪小的那一个长着漂亮的棕发,皮肤几乎过于细嫩,嘴巴小小的,傲慢而凶恶。他的同伴,一个开始蓄髭须的、腰圆背厚的胖子,用手肘碰碰他,低声说了几句话。棕发小伙子没有回答,但露出一丝难以觉察的微笑,高傲而自负。接着,这两人漫不经心地在书架上挑字典,并且走近一直死死盯住他们的那位自学者,仿佛不知道他的存在。他们紧靠着他坐下,棕发小个子在他左首,结实的胖子又在小个子的左首。他们立刻翻阅字典。自学者用游移不定的目光瞧瞧阅览室,然后埋头看书。从来没有一个阅览室如此令人放心。除了那位胖太太急促的呼吸以外，什么声音也没有。我看到的都是俯在八开本书上的脑袋。但是，从此刻起，我感到即将发生一件不愉快的事。所有这些人都专心致志地低着头，好像在演戏，因为几秒钟前我感到有一股残酷的气流从我们身上拂过。

我已经看完了报，但迟迟不愿离去；我在等待，假装看报。使我更感好奇、更感局促的是，别人也在等待。我的邻座似乎把书页翻得更快。几分钟过去了，我听见一阵低语声。我小心翼翼地抬起头。那两个男孩已经合上了字典。棕发小个子没有说话，把脸侧向右边，显得恭恭敬敬，兴致勃勃。黄发男孩半个身子藏在他肩后，正竖起耳朵听，默默地笑。"是谁在说话？"我自问是自学者。他朝年轻的邻座弯下身，眼对眼地看着他，对他微笑。我看见他在努动嘴唇，长睫毛时不时地颤动。我从未见他如此年轻，可以说他很迷人。但是他常常停住，不安地朝身后看。年轻男孩似乎在吮吸他的话语。这个小场面没有任何特别的地方，我打算继续看报，突然那男孩将手从身后抽出，慢慢滑到桌沿上，手躲过了自学者的目光，慢慢向前，向周围探摸，接着，它遇到黄发胖子的手臂，使劲地拧它一下。胖子正默默地听自学者讲，没有看见这只手伸过来，惊讶和赞赏地张开大嘴，跳了起来。棕发小伙子仍然一副恭恭敬敬，兴致勃勃的样子。你简直会怀疑这只淘气的手是不是他的。"他们会对他怎样呢？"我在想。我清楚即将发生一件卑鄙的事。此刻阻止它还来得及，但我猜不出该阻止什么。刹那间我想站起来，走去拍拍自学者的肩膀，和他说说话，然而，就在此刻，他看到我的目光，立即闭上嘴，并且不高兴地噘起嘴。我感到气馁，赶紧移开视线，继续看报，以掩饰窘态。然而那位胖太太却推开书抬起了头。她仿佛被迷住了。我明确感到悲剧即将爆发，他们都愿意它爆发。我能做什么呢？我朝科西嘉人那边看了一眼，他不再瞧着窗外,朝我们半侧着身子。

　　一刻钟过去了。自学者又继续低语。我不敢看他,但我能想象他那年轻温柔的神情以及别人注视他的沉重目光,而他本人还一无所知。有一刻我听见他在笑,一种轻细如笛的顽童笑声。我心中难过,仿佛这些可恶的孩子即将淹死一只猫。随后,轻语声突然停止。这种寂静具有悲剧性,这是结束,是处死。我低头假装看报,其实我没有看报,我抬起眉毛,尽量抬高眼睛,试图抓住在我面前静静发生的事。我稍稍转头,用眼角终于瞟到了一个东西,那是一只手,刚才沿着桌子滑动的那只小白手。现在它手背朝下待在那里,轻松、温柔、色情,像晒太阳的游泳女人一样懒洋洋地赤身露体。一个棕色有毛的物体迟迟疑疑地靠近它,这是一只被烟草熏黄的粗大手指,它在那只小手旁边,像男性生殖器一样无比粗俗。它停住一会儿,直僵僵地,指尖朝那只小手的细嫩手心,接着,突然,它开始腼腆地抚摸那只手。我并不惊奇,主要是恼怒,对自学者恼怒,他这个傻瓜,竟然克制不了自己,竟然不明白他在冒多大的危险!他只剩下一个机会了,一个小小的机会!如果他把两只手都放在桌子上,放在书的两侧,如果他完全保持沉默,也许这一次能躲过命运。但我知道,他会错过机会。手指轻轻地、谦卑地在毫无生气的手上滑过,稍稍擦过,不敢停留,仿佛意识到自己的丑陋。我突然抬起头,我再忍受不了这种固执的、反复的抚摸。我寻找自学者的眼睛,我大声咳嗽以警告他。但他闭着眼睛微笑,他的另一只手消失在桌子下面。那两个男孩不再笑了,脸色苍白。棕发小个子噘起嘴,他害怕了,好像不知所措,但是他没有抽回手,手仍然一动不动地待在桌子上,稍稍有点紧张。他的同伴则张着大嘴,真正惊呆了。

　　"这时,科西嘉人喊叫起来。他来到了自学者的椅子后面,虽然谁也没有听见他走过来。他满面通红,仿佛在大笑,但眼睛里闪着光。我从椅子上跳了起来,但又几乎松了一口气,因为等待是太难受了。我希望这事尽快结束。两个男孩像床单一样煞白,转眼间抓起书包消失了。

"我看见你了,"科西嘉人怒不可遏地喊道,"这回我可看见你了,你总不敢说没有吧。嗯,你还要说你这一招不是真的?你以为我没有看见你的把戏?我的眼睛可没有装在裤袋里,伙计。我对自己说:要耐心,耐心!等抓住他时,我轻饶不了他。啊,对,我轻饶不了你,我知道你的姓名、地址,我打听过,你知道,我还认识你的老板许利埃先生,明天早上,他会收到图书管理员先生的一封信,他会大吃一惊。嗯?你不说话了。"他瞪大眼珠接着说:"首先你别以为这事就此了结。在法国有专门处理你这种人的法院。先生在寻求知识!先生在进修!先生时时打扰我,又找资料又找书。我可从来不信你这一套,你知道。"

自学者似乎并不吃惊,大概多少年来就料到这个结局,不止一百次地想象将会发生的事,科西嘉人将悄悄溜到他身后,一个愤怒的声音突然在耳旁响起。然而他仍然每晚来图书馆,炽热地继续阅读,而且,时不时地,像小偷一样,抚摸一个小男孩的白手或大腿。我看到他脸上的表情:顺从。

"我不明白你在说什么,"他结结巴巴地说,"我来这里好几年了。"

他佯作愤慨和惊讶,但并不理直气壮。他很清楚事情已经发生,无法阻止,只能一分钟一分钟地挨过去。

"别听他的,我全看见了。"我那位女邻座说。她沉甸甸地站了起来:"啊,不!这可不是头一次,就在这个星期一我就看见了,但是我不想说,因为我不敢相信自己的眼睛,不敢相信在这个寻找知识的严肃场所居然会出现这种丑事。我没有孩子,但我同情那些母亲,她们让孩子来这里学习,以为这里很安全,没有干扰,而这些魔鬼却毫无廉耻,妨碍孩子们做功课。"

科西嘉人走近自学者,对着他的脸喊道:

"你听见这位太太说的吗?别演戏了。有人看见你了,坏东西!"

"先生,我命令你放客气点。"自学者矜持地说。这是他的角色。也许他想承认,想逃跑,但是他必须把角色演到底。他不看科西嘉人,两眼几乎闭着,双臂垂着,面无血色,接着,血突然涌上了脸。

科西嘉人气急败坏:

"客气!坏东西!你以为我没有看见你?告诉你,我早就盯上你了,盯你好几个月了。"

自学者耸耸肩,假装继续看书。他满脸通红,满眼泪水,但还假装津津有味、全神贯注地看一幅拜占庭镶嵌画的复制品。

"他居然还看书,脸皮真厚。"那位太太瞧着科西嘉人说。

科西嘉人迟疑不决。副馆员是一个腼腆的、思想正统的年轻人,他十分害怕科西嘉人,此时他在办公桌后面慢慢站起来,喊道:"帕奥利,什么事?"刹那间,局面显得举棋不定,我希望事情到此了结。然而科西嘉人大概自觉可笑,便十分恼火,对这位默不作声的牺牲品不知说什么好,便挺直身体,往空中挥动拳头。自学者回过头来,惊慌失措,张嘴结舌地看着科西嘉人,目光中流露出无比的恐惧。

"你要敢打我,我就去告你。"他艰难地说,"要走,我自己走。"

我也站了起来,但为时已晚,科西嘉人快活地轻轻哼了一声,朝自学者的鼻子就是狠狠一拳。刹那间我只看见自学者的眼睛,他那双漂亮的、充满痛苦和羞愧的眼睛,它们瞪得大大的,在它们下方有一只袖子和一个棕色的拳头。科西嘉人抽回拳头,自学者的鼻子开始流血,他想用两手捂住脸,但科西嘉人朝他嘴角又是一拳。自学者倒在椅子上,腼腆和柔顺的眼睛直视前方。血从鼻子流到衣服上。他用右手摸索他那个小包,左手一个劲地擦鼻孔,因为血流不止。

"我走了。"他仿佛在自言自语。

我身边的那个女人面色苍白,两眼闪光。

"坏东西,"她说,"活该!"

我气得发抖,绕到桌子另一边,抓住科西嘉人的衣领把他提起来,他双脚乱蹬,我真想把他扔到桌子上摔碎。他脸色发青,奋力挣扎,想抓伤我,但是他手臂太短,够不着我的脸。我一言不发,我想揍他的鼻子,让他破相。他明白了,抬起手肘护脸,他害怕了,我很满意。突然,他用嘶哑的声音说:

"放开我,你这个粗人,莫非你也喜欢鸡奸?"

我至今还不明白当时为什么放了他。是害怕事情复杂化了,还是布维尔的懒散岁月使我上了锈?要是在从前,我肯定会敲掉他的牙。我朝自学者转过身,他终于站起来了,但是躲避我的目光。他低着头,走去摘下大衣,不时用左手擦擦鼻子下面,仿佛想止血,但是血继续涌出。我害怕他受伤,他不看任何人,嘀咕着说:

"我来这里好几年了!⋯⋯"

小个子科西嘉人刚刚站稳,又重新控制局势,对自学者说:

"你滚,不要再来,不然就让警察把你带走。"

在楼梯下面,我追上了自学者。我局促不安,为他的羞愧而羞愧,不知对他说什么好。他仿佛没觉察我在那里。他终于取出了手绢,往里面吐什么东西。鼻血稍稍少了一点。

"您和我一起去药房吧。"我笨拙地对他说。

他不回答。从阅览室传来一片嘈杂声,大概所有的人都在同时说话。那个女人在尖声大笑。

"我永远也不再来了。"自学者说。他转身用迷惘的眼光看看楼梯和阅览室入口。这个动作使血流到他的假领和脖子之间。他满嘴、满脸都是血。

"来吧。"我抓住他的胳膊说。

他颤抖了一下,用力挣脱。

"放开我!"

"可您不能独自一人。得有人给您洗脸,治治伤口。"

他重复说:

"放开我,求求您,先生,放开我。"

他几乎歇斯底里大发作,我只好让他走。夕阳照着他驼着的后背,不一会儿他便消失了。在门口留下一个星状的血迹。

一小时以后

天阴,太阳正在落山,再过两小时火车就要开了。我最后一次穿过公园,在布利贝街散步。我知道这是布利贝街,但我认不出来。从前我走进这条街时,仿佛走进厚厚一层良知之中,因为这条街方方正正,结结实实,严肃而无风韵,街心凸起,浇上了柏油,很像国家级公路,这种公路穿越富裕村镇时,两旁是两层楼的大房子,绵延一公里以上。我曾经称这条街为农民街,并且十分喜爱它,因为对这个商港来说,它显得十分不合时宜,不合常情。今天,房屋依旧,但已失去农村的面貌,仅仅是楼房而已。刚才在公园里,我也有同样的感觉,花木、草坪、奥利维埃·马斯克雷喷泉由于毫无表情而显得固执。我明白,这座城市先抛弃了我,我还没有离开布维尔就已经不在这里了。布维尔保持沉默。奇怪的是：我还得在这座城里待上两个小时，而它已经不理睬我，将家具收拾整齐，盖上罩布，以便干干净净地迎接今晚或明天来的新主人。我感到自己比任何时候都被人遗忘。

我走了几步，停下来。我品尝自己被完全遗忘的状态。我处在两座城市之间，一座城市根本不认识我，另一座城市不再认识我。谁还记得我？也许是一位粗壮的年轻女人，在伦敦？……然而，她想念的真是我吗？何况还有那个人，那个埃及人。他也许刚走进她的卧室，将她抱在怀里。我不嫉妒，我知道她是幸存者。即使她全心爱他，那也是一个死去的女人的爱，而我有过她生前最后的爱情。不过他还可以给她乐趣。如果说她此刻正全身酥软，陷于昏乱之中，那么她身上不再有任何东西与我相连。她在享受，对她来说我现在什么也不是，就仿佛我们从未相遇。她一下子便将我排除了，世上所有的意识也都排除了我。真奇怪。然而我知道我存在，我在这里。

现在，当我说"我"时，似乎很空洞。我被遗忘，所以再也无法很好地感觉自己。残留在我身上的全部真实，只是存在——感觉自己存在的存在。我长久地、轻轻地打呵欠。没有任何人。对任何人来说，安托万·罗冈丹都不存在。这挺有趣。安托万·罗冈丹到底是什么？抽象。一个苍白微弱的、对自我的记忆在我的意识中摇曳。安托万·罗冈丹……突然，我暗淡下去，暗淡下去，完了，它熄灭了。

意识处于几堵墙壁之间，它清醒、孤独、一动不动。它在继续。再没有人居住它。刚才还有人称我，称我的意识。是谁？刚才外面是富有表情的街道，熟悉的颜色和气味，而现在剩下的只是无名的街道，无名的意识。现在只有墙壁，而在墙壁与墙壁之间有一种生动的、不具人格的、小小的透明体。意识存在,像树,像小草。它打盹,它感到厌倦。一些转瞬即逝的小存在占满了它,就像小鸟栖息在枝头。它们占满它又消失。意识被遗忘,被丢弃在这些墙壁之间,灰色天空下。而这就是它存在的意义,它意识到自己是多余的。它稀释,它散落,它试图消失在那堵棕色墙壁上,消失在路灯旁或者傍晚的烟雾中。但它不忘记自己,它是意识到自我遗忘的意识。这是它的命运。一个窒息的声音在说:"两小时以后火车就开了。"还有对这个声音的意识。也有对一张面孔的意识。这张脸慢慢滑过,它全是血,很脏,大眼睛里噙着泪。它不在墙壁与墙壁之间,它哪里也不在。它消失了,取而代之的是一个弓着的背和一个流着血的头,它慢步远走,似乎每一步都站住,但又从不止步。有对这个身体的意识,身体在昏暗的街上慢慢走。它在走,但它没有走开。昏暗的街道永无止境,消失在虚无中,它不在墙壁与墙壁中间,它哪里也不在。还有一个对窒息声音的意识,那声音在说:"自学者在城里游荡。"

不是这座城,不是在这些没有表情的墙壁之间:自学者走在一座凶恶的城里,这座城没有忘记他,有些人想到他,例如那位科西嘉人,例如那位胖太太,也许还有全城的人。他还没有失去、也不可能失去他的自我,这个备受折磨,鲜血淋漓,但人们还不愿意结果其性命的自我。他的嘴唇和鼻孔很疼,他想:"我痛。"他在走,他必须走。如果他停下,哪怕只一会儿,图书馆的高墙就会突然在他周围竖起,将他围住。科西嘉人又会出现在他面前,那一幕会重来一遍,细枝末节都一模一样,那女人会冷笑说:"这种脏东西该去蹲监狱。"他在走,他不能回家,因为科西嘉人在家里等他,还有那个女人和那两个男孩:"别否认,我看见你了。"于是那一幕又重演一遍。他想道:"老天爷,要是当初我没有做这事,要是当初我能够不做这事,要是这不是真的,那该多好!"

焦虑不安的面孔在意识前来回晃动:

"也许他会自杀。"不,这个走投无路的柔顺的灵魂不会想到死亡。

有对意识的知觉。意识可以被你一眼望穿,它在墙壁与墙壁之间是平静的、空的,摆脱了曾经居住它的人,它不是任何人,所以显得畸形。声音在说:"行李已经托运,火车再过两小时就开了。"左右两边的墙在滑动。有对碎石路的意识,对铁器商店、对军营的枪眼的意识,那声音在说:"这是最后一次。"

有对安妮——在旅店里的胖安妮和老安妮的意识,有对痛苦的意识,痛苦是有意识的,它在长长的墙壁之间,墙壁伸向远方,永不回头:"难道永远没完?"在墙与墙之间有声音在唱那支爵士乐曲 Some of these days,难道永远没完?乐曲悄悄地,阴险地,从后面回来抓住声音,声音在唱,无法停下,身体在走,对这一切都有意识,唉!对意识的意识。但是没有任何人在那里承受痛苦,扭着双手,自我怜惜。没有任何人。这是十字街头的纯粹的痛苦,被遗忘而不会自我遗忘的痛苦。那个声音在说"这是铁路之家",于是我在意识里喷射出来,这是我,安托万·罗冈丹,我一会儿就动身去巴黎,我来向老板娘告别。

"我来向您告别。"

"您要走,安托万先生?"

"我要换换环境,定居巴黎。"

"您真走运!"

我怎么能将嘴唇贴到这张大脸上?她的身体已不再属于我。昨天我还能想象她在黑毛料裙下的身体,而今天,这裙衣已无法渗透了。那个青筋暴露的白白的身体,难道是个梦?

"我们会想念您的。"老板娘说,"您不想喝点什么?我请客。"

我们坐下来,碰杯。她稍稍压低声音说:

"我已经很习惯您了,"她有礼貌地惋惜说,"我们相处得很好。"

"我会回来看您的。"

"这就对了,安托万先生。您什么时候路过布维尔,就来和我们打个招呼。您对自己说:'我这就去和冉娜①夫人打招呼,她会高兴的。'的确,我们很想知道客人们的近况,再说,在我们这里,客人们总会回来的,有海员,对吧,有大西洋轮船公司的雇员,他们有时两年里不露面,去了巴西或纽约,要不就在波尔多的一条货船上干活,可是有一天他们又来了:'您好,冉娜夫人。'我们在一起喝一杯,信不信由您,我可记得他们爱喝什么,虽然过了两年!我对玛德莱娜说:'给彼埃尔先生端一杯不加水的干苦艾酒,给莱翁先生端一杯努瓦利-森扎诺酒。'他们对我说:'您怎么记得这么清楚,老板娘?'我说:'这是我的本行嘛。'"

在厅堂尽头,有一个胖男人——她最近的姘头。他在叫她:

"老板娘宝贝!"

她站起身:

"对不起,安托万先生。"

女侍者走近我:

"您真就这样走了?"

"我去巴黎。"

"我在巴黎住过,"她自豪地说,"住了两年。我在西梅翁餐馆干活,但是我想念这里。"

---

① 本书开始时,这位老板娘叫弗朗索瓦兹,而不是冉娜。

她迟疑了一秒钟,然后感到再没有什么话说了:
"那好,再见吧,安托万先生。"
她在围裙上擦擦手,向我伸出手来。
"再见,玛德莱娜。"
她走开了,我拉过布维尔报,又将它推开,因为刚才在图书馆里我已经从头到尾读过一遍。

老板娘还没有回来,她将两只胖手放在男友手中,男友正激动地揉来揉去。

再过三刻钟火车就要开了。

我在算账,以消磨时间。

每月一千二百法郎,这不算阔气,但是如果我稍加节制,这钱也该够了。住房三百法郎,每天伙食十五法郎,还剩四百五十法郎,用于洗衣、小开销、看电影。至于内衣外衣,现有的能用很久。两套西服还很干净,只是肘弯上微微发亮,如果多加小心,还可再穿三四年。

老天爷!我将像蘑菇一般生活。如何打发日子呢?我将去散步,坐在杜伊勒里宫的铁椅上——或者,为了省钱,坐长椅。我将去图书馆看书。然后呢?每星期看一次电影。然后呢?每星期招待自己看场马戏?和卢森堡公园里的退休者一起玩槌球游戏?三十岁!我怜悯自己。有时我想不如干脆在一年里把剩下的三十万法郎花光,然后……可是我会得到什么呢?新衣服?女人?旅行?我曾有过一切,而现在,结束了,我对它们再没有兴趣,它们会留下什么呢?一年以后我又会像今天一样空空的,连记忆也没有,而且在死亡面前胆怯懦弱。

三十岁!一万四千四百法郎的年金。每月去领钱。但我不是老头!但愿有人给我什么事情做做,不管什么事……我最好别想这个,因为此刻我在给自己演戏。我很清楚我什么也不想干,干事就是创造存在,而存在已经够多了。

实情是我不能放弃我的笔,我大概即将有恶心,而写作似乎可以推迟它,所以我将脑子里的闪念写下来。

玛德莱娜想让我高兴,在远处指着一张唱片对我喊道:

"您的唱片,安托万先生,您喜欢的那张,您想听听吗?最后一次。"

"请吧。"

我这样说是出于礼貌,其实我此刻心情不好,不适于听爵士乐,但我还是注意听,因为,正如玛德莱娜所说,我是最后一次听这张唱片,它很老,即使在外省也太老了,在巴黎是找不到的。玛德莱娜将唱片放在唱机的圆盘上,它马上就要转动了。钢针将在纹络里跳跃,发出声音,等到钢针顺着螺旋形的纹络达到唱片中心时,一切将结束,那个唱 Some of these days 的沙哑声音将永远沉默。

这声音开始了。

居然有从艺术中寻找安慰的傻瓜。我的毕儒瓦婶婶就是这样:"在你可怜的叔叔去世后,肖邦的前奏曲可帮了我大忙。"音乐厅里挤满了被侮辱、被冒犯的人,他们闭上眼睛,努力将苍白的面孔变为接收天线。他们想象,被捕捉到的声音将在他们身上流动,轻柔而滋润,他们的痛苦将变为音乐,就像少年维特的痛苦一样。他们认为美会与他们分担痛苦。这些笨蛋。

我想问问他们,这个乐曲与他们相通吗?我刚才的状态与至福相去万里。表层上我是在机械地算账,在下面一层滞留着许多不愉快的思想,它们或是表现为不明确的问题或是表现为默默的惊异,但无论白天黑夜,它们都缠绕着我,其中有对安妮的想法,对被我践踏的生活的想法。然后，在更下面一层，是像晨曦一样腼腆的恶心。但当时没有音乐，我郁闷而沉静。四周的物体是由与我一样的材料构成——一种丑陋的痛苦。我外面的世界是那么丑陋，桌上的脏杯子是那么丑陋，玻璃镜上的棕色斑点是那么丑陋，玛德莱娜的围裙、老板娘那位胖情人可亲的神情都是那么丑陋，世界本身的存在是那么丑陋，以致我感到无拘无束，和它们是一家人。

现在出现了这只萨克斯管的音乐。我感到羞愧。一种傲慢的、小小的痛苦，这是痛苦典型。萨克斯管的四个乐音，它们往返来回，似乎在说："应该像我们一样，有节奏地痛苦。"对，不错！我当然愿意采取这种痛苦方式，有节奏地，不取悦自己也不怜惜自己，而是怀着一种冷漠的纯洁。我杯底的啤酒是温的，玻璃镜上有棕色斑点，我是多余的人，我最真诚、最无情的痛苦蹒蹒跚跚，沉甸甸的，像海象一样肉多皮厚，瞪着湿漉漉的、难看而又感人的大眼睛，这一切难道是我的错吗？不，显然不能说这个在唱片上方旋转，并且令我目眩的痛苦——小小的金刚石痛苦——是与人相通的。它甚至不是讽刺，而是轻快地旋转，自顾自地旋转。它像长柄镰刀一样斩断了与世界的乏味联系，现在它仍在旋转，而我们大家，玛德莱娜、胖男人、老板娘、我自己，还有桌子、长椅、有斑点的镜子、玻璃杯，我们都曾陷于存在，因为我们是在自己人之间，仅仅在自己人之间。它突然来临时，我们正像每日一样衣冠不整，无拘无束，我为自己羞愧，为那些在它面前存在的东西羞愧。

它不存在。这甚至令人气恼。如果我起身将唱片从托盘上拿开，将它摔成两半，我也触及不到它。它在以外——总是在某个东西以外，在声音以外，在小提琴的某个乐音以外。它通过一层又一层厚厚的存在显露出来，细薄而坚实，可是当你想抓住它时，你会遇见存在物,你只能撞上毫无意义的存在物。它在它们后面,我甚至听不见它,我听见声音,即揭示它的空气振动。它不存在,因为它没有多余的东西。与它相比,其他一切都是多余的。它在。

而我,我也想在,我甚至一心只想这个,这便是事情的底细。我对自己生活中的表面混乱看得一清二楚,因为我在这些似乎毫不相干的企图中找到了藏在深处的同一个欲望:将存在逐出我身外,排除时间里的脂肪,将瞬间拧干,挤干,使我自己纯化、硬化,最后能够发出萨克斯管那样清晰明确的音。这甚至可以当作一个寓言:一个可怜的家伙走错了世界。他和别人一样存在在有公园、酒吧、商业城市的世界里,但他想让自己相信他生活在别处,生活在画幅后面——和丁托列托①的总督们,和戈佐利②严肃的佛罗伦萨人在一起;生活在小说后面——和法布里斯·台尔·唐戈及于连·索黑尔③在一起;生活在唱片后面——和爵士音乐长长的、干巴巴的呜咽在一起。后来,当过傻瓜以后,他明白了,睁开了眼睛。他看出他弄错了,他是在一个小酒馆里,面对一杯温啤酒。他颓丧地坐在长椅上想:我是傻瓜。正在这时,从存在的另一面,在那只能远远看见,永远无法接近的另一个世界,一个小小的旋律开始跳起来,唱起来:"应该像我一样,应该有节奏地痛苦。"

那声音唱道:

  Some of these days

   you'll miss me honey.

唱片上的这个地方大概被擦伤了,因为声音很古怪。还有点

---

① 丁托列托(1518—1594),意大利画家。
② 戈佐利(1420—1497),意大利画家。
③ 分别为司汤达的作品《巴马修道院》与《红与黑》中的男主人公。

什么东西令人难受,唱针在唱片上轻轻擦动,却根本触及不到旋律。旋律在后面,很远很远。这一点我也明白。唱片被擦伤,被磨损。女歌唱家也许死了,我呢,我即将乘火车离去。存在物既无过去也无未来,从一个现在落入另一个现在;声音在日益分解,嘶哑,滑向死亡;而在这个存在物和这个声音后面,旋律仍然不变,年轻而坚实,像无情的见证人。

歌声沉默了。唱片转了一会儿也停住了。咖啡馆摆脱了讨厌的幻影,正在反刍,反复咀嚼存在的乐趣。老板娘脸上充血,朝她那位新男友白胖的脸颊扇几个耳光,但未能使它发红。这是死人的面颊。我呢,我滞留在那里,几乎睡着了。再过一刻钟我就上火车了,但我不想这个。我想到在纽约一座大楼的二十一层有一个美国人①,他长着浓浓的黑眉,脸刮得光光的,正热得透不过气来。在纽约上空,天空在燃烧,蓝天起火了,黄色的大火舌舔着楼顶,布鲁克林的顽童们穿着游泳裤在浇水管下冲身子。在二十一层,阴暗的房间像被大火烤着。黑眉的美国人在叹息、喘气,汗水流在脸颊上。他只穿着衬衫坐在钢琴前,嘴里有烟味,脑子里隐隐约约、隐隐约约有一个曲调的影子,Some of these days。再过一小时汤姆会来,屁股上挂着那个扁平水壶,于是他们两人都将倒在皮椅上,大口喝酒,炙热的阳光将使他们的喉咙燃烧,巨大而酷热的困倦沉沉地压着他们。但是首先得记下这个曲调,Some of these days。湿手抓住钢琴上的铅笔。Some of these days /you'll miss me honey. 事情就是这样发生的,这样或那样,反正都一样。歌声就是这样诞生的,它挑选了这个眉毛如炭的犹太人精力衰竭的身体来诞生。他有气无力地拿着铅笔,汗珠从戴着戒指的手指上落到纸上。为

---

① 指美国作家多斯·帕索斯(1896—1970),他曾写过流行歌曲。——原编者注

什么不是我呢？为什么恰恰要通过这个装满了脏啤酒和烧酒的笨伯来完成这个奇迹呢？

"玛德莱娜，您能再放一次吗？就一次，然后我就走了。"

玛德莱娜笑了起来，她摇动手柄，于是又开始了。但是我不再想到我，我想到远方的那个人，他在七月的一天，在炎热阴暗的房间里写出了这个乐曲。我试图通过旋律，通过萨克斯管平直而微带尖酸的声音去想念他。他写了这个。他曾有过烦恼，对他来说，一切并不是应该的那样，他要付账单，某处还有一个女人，她并不如他所希望的那样思念他，此外还有这个可怕的热浪，它使人化成一摊脂肪。这一切谈不上美丽，也谈不上光荣。但是当我听见这支歌，当我想到正是这个人写的，我便觉得他的痛苦和汗水……很动人。他运气好。他大概还意识不到。他大概想：要是有点运气，这东西会给我带来五十美金。多年以来我这是头一次为别人激动。我想知道他的事，我想知道他有过什么样的烦恼，他有妻子还是独身。绝不是出于人道主义，恰恰相反，是因为他写了这个。我不想结识他，何况他也许已经死了。我只是想了解他的情况，以便在听唱片时可以常常想到他。就是这么回事。我猜想，如果有人告诉他，在法国第七大城市的火车站旁有人在想他，他会无动于衷，但是换了我，我会高兴的。我羡慕他。我得走了。我站起来，犹豫地待了一小会儿，我想听那个黑女人的歌声，听最后一次。

她在唱。这两个人获救了：犹太人和黑女人。获救了。他们也许以为自己彻底完了，被淹没在存在里，然而我此刻如此温情地想念他们，谁也不会这样想念我的。谁也不会，连安妮也不会。对我来说，他们有点像死人，像小说人物。他们已经洗去了存在这个罪孽，当然并不彻底，但做到了人所能做到的一切。突然间，这个念头使我不知所措，因为我已对此不抱希望。我感到有什么东西在畏畏缩缩地擦过我,我不敢动弹,唯恐它消失。某个我原先不再体会的东西:一种欢乐。

黑女人在唱。那么我们可以证明她存在的价值?稍稍一点?我感到自己出奇地胆怯,不是因为我抱很大的希望。我像一个在雪地行走、完全冻僵的旅行者,突然走进一个暖和的房间。我想他会在门边一动不动地待着,一直发冷,全身轻轻地打着冷战。

Some of these days
You'll miss me honey.

难道我不能试一试……当然不是乐曲,但我不能试试另一种类型吗?……肯定是写书,因为我不会干别的。但不是历史书——历史讲的是已存在过的事,而任何一个存在物都永远不能证明另一个存在物存在的价值。我的错误在于想使德·罗尔邦先生死而复生——,而是另一种书。我不太清楚是哪一种,但是,在印刷的文字后面,在书页后面,应该有某个东西,它不存在,它超越存在。比方说一个故事,一个不会发生的故事,一件奇遇。它必须美丽,像钢一样坚硬,使人们为自己的存在而羞愧。

我走了,自觉茫然。我不敢做出决定。如果我确知自己有才能……但是我从来……从来没有写过这类东西;写过历史文章,不错,还有别的。可是一本书,一本小说,从来没有。有人会读我的小说,会说:"这是安托万·罗冈丹写的,就是那个泡咖啡馆的红头发家伙。"于是他们会想到我的生活,就像我想到黑女人的生活一样,仿佛这是一个珍贵的、半传奇性的东西。一本书。首先当然会是令人厌烦的、劳累的工作,它不会阻止我存在,也不会阻止我感觉我存在。但是,到了一定的时间,书将会写成,它将在我后面,它的些微光亮会照着我的过去。那时,通过它,我也许会回忆自己的生活而不感到厌恶。也许有一天,当我想到此时此刻,想到我弓着背等着上火车的这个郁闷时刻,我会感到心跳加速,我会对自己说:"正是那一天,正是在那一刻,一切都开始了。"于是我终于会接受自己——过去时,仅仅是过去时。

　　黑夜降临。普兰塔尼亚旅馆的两扇窗子刚刚亮了。新车站工地发出湿木头浓浓的气味。明天布维尔会下雨。

墙

王庭荣 译

献给奥尔加·柯萨凯维契*

---

* 奥尔加·柯萨凯维契,移居法国诺曼底的俄国流亡者的女儿,于一九三五年经西蒙娜·德·波伏瓦介绍与萨特相识。一度在萨特及西蒙娜·德·波伏瓦之间扮演了第三者的角色,并成为德·波伏瓦的《女客》中的格扎维埃尔和萨特的《自由之路》中的伊维什的原型。

墙

我们被赶进一个白色的大厅。强烈的光线使我的双眼不由得眯了起来。我看到一张桌子,桌子后面有四个穿便服的家伙,他们正在看一些材料。其他俘虏都已被赶到了大厅的尽头,挤在一堆,我们必须穿过整个大厅才能与他们会合。他们中有好几个人我是认识的,另一些可能是外国人。我前面的这两个人都是黄头发,圆脑袋。他们俩长得很像,我想大概是法国人。最小的那个不时地提裤子,看来有点神经质。

就这样延续了将近三个小时。我的脑袋变得昏昏沉沉,空空荡荡。但是大厅里很暖和,我觉得怪舒服的。因为在这之前我们冻得发抖已经一天一夜了。狱卒把俘虏一个一个带到桌子前。那四个家伙讯问他们的姓名和职业。大多数情况就到此为止。要不然,他们就再随便提个问题。例如:"你参与过破坏军火吗?"或者"九号早上你在哪里,在干什么?"他们并不听回答,至少他们的样子不像在听。他们先是沉默不语,两眼直视前方,接着就开始写起来。他们问汤姆是否确实参加了国际纵队。由于已经在他的衣服里搜到了有关证件,汤姆只得承认。他们什么也没问儒昂。但是当他说出自己的姓名后,他们写了很多。

"我的哥哥何塞是无政府主义者,"儒昂说,"你们知道他已经不在这里。我是无党派的,我从来没有参与过政治活动。"

他们没有反应。儒昂接着说：

"我什么也没干。我不愿意替别人受罪。"

他的嘴唇在抖动。一名狱卒打断了他,并把他带走。接着轮到了我。

"你叫帕勃洛·伊比埃塔？"

我做出了肯定的回答。

一个家伙看了看材料问我：

"拉蒙·格里斯在哪儿？"

"我不知道。"

"从六号到十九号你把他藏在你家里了。"

"没有。"

他们写了一阵儿,狱卒就把我带走了。走廊里,汤姆和儒昂站在两名狱卒之间等着我。于是我们开始往回走。汤姆问一名狱卒：

"喂！"

"干吗？"狱卒问。

"刚才是讯问还是审判？"

"是审判。"狱卒说。

"那他们要拿我们怎么样？"

狱卒生硬地答道：

"会到你们的牢房把审判结果告诉你们的。"

实际上,我们的牢房不过是医院的一间地窖。由于穿堂风,牢房里冷得要命。整整一夜我们冻得发抖,白天也好不了多少。前五天我是在总主教府的一个单人囚室里度过的。那是一间大约建于中世纪的地牢。由于俘房很多,牢房不够用,因此他们被随便乱塞。我对那间单人囚室并不留恋。那里倒不冷,但只有我一人；时间长了受不了。在地窖里我就有伴了。儒昂很少说话,因为他害怕,并且年纪太轻,插不上嘴。但是汤姆十分健谈,他的西班牙文很好。

地窖里有一条长凳和四个草垫。我们被带回牢房后,大家坐了下来,静等着。过了一会儿,汤姆说:

"我们完蛋了。"

"我也这么想,"我说道,"但我认为他们不会拿这小家伙怎么样的。"

"对小家伙他们没什么可以问罪的,"汤姆说,"他只不过是个抵抗战士的弟弟,仅此而已。"

我看了一眼儒昂,他似乎不像在听。汤姆接着说:

"你知道他们在萨拉戈萨①干了些什么?他们让俘虏躺在公路上,然后乘着卡车从俘虏身上压过去。这是一个摩洛哥逃兵告诉我们的。他们说,那是为了节省弹药。"

"但这并不省汽油。"我说。

我对汤姆很反感,他不应该说这些。

"几个军官在公路上散步,"他接着说,"他们双手插在口袋里,嘴里叼着香烟,监视着这一切。你以为他们会这样结果那些俘房吗?才不呢!他们让那些人大喊大叫。有时持续一个小时。那个摩洛哥人说,第一次他差点吐出来。"

"我不相信他们在这里会这样干,"我说,"除非他们真的缺少弹药。"

光线从四扇气窗以及左边天花板上的一个圆洞射了进来,圆洞平时用一块活动翻板盖着,以前往地窖里卸煤便是通过这里。

---

① 萨拉戈萨,西班牙一省会。

圆洞的正下方,有一大堆煤,从前是为医院供暖用的。但自从战争爆发后,病人都转移了,这堆煤留在那里也就没用了。因为忘记关上翻板,下雨时雨水直往里灌。

汤姆开始打哆嗦:

"真见鬼,我在打哆嗦,"他说,"又开始了。"

他站起来,开始做体操。每做一个动作,从他张开的衬衫里都可以看到他那雪白、多毛的胸脯。他躺在地上,举起双腿做一些交叉动作。我看见他那肥胖的臀部在颤动。汤姆很壮实,但是他的脂肪太多了。我在想,枪弹或刺刀很快就要钻进这一大堆嫩肉里,就像钻进一大块黄油一样。假如他很瘦,我就不会有这样的感觉。

我并不是真的感到冷,但是我的肩膀和双臂都失去了知觉。我不时感到我缺了点什么。我开始在我的周围寻找上衣。可是,我突然想起他们没有把上衣还给我。这确是很难受的。他们拿我们的上衣去送给他们的士兵,只给我们留下了衬衫,还有住院病人在大夏天穿的帆布长裤。不一会儿,汤姆起来了。他喘着气坐在我身旁。

"你身上暖和了吗?"我问。

"没有,真见鬼。可是我喘不过气来。"

晚上将近八点,一名军官带着两个长枪党徒来到牢房。他手里拿着一张纸,问狱卒:

"这三个人叫什么名字?"

"斯坦卜克,伊比埃塔和米巴尔。"狱卒答道。

军官戴上夹鼻眼镜,看了看名单说:

"斯坦卜克……斯坦卜克……啊,在这儿。你被判处死刑。明天早上执行。"

他又看了看名单,接着说:

"另外两个人也一样。"

"这不可能,"儒昂说,"我不会被判死刑的。"

军官用惊奇的眼光打量了一下儒昂。

"你叫什么名字?"

"儒昂·米巴尔。"

"可是你的名字在这单子上,"军官说,"你被判了死刑。"

"我什么也没干。"儒昂说。

军官耸了耸肩,转身对汤姆和我说:

"你们是巴斯克人吗?"

"我们谁都不是巴斯克人。"

他仿佛被激怒了,接着说:

"有人告诉我这里有三个巴斯克人。我可不愿为追捕他们浪费时间。那么,你们当然不想要神甫啰?"

我们不屑回答,他又说:

"有一个比利时大夫一会儿要来。他被准许和你们一起度过这一夜。"

他行了个军礼,走出去。

"我跟你说什么来着,"汤姆对我说,"这一下我们可惨了。"

"是啊,"我说,"但对小家伙太狠了。"

我说的是句公道话。但是我并不喜欢小家伙。他那张脸太秀气了。并且,恐惧和痛苦使这张小脸变形,把它的线条都扭曲了。三天前他还是一个调皮的孩子,很能讨人喜欢。但现在他的样子像一只用旧了的苍蝇拍。我想,即使他们把他放了,他也不会再变得年轻了。如果能对他表示点怜悯倒不是件坏事。但是我不喜欢怜悯,我甚至有点讨厌这个孩子。他什么也不说,变得十分阴沉。他的脸和手都变成了灰色。他又坐了下去,用他那两只小圆眼睛朝地上看。汤姆是个好心人。他想拉住儒昂的胳膊,但被他猛力挣脱。小家伙还做了个鬼脸。

"让他去,"我低声说,"你没看见他都快哭了。"

汤姆无可奈何地答应了。他本想好好安慰小家伙。这样可以使他分心,不至于想自己的事。但是,这叫我生气。以前我从未面临过死亡,因此也从未想到过死。而现在,死亡来临了,除了它我还有什么可想的。

汤姆开了腔:

"你打死过鬼子吧?"他问我。

我没有作声。他开始向我解释说,自八月初以来他已经打死了六个鬼子。他并不明白我们目前的处境,并且我发现他也不想明白。我自己也还没有完全明白。我不知道是否将很痛苦。我想到了枪弹,想到了滚烫的弹雨穿透我身体的情景。这一切并不是实质性的问题。我很坦然,因为我们还有整整一夜可以用来思考。过了一会儿,汤姆不说话了。我瞥了他一眼,发现他的脸色也阴沉下来了,样子很可怜。我想,他也开始了。天几乎全黑了。一束惨淡的星光透过气窗和煤堆射了进来,在地上洒下了一大片光亮。从天花板上的圆洞里,我已经望见了一颗星星。它预示着这将是清澈寒冷的一夜。

门开了,两名狱卒走了进来。他们的后面跟着一个头发金黄,身穿一套浅灰褐色制服的人。他跟我们打招呼:

"我是医生,"他说,"我被准许在这艰难的时刻来帮助你们。"

他的嗓音悦耳、优雅。我对他说:

"你来这里干什么?"

"为你们效劳。我将竭尽全力为你们减轻这几个小时的痛苦。"

"你为什么到我们这里来？还有别的囚犯呢，医院里都住满了。"

"人家把我派到这里来的，"他漫不经心地笑道，"噢，你们喜欢抽烟吧，嗯？"他急忙补充道，"我这里有烟卷，甚至还有雪茄呢！"

他把英国香烟和小雪茄递给我们。但我们拒绝了。我看了看他的眼光，他似乎有点为难。我对他说：

"你并不是出于同情才来这里的。再说，我也认识你。他们把我抓来的那一天，我在兵营的大院里看见你和法西斯分子在一起。"

我正要说下去，但突然发生了我自己也感到惊奇的事。骤然间，我对这个医生的到来再也不感兴趣了。通常，当我攻击一个人时，我总是抓住不放的。然而，现在我再也不想说话了。我耸了耸肩，移开了眼光。过了一会儿，我抬起头来。我发现他在好奇地观察我。两名狱卒坐在草垫上，瘦高个佩德罗在那里转动手指头，另一个则不时摇晃脑袋不让自己睡着。

"你要灯吗？"佩德罗突然问医生。

医生点头示意。我想他差不多笨得像块木头，但是人倒不坏。从他那冷静的蓝色大眼睛看来，我觉得他是因为缺乏想象力才犯过错的。佩德罗出去，拿了一盏煤油灯回来放在长凳的一端。灯光很微弱，但总比没有好。前一天晚上我们是在黑暗中度过的。我对煤油灯照在天花板上的那片圆光凝视了一阵。我入了迷。然后，我突然惊醒。那片灯光已消失，我感到被一种巨大的力量压垮了。并不是想到死，也不是惧怕，它是不可名状的。我的两颊发烫，头痛得厉害。

我打起精神来，看了看我的两名同伴。汤姆把脑袋埋在双手里，我只能看到他那白皙肥胖的颈背。小儒昂的情况最糟。他的嘴巴张开，鼻孔在抽动。医生走近他，把手搭在他的肩膀上，像是给他鼓气。但是他的两眼始终是冷峻的。接着，我看到比利时人的手从儒昂的肩膀沿着胳膊偷偷地挪到了他的手腕上。儒昂任其摆布，毫无反应。比利时人若无其事地用三个手指按着儒昂的手腕，同时又往后一退把背朝着我。但是，我也往后一仰，看到他拿出表来，一边按着小家伙的手腕，一边看着表。过了一会儿，他放下了那只迟钝的手，回去背靠墙坐下。后来，他仿佛突然想起一些很重要的事必须立即记下来，于是他从口袋里掏出一个小本子，在上面写了好几行字。"坏蛋，"我生气地想，"他可别来把我的脉。他要是来的话，我就要在那张混账脸上狠狠地揍几拳。"

他没有来。但是我感到他在看着我。我抬起头，还了他一眼。他用毫无表情的语气对我说：

"你不觉得这里冷得让人发抖吗？"

他看上去很冷，脸色有点发紫。

"我不冷。"我对他说。

他一直在用严厉的眼光看着我。忽然我明白了。我把双手放到自己的脸颊上。原来它们沾满了汗水。在这寒冬腊月，到处是穿堂风的地窖里，我竟然出汗了！我用手指摸了摸头发。因为出汗，它们都黏结起来了。同时我还发现，我的衬衫也湿透了，并且粘到了皮肤上。我汗流浃背至少有一小时了，而自己却一点也没有感觉到。但是这一切都没有逃过那比利时蠢猪的眼光。他看到了汗珠在我脸上流淌，他一定会想：这完全是一种病理的恐惧状态的表现。而他的自我感觉很正常，并且为此感到自豪，因为他觉得冷。我想起来去狠揍他一顿。可是，刚要站起来，我的羞愧与怒气就立即消失了。我又心不在焉地坐到了长凳上。

我只是用手绢不停地擦着脖子。因为现在我感觉到汗水从头发流到了我的颈背,这是很不舒服的。然而无济于事。不久我也就不再擦了。手绢已经湿得可以拧出水来,而我还在继续出汗。我的屁股也大量出汗,湿透的裤子贴在了长凳上。

小儒昂突然发问:

"你是医生吗?"

"是的。"比利时人回答。

"要痛苦……很长时间吗?"

"噢!什么时间……?不,很快就会过去的。"比利时人慈父般地答道。

他像是在安慰一名就诊的病人。

"可是我……有人告诉我……常常要开两次枪呢。"

"有时候是这样的,"比利时人点头说,"因为第一次射击可能打不中要害部位。"

"那他们就得重新上子弹,再次瞄准啰?"

他想了想,用嘶哑的嗓子接着说:

"这又得好长时间!"

他对受苦简直怕极了,并且只想着这个。当然,在他这种年龄也是人之常情。我对这个倒想得不太多。而且,并非因为害怕我才出汗的。

我站起来,一直走到煤堆旁。汤姆惊跳起来,他向我投来了仇恨的目光。由于我的鞋声太响,惹恼了他。我不知道当时我的脸色是否也同他一样灰暗。我发现他也在出汗。天气好极了,然而一丝光亮都钻不进这个阴暗的角落。我只要抬头就能望见大熊星座。但是,和以前不同了。前天,从那总主教府的单人囚室里,我可以看到一大片天空。每一个小时都能引起我不同的回忆。清晨,当天空呈现柔和的青蓝色时,我想到大西洋边的海滩;中午,当我看到太阳时,我就想起塞维利亚的一家酒吧。我在那里曾一边喝着芒扎尼亚葡萄酒①,一边吃鳁鱼和橄榄;下午,在阴影里,我想起了古罗马的圆形剧场。它的一半在阳光照耀下闪闪发光,另一半却笼罩在浓重的阴影之中。看到大地上的一切都能在天空中得到反映,真令人心酸。然而,现在我可以随心所欲地仰面朝天看了。天空再也引不起我的任何回忆。我宁肯这样。我回来坐在汤姆身旁。又过了很长时间。

汤姆开始轻声说话了。他必须不停地说话。否则,他自己也不清楚自己在想什么。我想他是在跟我说话,可是他并没有朝我看。显然,他是怕看到我这个样子:灰暗,流汗。我们两个都一样难看,互相看起来比照镜子还可怕。他看着那个活人——比利时人。

"你明白吗?"他问,"我可不明白。"

我也开始小声说话,一边看着比利时人。

"怎么,什么事?"

"我们这儿将要发生一些我不明白的事。"

汤姆的身边有一股怪味。我觉得自己对气味比平时更敏感了。我冷笑着说:

"过一会儿你就会明白的。"

"这不一定,"他顽固地说,"我很想鼓起勇气,但至少我应该了解……你知道,他们将要把我们带到大院里去。然后,那些家伙将在我们面前排成一行。他们有多少人?"

"不知道。大概五个或八个。不会更多了。"

---

① 芒扎尼亚葡萄酒是西班牙名酒。

"那好。就算他们八个人。当有人对他们下令'瞄准'时,我就会看到八支步枪都向我们瞄准。我想我简直要钻进墙里去。我将使尽全身气力用背去顶墙,但是墙却岿然不动,真像在噩梦里一样。这一切我都能想象得到。啊!你要是知道我能想象到这一切就好了。"

"行了!"我对他说,"这些我也都能想象到。"

"这大概是痛得要命的。你知道,他们专门瞄准眼睛和嘴,使你变形。"他恶狠狠地补充道,"我已经感到伤口的疼痛了。我感到脑袋和脖子已经痛了一个小时了。并非真的痛,但更糟糕。因为这是明天早晨才能感觉得到的疼痛。以后呢?"

他的意思我很清楚,但是我不愿意流露出来。至于疼痛,我也感到全身仿佛刀伤累累似的。对此我很难忍受。但是同他一样,我也不很在乎。

"以后,"我生硬地对他说,"你就入土了。"

他开始一个人自言自语,两眼直盯比利时人。医生不像在听。我知道他是来干什么的。对于我们脑子里想的,他并不感兴趣。他到这里来是为了观察我们的身体,观察我们这些正在步步走向死亡的活人的身体。

"这真像一场噩梦,"汤姆说,"我要想一件事情,总觉得快想出来了,很快就要明白了。但是它却溜走了,于是我就忘了,这件事也就放下了。我想,以后将是一片虚无。然而我不明白这意味着什么。有时我几乎想出来了……可是又忘了,我只得又重新开始思索痛苦、子弹和枪声。我跟你发誓,我是个唯物主义者。我不会变疯的。可是有些地方不对劲。我看见了自己的尸体:这并不困难,但这是我自己看到的,亲眼看到的。我不得不设想……设想自己将什么也看不到,什么也听不见,世界将为别人继续存在下去。帕勃洛，我们生来并不是为了想这些。你可以相信我，以前我曾经为了等待什么而彻夜不眠；但是，现在这种事可不同往常，它将从背后把我们送上西天，帕勃洛，而我们自己对此却毫无准备。"

"住嘴，"我对他说，"要不要我去叫个神甫来听你的忏悔？"

他没有回答。我早已发现他想当预言家，并且在用平直的语调和我说话时管我叫帕勃洛。我不太喜欢这样。但是，所有的爱尔兰人似乎都是这样的。我仿佛觉得他身上散发出尿味。说实在，我对汤姆并没有什么好感，我也不知为什么。即使因为我们要一起去死，我也应该对他多一点好感的。要是别人，情况就会不同了。例如拉蒙·格里斯。可是，在汤姆和儒昂中间，我感到孤独。不过，我倒喜欢这样。要是跟拉蒙在一起，我可能会变得比较软弱。但在这个时候，我的心很冷酷。我是故意心肠硬一点的。

他继续嘟嘟囔囔，像是挺有乐趣。为了不让自己胡思乱想，他必定要不断地说话。他像那些年老的前列腺病患者一样，身上尿味冲天。当然我是同意他的意见的。他说的这些话，我也说得出来。死亡自然是不合情理的。而且，自从我行将死亡之时起，这堆煤，那条长凳，还有佩德罗那张丑脸，所有这一切在我看来都不顺眼了。不过，我不喜欢和汤姆想一样的事情。我也很明白，在这一夜里，再过五分钟，我们就会同时继续想起来，同时出汗，同时颤抖。我从侧面看了他一眼，我仿佛第一次感到他的样子很奇怪。他的脸上呈现出死亡的气色。我的自尊心被刺伤了。二十四小时以来，我一直生活在汤姆身边。我听他讲话，我也和他说话。并且我也知道我们之间没有任何共同点。可是，现在我们俩酷似一对孪生兄弟，仅仅是因为我们就要一起死去了。汤姆抓住我的手，但并没有朝我看：

"帕勃洛,我在想……我想我们是否真的在死去。"

我把手抽回来,对他说:

"下流坯,瞧瞧你脚底下吧!"

他的脚底下是一摊尿,并且尿还不断地透过裤子往下滴。

"这是什么?"他惊慌失措地问。

"你尿裤子了。"我说。

"不对,"他生气地说,"我没有尿,我什么也没有感觉到。"

比利时人走了过来,他假装关心地问:

"你感到不舒服吗?"

汤姆没有搭理。比利时人看了看地上那摊尿。

"我不知道这是什么,"汤姆粗暴地说,"我并不怕。我跟你们发誓,我不害怕。"

比利时人没有作声。汤姆站起来,走到角落里去撒尿。接着,他扣着裤裆的扣子往回走,重新坐下,再也不吭声了。比利时人在做记录。

我们都看着他,小儒昂也在朝他看。我们三人都在看他,因为他是个活人。他做出活人的动作,有着活人的忧虑;在这个地窖里他像活人一样冻得发抖;他有一具营养良好,听从自己指挥的躯体。我们这几个人却再也不大感觉得到自己的躯体了。总之,跟他的感觉是不一样的。我想摸摸自己的裤裆,但是我不敢。我看着比利时人。他蜷着腿,支配着自己的肌肉,并且他可以想明天的事。我们这三个已经失去人血的亡灵,在那里看着他,像吸血鬼一样吮吸着他的生命。

他终于走到小儒昂身旁。他是出于职业的目的想摸一下儒昂的颈背呢,还是为慈善心所驱使?如果是出于慈善心,那么这是漫长的黑夜中仅有的一次。他抚摸小儒昂的脑袋和脖子。小家伙两眼看着他,毫无反应。突然,他抓住医生的手,用异常的眼光看着他。他把比利时人的手放在他的两只手之间。他这两只手一点也不招人喜欢,就像两个灰色的钳子夹住一只红润肥胖的手。我已经料到即将发生的事,汤姆一定也看出来了。可是比利时人什么也不明白,他慈父般地微笑着。过了一会儿,小家伙把那只肥胖的红爪子往嘴里送,想咬它。比利时人立刻躲开,跌跌撞撞地退到墙边。他厌恶地看了我们一眼,大概猛然醒悟到我们跟他不是一样的人。我开始笑起来。一名狱卒惊醒了。另一名已经睡着的,也睁大了两只白眼珠。

　　我感到既疲乏又高度兴奋。我不愿再想黎明即将发生的事,不愿再想死亡了。这毫无意义。我脑中出现的只是一些单词或一片空虚。每当我希望想一些别的事时,我立刻看到枪管瞄准了我。我体验到自己被处决的滋味可能已经不下二十次,有一次我甚至认为自己确实死了,大概因为我睡着了一分钟。他们把我拖到墙根,我挣扎着。我请求他们原谅。我惊醒过来,看了看比利时人。我害怕在梦里曾喊叫过。但是,他在捋自己的小胡子,什么也没有发现。如果我愿意的话,我想我是可以睡着一会儿的。因为我已经四十八小时没有合眼,实在是精疲力竭了。可是,我不想白白丢失这两小时的生命。那样,他们就会在黎明来把我叫醒,我就懵懵懂懂地跟着他们,然后,连哼一声都没有来得及就上西天了。我不愿意这样,不愿意像畜生一样死去。我要死得明白。另外,我也害怕做噩梦。我站了起来,来回走四方步。为了换换脑子,我就开始想我过去的事情。许多往事都杂乱无章地回忆起来了。有好的,也有坏的——至少我过去是这样认为的。一个个面孔,一桩桩往事。我仿佛又见到了一个年轻斗牛士的面孔,瞻礼日他在巴伦西亚①被牛角撞伤了;我看到了我的一个叔叔的面孔,还看到了拉蒙·格里斯的面孔。我想起了一件件往事。例如:一九二六年我是怎样失业了三个月的,我又是怎样差一点饿死的。我想起在格拉纳达②,我在一条长凳上过了整整一夜。那时我有三天没有吃东西了。我发狂了,我不愿饿死。想起这些真有点好笑。追求幸福、女人和自由是多么艰难啊!为了什么呢?我曾想解放西班牙,我崇拜毕·伊·马加尔③,我曾参加无政府主义运动,并在一些公众集会上讲过话。我对待一切都极其认真,仿佛我是长生不老的。

这时候,我觉得我的整个一生都展现在我面前了。我想:"这全都是该死的谎言。"既然我的一生已经告终了,那它也就毫无价值了。我纳闷我怎么会和那些姑娘一起去闲逛、胡闹的。早知道我会这样死去,我就不会去招惹她们了。我的一生就在我的眼前,它已经终止,关闭了,就像一只袋子。然而袋里装的东西却都是未完成的。有一阵,我试图对它做出评价。我想说:这是美好的一生。可是,我不能对它做出评价,因为这仅仅是一些模糊的轮廓。我的时间都用来为永生签发通行证了。我什么也没有弄懂。我没有什么可遗憾的。有些东西我本来会留恋的,如:芒扎尼亚酒,或者夏天我常在加的斯④附近一个小海湾里洗的海水浴。可是,死亡使它们完全失去了往日的魅力。

比利时人忽然想出了一个妙主意:

---

① 巴伦西亚,西班牙一城市。
② 格拉纳达,安的列斯群岛中的岛屿。
③ 毕·伊·马加尔(1824—1901),西班牙历史学家、政治家、哲学家。曾任西班牙第一共和国时期的总统。
④ 加的斯,西班牙南部一滨海城市。

"朋友们,"他对我们说,"只要军事当局同意,我可以给你们的亲人捎个信或转送纪念品。"

汤姆瓮声瓮气地说:

"我什么人也没有。"

我没有搭理。汤姆等了一会儿,然后好奇地打量着我问:

"你不给贡莎捎句话吗?"

"不。"

我讨厌这种虚情假意的合谋。但这是我自己的过错。我在前一天晚上谈到过贡莎,我本不应该说的。我和贡莎在一起已经一年了。前一天,为了能和她相会五分钟,我即使用斧子砍断自己的胳膊也在所不惜。正因为如此,我才谈起了她,我实在没有办法。而现在,我再也不想见到她,我也没有什么话要对她说了。我甚至不再想把她抱在怀里。因为我厌恶自己的身体,它已经变得灰暗了,并且还在不断出汗。再说,我也没有把握不讨厌她的身体。当贡莎得知我死亡的消息时,她一定会哭的,她将有好几个月再也没有任何生活乐趣。但即将死去的毕竟是我。我想起了她那美丽温存的眼睛。每当她看着我时,总有一种东西从她那里传到我身上。但我想这一切都已结束了。假如现在她看着我的话,她的目光将停留在她的双眼里,不会传到我这里来。我是孤独的。

汤姆也很孤独,但是和我不完全一样。他骑坐在长凳上,并且开始微笑着打量它,显出惊奇的样子。他伸出手,小心翼翼地抚摸木凳,然后又猛然把手抽回,全身颤动。假如我是汤姆,我才不会去摸凳子玩呢。这是爱尔兰人的又一出滑稽剧。可是我也觉得各种东西的样子很奇怪。它们比平时更加模糊,更加稀疏。我只要看一眼长凳、煤油灯和煤堆,就能感觉到我快要死了。当然,对于自己的死我还不能想象得很清楚,不过我到处都见得到它。通过周围的东西,以及它们像在垂死病人床头低声说话的人们一样稍稍地往后退,以便和他保持一段距离的样子,都可以看到我的死。刚才汤姆在长凳上摸到的正是自己的死。

此时此刻,假如他们来宣布饶我一命,我可以安心地回家了,我会无动于衷的。当你对于人的永生已经失去了幻想时,等待几个小时与等待几年就都无所谓了。我对任何东西都已无所牵挂,在某种意义上,我是平静的。然而,由于我的躯体,这种平静又是令人厌恶的。我用它的眼睛看,用它的耳朵听。但是这已经不是我了。它自己在出汗,在颤抖,而我却已经认不出它来了。我不得不摸摸它,看看它,以便知道它变成了什么样子,仿佛它是另一个人的身体。有时候,我还能感觉得到它。我仿佛感到滑动,往下冲,就像坐在一架正在向下俯冲的飞机里一样;我也感到心跳。但是这并不能让我踏实下来。来自我身上的一切都可鄙地令人怀疑。大部分时间它毫无反应,默不作声;我只能感到一种沉重、卑鄙的压力。我感到自己像是被一条巨大的寄生虫困住了。有一会儿,我摸了摸裤子,觉得它湿了。我不知道是汗湿的,还是尿湿的。不过,为谨慎起见,我还是到煤堆上去撒了尿。

比利时人拿出表来看了看,他说:

"三点半了。"

坏蛋!他一定是故意这样做的。汤姆蹦了起来。我们一点都没有察觉到时间竟这样流逝了。黑夜像巨大无形的阴影笼罩着我们,我甚至记不得夜是什么时候开始的。

小儒昂叫了起来。他绞动着自己的手,哀求道:

"我不愿意死,我不愿意死。"

他举起双手在地窖里来回奔跑,然后跌坐在一张草垫上哭泣起来。汤姆用失神的眼光看着他,甚至不再想安慰他了。实际上也毫无必要。虽然小家伙的吵闹声比我们大,但是他受到的打击却比我们轻。他就像一个以发烧与病痛作斗争以进行自卫的病人。当你连烧都不发的时候,情况就严重得多了。

他在哭。我看得很清楚,他在可怜自己;他并没有想到死。一刹那,只有一刹那,我也想哭,我想用眼泪来可怜自己。但是,结果恰恰相反。我瞥了小家伙一眼,看到他那瘦弱的双肩在抽动。我感到自己变得不近人情了。对人对己我都不能怜悯。我想,我应该死得清清白白。

汤姆站了起来,走到圆洞的底下,开始观察星空。我很固执,我要清清白白地死去,我想的只是这个。但是,在我的下方,自从医生告诉我们时间以后,我感觉到时间在流逝,它一滴一滴地在流淌。

我听到汤姆说话时,天还很黑呢。他问:"你听见他们的脚步声了吗?"

"听见了。"

有几个家伙在大院里走动。

"他们来干什么?他们总不能在黑夜里开枪。"

过了一会儿,我们又什么也听不见了。我对汤姆说:

"天亮了。"

佩德罗打着哈欠站了起来,吹灭了煤油灯。他对同伴说:

"好冷啊。"

地窖变得灰蒙蒙的。我们听到了远处的枪声。

"开始了,"我对汤姆说,"他们大概在后院干这个。"

汤姆问医生要一支烟。但是我不要。我不想抽烟,也不愿喝烧酒。从这时起,他们就不断地开枪了。

"你明白吗?"汤姆问。

他还想补充点什么,可是他住嘴了。他看着门。门开了,一名中尉带着四个士兵走了进来。汤姆的烟掉到了地上。

"斯坦卜克?"

汤姆没有答应。佩德罗指了指他。

"儒昂·米巴尔?"

"是坐在草垫上的那个人。"

"起来。"中尉说。

儒昂没有动。两个士兵抓住他的腋窝,让他站住。但是他们一松手,他又倒在地上。

士兵犹豫了。

"感到难受的又不是第一个。"中尉说,"你们两人可以把他抬走嘛。到那里自然会有办法的。"

他转向汤姆说:

"走吧,过来。"

汤姆在两个士兵之间走了出去。另外两名士兵跟在后面。他们抬着小家伙的腋窝和小腿肚。小家伙没有晕过去;他瞪大了眼睛,眼泪顺着两颊往下淌。当我也想出去的时候,中尉制止了我:

"你是伊比埃塔吗?"

"是的。"

"你先在这里等着。过一会儿再来找你。"

他们出去了。比利时人和两名狱卒也走了,只剩下我一人。我不明白刚才发生的事,但是我宁愿马上了结算了。我听到了时间相隔几乎一样的阵阵排枪声。每听到一阵枪声,我都禁不住发抖。我想喊叫,想揪自己的头发。但是,我咬紧牙关,双手插在口袋里,因为我要保持清白。

一个小时以后他们来找我,把我带到二楼的一个小房间。那里一股雪茄味,并且热得让我透不过气来。有两名军官坐在沙发上抽烟,他们的膝盖上放着几份材料。

"你叫伊比埃塔吗?"

"是的。"

"拉蒙·格里斯在哪儿?"

"不知道。"

讯问我的那个人是个矮胖个儿。在他的夹鼻眼镜后面是一双冷酷的眼睛。他对我说:

"你过来。"

我走了过去。他站起来,抓住我的两条胳膊,用一种简直要一口把我吞掉的神气看着我。同时,他还使尽全力绷住我的二头肌。这倒不是为了弄痛我,而是他耍弄的把戏。他想要制服我。他还认为有必要往我脸上喷吐他那污秽的浊气。有好一阵,我们两人保持着这种状态。可是我只想发笑。要想吓唬一个即将去死的人,必须使用更多的手段。现在的这一套不管用。他猛力推开了我,又坐了下来。他说:

"拿他的命来换你的命。你要是说出他在哪里,我们就饶你一命。"

这两个用马鞭和皮靴装扮起来的家伙,毕竟也是就要死去的人。比我稍晚点,但不会很久。而他们却专管在那些纸堆里寻找一些名字,然后把另一些人抓进监狱。或者消灭他们。他们对西班牙的前途和别的问题都有自己的见解。他们那些微不足道的活动在我看来都很令人反感,而且非常可笑。我再也没法设身处地替他们想象了,我觉得他们都是疯子。

那个小胖子一直盯着我,用马鞭抽打着他的靴子。他的一切动作都是精心设计好的,样子活像一头凶猛活跃的野兽。

"怎么样,明白了吗?"

"我不知道格里斯在哪儿,"我回答,"我原来以为他在马德里。"

另一名军官懒洋洋地举起了他那只苍白的手。这种懒怠的姿态也是故意的。我看透了他们耍弄的全部小把戏,并对世上竟有人以此为乐感到惊愕。

"你还有一刻钟可以考虑,"他慢条斯理地说,"把他带到内衣房去,过一刻钟再把他带回来。如果他顽固地拒绝交代,那就立即枪毙。"

他们对自己做的一切很清楚。我先是等了整整一夜。后来,在他们枪决汤姆和儒昂时,又让我在地窖里等了一个钟头。现在,他们又把我关到内衣房里。这些阴谋诡计他们大概是昨天就策划好的。他们以为,时间长了人的神经会支持不住。他们企图这样来征服我。

他们失算了。在内衣房里,我感到自己虚弱无力,于是坐在一条板凳上,并开始思考起来。但不是按照他们的吩咐思考。当然,我是知道格里斯在哪里的。他藏在离城四公里的表兄弟家里。我也知道,除非他们对我用刑(但是看来他们还没想这样做),否则我绝不会透露格里斯的藏身之地。这一点是明确无误、肯定无疑的。对此我再也不去多想了。只是我很想弄懂之所以这样做的原因。我宁愿去死也不会出卖格里斯。为什么呢?我已经不再喜欢拉蒙·格里斯了。我对他的友谊和我对贡莎的爱情以及对生存的企求,在黎明前片刻都已经同时消亡了。当然,我始终是尊重他的,他是一条硬汉子。但并非因为这个原因我才同意替他去死。他的生命并不比我的生命价值更高。任何生命在这种时候都是没有价值的。他们让一个人紧贴墙站着,然后开枪射击,直至把他打

243

死为止。无论是我,是格里斯,还是另外一个人,都没有什么区别。我很明白,他对于西班牙的事业比我有用。但是,无论西班牙,还是无政府主义,我都嗤之以鼻。因为一切都是无关紧要的了。然而,我在这里,我可以出卖格里斯来换取自己一条命。可我拒绝这样做。我觉得这样有点可笑,因为这是顽固。我想:

"难道就应该顽固?……"

这时,一种莫名其妙的高兴劲油然而生。

他们来找我,把我带回两名军官那里。一只耗子从我们脚下穿过,逗得我开心。我转身问一个长枪党徒:

"你看见耗子了吗?"

他没有回答。他脸色阴沉,装出一副严肃的样子。我很想笑,但是克制住了。因为我怕一旦笑开了头就止不住了。那个长枪党徒有一撇小胡子。我又对他说:

"把你的小胡子剃掉吧,傻瓜。"

我觉得,他活着就让这些须毛侵占他的面庞,真是不可思议。他随便地踢了我一脚,我就不作声了。

"那么,"胖军官问,"你考虑了吗?"

我好奇地看了他们一眼,仿佛在欣赏几只稀有的昆虫。我对他们说:

"我知道他在哪里。他藏在公墓里,在一个墓穴或掘墓人的小屋里。"

我这是想捉弄他们一下。我想看着他们站起来。束紧皮带,然后急忙下达命令。

他们跳了起来。

"走。莫勒,去跟洛佩兹中尉要十五个人。你呢,"矮胖子对我说,"假如你说的是实话,那我说的话是算数的。如果是捉弄我们的话,那就饶不了你。"

他们在一片喧闹声中出发了。而我则在长枪党徒的看守下平静地等待着。我不时地发笑,因为我在想过一会儿他们将要发作的样子。我感到自己既糊涂又狡猾。我在想象,他们如何把盖在墓上的一块块石板撬起,然后打开每个墓穴的门。我仿佛是另一个人在想象这一切:因那个顽固的企图就此成名的俘虏,那些神色庄重留着小胡子的长枪党徒,以及那些身穿制服在坟墓之间来回奔跑的人;这一切都让人忍俊不禁。

过了半小时,矮胖子一个人回来了。我以为他是来下令枪决我的。别的人大概都留在公墓里了。

军官看着我。他一点尴尬的样子都没有。

"把他带到大院和别人待在一起,"他说,"等军事行动结束后,由普通法庭来决定他的命运。"

我以为自己没有听懂,于是问他:

"那么你们不……不枪毙我了?"

"至少现在不。以后嘛,就不关我的事啰。"

我始终没有明白。我问他:

"那为什么?"

他耸了耸肩,没有回答。士兵就把我带走了。在大院里有一百来个俘虏,还有妇女、孩子和几名老人。我开始围绕中间的草坪走起来,简直感到莫名其妙。中午,他们让我们在食堂吃饭。有两三个人和我打了招呼。我大概认识他们,但是我没有和他们搭话。因为我连自己在哪里都搞不清了。

黄昏,又有十来个新俘虏被带到大院里来了。我认出了面包师卡西亚。他对我说:

"好小子,真走运!我真没想到还能活着见到你。"

"他们判了我死刑,"我说,"可是后来他们又改变了主意,我也不知为什么。"

"他们是两点钟逮捕我的。"卡西亚说。

"为什么?"

卡西亚并不参与政治活动。

"我不知道,"他说,"他们把所有和他们想法不同的人都抓起来了。"

他放低了声音:

"他们抓到了格里斯。"

我开始发颤:

"什么时候?"

"今天早晨。他自己干了蠢事。星期二他离开了表兄弟家,因为他已经听到一点风声。他可以藏身的人家还有的是,但是他不想再连累任何人了。他说:'本来我可以藏到伊比埃塔那里去的,但是既然他已经被捕了,我就藏到公墓去算了。'"

"公墓?"

"是啊,真蠢。显然,他们今天早晨去过那里,这本来也是很可能发生的事。他们在掘墓人的小屋里抓到了他。他先向他们开了枪,他们就把他打死了。"

"在公墓!"

我开始晕头转向,终于摔倒在地。我笑得那么厉害,连眼泪都笑出来了。

卧　　室

一

达尔贝达太太手指间夹着一块拉哈-洛库姆①。她小心翼翼地把它举到嘴边,屏着呼吸以免自己的气息把裹在糕点上的糖粉吹走。"哦,这是玫瑰香的。"她想。她突然在这块透明的肉体里咬了一口,一股腐臭的味道立即灌满了她的嘴。"真奇怪,生病居然能让你的感觉变得灵敏起来。"她想起那些清真寺和那些善于阿谀奉承的东方人(她新婚旅行时曾去过阿尔及尔)。于是,她那苍白的双唇开始露出一丝笑容。原来这种拉哈-洛库姆也很会讨好人的。

她不得不好几次把手心放在正在翻阅的书页上,因为尽管十分小心,她的手上仍沾上了薄薄一层白色的糖粉。她的双手在光滑的纸页上反复揉搓着那些细小的糖粒。"这使我想起了在阿尔卡雄②沙滩上看书时的情景。"一九〇七年夏天,她是在海滨度过的。那时她戴着一顶镶有绿色飘带的大草帽。她待在海岸边,手里捧着一本吉普或科莱特·伊韦尔③的小说。风扬起滚滚沙土,

---

① 拉哈-洛库姆,一种阿拉伯糕点。
② 阿尔卡雄,位于法国西南部大城市波尔多附近的旅游胜地。
③ 吉普和科莱特·伊韦尔均系法国女作家。

落到她的双膝上。同时她也不时捏住书的一角来回晃动书本。这跟目前的感觉一模一样。只不过那里的沙粒是干的，而现在的糖粉却有点沾在指头上。她仿佛又见到了墨绿色海面上空那一片珍珠灰色的天空。"那时夏娃还没有出生呢。"她感到被往事的回忆压得很沉重，但又觉得它像檀香木匣一样珍贵。这时，她突然想起了当时阅读的那本小说的书名，它叫《小夫人》。那本书并不讨厌。但是，自从一种莫名其妙的苦恼让她闭门不出后，达尔贝达太太宁肯读一些回忆录和历史著作了。她希望病痛、严肃作品的阅读、对往事和最美好感觉的密切关注，能使她成熟得像温室里漂亮的水果一样。

她忐忑不安地想起，过一会儿她丈夫便会前来敲门。每周的其他日子，他只是在傍晚时分到来，在她的额头上默默地吻过之后，便坐在她对面的安乐椅上阅读《时代报》。但每周四是达尔贝达先生的特别日子，因为通常在下午三时到四时他要去女儿家里待上一个小时。出门之前，他来到太太的卧室，两人对他们女婿的事情苦涩地商讨一番。每星期四的这种谈话，可以预想到它们最微小的细节，把达尔贝达太太弄得精疲力尽。达尔贝达先生的身影仿佛充满了她这间平静的卧室。他并不坐下，只是在房间里来回踱步，围着自己打转。他的每一次发怒都像玻璃碎片一样伤害了达尔贝达太太。这个星期四比以前更加糟糕，因为一想到过一会儿她必须向丈夫叙说夏娃对她吐露的真情，而且他那庞大可怕的身躯将会暴跳如雷，达尔贝达太太便不由得全身冒汗。她从茶碟里拿起一块洛库姆，犹豫不决地凝视了片刻，然后又伤心地把它放了回去，因为她不愿让丈夫看到自己吃洛库姆。

听到敲门声，她惊跳起来。

"进来！"她有气无力地说。

达尔贝达先生踮着脚尖走了进来。

"我要去看夏娃。"他像每周四一样说道。

达尔贝达太太对他笑着说：

"你替我亲亲她。"

达尔贝达先生没有回答，忧心忡忡地皱起了额头。每周四在这同一时刻，在他身上交织着一种沉重的恼怒和消化不良的滞重感。

"一会儿我从她家里出来后要去看望弗朗肖。我要请他和夏娃严肃地谈一谈，尽力说服她。"

他经常去拜访弗朗肖医生，但是白费工夫。达尔贝达太太皱了皱眉头。以前她身体好的时候，她总是耸耸肩膀。但自从病痛使她的身子变得沉重起来，她便用面部表情代替了会使她很累的动作。她用眼神表示同意，用嘴角表示反对，用皱眉头代替了耸肩膀。

"必须把他从她身边强行拉开。"

"我已经告诉过你这是不可能的。再说，法律也很糟糕。那天弗朗肖对我说，他们和家庭打交道有不少想象不到的烦恼。例如，有些人总是犹豫不决，他们要把病人留在家里；而医生们则被捆住了手脚，他们只能表达自己的意见，仅此而已。"他接着说，"必须是他这种人在公众面前闹出丑闻，或者由她自己提出要求把他关进精神病院。"

"但是这种局面近期内还不可能出现。"达尔贝达太太说。

"是啊。"她丈夫说。

他转身面朝镜子，把手指伸进胡须并开始梳理起来。达尔贝达太太冷漠地望着丈夫那红润和粗壮的颈背。

"假如她继续这样下去，"达尔贝达先生说，"她会变得比他还要痴迷,这是对健康极其有害的。她对他寸步不离,除了前来看望你她从不出门,也不接待任何客人。他们房间的空气简直无法呼吸。因为皮埃尔不愿意,她便从不打开窗户,仿佛要听从病人的意见。我觉得他们在焚烧一些香料,香炉里有那么一些脏兮兮的东西。别人会以为在教堂里呢。我敢保证,我有时候在想……她的眼光很奇怪,你知道吗?"

"我倒没有发现,"达尔贝达太太说,"我觉得她的神色很正常。显然,她的样子很忧伤。"

"她的脸色惨白。她是否睡得好,吃得下?不能问她这方面的事。但是我想,她身边有一个像皮埃尔这样的男人,夜里是没法合眼的。"

他耸了耸肩膀接着说:

"我觉得奇怪的倒是作为她父母的我们俩,没有权利保护她不被她自己伤害。要知道,皮埃尔在弗朗肖那里是会得到更好治疗的。那里有一座大花园。而且我想,"他笑着补充道,"他跟那些同类会相处得更好。那种人就像孩子,应该让他们这种人待在一起。他们会建立一种像共济会那样的秘密联系。从第一天起就应该把他送到那种地方,而且我说这是为了他自己。这显然是为他好。"

过了一阵他接着说:

"我要告诉你,我不想知道她单独和皮埃尔在一起,尤其是夜里。想想要是发生点什么事情怎么办。皮埃尔的样子是极其狡猾的。"

"我不知道是否有必要那么担心,"达尔贝达太太说,"因为他的神情历来如此,他给人的印象仿佛在嘲笑大家。"她叹了口气接着说,"这可怜的年轻人曾经有过他的骄傲,如今却落到这个地步。他自认为比我们大家都聪明。为了结束谈话,他以一种特有的方式对你说:'您说得对。'……目前他还意识不到自己的状态,这对他真是件幸运的事。"

她不快地想起他那张总是略微歪向一边并且带有讥讽神情的长脸。在夏娃初婚的那些日子里,达尔贝达太太非常乐于和女婿亲近一些。但是他让她泄了气,因为他几乎不说话,而且总是急急忙忙、心不在焉地表示同意。

达尔贝达先生沿着自己的思路接着说:

"弗朗肖让我参观了他的精神病院,棒极了。每个病人都有自己的房间,你知道吗?还有皮椅和沙发床。有一个网球场,而且他们还打算建一个游泳池。"

他站在窗前,一边摇摆着他的弓形腿,一边望着窗外。忽然间,他双手插入口袋,垂着肩,灵巧地转动脚跟。达尔贝达太太感到自己要冒汗了,因为每次都一样,现在他就要像一头被关在铁笼中的狗熊般在屋里来回踱步了,而且每走一步他的鞋都会咯咯作响。

"亲爱的,"她说,"求求你坐下来好吗?你这样弄得我好累。"

她犹豫不决地接着说:

"我有一件严重的事情要告诉你。"

达尔贝达先生在安乐椅上坐下,把双手搁在膝盖上。达尔贝达太太感到后脊梁一阵微颤。是时候了,她必须说出来。

"你知道,"她为难地咳了一下说,"星期二我见过夏娃。"

"是啊。"

"我们聊了很多。她的心情很好,我很久没见到她那么自信了。于是我问了她一些事。我让她谈谈皮埃尔的情况。这样我就了解到,"达尔贝达太太为难地补充道,"她仍然非常钟情于他。"

"我当然是知道的啰。"达尔贝达先生说。

达尔贝达太太有点不高兴了,因为每一次她都得把事情详详细细地解释一番,说得清清楚楚。达尔贝达太太一直向往生活在高雅和敏感的人群里,因为和这些人交往,彼此的话语可以非常含蓄。

"但是我想说,"她接着说道,"她跟我们想象的钟情不是一回事。"

达尔贝达先生如同每次猜不透某种影射或某条消息时那样,转动着他那双愤怒和不安的眼睛,他问:

"什么意思?"

"夏尔,"达尔贝达太太说,"别烦我了。你应当明白,有些事情一个母亲是很难说出口的。"

"你说的这些我一点都不懂,"达尔贝达先生气愤地说,"你还是不愿意告诉我?"

"谁说不了!"她说。

"他们还有……现在还有?"

"对!对!对!"她很恼火,干脆地接连说了三个对字。

达尔贝达先生摊开双臂,低下脑袋,不作声了。

"夏尔,"他的夫人不安地说,"这件事我不该告诉你的。可是我不能自己一个人把它搁在心里。"

"我们可怜的孩子!"他缓慢地说道,"和这个疯子在一起!他甚至已经认不出她,管她叫阿加特。她大概已经糊涂得不明白自己应该做什么了。"

他抬起头,严肃地望着他太太说:

"你肯定没有搞错吗?"

"绝对错不了。我跟你一样,"她立即补充道,"我不能相信她的话,而且我也不理解她。我只要一想到被那可怜的倒霉鬼碰一下就……"她叹了口气说,"总之,我想她是被他抓住不放了。"

"嗨!"达尔贝达先生说,"你还记得他来求婚时我对你说的话吗?我对你说:'我觉得他太讨夏娃喜欢了。'你当时不愿相信我的话。"

他突然拍了一下桌子,满脸通红地说:

"这是不正常的!他把她搂在怀里,一边亲她一边叫她阿加特,并且对她说着关于会飞的雕像和其他乱七八糟的无聊话!而她就让他为所欲为!他们之间到底有什么瓜葛呢?她若真心可怜他,就送他进疗养院,她每天随时都可以去看他。可是我绝对想象不到……我已经把她当作寡妇了。听着,热内特,"他语气沉重地说,"我坦率地告诉你:假如她脑子还清醒的话,我倒宁愿她去找一个情人!"

"夏尔,别说了!"达尔贝达太太喊道。

达尔贝达先生懒洋洋地从小圆桌上拿起他进来时放下的帽子和手杖。

"听了你刚才对我说的话,"他说,"我已经不抱什么希望了。不过我还是要和她谈谈,因为这是我的职责。"

达尔贝达太太希望他快点走。

"你知道,"她鼓励他道,"我觉得无论如何,夏娃身上更多的是一种固执……而不是别的什么。她知道他是无法治愈的,但是她很顽固,不愿意因此感到失望。"

达尔贝达先生漫不经心地摸了摸自己的胡须说道:

"固执?有可能。那么,假如你说得对,她最终会厌烦的。他并非每天都通情达理,而且他很少说话。当我向他问好时,他便向我伸出一只软绵绵的手,一句话也不说。而当只剩他们两个人在一起时,我想他马上就会被他的顽念重新缠住。因为夏娃告诉我,他有时会像被人宰杀般地叫喊起来,他有幻觉,是那些,雕像。它们使他很害怕,因为那些雕像会嗡嗡作响。他说,雕像在他周围飞来飞去,而且对他翻白眼。"

他戴上手套接着说:

"她会不会厌倦,我不敢说。但是,假如在这之前她自己先垮了呢?我希望她出去走走,见见朋友和熟人。她也许能遇到一个好青年。喏,就像施罗德那样的小伙子。他是辛普隆公司的工程师,很有前途的。她可以在这些或那些人家里再次见到他,慢慢地她对建立新生活的想法会习惯起来的。"

达尔贝达太太担心话题重新打开,因此没有作声。她丈夫俯身对她说:

"得了,我该走了。"

"再见,她爸。"达尔贝达太太说着便把额头伸向他,"好好亲亲她,并且替我告诉她,她是个可怜的小宝贝。"

丈夫走后,达尔贝达太太一屁股坐进了安乐椅。她已精疲力尽,于是闭上了双眼。"如此的生命力。"她自责道。当她稍许恢复过来,立即缓缓地伸出她那苍白的手,闭着眼睛摸索着,从小盘子里拿起了一块洛库姆甜点。

夏娃和丈夫一起住在巴克街一幢旧楼房的第六层。达尔贝达先生灵巧地爬上了一百一十二级楼梯。到他手按门铃时,甚至没有喘一口气。他满意地记起多尔穆瓦小姐夸他的那句话:"夏尔,像你这样的年纪,你实在是了不起。"他从来没有像每星期四那样感到自己强壮和健康,尤其是在这种敏捷的攀登之后。

是夏娃前来开的门。"确实,她没有女佣。若是设身处地替那些姑娘想一想,她们在她家是待不住的。"他亲了亲女儿。

"你好,可怜的小宝贝。"

夏娃相当冷淡地问了他好。

"你的脸色有点苍白,"达尔贝达先生说着和她挨了挨脸颊,"你的活动太少了。"

接着是片刻沉默。

"妈妈好吗?"夏娃问。

"马马虎虎啦,你星期二不是见过她了吗?她就那样,跟以前差不多。你婶婶路易丝昨天来看她。这让她很高兴。她喜欢有人来访,但是客人不能待得太久。你婶婶路易丝带着孩子来巴黎是为了那桩抵押的事情。我想这事我已经告诉过你。这是件挺奇怪的事。她到我办公室来征求我的意见。我告诉她没有别的办法,只能卖掉。她倒是找到了买主,就是布列托奈尔。你还记得布列托奈尔吗?他现在已经退出商界了。"

他突然不说了,因为夏娃几乎没在听。他伤心地想,夏娃现在对什么都不感兴趣了。"就像书本。以前必须从她手里把书夺走,如今她甚至连书都不读了。"

"皮埃尔好吗?"

"很好,"夏娃说,"你要看看他吗?"

"当然啰!"达尔贝达先生高兴地说,"我要见他一面。"

他对这个不幸的小伙子充满了怜悯之情,然而每次看见他时又不无反感。"我讨厌那些不健康的人。"显然,这不是皮埃尔的过错,因为他有极可怕的遗传因子。达尔贝达先生叹了口气说:"这种事情防不胜防。知道时总是太晚了。"不,皮埃尔是没有责任的。不过,他身上总是带着这种毛病,这又构成了他的基本性格。这不像癌症和结核,当人们对患者本人诊断时,那两种病是可以不予考虑的。而当皮埃尔向夏娃求爱时,他那种十分讨夏娃喜欢的神经质的优雅和精明,却是一些疯狂之花。"他娶她时已经疯了。只不过当时看不出来罢了。"达尔贝达先生想,"人们不禁要问,责任究竟起始于何时,或者说终止于何时。总而言之,他自我剖析得太多了。他整天都在围着自己转。然而,这到底是他的病因还是后果?"他跟着女儿穿过一条又长又暗的过道。

"这套公寓你们两人住太大了,"他说,"你们应该换个地方才好。"

"爸爸,你每回都跟我说这个,"夏娃说,"可是我已经告诉过你,皮埃尔不愿意离开他的房间。"

夏娃真让人感到吃惊。人们不禁暗忖她对丈夫的病情是否清楚。他已经疯到极点,她却依然听从他的决定和意见,仿佛他的头脑完全清醒似的。

"我说的这些都是为你好,"达尔贝达先生有点不快地说,"我觉得,假如我是女人,待在这些昏暗的旧房间里我会害怕的。我希望你能有一套明亮的公寓,就像这些年在欧特伊一带新盖的房子,三间小小的通风良好的房间。他们没有房客,因此降低了租金。现在正是好时候。"

夏娃轻轻地转动了门把,于是他们两人走进了房间。达尔贝达先生被一股浓重的乳香味道呛了一下。窗帘是拉上的。在昏暗中,他辨出了安乐椅靠背上冒出来的瘦弱的颈背。原来皮埃尔背对着他,正在吃饭。

"皮埃尔,你好,"达尔贝达先生朗声说道,"怎么样,今天好吗?"

达尔贝达先生走过去。病人坐在一张小桌前,他的神情颇为狡黠。

"啊！咱们今天吃溏心鸡蛋,"达尔贝达先生提高嗓门说,"这不错,挺好!"

"我不聋,"皮埃尔轻声说道。

达尔贝达先生很气愤,把目光转向夏娃,要她作见证。但是夏娃报以冷峻的目光,默不作声。达尔贝达先生明白自己刺伤了她。"那好,她活该。"跟这个不幸的小伙子在一起,简直不可能找到合适的谈话气氛。因为他的理智还不及一个四岁的孩子,而夏娃却希望人家把他当作一个正常的男人。达尔贝达先生不得不耐心地等待着所有这些可笑的事情烟消云散时刻的到来。病人总会使他感到不快,尤其是精神病患者,因为他们没有理智。例如可怜的皮埃尔,他完全没有理智,他说的话没有一句不是胡说八道。但要想让他表示起码的歉意或是暂时认错,那都是徒劳的。

夏娃撤走蛋壳和蛋杯。她在皮埃尔面前摆了一副餐具:一把叉子和一把餐刀。

"他现在要吃什么啦?"达尔贝达先生兴冲冲地问。

"一份牛排。"

皮埃尔拿起叉子,把它夹在他那细长和苍白的手指间。他仔细地端详着叉子,接着便发出一下轻微的笑声。

"下一次再用这把,"他放下叉子喃喃说道,"我觉得它有问题。"

夏娃走近他,并以异常的兴趣打量着那把叉子。

"阿加特,"皮埃尔说,"给我另外拿一把叉子来。"

夏娃听从他的吩咐。皮埃尔开始吃起来。她拿起他那把可疑的叉子,把它紧紧地夹在手里,两眼直盯着它看。她似乎在付出巨大的努力。"他们的一切动作和他们之间的一切关系都是那么不可思议!"达尔贝达先生想。

他觉得很不自在。

"小心,"皮埃尔说,"叉子上有刺,你得拿住它的把中间。"

夏娃叹了口气,把叉子放在餐具桌上。达尔贝达先生感到再也忍耐不住了。他不认为应该迁就这个倒霉鬼的种种任性。即使对皮埃尔来说,这样做也是有害无益的。弗朗肖说得很对:"绝不能陷进病人的妄想。"与其给他另一把叉子,倒不如慢慢给他讲道理,让他明白第一把叉子和别的叉子完全一样。他走向餐具桌,故意拿起那把叉子,并用手指轻轻地摸了摸它的尖齿。然后他转向皮埃尔。但是皮埃尔正在用餐刀平静地切着牛排,他向岳父投去柔和而呆滞的目光。

"我想和你聊一会儿。"达尔贝达先生对夏娃说。

夏娃顺从地跟着他回到客厅。当达尔贝达先生在长沙发上坐下时,发现手里还拿着那把叉子。他生气地把叉子扔在了靠墙那张蜗形脚桌子上。

"这里的空气好多了。"他说。

"我从不到这里来。"

"我可以抽烟吗?"

"当然可以喽,爸爸,"夏娃赶紧说,"你要一支雪茄吗?"

达尔贝达先生宁肯自己卷烟抽。他不厌其烦地想着即将开始的这场谈话。在谈到皮埃尔时,他会因为他的理智问题感到十分为难,如同一个巨人在和一个孩子玩的时候,为自己的巨大力量感到为难一样。他所有那些明白、清晰和准确的优点这时都反而和他作对。"必须承认,和我那可怜的热内特在一起时,也差不多如此。"当然,达尔贝达太太不是疯子,但是疾病也把她弄得……软弱无力了。而夏娃则相反,她继承了父亲的天性,具有一种耿直和逻辑性很强的性格。因此,和她谈话是一件快事。"正因如此,我不愿让别人来破坏我们的谈话。"达尔贝达先生抬起双眼,他想再看看女儿那聪明和细腻的轮廓,他失望了。在这张从前是那么理智和明朗的脸上,现在却有点模糊和捉摸不定的东西。夏娃一直是很美的。达尔贝达先生发现,她悉心地化了妆,甚至竭尽了全力。她在眼皮上涂了蓝色,并且在长长的睫毛上涂了眼睫膏。这种完美的浓妆使她父亲感到难受。

"你这样化妆显得脸色发青,"他对女儿说,"我担心你会得病。你现在妆化得太过分了!以前你在这方面是非常谨慎的。"

夏娃没有作声。达尔贝达先生则为难地打量着在浓密的黑发下这张艳丽但已憔悴的面孔。他觉得,她的样子像一位悲剧演员。"我甚至知道她像谁。像那个女人,那个在奥朗日墙①用法语演过《费德尔》②的罗马尼亚女人。"他很遗憾对她做了这个并不令人愉快的评论。"嗨!我说漏了嘴!最好别拿这些小事来烦她。"

"原谅我,"他笑着说,"你知道我历来崇拜大自然。我不大喜欢现在女人们搽在脸上的各种香脂。但是,我错了,人们应该随着时代前进嘛!"

夏娃对他莞尔一笑。达尔贝达先生点燃了雪茄,抽了几口。

"我的小宝贝,"他开始说,"我想告诉你,让咱们俩一起好好聊聊,就我们两人,像从前一样。来吧,坐下,好好听我说。你得相信自己的老爸爸。"

"我喜欢站着,"夏娃说,"你要对我说什么?"

"我要问你一个简单的问题,"达尔贝达先生有点生硬地说,"这一切到底会把你引向何方?"

---

① 奥朗日墙,法国城市奥朗日有一古罗马剧院废墟,后成为一露天剧场。
② 《费德尔》,法国十七世纪戏剧家拉辛的名剧。

"这一切?"夏娃惊讶地重复了一遍。

"是,一切,就是你自己营造的这种生活。听着,"他接着说,"别以为我不理解你(他突然间来了灵感)。但是你想要做的事实在超出了人类的力量。你想光靠幻想来生活,对吗?你不愿意承认他有病?你不愿意看到今天的皮埃尔,是不是?你的眼里只有从前的皮埃尔。我的小宝贝,我的小乖乖,这是异想天开,绝对不可能实现的。"达尔贝达先生接着说,"噢,我来给你讲个故事,你大概没有听过。我们住在萨布勒多隆的时候,你才三岁。你母亲认识了一位非常可爱的少妇,她有一个漂亮的小男孩。你常和这个小男孩在海滩上玩耍。当时你们都很小,你是他的未婚妻。后来回到巴黎,你母亲想再见见这位少妇。人家告诉她,这位女士遭到了巨大的不幸。她那漂亮的儿子被一辆汽车的前挡泥板撞死了。人家对你母亲说:'你去看看她,但千万别和她谈起她儿子的死,她不愿意相信儿子已经死了。'你母亲去了她家,看到的是一个有点疯疯癫癫的女人。她像她儿子仍然活着那样生活。她对儿子说话,桌上还摆着他的餐具。她就生活在神经如此紧张的状态中,因此半年后,人们不得不强制地把她送进了一家疗养院,她在那里待了三年。不,我的孩子,"达尔贝达先生摇了摇头说,"这种事情简直是不可能的。她最好是勇敢地承认现实。那样,她只需痛苦一次,而时间会让人们渐渐遗忘的。请相信我,除了面对现实别无他法。"

"你弄错了,"夏娃很费劲地说,"我很清楚皮埃尔是……"

后面那个字她没有说出来。她站得笔直,把双手放在靠背椅的椅背上。在她脸部下方有点冷漠和难看的东西。

"哪……怎么说?"达尔贝达先生惊愕地问。

"什么怎么说?"

"你……?"

"我就爱他这个样子。"夏娃迅速和厌烦地说。

"事实并非如此,"达尔贝达先生用力地说,"事实并非如此,你并不爱他;你不可能爱他。爱这种感情,只能对健康和正常的人才能产生。对于皮埃尔,你只是怜悯,这一点我深信不疑。而且你对他给了你三年幸福一直铭记在心。可是别对我说你爱他,我不会相信的。"

夏娃默不作声,心不在焉地盯着地毯看。

"你可以回答我呀,"达尔贝达先生冷冷地说,"别以为进行这次谈话我比你更好受些。"

"既然你不相信我……"

"那么,假如你爱着他,"被激怒的达尔贝达先生大声喊道,"这对你,对我,对你可怜的母亲,都是很大的不幸。因为我要告诉你一件本不想说的事情:三年后,皮埃尔的神经将会完全错乱,变得像一头野兽。"

他用严厉的眼光看着女儿。他抱怨女儿太固执,迫使他违心地向她揭露了这个令人痛心的隐秘。

夏娃没有动弹,她甚至连头也不抬。

"我早就知道了。"

"谁告诉你的?"他惊愕地问。

"弗朗肖,半年前我就知道了。"

"我可叮嘱他要对你保密的,"达尔贝达先生痛苦地说,"不过,这样也好。但是,既然如此,你就应该明白,把皮埃尔留在家里是不可原谅的。你所进行的斗争是注定要失败的,他的病是不治之症。假如还有什么可能,假如通过治疗可以挽救他……我就不说这些了。可是,你来看看现实:以前你很漂亮、聪明、快活,现在你却心甘情愿、毫无回报地摧残自己。事实是,你曾经非常可爱,但是现在完了。你已经尽了全部责任,甚至超出了你的责任。现在,若是再坚持下去那就是不道德的了。人们还有对自己应负的责任,我的孩子。而且,你也不想想我们,你必须,"他一字一顿地说,"把皮埃尔送到弗朗肖的医院里去。然后放弃这套公寓,因为你在这里只有过不幸。回到家里和我们一起住。如果你想做点什么事帮助别人解脱痛苦,那你可以照顾照顾你的母亲。你可怜的妈妈虽有护士在照料,但是她需要有人陪陪她。而她呢,"他补充道,"她会赞赏你为她做的一切,对你十分感激的。"

接下来是一阵沉默。达尔贝达先生听见皮埃尔在隔壁房间里唱歌。而且那很难说是一首歌,倒不如说是一连串尖锐和急促的声音的堆砌。达尔贝达先生抬起头望着女儿。

"怎么样,行不行?"

"皮埃尔还是得跟我在一起,"她柔声地说,"我和他相处得很好。"

"那你就整天都得装傻。"

夏娃笑了笑,向父亲投去一瞥奇异的、嘲弄的,而且几乎是快活的目光。"确实,"达尔贝达先生气愤地想,"他们不光做这些,他们还在一起睡觉呢。"

"你完全疯了。"他站起来说道。

夏娃惨然一笑,并且仿佛对她自己喃喃地说道:

"不完全。"

"不完全?我只能对你说一句话,我的孩子,你让我害怕。"

他匆匆地亲了亲她便走了。他一边下楼梯一边想:"得派两个强壮的小伙子来,把这个可怜的废物强行拉走,不必征求他的意见,对他施行冲洗疗法。"

那是一个晴空万里的秋日,安静而豁朗。阳光给行人的脸上涂了一层金色。达尔贝达先生看到这一张张朴实的面孔感到十分惊讶。有的脸被太阳晒成了褐色,有的则相当光滑,但是它们都表现出他所熟悉的那种幸福和苦恼。

"我很清楚我责备夏娃什么,"在走到圣日耳曼大道时他这样想道,"我责备她生活在人类的圈子之外。皮埃尔已不再是一个有灵性的人。她给予他的一切照料和全部爱,都是从这些人的身上夺取的。人们没有权利拒绝和人类生活在一起。当魔鬼来到人间,我们就组成社会生活在一起了。"

他友善地注视着过往行人;他喜欢他们凝重和清澈的目光。在这些阳光普照的街道上,在人们中间,人就如同在一个大家庭里那样感到十分安全。

一位没有戴帽子的女士在一个露天货架前停住了脚步,她手里牵着一个小女孩。

"这是什么?"小女孩指着一台收音机问道。

"别碰,"她母亲说,"这是收音机,可以放音乐。"

她们在那里站了片刻,默默地欣赏着。达尔贝达先生动情了,他俯身向小女孩笑了笑。

二

"他走了。"大门砰的一声重新关上。夏娃独自一人待在客厅里。"我希望他死。"

她双手攥紧了靠背椅的椅背。她再次想起了父亲的目光。达尔贝达先生以一种行家的神情俯向皮埃尔。他对皮埃尔说:"这不错,很好!"仿佛一个善于和病人打交道的人。他看了看他,于是皮埃尔的面孔便映在了他那双灵活的大眼睛深处。"当他看着皮埃尔,当我想到他看见了皮埃尔时,我恨他。"

夏娃的双手沿着靠背椅滑了下来,她转身向着窗口。她感到耀眼。房间里充满了阳光,到处都是:照在地毯上的是一个个苍白的圆点;在空气中的仿佛是刺眼的尘埃。夏娃对这种不肯保守秘密且过分认真的光亮已经不习惯了,它钻到各个角落,把它们一一照亮;它像一名优秀的家庭主妇,擦拭着家具,使它们闪闪发光。然而,夏娃走向窗口,掀起挂在窗边的平纹细布窗帘。这时候,达尔贝达先生正走出大楼。夏娃忽然注意到他那宽阔的肩膀。他抬起头,眯着眼睛望了望天空,然后像年轻人一样大步流星地走远了。"他在强制自己,"夏娃想,"一会儿他会胸痛的。"她已经不太恨他了。在他的脑子里,除了千方百计想表现得年轻些,再也没有别的东西了。可是,当她见到他在圣日耳曼大道拐角消失后,怒气再次涌上心头。"他总惦记着皮埃尔。"他们俩生活的一小部分从这间封闭的屋子里逸出,在街道上、阳光下和人群中游荡,"难道人们永远不能把我们忘掉吗?"

巴克街上几乎空荡无人。一名老妇人正在一步一步地穿过马路;三个姑娘嬉笑着走了过去。再有就是一些男人,一些强壮有力、神色凝重的男人。他们手提公文包,正在交谈。"正常的人。"夏娃想道,她惊奇地发现了自己身上这种如此强烈的仇恨。一位美丽的胖妇人正在吃力地奔向一位举止潇洒的先生。他张开双臂把她搂住和她亲吻。夏娃苦涩地笑了笑,放下了窗帘。

皮埃尔已经不唱了,但是四楼的那位少妇却弹起了钢琴。她在弹一首肖邦的练习曲。她感到平静多了。她跨出一步向皮埃尔的房间走去,可是又立即止步。她略带忧伤地靠在了墙上:一如每次她离开那间卧室,想到还要回到那里,便不由得心里发紧那样。然而她很明白,她不可能去别处生活,因为她喜欢那间卧室。仿佛为了争取一点时间,她出自冷峻的好奇心用目光扫视了一遍这间无阴影无气味的房间,她在这里等待着自己重新获得勇气。"这里简直像一间牙医的诊室。"玫瑰红丝质的安乐椅、长沙发和方凳简朴而平常,有点儿父性;它们是男人的好朋友。夏娃想象着,一些神色庄重、身穿浅色衣服的先生,如同她刚才从窗口看到的那些人,走进这个客厅,继续着已经开始的谈话。他们甚至不花点时间确认一下这个地点,便迈着坚定的步伐一直走到屋中央。其中一位把手放在身后,仿佛是他的尾巴。他边走边轻轻擦过靠垫和桌上的物品。碰到这些东西时,他甚至没有一丝反应。而当某件家具正好放在他们的必经之路上时,这些庄重的先生们并非绕道而行,而是平静地把家具挪一挪。他们终于坐下来,始终继续着他们的谈话,甚至不朝后面瞧一眼。"一间正常人使用的客厅。"夏娃想。她的手搁在那间封闭小屋的门把上,顿时忧上心头并且感到嗓子发紧:"我得进去了。我从来不让他独自待很久的。"必须打开这扇门。随后,夏娃将站在门口,以便让自己的眼睛适应卧室里昏暗的光线,而这间卧室却将竭尽全力把她推开。夏娃必须战胜这种抗拒,以便进入屋中央。忽然,夏娃强烈地希望见到皮埃尔。她很想和他一起嘲笑达尔贝达先生。但是皮埃尔不需要她。她无法预料他将怎样对待她。她突然不无骄傲地想到,哪里都没有自己的位置了。"正常人还以为我和他们一样。可是要我和他们一起待上一个小时都不可能。我需要在那里生活,在墙的那一边。但是那里,人家又不要我。"

她的周围已发生了深刻的变化。光线已经老化,它变得发灰了:它已变得沉重,如同已经一天没有更换的花瓶里的水。在沉浸于这种老化光线里的物品上,夏娃重新体验到一种忘却已久的伤感;即秋末午后的那种伤感。她犹豫地、并且几乎腼腆地望了望四周。这一切都是那么遥远。在卧室里,既无白天也无黑夜;既无四季之分也无伤感。她泛泛地记起很久以前的那些秋天,她童年时代的秋天。想着想着,她突然变得僵直起来,因为她害怕回忆过去。

她听见了皮埃尔的声音。
"阿加特,你在哪里?"
"我来了,"她喊道。
她打开房门,走了进去。

焚香浓烈的味道立即充满了她的鼻孔和嘴,于是她睁大眼睛并且把双手挡在了前头。——很久以来,香味和昏暗对她来说仅是一种呛人却舒适的要素,同水、空气与火一样简单和熟悉。——她谨慎地朝着仿佛在雾气中晃动的一个苍白的圆点走去。那就是皮埃尔的脸,因为他的衣服(自从他生病以来,一直穿着黑色衣服)淹没在黑暗之中。皮埃尔的头向后靠着,紧闭着双眼。他很美。夏娃望了望他那弯弯的长睫毛,然后在他身边的矮椅子上坐下。"他像是不大舒服,"她想道。这时,她的双眼渐渐适应了昏暗的光线。写字台首先显现出来,接着是床,然后是皮埃尔的个人物品:剪刀、胶水罐、书本和植物标本集。它们铺满了安乐椅旁边的那一片地毯。

"阿加特?"
皮埃尔睁开双眼,他望着她笑笑说:
"你知道我那把叉子的事吗?"他说,"我那样做是为了吓唬那个家伙。它几乎没有什么毛病。"

夏娃心领神会,微微一笑。

"你很成功,"她说,"你把他气坏了。"

皮埃尔笑了。

"你刚才看见了吗?他把它摸弄了好一会儿,把它捏在手里……问题是,"他说,"他们不会拿东西,他们紧紧地抓住了它们。"

"确实如此。"夏娃说。

皮埃尔用他的右手食指敲了敲左手手掌。

"他们就是用这个拿东西的。他们伸出手指,当他们抓住东西后,就贴上手掌,以便扼杀它。"

他说得很快,并且话是从嘴唇边上说出来的。他仿佛很烦躁。

"我在想他们到底要干什么,"他最终说。"这个家伙已经来过。他们为什么派他到我这里来?如果他们想知道我在干什么,他们只需去看看电影,他们甚至不必动窝。他们在犯错误。他们有权力,但是他们在犯错误。我从来不犯错误,这是我的王牌。奥夫卡,"他说,"奥夫卡。"

他在额前挥动他那只长长的手。

"这个讨厌的女人!奥夫卡,帕夫卡,絮夫卡。你还想多要吗?"

"是铃吗?"夏娃问。

"是,她走了。"

接着他严肃地说:

"那家伙,他是个次要角色。你认识他,你和他一起去了客厅。"

夏娃没有吭声。

"他想干什么?"皮埃尔问,"他一定对你说了。"

267

她犹豫片刻,接着便粗暴地说:
"他想要把你关起来。"
当人们柔声地把实情告诉皮埃尔时,他会不相信。因此必须对他厉声喝道,以麻痹并解除他的疑虑。夏娃宁愿粗暴地对他道出实情,而不肯欺骗他。当她对他撒谎,他也表示相信时,她不禁产生一种微弱的优越感,而这却使她厌恶自己。
"把我关起来!"皮埃尔讥讽地重复道,"他们在胡说八道。这能妨碍我什么?不过是筑起几堵墙。他们也许认为这样做能制止我。我有时想是否有两种集团。一种是真正的,是黑人集团。另一种是糊涂虫组成的集团,他们到处管闲事,净干蠢事。"
他用手在安乐椅扶手上敲了一下,高兴地打量着它。
"墙是可以穿过去的。你是怎么回答他的?"他转向夏娃好奇地问道。
"我不会把你关起来的。"
他耸了耸肩。
"不能这样回答。你也犯了个错误,除非你不是故意的,应该让他们使自己的把戏破产。"
他不说话了。夏娃忧伤地低下了头。"他们捏紧了它们!"他说这句话时的语气是多么轻蔑,而这话说得很对。"我是否也捏紧了那些东西?我徒劳地观察自己,我想我的大多数动作都会使他反感。可是他不说。"她突然感到自己很可怜,如同她十四岁时,性格急躁和轻率的达尔贝达太太对她说:"你这个人简直连自己的手都不会用。"她不敢动弹。正在这时,她竭力想要换个姿势。他轻轻地把双脚缩回到椅子下面,勉强擦着地毯。她瞧着桌上的台灯——皮埃尔已把灯座涂成黑色——和那副国际象棋。在棋盘上皮埃尔只留下了黑色的小卒。他有时站起来,一直走到桌子旁,把小卒一个一个拿在手里。他和它们说话,管它们叫机器人,它们似乎在他的手指间显示出一种无声的生命力。当他把它们放下,夏娃走过去抚摸它们(她觉得自己有点可笑)。它们又变成了无生命的小木块,但是它们之中还有一种泛泛的、琢磨不透的东西,仿佛有某种含义。"这是他的东西,"她想,"在这间卧室里已经不再有属于我的东西了。"她曾经有过几件家具:镜子和细木镶嵌的小梳妆台。那是她祖母留下的,被皮埃尔戏称为"你的梳妆台"。现在皮埃尔已把它们据为己有。只有对皮埃尔,那些东西才会显出其真面目。夏娃可以连续几小时地看着它们,它们却顽固不化并且恶意地使她失望,永远只给她看到其表面——如同对弗朗肖医生和达尔贝达先生一样。"然而,"她伤感地想道,"我看它们时已经和我父亲不完全一样了。我不可能和他的看法完全一样。"

因为双腿发麻,她稍为挪动了一下膝盖。她的身子僵直,感到很不舒服。她觉得自己的身子过于活泼和轻率。"我想成为隐身人待在这里,以便能够看见他而他却见不到我。他不需要我。在这间卧室里我是多余的。"她稍稍转过头去,望着皮埃尔头上的那片墙。墙上刻写着一个又一个的威胁。夏娃知道这件事,但她看不懂。她经常看着壁纸上那一朵朵硕大的红玫瑰,一直看到它们在自己的眼前跳跃起来。玫瑰在昏暗中闪闪发光。威胁通常刻写在床的左上方天花板旁边。但它有时会换地方。"我得站起来。我不能,我不能坐得更久了。"墙上还有一些白圈圈,它们像一片片洋葱。圆圈绕着自己转,于是夏娃的双手开始发抖。"有的时候我也疯了。不,"她苦涩地想,"我不能变疯。我只是有点神经质而已。"

突然,她感到皮埃尔的手放在了她的手上。

"阿加特。"皮埃尔温情脉脉地说。

他对她笑,但是他只是抽搐地捏住她的指头,仿佛他抓住螃蟹的背以免被它的大钳子夹住。

"阿加特,"他说,"我多么想信任你。"

夏娃闭上眼睛,胸脯上下起伏。"现在什么也别说,否则他会失去信心,什么都不说了。"

皮埃尔松开她的手。

"我很爱你,阿加特,"他对她说,"但是我不能理解你,你为什么总是待在卧室里?"

夏娃不回答。

"告诉我为什么。"

"你知道我爱你。"她生硬地说。

"我不信,"皮埃尔说,"为什么你还爱我?我应该让你讨厌,我被鬼怪缠了身。"

他笑了笑,但他顿时变得严肃起来。

"你我之间有一堵墙。我看得见你,跟你说话,但是你在那一边。是什么东西阻止我们相爱?我觉得从前更加容易点,在汉堡。"

"是。"夏娃忧伤地说。他总是说汉堡,从不谈谈他们真正的过去。夏娃和他,谁都没有到过汉堡。

"那时我们沿着运河漫游。有一条平底驳船,你记得吗?驳船是黑色的,甲板上有条狗。"

他在不断地编造,他的样子很虚假。

"我拉着你的手,那时候你的皮肤和现在不一样。我相信你说的一切。别作声!"他喊道。

他听了一阵。

"她们要来了。"他沮丧地说。

夏娃惊跳起来。

"她们要来了？我还以为她们永远不会再来了。"

三天以来，皮埃尔变得更加安静。那些雕像没有来。皮埃尔对雕像惊恐万分，尽管他从不承认这一点。夏娃却不怕它们。但是当这些雕像在卧室里嗡嗡作响地飞行时，她很担心皮埃尔。

"把齐于特尔递给我。"皮埃尔说。

夏娃站起来，拿住齐于特尔。这是皮埃尔自己粘贴的一个硬纸板手工劳作，是他用来制服雕像的。齐于特尔像一只蜘蛛。在硬纸板的一面皮埃尔写着"能降住伏兵"，另一面上写着"黑"。第三面上他画了一个眯着眼睛微笑的头像，那是伏尔泰。皮埃尔抓住齐于特尔的一只爪子，脸色阴沉地打量着它。

"它已经没有用了。"他说。

"为什么？"

"他们把它扳倒了。"

"你再做一个？"

他久久地望着她。

"你很愿意这样。"他咬着牙说道。

夏娃生皮埃尔的气了。"每一次她们到来时，他都事先知道。他从来不会弄错，不知道他是怎么回事。"

齐于特尔可怜地吊在皮埃尔的手指头上。"他总能找出一堆理由不用它。星期日它们到来的时候，他声称没有找到它。其实我看见它了，就在胶水罐后面，他不可能看不见的。我纳闷，是不是他自己把它们引来的。"人们从来都无法知道他是否完全真诚。有时候，夏娃觉得皮埃尔不由自主地被大量不健康的思想和幻觉所缠绕。可是在别的时候，皮埃尔像是在编造。"他很痛苦。但是,他对雕像和黑人究竟相信到何种程度?那些雕像,我知道他在任何时候都看不见它们,他只是听见它们的声音。当它们来临时,他转过头去。可他仍然说见到了它们,而且还能对它们一一加以描述。"她想起了弗朗肖医生那张红彤彤的脸。"可是,亲爱的夫人,所有精神病患者都是说谎的人。假如您想区分他们真实感受到的和他们声称感受到的,那是白费时间。"她惊跳起来:"弗朗肖到底想干什么?我可不会像他那样去想。"

皮埃尔站了起来,他把齐于特尔扔到纸篓里。"我要像你那样去想。"她喃喃道。他踮着脚尖小步地走着,双肘紧贴着臀部,以尽量少占地方。他回到原地坐下,以坚定的眼光望着夏娃。

"得糊上黑色的壁纸,"他说,"这个房间里不够黑。"

他坐在安乐椅里。夏娃凄然地看了看这具佝偻的身躯,它随时准备后退和蜷缩起来。他的胳膊、双腿和脑袋像是一些可以自由伸缩的器官。挂钟敲响了六点钟。钢琴声停止了。夏娃叹了口气,因为雕像不会马上来到,得等着它们。

"要不要开灯?"

她宁愿不在黑暗中等待它们。

"你愿意就开灯。"皮埃尔说。

夏娃开亮了写字台上的那盏小灯。顿时一片红色的雾气笼罩了房间。皮埃尔也在等待。

他不说话,但是他的嘴唇在动弹,它们在红色的雾气中形成了两个暗色的圆点。夏娃喜欢皮埃尔的嘴唇。以前它们是很动人和性感的。但是如今它们已失去了性感。它们上下分开,微微颤动,又不断地合上,一片压在另一片上面,接着又重新张开。它们孤独地生活在这张与世隔绝的脸上,像两头担惊受怕的野兽。皮埃尔可以这样喃喃自语好几小时而不说出一句话来。而夏娃则常常被这种顽固的小动作迷住。"我喜欢他的嘴巴。"他不再亲吻她,他厌恶身体的接触。夜里,有人用男人粗硬和干巴巴的手摸他,把他的整个身子夹住;又用有长长指甲的女人之手龌龊地抚摸他。他经常穿着衣服睡觉,但是双手却伸到衣服下面,并且揪住衬衫。有一次他听到笑声,还有两片浮肿的嘴唇贴到了他的嘴唇上。正是从那一夜起,他再也不亲吻夏娃了。

"阿加特,"皮埃尔说,"别看着我的嘴!"

夏娃低下了头。

"我并非不知道可以从嘴唇上看懂别人的心思。"他继续傲慢地说。

他的手在安乐椅扶手上抖动。他的食指僵直,敲了三下大拇指,其他手指则紧缩着:这是在驱魔。"快开始了。"她想。她真想把皮埃尔一把搂在怀里。

皮埃尔开始用一种上流社会的语调大声说话。

"你还记得圣波利吗?"

夏娃没有回答,这可能是个陷阱。

"我是在那里认识你的,"他满意地说,"我是从一名丹麦水手那里把你夺过来的。我和他差点打起来,可是我付了酒钱,于是他就让我把你带走了。这一切只不过是一场闹剧。"

"他在撒谎,他对自己说的话连一个字都不会相信的。他知道我不叫阿加特。他说谎时我恨他。"但是她看见他的双眼直盯盯的,怒气就又消了。"他不是在撒谎,"她想,"他一定黔驴技穷了。他感到她们正向他走来,他说话正是为了不让自己听见她们的到来。"皮埃尔双手紧抓住安乐椅扶手。他的脸色苍白,他在笑。

"那些会见往往很奇怪,"他说,"但是我不相信偶然。我不问是谁把你派来的,我知道你不会回答。总而言之,你很机灵地玷污了我。"

他很艰难地说着话,嗓音尖厉而急促。有几个字他发不出声来,仿佛一种柔软和无形的物质从他嘴里吐了出来。

"你把我拉到了节庆活动场上,在一些回旋转动的黑色汽车中间。但是汽车后面有一大堆红彤彤的眼睛。我刚转过身去,它们就闪闪发光。我想一定是你一面攀着我的胳臂一面给它们发出信号。可是我却什么也看不见。我完全沉浸在加冕礼盛大的庆典之中了。"

他两眼圆睁,直盯着前面。他迅速地把手贴在额头上,动作十分急促,并且不停地说话,他不愿意停止说话。

"那是共和国的加冕礼,"他用刺耳的嗓音说道,"由于各殖民地专门为庆典送来了各种动物,那真是给人留下深刻印象的盛大场面。你当时害怕迷失在猴群当中。我说是在猴群当中,"他看了看四周,用傲慢的神气重复道,"我可以说是在一群黑人当中!那些钻到桌子下面,并且以为不会被人发现的瘦小家伙,被人发现了,而且立即被我的目光死死盯住。命令要求住嘴,"他大声喝道,"住嘴!大家各就各位,为雕像的到来做好准备,这是命令。特拉拉!"他在吼叫,并用双手做成喇叭形状放在嘴边,"特拉拉拉,特拉拉拉拉。"

他不作声了,夏娃知道雕像刚进入卧室。他全身僵直,脸色苍白,神情轻蔑。夏娃也身子发僵,两人在静默中渐渐地松弛下来。有人在过道里走动,那是女佣玛丽,她大概刚来。夏娃想:"我得给她煤气费。"接着,雕像开始飞舞起来,她们在夏娃和皮埃尔中间来回穿梭。

皮埃尔说了声"嗯",便一屁股坐在了安乐椅里,并把双腿抽回到自己身下。他转过头去,不时发出冷笑。一颗颗汗珠从他的额头上渗出。夏娃不忍看到这张苍白的脸以及被颤动扭曲了的那张嘴,她闭上了眼睛。一些金色的线条开始在她眼皮的红色底部跳动起来。她感到自己衰老和沉重。离她不远,皮埃尔在大声喘气。"她们在飞舞,在嗡嗡作响;她们俯身向着他……"她感到身上微微发痒,肩上和右胁很不舒服。于是,她的身子本能地向左倾斜,仿佛为了避免不愉快的接触,给沉重和笨拙的东西让道。突然,地板嘎啦一响。她很想睁开眼睛,看看右边并用手驱散那儿的空气。

她什么也没有做,仍然紧闭着双眼。这时,一种苦涩的愉悦使她的全身颤抖。"我自己也害怕了,"她想道。她的全部生命都藏到了自己的右边。她闭着眼睛,俯身向着皮埃尔。她只需付出极小的努力,这样她就生平第一次能进入那个悲剧世界了。"我害怕那些雕像。"她想。这是一种强烈和盲目的肯定,是一种咒语。她竭尽全力要相信她们的到来。使她右边麻痹的那种苦恼,她力图使之赋有新的含义,即一种触摸。在她的胳膊、肋部和肩上,她感觉到它们经过。

雕像飞得很低,而且很慢。它们在嗡嗡作响。夏娃知道它们的神情狡黠,而且睫毛从它们眼睛周围的石头里伸出来。但是它们的模样,夏娃仍然不很清楚。她也知道它们还没有完全变活。但是在它们巨大的身躯上已经出现了层层肌肉和温暖的鳞片。在它们的指尖,石头在脱落,而它们的手心使它们发痒。夏娃无法看到这一切。她只是想,一些身躯庞大的女人,正在像人那样,并且以石头固有的倔强,既庄严又怪诞地在她的身上滑来滑去。"它们正在俯向皮埃尔。"夏娃猛一使劲,于是它们双手开始颤动起来。"它们正在向我扑来……"突然间,一声可怕的喊叫把她吓呆了。"它们碰到他了。"她睁开眼睛,看见皮埃尔双手抱头,气喘吁吁。夏娃感到精疲力竭。"闹剧,"她后悔地想,"这不过是一场闹剧。我从未真正地相信过。而在这段时间里,他却在真正地受折磨。"

皮埃尔渐渐放松,并用力地呼吸,但是他的眼珠瞪得极大,他大汗淋漓。

"你看见它们了吗?"他问。

"我无法看见它们。"

"这样对你更好,否则你会害怕的。我呢,"他说,"已经习惯了。"

夏娃的手一直在抖动,血涌到了她脑子里。皮埃尔从口袋里掏出一支烟,放到嘴上。但是他并不点燃香烟。

"看见它们倒无所谓,"他说,"但是我不愿意它们碰我,因为我害怕它们让我身上长包。"

他思索片刻,问道:

"你听见它们了吗?"

"听见了,"夏娃说,"就像是飞机的发动机。"(上星期日,皮埃尔曾经这样告诉她的。)

皮埃尔略带优越感地笑了笑。

"你夸张了。"他说。

但是他仍然脸色苍白。他看着夏娃的手。

"你的手在发抖。我可怜的阿加特,刚才让你受惊了。可是你不必烦恼,明天以前它们不会再来了。"夏娃说不出话来,她牙齿咯咯作响,可是担心让皮埃尔看出来。皮埃尔久久地打量着她。

"你美极了,"他点着头说,"遗憾,真遗憾!"

他迅速地伸出手,轻轻地摸着夏娃的耳朵。

"我美丽的守护神！你让我有点不自在,你太美了。这让我分心。若不是要回顾的话……"

他不说了,只是惊奇地望着夏娃。

"不是那个字。想起来了……想起来了,"他泛泛地笑了笑说,"那个字就在嘴边……而这个字却代替了它……我忘了刚才对你说什么了。"

他思索片刻,摇了摇头。

"得了,"他说,"我要睡了。"

他用一种童音补充道:

"你知道,阿加特,我累了。我的脑子已经不转了。"

他扔掉香烟,不安地望着地毯。夏娃在他头下塞了一个枕头。

"你也可以睡了,"他闭着眼睛对她说,"它们不会再来了。"

概　　要

皮埃尔睡着了,脸上显示出一种诚实的微笑。他歪着脑袋,仿佛想用脸颊亲自己的肩膀。夏娃不困,她想:"总而言之。"突然间,皮埃尔的脸色变得很难看,那个长长的、白生生的字从他的嘴里冒了出来。皮埃尔惊奇地朝前看了看,仿佛他看见了这个字却又记不起来。他那软绵绵的嘴巴张开着,似乎他身上有什么东西破碎了。"他嘟嘟哝哝地说了些什么。这对他来说是头一回发生的事。而且,他自己也察觉到了。他刚才还说脑子不转了。"皮埃尔发出一声快感的呻吟,他的手做了一个轻微的手势。夏娃神色严厉地望着他。"他将怎样醒过来?"这件事一直困扰着她。只要皮埃尔一睡觉,她就得想到这个,她无法克制自己。她害怕他醒来时两眼混浊,并且开始嘟嘟哝哝。"我真蠢,"她想,"一年之内不会那样的,这是弗朗肖说过的。"但是她仍然忧虑万分。一年,一个冬天,一个春天,一个夏天和另一个秋初。有朝一日,这些症状将会变得混乱一团,他的嘴巴将会合不拢,半睁着噙满泪花的双眼。夏娃俯向皮埃尔的手,贴上了她的双唇。"在这之前,我会把你杀死的。"

厄罗斯忒拉特[*]

男人们,必须由上往下地看他们。我关了灯,来到窗边。他们甚至想不到有人竟能从上往下地观察他们。他们很注重自己的前面,有时也注重后面。但是他们精心筹划的全部效果,对于身高一米七〇的观众才能得到充分发挥。谁曾想过从七层楼往下看到的圆顶礼帽会是什么样子?他们忽视用鲜艳的颜色和耀眼的布料来捍卫自己的肩膀和脑袋,他们不会和来自人类的这个最大敌人——居高临下的透视——作斗争。我俯着身笑了。他们为之骄傲的了不起的"直立"姿态在哪里?他们朝着人行道把自己压扁,从肩下伸出两条长腿,仿佛在爬行。

我真该在这里,在七楼的阳台上度过我的一生。必须通过物质的象征来展示精神的优越,否则,它们便不复存在。可是,确切地说,我和人们相比,到底优越在哪里?除了位置上的优越,别无其他。我置身于我所属的人类之上凝视人类。我之所以喜欢巴黎圣母院的双塔、埃菲尔铁塔顶层的平台、圣心大教堂以及德朗布尔街上我的第七层楼,原因就在于此。这是些极佳的象征。

有时我也需要下楼来到街上,例如为了去上班。我会感到窒

---

[*] 厄罗斯忒拉特,古希腊埃费兹人,他想用骇世惊俗之举使自己名传千古,便一把火烧掉了当地著名的阿尔忒弥斯神庙。

息。当人们和其他人处于同一水平时,要把他们当作蚂蚁就困难多了,因为他们能触动你。有一次我在街上看见一个已经死了的家伙。他面朝地倒着。人们将他翻过来,他流着血。我看到他睁开的双眼、古怪的表情以及满身的鲜血。我想:"这没什么,并不比新上的油漆更刺激人。有人把他的鼻子涂成了红色,仅此而已。"但可恶的是,我感到双腿和颈部发软,晕了过去。他们把我带到一家药房,在我的肩上打了几巴掌,灌了我几口烈性酒。我真该杀死他们。

我知道他们是我的敌人,但他们不知道。他们互相爱护,互相帮助。对待我,他们也想随时助我一臂之力,因为他们以为我是他们的同类。但是,假如他们能够猜出极小一部分实情,便会揍我。而且,后来果然这样做了。当他们把我抓住,知道了我是何许人,就把我痛打了一顿。他们在警署把我打了两个小时,扇我的耳光,对我拳打脚踢。他们拧我的胳膊,撕我的裤子,最后把我的夹鼻眼镜扔在地上。我爬着在地上寻找眼镜的时候,他们踢我的屁股,还哈哈大笑。我早就预料到他们终归要揍我的。我并不强壮,无力自卫。有的人对我窥测已久,是那些大个子。他们在街上故意把我推推搡搡,为了取笑,也为了看看我的反应。我什么也不说,佯装不明白。然而他们毕竟把我制服了。我怕他们,这是一种预感。但你们一定会想,我憎恨他们还有更重要的理由。

从这个观点看来,自从我买了一把手枪之后,一切便容易多了。当人们身上经常带着这种能够爆炸并发生巨响的东西,便会感到自己十分强大。每星期日我都带着它,我把它放进裤兜,便出门散步去了,——一般总是去那些大马路。我感到它像一只螃蟹抓住我的裤子,感到它冰凉地贴在我的腿上。但是,由于紧挨我的身体,它渐渐暖热起来。我姿态僵硬地走着,活像一个正在勃起的家伙,每走一步路他的阴茎都会妨碍他。我把手伸进裤兜,摸了摸那东西。我不时走进公共便池——即使在那里我也十分注意,因为旁边常常会有人的——我取出手枪,把它掂量一番。我望着它那黑格子的枪托和那个像半闭着的眼皮的黑色扳机。别的人,那些在外面看见我叉开的双脚和裤腿的人,以为我在那里小便。其实我从不在公共便池里小便。

一天晚上,我突发奇想,要朝别人开枪。那是个星期六的晚上。我出门去寻找莱雅。她是在蒙巴那斯大街上一家旅馆前拉客的一个金发姑娘。我从未和女人有过亲密的关系,因为那样我会觉得遭到了打劫。人们骑在她们身上,那是事实。但是她们会用毛茸茸的大嘴吞噬你的下腹。而且我听别人说,是她们——肯定如此——在这宗交易里赚了。我对任何人一无所求,但也不愿有任何付出。不然,我情愿要一个冷漠而恭顺的女人,她将厌恶地承受我的发泄。每月的第一个星期六,我和莱雅来到迪凯讷旅馆的一个房间。她脱光衣服,我便盯着她看,但是并不碰她。有时候,在我裤裆里自己流了;有时候我便赶回家里自己射完。那天晚上,我没在她的位置上找到她。我等了一会儿,没看见她来。我想她大概得了流感。那时正是一月初,天气很冷。我很沮丧。我是个富有想象力的人,因而强烈地记起那天晚上想要获得的那种快感。在敖德萨大街上有一个褐发女人,我常注意到她。她年龄稍大了一些,但是长得结实丰满。我并不讨厌成熟的女人,因为她们脱光衣服时,似乎比别的女人更加裸露。但是她并不了解我的习惯,直截了当地把这个告诉她,我还有点发怵。此外,我对新认识的人总是不大放心。那种女人很可能把一个流氓藏在哪扇门背后。等你们干完事,那家伙便会突然冒出来,抢你的钱。他若不对你拳打脚踢,那便谢天谢地了。然而,那天晚上我有一种莫名其妙的勇气。我决定回家取我那把手枪,然后出门去冒险。

　　一刻钟后我找到那个女人时,我的武器就在自己的衣兜里。我什么也不怕了。我面对面仔细打量她时,她那副样子很凄惨。她很像我对门的邻居,那个军士的老婆。我很满意,因为很久以来我一直想看看那个女人脱光了是个什么样子。军士不在家时,她总是开着窗户穿衣服。我常常躲在窗帘后面窥视她。但是她在屋子里头梳妆打扮。

　　斯泰拉旅社只剩下五楼的一个空房间。我们上去了。那女人相当笨重,每登一级楼梯便要停下来喘口气。我却很轻松自如。尽管我的肚子已微微突出,但整个身子仍相当干瘦,得爬四层楼以上才会气喘。在第五层楼,她停了下来,右手按着胸口,呼吸急促。她左手拿着房门钥匙。

　　"真高。"她边说边对我笑了笑。

　　我没有回答,从她手里夺过钥匙,打开了房门。我左手紧握手枪,它在我的衣兜里直瞄准前方,直到把门打开我才松开它。房间里空空荡荡。洗脸池上放了一小块绿色香皂,是给过夜的人用的。我笑了笑,因为对我来说,那些坐浴盆和一块块小小的香皂都没有多大用处。那女人一直在我的身后喘气,这刺激着我。我转过身去,于是她便把双唇向我伸了过来。我推开她。

　　"把衣服脱光。"我对她说。

　　有一张绒绣椅面的安乐椅,我舒舒服服地坐了下来。正是在这种情况下我遗憾自己不抽烟。女人脱掉连衣裙,然后停住了,向我投来一瞥不信任的目光。

　　"你叫什么名字?"我边问边向后仰。

　　"勒内。"

　　"那好,勒内,你快一点,我等着呢。"

"你不脱衣服?"

"得了,得了,"我对她说,"你别管我。"

她让裤子落在脚下,然后拾起它,把它和胸罩一起小心翼翼地放在连衣裙上。

"亲爱的,你难道是个小坏蛋,小懒鬼?"她问,"你样样都要你的小情人来做吗?"

说着,她向我走来,双手搁在安乐椅的扶手上,笨重地想要跪在我的两腿之间。但是我粗鲁地把她拉了起来。

"别这样,别这样。"我对她说。

她惊奇地望着我。

"可是你要我做什么呢?"

"什么也不必做。你走走步,在房间里转转,我只要求你这一点。"

她开始笨拙地来回走步。当女人全身裸露时,再没有比要求她们走步更使她们为难的了。她们不习惯脚跟着地走路。那婊子驼着背,垂着双臂。我却在那里狂喜。我安稳地坐在安乐椅里,穿得严严实实,甚至连手套也没有摘。而这个上了点年纪的女人则听从我的命令,光着身子开始在我的周围打转。

她扭头看着我,为了保全面子,还对我发出媚笑。

"你觉得我美吗?你大饱眼福了吧?"

"你别管。"

"喂,"她突然愤怒地问我,"你想让我这个样子走好久吗?"

"你坐下吧。"

她坐在床上,我们两人面面相觑。她在起鸡皮疙瘩。听得见墙那边一个闹钟的嘀嗒声。我忽然对她说:

"把你的双腿叉开。"

她迟疑片刻,后来照办了。我望着她两腿之间的那个部位,并且用鼻子嗅了嗅。然后我便哈哈大笑起来,笑得眼泪都流出来了。我只是对她说:

"你明白吗?"

我又笑起来。

她惊愕地看着我,接着便满脸涨得通红,把双腿并拢了。

"浑蛋!"她咬牙切齿地说。

但是我笑得更加厉害了。于是她猛地站了起来,从椅子上拿起胸罩。

"喂,我对你说,还没完呢。一会儿我会给你五十法郎的,但是我花了钱得有所值啊。"

她烦躁地拿起裤子,对我说:

"我不干了,你懂吗!我不知道你到底想干什么。假如你让我上楼来是为了嘲弄我的话……"

这时我拔出手枪,给她看了看。她认真地看了我一眼,什么也没说,手里的裤子又掉在了地上。

"接着走,"我对她说,"来回地走。"

她又来回走了五分钟。然后我把手杖递给她,要她挂着手杖走路。当我感到我的底裤已湿,便站了起来,递给她一张五十法郎的票子。她收下了。

"再见,"我说,"我付这个价钱没有让你太受累吧?"

我走了,把她一人赤身裸体地留在了房间中央。她一手拿着她的胸罩,一手拿着那张五十法郎的票子。我并不惋惜花掉的这份钱。我把她弄得目瞪口呆,而婊子是不会轻易惊呆的。我一边下楼一边想:"这就是我想要干的,让他们大家都惊呆。"我快活得像个孩子。我拿走了那一小块绿香皂,回到家里在热水下久久地搓着它，直到它在我的手指间变成了薄薄的一小片，像一块被吮了很久的薄荷糖。

但是这天夜里我惊醒了，我又看见了她的面孔，当我向她表现出情欲时她的目光，以及她每走一步时抖动着的肥胖肚子。

我真笨，我想。我感到一种苦涩的懊恼。我在那里的时候，真该向她开枪，把她的肚子打得千疮百孔。那一天和以后三天的夜里，我都梦见她肚脐周围一圈有六个红色的小洞。

以后我每次出门都必带手枪。我看着人家的后背，并且根据他们的举止发挥想象，假如我向他们开枪，他们将会以怎样的姿势倒下。每星期日，我都要去沙特莱剧院门前古典音乐会的出口处。将近六点钟，我听到一阵铃响，那些女引座员便前来打开玻璃大门并且用钩子把它们固定住。这是开始，人群缓慢地从里面出来。那些人走起路来有点摇摇晃晃，眼里还充满了幻想，心中仍满怀着美好的感情。许多人用惊奇的眼光注视着周围，在他们的眼里街道大概成了一片蓝色。于是他们神秘兮兮地笑了，仿佛从一个世界来到另一个世界。正是在这另一个世界，我等着他们。我早已把右手伸进衣兜，竭尽全力握住枪柄。过了一会儿，我觉得自己正在向他们开枪。我朝他们猛烈地扫射，他们一一倒下，后者趴在前者的身上；而那些惊恐万状的幸存者，则慌忙往剧院里退去，把玻璃大门都挤碎了。这是一种很费劲的游戏，最后我的双手发抖，我不得不去德雷埃酒吧喝了杯白兰地才恢复过来。

女人，我并不杀死她们。我只是朝她们腰部开枪，或是朝她们的腿肚子开枪，为的是让她们跳起舞来。

我还没有拿定任何主意，但是我决定什么都干，仿佛自己的主意已定。我先解决一些细节问题。我去当费尔-罗什罗集市的一个靶场练习。纸板靶子上我的成绩并不出色，但是活生生的人却提供了宽阔的靶子,尤其在近距离向他们开火时更是如此。接着,我为此进行了宣传。我选定全体同事都在办公室的一天,一个星期一的早上。虽然我很讨厌和他们握手,但是出于原则,我对他们表现得相当友好。他们摘下手套互致问候。他们沿着手指慢慢褪下手套,渐渐露出那片肥胖和皱巴巴的手掌,那样子十分猥亵。我是从来不摘手套的。

星期一早上没有什么要紧的事。销售处的女打字员刚给我们送来了收据。勒梅西埃友善地和她开玩笑。她出去后,他们那些人就以行家的姿态分析她的魅力所在。接着他们又谈起了兰伯①。他们都喜欢兰伯。我对他们说:

"我喜欢黑色英雄。"

"黑人吗?"马塞问道。

"不,是指魔法、妖法②这个词里黑的意思。兰伯是一位正派英雄,我对他不感兴趣。"

"你去看看,横渡大西洋容易吗!"布克森酸溜溜地说。

我向他们陈述了我关于黑色英雄的看法。

"一个无政府主义者。"勒梅西埃概括道。

"不,"我态度温和地说,"无政府主义者以自己的方式喜欢别人。"

"那他就是一个精神不正常的人。"

但是,这时候肚里有点墨水的马塞开了腔。

"我知道你说的那个家伙,"他对我说,"他叫厄罗斯忒拉特。他想成名却找不到更好的办法,便一把火烧掉了世界七大奇迹之

---

① 兰伯,美国飞行员,曾于一九二七年独自驾机飞渡大西洋。
② 魔法、妖法,法语原文 magie noire 是一个复合词,形容词 noire 在这里的意思为邪恶的、丑恶的、卑劣的。

一的埃费兹神庙。"

"这座神庙的建筑师叫什么名字?"

"我记不起来了,"他承认,"我甚至觉得人们并不知道他的名字。"

"是吗?那你记得住厄罗斯忒拉特的名字吗?你看,他估计得不错吧。"

谈话到此为止,我的心里很舒坦。到时候他们会想起这次谈话的。在这之前,我从未听说过厄罗斯忒拉特,他的故事使我很受鼓舞。他已去世两千多年,但是他的英雄业绩如同一颗黑色的钻石仍在熠熠生辉。我开始相信,我的命运将短暂而悲惨。起初我很害怕,后来慢慢习惯了。如果以某种方式来看待这个问题,那是残忍的;但从另一个角度看,却能立即带来巨大的力量和无限的美好。当我下楼走到街上,便感到身上有一股奇异的力量。我身上带着手枪,这个能爆炸并发出声响的东西。但我已经不是从它那里,而是从自己身上获得安全感了。因为我是一个和手枪、鞭炮以及炸弹同类的人。我也如此,有朝一日在我凄惨的生命终结之时,我将会爆炸,将会像镁光一样以强烈而短促的光辉照亮世界。那个时期,我往往连着几夜做着同样的梦。我梦见自己是个无政府主义者,站在沙皇的必经之路上,我身上带着一个爆炸装置。正在那时,队伍过来了,炸弹随即爆炸。在众目睽睽之下我和沙皇以及三名身穿镶有金线绦子制服的军官一起炸得血肉横飞。

现在我已经好几个星期不去上班了。我常到大马路上去,在我未来的牺牲品当中溜达;或是关在自己房间里制订计划。十月末我被解雇了。于是我利用闲暇起草了下列信件,并且抄写了一百零二份。

先生：

您久负盛名，您的大作印制了三万份。让我来告诉您其原因所在。这是因为您热爱人们。在您的血液里流淌着人道主义，这就是福分。只要与人为伍，您便兴高采烈。您一见到自己的同类，即便不认识，也会对他产生亲切感。您对他的身体、他的活动方式、他那开合自如的双腿，尤其是他的双手——每只手有五个指头，拇指可以和其他指头对立——都很感兴趣。您的邻座从桌上拿起一只杯子，您便兴味盎然，因为有一种您在著作里经常描写的人类特有的拿东西的方式，它不如猴子的方式灵巧迅捷，但是远比猴子的方式聪明，您说对不对？您也喜欢人类的肉体，喜欢他那种接受再训练的重伤病人的举止，他那每走一步都在重新创造步态的神情以及连猛兽都承受不了的那种不寻常的眼光。因此，您轻而易举地找到了适合于和人类谈论人类的语调：一种既婉转又狂热的语调。人们贪婪地争相阅读您的作品，他们坐在舒适的安乐椅里读着，思考着您给他们讲述的审慎而不幸的伟大爱情，这使他们在许多方面都得到了慰藉，例如长得丑陋、生性怯懦、被戴绿帽子以及年初没有加薪等等。因此，人们乐于说您的最新一部小说写得实在好。

我猜想，您一定很想知道一个不热爱人类的人会是什么样的。那么让我来告诉您，我就是这样的人。我非常不爱人类，一会儿我将要去杀死五六个人。您也许会想，为什么只是五六个呢？因为我的手枪只有六颗子弹。这是一桩极端残酷的事，对吗？而且，这纯粹是一桩非政治性事件，对吗？但是我告诉您，我不能爱他们。我非常理解您的感受。但是，他们身上吸引您的东西恰恰让我反感。我跟您一样，曾见过一些人两眼半开半闭,左手翻阅着一本经济杂志,同时还在有节制地咀嚼着。如果说我宁肯看那些海豹进餐,难道这是我的错吗?人类的面孔除了做出表情,其他什么用处都没有。他们闭着嘴咀嚼时,他们的嘴角一上一下,仿佛不停地从安详宁静转换到悲戚惊讶。我知道您喜欢这个,您管这个叫思维的觉醒。但我却讨厌这个,我也不知为什么,我生来如此。

假如我们之间只有兴趣的差异,那我便不会来打扰您。但是发生的一切都仿佛表明您很风雅而我却完全不是。我能随心所欲地喜欢或不喜欢美国式的龙虾;但是如果我不喜欢人类,我便是一个浑蛋,阳光底下便没有我的位置。他们夺走了生命的含义。我希望您能明白我想说的意思。三十三年来,我到处碰壁。在那些紧闭的大门上写着"非人道主义者不得入内"。我从事的一切,不得不都放弃了。我必须做出抉择:或者是一种荒谬并受到谴责的企图,或者必须让这种企图早晚转化为对他们有利。那些我并非故意针对他们的思想,我无法予以摆脱,也无法使之明确,因为它们仿佛是存在于我身上的一些器官的轻微运动。我使用的那些工具,我觉得是属于他们的,例如词语。我想要属于我自己的词语。但是我所掌握的词语已经在不知多少的意识里存在过了。它们根据在别处形成的习惯自行在我的脑子里排列起来,而我用它们来给您写信不无勉强。但这是最后一次了。我告诉您:必须喜欢人类,或者起码是他们允许你反弹。而我呢,我不愿意反弹。一会儿我将拿起我的手枪走上街头,我要看看能不能做成一件反对他们的事情。再见了,先生,也许我将遇到的正是您。您永远不会知道,我把您的脑袋打开花将会有多么高兴。否则——这是最可能发生的情况——您就读读明天的各大报纸。您将会看到,有一个叫保尔·希尔贝的家伙,狂怒之下在埃德加·基奈大道一举打死了五名过路人。您比任何人都清楚那些大报纸上登载的文章价值如何。因为您明白我并非"发怒",相反,我很镇静。先生,请接受我最崇高的敬意。

保尔·希尔贝

我把这一百零二封信装进信封,在信封上写了一百零二位法国作家的地址。然后我把这些信和六沓邮票一起放入一个抽屉。

此后的半个月里我很少出门。我渐渐让我的罪行缠住了身。在我有时前往自我观察的镜子里,我喜悦地发现了自己面部的变化。我的眼睛变大了,它们占据了整个面孔。它们在夹鼻眼镜后面显得又黑又柔和,我使它们像星球一样旋转起来。这是艺术家和杀人犯的漂亮眼睛。但是我打算在屠杀完成之后变化得更加深刻。我见过那两个美丽少女的照片。那是两个杀死并洗劫了自己女主人的女仆。我见过她们在事件之前和之后的照片。之前,她们的面孔像清纯的花朵在凸纹布衣领上来回摆动。她们身上透着健康和诱人的诚实。一副普通的铁夹把她们的头发烫得如此鬈曲。比她们的鬈发、她们的衣领以及她们在照相馆里的神情更为肯定的是,她们两人姐妹般地相像,她们俩如此善良地相像,因此立刻突出了家庭成员之间的血缘关系和自然根基。之后,她们的面孔像火烧一样容光焕发,她们的脖子像未来死刑犯一样赤裸。脸上到处是皱纹,因惧怕和憎恨造成的可怖的皱纹,还有许多褶子和小洞,仿佛一头猛兽带着利爪在她们的脸上肆虐过。她们的眼睛,依然大而乌黑深邃——和我的一样。然而,它们却不再相像了。每人都以自己的方式记忆着她们那桩共同的罪行。我想:"假如由于极偶然的原因犯了一次重罪便能如此改变这两个在孤儿院里长大的姑娘,那么从一桩由我本人策划和组织的罪行中我还有什么不能指望呢?"它将会控制我;搅乱我那过分人性化的丑陋……犯罪,它能把人的生命一分为二。大概有些时候人们会希望后退,但是它这种闪闪发光的矿物就在那里,在你的后面,挡住你的退路。我只要求有一个小时来享受我的罪行,体验它那巨大的压力。这一个小时,我将安排得十分周全,使它完全为我所用。我决定在敖德萨大街的上方动手。我将趁人们惊恐万状之际溜之大吉,让他们待在那里收拾同伴的尸体。我将拼命奔跑,穿过埃德加-基奈大道后,便迅速转入德朗布尔大街。只需要三十秒钟的时间我便能回到我居住的那幢大楼的门口。这时候,追捕我的那些人还在埃德加-基奈大道上呢。他们失去了我的踪迹,起码需要一个多小时才能重新找到它。我将在家里等着他们,当我听到他们敲门时,我将在手枪里重新压上子弹,随后朝自己的嘴里开枪。

我生活得更加阔绰。我和瓦万街上的一家餐馆老板商定,由他每天早晚派人给我送来一些可口的饭菜。送餐人按响了门铃,我不开门。等了几分钟后我便把门微微启开,看见地上一只长篮子里放着满满几盘热腾腾的菜肴。

十月二十七日晚六时,我只剩下十七法郎五十生丁。我拿起手枪和那一大包信件下了楼。我特意不把门关上,以便干完事尽快回家。我的感觉不太好,双手冰凉,血液直往上涌,两眼发痒。我看了看那些商店、学校街旅馆以及我经常去那里买纸笔的文具店,但是我不认得了。我纳闷:"这条是什么街?"蒙巴那斯大道上行人熙熙攘攘。他们挤我,推我,用肘和肩搡我,我跌跌撞撞,任凭他们推搡,无力在他们中间穿行。我突然发现在这汪洋大海的人群之中,自己极其孤独和渺小。假如他们愿意的话,他们是完全可以把我狠揍一顿的。我由于衣兜里的那把枪,心里很害怕。我觉得他们就要猜到枪在我的口袋里。他们将会用严厉的目光盯着我,然后一面用他们那人类的爪子抓住我,一面又气愤又高兴地叫喊:"嗨,抓住了……抓住了……处死他!"他们将把我高高抛起,然后我便像一只木偶般掉到他们的怀里。于是我断定,我的计划推迟到明天实施是明智的。我前往圆顶酒家吃了一顿十六法郎八十生丁的晚餐。还剩下七十生丁被我扔进了阴沟。

我接连三天待在房间里不吃也不睡。我放下了百叶窗,既不敢走近窗口,也不敢开灯。星期一,有人拼命地打铃叫门。我屏住呼吸等待。一分钟后,门铃又响了。我踮着脚尖走到门边,把眼睛贴在锁眼上。我只见到一片黑布和一个纽扣。那家伙再次按响门铃,后来便下楼去了。我不知道他是谁。夜里,我出现了幻觉,形象相当新鲜,有棕榈树、流水和穹顶之上紫色的天空。我不渴,因为每隔一小时我便去洗碗池的水龙头饮水。但是我饿。我又见到了那个褐发妓女,是在一座城堡里。这城堡是我在远离任何村落的黑喀斯高原上建造的。她赤身裸体,单独和我在一起。我用手枪威逼她跪在我面前,用四肢奔跑;然后我把她绑在一根柱子上,用很长时间向她解释了我要做的事情之后,便向她开枪,把她打得遍体开花。这些画面撩得我心乱如麻,不能不感到满足。之后,我一动不动地待在黑暗之中,脑子里一片空白。家具开始发出嘎嘎声响。这时,正是清晨五点钟。我随时都能离开房间,但此时我不能下楼,因为街上有很多人在行走。

天亮了。我不再觉得饿,但是我开始流汗,把衬衫都汗湿了。外面阳光灿烂。于是我想:"在一间紧闭的房间里,他蜷缩着躲藏在黑暗之中。三天来,他没吃也没睡。有人敲门,他没有开门。过一会儿,他将上街,他将去杀人。"我把自己搞得很害怕。晚上六点钟,我又感到饿,我气坏了。有一会儿,我撞在了家具上。于是我把各个房间、厨房和卫生间的灯全都打开。我声嘶力竭地唱起歌来,我洗了洗手便出门了。我用了足足两分钟才把所有的信塞进了邮筒。我把信捆成十封一扎。我大概弄皱了一些信封。然后我沿着蒙巴那斯大道一直走到敖德萨大街。我在一家衬衫店的镜子前停下脚步。当我看见镜子里自己的面孔时,我想:"就是今晚了。"

我守候在敖德萨大街上方离路灯不远的地方,等待着。两个女人走了过来。她们手挽着手。那金发女人说:

"他们在所有的窗户上都挂了地毯,而且是当地的贵族们扮演了群众角色。"

"他们头上都扑了粉吗?"另一个女人问。

"要接受一份每天挣五个金路易①的工作,并不需要在头上扑粉。"

"五个金路易!"棕发女人赞叹地说。

在走近我的时候,她补充道:

"而且我想,他们穿上自己祖先的服装一定会感到很好玩。"

她们走远。我很冷,但是我在大量出汗。过了一阵,我看见三个男人走过来。我让他们过去了,因为我需要六个人。走在左边的那个人看了我一眼,并且把他的舌头弄得啧啧作响。我转过头去。

七点五分,两组挨得很近的人从埃德加-基奈大道方向走了过来。有一男一女带着两个孩子。他们的后面紧跟着三个老妇人。我向前跨出一步。那个女人似乎在发怒,使劲地摇晃着小男

---

① 金路易,第一次世界大战前法国使用的钱币。每个金路易相当于二十法郎。

孩的手臂,男人则带着拖腔说:

"这孩子也很讨厌。"

我的心在怦怦直跳,致使两臂发疼。我朝前走去,站在他们面前,纹丝不动。我的手指在口袋里软软地扣在扳机上。

"劳驾。"那个男人把我推开说道。

我记得自己关上了房门,这使我很恼火,因为开门要花费宝贵的时间。人们都走远了。我转过身去,机械地跟在他们后面。但是我已经不想朝他们开枪了。他们消失在马路上的人群中,我则靠在了墙上。我听见敲响了八点钟,后来又敲响了九点钟。我不停地自言自语:"为何要去杀死这些已经死了的人呢?"我想笑。这时,忽然有一条狗前来嗅我的脚。

当那个大胖男人从我面前走过时,我惊跳起来,并且立即跟随其后。我看见了他那圆顶帽和大衣领之间红色颈项上的皱纹。他走起路来有点左右摇摆,呼吸重浊,样子很健壮。我拔出手枪。此人颇为引人注目但却冷若冰霜。这使我很反感。我记不清该怎么办。我一会儿朝他全身看看,一会儿盯着他的颈项。他颈项上的皱纹在向我微笑,仿佛一只开口微笑但又苦涩的嘴。我在考虑是否要把手枪扔到阴沟里去。

突然间,那个家伙转过身来,怒气冲冲地望着我。我后退了一步。

"我是想……问您……"

他不像在听我,却望着我的双手。我费劲地说完了下面这句话:

"您能不能告诉我盖泰街在哪里?"

他的脸盘很大,双唇在发抖。他什么也没说,只是伸出了手。我再次后退,并对他说:

"我想……"

这时候,我知道我要开始大声叫嚷了。我不愿意喊。于是我向他开了三枪。他白痴似的跪倒在地,脑袋垂在了他的左肩上。

"坏蛋,"我对他说,"十足的坏蛋!"

我逃跑了。我听见他在咳嗽。我还听见人们的叫喊声和我身后人们追赶的脚步声。有人问:"怎么回事,他们在打架吗?"紧接着大家便喊了起来:"抓住杀人犯!抓住杀人犯!"我不觉得这些叫喊声与我有关。但是在我的孩提时代,我觉得这种喊声很凄惨,像消防队的警报声,既凄惨又有点可笑。我的两腿拼命地往前跑。

不过我犯了一个不可饶恕的错误:我没有沿着敖德萨大街的上方朝埃德加-基奈大道跑去。相反,我却沿着它的下方朝着蒙巴那斯大道跑去。到我察觉自己的失误时,为时已晚。我已经被人群包围在正中央,一张张惊讶的面孔都朝着我看(我还记得一个戴了顶有羽饰的绿色帽子、浓妆艳抹的女人的面孔),我听见敖德萨大街上那些蠢货在我的身后高喊抓杀人犯。有一只手搭在了我的肩上。于是,我不知所措了。我不愿意在这人群中窒息地死去。我又开了两枪。人们立即叫嚷起来,如鸟兽般地散开了。我奔进了一家咖啡馆。我所经之处,那些顾客纷纷起立,但是并不试图抓住我。我穿过整个咖啡馆,一直走到尽头的洗手间,把自己关在了里面。我的手枪里还剩下一颗子弹。

又过了一阵。我不停地喘息,上气不接下气。一切都变得异常安静,仿佛人们故意不出声响。我把枪举到眼前,看见了它那又黑又圆的小洞。子弹将从它那里出来,火药会把我的脸面烧毁。我放下了胳膊,等待着。过了一会儿,他们蹑手蹑脚地过来了。从他们脚步擦地的声音来判断,他们该是一大群人。他们悄声说了些什么,然后又是一片寂静。我却一直在喘气,我想他们在隔墙的那一边也听得见我的喘息声。有人在轻手轻脚地向前走,摇了摇门把,他大概紧贴着墙,以避开我的子弹。我仍然想开枪,但这是最后一颗子弹,是留给我自己的。

"他们在等什么?"我思索着。假如他们扑上门来,把它撞开,那么我马上就没有时间向自己开枪,他们便会把我生擒了。但是他们并不着急,想让我自行死去。这些浑蛋,他们害怕了。

过了一阵有人喊道:

"喂,开门吧,我们不会伤害你的。"

又是一片寂静。随后,同一个人再次说道:

"你很清楚,你是逃不掉的。"

我仍然气喘吁吁,没有回答。为了鼓励自己开枪,我对自己说:"假如他们把我抓住,他们便会打我,砸碎我的牙齿,也许还要挖掉我的一只眼睛。"我很想知道那个家伙是否死了,可能我只是打伤了他……而另外两颗子弹也许没有打中任何人……他们是否正在地板上拖一件重东西?我赶紧把枪口塞进嘴里,牢牢地咬住它。但是我不能开枪,甚至连手指都不能放到扳机上去。一切又重归寂静。

于是我扔下手枪,给他们打开房门。

床笫秘事

一

吕吕习惯裸睡,因为她喜欢让床单抚弄自己,而且洗衣服是很花钱的。起初亨利激烈反对,因为不能赤身裸体地躺在床上,不能这样做,这是肮脏的。他最终还是学了老婆的样子,不过对他来讲这是一种放任。有客人来访时,他像木桩一样笔直,很有风度(他欣赏瑞士人,尤其是日内瓦人。他觉得他们有派,因为他们像木头人)。但是他不拘小节,例如不太讲卫生。他不常换底裤。吕吕把他换下的底裤扔到脏衣服堆里时,总不免要看看裤底由于经常擦着股沟有没有那摊黄颜色。吕吕并不怕脏,因为那样显得更亲切,会有一些柔和的影子,比如胳膊肘弯处。她不喜欢那些英国人,那些没有任何气味的、无个性的身体。但是她讨厌丈夫的不拘小节,因为那是他娇惯自己的方式。每天早上他起身时对自己总是十分温柔,满脑子的幻想。但是灿烂的阳光、冷水和刷子上的鬃毛,便会粗暴地把他拉回到现实中来。

吕吕仰面躺着,她把左脚的大拇指伸进了床单缝里。那不是一道缝,而是一处开线的地方。这让她很恼火。我明天得把它补一补了,她想。但是她仍然拉了拉线,直到把它们拉断。亨利还没有睡着,但是他不再妨碍别人了。他常对吕吕说,一旦闭上眼睛,他便会觉得被又细又结实的绳子捆绑住,甚至连小指头也抬不起来了。一只大苍蝇被裹进了蜘蛛网。吕吕喜欢感觉到自己身边躺着这个被俘的巨大身躯。假如他能这样瘫痪了,就得由我来照料他,把他像孩子般说一说,有时还得给他翻身,可以在他屁股上打几下。有时候他母亲来看他时,我会找个借口让他暴露,我将把被子拉下,他母亲便会看到他赤裸裸地躺在那里。我想她会吃惊得跌倒在地的。大概有十五年她没有见到他这个样子了。吕吕的一只手轻轻地放在丈夫的臀部,在他的腹股沟里捏了一把。亨利咕哝一声,但是没有动弹。无能为力了。吕吕笑了。"无能"这个词总会令她发笑。当她还爱着亨利,并且他这样瘫痪般躺在自己边的时候,她常常以想象来自娱。在想象中,她仿佛看到他被一些非常小的小人耐心地捆绑起来。那些小人就像她小时候读格利佛①的故事时在一幅画面上看到过的那样。她经常管亨利叫"格利佛"。亨利喜欢这样,因为这是个英文名字,而且这样吕吕显得很有学问。但是他更喜欢吕吕读这个名字时带点英国腔。这真让我恼火。假如他想要一个有学问的人,只需娶珍妮·比德便是了。她的胸脯像号角一样又尖又高,但是她会五种语言。那时候,每星期日我们都要去苏镇②,在他家里我觉得无聊至极,于是我随便拿起一本书。总会有人过来看看我读的是什么书。他妹妹问我:"你懂吗,吕西?……"问题是,他觉得我不够高雅。瑞士人,是的,只有他们才是高雅之士,因为他姐姐嫁给了瑞士人,而且他让她生了五个孩子,以后他们便像大山似的压在了她的身上。而我

---

① 格利佛,英国作家斯威夫特的《格利佛游记》中的主人公。
② 苏镇,巴黎近郊一风景胜地。

是不能生育的,这是先天的。但是我从不认为他做的事高雅。每当他和我一起外出,他总是不断地去小便池,我不得不浏览商店橱窗等着他。我成什么样子了?他从小便池出来时,总是提着裤子,像老人一样弯曲着双腿。

吕吕把大拇脚趾从被缝中抽出,抖动几下双脚,以便在这具被俘的柔软身躯旁感受到灵巧的乐趣。她听见了咕噜声,这是肚子里发出的声响。这使我很恼火,我从来弄不清这是他的肚子还是我的肚子发出的声音。她闭上眼睛。这是液体在许多软管里流动的声音。人人身上都有这种声响。丽蕾特身上,我的身上都有(我不喜欢想这种事,想起它我会肚子疼)。他爱我,却不爱我的肠子。假如把我的阑尾放在大口瓶里给他看,他是认不出来的。他经常不断地在我身上抚摸。但假如把那只大口瓶放在他手里,他将什么感受都没有,他绝不会想"那里面是她的东西"。应该能够爱一个人的一切,包括他的食道、肝和肠子。也许人们因为不习惯而不爱它们。假如他们像看见我们的手和臂一样经常看见它们,也许会爱上它们的。这样看来,海星大概比我们更加互敬互爱,因为天气晴朗时它们便躺在海滩上,吐出自己的胃部透透空气,而且大家都能看得见。我在想,从什么地方我们能把自己的胃吐出来呢,从肚脐那里?她闭上了眼睛,那些蓝色的圆盘像在游乐场那样开始旋转起来。昨天我用橡皮箭射向那些圆盘,每中一箭便亮起一个字母,它们组成一个城市的名称。由于他像惯常那样在身后抱住我,使我未能得到第戎(Dijon)的全名。我讨厌别人在后面碰我,我希望自己没有后背。我不喜欢在我看不见的时候别人对我搞点什么名堂。他们要为此付出代价的。我看不见他们的手,只觉得手在上上下下,也不知它们将伸向何方。他们都在瞪大眼睛看着你,而你却看不见他们。他就喜欢这样。亨利从来没有这样想过,但是他只想待在我的身后。我肯定他是故意摸我臀部的,因为他知道我为自己有一个臀部而感到羞愧万分。当我感到羞愧时,他便亢奋不已。但是我不愿想他(她害怕了),我愿意想丽蕾特。她每晚在同一时刻,即亨利开始咕哝和呻吟时都要想起丽蕾特。但是有一种抗拒力,另一个人也想极力表现自己。甚至有一会儿,她还见到了短而鬈曲的黑发,于是她觉得这一下行了。她全身打战,因为不知道将会发生什么。假如是面孔,那行,还过得去。但是有几天夜里,由于想起以前那些不愉快的往事,她竟然未能合眼。当人们了解一个男人的一切时,那是很讨厌的,尤其是这个。亨利却不是这样,我能把他从头到脚地想象出来。这使我感到很温馨,因为他很柔软,除了肚皮是玫瑰色的,其余的肉体都是灰色的。他说一个身材好的男人坐着时,肚子上有三道皱纹;可是他的肚子却有六道皱纹。只不过他两道两道地数着,而且他不愿意看别人的。想到丽蕾特时,她感到有点恼火。"吕吕,你可不知道优美的男人身体是什么样子的。"笑话,我当然是知道的,我知道是什么样子的。她说的是那种肌肉发达,像石头一样坚硬的身板。我可不喜欢这种身材。帕特森的身体便是如此。当他把我搂在怀里时,我觉得自己软弱得像条毛毛虫。我之所以嫁给亨利,那是因为他的身体柔软,因为他像个本堂神甫。那些穿着法衣的本堂神甫柔软得像女人,而且他们似乎穿着长袜。我十五岁那年,曾想轻轻撩起他们的长袍,看看他们身上男人的膝盖和底裤。我觉得他们两腿之间有点什么东西很是奇怪。我很想一只手抓住他们的袍子,另一只手在他们腿上轻轻地滑动,一直伸到我想的那个地方。我对女人就不是这么喜欢,但是长袍下面男人的那东西很柔软,像一朵大花。问题是,人们从来不能把这玩意儿捧在手里,因为它不能乖乖地待在那里。它会像一头野兽般躁动起来,变得坚硬。这让我害怕。当它坚挺起来，笔直往上翘时，那是很粗鲁的。因为做爱是一件肮脏的事。我爱亨利是因为他那小玩意儿从来硬不起来，它那小脑袋从来挺不起来。我笑它，有时还吻它，我不怕它，比小孩的玩意儿更不怕。每天晚上，我用手指捏住他那柔软的小玩意儿，他脸红了，并且叹着气转过头去。但是这小东西不动弹，它乖乖地待在我的手里，我并不捏得很紧。我们就这样长时间地躺着，他便渐渐入睡了。于是我仰躺着，想起了本堂神甫，想起一些纯洁的事和女人。我先是抚摸自己的肚子，我那扁平和美丽的肚子。然后双手往下伸，一直往下，于是便产生了快感。这是只有我自己才能给予的快感。

　　天生短而鬈曲的头发，黑人的头发。焦虑像一颗小球哽在喉头。但是她紧闭眼皮，后来终于出现了丽蕾特的耳朵，一只暗红色金光灿灿的小耳朵，样子像一块冰糖。看见它，吕吕不像往常那样高兴，因为她同时听见了丽蕾特的声音。这是一种尖厉和清晰的声音，吕吕很不喜欢。"我的小吕吕，你应该和皮埃尔一起走。这是你要做的唯一一件聪明事。"我对丽蕾特很有好感，但是当她摆出一副神气活现的样子并且对自己说的话十分得意时，我就有点恼火。前一天在圆顶酒家，丽蕾特通情达理并略带惊慌地对我说："你不能再和亨利在一起，因为你已经不再爱他。否则，这是在犯罪。"她从不放过机会说他的坏话，我觉得这样做很不友好，因为他一向对她很友善的。我不再爱他，这是可能的，但是轮不到丽蕾特来对我说这个。和她在一起，一切似乎既简单又容易：相爱或不再相爱。可是对于我，事情却不那么简单。首先，这里有我的习惯。其次，我很爱他，这是我的丈夫。我真想揍她一顿，我一直想伤害她，因为她很胖。"那将是犯罪。"她举起胳膊，我看见了她的腋窝。当她两臂光光的时候，我更喜欢她的腋窝了。腋窝。它半开着,仿佛是一张嘴。这时吕吕看见了淡紫色的肉体,在拳曲的腋毛底下稍为有点皱纹,那腋毛就像头发。皮埃尔管她叫"丰满的密涅瓦①",她一点都不喜欢这个称呼。吕吕笑了笑,因为她想到了小弟弟罗贝尔。有一天她身上只穿着连衫衬裙。他问她:"为什么你的腋窝里有头发?"她答道:"这是一种病。"她很喜欢当着小弟弟的面穿衣服,因为他总有一些奇奇怪怪的想法。真不明白他的这些想法是从哪里来的。吕吕所有的东西他都要碰。他把姐姐的衣裙仔细地折叠起来。他的双手如此灵巧,以后定能成为一位时装大师。这是一种迷人的职业。我将为他设计布料图案。一个男孩从小便想成为服装师是很有意思的。如果我是个男孩,我就想当探险家或演员,但是不当服装师。可是这孩子一直充满幻想。他说得不多,但是很有主见。而我却想当个修女去那些豪宅募捐。我觉得自己的眼睛很柔和,非常柔和,柔得像肉团。我要睡着了。修女帽下面我有一副美丽苍白的面孔,那样子一定很高贵。我将会看到数百间昏暗的前厅。但是女仆会马上前来把灯点亮,于是我便会看到一些家族的肖像画,以及放在托架上的青铜艺术品。还有一些衣帽架。女主人手里拿着一个小本子和一张五十法郎的钞票前来对我说:"嬷嬷,给您。""谢谢夫人,愿上帝祝福您。下次再见。"但是我不会是一个真正的修女。在公共汽车里,有时候我会向一个家伙暗送秋波。起初他会惊奇得目瞪口呆,随后他便会跟着我,对我说些乱七八糟的话。于是我就让警察把他抓进监狱。募捐来的钱我会自己留下。我会给自己买点什么呢?解毒剂。这是很蠢的。我的双眼渐渐疲软,我喜欢这样,仿佛把它们在水里泡过,我的全身都很舒服。那是镶有祖母绿和青金石的罗马

---

① 密涅瓦,罗马神话中的智慧女神,即希腊神话中的雅典娜。

教皇美丽的绿色三重冕。三重冕在旋转,不停地转。这是一只令人厌恶的牛头,但是吕吕不害怕。她说:"斯库热,康塔尔的鸟①,停住!"一条红色的长河穿过荒凉的农村。吕吕想起了她的机动绞肉机,随后又想起了洗发膏。

"这将是犯罪!"她半夜里惊醒过来,两眼直瞪瞪的。他们在折磨我,难道他们察觉不到吗?我很理解丽蕾特,她这样做是为了我好。但是,对待别人一向通情达理的她,应该明白我需要好好考虑。他两眼火辣辣地对我说:"你来!你到我的房子里来,我要你整个人。"我厌恶他那想要施催眠术时的那双眼睛,他揉捏我的胳膊。我看到他那双眼睛时,总要想起他胸脯上的毛。你来,我要你整个人。这种话怎么能说得出口。我又不是一条狗。

我坐下的时候,朝他笑了笑。我为他特意换了一种香粉,我还画了眼睛,因为他喜欢。但是他什么也没看见,他不看我的脸。他只盯着我的乳房。我希望它们瘪下去,好气气他。不过我的胸脯并不丰满,它们很小。你到我在尼斯的别墅来。他说别墅是白色的,有大理石楼梯,并且面朝大海。他还说我们将整天都赤身裸体。我光着身子走在大理石梯子上的样子一定很滑稽可笑。我将强迫他在我前面登上楼梯,这样他便看不见我了。否则,我会连脚都抬不起来的。我将呆立在那里,一心盼望他变成瞎子。再说,这也无济于事。只要他在我身边,我总觉得自己是赤裸的。他用胳膊搂住我,气势汹汹地对我说:"你狂热地爱着我!"而我却害怕,我说:"是的。"我要给你幸福,我们一起乘汽车,坐船去游览。我们去意大利,你想要什么我就给你什么。但是他的别墅里几乎没有家具,我们只得睡在地上的一张床垫上。他愿意让我躺在他怀

---

① 康塔尔是法国一地名,"康塔尔的鸟"是一句常见的咒骂之词。

里，我便闻到他身上的气味。我很喜欢他的胸脯，因为它是棕色的，而且很宽广。但是他的胸部全是毛，而我却喜欢男人身上没有毛。他的体毛是黑色的，柔软得像泡沫。有时候我抚弄它们，有时候它们却令我厌恶。我便尽量后退，但是他紧紧地搂住我。他要我躺在他怀里，他紧紧地抱住我，我便闻到他的气味。天黑时，我们将能听到大海的声音。假如他想干那事，他会在半夜里把我弄醒。我将永远不能安宁地入睡，除非来了月经。因为只有那种时候，他才会让我得到一点安静。而且看来有的男人还和那些正来月经的女人干那种事。干完事，他们的肚子都沾上了血，那可不是他们自己的血，大概床单上和别的地方都会沾上血，这真令人作呕！为什么我们非要有一具身体呢？

吕吕睁开眼睛。窗帘被街上射进来的阳光映红了。镜子里也有一抹红光。吕吕喜欢这种红光。一把安乐椅的影子映照在窗户上，仿佛中国的皮影。在安乐椅扶手上有亨利脱下的裤子，背带则悬挂在空中。我得给他去买背带的拉襻。但是我不愿意，我不想出去。他想整天地拥抱我，我将属于他。我要让他高兴，他将目不转睛地看着我。他会想："她是我的爱，她的身上我都碰过了。只要我愿意，随时可以再开始。"在王家港。吕吕在被子里蹬了几脚。当她想起在王家港发生的一切，便不由得厌恶起皮埃尔来。那时，她在篱笆后面，她以为他待在汽车里，正在查阅地图。突然间，她看见了他。他已经悄悄走到她的身后，正在瞧着她，吕吕踢了亨利一脚，那个家伙就要醒了。但亨利只是哼了一声，并没有醒来。我想认识一位像少女一样纯洁的美男子。我们将谁也不碰谁，我们一起手拉着手在海边漫步。夜里，我们将躺在两张并列的床上，像亲兄妹一样。我们将一夜聊到天亮。不然，我愿意和丽蕾特生活在一起，女人们待在一起多么富有魅力啊！她的肩膀丰满又光滑。当她爱着弗雷奈尔时,我非常难过。一想到他抚摸她,两手慢慢在她的肩膀和胁部摸索,而她则轻轻地叹息时,我心里很不是滋味。我在想,当她光着身子仰躺在一个男人的身下,并且感觉到有一双手在她的肉体上到处摸索时,她的脸上将会有什么表情。我是无论如何都不会碰她的,我不知道如何对待她。即使她愿意,并且对我说"我很愿意",我也不能够。但是,假如我是个隐身人,我很愿意在别人和她干那种事的时候待在她身边,看着她的面孔(如果她仍然保持智慧女神密涅瓦的仪态,那才是怪事呢),用一只手轻轻地抚摩她那叉开的双膝,那玫瑰色的双膝,并且听见她的呻吟。吕吕感到嗓子发干,发出了短促的笑声。因为有时候人们是会有这种想法的。有一次,她竟然杜撰出皮埃尔想对丽蕾特施暴。并且我帮着他,我抱住了丽蕾特。昨天,她的双颊绯红,我们俩紧靠在一起坐在她的沙发上。她的双腿并拢,我们什么也没说,我们永远不会说什么。亨利开始打鼾,吕吕则吹口哨。我待在那里睡不着。我的心情很坏,而这头蠢猪居然还在打鼾。假如他搂住我,求我,并且对我说:"吕吕,你的一切都属于我,我爱你,你别走!"我会为他做出这个牺牲,留下来。是的,我会一生都和他待在一起,以博取他的欢心。

二

丽蕾特坐在圆顶酒家的露台上,要了一杯波尔图开胃酒。她无精打采,正在生吕吕的气。

"……他们的波尔图酒有一股瓶塞的味道,"吕吕嘲弄地说,因为她只喝咖啡。可是毕竟不能在喝开胃酒的时候喝咖啡吧。这儿的人整天都在喝清咖啡或牛奶咖啡,因为他们没有钱。这可能会让他们恼火。我不能这样,我会当着顾客的面对这家酒店毫不留情,这是一些不要面子的人。我不明白为什么,她总是约我来蒙巴那斯。如果她约我去和平咖啡馆或盼盼咖啡馆,那会离她家更近些,我也可以离上班的地方稍近些。我不能说总是看到那些人会让我伤心。如果我有一点时间必须来这里的话,那么待在露台上还可以,里面可是有一股脏衣服的味道,我不喜欢那些庸庸碌碌的人。即使在露台上,我也觉得不自在。因为我自己身上很干净,过路人看到我在一群不修边幅的男人以及样子很别扭的女人中间时,不免会大吃一惊。人们一定会想:"她在这里干什么?"我知道,夏天这里有时会有一些有钱的美国女人来光顾。但是,由于我们现政府①的缘故,她们似乎都不再前来而去了英国。正因如此,如今高档的商业网点已经不景气了。我比去年同期少销售一半。而且我不明白别人是怎么做的,因为我是最优秀的售货员,这是迪贝什夫人对我说的。我抱怨小约奈尔,她不会卖货。这个月她没有比自己的定额多卖出一分钱。我们售货员站了整整一天之后,很想找一个比较豪华、有点艺术品位、服务人员训练有素的舒适地方去松快一下;很想闭上眼睛自由地遐想,然后来点轻松的音乐。不时去一次大使舞厅,这花不了很多钱。但是这里的侍者都那么蛮横无理,看得出他们是没有见过世面的人。唯有那个为我服务的小个子棕发侍者,他倒是很殷勤。我相信吕吕很高兴感觉到自己处在这种人中间。要是去一个比较高档的地方她会害怕的。她从心底里对自己没信心。只要哪个男人表现出翩翩风度,她立即感到害怕。她不喜欢路易。嘿!我想她在这里会感到很自在的。这里有的人甚至连假领都没有,他们嘴里叼着烟斗,样子十分穷

---

① 指当时的左派人民阵线政府。

酸,并且毫不掩饰地直瞪瞪盯着你看。看得出他们这种人没有钱玩女人。然而在这个地区这样的女人并不缺,甚至有的还让你倒胃口。他们这种人的样子简直要把你一口吞下,他们甚至不会对你稍有礼貌地说一声想要你,把事情说得委婉点,让你高兴一点。

侍者走过来,他说:

"小姐,这是您要的波尔图,干红的?"

"是的,谢谢。"

他还十分和蔼地说:

"天气真好!"

"可是来得不算太早。"丽蕾特说。

"可不是,不然真要以为冬天永远没有尽头了。"

他走开了,丽蕾特一直盯着他看。"我很喜欢这位侍者,"她想,"他处处都很得体。他并不显得很亲热,但是他总会对我说上一句话,这是对我小小的特别关注。"

一个瘦弱的驼背年轻人正贪婪地盯着她看。丽蕾特耸了耸肩,转过身去背对着他。"你想对女人眉目传情时,至少得穿干净点。如果他和我说话,我便会对他这样讲。我纳闷为什么她不走。她不愿意伤害亨利,我觉得这太糟糕了,因为一个女人毕竟没有权利跟一个阳痿患者在一起毁了自己的一生。"丽蕾特厌恶性无能的男人,那是明显的现实问题。"她应当离开他,"丽蕾特作了决断,"这关系到她的幸福。我要对她说不能拿自己的幸福开玩笑。吕吕,你没有权利拿自己的幸福开玩笑。我再也不会对她说什么了。够了。这话我已经对她说过一百遍了。人们对幸福不能凑合。"丽蕾特感到头脑里一片空白,她太累了。她望着杯中黏稠的波尔图酒,仿佛是液体的焦糖。一个声音在她耳边反复回响:"幸福,幸福"。这是一个充满柔情却又沉重的美好词语。她想,如果在巴黎晚报举办的大奖赛上有人问她的意见,她便会说这是法语里最美的词。"有人曾想到过这个吗?他们说:力量,勇敢,因为他们是男人。这应该是个女人才好,只有女人才能猜到这个。应该设立两项奖:一项奖给男人,最美的名词应该是荣誉;另一项奖给女人,我能赢得该项奖。我会说幸福;荣誉、幸福,这很押韵,非常有意思。我会对她说:'吕吕,你没有权利辜负自己的幸福。你的幸福,吕吕,是你的幸福。'我个人觉得皮埃尔是很不错的。首先他是个真正的男子汉;其次他很聪明,这没坏处;另外,他有钱。他将对吕吕关怀备至。他是那种善于解决生活中各种细小困难的男人,对于一个女人来说这是件愉快的事。我很喜欢人家会点菜,这要掌握得恰如其分。他很会说话,对侍者,对领班都是如此。人家都听他的。我管这个叫作有派。这可能是亨利身上最缺乏的。此外,还有健康方面的考虑。由于她父亲的缘故,她应该注重身体才好。身材苗条,皮肤白皙,从来不饿也不困,每夜只睡四个小时,并且为了推销花布图案整天在巴黎奔跑,这样倒是很不错的。但这是头脑不清醒的表现。她实在需要合理的饮食制度。吃得少,这我同意。但是需要经常,并且定时。若要把她送进疗养院住上十年,确实为时过早了。"

她忐忑不安地盯着蒙巴那斯十字街头的那座大钟。时钟的指针指着十一点二十分。"我真不理解吕吕,她的脾气真怪。我总也弄不明白她是否喜欢男人,或者男人让她生厌。可是跟皮埃尔在一起她是应该高兴的。这毕竟和去年跟她在一起的那个家伙有所不同,就是那个拉比,或是我所谓的勒比。"想起这些,她觉得很有意思,但是她忍住不笑出来。因为那个瘦弱的年轻人一直在盯着她看。刚才她回过头时曾发觉了他的目光。拉比的脸上长满了黑痣,吕吕喜欢用指甲在他的脸上把那些黑痣挤掉。"长这种东西很讨人嫌,但这不是他的过错。吕吕不知道何谓美男子。我很喜欢爱俏的男人。首先,男人们漂亮的衣物有多美啊!他们的衬衫、鞋子、美丽的闪色领带,都很漂亮。可能你会觉得这有点令人难以置信。但是这些都那么柔情并且强有力。这是一种充满柔情的力量,如同他们那英国烟草和科隆香水的味道以及他们刮了胡子后的皮肤味道。那不是……那不是女人的皮肤,简直像科尔多瓦①的皮革。他们强有力的臂膀把你紧紧搂住,你把脑袋靠在他们的胸膛上,便能闻到他们身上那种讲究仪表的男人所特有的强烈而温馨的气息。他们会对你低声说一些甜言蜜语。他们的穿着华丽,脚上穿着漂亮而粗犷的牛皮鞋。他们对你喃喃低语'我的宝贝,我的心肝',而你便会觉得自己支撑不住了。"丽蕾特想起了去年离她而去的路易,于是伤心起来,"他是一个自恋的男人。他有一大堆规矩,有一枚刻上他姓氏第一个字母的戒指,一个金烟嘴,以及一些小小的癖好……不过这种人有时候苛求起来更甚于女人。最好的是那种四十岁的男人。尽管他们两鬓已灰白,头发向后梳,肩膀宽宽却很干瘦,但他们很会照料自己,很喜欢体育运动,又懂得生活,因为他们经历过沧桑,所以这样的人是最好不过的了。吕吕不过是个孩子,她有我这样的朋友真是幸运,因为皮埃尔对她已经开始厌倦了,换了别人便会乘虚而入,我却总是劝他耐心点。当他对我稍有温情的表示,我便装作毫没留意,开始和他谈起吕吕,我总能找到一些话把吕吕抬举一番。但是她不配有这样的好运气,她意识不到这一点。我希望她像我一样过过那种路易离开之后的孤独生活。她会明白,当她工作了一天,晚上独自回到家里,看见房间里空空荡荡,巴望把头靠在一个肩膀上时,是个什

---

① 科尔多瓦,西班牙地名,曾以盛产皮革著称。

么滋味。你会怀疑第二天早上是否还有勇气起床,再去上班,并且表现得迷人、快活,给人以勇气。实际上我宁愿死也不愿再过这种生活了。"

时钟敲响了十一点半。丽蕾特想起了幸福、青鸟,幸福之鸟和爱情的叛逆之鸟。她惊跳起来:"吕吕迟到三十分钟了。这倒是正常的。她永远不会离开丈夫,因为她没有足够的勇气。实际上,正是出于体面的考虑她才和亨利继续在一起生活。她对他不忠,但是只要人家称她'太太',她便觉得这算不了什么了。她大讲他的坏话,但是别人不能在第二天把她说过的话向她重复。否则她会气得满脸通红的。我为她竭尽了全力,我要说的话也都对她说了,随她去吧。"

一辆出租车在圆顶酒家前面停住,吕吕下了车。她带着一只大手提箱,表情颇为庄重。

"我和亨利吹了。"她远远地道。

她走过来,被手提箱的重量压弯了腰。她面带笑容。

"怎么回事,吕吕?"丽蕾特惊呆了,"你不会是想说……?"

"是的,"吕吕说,"结束了。我把他蹬了。"

丽蕾特仍然不信。

"他知道吗?你告诉他了吗?"

吕吕射出了愤怒的目光。

"怎么啦?"她说。

"那好,我的小吕吕!"

丽蕾特不知说什么才好,但无论如何,她认为吕吕现在需要鼓励。

"真好,"她说,"你真勇敢。"

她很想补充一句:你看这事并不很难。但是她忍住了。这时吕吕的样子很招人喜欢。她的两颊红彤彤,双目炯炯有神。她坐下并把手提箱放在身边。她身穿一件灰色的羊毛大衣,系一根皮腰带,里面有一件浅黄色的卷领毛线衫,头上没有戴帽子。丽蕾特不喜欢吕吕不戴帽子外出散步,因为她一眼便看出了她那种自责和自娱奇异混杂的神情。吕吕总是给她这种印象。"她身上我所喜欢的,"丽蕾特断定,"便是她的青春活力。"

"快刀斩乱麻,"吕吕说,"我把心里话统统都对他讲了。他简直晕了。"

"我真不敢相信,"丽蕾特说,"我的小吕吕,这是怎么啦?你吃了豹子胆啦?昨天晚上我还拿脑袋担保你决不会离开他的。"

"那是因为我弟弟。跟我在一起,他要压我一头,这我没得说。但是我不能容忍他碰我的娘家人。"

"怎么回事?"

"侍应生在哪里?"吕吕坐在椅子上招手,"圆顶酒家的侍应生在你叫他们的时候,从来不会马上出现在你面前。我们这一桌是那个小个子棕发年轻人服务的吧?"

"是的,"丽蕾特说,"你知道吗?我已经把他征服了。"

"是吗?那你得小心盥洗室的那个女人,他可是整天都和她摽在一起的。他在追她,但是我认为他只是想借此看看那些出入盥洗室的女士们。她们出来时,他总是盯着她们看,直看得人家脸红。对了,我得出去一下,我要下楼给皮埃尔打个电话,他要气坏了!如果你看见侍应生,替我要一杯加奶咖啡。我就去一会儿,回来我要把一切都告诉你。"

她站起来走了几步,又回过来对丽蕾特说:

"我真高兴,我的小丽蕾特。"

"亲爱的吕吕。"丽蕾特拉着她的手说。

吕吕抽出手来，步履轻盈地穿过了露台。丽蕾特看着她走远了。"我永远想不到她能走到这一步。瞧她多快活，"她想，同时有点气愤，"她成功地甩掉了丈夫。要是她听了我的话，这事早就办完了。总而言之，这多亏了我。说实在的，我对她的影响力还是很大的。"

一会儿吕吕回来了。

"皮埃尔的决心更坚定了，"她说，"他想知道详细情况。我一会儿会告诉他的，因为我要和他一起吃饭。他说我们也许可以明天晚上动身。"

"我真高兴，吕吕，"丽蕾特说，"快告诉我，你是昨天夜里决定的吗？"

"你知道，我什么也没有决定，"吕吕谦逊地说，"这事就自己定下来了。"

她不耐烦地敲了敲桌子。

"侍应生，侍应生！这小伙子真让我生气，我要一杯加奶咖啡。"

丽蕾特有点反感。她要是吕吕，在如此严重的情况下，绝不会为一杯加奶咖啡而浪费时间的。吕吕是个可爱的人，但又轻浮得令人吃惊，她是一只小鸟。

吕吕扑哧一声笑了出来。

"你真想象不出亨利那副样子！"

"我在想你母亲会怎么说，"丽蕾特正色道。

"我母亲？她会很—高—兴，"吕吕一字一顿地说，"他对我母亲很不敬，你知道，她恨死他了！他总责备我母亲没有把我教养好，责备我这不是，那不是，还说看得出我从小受的是小市民教育。你知道吗？我现在这样做，有点是因为她。"

"这话怎么讲?"

"他打了罗贝尔的耳光。"

"罗贝尔到你家去过?"

"是的,今天早上他路过我那里,因为妈妈想让他去贡佩兹公司当学徒。我记得告诉过你这件事。所以今天早上我们正在吃早饭时他来了。亨利打了他一记耳光。"

"为什么呢?"丽蕾特有点恼火地问,她很不喜欢吕吕的叙事方式。

"他们吵了几句,"吕吕含糊其辞地说,"小家伙也不让人。他和他顶着干,大骂他是'老傻瓜',因为亨利骂他是没教养的孩子。他当然只会说这个了。我难过极了。我们在客厅里用早餐,这时亨利站了起来,扇了罗贝尔一记耳光。当时我真想杀死他!"

"于是你就走了?"

"走了?"吕吕惊奇地说,"去哪里?"

"我以为你是在那个时候离开他的。听着,我的小吕吕,你得有条有理地把事情给我讲清楚,否则我无法明白。告诉我,"她疑惑不解地补充道,"你确实离开了他,是真的,对吗?"

"当然啦,我已经给你解释一个小时了。"

"好。那么亨利打了罗贝尔一记耳光。后来呢?"

"后来,"吕吕说,"我把他关在阳台上。太逗了,他还穿着睡衣呢!于是他便敲窗门,但是他不敢砸碎玻璃,因为他是个十足的吝啬鬼。要是我的话,哪怕弄得双手鲜血淋淋我也要把窗玻璃全部砸烂。后来泰克西耶他们闻声而来。于是他透过窗户对我笑笑,佯装这是我们两口子在闹着玩。"

侍者走过来,吕吕抓住他的胳膊。

"小伙子,你终于过来啦!能不能麻烦你给我来一杯加奶咖啡？"

丽蕾特觉得有点不好意思,她向侍者会意地笑了笑。但是小伙子仍然面无笑容,并且卑恭地欠了欠身,但是眼里充满了责备的目光。丽蕾特有点抱怨吕吕。她这个人对下人从来都掌握不好分寸,要不太随便,要不太苛求、太生硬。

吕吕笑了起来。

"我笑是因为仿佛又看见了穿着睡衣被关在阳台上的亨利。他冻得发颤。你知道我是怎样把他关在阳台上的吗？他在客厅的尽头,罗贝尔在哭,他在一旁唠唠叨叨地教训他。我打开落地窗对他说：'亨利,你来看,一辆出租车把那个卖花女人撞倒了。'他走到我身边,因为他很喜欢那个卖花女人。她告诉过他自己是瑞士人,他以为她很爱他。'在哪里？在哪里？'他急忙问道。我呢,悄悄地往后退,回到房间后便把窗门关上了。我透过窗门对他大声喊道：'你对我弟弟那么凶狠,这是给你的教训！'我让他在阳台上待了一个多小时,他瞪大眼睛望着我们,气得脸色发青。我向他吐吐舌头,并且给罗贝尔糖果吃。后来我把自己的衣物拿到客厅里,当着罗贝尔的面更衣,因为我知道亨利最讨厌这个。罗贝尔像一个小大人吻我的胳膊和颈部,他很可爱。我们只当亨利不在我们面前。真糟糕,我忘了梳洗。"

"那家伙待在玻璃窗门后面。这太滑稽了！"丽蕾特说着便放声大笑起来。

吕吕停住笑。

"我担心他着凉,"她认真地说,"人在气头上往往会考虑不周。"

接着她快活地说：

"他向我们伸出拳头,嘴里不停地说着。但是他的话我连一半都听不懂。后来罗贝尔走了。这时,泰克西耶他们按响了门铃,我开门让他们进来。他看见他们时,变得满脸堆笑。他在阳台上弯腰向他们行礼,我便对他们说:'你们看看我丈夫,我的大宝贝,他像不像水族馆里的一条大鱼?'泰克西耶他们透过窗门向他还礼。他们有点吃惊,但是仍然不动声色。"

"我在这里也能想象得到,"丽蕾特笑着说,"哈哈!你丈夫在阳台上,而泰克西耶夫妇在客厅里!"她又重复了几遍"你丈夫在阳台上,泰克西耶夫妇在客厅里……"她本想找一些滑稽和色彩鲜明的词语来向吕吕描述那个场面,她认为吕吕没有喜剧细胞。但是她找不到合适的词语。

"我打开窗门,"吕吕说,"亨利便回到客厅。他当着泰克西耶夫妇的面拥抱了我,叫我小淘气。'小淘气,'他说,'她想跟我闹着玩。'于是我笑了,泰克西耶夫妇也彬彬有礼地笑了,大家都笑了。但是,在泰克西耶夫妇离开后,他在我耳朵上狠狠地揍了一拳。于是我抓起一把刷子扔到他的嘴角上,把他的嘴唇打裂了。"

"我可怜的吕吕!"丽蕾特亲切地说。

但是吕吕用动作拒绝了任何同情。她直挺挺地站在那里,斗志高昂地晃动着她那棕色的鬈发,两眼放出炯炯的光芒。

"就在那时候我和他摊了牌。我用毛巾替他洗干净嘴唇,告诉他我已经受够了,我不再爱他并且要离他而去。他哭了起来,而且说要自杀。但这也无济于事了。丽蕾特,你还记得吗?去年为了莱茵河地区那件事,他每天都要对我说那些同样的话:吕吕,战争即将爆发,我就要上战场,而且会战死在疆场,你要后悔的,你将会为你给我带来的一切痛苦而感到内疚。'好啊,'我对他说,'你是个性无能者,这正是表现你男子气概的大好时机。'总而言之,我设法使他平静下来,因为他说要把我锁在客厅里。我对他发誓一个月之内我不会走的。后来他上班去了。他两眼发红,嘴唇上搽着药膏,样子很不好看。我则整理了房间,把滨豆放在炉子上煮,并且收拾好手提箱。我给他留了一张字条放在厨房桌子上。"

"你给他写了什么?"

"我对他说,"吕吕骄傲地说,"滨豆在锅里煮着。你自己用餐,别忘了关煤气。冰箱里有火腿。我已经受够这一切,我走了。永别了。"

她们两人都笑起来,路上的行人不禁回过头来看着她们。丽蕾特想她们的样子一定很迷人。她很遗憾自己没有坐在维尔咖啡厅或和平咖啡馆的露台上。两人笑够了便安静下来。这时丽蕾特发现已经无话可说,她有点失望。

"我得走了,"吕吕站起来说,"我和皮埃尔约好中午十二点见面。我的手提箱怎么办呢?"

"留给我吧,"丽蕾特说,"一会儿我把它放在盥洗室的女看门人那里。咱们什么时候再见面?"

"两点钟,我去你家找你。我有一大堆东西要和你一起去买。我自己的东西只拿了不到一半,我得跟皮埃尔要钱。"

吕吕走了,丽蕾特便招呼侍应生。她为她们两人感到心情沉重和忧郁。侍者跑过来。丽蕾特早已察觉,这个小伙子对于她总是招之即来的。

"一共五法郎。"他说。接着他冷冷地补充了一句:"你们二位非常快活,楼下的人都能听到你们的笑声。"

吕吕刺伤了他,丽蕾特立刻这样想道。她红着脸说:

"我的朋友今天早上有点激动。"

"她很可爱,"侍者动情地说,"谢谢你,小姐。"

他收起六法郎走了。丽蕾特感到有点意外。这时敲响了十二点钟,她想亨利快回家了,他将会看到吕吕留的字条。对她来说这是个美妙的时刻。

"我希望你们在明天晚上以前把这些东西送到旺达姆街的剧院旅馆,"吕吕气派十足地对女收银员说。接着她转身朝向丽蕾特:

"好了,丽蕾特,咱们走吧。"

"您的姓名?"女收银员问。

"吕西安娜·克里斯潘太太。"

吕吕把大衣挽在胳膊上,跑了起来。她三步并成两步地跑下了萨马里泰纳商厦的大楼梯。丽蕾特紧随其后,有好几次差一点摔倒,因为她看不见自己的脚步。她两眼盯着在她前面跳跃的那个蓝色和鹅黄色的纤细身影。"确实,她的身材非常诱人……"每当丽蕾特看见吕吕的背影或侧影,她都会为她那诱人的线条感到吃惊。她也不清楚原因何在,这只是一种印象。"她很苗条、玲珑,但是她身上有一种邪气。我也不明白。她总是竭尽全力把自己裹得紧紧的,大概是这个原因。她说为自己的臀部感到羞愧,总穿一些紧身的短裙把臀部裹住。她的那个部位很小,这我知道,远比我的小,但是它很突出。在她的细腰下面显得圆滚滚的。它把裙子撑得那么紧,简直像是硬塞进去的。此外,它还扭动。"

吕吕转过身来,两人相对而笑。丽蕾特又气恼又颓丧地想着她朋友那不谨慎的身躯:往上翘的小乳房,黄黄的光滑肌肤——摸上去简直像橡胶——长长的大腿,长长的下流身躯,长长的四肢。"一具黑种女人的身躯,"丽蕾特想,"她的样子像一个跳伦巴舞的黑女人。"在转门附近,有一面镜子把丽蕾特的身影映照出来。"我更像个运动员,"她挽着吕吕的胳膊想道,"我们两人都穿着衣服时她比我更有派;但是光着身子我肯定比她棒。"

两人都不再作声。过了一会儿,吕吕说:

"皮埃尔对我很好。丽蕾特,你也对我很好。我对你们两人都很感激。"

她说这话的时候有点勉强,但是丽蕾特没有在意。吕吕从来不会道谢,因为她太腼腆了。

"真烦人,"吕吕突然说,"我还得去买一个胸罩。"

"这儿?"丽蕾特问。这时她们正巧路过一家内衣店。

"不。正因为我看见了这里的胸罩,所以便想起了这事。我买胸罩都上费谢商场。"

"蒙巴那斯大道上的那家?"丽蕾特大声问道,"吕吕,你可得特别小心,"她严肃地说,"最好别常去蒙巴那斯大道,尤其在这个时候。我们会碰见亨利的,那样就糟了。"

"碰见亨利?"吕吕耸了耸肩说,"不会的,怎么会碰见他呢?"

丽蕾特气愤得涨红了两颊和双鬓,她说:

"我的小吕吕,你总是这样。如果你不喜欢什么你就干脆否认它。你想去费谢商店,于是你偏说亨利不会走过蒙巴那斯大道。你明明知道每天下午六点钟他要经过蒙巴那斯大道,这是他的必经之路,是你亲口对我说的。他要走到雷恩大街,然后在拉斯帕伊大道的拐角等公共汽车。"

"首先,现在刚五点钟;"吕吕说,"其次,他不一定去上班了。他看了我的字条后,肯定就躺在床上不动了。"

"可是吕吕,"丽蕾特忽然说,"你知道吗?离歌剧院不远的九四大街上还有一家费谢商店。"

"是,"吕吕嗫嚅地说,"那就去吧。"

"啊,我真喜欢你,我的小吕吕!咱们去吧!很近的,比蒙巴那斯十字路口近多了。"

"可是我不喜欢那儿卖的东西。"

丽蕾特暗暗觉得好笑,各家费谢商店卖的不都是同样的货物吗!可是吕吕却固执得让人难以理解。亨利不正是她在这个时候最不想见到的人吗?仿佛她故意想要撞在他的枪口上似的。

"那好,"她宽容地说,"咱们就去蒙巴那斯吧。再说,亨利个子很高,我们定能在他发现我们之前先看见他。"

"那又怎么呢?"吕吕说,"假如我们碰到他,那就碰到他吧,这很简单。他总不至于吃掉我们。"

吕吕坚持步行去蒙巴那斯,她说需要透透空气。她们沿着塞纳大街走,然后是奥德翁大街,后来是沃日拉尔大街。丽蕾特夸奖皮埃尔,并且对吕吕说他在这种情况下表现得非常出色。

"我多么热爱巴黎!"吕吕说,"我会感到非常遗憾的!"

"别说了,吕吕。你有幸能去尼斯,而你却遗憾离开巴黎。"

吕吕没有搭腔。她神色忧郁地开始左顾右盼,像是在寻找什么似的。

她们走出费谢商店时,听到钟声敲响了六点整。丽蕾特抓住吕吕的肘部,想尽快把她拉走。但是吕吕在博曼花店前停住了。

"我的小丽蕾特,你快来看看这杜鹃花。如果我有一间漂亮的客厅,一定要摆满杜鹃花。"

"我不喜欢盆栽的花。"丽蕾特说。

她非常恼怒,扭头望了望雷恩大街。不言而喻,过了一分钟她便见到了亨利高大而愚蠢的身影正向这边走来。他没有戴帽子,身穿一件栗色的粗花呢运动短外套。丽蕾特很讨厌栗色。

"他来了,吕吕,他来了。"她急急忙忙地说。

"哪里?"吕吕问,"他在哪里?"

她也不比丽蕾特更加镇静。

"在我们身后,对面的人行道上。咱们快走,别回头。"

吕吕仍然回过头去。

"我看见他了。"她说。

丽蕾特极力把她拉走,但是吕吕呆立在那里不动,盯着亨利看。最后她说:

"我觉得他看见我们了。"

她仿佛很害怕,一下子听从了丽蕾特,乖乖地被她拉走了。

"看在上帝分上,吕吕你现在千万别扭头看,"丽蕾特气喘吁吁地说,"到了下一条街,我们就往右拐,那是德朗布尔大街。"

她们二人匆匆赶路,不免与行人相撞。时而吕吕有点被拖着走,时而她在前面拉着丽蕾特走。但是她们还没有走到德朗布尔大街的拐角,丽蕾特便看到吕吕身后不远处有一个棕色的巨大身影。她明白那是亨利,因而开始气得发抖。吕吕眼皮下垂,样子狡黠又固执。"她在为自己的不慎而后悔,但为时已晚,活该!"

她们加快了脚步。亨利一言不发地紧随其后。她们走过了德朗布尔大街,继续朝着气象台的方向走去。丽蕾特听见了亨利咯咯的皮鞋声,在脚步声里还伴随着一种轻微而有规律的嘶哑喘息声。那是亨利的喘息声(亨利的喘息声一向很重,但从未如此强烈。大概为了追上她们而跑了过来,也许是因为激动)。

"必须装得仿佛他不在那里一样,"丽蕾特想,"不能表现出已经发现了他的样子。"但是她仍然忍不住从眼角瞥了他一眼。他脸色惨白得像一张纸,眼皮下垂,看起来仿佛闭上了眼睛。"他简直像个梦游者。"丽蕾特厌恶地想道。亨利的嘴唇在颤动,下嘴唇上有一小块已经半脱落的玫瑰色油膏,它也开始颤抖起来。而那喘息声还是那么均匀和嘶哑,渐渐变成了带鼻音的乐声。丽蕾特感到很不自在。她并不怕亨利,但是他的疾病和情欲总是有点让人害怕。不一会儿,亨利慢慢地伸出手来,看也不看便抓住了吕吕的手臂。吕吕歪了歪嘴,仿佛就要哭出来。她全身哆嗦,挣脱了出来。

——呸!亨利喊了一声。

丽蕾特极想停下来,因为她胸痛并且耳鸣。但是吕吕几乎在奔跑。她那样子也像个梦游者。她觉得,假如她放开吕吕自己停下来,那么他们两人将会无声地、肩并肩地继续向前跑。他们都双眼紧闭,脸色惨白得像死尸。

亨利开始说话。他的嗓音出奇地嘶哑。他说:

"跟我回家去。"

吕吕没作声。亨利用同样嘶哑的声音淡淡地说:

"你是我老婆,跟我回去。"

"明摆着她不愿意回去,"丽蕾特咬紧牙关地说,"别烦她了。"

他似乎没有听见,接着说:

"我是你丈夫,我要你跟我回家。"

"我请你让她安静,"丽蕾特提高嗓音说,"你这样烦她是得不到什么的。你走吧。"

他诧异地转向丽蕾特。

"这是我的老婆,"他说,"她是属于我的,我要她跟我回去。"

他抓起吕吕的胳膊。这一回吕吕没有挣脱。

"请你走开。"丽蕾特说。

"我不会走的,她走到哪里我就跟到哪里,我要她回家。"

他用力地说着,忽然间他做了一个鬼脸,露出了牙齿。他拼命地喊道:

"你是属于我的!"

一些人转过身来朝他们笑。亨利摇着吕吕的胳臂,并且咧开嘴像野兽般怒吼。幸好这时有一辆空出租车驶过来。丽蕾特向它招手,车便停了下来。亨利也停住脚步。吕吕还想继续往前走。但是他们每人紧紧抓住她的一条胳膊,使她不得动弹。

"你得明白,"丽蕾特把吕吕拖向马路,并对亨利说,"你用这种暴力永远不能把她拉回家。"

"放开她,放开我的老婆。"亨利说着便往相反的方向拉。

吕吕软得像一团棉花。

"你们上不上车?"司机不耐烦地喊道。

丽蕾特放开吕吕的胳膊,朝着亨利的双手雨点般地猛捶。但是他仿佛没有感觉。过了一阵,他松开手惊愕地望着丽蕾特。丽蕾特也望着他。这时她很难集中思想,只觉得心里一阵强烈的反感。他们这样互相对视了好一阵。两人都气喘吁吁。随后,丽蕾特恢复了镇静,她抓住吕吕的身子,把她一直拖到出租车旁。

"去哪儿?"司机问。

亨利跟了过来,他也想上车。但是丽蕾特竭尽全力把他推开,并匆匆地关上了车门。

"喂,走吧,走吧!"她对司机说,"一会儿告诉你地址。"

出租车开动了,丽蕾特坐在车里,很是灰心丧气。"这一切多么无聊。"她想。她恨吕吕。

"我的小吕吕,你想去哪里?"她亲切地问道。

吕吕没有回答。丽蕾特用胳膊搂住她,并且晓之以理地说:

"你得告诉我,我把你送到皮埃尔那里好吗?"

吕吕动了一下,丽蕾特以为她同意了。于是她往前凑去对司机说:

"去麦西纳大街十一号。"

丽蕾特转过身来时,吕吕神情怪异地望着她。

"怎么回……"丽蕾特问道。

"我恨你,"吕吕大声吼道,"我恨皮埃尔,恨亨利。你们都跟着我干什么?你们大家都在折磨我。"

她突然止住,面部的线条都扭曲了。

"你哭吧,"丽蕾特镇定而庄重地说,"哭吧,这样会舒服一点。"

吕吕弯下身去,开始抽泣。丽蕾特抱住她,把她紧紧搂在怀里。她不时地抚摩她的头发。但是,她内心里一片冰凉,甚至有点鄙视吕吕。汽车停下时,吕吕也安静下来了。她擦擦眼睛,并且补了妆。

"原谅我,"她温顺地说,"刚才我太激动了。我看到他这种样子很受不了,我很难过。"

"他的样子像只猩猩。"丽蕾特平静地说。

吕吕笑了。

"咱们什么时候再见面?"丽蕾特问。

"呃,明天以前不行。你知道吗?皮埃尔因为他母亲的缘故不能留宿我。我住在剧院旅馆。如果你有时间,可以在九点左右来找我,因为过后我要去看妈妈。"

她的脸色灰白,丽蕾特忧伤地想,吕吕的脸色如此易变,真是太可怕了。

"今天晚上别太难过了。"她说。

"我累极了,"吕吕说,"我希望皮埃尔能让我早点走,但是这种事他从来都不懂的。"

丽蕾特留住出租车,让司机送她回了家。刚才有一阵她想去电影院,但是现在已经没有那个心情了。她把帽子扔在一张椅子上,朝窗户走去。但是床吸引了她。它是那么洁白、柔软,被窝里潮乎乎的。她扑到床上,让枕头抚弄自己滚烫的脸颊。"我很坚强,是我为吕吕做了一切,而现在我却孤独一人,没有人来为我做点什么。"她越想越伤心,只觉一股怨气涌上心头,真想哭一场。"他们要去尼斯,我再也见不到他们。是我促成了他们的幸福,然而他们不会再想起我。我却留在这里,每天要工作八小时,在比尔玛商店出售假珍珠。"当第一行泪珠滚到她的脸颊上时,她便慢慢地倒在了床上。"在尼斯,"她伤心地边哭边说,"在尼斯……在阳光照耀下……在那蓝色海岸……"

三

"呸!"

深夜。仿佛有人在房间里走动:一个穿拖鞋的男人。他小心翼翼地跨出一步,随后另一步。尽管如此,他仍在地板上发出了轻微的声音。他停住脚步,房间里一片寂静。接着,他突然走到房间另一头,又开始了他那无目的的走动,如同一名躁狂症患者。吕吕觉得冷,因为被子太薄了。她使劲骂了一声"呸!"这声音让她感到害怕。

呸!我肯定他现在正在看天空和星星。他点了一支烟,他在外面,他说过喜欢巴黎天空的淡紫色调。他迈着小碎步回到屋里。小碎步。他对我说过,当他迈着小碎步走了一程后,便会觉得很有诗意,并且像一头刚被挤过奶的母牛一样轻松,因为他不再想那事了。而我却被弄脏了。他现在很洁净,这我不奇怪,因为他把污秽留在了这里,留在黑暗中。擦手毛巾上沾满了污秽,床中间的那一片床单是湿的。我不能伸腿,因为我会感到皮肤湿乎乎的。多么脏啊！而他却全身洁净干爽。我听见他出去的时候轻轻吹着口哨。他现在就在下面，身穿华丽的套服和春秋大衣，全身干爽清新。必须承认，他很会穿衣服。女人能跟他一起出去是值得骄傲的。他在我的窗户下面，而我却光着身子躺在黑暗中。我全身发冷，并且用双手在摩擦肚皮，因为我觉得身上全是湿的。"我上去一分钟，"他说，"就为了看看你的房间。"他待了两小时，那张床吱嘎作响——那张肮脏的小铁床。我纳闷他是如何找到这家旅馆的。他告诉我以前曾在这里住过半个月，我在这里会很舒服。这是一些很奇怪的房间，我见过两间。我从未见过这么小的房间，里面塞满了家具。有墩状软垫、长沙发、小桌子。这一切都散发着爱的气息。我不知道他是否真的在这里住过半个月，但是他肯定不是一个人住在这里。他把我带到这种地方对我是很不敬的。我们上楼时，旅馆的侍者乐了，那是个阿尔及利亚人。我讨厌那种人，而且害怕他们。他盯着我的两腿看，后来便回到他的办公室。他大概会想"行了，他们一定正在干那种事"。他想象着那种肮脏的事，仿佛他们在自己的国度里对女人干的事非常可怕。假如哪个女人落入他们手中，她将会变得终生残废。在皮埃尔折腾我的时候，我一直想着那个阿尔及利亚人，而他也在想着我正在干的事，并且他想象的比实际情况更糟糕。房间里有人！

吕吕屏住呼吸，可是走步声也立即停止了。我的两条大腿之间不舒服，既痒又灼痛，我真想哭一场。以后每天夜里都得如此，除了明天，因为明天我们将在火车里过夜。吕吕咬咬自己的嘴唇，全身都在战栗，因为她记得刚才曾经呻吟过。不是这样的，我没有呻吟，我只是呼吸得重了一点。因为他的身子很重，他压在我身上时，我简直无法呼吸。他对我说："你在呻吟，你有快感。"我讨厌在干这种事的时候说话。我希望这种时候要忘情，可是他却不断地说一些蠢话。首先,我没有呻吟,我不可能有快感,除非是我自己造成快感,这是事实。医生曾对我这样说的。他不愿意相信这个,他们也从不愿意相信这个,他们都这样说:"那是因为一开始没有弄好,我会教你得到快感的。"我任凭他们说去,我很明白自己的问题所在,那是医学上的问题。但是这使他们感到恼火。

有人正在上楼。这是一名归来者。我的老天,最好不是他回来了。如果他想的话,他是完全做得出来的。不是他,因为脚步很沉重。或者——吕吕的心在剧烈跳动——会不会是那个阿尔及利亚人,他知道我单身一人在屋里,他会前来接连地敲门。我不能,不能忍受这个。不对,楼下那一层的。有人回来了,他把钥匙插进锁孔,得花一点时间。他醉了。我在想住在这家旅馆里的都是些什么样的人哪,真够脏的!今天下午,我在楼梯上遇到一个红发女郎,她的眼神告诉我她是一个吸毒者。我没有呻吟!当然,他要尽种种花招最终还是把我弄得神魂颠倒,他精于此道。我讨厌那种精于此道的人,我宁愿和生手睡觉。他们的手会直接伸到该去的地方,轻轻地触及,稍为按一下,并不太用力……他们把你当作一件乐器,并且为自己能玩好这件乐器而感到骄傲。我讨厌别人把我搅得神魂颠倒,我会嗓子发干,心里害怕,嘴里有一股味道。我感到屈辱,因为他们觉得自己驾驭了我。假如皮埃尔扮出一副自命不凡的神气对我说:"我的手法很高明。"我会扇他的耳光。我的老天,真想不到生活就是这样的。正是为了这个,人们穿衣,人们洗澡,人们把自己打扮得漂漂亮亮。所有的小说都写这种事,人们整天想着它。结果呢,就跟着一个家伙来到一个房间,他会把你压得透不过气来,直到把你的肚子弄湿了为止。我想睡觉。哦,要是我能睡着一会儿就好了。明天夜里要在火车上度过,我会累垮的。我还是希望能够比较精神饱满地在尼斯街头闲逛。据说那里美极了,有一些意大利风格的小街和晾在外头的五颜六色的衣物。我将支起我的画架画画。一些小女孩会前来看我画画。真该死!(她往前挪了挪,臀部碰到了那一片潮湿的床单。)他带我到这里来就是为了干这种事。没有人,没有任何人爱我。他①走在我的身边,我几乎支持不住,等待着听到一句充满柔情的话语,他原本可以说一句"我爱你"。当然我不会再回到他那里,但是我会对他说几句客气的话,那样大家也能友好地分手了。我等待着,等待着。他抓住我的胳膊,我也把胳膊伸给了他。丽蕾特十分恼怒。要说他的样子像一只猩猩这话可不对,但我知道她是这样想的。她是从侧面用醒醒的眼光看他的。她这么坏真令人吃惊。嗨!无论如何,他抓住我的胳膊时,我没有反抗。但是他要的不是我,而是他的老婆。因为他娶了我,他是我丈夫。他总是贬低我,他说他比我聪明。现在发生的一切都是他的错,他只要不再居高临下地对待我,我也能继续和他在一起了。我肯定现在他对我的离去并不惋惜。他不会哭,他只是发发牢骚,仅此而已。而且他很高兴,因为他能一人独占大床,舒坦地伸展他的长腿。我真想死,我非常害怕他把我当成坏女人。我无法对他做任何解释,因为丽蕾特就在我们两人中间。她不停地说着,说着,简直有点歇斯底里。她现在一定很满意,她在为自己的勇敢而自我陶醉。这对亨利有点残忍,他温柔得像只绵羊。我要去。他们总归不能强迫我像一条狗那样离开他。她跳下床来,拧亮了灯。我只穿长袜和连衫衬裙就够了(她非常着急,甚至连头发也没有梳理)……一会儿看见我的人不会知道我宽大的灰大衣底下没有穿衣服。他将会跪倒在我的脚下。阿尔及利亚人,——她心跳不已地停了下来——我得叫醒

---

① 这个"他"应指亨利。

他,让他给我开门。她踮着脚下楼——但是楼梯一级一级地发出声响。她敲了敲办公室的窗玻璃。

"什么事?"阿尔及利亚人问。他的两眼红彤彤,头发蓬乱,样子并不可怕。

"给我开门。"吕吕生硬地说。

一刻钟后她便按响了亨利的门铃。

"谁啊?"亨利在屋里问道。

"是我。"

他没有作声,他不愿意让我回到家里。但是我要把门一直敲到他打开为止。由于害怕邻居反应,他会让步的。一分钟后,房门微微张开,亨利出现了。他的面色灰白,鼻子上长了一个包。他穿着睡衣。"他没有睡着。"吕吕心疼地想。

"我不想就这样离去,我想再见到你。"

亨利始终缄默不语。吕吕把他轻轻一推便进了房间。他局促不安,在过道上他总是这副神情。他瞪大眼睛望着我,摇晃着手臂,不知如何摆弄他的身体。"别说话,得了,别说话,我看得出你现在很激动,说不出话来。"他努力咽下唾液,吕吕把门关上了。

"我希望我们能友好地分手。"她说。

他张嘴仿佛想要说话,旋即便转过身去跑开了。他在干什么?她不敢追上前去。难道他在哭吗? 忽然间她听见他在咳嗽。原来他在卫生间里。他回来时,她便搂住了他的颈部,把嘴贴到了他的嘴上。他觉得要呕吐。吕吕大声地抽泣起来。

"我冷。"亨利说。

"咱们睡吧,"她哭着建议道,"我可以一直待到明天早上。"

他们躺在了一起。吕吕大声抽泣,哭得全身颤动,因为她重新回到了自己的房间,自己这张漂亮而干净的床以及窗玻璃上微弱的红光。她想亨利会把她紧紧搂住,但是他没有这样做。他直挺挺地躺着,仿佛床上有一根木桩似的。他和同瑞士人谈话时一样笔直、僵硬。她用双手抱着他的脑袋,盯着他看。

"你呀,你很纯洁,非常纯洁。"她说。

他哭了。

"我真不幸,"他说,"我从来没有这样不幸过。"

"我也一样。"吕吕说。

他们哭了很久。过了一阵,她先止住,并且把头靠在他的肩上。要是我们能像两个纯洁和悲伤的孤儿待在一起该有多好啊!但是这不可能,生活中没有这样的事。生活是一朵巨大的浪花,它将在吕吕身上撞得粉碎,并且把她从亨利的怀里夺走。你的手,你的大手。他为此感到骄傲,因为他的手很大。他说古老家族的后代往往都有发达的四肢。他再也不会用他的手箍住我的身子了——他把我弄得有点痒痒,但是我很骄傲,因为他的双手几乎能合抱在一起。说他性无能是不对的,他很纯洁,非常纯洁——可是有点懒惰。她噙着泪花笑了,并且在他的下巴上亲了亲。

"我怎么对我的父母讲呢?"亨利问,"他们会气死的。"

克里斯潘太太不会气死,相反,她会得意扬扬。他们一家五口会在餐桌上用责备的口吻谈论我,如同那些知道得很多,却又碍于那个十六岁的小姑娘,因而半遮半掩不想把什么都说出来的那些人,因为她太年轻,有些事不能当着她的面说。她会暗自好笑,因为她会知道一切。她总是什么都知道,而且她讨厌我。卑鄙透了!种种迹象对我都是不利的。

"别马上告诉他们,"她恳求道,"你就说我身体不适去了尼斯。"

"他们不会相信的。"

她在亨利的脸上洒下了雨点般的亲吻。

"亨利,你对待我并不很好。"

"是的,我对你是不够好。可是你也一样,"他思索着说,"你对我也不够好。"

"我对你也不够好。呜,呜!"吕吕说,"我们都很不幸!"

她哭得那么厉害,以致觉得自己快要断气了。一会儿天就要亮了,她也得走了。人们永远不能,永远都不能做自己想做的事。人们只能随波逐流。

"你本不应该就这样走了,"亨利说。

吕吕叹了口气。

"我本来是很爱你的,亨利。"

"现在呢,你不爱我了?"

"现在不一样了。"

"你跟谁走?"

"和一些你不认识的人一起。"

"你怎么会认识一些我不认识的人?"亨利生气地说,"你是在哪里见到他们的?"

"别说这些了,我的宝贝,我的小格利佛,这时候你总不能再端起丈夫的架子来教训我吧?"

"你肯定是跟一个男人走的!"亨利哭着说。

"听着,亨利,我向你发誓不是这样的。我敢绝对保证,因为现在的男人太让我厌烦了。我跟一对夫妇一起走,是丽蕾特的朋友,都是些上了年纪的人。我想独身生活,他们将会替我找到工作的。噢!亨利,要知道我现在多么需要单身生活啊!这一切都使我感到厌烦。"

"什么?"亨利问,"什么事让你厌烦?"

"一切!"她抱住他,"我的宝贝,唯有你不让我感到厌烦。"

她把手伸到亨利的睡衣下面,久久地抚摩他的全身。被她那冰凉的手一摸,亨利浑身发颤,但是他任其抚摩。他只是说:

"我会得病的。"

确实,他身上有什么地方受伤了。

七点钟,吕吕起了床。两眼红肿,倦怠地说:

"我得回到那里去。"

"哪里?"

"我住在旺达姆街的剧院旅馆。那是一家很脏的旅馆。"

"留下来跟我在一起吧。"

"不,亨利,我求你不要再坚持了,我对你说过这是不可能的。"

"波涛将你席卷而去,这就是生活。人们无法判断,也无法理解,只能随波逐流。明天,我就到了尼斯。"她去卫生间用温水洗了洗眼睛。随后她颤抖着穿上了大衣,"这好像是命中注定的。希望今天夜里能在火车里睡得着,否则明天到了尼斯我会支撑不住的。但愿他买了头等车厢的车票。这将是我第一次坐头等车厢旅行。事情总是这样的:已经有好几年了,我很想乘头等车厢作长途旅行,可是一旦这个日子来到了,事情又闹到这个地步,弄得我几乎提不起兴致了。"现在她急于要走,因为最后这段时间她觉得实在难以忍受。

"你打算怎样和那威尔士人了结?"她问。

威尔士人向亨利订了一幅广告画,亨利已经画完,可是那威尔士人却不想要了。

331

"我不知道。"亨利说。

他在被子里缩成了一团,只看得见他的头发和一小片耳朵。他有气无力慢慢地说:

"我想睡上一个星期。"

"再见了,宝贝。"吕吕说。

"再见。"

她俯身向着他,掀起一角被子在他额头上亲了亲。她在楼道里待了很久,下不了决心关上屋门。过了一阵,她转过身去猛地拉住门把。她听到了砰的一声,以为自己要晕倒了。她体验到一种感觉,如同人们往父亲的灵柩上扔下第一铲土的时候一样。

"刚才亨利表现得不太好。他完全可以起来把我送到门口的。我觉得,若是由他来关门我就不会那么伤心了。"

四

"她竟这么干!"丽蕾特两眼望着远方说,"她竟这么干!"

那是晚上。六点左右皮埃尔给丽蕾特打了电话。于是她来到圆顶酒家和他见面。

"你不是今天早上九点钟和她有约吗?"皮埃尔问。

"我见过她了。"

"她没有异常表现吗?"

"没有,"丽蕾特说,"我没有发现异常。她有点累,她告诉我你走了之后她没有睡好。因为她一想到能去尼斯便非常兴奋,并且还有点害怕那个阿尔及利亚侍者……哦,她还问我是否相信你买了头等车厢的车票。她说能坐头等车厢旅行是她毕生的梦想。不,"丽蕾特肯定地说,"我保证她脑袋里绝对没有这种想法。至少我们在一起的时候是这样的。我和她一起待了两个小时。对于这种事情,我的眼力是不错的。要说有什么事情瞒过了我的眼光那才怪呢。你会说她这个人城府很深,可是我认识她已经四年,我在各种场合都见过她,我对我的吕吕真可谓了如指掌。"

"那么是泰克西耶夫妇促使她下的决心喽。那就怪了。"

他沉思片刻接着说:

"我纳闷是谁把吕吕的地址告诉他们的。是我选的这家旅馆,她以前从未听说过。"

他漫不经心地在手里摆弄着吕吕的信。丽蕾特很恼火,因为她很想看这封信,但他又不让她看。

"你什么时候收到的?"她终于发问。

"信吗?……"

他随即把信递给了她。

"给你,你看吧。大概有人在一点钟左右放在门房那里的。"

那是一页薄薄的紫色信笺,是烟草店里出售的那种信纸。

亲爱的宝贝:

泰克西耶夫妇来找我(我不知道是谁把地址给了他们)。我将会使你很难过。我不走了,我的心肝宝贝,亲爱的皮埃尔。我要留下来和亨利待在一起,因为他太不幸了。今天早上他们去看过亨利,他不愿意开门。泰克西耶夫人说他已经不成人形了。他们两口子非常善解人意。他们理解我的原因。她说一切过错都是他的,并且说他是一头熊,但是他的本质不坏。她还说,是得让他尝尝这个苦头他才能明白爱你有多深。我不知道是谁把我的地址告诉他们的。他们没有说。可能是今天早上我和丽蕾特一起走出旅馆时,他们偶然看见我的。泰克西耶夫人对我说,她很清楚她在要求我做出巨大的牺牲,但是她很了解我,相信我一定会答应的。我非常遗憾放弃了我们美好的尼斯之旅,我的心肝。但是我想你将是我们这几个不幸人中的最幸运者,因为你毕竟一直拥有我。我整个身心都是属于你的。我们仍然可以像过去一样经常见面。但是,假如亨利失去了我,他会自尽的。我对他是不可缺少的。我向你保证,感到自己身负如此的重任并不轻松。我希望你不要愁眉苦脸,我很害怕你那种样子。你也不愿我感到内疚,是吗?过一会儿,我要回到亨利那里。我想到要在这种情况下见到他,心里不免有点慌乱。但是我会有勇气向他提出我的条件的。首先,我要更多的自由,因为我爱你。我要他别管罗贝尔,要他今后永远不再说妈妈的坏话。亲爱的,我很伤心,我真希望你能在我身边,我想你。我要紧紧地靠在你的怀里,感受你对我全身的抚摩。明天五点钟我会去圆顶酒家。

吕吕

"我可怜的皮埃尔!"

丽蕾特抓住他的手。

"我要告诉你,"皮埃尔说,"我尤其为她感到惋惜!她很需要空气和阳光。但是既然她已经这样决定了……我母亲对我大发雷霆,"他接着说,"别墅是她的,她不愿意我带一个女人去那里。"

"啊!"丽蕾特断断续续地说,"啊!那太好了。那么这一来便皆大欢喜了!"

她松开皮埃尔的手。不知为什么,她内心涌起一种苦涩的懊恼之情。

一个企业主的童年

"我穿着小小的天使服样子十分可爱。"波蒂埃太太对妈妈说:"您的儿子真招人喜欢,他穿着那身小小的天使服,样子好可爱。"布法迪埃先生把吕西安拉到他的两腿之间,摸着他的手臂说:"真像个小女孩,"他笑着说,"你叫什么名字?雅克琳娜,吕西安娜,还是玛尔戈?"吕西安涨红了脸说:"我叫吕西安。"他也不能完全肯定自己不是一个女孩,因为许多人一边亲他一边叫他小姐。人人都觉得他那薄纱翅膀,蓝色的长裙,赤裸的小胳膊以及金黄的鬈发非常招人喜爱。他害怕别人突然决定他不再是个小男孩了。他抗议也是徒劳的,谁都不会听他的。除了睡觉的时候,人家再也不许他脱下裙子。每天早上醒来时,他便发现裙子就在床头。白天他要小解时,必须像内奈特那样撩起裙子蹲下来。人人都会对他说:我漂亮的小姑娘。可能事情已经到了这个地步,我是一个小女孩了。他觉得自己的内心是如此温柔,觉得这有一点令人沮丧。他的嗓音如同清脆的笛声从嘴里飘逸而出,他还用圆弧形的动作向大家献花。他很想亲吻自己的肘弯。他想这不是真的。他很愿意这不是真的。但是狂欢节的最后一天他玩得更加尽兴。那一天家里给他穿上了皮埃罗①的服装,他和里黎在一起又跑又跳又喊。

---

① 皮埃罗,法国哑剧中的典型人物。他全身穿白衣,面部涂白粉。

他们藏在桌子下面,他妈妈用长柄眼镜轻轻地敲了他一下说:"我为我的小儿子感到骄傲。"她身材魁梧,长得很美,是在场的女士中最胖、最高的一位。他经过铺着白桌布的长餐桌时,正在喝香槟酒的爸爸把他从地上抱起,唤道:"小家伙!"他真想哭出来,喊一声"嗳!"他要了一杯橘汁,因为是冰镇的,以前家里人不让他喝冰镇饮料。可是这一回,人家给他在一个小小的杯子里倒了一点点。橘汁有点黏糊糊的味道,并不很凉。吕西安想起他生重病时喝过的掺了蓖麻油的橘汁,于是放声大哭起来。他在汽车里坐在爸爸和妈妈中间时,觉得心里好受多了。妈妈把吕西安紧紧搂在怀里。妈妈怀里很温暖,而且香喷喷的。她全身都是柔软的丝绸服装。汽车里不时地变成粉笔般一片白。吕西安眨了眨眼睛,妈妈衣襟上的紫罗兰从阴影里突现出来,吕西安一下子闻到了它的香味。他还在轻轻地抽泣,但他觉得自己又湿又痒,像橘汁那样有点黏黏的。他真想在自己小小的浴缸里扑水玩,让妈妈用海绵替他擦洗。家里允许他睡在爸爸和妈妈的卧室里,跟他小时候一样。他笑着,把他的小床的弹簧弄得吱嘎作响。爸爸说:"这孩子兴奋过度了。"他喝了一点橘花水,看见爸爸只穿着衬衣。

第二天,吕西安肯定自己忘了点什么事。他清楚地记得自己做过的梦:爸爸和妈妈穿着天使服。吕西安光着身子坐在便盆上敲着小鼓,爸爸和妈妈在他周围飞来飞去。那是一场噩梦。但是在梦前还发生过别的事情。吕西安大概醒了。他试图回忆时,他见到了一条被一盏小蓝灯照亮的又黑又长的地道,那盏灯和父母卧室里晚上点亮的值夜灯几乎一模一样。在这昏暗和蓝色的黑夜尽头,有个什么东西掠过——白色的东西。他坐在地上妈妈的脚边,拿起他的小鼓。妈妈问他:"你为什么这样看着我,宝贝?"他低下头,一边敲鼓一边喊:"嘣,嘣,塔啦啦嘣。"但她转过头去时,他便开始仔细打量她,仿佛第一次看见她。那件蓝色带玫瑰花的连衣裙他是认得的,那张脸他也是认得的。但是又不一样了。突然,他觉得想起来了。假如他再继续想一小会儿,就会想出个结果了。那地道里只有灰白色的光亮,可以看见有什么东西在晃动。吕西安害怕了,他喊了起来。于是地道消失了。"怎么啦,小宝贝?"妈妈问。她跪在他身边,神情很不安。"我闹着玩呢。"吕西安说。妈妈身上发出香味,但是他害怕妈妈碰自己。他觉得妈妈的样子很怪,爸爸的样子也很怪。他决定从此再不去他们的卧室睡觉了。

以后几天里,妈妈没有发现什么不正常。吕西安依然像往常一样穿着裙子,但又像个真正的小男人和她闲聊。他要妈妈给他讲《小红帽》的故事。妈妈抱他坐在膝盖上。她翘起一个指头,面带笑容,一本正经地给他讲狼和小红帽的外婆。吕西安看着她,不断地问:"后来呢?"有时候,他摸摸妈妈脖子上的发卷。可是,他没听她讲,他在思索她到底是不是他真正的妈妈。她讲完故事后,他说:"妈妈,给我讲讲你小时候的事。"于是,妈妈就讲了,但是她可能在撒谎。也许她从前是个小男孩,家里给她穿了裙子——就像那天晚上给吕西安穿上裙子,为了装成女孩子她便继续穿了下去。他轻轻碰了碰她那美丽的胖胳膊,它们在丝绸衣服底下像黄油一样柔软。假如脱下妈妈的长裙,让她穿上爸爸的长裤,将会怎样呢?也许她立即会长出一小撮黑黑的胡须。他竭尽全力抱住妈妈的胳膊。他觉得妈妈就要在他的面前变成一头令人厌恶的野兽——或是变成一个游乐场上那种长胡子的女人。她张开大嘴笑了,吕西安看见了她玫瑰色的舌头和喉咙深处。那里很脏,他真想往里面吐口痰。"哈哈哈!"妈妈说,"你搂得我好紧,好儿子! 再使点劲儿。你爱我有多深就搂多紧。"吕西安捧起那只戴满了银指环的漂亮的手,在上面印满了亲吻。第二天,吕西安坐在便盆上,她坐到他身边,拿起他的双手对他说:"使劲屏气,吕西安,使劲,我的小心肝,我求你了。"他突然停止屏气,有点气喘吁吁地问她:"无论如何,你是我的亲妈妈吧?"她对他说:"小傻瓜。"并且问他是不是快要解出来了。从那天起,吕西安肯定她在装腔作势,从此他再也不说长大以后要娶她了。但是她还不太清楚她搞的什么名堂。可能是在他梦见地道的那一天夜里,有几个贼前来把爸爸和妈妈从床上拉起来,让他们去干他们的勾当。或者,那就是爸爸和妈妈。他们白天扮演一种角色,夜里又扮演一种截然不同的角色。因此,圣诞节夜里他惊醒后看见爸爸和妈妈正把玩具放进壁炉,他也不感到惊奇了。第二天,他们大谈圣诞老人,吕西安便假装相信他们。他以为这就是他们扮演的角色,玩具大概是他们偷来的。二月份他得了猩红热,玩得很痛快。

病愈后,他便总是装成孤儿。他坐在草坪中央大栗树下,双手捧满了土。他想:"我将成为一名孤儿,我的名字叫路易。我已经六天没有吃东西了。"女佣日耳曼娜来叫他吃午饭。在餐桌上他继续装孤儿。爸爸和妈妈什么也没有察觉。他被几个贼人收容,他们要把他训练成一个扒手。他吃完饭就要逃走,要去举报他们。他吃得很少,喝得也不多。他曾在《守护天使客店》这本书里读到过,饿极了的人吃的第一顿饭应该比较清淡。这很有意思,因为人人都在演戏。爸爸和妈妈装扮成爸爸和妈妈,妈妈装作很烦恼,因为她的小宝贝吃得太少了。爸爸装作在看报,还不时用手指在吕西安的面前晃动,说着:"巴达嘣,巴达嘣!"吕西安自己也在演戏,但是到后来他自己也不很清楚到底在演什么了。演孤儿?或是演吕西安?他望着盛水的长颈瓶,瓶底有一小片红光在跳跃。可以打赌,爸爸那只手指头上长着小黑毛,并且能发光的大手就在瓶子里。忽然间,吕西安觉得那长颈瓶也装作是一只长颈瓶。结果,他几乎没有吃菜,因此下午饿极了,只得去偷了十几枚李子吃,差一点闹得不消化。他觉得自己很讨厌继续装扮吕西安了。

然而,他又不得不装扮下去,他觉得自己一直是在演戏。他很想和丑陋而庄重的布法迪埃先生一样。每次布法迪埃先生前来和他们共进晚餐,他总是俯身吻着妈妈的手说:"亲爱的夫人,我向您深深致意。"吕西安站在客厅中央,不胜钦佩地看着他。但是吕西安自己的事却没一件是庄重的。他摔了跤隆起一个包时,有时会停止哭泣问自己:"我真的很疼吗?"于是,他感到更加伤心,哭得更欢了。有时他吻着妈妈的手对她说:"亲爱的夫人,我向您深深致意。"妈妈便边弄乱他的头发边说:"小东西,这样不好,你不应该嘲笑大人。"于是他感到完全泄气了。他只在每月的第一和第三个星期五才觉得自己有点重要。那两个日子,很多太太前来看望妈妈,总有两三位女士正在服丧。吕西安喜欢身着丧服的女士,尤其是那些长着大脚的太太。总的说来,他喜欢和大人们在一起,因为他们都非常体面。他从不愿想到大人们上了床就忘乎所以,再顾不上小男孩干的那些事。她们身上穿着那么多衣服,颜色又那么深,人们简直想象不出衣服下面都有些什么。她们在一起的时候,吃这吃那,又说又笑,笑得一本正经,像望弥撒时一样。他们把吕西安当个人物。库凡太太常把吕西安抱在她的膝盖上,一边摸着他的腿肚一边宣称:"这是我见过的最漂亮的小宝宝。"接着,她便问他有哪些爱好,她亲吻他,还问他将来想做什么。有时他说想成为一位像贞德那样伟大的将军,从德国人那里收复阿尔萨斯-洛林地区;有时又说想当一名教士。在他说这些话的时候,他相信自己说的是真的。贝斯太太是一位又高又大还长着一片小胡子的女士。她常把吕西安弄得朝后仰,一边胳肢他一边管他叫

"我的宝贝娃娃"。吕西安十分开心,他乐得前仰后合,在她的胳肢下来回扭动身体。他想自己是一个小玩具娃娃,大人们的一个可爱的小玩具娃娃。他真想让贝斯太太脱去他的衣服,把他当成一只橡皮娃娃放到一个小小的摇篮里睡觉。有时候,贝斯太太会问:"我的娃娃会说话吗?"接着她便突然撮一下他的肚皮。于是,吕西安便装作像个机械娃娃,捏紧喉咙喊一声:"哇!"两人便都大笑起来。

每周六都来家里吃午饭的本堂神甫大人问他是否很爱妈妈。吕西安很爱他漂亮的妈妈和健壮而和蔼的爸爸。他小大人般地望着本堂神甫,答道:"是的。"全体宾客哄堂大笑起来。神甫的脑袋像一颗又红又粗糙不平的覆盆子,每一个小孔里长出一根毛发。他对吕西安说这很好,应该热爱自己的妈妈。随后他又问吕西安,在他妈妈和仁慈的上帝之间他更爱谁。吕西安无法立即猜出正确的答案。于是他晃动鬈发,两脚在地上乱踢,一边喊着"嘣,塔啦啦嘣"。大人们便继续交谈,仿佛吕西安不存在似的。他跑到花园,从后门溜到了外面。他带着那根小小的白藤手杖。当然吕西安不应该走出花园,这是禁止的。平常吕西安是一个很乖的小男孩,可是这一天他却很想反抗一下。他用怀疑的目光望了望庞大的荨麻丛。显然那是一片禁地。墙是黑乎乎的,荨麻是可恶的有害植物,有一条狗正好在荨麻下面方便过。可以同时闻到植物、狗屎和热酒的味道。吕西安一边用他的手杖抽打着荨麻,一边喊着:"我爱妈妈,我爱妈妈!"他看见被折断的荨麻十分可怜地挂在那里,流淌着白色的汁液。它们那毛茸茸的白色茎秆折断时都疏解开了。他听到一个孤独的声音在轻轻地喊着:"我爱妈妈,我爱妈妈!"一只很大的绿蝇在嗡嗡叫。这是一种很会拉屎的苍蝇,吕西安很害怕。这时,一股难闻的强烈的腐臭味静静地充塞了他的鼻腔。他不停地说着:"我爱妈妈。"但他觉得自己的声音很怪,突然感到一阵恐怖,于是一溜烟跑回了客厅。从这天起,吕西安明白了他不爱他妈妈。他并不觉得心里有愧,但是他表现得益发乖巧,因为他想人的一生就必须装作很爱自己的父母,否则他就是个坏孩子。弗勒里耶夫人觉得吕西安越来越温顺。恰巧那年夏天战争爆发,爸爸上前线打仗去了。由于吕西安格外善解人意,妈妈才在忧伤之中感到了几分欣慰。下午,妈妈觉得难受,在花园里的帆布躺椅上休息,吕西安忙去拿来一个靠垫塞在妈妈的头下,或者找来一条毯子盖在她腿上。妈妈一边推辞,一边笑着说:"乖儿子,我会太热的。你真懂事!"于是他抱住妈妈狂吻起来,弄得上气不接下气,一边喊着:"我的亲妈妈!"随后,他走到栗树下面坐下。

　　他说一声"栗子树!"便等着。但是什么事也没有发生。妈妈躺在游廊里,在一片令人窒息的沉寂之中显得非常渺小。到处散发着热烘烘的青草气息,本来吕西安可以装扮成原始森林中的探险家,但此时他无心玩耍。空气仿佛在墙的红顶上颤动,阳光在地上和吕西安的手上射下了灼热的斑点。"栗子树!"他对妈妈说"我漂亮的妈妈"时,妈妈笑了;而他管日耳曼娜叫火枪时,她哭了,还到妈妈那里去告状。可是当他说栗子树时,却什么反应也没有。于是他咬牙切齿地骂"该死的树",他心里还不踏实。由于大树纹丝不动,他便更加大声地不断高喊:"该死的树,可恶的栗子树!你等着瞧,等着吧!"接着狠狠地踢了它几脚。但是大树仍然静静地,静静地耸立在那里,仿佛是个木头人。所有这些事叫人很不愉快。晚餐时吕西安对妈妈说:"妈妈,你知道吗?那些树是木头做的。"同时做出一副妈妈很喜欢的惊奇的小模样。弗勒里耶太太这天中午没有收到信,因此冷冷地说:"别装出傻样子。"吕西安现在变得常常毁坏东西。他把所有的玩具都拆了,为了看看它们是怎么做的。他用爸爸的一把旧剃须刀把扶手椅的扶手都划破,把客厅里的塔纳格拉小塑像①打翻在地,为了知道它是否空心的,里面有没有什么东西。他外出散步时,用他的手杖砍杀那些植物和花卉。每一次,他都深深感到失望。东西是没有灵性的,它们并不是真正存在的。妈妈经常指着一些花和树问他:"这个叫什么?"吕西安总是摇摇头回答:"这东西什么都不是,它没有名字。"所有这些都不值得注意。把蚂蚱的腿揪下来要好玩得多,因为它能像一只陀螺在你的手指间震颤。而且,如果你摁住它的肚子,它还能吐出一种黄色的浆液来。不过总而言之蚂蚱是不会喊叫的。吕西安很想把那种弄疼了会叫喊的小动物拿来试验试验,例如母鸡。但是他不敢接近它们。三月份,弗勒里耶先生回到家里,因为他是一位厂长。将军对他说,他回来领导他的工厂比和普通人一样待在战壕里会更加有用。他觉得吕西安有了很大变化,并且说简直认不出自己的小儿子了。吕西安如今变得懒洋洋的。他回答问题时有气无力,总是把一个指头放在鼻孔里,或是吹吹自己的指头然后闻闻它们的味道。要他办点事情必须求他才行。现在,他自己一人去厕所,只需把厕所的门留一条缝,妈妈或日耳曼娜不时前来鼓励他。他往往一连几个小时坐在他的宝座上,有一次他竟然厌烦得睡着了。医生说他发育得太快,给他开了一种滋补的药品。妈妈想教吕西安几种新的游戏,但是吕西安觉得这类游戏已经玩腻了,它们都大同小异,总是老一套。他经常赌气:这也是一种游戏,但是很好玩。这样可以让妈妈难过,自己也可以自怨自艾。他装聋作哑,双眼蒙眬,对外部世界不闻不问,内心却感到温馨舒适,如同晚上躺在被窝里可以感受到自身的气息那样,仿佛自

---

① 指出土于希腊塔纳格拉村的两千年前的陶土女像。

己是世界上唯一的存在。吕西安动不动赌气,爸爸用嘲讽的口吻对他说:"你成赌气包了。"吕西安于是哭着在地上打起滚来。妈妈有客人时,他还常常去客厅。但自从家里把他的鬈发剪去后,大人们便不太注意他了。他们要不给他讲大道理,要不就是给他讲一些有教育意义的故事。他的表兄里黎因为躲避轰炸和他漂亮的妈妈贝尔特姑妈一起来到费罗尔,吕西安非常高兴。他想教里黎玩。但是里黎满脑子想的都是憎恨德寇的事,尽管他比吕西安大六个月,仍然孩子气十足。他满脸雀斑,对许多事情都不很明白。然而吕西安还是对他透露了自己是一个梦游者的秘密。有的人夜里会起来,睡着觉说话并且到处游荡。吕西安在《小探险家》这本书里读到过。而且他想应该有一个真正的吕西安,他在半夜里真的会走、会说话,并且爱着自己的父母。只是到了天亮,他便忘记了一切,重新开始假装成吕西安。起初,吕西安对这件事只是半信半疑。但是有一天他们来到了荨麻丛,里黎把自己的小鸡鸡露给吕西安看,说:"你瞧,它多大,我已经是个大男孩了。到它完全长大,我就成了男子汉,可以上战场去打德寇了。"吕西安觉得里黎很奇怪,大笑不止,"把你的那个给我看看。"里黎说。他们比了比,结果吕西安的比里黎的小,但这是里黎耍了花招,他把自己的故意拉长了。"我的比你的大。"里黎说。"是的,可我是个梦游者。"吕西安平静地说。里黎不明白什么是梦游者,吕西安只得向他解释一番。解释完了,他想:"我确实是一个梦游者。"于是他极想放声大哭一场。他们两人睡在同一张床上,因此两人商定第二天夜里里黎不能睡着。当吕西安夜里起来时,由里黎观察他的一举一动,并且记住他说的全部话语。"过了一阵你就把我弄醒,"吕西安说,"看看我是不是记得自己做过的事。"晚上,迟迟不能入睡的吕西安听见了响亮的鼾声,他不得不把里黎弄醒。"桑给巴尔!"里黎说。"里黎,醒醒,你得在我起来时看着我。""别闹,让我睡觉。"里黎含混不清地说。吕西安摇晃他,手伸到他睡衣下掐他。里黎的两腿乱踢乱蹬起来,终于醒了,两眼瞪得大大的,露出一副奇怪的笑容。吕西安想起爸爸要给他买的自行车,还听到了火车头的汽笛声。忽然间,女仆进来拉开了窗帘,已经是早晨八点钟了。吕西安从来不知道自己在夜里干了什么。仁慈的上帝是知道的,因为他能洞察一切。吕西安跪在跪凳上,竭力表现得很乖,想让妈妈在望完弥撒后夸他一番。但是他讨厌仁慈的上帝,因为仁慈的上帝比吕西安自己更了解吕西安。他知道吕西安不爱他妈妈和爸爸,知道吕西安假装很乖,而且晚上在床上摸自己的小鸡鸡。幸好,仁慈的上帝不能全部记住,因为全世界有那么多的小男孩。当吕西安拍着自己的脑门说"皮科坦"时,仁慈的上帝便立即忘记了他看见的事情。吕西安还努力让仁慈的上帝相信他是爱妈妈的。他不时在脑子里想着:"我多么热爱我亲爱的妈妈!"然而他身上总还有一个小小的角落还不太相信,仁慈的上帝当然能见到这个角落。那样的话,便是他赢了。但是有时候,人们能够完全融入自己说的话里面。当你口齿清楚迅速说出"哦,我多么热爱我的妈妈"时,你便能看见妈妈的面孔,觉得非常动情,你会含糊地想着,仁慈的上帝正在看着你。随后,你甚至不再想了,你会柔情满怀。再后来,便会有几个字在你的耳边跳跃:妈妈,妈妈,**妈妈**。当然,它只是一闪而过,如同吕西安试图用两条腿使椅子保持平衡。但是,假如正好有人在这个时候说了一声"帕科塔",那么仁慈的上帝将会受骗上当。他只看到了好事,而且他所见到的一切将永远铭刻在他的记忆中。但是这种游戏吕西安玩腻了,因为要付出的努力太大了。而且无论如何你永远不会知道仁慈的上帝到底赢了还是输了。吕西安不再关心上帝的事了。他第一次领圣体时,神甫说他是教理课上最乖、最虔诚的小男孩。吕西安能迅速领会,他的记忆力很好,但是脑子里乱成一锅粥。

每星期日他比较清醒。当吕西安和爸爸一起在通往巴黎的公路上散步时,他脑子里的云雾便驱散了。他身穿漂亮的水手服,他们会遇到一些爸爸厂里的工人。他们向爸爸和吕西安致意。爸爸走向他们,他们便说:"弗勒里耶先生,您好!"还说:"小东家,您好。"吕西安很喜欢那些工人,因为他们是大人,可是又和其他大人不同。首先,他们叫他先生。其次,他们都戴着鸭舌帽,有着一双双剪掉指甲的粗大的手。那是一些皲裂的受苦人的手。他们是一些可尊敬的人,而且也尊重他人。不可以去拔布利戈老爹的胡子,否则爸爸要骂吕西安的。布利戈老爹为了和爸爸交谈,摘下了帽子,但是爸爸和吕西安却仍然戴着帽子。爸爸说话时,声音响亮、粗重但悦耳。他问:"喂,布利戈老爹,等着儿子回家哪?他什么时候回来休假呢?""这个月底,弗勒里耶先生,谢谢,弗勒里耶先生。"布利戈老爹显得很高兴,他绝不会像布法迪埃先生那样贸然在吕西安的屁股上拍一巴掌,叫他一声小顽童。吕西安很讨厌布法迪埃先生,因为他太丑了。但是他见到布利戈老爹时,他便会觉得满怀柔情,很想做一个善良的人。有一次散步回来,爸爸把吕西安抱在膝盖上,对他解释什么是头头。吕西安很想知道爸爸在工厂里是怎样和工人们讲话的,于是爸爸便告诉他应该怎么办,他的嗓音也完全变了。"我是不是也会成为一个头头?"吕西安问。"当然喽,我的小乖乖,正因如此我才把你带到这个世界上来。""那我将指挥谁呢?""我死以后,你将成为我工厂的老板,你将要指挥我的那些工人。""可是他们也要死的。""那你就指挥他们的孩子。你得学会让人服从和让人爱戴。""我怎样才能让人爱戴呢,爸爸?"爸爸想了想说:"首先你必须记住他们每个人的名字。"

吕西安深受感动。当工头莫雷尔的儿子来家里报告他父亲的两个手指被轧掉时,吕西安同他既严肃又和蔼地谈了话,两眼直盯着他的眼睛,并且直呼他莫雷尔。妈妈说她为自己有一个如此善良,如此富有同情心的儿子感到骄傲。不久以后便停战了。爸爸每天晚上都大声读报,大家都在谈论俄国人、德国政府和赔偿问题。爸爸在一张地图上把一些国家指给吕西安看。吕西安度过了一生中最令人厌烦的一年。他更喜欢打仗的时候。现在,人们都仿佛无所事事。库凡太太两眼发出的光芒已经熄灭了。一九一九年十月,弗勒里耶太太让吕西安作为走读生上了圣约瑟学校。

热罗迈神甫的办公室里很热。吕西安站在神甫的扶手椅旁,双手放在背后,心里十分烦恼。他想:"妈妈怎么还不走啊!"可是弗勒里耶太太还不想走。她坐在一张绿色扶手椅的边上,把丰满的胸部朝向神甫。她说话很快,声音像唱歌,正如她生了气但不愿表露出来的时候那样。神甫缓缓地说着,从他嘴里说出来的字似乎比别人说出来的长得多。仿佛这些字像大麦糖,神甫在放走它们之前要一一吮吸过。他告诉妈妈,吕西安是一个有礼貌且勤奋的好孩子,但可怕的是他对一切事物都漠不关心。弗勒里耶太太则说她非常失望,因为她原以为换了环境能对他有好处。她问,至少在课间休息时他是否也玩。"很遗憾,夫人,"善良的神甫说,"甚至游戏似乎也不大能引起他的兴趣。有时候他也好动,甚至有点过火。但是他很快便厌倦了。我认为他缺乏恒心。"吕西安想:"他们是在谈论我呢。"他们是两个大人,他和战争、德国政府或普万卡雷①先生一样,成了他们的话题。他们的神情严肃,正在

---

① 普万卡雷(1860—1934),法国政治家,曾先后担任过法国总统、总理和外交部长。

分析他的情况。但是这种想法并没有使他高兴。他的耳朵里灌满了他母亲唱歌般的话语以及神甫那些被吮吸过、黏糊糊的话语。他真想哭。幸好铃响了,他获得了自由。但是在地理课上他非常烦躁,于是他请求雅坎神甫准许他上厕所,因为他需要活动活动。

首先,清新、孤独和厕所的好味道使他得以平静。为了问心无愧,他蹲了下来,但是他并没有便意。他抬起头,开始看那些涂满门板的题词。有人用蓝色的粉笔写了"巴拉托是一只臭虫"。吕西安笑了。他想,确实如此,巴拉托是一只臭虫,他的个子很小。大家说他可能会长高一点,但可能性极小,因为他爸爸的个子很矮,几乎是一个侏儒。吕西安心里想,不知巴拉托是否看到了这句题词。他觉得他没有看到。否则这句话早就被擦掉了。巴拉托一定会吮湿了手指,把这几个字一一擦掉的。吕西安高兴地想到,巴拉托四点钟将会来上厕所。当他脱下条绒小短裤,便会看见"巴拉托是一只臭虫"这句话。也许他从未想到过自己那么矮小。吕西安打定主意,决定从第二天上午课间休息起就叫他臭虫。他站起来,看见右面墙上另外一句用同一种蓝色粉笔题写的话:"吕西安·弗勒里耶是一根大芦笋"。他仔细地把这几个字一一擦掉后回到了课堂。"确实如此,"他一边看周围的同学一边想,"他们都比我矮。"于是他觉得很不自在。"大芦笋"。他坐在自己那张用安的列斯群岛的木材做的小书桌前。日耳曼娜在厨房里干活,妈妈还没有回家。他在一张大白纸上写下"大芦笋",为了好好地认认这个词。但是这个词太熟了,以至于他反倒觉得没有把握了。他喊着:"日耳曼娜,我的好日耳曼娜!""您还要什么?"日耳曼娜问。"日耳曼娜,我想要你在这张纸上写'吕西安·弗勒里耶是一根大芦笋'。""您疯啦,吕西安少爷?"他双臂抱住日耳曼娜的脖子恳求地说:"日耳曼娜,我的小日耳曼娜,求求你了。"日耳曼娜笑了,在围裙上擦了擦她那油腻的手指。她写的时候,吕西安没有看她。但是,他随后便把这张纸拿回房间,久久地推敲。日耳曼娜的字体细长,吕西安觉得听到了一种干巴巴的声音在他的耳边说"大芦笋"。他想"我个子很高"。他觉得羞愧得无地自容。巴拉托太矮,自己又太高,真是半斤八两。人家一定在背后讥笑我呢。仿佛这是命里注定的。直到目前为止,他总是自上而下地看着自己的同学,他觉得这很自然。但是现在,似乎突然间他被判定今后一辈子都要成为大个子了。晚上他问父亲,假如他竭尽全力能否使自己变矮。弗勒里耶先生说这不行。所有弗勒里耶家族的人都是又高又壮的,吕西安还会再长呢。吕西安非常失望。当母亲替他塞好被子,他又从床上起来去照镜子。"我真高。"他想。但是照了也是徒劳,因为镜子里看不出来。他的个子不高也不矮。他略微拉起睡衣,看见了自己的双腿。于是他便想象出科斯蒂尔对埃布拉尔说:"喂,瞧那芦笋的两条长腿。"接着便会有人说:"芦笋在起鸡皮疙瘩!"吕西安把睡衣拉得很高,他们都看见了他的肚脐和全部秘密。于是他急忙跑回床上,钻进被窝里。他把手伸到睡衣底下时,他想科斯蒂尔一定看见了,还说:"快来瞧瞧大芦笋在干什么呢!"他在床上焦躁不安地翻来覆去,嘴里念念有词地说着:"大芦笋!大芦笋!"直到后来,他手指底下产生了一种又痒又酸的感觉。

　　以后几天,他很想请求神甫准许他坐到教室的最后一排。那是因为布瓦赛,温凯尔曼和科斯蒂尔他们几个坐在他后面,可以看见他的后颈。吕西安能感觉得到自己的后颈,但是他看不见它,并且常常把它忘了。但是当吕西安努力回答好神甫的提问,背诵唐·狄埃格①的大段独白时,别的同学在他的后面看着他的后颈。他们会一边讥笑一边想:"他的脖子多细,简直像鸡脖子!"吕西安

---

① 唐·狄埃格,高乃依的悲剧《照德》中的人物,主人公罗德里格的父亲。他因被罗德里格的情人的父亲打了一记耳光,认为是自己的奇耻大辱。

竭力提高声调,表现出唐·狄埃格受到羞辱时的心情。他可以随心所欲地使用自己的嗓子。但是后颈始终在那里,静静的,毫无表情,如同一个正在休息的人。而巴赛却能看见它。他不敢换位置,因为最后一排是留给笨学生的。但是他总感到后颈和肩胛有点发痒,他只得不断地搔痒。吕西安想出了一种新的游戏:早上他独自一人像大人一样在卫生间洗盆浴时,他想象总有人在锁眼里看他,有时是科斯蒂尔,有时是布利戈老爹,有时是日耳曼娜。于是他朝着各个方向转动,以便让他们能看见他的各个侧面。有时他把屁股对着房门,四肢着地,让屁股撅起来,样子非常可笑,布法迪埃先生便蹑手蹑脚走过来给他冲洗。一天他在厕所里,听见嘎啦嘎啦的声音。原来是日耳曼娜在给走廊里的餐具橱打蜡。他屏住呼吸,轻轻把门打开走了出去,短裤拖在脚腕上,衬衫绑在腰上。他不得不小步地跳跃向前,以免失去平衡。日耳曼娜向他射来了冷峻的目光。"您在作套口袋跑步吗?"她问道。他愤怒地拉上裤子,奔回自己床上。弗勒里耶太太很伤心,她常常对丈夫说:"他小时候那么伶俐,瞧他现在这副傻样,多可惜呀!"弗勒里耶先生漫不经心地看了吕西安一眼,说道:"这是年龄关系!"吕西安不知如何处置自己的躯体才好。无论他做什么,他总觉得这具身子不经他同意就无处不在。吕西安很喜欢想象自己是个隐身人。而且为了报复,他还养成了从锁眼里窥视的习惯,以便看看别人在本人毫不察觉的情况下是如何行动的。他在母亲洗澡时看见过她。她坐在浴盆上,样子似睡非睡,她肯定完全忘记了自己的身体,甚至她的面孔,因为她认为没有人能看见她。海绵在这具松弛的肉体上自行来回搓动。她的动作很懒怠,仿佛即将停顿下来。妈妈把肥皂擦在一块毛巾上,随后她的手便消失在两腿之间。她的面容很安详,几乎有点忧伤。她肯定在想别的事情,如吕西安的教育问题或普万卡雷先生。但是在这段时间里,她就是这一大堆粉红色的肉体,这具压在坐浴浴盆珐琅上的庞大身躯。另外一次,吕西安脱掉鞋,一直爬到阁楼上。她看见了日耳曼娜。她身穿一件绿色的长睡袍,一直拖到脚上。她正在一面小小的圆镜前梳头,并且无精打采地对自己发笑。吕西安乐坏了,他放声大笑起来,三步并作两步地匆匆下了楼。此后,他经常对着客厅里的穿衣镜发笑,甚至做鬼脸。过了一阵,他便产生了一种恐怖的感觉。

吕西安终于进入了昏昏欲睡的状态,但是除了库凡太太谁也没有发现他的这种变化。库凡太太管他叫睡美男。有一大团他既不能吞又不能吐的空气使他总是半张着嘴:这是他的呵欠。他独自一人时,这团空气不断膨胀,轻轻地抚弄他的上颚和舌头。他把嘴张得大大的,眼泪便在两颊上往下滚。这是非常愉快的时刻。在厕所里已经不如以前那么好玩了。但是现在他很喜欢打喷嚏,它能使他惊醒,片刻之内他兴奋地环视四周,然后便又昏昏入睡了。他学会了辨认各种各样的睡眠。冬天,他坐在壁炉前,把脑袋伸向炉火。到它变得通红,烤得焦黄时,脑子忽然间就变得空空荡荡,他管这个叫作"脑袋睡觉"。每星期日早上恰恰相反,他用双脚睡觉。他进入浴缸,慢慢地弯下身子,睡意便汩汩作响地从两腿经两腋一直往上传导。昏昏欲睡的雪白躯体在水中胀大起来,像一只水煮母鸡,上面端立着一颗金色的小脑袋。脑袋里装满了诸如圣殿、神庙、地震、破坏圣像者等深奥的词语。在课堂上,睡眠是一片白,时而有些一闪而过的念头,如:"你要他做点什么来对付三个人?"第一名吕西安·弗勒里耶。"什么是第三等级?什么都不是。"第一名吕西安·弗勒里耶,第二名温凯尔曼。佩尔罗获代数第一名。他只有一个睾丸,另一个还没有下垂。他让人花两个苏看一眼,十个苏摸一下。吕西安给了他十个苏,犹豫不决地伸出了手,没有摸便走开了。但是后来他懊悔极了,这一来往往能使他清醒一个多小时。他的地质学成绩不如历史,第一名温凯尔曼,第二名弗勒里耶。每星期日,他和温凯尔曼以及科斯蒂尔一起骑车外出漫游。自行车队穿越被炎热烤红了的乡村,在柔软的尘土上滑行。吕西安的双腿肌肉发达、轻快有力,但是一路上沉闷的昏睡气息渐渐渗入他的头脑。他躬身趴在车把上,两眼发红,已经有点张不开了。他曾三次获得优秀奖,因此得到了《法比奥拉或地下墓穴教堂》《基督教精髓》以及《红衣主教拉维热里传》等著作。暑假后返校时,科斯蒂尔给大家讲述了《非凡的孩子》和《梅斯的炮兵》。吕西安决心做得更好,他在父亲的拉露斯医学词典里查了"子宫"这一词条,然后向他们解释了女人的身体结构。他甚至在黑板上画了一幅草图,科斯蒂尔声称这令人作呕。但是从此以后,每当他们听到输卵管这个词时,便不禁哄堂大笑。吕西安自豪地觉得在全法国再也找不出一个中学生,甚至修辞班①的学生,能像他那样熟悉妇女的器官。

弗勒里耶全家举迁巴黎仿佛一道闪亮的镁光。由于看到形形色色的电影院、五花八门的汽车和光怪陆离的街道,吕西安久久不能入睡。他学会了区分邻里牌和帕卡尔牌轿车;区分伊斯帕诺-苏伊萨牌和罗尔斯牌轿车。他还能在一些场合谈论低车身的轿车。一年来,他身着长长的短裤。为了奖励他在中学会考第一部分取得的好成绩,他父亲送他去英国游览。他见到了吸足了水的草地和白色的悬崖峭壁。他和约翰·拉蒂默玩了拳击,学会了由上朝下的出击手法。但是有一天早上他醒来时仍然昏昏沉沉,于是他再度陷入了半醒半睡的状态。他昏昏沉沉回到了巴黎。孔多

---

① 修辞班为法国中学的最高班。

塞中学的初级数学班只有三十七名学生。有八名学生自诩已经懂得人事，把别人都当成幼稚的娃娃。那些懂得人事的人一直瞧不起吕西安。到了十一月一日万圣节，吕西安和那个最自命不凡的加里外出散步，他漫不经心地表现出对解剖学方面的精确了解，使加里佩服得五体投地。吕西安没有加入懂事者小团体，因为他父母不准他晚上出门，但是他和他们的关系越来越铁了。

每星期四，贝尔特姑妈带着表兄里黎到雷努阿尔街来吃午饭。她变得臃肿而且忧伤，整天唉声叹气。但是她的皮肤仍然细腻白净，吕西安很想看看她一丝不挂时的样子。晚上他躺在床上想着此事：最好是冬季的某一天，在布洛涅森林的一个矮树林里，把她的衣服全都脱光。她将两臂交叉在胸前，浑身起着鸡皮疙瘩，不停地打着冷战。他想象，有一个近视眼过路人用手杖的顶端碰了碰她说："这是什么呀？"吕西安和表兄相处得不大和睦。里黎已经长成一个漂亮的小伙子，但有点过分风雅。他在拉卡纳尔中学上哲学班，对数学一窍不通。吕西安不禁想起里黎七岁多的时候还把屎拉在裤子里，他只得像只鸭子叉开双腿摇摇晃晃地走路，还用天真的目光望着他妈妈说："不，妈妈，向你保证，我没有拉。"因此吕西安很讨厌碰里黎的手。然而他对里黎非常友善，给他讲解数学课程。他往往需要做出很大努力来克制自己的急躁，因为里黎不太聪明。但是他从不发火，而且始终保持稳重平静的语调。弗勒里耶太太觉得吕西安很有办法，但是贝尔特姑妈却毫不领情。吕西安向里黎建议替他补课时，她便会涨红了脸，在座椅上焦躁不安地说："不，你心眼太好了，我的小吕西安。但是里黎已经是个大小伙子，如果他愿意倒也无妨，不过不能让他养成依赖别人的习惯。"一天晚上，弗勒里耶太太忽然对吕西安说："你也许以为里黎对你为他所做的一切很感激，是吗？我来告诉你，我的乖儿子，你错了！他认为你自以为是，这是贝尔特姑妈对我说的。"

她说话时仍带着固有的唱歌语调，显出一副好脾气的样子，但吕西安明白她愤怒已极。他内心隐隐地感到不自在，不知说什么才好。第二天和第三天他都很忙，因此这件事被他抛在了脑后。

星期日早上，他突然放下笔，自问："我真的那么自以为是吗？"那是早上十一点钟。吕西安坐在书桌前，望着墙壁装饰布上的粉红色小人。他左边的面颊感受到一股四月份首批阳光带来的干燥而多尘的暖意，右边面颊则感受到一种来自取暖器的沉重和闷热的气流。"我真的那么自以为是吗？"很难回答。吕西安首先回忆起和里黎的最后一次见面，然后公正地判断一下自己当时的态度。当时他俯身向着里黎，笑着对他说："你懂吗？假如你不懂，我的老兄，你就直说，不用害怕。咱们以后再谈这个。"过了一会儿，他在进行一项比较难的推理时出了错，于是他开心地说道："我也一样出错。"这是他从弗勒里耶先生那里学来的一个短语，他觉得很有趣。这是个小过失。"可是我说这句话的时候，是否显得自以为了不起呢？"由于他努力地寻找，终于，他突然记起了一种像一团白云似的又白又圆又软的东西。这就是那一天他的想法。他说了："你懂吗？"于是这一点便印入了他的脑子，但是这很难描述。吕西安竭力想看看这团云，忽然他脑袋向前掉到了云雾里。他被团团水汽所包围，接着自己也变成了水汽，最后他终于成为一股散发着内衣味道的潮湿的白色暖流。他想摆脱这团水汽，朝后退去，但是这水汽始终紧随不舍。他想："我是吕西安·弗勒里耶，我在自己的房间里，正在做一道物理题，今天是星期日。"但是他的想法渐渐化为一团团白色的雾气。他抖动一下身体，开始辨认墙壁装饰布上的人物。有两个牧羊女，两个牧童，还有一个爱神。接着，他突然自言自语道："我是……"随后听见轻轻的咔啦一声,他便从长长的梦游中清醒过来了。

这一经历并不令人愉快。牧童朝后跳了过去,吕西安觉得仿佛在用望远镜的大头看着他们。取代这种他感到如此温柔,并且令人快感地逐渐消失在后退之中的惊愕状态的,是一种清醒的困惑,他不禁自问:"我是谁?"

"我是谁?我看着书桌,看着练习本。我叫吕西安·弗勒里耶,但这不过是个名字而已。我自以为是,还是不自以为是,我自己也搞不清,这毫无意义。我是一个好学生。这不是真的,因为好学生是喜欢学习的,而我却不喜欢。我的成绩很好,但是我不爱学习。我并不讨厌学习,我不在乎。我对一切都无所谓。我永远不能成为一个头头。"他不安地想道,"那么我将成为什么样的人呢?"又过了一阵。他搔了搔面颊,眨了眨左眼,因为阳光太耀眼了。"我是什么人呢?"有一股雾气,层层交织、无边无际。"我!"他望着远方。这个"我"字在他脑海里不断回响,随后似乎可以隐约看见一样东西,它像阴暗的金字塔尖,它四周的塔身正消逝在远方的云雾里。吕西安打了个冷战,他双手在发抖:"明白了,"他想,"明白了!我可以肯定:我并不存在。"

在以后的几个月里,吕西安经常试图再次进入昏睡状态,但是没有成功。他每夜都能睡着九个小时,其他时候非常清醒。只是他越来越困惑。他的父母说他从未如此健康。有时他想到自己并不具备当头头的素质,便觉得怪浪漫的,很想在月光下连续步行几小时。但是他父母还不准许他晚上出门。于是他经常躺在床上,给自己测量体温。体温表上显示三十七度五或三十七度六。吕西安以一种略带苦涩的喜悦心情想到,他父母觉得他脸色很好。"我并不存在。"他闭上眼睛,任凭自己的思想自由驰骋。存在是一种幻觉。既然我知道自己并不存在,我只需把耳朵堵住,什么都不想，我就能自行消失了。但是幻觉很顽固。至少，他由于掌握了一个秘密而对别人有一种带嘲弄意味的优势。例如：加里并不比吕西安更多地存在。为此，只需看着他如何在其崇拜者中间胡乱抖动自己的身体，人们便会立刻明白，他认为自己的存在像钢铁一样牢固。弗勒里耶先生也不存在。无论里黎或其他任何人都不存在。这个世界是一出没有演员的喜剧。吕西安的论文《道德与科学》得了十五分①，因此他想再写一篇《论虚无》。他设想人们读了他的这篇论文后，便会像吸血鬼听到公鸡啼明时那样——消失。开始论文写作之前，他想征求一下哲学老师勒巴布安的意见。在一堂哲学课结束时他说："请问老师，是否可以认为我们并不存在？"勒巴布安先生说不可以。他说："我思故我在②。既然你怀疑自己的存在，那么你就是存在的。"吕西安不服气，但是他放弃了论文的写作。七月份，他以一般的成绩通过了数学的中学会考，便和父母一起去费罗尔度假。困惑仍然缠绕着他，仿佛憋着想要打喷嚏一样。

布利戈老爹已经去世，弗勒里耶先生的工人们的思想也有了很大变化。他们现在能领到丰厚的薪金，他们的妻子也买得起长筒丝袜了。布法迪埃太太对弗勒里耶太太说了一些令人吃惊的事情。她说："我的女佣告诉我，昨天她在烤肉店里看见了那个小个子安西奥姆，她是你丈夫厂里一个工人的女儿。她母亲去世时，我们曾经关照过她。她嫁给了博佩蒂厂里的一个钳工。你知道吗？她要了一只二十法郎的烤鸡！一副神气活现的样子！现在可没有什么能够满足她们的了。她们想要得到我们所拥有的一切。"如

---

① 法国学校规定满分为二十分。
② "我思故我在"系法国哲学家笛卡儿（1596—1650）的著名命题，原文为拉丁文。

今,每星期日吕西安和父亲一起外出散步时,工人看见他们时只是勉强用手碰一下帽子致意,有的人则为了不打招呼而故意避开了。有一天吕西安遇见布利戈老爹的儿子,他甚至像是认不出他了。吕西安有点恼火,因为这正是证明他是一位头头的好机会。他向儒尔·布利戈射去鹰一般锐利的目光,双手叉在背后向着他走去。但是布利戈似乎并不害怕,因为他以呆滞的目光看了吕西安一眼,吹着口哨和他擦肩而过。"他没有认出我。"吕西安想。但是他极为失望,在以后的几天里,他更加强烈地感到这个世界并不存在。

弗勒里耶太太的小手枪放在五斗橱左边的抽屉里。这是她丈夫一九一四年九月出发上前线之前送给她的礼物。吕西安拿着它在手里把玩了好一阵。这是一件精美的工艺品,金色的枪管,枪托镶嵌着螺钿。不能指望一篇哲学论文去说服人们相信他们并不存在。需要的是行动,一次真正极端的行动。它将能清除表面现象,在光天化日之下揭示世界的虚无。一声枪响,躺倒在地毯上的一具血淋淋的年轻人尸体,以及草草写在一张纸上的几句话:"我自杀是因为我不存在。你们也一样,兄弟们,你们也是虚无!"人们早晨读报时将会看到:"一名少年的大胆行动!"于是人人都会感到心烦意乱,他们将扪心自问:"我呢?我存在吗?"历史上,《少年维特之烦恼》出版时,曾经发生过连锁反应般的自杀事件。吕西安想到"殉难者"这个字在希腊语里的意思是"见证人"。他过于敏感,因而不能当头头,但这不妨碍他成为见证人。后来,他经常来到母亲的小客厅看那把手枪,接着便陷入了精神危机。他甚至手指紧紧地捏着枪托,牙齿咬过金色的枪管。其他时间他还是很快活的,因为他想到所有真正的领袖人物都曾有过自杀的企图,例如拿破仑。吕西安对自己已到了绝望境地并非视而不见,但是他希望能摆脱这场危机,从而使自己得以脱胎换骨。他饶有兴味地读了《圣赫勒拿岛回忆录》。然而,必须做出决定了。吕西安把九月三十日确定为结束犹豫的最后期限。最后几天日子过得极其艰难。诚然,危机不无益处,但是它迫使吕西安处于高度紧张状态,致使他害怕有朝一日会像玻璃一样粉碎。他再也不敢碰手枪。他只满足于打开抽屉,把母亲的套装掀起一角,久久地凝视置于玫瑰色丝绸之中的那个冰凉顽固的小怪物。然而,当他同意活下去时,他感到一种强烈的沮丧,变得整天无所事事。幸好,即将来临的开学使他有无数需要操心的事。他父母把他送到圣路易公立中学的中央高等工艺制造学校预备班就读。他戴一顶镶红边的漂亮橄榄帽和一枚校徽,唱着:

是中央学校预备班的学生①推动了机器
是中央学校预备班的学生推动了火车……

"中央高等工艺制造学校预备班学生"这个新的头衔使吕西安感到无比骄傲。而且他的班级与众不同,它有自己的传统和一套礼仪。这是一种力量。例如每一堂法语课结束前一刻钟,总会有一个人问道:"圣西尔学校②的学生怎么样?"大家立刻悄声地回答:"他们是笨蛋!"于是这个人接着问道:"农业学校的学生怎么样?"大家稍为大声地答道:"他们是笨蛋!"于是,几乎双目失明,戴了一副黑色眼镜的贝蒂讷先生厌倦地说:"先生们,请大家自重!"接着是一片寂静,学生们面面相觑,会心地笑了。随后,又有人大声问道:"中央学校预备班的学生怎么样?"于是他们一起大声吼道:"他们个个都了不起!"每当这样的时候,吕西安总会感到

---

① 法语原文 piston 一词多义,既指活塞,又指法国中央高等工艺制造学校预备班的学生。
② 圣西尔学校是法国著名的高等军事学校。

激动不已。每天晚上,他都要向父母详细报告白天里发生的各种事情。当他说到"于是全班同学都乐了……"或"全班一致决定隔离梅里奈斯"时,这些话说出来仿佛像一口烧酒灼热了自己的嘴。然而,最初几个月过得很艰难。吕西安的数学和物理写作都没有及格,而且同学们之间也不太友好。他们大多数人享受助学金,学习非常刻苦却不大正派,而且都有坏习惯。他对父亲说:"他们中间没有一个人是我愿意与之交朋友的。"弗勒里耶先生若有所思地说:"享受助学金的人是一批知识精英,然而他们将成为坏头头,因为他们过于顺利了。"吕西安听见说到"坏头头"时,感到他的心仿佛被揪紧了,心里很不是滋味。于是,在以后的几天里,他再次想到要自杀。但是他已经没有暑假里的那种热情了。一月份,有一个名叫贝尔利亚克的新生引起了全班的公愤。他穿了几件最时髦的绿色和淡紫色的紧身小圆领上衣以及时装广告画上的那种紧身长裤,真不知道他是如何把它们套到身上去的。一上来,他的数学成绩便是全班倒数第一名。"这无所谓,"他声称,"我是搞文的,我学数学只是为了苦修。"一个月之后,他征服了全班同学。他给大家散发走私香烟,告诉大家他有女人,并且把女人们的来信拿给大家看。全班同学一致认为这是个了不起的家伙,不必去管他。吕西安非常欣赏他的优雅仪表和举止风度。但贝尔利亚克对他十分傲慢,管他叫"阔少"。一天,吕西安这样说道:"不管怎样,这总比当穷人的儿子好。"贝尔利亚克笑了,对他说:"你是个厚颜无耻的小家伙!"第二天,他给吕西安看了他的一首诗:"卡鲁佐每晚都要生啖眼睛,除此以外,他和骆驼一样很有节制。一位女士用她全家人的眼睛扎成花束,把它扔到了舞台上。在这一大胆的行动面前,人人都为之倾倒。但是别忘了,她的这一光荣时刻延续了整整三十七分钟,从第一声喝彩直到歌剧院大吊灯熄灭。

（后来她必须搀着她丈夫走。他是多次比赛的获奖者,现在只得用两枚军功章填充他血淋淋的眼眶。)请记住:我们当中谁若是吃下了太多的人肉罐头,必将得坏血病死去。""好极了。"吕西安十分窘迫地说。"这首诗我是用一种新技巧写成的,这叫作自动写作。"贝尔利亚克漫不经心地说。过了若干天,吕西安自杀的欲望越来越强烈,他决定征求贝尔利亚克的意见。"我该怎么办呢?"他介绍完自己的情况后这样问道。贝尔利亚克认真地听了他的叙说。他有吮手指头的习惯,吮完便把唾沫涂在脸上的青春痘上。因此他的皮肤有的地方闪闪发亮,就像雨后的路面。"你想干什么就干什么,"他终于发话,"这无关紧要。"他想了想又一字一顿地强调说,"从来一切都无关紧要。"吕西安有点失望。但是下星期四贝尔利亚克邀请他去母亲家里用茶点时,他明白那一天他给贝尔利亚克留下了深刻的印象。贝尔利亚克太太非常和蔼可亲,她的左面颊上长了几个疣和一颗血管痣。"你瞧,"贝尔利亚克对吕西安说,"战争的真正受害者是我们。"这也正是吕西安的看法。于是他们一致同意,他们两人都属于被牺牲的一代。天色渐暗,贝尔利亚克躺在床上,两手枕在后颈上。他们抽着英国烟,留声机上放着唱片,吕西安听到了索菲·塔克和艾尔·约翰逊的歌声。他们两人都变得很伤感。吕西安心想,贝尔利亚克是他最好的朋友。贝尔利亚克问他是否知道心理分析。他的语气很认真,并且很严肃地望着吕西安。他向吕西安透露:"直到十五岁,我一直对母亲怀有情欲。"吕西安听了觉得很不自在。他害怕自己脸红了,而且他想起贝尔利亚克太太脸上长着疣,他不明白为什么会有人对她产生那种念头。然而,她给他们送来烤面包片时,他有点心慌意乱,并且试图猜想她穿着的那件黄毛衣里面的胸脯是什么样的。她出去后,贝尔利亚克语气十分肯定地说:"你也一样,你一定曾经想过要和你母亲上床睡觉。"他并不是在询问,而是十分肯定。吕西安耸了耸肩说道:"当然啦。"第二天,他心里很不安,担心贝尔利亚克把他们的谈话告诉别人。但是他很快便放下心来。他想:"无论如何,他比我的责任更大。"他被他们之间秘密谈话所具有的那种科学方式迷住了,于是下一个星期四他去圣热纳维埃夫图书馆读了弗洛伊德一本关于梦的著作。这是一次启示。"原来如此,原来如此!"吕西安在街上一边漫步闲逛,一边不断地说道。随后,他买了《心理分析入门》和《日常生活中的心理病理学》两本书。他觉得一切都豁然开朗了。那种认为自己不存在的奇怪现象,那种曾长久地存在于他的意识里的空虚感,他的昏昏欲睡,他的困惑,以及为了认识自己所付出的种种毫无结果的努力,碰来碰去总是一道看不透的雾嶂……"当然啦,"他想,"我有一个情结。"他告诉贝尔利亚克,他小时候是如何想象自己是一个梦游者,而且他从未看清过事物的真面目。他断定:"我大概有一个极好的情结。""和我一样,"贝尔利亚克说,"我们都有家庭情结!"他们养成了如何解释梦,甚至最下意识动作的习惯。贝尔利亚克总有那么多的故事要讲,以致吕西安有点怀疑他在编造,至少是美化了。但是他们相处得很好,他们客观地触及了那些最微妙的话题。他们互相承认自己戴了一副快乐的面具来欺骗周围人,而实际上他们的内心非常苦闷。吕西安摆脱了他的忧愁,他贪婪地投身到心理分析的汪洋大海里,因为他认为这是对他最合适的,而且他觉得自己现在很坚强,无须再发火,也不必总是在自己的意识里寻找性格的具体表现。真正的吕西安是深深隐藏在无意识之中的。对他如同对一个亲爱的缺席者,只能想象而永远不得相见。吕西安整天思念着他的情结,并且相当自豪地想象在他意识的雾气之下蠕动的那个阴暗、残酷和强暴的世界。"你知道,"他对贝尔利亚克说,

"表面上我是一个麻木不仁,对一切都很冷漠的男孩,是一个不值得关心的人。甚至内心也几乎如此,致使我有点自暴自弃。但是,我很清楚还有其他的方面。""总会有其他方面的。"贝尔利亚克呼应道。于是他们互相骄傲地笑了。吕西安写了一首题为《当迷雾散尽时》的诗歌,贝尔利亚克觉得棒极了。但是他批评吕西安不该用格律诗。可是他们仍然把这首诗背熟了,每当他们谈到各自的 Libido① 时,便很乐于说那是"蜷缩在雾气大氅底下的巨蟹",然后便眨眨眼简称其为"巨蟹"。但是过了一阵,当吕西安独自一人,尤其在晚上时,他开始觉得这一切很可怕。他再也不敢面对母亲。每当他去睡觉前和母亲吻别时,他总担心会有一股邪恶的力量使他的亲吻偏离,从而落到弗勒里耶夫人的嘴上去。这好比他身上背了一座火山。吕西安的行动极其谨慎,以免暴露他发现的那颗浮华和阴暗的灵魂。现在他已了解它的全部代价,而且担心其可怕的觉醒。"我害怕自己,"他自语道。半年来,他已经放弃了孤独的行为,因为它们使他厌倦,而且他的功课很忙。但是他正是回到了老路上。每人都必须走自己的路,弗洛伊德的书里充满了那些不幸的年轻人的故事。他们都因过分突然地放弃原有的习惯而得过神经官能症。"我们会不会变成疯子?"他问贝尔利亚克。事实上,有几个星期四他们感觉很古怪。黑暗悄悄潜入贝尔利亚克的卧室,他们已经抽完了几包含鸦片的卷烟,他们的双手在颤抖。于是,他们中的一个悄然起身,蹑手蹑脚走到门口,拧开门把。一缕黄色的光线射进房间,他们二人满腹狐疑地对视着。

吕西安不久便发现,他和贝尔利亚克的友谊是建立在一种误解之上的。没有人比他更能感受恋母情结那种哀婉动人的美。但

---

① Libido,弗洛伊德使用的心理学术语,意为"性欲",音译"力比多"。

是，他从中尤其看到了一种激情力量的征象，并且希望以后把它引向其他目的。贝尔利亚克则恰恰相反，他似乎满足于这种状态，而且无意改变。"我们是不可挽救的人，"他骄傲地说，"是两个完蛋的家伙。""我们永远都成不了事。"吕西安呼应道。"是的，永远都成不了事。"但是他怒气冲冲。复活节度假归来后，贝尔利亚克告诉吕西安，他和母亲在第戎的一家旅馆里曾住在同一个房间。他清晨起床，走到母亲床前。母亲仍在睡觉，他轻轻地掀开被子。"她的睡衣是卷起来的，"他咻咻笑着说。听到这番话，吕西安不禁有点蔑视贝尔利亚克，他感到自己非常孤独。有情结是一件美好的事，但是要学会及时消除它们。假如一个成熟的男人仍保留着幼稚的情欲，那么他如何能担当起指挥别人的重任呢？吕西安焦躁不安起来，他很想听听权威人士的意见，但却不知道找谁才好。贝尔利亚克经常和他谈到一位名叫贝尔热尔的超现实主义者。他对心理分析非常在行，而且似乎对贝尔利亚克影响很大。但是贝尔利亚克从未提议介绍吕西安认识他。吕西安曾指望贝尔利亚克给他介绍女人，他想，拥有一个漂亮的情妇将会自然而然地改变他的想法。但是这份指望落空了，贝尔利亚克再也没有谈起过他那些美丽的女友。他们有时去逛大街，跟在一些女人的后面，但是他们不敢和她们攀谈。"我的老兄，你想干什么？"贝尔利亚克说，"我们不是那种招人喜欢的人。女人们觉得我们身上有一种让人害怕的东西。"吕西安没有答话。贝尔利亚克开始让他生厌了。他经常拿吕西安的父母开一些十分庸俗的玩笑。他管他们叫软蛋先生，软蛋太太。吕西安很清楚，超现实主义者一般说来是看不起资产阶级的。但是贝尔利亚克曾多次应弗勒里耶太太之邀来家里做客，而且母亲对他十分信任和友好。即使不思感激，只是出于情理，他也不应该用这种口气来谈论她。此外，贝尔利亚克有个可怕的恶习:经常借了钱不还。乘公共汽车时他从不带零钱,每次都得由吕西安替他付车费。在咖啡馆,五次当中只有一次他主动提出付账。一天,吕西安明确告诉他不明白这是为什么,而且他认为同学之间应该大家分摊外出消遣的费用。贝尔利亚克两眼直盯着他说:"我早就料到了:你是肛门那类货色。"接着,他便给吕西安解释弗洛伊德的粪便=黄金的公式及有关吝啬的理论。"我想知道一件事,"他说,"你母亲给你擦屁股一直擦到几岁?"他们差一点闹翻了。

从五月初起,贝尔利亚克开始逃学。课后,吕西安到小田园街的一家酒吧去找他,他们一起喝耶稣受难牌的苦艾酒。一个星期二下午,吕西安发现贝尔利亚克独自一人坐在桌旁,面前是一只空杯子。"你来啦?"贝尔利亚克说,"听着,我得走了。五点钟我跟牙医约好了。你等着我,牙医就在附近,我半个小时就能回来。""没问题。"吕西安在一张椅子上坐下答道,"弗朗索瓦,给我来一杯白味美思。"这时候,有一个人走进酒吧。他发现他们两人时,惊讶地笑了。贝尔利亚克脸红了,他急忙站了起来。"这会是谁呀?"他很纳闷。贝尔利亚克一边握着那陌生人的手,一边试图挡住吕西安。他说话的声音很低,很急。另一人却响亮地答道:"不,小兄弟,不。你永远只能当个小丑。"与此同时,他踮起脚尖,镇定自若地越过贝尔利亚克的脑袋看了看吕西安。此人约莫三十五岁,脸色苍白,一头漂亮的银发。"他一定是贝尔热尔,"吕西安想道,他的心怦怦直跳,"他长得真美!"

贝尔利亚克既小心翼翼,又专横地抓住银发男子的肘部。

"您跟我来,"他说,"我要去找我的牙医,就在附近。"

"我猜想,你是和你一个朋友在一起,"那人注视着吕西安答道,"你应该给我们两人介绍介绍。"

吕西安笑着站了起来。"机会来了!"他想。他的两颊烧得发烫。贝尔利亚克的脖子已经缩了回去,吕西安又一次觉得他会拒绝。"喂,给我介绍一下吧。"他快活地说。但是,他刚开口说话便觉得热血冲到了两鬓。他简直想往地下钻。贝尔利亚克转过身来,并不看着任何人,喃喃低语道:

"这是我的同学吕西安·弗勒里耶。这位是阿希尔·贝尔热尔先生。"

"先生,我很欣赏您的作品。"吕西安细声细气地说。贝尔热尔把吕西安的手抓在他那双纤细的长手里,并且让他坐下。接着是片刻寂静。贝尔热尔用热烈和温柔的目光盯着吕西安看。他一直握着吕西安的手。"您是否很不安?"他和蔼地问。

吕西安清了清嗓子,以坚定的目光望着贝尔热尔。

"是的,我很不安!"他声音清晰地回答。他仿佛觉得经受了加入秘密社团的考验。贝尔利亚克犹豫片刻后便怒气冲冲地重新坐下,同时把帽子扔在了桌上。吕西安极想向贝尔热尔叙说自己想自杀的念头。这是一位可以信赖的人,应该把自己的事情直截了当、原原本本地向他倾诉。由于贝尔利亚克在场,他不敢说什么。他恨贝尔利亚克。

"你们有茴香酒吗?"贝尔热尔问侍者。

"不,他们没有茴香酒,"贝尔利亚克急忙答道,"这是一家可爱的小酒吧,但是只有苦艾酒可喝。"

"那边长颈瓶里黄颜色的东西是什么?"贝尔热尔悠然自得、柔声细语地问。

"那是耶稣受难牌的白苦艾酒。"侍者答道。

"那好,给我来一杯。"

贝尔利亚克在座位上烦躁不安。他仿佛既想夸奖朋友,又担

心因突出了吕西安而损害了自己,内心十分矛盾。终于,他用忧郁和骄傲的口气说:

"他曾经想自杀。"

"原来如此!"贝尔热尔说,"我正是这样想的。"

又是一阵寂静。吕西安谦卑地垂下了眼睛,他在想贝尔利亚克是否会很快走开。贝尔热尔突然看了一下表,他问:

"你不是要看牙医吗?"

贝尔利亚克不情愿地站了起来。

"贝尔热尔,您陪我去吧,"他请求道,"离这儿不远。"

"不,既然你还要回来,我就在这儿陪陪你的同学吧。"

贝尔利亚克待立在那里,仍然迟疑不决。

"去吧,快去吧,"贝尔热尔威严地说,"一会儿你还上这儿来找我们。"

贝尔利亚克走开后,贝尔热尔站了起来,很自然地坐到了吕西安的身旁。吕西安向他久久地倾诉自己的自杀念头。他还向贝尔热尔诉说了自己曾经对母亲怀有恋情,自己是一个肛门虐待狂,实际上他什么都不爱,而且他身上的一切无非是一场滑稽戏。贝尔热尔一语不发地听着他的叙说,同时深情地望着吕西安,而吕西安则因被人理解而感到十分欣慰。他讲完后,贝尔热尔便用胳膊亲切地搂住他的肩膀。吕西安闻到了一股科隆香水和英国烟草的味道。

"吕西安,你知道我把你这种情况称作什么吗?"吕西安满怀希望地望着贝尔热尔,他没有失望。

"我把它称作'紊乱'。"贝尔热尔说。

"紊乱"这个字的前一部分如月光般柔和、皎洁,但是结尾的 oi① 这个音却带有法国号的铜质音响。

---

① 这是法语原文 désarroi 的最后两个字母,其国际音标为〔wa〕。

"紊乱……"吕西安念念有词地说着。

他觉得现在的自己和告诉里黎自己是个梦游者时一样沉重和不安。酒吧里很昏暗,但是大门朝向街面,朝向春天那金色和明亮的雾霭敞开着。贝尔热尔身上散发出一种注意保养的男人所特有的香气。在这种香气里,吕西安又闻到了一股昏暗的大厅里的沉闷气味。这是一种红葡萄酒和潮湿木头散发出的味道。"紊乱……"他想道,"这将会使我怎么样呢?"他还不大清楚,到底是发现了他的一个缺点还是一种新的毛病。他清晰地看见贝尔热尔两片灵活的嘴唇,正在不断地遮挡和展现他那颗金牙的熠熠闪光。

"我喜欢那些处于紊乱状态的人,"贝尔热尔说,"我觉得您的运气极好。因为不管怎么样,您这是天赐的。您看见那些猪了吗?它们很呆。必须把它们赶到红蚁群里才能把它们惹恼。您知道那些兢兢业业的小昆虫都在做些什么?"

"它们在吃人。"吕西安说。

"对,它们啃掉骨头架上的人肉。"

"我明白,"吕西安说,接着又问道,"那么我呢?我应该做些什么?"

"为了仁慈的上帝,你什么也别做,"贝尔热尔以一种滑稽的惊愕表情说,"千万别坐下,"他笑着说,"除非坐在尖头桩①上。你读过兰波②的书吗?"

"没有。"吕西安说。

"我把他的《灵光篇》借给你看。听着,我们还得见面。如果你星期四有空,可以在下午三点左右来我家。我住在蒙巴那斯的

---

① 尖头桩,古代一种刑具,犯人坐在桩上,桩尖由肛门刺人。
② 兰波(1854—1891),法国象征派诗人,与另一象征派诗人魏尔兰(1844—1896)有同性恋关系。

第一战场街九号。"

  星期四,吕西安去了贝尔热尔家。整个五月份他几乎天天都去。他们两人商定对贝尔利亚克说,他们每周只会面一次,因为他们既不想瞒他,又想尽量不让他难过。贝尔利亚克的表现非常不得体,他嘲笑地对吕西安说:"怎么样,你们俩一见如故吧?他对你说了他的不安,你和他谈了你的自杀,可真有你的,不是吗!"吕西安抗议道:"我提醒你,"他红着脸说,"是你首先提起我的自杀。"贝尔利亚克立即说:"嗨,那只是为了让你不必羞于谈及此事。"他们的约会越来越稀少了。"他身上我所喜欢的一切,都是从您这里模仿的,现在我可明白了。"有一天吕西安对贝尔热尔说。"贝尔利亚克是一只猴子,"贝尔热尔笑道,"正是他的这一点一直吸引着我。你知道他的外祖母是犹太人吗?这样,许多事情便好解释了。""确实如此。"吕西安附和道。过了一会儿,他又补充说:"而且,他是个很讨人喜欢的人。"贝尔热尔的房间里堆满了各种稀奇古怪和滑稽可笑的东西。有红丝绒坐垫架在用涂漆木头做的女人腿上的墩状软座,有黑人小雕像,有带刺的铸铁贞洁腰带,有上面嵌着小匙的石膏乳房;书桌上有一只巨型的青铜虱子以及从米斯特拉的尸骨堆里窃得的一具和尚的头盖骨,它们被用来作镇纸。墙上贴满了宣布超现实主义者贝尔热尔死讯的讣告。无论如何,这房间给人一种聪慧和舒适的感觉。吕西安喜欢躺在抽烟室里那张深深的长沙发上。特别令他吃惊的是,贝尔热尔在一个书架上堆放了大量愚弄人、逗人发笑的小玩意儿。有冰凉的流体、能使人打喷嚏的粉末、挠痒的毛、漂浮的糖、魔鬼的粪便以及新娘的束腰吊袜带。贝尔热尔边说边用手指捏住魔鬼的粪便。他神色庄重地打量着它说:"这些玩意儿有着革命的价值。它们能使人不安,而且具有比《列宁全集》更加巨大的破坏力。"吕西安又惊讶又着迷,来回望着这张眼睛深陷、焦虑不安的漂亮面孔和优雅地夹着一块制作得非常逼真的粪便的又长又细的手指。贝尔热尔经常和他谈兰波以及"全部感官系统的错乱"。"你经过协和广场,能够随心所欲、清清楚楚地看见一个黑女人正跪在地上舔那块方尖碑时,你便可以说你破坏了背景,而且得救了。"他把《灵光篇》《马尔多罗之歌》①以及萨德侯爵②的作品借给吕西安看。吕西安认认真真地想看懂,但是许多事情他仍然不得其解。他很恼火兰波是个同性恋者。他对贝尔热尔说了,但贝尔热尔却笑了起来。他说:"这有什么呢,我的小兄弟?"吕西安很难堪。他脸红了,足足一分钟他对贝尔热尔恨得咬牙切齿。但是他克制自己,抬起头坦率地说:"我说了蠢话。"贝尔热尔抚弄着吕西安的头发,显得温情脉脉。他说:"这双惶恐不安的大眼睛,这双牝鹿的眼睛……是的,吕西安,你说了蠢话。兰波的同性恋行为是他的敏感性最初的和天才的错乱。正是有了它,我们才能读到他的诗篇。相信引起性欲有特殊的东西,即女人——因为她们的两腿之间有一个洞,这是那些呆子才犯的讨厌错误。你瞧!"他从书桌里取出十来张发黄的照片,扔在吕西安的膝盖上。吕西安看见照片上是一些令人厌恶的妓女,她们张大了缺牙的嘴巴在笑,像嘴唇一样张开双腿,从大腿之间伸出了像长满苔藓的舌头那样的东西。"这套照片我是从布萨达③花三法郎买来的,"贝尔热尔说,"假如你亲吻这些女人的臀部,你便是一个阔少,大家都会说你已经过上了单身汉的生活。因为她们是女人,你懂吗?我告诉你,首先要做的事便是坚信

---

① 《马尔多罗之歌》,法国超现实主义者所推崇的作家洛特雷阿蒙(1846—1870)的作品,以动物为象征,暗示人在绝望中的反抗。全书是一场性虐待的噩梦。
② 萨德(1740—1814),法国作家,作品多为色情描写。
③ 布萨达,阿尔及利亚城市。

任何事物都能引起性欲,例如:一台缝纫机,一支试管,一匹马或是一只鞋。他笑着说:我曾和苍蝇做爱。我曾认识过一个和鸭子做爱的海军陆战队士兵。他把它们的脑袋放进抽屉,紧紧捏住它们的爪子,这样就能成事了!"贝尔热尔漫不经心地捏了一下吕西安的耳朵,最后说:"鸭子疼得要死,那个当兵的太折磨它了。"每当经过这类谈话回家时,吕西安总觉得脑袋烧得像团火。他认为贝尔热尔是个天才。他经常半夜里醒来,全身都被汗湿透了,满脑子都是鬼怪和猥亵的场面。他自问贝尔热尔是否对他起着好的影响。他反复地搓着手呻吟道:"我孤独一人!没有一个人为我指点方向,告诉我是否走在正道上!"假如他一直走到底,假如他确确实实把自己的全部感官都搞乱,那么他不就要不知所措,淹死在汪洋大海之中了吗?有一天,贝尔热尔和他谈了很久安德烈·勃勒东①,吕西安仿佛在梦中喃喃说道:"对,当然是了。可是在这之后我就再也不能后退了,对吗?"贝尔热尔跳了起来,他说:"后退?谁说要后退?假如你变疯了,那就好极了。正如兰波所说,以后'自会有别的令人生厌的劳动者'。""我正是这样想的。"吕西安凄然说道。他发现,这些长时间谈话的结果和贝尔热尔希望的恰恰相反。每当吕西安因体验到一种比较微妙的感觉和一种奇特的印象而惊讶不已时,他便颤抖起来。"开始了。"他想。他宁愿只有最平凡最迟顿的感觉。只有晚上和父母在一起时,他才感到很自在。那是他的避风港。他们谈白里安②,谈德国人的缺乏诚意,谈冉娜表姐的分娩和物价等等。吕西安凭着粗浅的良知和他们愉快地交谈。一天,他从贝尔热尔那里回到家中。他走进卧室后习惯

---

① 安德烈·勃勒东(1896—1966),法国超现实主义流派的创始人和领袖。
② 白里安(1862—1932),法国政治家,曾十一次出任总理,兼掌外交,曾主张成立欧洲联邦。

地锁上门,插上插销。他意识到自己的动作后,便放声大笑。但是他一夜没有睡着,他刚明白自己在害怕。

但是,无论如何他不会中断和贝尔热尔的来往。"他把我迷住了。"他想。此外,他非常珍惜贝尔热尔在他们两人之间建立起来的如此微妙、如此特殊的亲密关系。贝尔热尔说话时的语气一贯刚强有力,甚至有点生硬。但是他能巧妙地让吕西安感受到,甚至可以说触及他的柔情。例如,他批评吕西安的领带打得太难看,替他重新打好;他用一把来自柬埔寨的金梳替吕西安梳头。他向吕西安揭示自己身体的秘密,并且向他解释什么是青春的粗犷和感人之美。"你就是兰波,"他对吕西安说,"兰波来巴黎看望魏尔兰时,他有一双和你一样的大手,一张健康的青年农民的红润面孔和金发少女般纤细修长的身躯。"他迫使吕西安解开领扣和衬衫,把局促不安的他带到一面镜子前,让他欣赏他那红红的脸颊和雪白的胸脯之间迷人的和谐。这时他用手轻轻地碰了碰吕西安的臀部,伤心地补充道:"应该在二十岁时自杀。"现在,吕西安经常照镜子,他学习如何享受自己充满稚气的青春魅力。"我是兰波,"晚上他小心翼翼地脱下衣服时这样想道。他开始相信自己的生命将像一朵过于美丽的鲜花那样短暂和悲惨。这时候,他觉得很久以前自己曾经有过类似的印象,一种荒谬的形象重新浮现在他的脑海里:他看见自己很小的时候,穿着一件蓝色的长袍,张着天使的翅膀,在一项慈善义卖中兜售鲜花。他望着自己的长腿自娱地想:"我的皮肤果真那么柔软吗?"有一次,他用自己的嘴唇在前臂上亲吻,沿着一条可爱的蓝色小血管,从手腕一直吻到肘弯。

一天,他走进贝尔热尔家里时,意外地发现贝尔利亚克也在场,这使他很扫兴。贝尔利亚克正在用小刀切割一团黑乎乎的像土块一样的东西。这两个年轻人已经有十天没有见面了,他们冷冷地握了握手。"你看，"贝尔利亚克说，"这是印度大麻。我们要把它夹在两层黄烟丝之间放在烟斗里抽，它会产生一种奇妙的效果。也有你的份，"他补充道。"谢谢，"吕西安说，"我不想要。"其他两人笑了起来，贝尔利亚克不怀好意地坚持道："我的老弟，你真蠢。你试试看，你想象不出这有多舒服。""我跟你说不！"吕西安说。贝尔利亚克不吭声了，他只是神色高傲地笑了笑。吕西安看见贝尔热尔也在笑。他跺了跺脚说："我不要，我不想糟蹋自己，我觉得抽这种会把你们变傻的东西才是愚蠢呢！"他不由自主地说出了这番话。但是当他明白了刚才这番话的分量，并且想象到贝尔热尔可能对他产生的想法后，他真想把贝尔利亚克杀死，同时不禁眼泪夺眶而出。"你是个阔少，"贝尔利亚克耸了耸肩说，"你装得像在游泳，但是你害怕失足。""我不愿意养成对麻醉品的嗜好，"吕西安更加平静地说，"这是和别的锁链一样的一条锁链。我要保留自己的自由。""你就说害怕陷进去不就得了。"贝尔利亚克粗暴地说。吕西安正想给他两记耳光，这时他听见了贝尔热尔威严的声音："算了，夏尔，"他对贝尔利亚克说，"他说得对。他害怕陷进去，这也是一种紊乱。"

他们躺在长沙发上抽了起来，一股亚美尼亚纸的味道在房间里弥漫。吕西安坐在一个红丝绒的墩状软座上，默默地注视着他们。过了片刻，贝尔利亚克头朝后仰，面带激动的笑容，不停地眨着眼皮。吕西安满怀怨恨地望着他，觉得自己受到了侮辱。最后，贝尔利亚克站了起来，迈着蹒跚的步伐走出房间。直到最后，他的脸上一直挂着那种迷迷糊糊而又充满快感的奇特笑容。"给我烟斗。"吕西安嗓音沙哑地说。贝尔热尔笑了。"没关系，"他说，"对贝尔利亚克别太在意。你知道他这时候在干什么吗？""管他呢！"吕西安说。

"你还是知道为好,他正在吐呢!"贝尔热尔平静地说,"这是印度大麻对他产生的唯一效果。其他不过是瞎闹而已。我有时让他抽一点是因为他想让我大吃一惊,我觉得怪有趣的。"第二天,贝尔利亚克来到学校,他想在吕西安面前摆谱。"你上了火车,"他说,"但是你却精心挑选了那些留在车站上的人。"但是他遇到了强劲的对手。"你就爱吹牛,"吕西安回敬道,"你以为我不知道你昨天在卫生间里干什么吗?你在那里呕吐,我的老兄!"贝尔利亚克的脸色立即变得煞白,他问:"是贝尔热尔告诉你的?""你以为是谁?""好极了,"贝尔利亚克喃喃道,"但是我万万没有想到贝尔热尔是一个有了新欢而出卖老朋友的家伙。"吕西安心里有点不安,因为他曾答应贝尔热尔保密。"得了,没事儿!"他说,"他没有出卖你,他只是想告诉我这不能抽。"但是贝尔利亚克转过身去,不和他握手便扬长而去。当吕西安再次见到贝尔热尔时,有点忐忑不安。"你和贝尔利亚克说了什么?"贝尔热尔面无表情地问。吕西安低头不语,他心里有愧。但是忽然他感到贝尔热尔的手放在了他的颈项上。他说:"一点都没有关系的,我的小兄弟。无论如何,这一切得有个了结。我从不会长久地喜欢那种只会瞎闹的人。"

吕西安恢复了一点勇气,他抬起头笑了笑。"但我也是一个只会瞎闹的人。"他眨了眨眼说。

"是的,但是你很漂亮,"贝尔热尔说着便把吕西安拉到自己怀里。吕西安任其摆布。他觉得自己温柔得像个姑娘,不禁两眼泪汪汪。贝尔热尔亲吻他的脸颊,轻咬他的耳朵,一会儿叫他"我美丽的小坏蛋",一会儿叫他"我的小兄弟"。吕西安则认为自己能有一个如此宽容、如此善解人意的大哥哥是一件很愉快的事。

弗勒里耶夫妇很想结识吕西安无时不在他们耳边提起的这位

贝尔热尔先生。于是他们请他来家里吃饭。大家都觉得他很迷人,甚至日耳曼娜也为之倾倒。她从未见过如此漂亮的男人。弗勒里耶先生认识贝尔热尔的伯父尼藏将军,他就此大谈了一番。于是弗勒里耶太太很高兴把吕西安托付给贝尔热尔,在圣灵降临节时和他一起去度假。他们乘汽车去鲁昂。吕西安想参观大教堂和市政厅,但是遭到贝尔热尔的断然拒绝。"看那种破烂玩意?"他蛮横无理地问。结果,他们到科尔得利街一家妓院里鬼混了两小时。贝尔热尔很古怪,他管所有的妓女都叫"小姐",在桌子底下不断用膝盖碰吕西安。然后,他同意和其中的一个上了楼,但过了五分钟就下来了。"咱们快走,"他喘着气说,"不然事情要闹大了。"他们匆匆付了钱便出了门。在街上,贝尔热尔讲述了事情的经过。他趁那个女人转过身去的时候,往床上扔了满满一把痒痒毛,然后声称自己有阳痿便匆匆下了楼。吕西安喝了两杯威士忌,有点晕晕乎乎。他唱着《梅斯的炮手》和《非凡的孩子》两首歌。他觉得贝尔热尔既深思熟虑又童心未泯,对他简直崇拜得五体投地。

他们来到旅馆时,贝尔热尔说:"我只订了一个房间,但是卫生间很大。"吕西安并不感到意外。在旅途中他曾隐隐约约地想到过将会和贝尔热尔同住一个房间,但是这一想法从未十分明确。现在已经无路可退,他总觉得这事有点尴尬,尤其因为他的脚很脏。在把行李往上送的时候,他想象贝尔热尔会对他说:"瞧你多脏,你会把被子和床单都弄黑的,"而他自己则会毫不客气地回敬他说:"关于清洁问题,你的资产阶级思想很严重。"但是贝尔热尔把他和他的手提箱一起推到卫生间,对他说:"你去里面准备准备,我要在房间里换衣服。"吕西安洗了脚,还洗了个坐浴。他很想去厕所,但是他不敢,只在便盆里解了小便,然后换上权充睡衣的衬衫和母亲借给他的拖鞋(他自己的那双破得不像样了),便敲了敲房门:"您准备好了吗?"他问。"好了,好了,进来吧。"贝尔热尔在天蓝色的睡衣外面套了一件黑色睡袍。房间里有一股科隆香水的味道。"只有一张床吗?"吕西安问。贝尔热尔不语。他先是惊愕地望着吕西安,后来便放声大笑起来。"哟,你怎么穿着衬衫!"他笑着说,"你的睡帽怎么戴的?不行,你的样子太可笑了,我要你自己照照镜子。""已经有两年了,"吕西安恼怒地说,"我一直要求母亲给我买睡衣。"贝尔热尔走到他身旁。"来吧,把这衣服脱掉,"他不容置辩地说,"我把我的一套睡衣给你穿。可能大了点,但是总比这个好。"吕西安呆立在屋子中间,两眼盯着地毯上的红绿菱形图案。他真想回到卫生间去,但是他害怕被别人看成是懦夫,于是干脆把衬衫从头上脱下。一时谁也不说话。贝尔热尔含笑打量着吕西安,吕西安则突然意识到自己正一丝不挂地伫立在屋子中央,脚上穿着母亲那双带绒球的拖鞋。他望着自己的手,这双和兰波一样的大手,他很想把它们护在自己的肚子上,至少可以遮挡住那个要紧的地方。但是他镇定下来,勇敢地把手放在了背后。墙上的两行菱形图案之间,有一个紫色的小方块正在变得越来越远。"我敢保证,"贝尔热尔说,"他和处女一样贞洁。吕西安,你去照照镜子,你一直红到了胸部。你现在这样总比穿着那件衬衫好多了。"

"是的,"吕西安好不费劲地说,"可是光着身子总归不大文明。您快把睡衣给我吧。"贝尔热尔扔给他一件散发着薰衣草香的丝质睡衣。接着两人便上了床。屋里的气氛十分凝重。"我不大舒服,"吕西安说,"我想吐。"贝尔热尔没有吭声。吕西安嗳出一股威士忌的味道。"他将和我一起睡觉,"他想。令人窒息的科隆香水味道堵住了他的嗓子眼,地毯上的菱形图案开始转动起来。

"我真不该同意这次旅行。"他的运气真不佳。最近一个时期,他曾经多次差一点识破贝尔热尔对他的企图。可是每一次都仿佛故意似的,总会发生一件小事把他的思想岔开。而现在,他在这里,躺在这个家伙的床上,那家伙正等着干他的好事呢。"我得拿着枕头到卫生间里去睡。"但是他不敢,他想到了贝尔热尔讥讽的目光。他笑了。"我想着刚才那个婊子,"他说,"可能现在她正在自己搔痒呢。"贝尔热尔仍然一语不发。吕西安用眼角瞄了他一眼。他仰面躺着,双手枕在后颈,一副天真无邪的样子。结果吕西安倒怒从中来,他撑起一只胳膊对他说:"我说,您还在等什么呢?您把我带到这儿难道是为了无谓的消遣吗!"

他后悔说出了这句话,但为时已晚。贝尔热尔转过身来向着他,用开心的目光盯着他说:"瞧瞧这个长着一副天使面孔的小无赖。我的小宝贝,我可没让你说出这样的话来:你是指望我来放纵你的感官吗?"

他又盯着吕西安看了一阵,他们几乎脸贴脸了。接着他便把吕西安搂在怀里,伸到睡衣下面去抚摸他的胸脯。这并非不舒服,有点痒痒,只是贝尔热尔非常可怕。他的样子很蠢,吃力地重复道:"小笨猪,你不难为情吗?小笨猪,你不难为情吗?"这声音就像火车站里报告列车播发的唱片一样。贝尔热尔的手则相反,它又轻又快,像一个人。他轻轻地触碰吕西安的乳头,仿佛人们进入浴缸时被温水抚弄一样。吕西安想抓住这只手,把它拉开,并且拧住它。但是那样贝尔热尔会笑话他的。他会说:瞧瞧这个童男子。这只手缓缓地沿着他的肚子滑动,停下来解开了系着裤子的绳结。他任其摆布。他又沉又软,仿佛一块湿透的海绵。他害怕极了。贝尔热尔撩开了被子,他把脑袋枕在了吕西安的胸脯上,仿佛在为他听诊。吕西安接连嗳了两股酸味,他担心吐在那神气十足的漂亮银发上。"您压在我的胃上了。"他说。贝尔热尔稍稍抬起身子,一只手伸到了吕西安的背后。另一只手不再抚摩,它在乱拉乱扯。"你的小屁股很美。"贝尔热尔忽然说。吕西安以为在做一场噩梦。"您喜欢我的屁股吗?"他殷勤地问。但是贝尔热尔突然把他松开,扫兴地抬起头来说:"该死的小浑球,"他怒不可遏地说,"你想玩兰波,我使出了浑身的解数,已经一个多小时过去了,你仍然没有兴奋起来。"吕西安紧张得流出了眼泪,他竭尽全力推开贝尔热尔。"这不是我的错,"他尖声叫道,"您让我喝得太多了,我想吐。""那你去吧!去吧!"贝尔热尔说。"别着急,慢慢来!"他又低声说了一句:"这一晚过得可真有意思。"吕西安穿上裤子,套上黑睡袍便走了出去。他关上厕所的门以后,感到自己非常孤独和心慌意乱,不禁哭了起来。睡袍的口袋里没有手帕,他便用卫生纸擦眼睛和鼻子。他徒劳地把两个手指伸到喉咙里,仍然没能吐出来。于是他随手解开裤子,坐在便桶上发抖。"坏蛋,"他想,"坏蛋!"他遭到了极大的侮辱,但是他不知道自己是否因为被贝尔热尔抚摩过或是因为没有性冲动而感到羞愧。门那边的走廊在吱嘎作响。每听到一次响声吕西安便会惊跳起来。他犹豫是否要回到房间里去。"我还是得去,"他想,"得去。否则,他和贝尔利亚克会瞧不起我的!"他欠起身,但是他立即又见到了贝尔热尔的脸和他那愚蠢的神情。他听见贝尔热尔说:"小笨猪,你不难为情吗?"他又失望地坐在了便桶上。过了一会儿,一阵激烈的腹泻使他感到稍为轻松了一点。"它从下面跑掉了,他想。我宁肯这样。"事实上他不再想吐了。"他会弄疼我的。"他忽然这样想,而且他认为自己将会昏过去。最后,吕西安感到冷极了,冻得牙齿开始咯咯作响。他想自己要病倒了,于是猛地站了起来。他回到房间里,贝尔热尔不大自然地望着他。他在抽烟。他的睡衣是敞开的,可以看得见他那瘦削的身躯。吕西安慢慢地脱拖鞋和睡袍,一声不响地钻进了被窝。"好了吗?"贝尔热尔问。吕西安耸了耸肩说:"我冷!""要我给你暖和暖和吗?""您试试看吧。"吕西安说。他立即感到被一种巨大的力量压垮了。一张湿润柔软的嘴紧紧贴在了他的嘴上。仿佛是一块生牛排。吕西安被弄得晕头转向,他搞不清自己在什么地方,简直有点喘不过气来。但是他很高兴,因为他不再冷了。他想起了贝斯太太,她经常把手放在他的肚子上,管他叫"我的玩具娃娃";他也想起了管他叫"大芦笋"的埃布拉尔;他还想起了每天早晨的盆浴,并且觉得布法迪埃先生就要进来给他洗澡。他心想:"我是他的玩具娃娃!"这时候,贝尔热尔发出了一声胜利的呼喊,他说:"好啊!你终于下定决心了。来吧。"他气喘吁吁地补充道,"咱们来把你培养成人。"吕西安坚持要自己脱掉睡衣。

第二天,他们中午时分才醒来。侍者把早餐送到了他们的床头,吕西安觉得他的样子很傲慢。"他把我当成男妓了,"他不快地想道。同时全身战栗起来。贝尔热尔非常体贴,他先穿上衣服,在吕西安洗澡的时候,他去老集市广场抽了一支烟。吕西安边用马尾手套仔细擦洗身体边想:"问题是,这种事很让人腻味。"当最初的一刹那恐怖过去后,当他意识到这并不像想象中那么痛苦,他便陷入了沮丧的烦恼之中。他总是希望这就完了,他可以睡觉了。但是,贝尔热尔一直把他折腾到清晨四点钟才放过他。"我还是得把那道三角题解出来,"他想。他竭力抛开杂念,只想着功课。这一天过得很长。贝尔热尔给他讲述洛特雷阿蒙的生平事迹,但吕西安并不认真听。贝尔热尔有点让他恼火。晚上,他们下榻在科德贝克的一家旅馆,当然贝尔热尔又把他折腾了很长时间。但是到了深夜一点钟,吕西安干脆告诉他自己困了,于是贝尔热尔放过了他而没有生气。将近黄昏时他们回到了巴黎。总而言之,吕西安对自己并无不满。

他的父母张开双臂欢迎他归来。"你好好谢谢贝尔热尔先生了吗?"他母亲问道。他和他们一起聊了一会儿诺曼底的乡村风貌,便早早去睡觉了。他睡得很熟,但是第二天早晨醒来时,他觉得身体里面在发抖。他站起身来对着镜子凝视了很久。"我是一个鸡奸者。"他想。随即瘫倒在地。"吕西安,快起来,"他母亲隔着门叫道。"今天早上你得去上学。""知道了,妈妈。"吕西安顺从地答道。但是他又躺倒在床上,开始看自己的脚趾。"这太不公平了,我自己没有意识到,我太没有经验了。"这些脚趾被人一个接一个地吮吸过。吕西安猛地转过头去。"他是知道的。他让我干的事有一个名称,就叫作和男人睡觉,而他是知道的。"这很有趣,吕西安苦涩地笑了,我可以在好几天里不断地寻思:我是否聪明,我是否有点自负,我永远不得其解。而与此同时,不知哪天早上便会有一些标签贴到你的身上,你一生都得带着它们。例如:吕西安是一名高个子的金发青年。他很像父亲,是个独生子,自从昨天以来他成了一个鸡奸者。人们将会这样说他:"你们知道弗勒里耶吗?他就是那个喜欢男人的高个子金发青年!"而别人会这样回答:"啊,对了!是那个娘娘腔的大小伙子吗?好极了,我知道是谁了。"

他穿好衣服走出房间,但是他没有勇气去上学。他顺着朗巴尔街而下,一直走到塞纳河边,然后沿着河岸走。天空晴朗,街道上散发着绿叶、沥青和英国烟草的味道。这是洗净的身躯穿上洁净的衣服、换上崭新灵魂的理想天气。街上的行人个个都神态庄严,唯有吕西安自己觉得在这大好春光里显得反常和可疑。"这是命中注定的滑坡,"他想,"我从恋母情结开始,后来变成肛门虐待狂,而现在是最糟糕的,我成了一个鸡奸者。这一切到底什么时候才能到头呢?"显然,他的情况还不算严重。他并不很喜欢贝尔热尔的抚摩。"可是,假如我积习成瘾了呢?"他惴惴不安地想道,"我将摆脱不了,它就像吗啡一样!"他将成为一个名誉扫地的人,任何人都不再愿意接待他。他向父亲的工人下达命令时,他们会嘲笑他。吕西安自鸣得意地想象着自己那可怕的命运。他仿佛见到了自己三十五岁时的形象。他将是一个涂脂抹粉,矫揉造作,蓄着小胡子,佩戴荣誉勋位勋章的绅士。他将神气活现地把手杖高高举起。"先生,您的到来是对我女儿们的侮辱。"忽然间,他一阵踉跄,戛然停止了游戏。他刚想起贝尔热尔的一句话。那是在科德贝克的夜里。贝尔热尔说:"嘿,瞧瞧,我看你上瘾了!"他想说明什么? 自然,吕西安并非木头人,在被他抚摩一阵以后……"这说明不了什么问题。"他不安地想。但是人们说,那种人非常了不起,他们很善于瞄准同类,如同第六感觉。吕西安长时间地看着一个在耶拿桥前指挥交通的警察。"这个警察能引起我的冲动吗?"他两眼盯着警察蓝色的长裤,想象着他那肌肉发达和多毛的大腿。"这能让我动心吗?"他非常宽慰地走开了。"情况并不那么严重,"他想,"我还能够解脱。他滥用了我的紊乱,但我并不真是一个鸡奸者。"他对遇到的每一个男人都再次试验,每一次试验的结果都是否定的。"哎呀!"他想,"可让我紧张了好一阵!"那是一种警示,仅此而已。不能再干那种事了,因为学坏是很快的,必须立即摆脱这些情结。他决定不告诉父母,自己去找一位专家进行心理分析。然后他将找一个情妇,变成一个和常人一样的男人。

吕西安渐渐安下心来,这时他忽然想起了贝尔热尔。在这一时刻,贝尔热尔正在巴黎的某个地方,脑子里充满了美好的回忆,对其本人十分陶醉。"他知道了我身体的秘密,他了解我的嘴,他曾对我说:'你有一种我忘不了的味道。'他将向他的朋友吹嘘,他会说:'我占有了他。'仿佛我是个女人。这时候,他或许正在把那几夜的事情告诉……"想到此,吕西安心里一紧,仿佛心脏停止了跳动,"告诉贝尔利亚克!假如他这样做,我就要杀死他。贝尔利亚克非常恨我,他会把这种事情告诉全班同学的。那样我就完蛋了,同学们再也不会和我握手了。我要说这不是真的,"吕西安精神恍惚地想,"我要去控告,说他强奸了我!"吕西安对贝尔热尔痛恨到了极点,因为假如没有他,没有这种可耻和不可救药的意识,原本一切都会相安无事,而且无人知晓,吕西安自己终究也会忘掉它的。"他要是能突然死去就好了!我的上帝,我求求您,让他在没有对任何人透露此事之前,今天夜里就死去吧!我的上帝,请把此事埋葬掉,您不可能愿意我成为一名鸡奸者的!无论如何,他还控制着我!"吕西安愤怒地想,"我必须回到他那里,做他想做的事,然后对他说我喜欢这样,否则我就完了!"他又走了几步,为防万一他补充道:"我的上帝,请让贝尔利亚克也死去。"

吕西安未能克制自己回到贝尔热尔那里去的念头。在以后的几个星期里,他以为到处都会遇到他。他在房间里学习时,每听到铃响便会惊跳起来。夜里,他常做可怕的噩梦。他梦见贝尔热尔在圣路易中学的大院中央把他强行拉走。预备班的全体同学都在场,他们一边看热闹一边哈哈大笑。但是,贝尔热尔渺无音讯,并不试图再次见到他。"他只是要我的肉体,"吕西安恼怒地想。贝尔利亚克也失踪了。星期日有时和他一起去购物的基加尔告诉他,贝尔利亚克在一次精神危机之后离开了巴黎。吕西安渐渐平静下来。鲁昂之行对他来说是一场阴暗野蛮的噩梦,幸而没有留下任何痕迹。他几乎忘掉了全部细节,只记得肉体和科隆香水发出的那种令人沮丧的味道以及那不能忍受的烦恼。弗勒里耶先生曾多次问起那位贝尔热尔朋友的情况,他说:"我们得请他去一次费罗尔以示感谢。""他去了纽约。"吕西安终于这样答道。他多次和基加尔以及他姐姐去马恩河上划船。基加尔还教他跳舞。"我觉醒了,"他想,"我获得了新生。"但是他仍不时感到有一种像褡裢一样的东西压在背上,那是他的那些情结。他寻思是否有必要去维也纳找弗洛伊德。"我将身无分文地出发,如必要可以步行。我将对他说:我没有钱,但我是一个实例。"六月一个炎热的下午,他在圣米歇尔大道上遇到了以前的哲学老师勒巴布安。"弗勒里耶,"勒巴布安问,"那么你是准备上中央高等工艺制造学校喽?""是的,先生。"吕西安回答。"你原本可以上文科班的,"勒巴布安说,"你的哲学成绩很好。""我没有放弃哲学,"吕西安说,"今年我读了不少书,例如弗洛伊德的著作。噢,对了,"他忽然心血来潮地补充道,"先生,我正想问您,您对心理分析有什么看法?"勒巴布安笑了。"这是一种时髦,"他说,"它会过去的。弗洛伊德思想的精髓,你在柏拉图那里便能找到。其余呢,"他以不容置辩的口气补充道,"我坦率告诉你,我不屑于看那些无用的废话。你最好去读读斯宾诺莎的著作。"吕西安如释重负,他轻轻地吹着口哨步行回家。"那是一场噩梦,"他想,"不过一切都已烟消云散!"那一天赤日炎炎,但是吕西安抬起头一眼不眨地盯着太阳看。这是大家的太阳,吕西安有权正对着它看。他得救了!"无用的废话!"他想,"那是些无用的废话!他们想引我走邪道,但是没有得逞。"事实上,他一直在不断地抗争。贝尔热尔用歪理欺骗了他,但是吕西安觉得兰波的鸡奸癖是一种病态。而当那个小虾米贝尔利亚克想让他抽印度大麻时,吕西安断然拒绝了。"我差点失足,"他想,"保护我的是我的精神健康!"这一天晚餐时,他深情地望着父亲。弗勒里耶先生肩膀宽阔,动作像农民般沉稳缓慢,体现出一种良好的教养,一双领袖人物的灰眼睛,目光冷峻神采奕奕。"我很像他。"吕西安想。他想起了弗勒里耶家庭代代相传,已有四代企业家。"那些人真是胡说。家庭还是存在的!"于是,他骄傲地想起了弗勒里耶家族的精神健康。

这一年吕西安没有参加中央高等工艺制造学校的入学考试,全家早早去了费罗尔。他欣悦地回到了那所房子、花园以及那座宁静沉稳的小城。那是另一个世界。他决定每天早早起床,在本地区进行长途跋涉。他对父亲说:"我要让肺部装满新鲜空气,为明年的拼搏把身体练得棒棒的。"他陪同母亲前往布法迪埃和贝斯家里做客。大家都觉得他已经成为一个既懂事又稳重的年轻人。在巴黎修法律课程的埃布拉尔和温凯尔曼也都回到费罗尔度假。吕西安多次和他们一起出游。他们谈起了对雅克玛尔神甫搞的恶作剧以及骑着自行车痛快的游览。他们唱三重唱《梅斯的炮手》。吕西安非常欣赏老同学的坦率和实在。他为自己忽略了他们感到内疚。他向埃布拉尔承认不大喜欢巴黎,但是埃布拉尔对此不能理解。他父母把他托付给一位神甫,他得到了很好的照料。至今他对卢浮宫博物馆的参观以及在歌剧院度过的晚会仍保留着美好的印象。吕西安为这种朴实而动情。他觉得埃布拉尔和温凯尔曼仿佛是他的大哥哥,并且开始想,他并不为曾经有过如此动荡不安的生活而感到遗憾,因为他赢得了经验。他和他们谈弗洛伊德和心理分析,并且以逗他们生气来取乐。他们猛烈地抨击关于情结的理论,但是他们的反对是天真的,吕西安向他们指出了这一点。接着他补充道,假如用哲学观点来看问题,便很容易批驳弗洛伊德的错误了。他们非常佩服他,但是吕西安佯装没有察觉。

弗勒里耶先生向吕西安讲解了工厂的机制。他带吕西安参观了中心大楼,吕西安久久地观察工人们的劳作。"假如我死了,"

弗勒里耶先生说,"你必须能够立即掌管厂里的一切事务。"吕西安嗔怪他说:"我的老爸,你别说这个好不好!"但是接连好几天,当他想到早晚要落到他身上的责任时,心情十分沉重。他们就老板的职责进行了长时间的交谈,弗勒里耶先生告诉他,产业并非一种权利,而是一种责任。"他们总是用他们的阶级斗争来烦我们,"他说,"好像老板与工人的利益是势不两立的!就拿我的情况来说。我是个小老板,是巴黎行话里所谓的一个小奸商。可是我养活了一百个工人和他们的家人。如果我的生意兴隆,他们便首先获益。但是,如果我被迫关闭了工厂,那么他们便要流落街头。我没有权利,"他强调说,"把生意做坏。这就是我所谓的各阶级的利害一致性。"

在以后的三个星期里,一切都正常。他几乎不再想起贝尔热尔。他已经原谅了他,只是希望今生今世不再见到他。时而,当他换衬衫时,他走到镜子前,惊奇地望着自己。"有一个男人曾经喜欢过这个身躯,"他想。他的双手慢慢地在腿上抚摩着,并且想:"有一个男人曾经为这两条腿动了心。"他又抚摩腰部,很遗憾不能变成另外一个人来抚摩自己这缎子般的肌肤。有时候,他也悔恨自己曾经有过的各种情结。它们很顽固和沉重,它们那巨大和阴沉的分量曾把他压得透不过气来。如今这一切都结束了。吕西安再也不相信它们,而是感到一种艰难的轻松。再说,这并非那么不愉快,这是一种很能忍受的醒悟,它有点使人气馁,顶多可以认为是一种厌烦。"我不算什么,"他想,"什么都没能把我弄脏。而贝尔利亚克却被肮脏地拖下了水。我多多少少还能够承受,这是为单纯付出的代价。"

有一次散步时,他坐在一处斜坡上想道:"我沉睡了六年,忽然有一天我从蚕茧里脱颖而出。"他非常兴奋,怡然自得地观赏着风景。"我生来就是为了投入行动!"他想。但是忽然间,他的辉煌思想变得平淡无奇了。他喃喃低语道:"让他们等着瞧,他们早晚会知道我的价值。"他使劲地说了,但是话语仿佛是从空壳里冒出来的。"我有什么呢?"这种奇怪的担忧,他不愿意承认,它以前曾给他造成太多的痛苦。他想:"是这片宁静……这个地方……"这里除了在尘埃中艰难地拖着黄黑色腹部的蟋蟀以外,没有任何其他有生命的东西。吕西安讨厌蟋蟀,因为它们的样子总像一半是空的。公路的另一边是一片地面龟裂、布满荆棘的灰蒙蒙的荒原,一直伸展到河边。谁都看不见吕西安,也听不到他的声音。他跳跃着,只觉得他的动作没有遇到任何阻力甚至重力的阻挡。现在他站着,在灰色云雾的笼罩之下,如同存在于真空之中一样。"这一片宁静……"他想着。它更胜于宁静,是虚无。在吕西安的周围,乡村出奇地静谧,一片懒洋洋,毫无人类的气息。仿佛它变得很小很小,屏住了呼吸以免打扰他。"当梅斯的炮兵回到了驻地……"声音在他的嘴唇上停住,如同火苗在真空中窒息一样。吕西安孤独一人,位于这非常隐蔽和毫无重力的大自然之中,既没有影子也没有回声。他打起精神,试图找到原先的思路。"我生来就是为了投入行动。首先,我有毅力。我可能做一些傻事,但是我不会走得很远,因为我能回到正路上来。"他想,"我的精神很健康。"但是,他做了一个鬼脸以示厌恶便不再往下想了,因为在这条只有垂死的小虫穿行的白色公路上谈论"精神健康",他觉得十分荒谬。吕西安生气地踩在一只蟋蟀上,他觉得脚底下有一个弹性的小圆球。当他抬起脚来,蟋蟀还活着。于是吕西安朝它吐了口唾沫。"我很茫然,我很茫然,和去年一样。"他想起了管他叫精英的温凯尔曼,又想起了把他当作男子汉的弗勒里耶先生,还想起了贝斯太太,她曾说:"这个大小伙子,我以前叫他我的玩具娃娃,现在我可不敢和他以你相称了,他让我惶恐不安。"但是他们在很远很远的地方,他觉得真正的吕西安和他们一起留在了费罗尔。这里,在这偏僻荒芜的角落里,只有一条白色的惶惶不安的可怜虫。"我到底是什么?"几公里连绵不断的荒原,一片寸草不生、毫无气味的平坦而龟裂的土地。突然间,从这灰色的土壳里笔直地冒出一根芦笋。它是那样奇特,甚至连影子都没有。"我到底是什么?"自从上一次假期以来,这个问题没有改变过,仿佛它就在吕西安曾把它搁下的老地方等着他。或者说,这不是一个问题,这是一种状态。吕西安耸了耸肩。"我太多虑了,"他想,"我自我分析得太多了。"

在以后的几天里,他力图不再自我分析。他很想对物品着迷,久久地凝视着蛋杯、餐巾环、树木、橱窗等。他极力讨好母亲,问她愿不愿意把她的银器给他看看。他观看银器时,他想的是看银器,然而他的眼光后面却有一小片充满活力的雾气在跳跃。吕西安徒劳地使自己专心和弗勒里耶先生交谈。这一片既厚又薄的雾气,浓密而不坚实,它给人以假象,仿佛一片光亮,悄悄地溜到了他对父亲话语的注意力的后面。这一片雾气就是他本人。吕西安不时感到厌倦,于是不再听对方的说话。他转过身来,试图抓住这片雾气,面对面地看着它。但是他看到的只是空白,雾气仍在后面。

日耳曼娜泪流满面地前来告诉弗勒里耶太太,她的兄弟得了支气管肺炎。"可怜的日耳曼娜,"弗勒里耶太太说,"你可一向说他的身体非常结实!"她准她一个月的假,找了厂里一个工人的女儿来替代她。那姑娘十七岁,名叫贝尔特·莫泽尔。她个子矮小,金黄色的发辫盘在头上。她走起路来有点一瘸一拐。因她来自孔卡尔诺,弗勒里耶太太让她戴上花边头饰。"这样显得更可爱。"从她刚来的那几天开始,每次她遇到吕西安,她那大大的蓝眼睛总会流露出一种对吕西安的谦卑的爱慕之情,吕西安也明白她喜欢自己。他和贝尔特亲切地交谈,多次问她:"你喜欢我们这里吗?"在走廊里,他故意和她擦肩而过,以试探她的反应。但是,她使他产生恻隐之心,并且他也从这种爱中获得了宝贵的鼓舞。他常常不无激动地想象贝尔特对他的印象。"事实上我和她经常来往的年轻工人是不大一样。"他借故让温凯尔曼来到配膳室,温凯尔曼觉得贝尔特身材不错。"你这小子真走运,"他断言,"我要是你,早就勾上她了。"但是吕西安还在犹豫,因为她身上有汗味,而且她的黑衬衫肘部已磨破了。九月的一天下午,天下着雨,弗勒里耶太太乘坐汽车前往巴黎,吕西安独自一人待在房间里。他躺在床上开始打呵欠。他觉得自己像一朵变幻莫测、转瞬即逝的云彩,永远是同一朵,也永远是另外一朵。它的边缘随时随地融入于大气之中。"我纳闷为什么我存在呢?"他在那里,在消化,在打呵欠,他听见雨点打在窗玻璃上。这片白色的雾气在他头脑里渐渐散开。以后呢?他的存在是一种耻辱,以后他将要担当的责任也难以为它正名。"无论如何,我并没有要求来到这个世界上。"他想。接着,他做了一个自我怜悯的动作。他想起了童年时的忧虑和长时期的昏昏欲睡。如今它们以崭新的面貌出现在他面前。实际上,他一直不断为自己的生命所困扰,它是一件巨大而无用的礼物,他把它抱在怀里不知如何处置,也不知把它放在何处。"我是以后悔自己的出生来消磨时光的。"但是他实在太沮丧了,因而不能更深入地继续推想。他起来点燃一支烟,到楼下厨房吩咐贝尔特为他沏茶。

她没有看见他进来。吕西安碰了碰她的肩膀,她吓得惊跳起来。"我让你害怕了?"他问。她双手撑着桌子,用惊恐的目光望着他,胸脯起伏不停。过了一阵,她笑了,说:"着实把我吓了一跳,我不知道家里还有别人。"吕西安也报以宽容的微笑,并对她说:"请你给我沏壶茶。""马上就好,吕西安先生。"小姑娘说。她立即走向炉边。吕西安的到来仿佛使她相当为难。吕西安犹豫不决地站在门口,他慈父般地问道:"怎么样,喜欢在我们家吗?"贝尔特转过身去,在水龙头上接了一小锅水。水声盖住了她的回答。吕西安等了一会儿。她把小锅放到煤气炉上,他又问:"你抽过烟吗?""抽过几次,"小姑娘疑虑地回答。他把克拉温牌的香烟盒打开,递给她。他并不很满意,他觉得在损害自己的名声,他不应该让她抽烟的。"您想要……要我抽烟?"她惊奇地问。"为什么不?""太太会骂我的。"吕西安有一种当了同谋的不快感觉。他笑起来,说道:"咱们不告诉她。"贝尔特脸红了,她用手指夹了一支烟放在嘴里。"我要把火递给她吗?那是不得体的。"他对她说:"喂,你不点上它吗?"她把他惹恼了。她两臂直挺挺地站在那里,满脸通红,一副恭顺的样子,夹着烟卷的双唇像一只鸡屁股。仿佛她的嘴里吞进了一根体温表。终于她从一个马口铁罐里抽出一根浸硫火柴,擦着后点燃了烟。她眨着眼睛抽了几口便说:"这烟很淡。"接着,她从嘴里匆匆地取出烟卷,笨拙地把它捏在五个手指中。"她生来就是受苦的命。"吕西安想道。然而,当他问起她是否喜欢她的家乡布列塔尼时,她便渐渐活跃起来。她告诉他各式各样的布列塔尼女帽,甚至还用柔和但走调的嗓音为他唱了一支罗斯波登的歌曲。吕西安不怀恶意地逗她,但是她不懂得别人的玩笑,只是神色惊慌地望着他。这时候,她颇像一只兔子。他坐在矮凳上,觉得十分自在。"请坐。"他对她说。"不,吕西安先生,我不能在吕西安先生面前坐。"他抓住她的两腋,把她抱到自己的膝盖上。"这样行吗?"他问。她没有反抗,同时还低声咕哝道:"坐在您的膝盖上!"她感到无比幸福,但却用古怪的语调责备着。这时吕西安有点烦恼,他想:"我陷得太深了,我不应该走得这么远的。"他不再作声。她坐在他的膝盖上,浑身热乎乎的,显得非常安静。但是吕西安感觉到她的心怦怦直跳。"她是我的东西,"他想,"对她我可以为所欲为。"他放开她,拿起茶壶便上楼去了。贝尔特没有试图留住他。喝茶之前,吕西安用母亲的香皂洗了手,因为手上有贝尔特腋下的味道。

"我要不要和她睡觉?"在以后几天里,吕西安不断地想着这个小问题。贝尔特总是设法出现在他的必经之处,并且用一双西班牙长毛垂耳猎犬似的忧郁的大眼睛望着他。但是道德占了上风。吕西安明白,由于自己经验不足,又因为自己在费罗尔人人皆知,无法买到避孕工具,因此,他会让她怀孕的。这样会给弗勒里耶先生带来极大的麻烦。他还想到,假如以后他手下一个工人的女儿夸耀自己曾经和他睡过觉,那么他在工厂里将会威信扫地。"我没有权利碰她。"在九月的最后几天里,他避免和贝尔特单独在一起。"那么,"温凯尔曼问他,"你等什么呢?""我不想,"吕西安生硬地回答,"我不喜欢和女仆谈情说爱。"温凯尔曼还是第一次听说和女仆谈情说爱,他轻轻地吹了一下口哨便不再作声了。

吕西安对自己十分满意。他觉得自己的行为很有风度,因而也弥补了不少过错。"她是唾手可得的。"他有点遗憾地想。但是继而他又想道:"权当是我已经占有过她了。因为是她自己送上来的,只是我不愿意罢了。"从此,他认为自己不再是童男子了。这些轻快的满意之情让他高兴了好几天,随后便也化作一片雾气。十月份开学时,他觉得和去年开学时一样无精打采。

贝尔利亚克没有返校,谁都没有他的音讯。吕西安发现了几张新面孔。坐在他右边名叫勒莫尔当的小伙子在普瓦蒂埃上了一年数学专修班。他比吕西安的个子还要高,留着一片黑黑的小胡子,已经像个大人了。吕西安兴趣索然地和同学们重新相聚。他觉得他们很幼稚,并且总是天真无邪地吵吵闹闹,简直像一群神学院的学生。他仍然参加他们的集体活动,但是显得漫不经心。好在作为二年级学生,他有权利这样做。勒莫尔当已经成熟,他原本可以更多地引导吕西安。但是,他并不像吕西安一样是个经历过多种艰难的考验因而成熟起来的小伙子。他生来就是一个成人。吕西安经常十分满意地打量着这颗没有脖子,歪歪地长在肩膀上的深思熟虑的大脑袋。仿佛无法把任何东西通过耳朵或那双玫瑰色透明的中国式小眼睛灌进他的脑袋里去。"这是一个有主见的家伙。"吕西安怀着敬意想道。而他不无嫉妒地思索着,到底是什么样的信念使得勒莫尔当有了如此强烈的自我意识。"这就是我应当成为的:一块岩石。"他仍然感到有点意外的是,勒莫尔当能够理解数学的推理。但是当于松老师把第一次作业本发还给大家时,他便放下心来。吕西安名列第七,而勒莫尔当只得了五分,名列第七十八位。这一切都符合实际。勒莫尔当有点无动于衷。他预想的结果似乎更糟。他那张小嘴和肥大光滑的黄脸蛋不是用来表达感情的。那是一尊菩萨。大家只见他发过一次怒,那天劳维在衣帽间里推搡了他。他先是发出十几声低而尖厉的埋怨声,还不断地眨着眼。"回波兰去,"他终于说,"滚回波兰去!你这犹太鬼,别到我们的国家里来烦我们。"他那魁梧的身材镇住了劳维,他庞大的上半身在两条长腿上摇摇晃晃。最后,他打了劳维两记耳光,小劳维道了歉,事情就这样了结了。

星期四,吕西安和基加尔一起外出。基加尔带他去他姐姐的女友那里跳舞。但是基加尔最后承认,这样的蹦蹦跳跳使他感到厌倦。"我有一个女友,"他悄悄对吕西安说,"她是罗亚尔街上普利尼耶舞厅里跳得最棒的。正好她的一个朋友没有舞伴。星期六晚上你和我们一起去吧。"吕西安和家长闹了一通,终于获准每星期六晚上可以外出活动。家里把大门钥匙放在门毡底下。将近九点,他在圣奥诺雷大街的一家酒吧找到基加尔。"你会发现,"基加尔说,"法妮非常可爱,而且她的优点是很善于着装。""我的舞伴呢?""我不认识她,我知道她是个学裁缝的女艺徒,她刚到巴黎,是从昂古莱姆来的。对了,"他补充道,"别犯傻。我叫皮埃尔·多拉。你呢,你有一头金发,我就说你有英国血统,这样说更好些。你就叫吕西安·博尼埃尔。""为什么呢?"吕西安不安地问道。"老兄,"基加尔说,"这是规矩。和那些女人在一起你可以为所欲为,但是永远不能说出你的真名字。""好吧,好吧!"吕西安说。"那我是个干什么的呢?""你可以说是个大学生,这样更好些。你明白吗?这会让她们感到得意的。你不必为她们花费很多,费用自然是大家分摊。但是今晚让我来付账,我习惯这样。下星期一我会告诉你欠我多少。"吕西安立即想到基加尔企图从中揩点油。"我怎么变得如此多疑了!"他暗自好笑地想道。法妮几乎立刻到了。这是个身材高大瘦削的棕发姑娘。她的大腿很长,脸上浓妆艳抹。吕西安觉得她有点让人胆怯。"这就是我和你说起过的博尼埃尔。"基加尔说。

"很高兴认识你,"法妮眯起眼说,"这是我的朋友莫德。"吕西安见到一个小巧玲珑的女人。她的年龄难以捉摸,戴的头饰像一只倒扣的花盆。她只是略施脂粉,和光彩照人的法妮相比显得有点黯然失色。吕西安痛楚地感到失望。但是他发现莫德有一张漂亮的嘴,而且和她在一起他不必感到窘迫。基加尔特意预先付了啤酒账,因此他可以利用初到时的喧闹,不让姑娘们有时间吃喝便嘻嘻哈哈地把她们推出酒吧门外。吕西安对他十分感激,因为弗勒里耶先生每周只给他一百二十五法郎零花钱。他还得用这笔钱支付通讯费用。这天晚上过得很有意思。他们到拉丁区的一家小舞厅去跳舞。玫瑰色的舞厅并不大,暖融融的,四周的角落光线阴暗。一杯鸡尾酒只需五法郎。那里有很多大学生,他们都带着法妮那样的女人,但是不如法妮漂亮。法妮很出众。她直盯着一个正在抽烟斗的大胡子男人,大声喊道:"我讨厌在舞厅里抽烟的人!"那家伙立即满脸通红,忙把点燃的烟斗放回衣兜里。她对基加尔和吕西安的态度有点高傲,并且用母亲般的慈爱口吻多次对他们说:"你们是坏孩子。"吕西安觉得非常自在,心里甜滋滋的。他给法妮讲了好几件有趣的小事,边说边笑。后来,他的脸上便一直挂着笑容。他很善于运用一种随随便便、彬彬有礼、温文尔雅而又略带嘲讽的高雅嗓音。但是法妮很少和他说话。她一手托住基加尔的下巴,向着脸颊方向拉动,以便突出他的嘴巴。当他的嘴唇变得肥大,并且开始流涎,像那些胀满了汁液的水果或是蛞蝓时,她就一边叫他"宝贝",一边小口小口地舔他的双唇。吕西安觉得尴尬极了,他认为基加尔非常可笑。基加尔的嘴唇边上有口红,而且两颊上有手指的印记。但是其他舞伴的举止更加放肆。大家都在拥抱,亲吻。管衣帽间的那位女士不时挎着小篮子前来抛撒彩色纸带卷和彩色小球,同时大声喊着:"加油啊,孩子们,尽情地玩吧,放声地笑吧,加油啊,快加油啊!"于是大家都放声大笑起来。吕西安终于想起了还有莫德在场。他笑着对她说:"瞧瞧这些年轻的情侣。"他指着基加尔和法妮补充道,"我们两个是高贵的长者……"他没有把话说完,但是笑得十分滑稽,弄得莫德也笑了。她摘下帽子。吕西安喜悦地发现她比舞厅里的其他女人毫不逊色。于是他请莫德跳舞,并且对她讲述了他中学会考那一年和老师们瞎起哄的事。她的舞跳得很好,她有一双持重的黑眼睛,显得很在行。吕西安和她谈起贝尔特,并且说很内疚。"但是,"他补充道,"这样对她更好。"莫德觉得贝尔特的故事很有诗意,但却令人伤心。她问贝尔特在他父母家里挣多少钱。她又说:"一个姑娘给人家当女仆并不总是一件有意思的事情。"基加尔和法妮不再管他们。他们只顾自己互相抚摩,基加尔的面孔全都湿了。吕西安不时地重复:"瞧瞧这些年轻的情侣,快瞧瞧他们!"而且他脑子里也想好了一句话:"他们引得我也想学他们的样。"但是他不敢说出来,只是在那里笑。然后,他佯装莫德和他是老朋友了,不屑于谈情说爱。他叫她"老兄",而且还拍拍她的肩膀。法妮突然转过头来,惊奇地望着他们。"喂,"她说,"小班同学,你们在干什么呢?快亲吻吧,我看你们早想得要命了。"吕西安一把搂住了莫德,他还有点为难,因为法妮在看着他们。他很想让此吻又长又成功,但又不明白人家这样做是怎样呼吸的。结果并不像他想象的那么困难,只需斜着亲嘴,把两人的鼻孔错开便可以了。他听见基加尔在那里数数:"一——二——三——四——"直到第五十二秒他才放开莫德。"这个头开得不坏呀,"基加尔说,"但是我比你棒。"吕西安看着手表,也开始数起来:基加尔在第一百五十二秒时才松开法妮的嘴。吕西安非常生气,觉得这种比赛很愚蠢。"我是出于谨慎松开了莫德,"他想,"但是这并不是难事。只要掌握好呼吸便可以无限地延续下去。"他建议再比一次,结果他赢了。当他们比完后,莫德瞧了瞧吕西安,并且认真地对他说:"你吻得很好。"吕西安兴奋得脸都红了。他弯腰说了一声:"为你效劳。"但他本来是更想和法妮亲吻的。为了赶最后一班地铁,他们于午夜十二点半分了手。吕西安心花怒放,他在雷努阿尔大街上又蹦又跳。他想:"事情已有十分把握。"他的嘴角很痛,因为今天晚上笑得太多了。

现在他定于每星期四晚上六点和整个星期六晚上和莫德会

面。她任他拥抱亲吻,但是不愿失身于他。吕西安向基加尔抱怨,基加尔安慰他说:"别着急,"基加尔说,"法妮肯定她会和你睡觉的。只是她还年轻,她只有过两个情人。法妮叮嘱你对莫德要温柔体贴点。""温柔体贴?"吕西安问。"你明白是怎么回事吗?"他们两人放声大笑起来,基加尔肯定地说:"老兄,该怎么办就怎么办。"吕西安表现得十分温柔体贴。他不断地亲吻莫德,并且对她说他爱她。但是时间长了便有点单调乏味,而且和她一起外出他也并不感到很骄傲。他本想对她的梳妆打扮提一些建议,可是她有许多成见,并且很容易生气。在亲吻的间歇,他们手拉着手,两眼发呆,默默无语。"她眼神如此严肃,天知道她在想什么。"而吕西安总是在想着同一件事。望着莫德这个郁郁寡欢、捉摸不定的小小存在,他不禁想道:"我想成为勒莫尔当,他是一个找到了自己道路的人!"在这一时刻,他觉得自己仿佛变成了另一个人。自己坐在热恋他的女人身边,两人手拉着手,他的嘴唇还因刚才频频的亲吻而湿乎乎的。他拒绝她献给他的微不足道的幸福:孤独。于是,他紧紧抓住小莫德的手指,眼泪夺眶而出。他很想使莫德幸福。

十二月的一天早上,勒莫尔当走到吕西安面前,他手里拿着一张纸。"你愿意签名吗?"他问。"这是什么?""这是为高师的那些犹太人。他们给《事业报》寄去了一份有二百人签名,反对义务预备兵役的狗屁文章。对此,我们表示抗议。我们必须至少征集一千人的签名。我们将要去圣西尔军校,海军学校预备班,农学院,巴黎高等综合理工学院,让所有一流学校的学生都签上名。"吕西安顿感身价百倍,他问:"这会登载出来吗?"肯定会登在《行动报》上。可能也会登在《巴黎回声报》上。吕西安极想立即签名,但又想这样不够严肃。他拿起那张纸,认真地看了一遍。"我想,你不是搞政治的,当然这是你自己的事。但你是法国人,你有权利表示自己的意见。"当吕西安听到"你有权利表示自己的意见"时,他立即觉得身上有一种难以言表的快感,他签了名。第二天他买了一份《法兰西行动报》,但是声明没有登出来。它星期四才得以发表。吕西安在第二版上找到了它,标题是"法国青年给了国际犹太人一记响亮的耳光"。他的大名被压缩得很小,登在离勒莫尔当不远的地方,和周围的弗莱什、菲利波等名字一样陌生。它的样子很体面。"吕西安·弗勒里耶,"他想,"是一个农民的姓氏,是纯粹的法国姓氏。"他高声朗读了以字母F开头的全部姓名。当他读到自己的姓名时,他佯装不认识这个人。随后,他把报纸塞进口袋,高高兴兴地回了家。

几天后,是他去找了勒莫尔当。"你是搞政治的吗?"他问。"我是联盟①成员,"勒莫尔当说,"你有时也看《行动报》吗?"

"不常看,"吕西安承认,"到目前为止我对它不太感兴趣。但我认为我正在改变态度。"勒莫尔当用他那难以捉摸的神情淡淡地望着他。吕西安粗略地向他叙述了贝尔热尔称之为"紊乱"的故事。"你是什么地方人?"勒莫尔当问。"费罗尔人。我父亲在那里开了一家工厂。""你在那里住过多长时间?""直到上中学为止。"

"我明白了,"勒莫尔当说,"事情很简单,你是个背井离乡的人。你读过巴雷斯②的作品吗?""我读过他的《科莱特·博多希》。""不是这部,"勒莫尔当不耐烦地说,"今天下午我把他的《背井离乡的人们》给你带来。它讲的是你的故事。你会在书里读到你的病症以及对症的良药。"这本书是用绿色羊皮做的封面。

---

① 联盟,指民族主义右翼组织"法兰西爱国青年联盟"。
② 指莫里斯·巴雷斯。

第一页盖有安德烈·勒莫尔当的藏书印鉴,那漂亮的哥特字体十分醒目。吕西安感到有点意外,因为他从未想过勒莫尔当会有自己的藏书章。

他满腹狐疑地开始了阅读。曾经有过多次人们企图给他解释,曾经有过多次人们借书给他,对他说:"读读这本书吧,写的全是你的事。"吕西安略带几分忧愁地笑着,他想自己并不是一个可以被人用几句话便能剖析的人。恋母情结,紊乱,多么幼稚可笑!这一切早已远离他而去,不复存在了!但是,刚读了几页书,他便入迷了。首先,这不是心理分析,——吕西安对心理分析已经极其厌烦——巴雷斯谈到的年轻人不是抽象的人,不是像兰波或魏尔兰那样与社会格格不入的人,更不是那些请弗洛伊德进行心理分析的无所事事的病态的维也纳人。巴雷斯开始时把他们置于他们的环境和家庭之中。他们在外省极其传统的环境里,受到了良好的教育。吕西安觉得斯蒂雷尔和自己很相像。"这可是真的,"他想,"我是一个背井离乡的人。"他想到了弗勒里耶家族的精神健康。这种健康只能在农村,并且通过他们的体力来获得(他祖父能用手指把一枚铜币拧弯)。他激动地想起了费罗尔的黎明。他起床后悄然无声地下了楼,以免吵醒父母。他骑上自行车,于是法兰西岛柔媚的景色便悄悄地笼罩着他,抚摩着他。"我历来很讨厌巴黎,"他坚定地想道。他还读了《贝雷尼斯的花园》。他时而中断阅读,两眼迷茫地思索起来。在这里,人们又一次向他展示了一种性格,一种命运,一种能够摆脱存在于他意识中无休止的废话的办法,一种确定自我,肯定自我的方法。然而他是多么喜欢巴雷斯奉献给他的这种充满清新的田野气息的无意识,并且厌恶弗洛伊德的那些邪恶和淫猥的畜生!为了抓住这份礼物,吕西安只需摆脱毫无结果和危险的冥想。他必须研究费罗尔的地面和地下,寻找一直延伸到赛奈特河边这片起伏的丘陵的意义,诉诸人文地理学和历史学。或者,非常简单,他必须回到费罗尔,在那里生活。那样,他将感到费罗尔就在自己的脚下,它无害而肥沃,伸展于广阔的田野上。在这片土地上,有树林、泉水和花草。它像一方养料丰富的腐殖土,吕西安终于可以在此汲取力量从而成为一名企业主。吕西安经过这样长时间的苦苦思索,变得兴奋不已,甚至不时感到已经找到了自己的道路。如今,当他一手搂着莫德的身腰,默默地待在她旁边时,脑子里经常回响起以下的词语和短句:"恢复传统","土地和死者"。这是一些深奥难懂,取之不尽的词语。"这多么诱人啊!"他想。然而他不敢相信,因为已经有过太多次人们让他失望了。他把自己的担忧向勒莫尔当倾诉。"太妙了。"勒莫尔当说,"老朋友,人们是不会立刻相信自己想要什么的,因为需要实践。"他略假思索便接着说道:"你应该来和我们在一起。"吕西安真心实意地答应了,但是他强调保留自由。"我来,"他说,"但是不做任何承诺。我想观察和思考。"

吕西安被这帮年轻保守派的同志情谊迷住了。他们对他表示了诚挚和简朴的欢迎。他很快便觉得在他们中间很自在,而且不久便熟悉了勒莫尔当的"小集团"。他们是二十来个大学生,几乎人人都戴一顶条绒的贝雷帽。他们经常在波尔德啤酒馆的二楼聚会,在那里玩桥牌,打台球。吕西安常去那里和他们一起玩。不久他便明白,他们已经接纳了他,因为对他的每次到场他们都欢呼"帅哥来啦!"或"这是我们大名鼎鼎的弗勒里耶!"但是,尤其吸引他的是他们欢快的性格;没有丝毫的学究和严厉气氛,很少谈论政治。大家笑着,唱着;并且为年轻的大学生们高声欢呼或是有节奏地鼓掌。这就是他们的聚会内容。勒莫尔当本人则一面保持一种无人敢于挑战的权威,同时也自我放松一点，不由得笑了起来。通常，吕西安默不作声，目光扫视着这些正在大声喧哗的健壮的年轻人。"这是一股力量。"他想。生活在他们中间，他渐渐地发现了青春的真实含义。它不存在于贝尔热尔式的人物所欣赏的那种矫揉造作的风雅之中。青年是法国的未来，而且勒莫尔当的同伴们并没有青少年的那种难以言表的可爱。他们都已成年，其中好几个已经蓄须了。经过对他们的仔细观察，你便会发现他们身上有许多相似之处。他们已经摆脱了同龄人固有的恶习和犹豫，他们无须再学什么，他们都已成熟了。起初，他们轻率和无情的玩笑颇使吕西安反感。本来可以认为他们这样做是无意识的。当雷米前来报告激进派领袖迪比斯的夫人双腿被一辆卡车轧断时，吕西安原以为他们会对一位不幸的对手表示起码的同情。但是，他们却全体放声大笑，并且拍着大腿嚷道："这个老僵尸！"和"卡车司机真了不起！"吕西安有点窘迫，但是他忽然明白了这种有净化作用的放声大笑是一种拒绝。他们察觉到了这种危险，不愿表示懦弱的怜悯，于是他们便拒绝了。吕西安也笑了起来。渐渐地，他们的恶作剧向他显示了其真实性质。它只有其轻浮的外表，实际上这是对一种权利的肯定。他们的信念非常牢固，如宗教般虔诚，因此他们有权利表现得轻浮，可以对一切无关紧要的事情心血来潮，突发奇想地开个玩笑。例如，在夏尔·莫拉斯冷峻的幽默和德贝罗戏谑性的玩笑之间（他的口袋里经常放着一块破旧的英式军大衣片，他称之为勃吕姆①的包皮），只有程度上的差别。一月份，巴黎大学宣布将要举行庄严的仪式，向两位瑞典矿物学

---

① 指法国社会党领袖莱昂·勃吕姆(1872—1950)，一九三六年人民阵线组阁时担任总理。

家授予名誉博士的学位。"你等着看一场好戏吧。"勒莫尔当给吕西安一份请柬,这样说道。会议大厅座无虚席。当吕西安看到共和国总统和巴黎大学校长踏着《马赛曲》的乐声步入大厅时,吕西安的心怦怦直跳,他在为他的朋友担心。几乎同时,观众席上有几名年轻人站了起来,开始大喊大叫。吕西安满怀同情地认出了雷米,他的脸涨得通红,像个西红柿。他正被两名彪形大汉抓住上衣往外拉。他一面挣扎,一面高喊"法兰西属于法国人"。但是尤其使他高兴的是,他看见一位上了年纪的先生正在拼命地吹喇叭,样子像一个捣蛋鬼。"太好了!"他想。他强烈地感受到这种固执的严肃和好动喧闹之间奇特的混杂。它使最年轻的人们显得成熟,最年长的人们显得调皮。不久,吕西安也试着开起了玩笑。谈到埃里奥①时,他说:"假如这一位寿终正寝,那就不再有仁慈的上帝了。"这句话取得了成功。这时他觉得身上产生了一种神圣的狂怒。于是,他咬牙切齿,一时间,竟感到自己和雷米或德贝罗一样坚信、一样执拗、一样强有力了。"勒莫尔当说得对,"他想,"需要实践,有了实践一切都迎刃而解了。"他还学会了回避争论。基加尔只是个共和派,他对吕西安提出了一大堆反对意见。吕西安颇有风度地听着,过了一会儿他就不说话了。基加尔仍在继续他的长篇大论,可是吕西安甚至不再看他,他在抚平裤子上的褶子,用烟卷吹出烟圈来取乐,一面盯着女人看。尽管如此,他还是听见了一些基加尔的责难,只是它们突然失去了分量,轻飘飘、微不足道地向他滑来。基加尔终于印象深刻地住了嘴。吕西安和父母谈起了他的新朋

---

① 指爱德华·埃里奥(1872—1957),法国激进社会党领袖之一,人民阵线组阁时任议长。

友,弗勒里耶先生问他是否会成为一名保守派。吕西安犹豫不决,他严肃地答道:"我很想,真的很想。""吕西安,我求求你了,别干这种事,"他母亲说,"他们太狂躁了,灾难随时都会降临的。或是把你毒打一顿,或是把你投入监狱,你明白吗?而且,你实在太年轻了,不能搞政治。"吕西安只是坚定地一笑,没有作声。弗勒里耶先生却说:"亲爱的,让他去吧,"他和蔼地说,"让他去实践自己的思想,每个人都得经过这个阶段。"自那日起,吕西安觉得他父母对他另眼相看了。然而他还没有拿定主意。这几个星期他学到了很多东西。他的脑海里先后浮现出他父亲善意的好奇,弗勒里耶太太重重的忧心,基加尔刚具备的尊敬,勒莫尔当的坚定执着和雷米的急躁不安。他摇着头自言自语:"这不是一件小事。"他和勒莫尔当长谈了一次,勒莫尔当很理解他的理由,劝他不必操之过急。吕西安仍然非常沮丧,因为他觉得自己不过是一小滴透明的胶质,正在咖啡馆的座位上颤动。他觉得年轻保守派们的喧闹和动荡十分荒谬。但是有时候,他觉得自己像石头一样沉重和坚强,因而又感到很是高兴。

他和这个小团体相处得越来越融洽。他给他们唱了去年暑假埃布拉尔教他的《雷贝卡的婚礼》这首歌。大家都说这歌有趣极了。正在兴头上吕西安谈了不少他关于犹太人的尖刻的想法,并且还提到了吝啬得出奇的贝尔利亚克。"我一直纳闷,为什么他如此吝啬,一般人是不可能这么吝啬的。忽然有一天我总算明白了,原来他是个犹太人。"这时全体哄堂大笑,吕西安愈加慷慨激昂。他觉得对犹太人真是痛恨极了,而一想起贝尔利亚克更是令人扫兴。勒莫尔当的目光直盯着他,对他说:"你是纯血统的。"此后,他们经常对吕西安说:"弗勒里耶,给我们讲一个关于犹太人的故事,要好听一点的。"于是吕西安就把他从父亲那里听来的关于犹太人的故事讲给大家听。一起头,吕西安只需故意怪腔怪调地说"又一田,莱匪鱼煎不老母……"①,朋友们便个个乐不可支了。有一天,雷米和潘特诺特说,他们在塞纳河边遇到一个阿尔及利亚的犹太人,他们径直向他走去,仿佛想要把他扔进河里,这可把他吓得半死。"我当时想,"雷米肯定地说,"弗勒里耶没和我们在一起真是太遗憾了。""还是他不在场为好,"德贝罗打断他说,"否则他一定会把那个犹太人扔进河里去的。"吕西安一眼便能认出犹太人,他这种本事举世无双。有一次他和基加尔一起外出,他碰了碰基加尔的肘部对他说:"别马上回头,我们后面那个小胖子就是犹太人!"基加尔随即夸道:"在这方面你的嗅觉真灵敏!"法妮也没有辨认犹太人的本事。一个星期四,他们四个人一起来到莫德的房间,吕西安唱起了《雷贝卡的婚礼》。法妮受不了了,说道:"别唱了,别唱了,我要尿裤子了。"当他停下来时,她向他投去了高兴甚至温柔的目光。在波尔德啤酒馆,终于有人给吕西安编造了谣言。那里总有一个人漫不经心地说着:"弗勒里耶那么热爱犹太人……"或是"莱昂·勃吕姆是弗勒里耶最要好的朋友……"其他人则屏住呼吸,张大嘴巴,出神地等待着。吕西安满脸通红,拍着桌子大声骂道:"真他妈的!"于是,全体哄堂大笑,他们说:"他起步了!他起步了!他不是走,他跑起来了!"

他经常随他们一起参加政治性集会,聆听克洛德·马克西姆、里尔·德·萨尔特教授的演讲。由于参加这些新的活动,他的学习受到了影响。但是,无论如何吕西安这一年无法指望顺利通过国立高等工艺学校的入学考试,弗勒里耶先生表现得很宽容。他对妻子说:"吕西安需要学习如何做人。"这些会议散会后,吕西安

---

① 原话应为:"有一天,勒维遇见勃吕姆……"

和他的朋友们头脑发热,常常做出一些淘气的恶作剧。有一次,他们十来个人遇到一个黄褐色皮肤的小个子男人,他一面看着《人道报》,一面穿过圣安德烈德扎尔街。他们把他逼到墙角,雷米喝令他:"把报纸扔掉!"那小个子还在扭扭捏捏,但是德贝罗已经悄悄绕到他身后,将他拦腰抱住,勒莫尔当则以他强劲的腕力一把夺走了他的报纸。这一切很有意思。那个狂怒的小个子男人拼命地乱踢,同时用一种古怪的语调大声地喊着:"放开我,放开我!"勒莫尔当不动声色地把报纸撕碎。但是当德贝罗正要放开那个家伙时,事情开始变得糟糕起来。那家伙扑向勒莫尔当,并且企图揍他。幸而雷米及时向他耳后突然狠揍一拳,他才得以幸免。那家伙一下子被摔到墙边,脸色极难看地望着他们大家,同时骂道:"该死的法国佬!""你再说一遍。"马歇索冷冷地说道。吕西安明白要坏事了,因为马歇索从来听不得关于法国的玩笑。那个外国佬又说了一遍:"该死的法国佬!"于是他挨了一记响亮的耳光,随即脑袋朝下,跌跌撞撞地向前扑去,并且声嘶力竭地喊着:"该死的法国佬,该死的资产阶级,我恨你们,我要你们死光,统统都死光!"接着又是一连串难听的辱骂声,吕西安简直想象不到他竟能使出这么大的劲头来。于是,他们失去了耐心,不得不人人都参与进来,好好地教训他一顿。过了一阵,他们放开他,那家伙连滚带爬地来到墙边。他全身在发抖,有一拳把他的右眼打得睁不开了。他们打累了,围在他四周,等着他倒下去。那家伙歪着嘴,又吐出了一句:"该死的法国佬!""你想再挨一顿揍吗?"气喘吁吁的德贝罗问道。那家伙似乎没有听见,他用左眼挑战性地望着他们,一面还不断地重复:"该死的法国佬,该死的法国佬。"接着是一阵犹豫,吕西安明白,他的同伴们要放弃这场搏斗了。于是他情不自禁地扑向前去,拼命地揍他。他听见了什么东西的撕裂声,那个小个子男人用软弱无力和惊怒的目光看着他,结结巴巴地说着:"该死的……"他那只肿胀的眼睛睁开了,但是那只是个没有眼珠的窟窿。他跪倒在地,什么都不说了。"快撤!"雷米提醒道。于是他们跑了起来,一直跑到圣米迦勒广场。没有人追赶他们。他们就整了整领带,并且用手掌互相拍打衣服以恢复常态。

整个晚上,这些年轻人谁都没有提起他们的冒险,并且互相表现得格外和蔼可亲。他们早已把那件通常用来掩饰他们情绪的可耻粗暴行为抛在了脑后。他们彬彬有礼地互相交谈着。吕西安心想这是他们第一次表现得如同在自己家里一样。但是他自己很是恼火,因为他一般是不会在大街上与流氓打斗的。他情意绵绵地想起了莫德和法妮。

他难以入睡。他想:"我再也不能以局外人的身份跟着他们行动了。如今,利害得失都已权衡,我必须参与进去!"当他向勒莫尔当宣布这个好消息时,他觉得十分庄重,几乎有一种宗教的虔诚感。"我主意已定,"他对勒莫尔当说,"决心跟你们一起干。"勒莫尔当拍了拍他的肩膀,于是全体成员一起庆祝这件大事,喝了好几瓶酒。他们又恢复了粗暴和欢快的语气,但是没有谈论前一天发生的事。他们分手时,马歇索爽直地对他说:"你的拳头真厉害!"吕西安则说:"因为那是个犹太人!"

第三天,吕西安带着一根很粗的白藤手杖来找莫德,这是他在圣米迦勒大道的一家商店里买的。莫德一看就明白,她望着手杖问道:"怎么,你参加了?""参加了。"吕西安笑着回答。莫德显得很兴奋。她本人更倾向于左派,但是她的思想很宽容。"我觉得,"她说,"每个派别都各有所长。"晚上,她曾多次搂着他的后颈,一边叫他"我的小右派"。不久以后的一个星期六晚上,莫德感到累了。"我想要回家了,"她说,"但是如果你乖的话,可以和我一起回去。你可以握住我的手,你要好好待你的小莫德,她太难受了。你要给她讲讲故事。"吕西安的兴致并不太高,因为莫德的房间虽然整洁,可那种穷酸相使他心里不快。这简直像一间女仆的房间。但是,如果他放弃这次良机,那将是一种罪过。莫德一进屋就扑在床上,她说:"哦,真舒服。"随后,她不再作声,并且翘起嘴唇直盯着吕西安看。他也来躺在她身旁。莫德用手掌盖住眼睛,却把手指分开,她用孩子般的声音说:"咕咕,我看见你了。吕西安你知道吗?我看见你了!"他觉得自己既沉重又绵软。莫德把手指放进他的嘴里,他就吮了起来,情意绵绵地和她聊着。他说:"小莫德病了,可怜的小莫德真不幸。"接着他便从上到下地抚摩她的身体。她已闭上眼睛,神秘莫测地笑着。过了一阵,他掀起莫德的短裙,两人便开始做爱。吕西安想:"我挺有本事的。"他们完事后,莫德说:"得了!我早料到会到这一步的!"她瞧着吕西安,温柔地责备他:"坏东西,我还以为你挺老实的呢!"吕西安说他也对她感到很意外。"就这么回事。"他说。她想了想,对他严肃地说:"我毫不遗憾。以前可能更纯洁,现在要差一点了。"

"我有情妇了。"吕西安在地铁里这样想道。他觉得空虚和倦怠,身上有一股苦艾和鲜鱼的味道。他直挺挺地坐下,以免被汗水湿透的衬衫贴在身上。他觉得自己的身体仿佛是凝乳做成的。他使劲地反复说着:"我有情妇了。"但是他感到失望。直至前一天,在莫德身上他所渴求的是她那张仿佛与外界隔绝的如封似闭的小脸,她那纤细的身段,庄重的仪态,良好的名声,对男性的傲气,总之是使她与众不同的一切特性。她确确实实是另外一种人,让人难以接近,总是可望而不可即。她颇有主见,廉耻分明,常穿长筒丝袜和绉纱连衣裙,并且烫着头发。这些也都是他所梦寐以求的。可是这层美丽的外表已经在他的拥抱中融化了,只剩下了肉体。

他曾把嘴唇贴在了一张没有眼睛,像肚皮一样裸露的面孔上,他曾占有了一朵巨大的湿漉漉的人肉鲜花。他又见到了在被窝里上下拱动,在微张的毛茸茸的洞穴里有节奏地拍打的那头盲目的牲畜。他想:那是我们俩。他们合二而一。他已经分不清哪里是他的肌体哪里是莫德了。以前没有任何人曾在他面前如此令人作呕地暴露过。除了有一次里黎在灌木丛后面给他看过他那小鸡鸡;还有他自己忘乎所以地光着屁股趴在床上,乱蹬双腿等着裤子晾干的时候。吕西安想到基加尔时心里才感到一阵宽慰。明天他可以对他说:"我和莫德睡觉了。老兄,她是个出色的小女人,简直是天生的尤物。"但是,他很不自在。他觉得自己在地铁尘埃滚滚的热浪里,在一层薄薄的外衣下,如同赤身裸体一般;他坐在一位教士身边并且面对着两位成熟的女士,觉得自己像一根被玷污的芦笋那样僵直和裸露。

基加尔热烈祝贺他。他对法妮有点腻烦了。他说:"她的脾气实在太坏了,昨天她跟我闹了整整一个晚上。"于是,他们两人就下列问题达成了共识:这样的女人还是很需要的,因为人们毕竟不能把贞洁一直保持到结婚前。而且她们个个身体健康,也不谋私利。但是如果沉溺于她们那就要铸成大错。基加尔谈起真正的好姑娘时语气是高尚的。吕西安向他打听了他姐姐的情况。"她很好,我的老兄,"基加尔说,"她说你是个无情无义的人。你懂吗?"他暴露真情地补充道,"我不会因为有个姐姐而恼火。否则,有些事情是意识不到的。"吕西安完全理解他的意思。此后,他们经常谈论女孩子,并且觉得这样做充满了诗意。基加尔喜欢引述他的一位叔叔的话,此人是一位情场高手。他曾说:"在我这坎坷的一生中,也许并不总在做好事。但是有一件事仁慈的上帝会感谢我的,那便是我宁愿被砍掉双手也从不碰一位姑娘。"他们两人有时也去皮埃蕾特·基加尔的女友那里。吕西安很喜欢皮埃蕾特,他和她谈话时像个爱逗弄人的大哥哥。他很感激她,因为她没有剪短头发。他一直忙于他的政治活动。每星期日早上他都要去讷伊教堂前卖《法兰西行动报》。在两个多小时里,吕西安板着面孔来回踱步。做完礼拜从教堂里出来的姑娘们有时向他投来美丽而坦诚的目光。于是吕西安便松弛一下,他感到自己很纯洁、坚强。他向她们报以微笑。他告诉他的伙伴们,他尊重妇女,并且很高兴得到了他们的理解。这正是他所希望的。而且,他们几乎人人都有姐妹。

四月十七日基加尔一家为皮埃蕾特的十八岁生日举行一次家庭舞会,吕西安自然也被邀参加。他和皮埃蕾特的交情已经很深,她称他为她的舞伴。他怀疑她是否有点爱上自己了。基加尔太太请来了一位钢琴师,整个下午一定会非常愉快的。吕西安和皮埃蕾特一起跳了好几次舞,随后他找到正在吸烟室里休息的基加尔。"你好,"基加尔说,"我想你们互相都认识了吧。弗勒里耶,西蒙,努瓦斯,勒杜。"在基加尔逐一介绍他同学的时候,吕西安看见一个身材高大、长着红色鬈发、奶油色皮肤和又黑又硬的眉毛的小伙子,正迟疑不决地向他们走来。他顿时便气炸了。"这家伙到这儿来干什么?"他不解地想着,"基加尔很清楚我是容不得犹太人的!"他立即转过身去,匆匆走开以免互相介绍。"那个犹太人是谁?"过了一会儿他问皮埃蕾特。"那是韦尔,他是高等商业专科学校的学生。我弟弟是在练剑室认识他的。""我讨厌犹太人,"吕西安说。皮埃蕾特莞尔一笑。

"他倒是个好小伙子,"她说,"你带我到冷餐桌前去吧。"吕西安拿了一杯香槟酒,但是随即又马上把它放下,因为他正好和基加尔和韦尔打了个照面。他怒火中烧地盯着基加尔看,然后便转身要走开。但是皮埃蕾特抓住了他的胳膊,于是基加尔大大方方地上前来搭话。"这是我的朋友弗勒里耶,这是我的朋友韦尔,"他很自然地说道,"好了,我给你们已经介绍完毕。"韦尔伸出了手,吕西安非常不高兴。幸而他突然想起了德贝罗的话:"不然,弗勒里耶准把那个犹太人扔到河里去了。"于是,他把双手插入口袋,转过身去走开了。"我再也不上这个人家里来了。"他一面要回外衣一面这样想道。他感到了一种苦涩的骄傲。"这就是坚持己见的结果,简直无法在社会中生活了。"但是到了街头,他的这种傲气便渐渐消融了,吕西安变得忧心忡忡。"基加尔一定会很生气!"他摇摇头,试图坚定地对自己说:"他既然邀请了我,就没有权利再邀请犹太人!"但是他的怒气消了。他很不自在地想起了刚才韦尔伸着手时惊愕的神情,于是不由得想和解了。"皮埃蕾特一定会认为我是个没有教养的人。我应该握住那只手。无论如何这于我毫无损失。冷冷地打个招呼,随即便分手。这就是我该做的。"他在考虑是否还来得及回到基加尔家里去。他可以走近韦尔,对他说:"请原谅,刚才我不大舒服。"他可以和他握手,友好地交谈几句。可是不行,已经为时过晚,他的这一举动其影响是无法挽回的。他怒气冲冲地想:"我有什么必要把自己的主张告诉那些不能理解的人呢!"他不耐烦地耸了耸肩,觉得真是一场灾难。与此同时,基加尔和皮埃蕾特正在评论他的行为。基加尔说:"他完全疯了!"吕西安握紧拳头。"哦!"他失望地想道,"我真恨他们!我非常恨那些犹太人!"他试图从对这种深仇大恨的沉思中汲取一点力量。但是这种仇恨情绪在他眼皮底下烟消云散了。他徒劳地想到那个收取了德国佬的钱财并且憎恨法国人的莱昂·勃吕姆。他身上有的只是沮丧和冷漠。吕西安幸运地在莫德家里找到了她。他对她说很爱她,并且疯狂地占有了她好几次。"一切都完了,"他想,"我永远都不会成为一个人物。""别,别!"莫德说,"别这样,我的宝贝,不要这样,这是不可以的!"莫德最终还是任他为所欲为了。吕西安要吻遍她的全身。他觉得自己很幼稚,并且有点反常,他真想哭。

第二天早上在学校里,吕西安看见基加尔时不由得心里一紧。基加尔的脸色阴沉,佯装没有看见他。吕西安狂怒不已,无法克制自己。"坏蛋!"他想,"坏蛋!"课后,基加尔脸色铁青地向他走来。"他要是对我发脾气,"吓坏了的吕西安想,"我就捆他几个耳光。"他们相持了一阵,每个人都看着自己的鞋尖。最后,基加尔嗓音沙哑地说:"老兄,原谅我,我不该那样对待你。"吕西安跳了起来,不信任地望着他。但是基加尔结结巴巴地接着说道:"你知道,我是在练剑室里遇到他的。于是我就想……我们一起参加击剑比赛,他请我到他家里去过。但是我明白,你知道,我不应该的,我也不知道为什么会弄成这样。但是当我写请柬时,我不假思索就……"吕西安始终一语不发,因为他说不出话来。但是他打算宽容了。基加尔低着头继续说:"得了,就算我干了一件蠢事……""傻蛋,"吕西安拍着他肩膀说,"我知道你不是故意的。"他慷慨大度地说,"再说,我也有不对的地方。我那副德行像个没有教养的人。但是有什么办法呢,我也控制不住自己。我不能碰他们,这是生理上的原因。我总觉得他们的手上长着鳞片。皮埃蕾特说什么了?""她狂笑不已。"基加尔可怜兮兮地说。"那个家伙呢?""他明白了。我尽可能地做了解释,但是一刻钟以后他也找了个台阶自己下了。"他一直很窘迫,又补充道,"我父母说你做得对。当你有自己的信念时,你只能这样做。"吕西安品尝了"信念"这个词的滋味。他真想把基加尔拥抱在自己的怀里。"这没什么,老兄,"他说,"既然我们是好朋友,这就无所谓了。"他异常兴奋地顺着米迦勒大道而下。他觉得自己不再是自己了。

他自言自语:"真奇怪,我不再是我了,我再也认不出自己了!"天气很暖和,人们在街上闲逛,脸上露出了春天带来的惊喜和初次笑容。吕西安如同一块坚硬的钢铁钻入这柔软的人群。他想:"这已经不是我了。"昨天我还是一只和费罗尔的蟋蟀一样的鼓鼓的大昆虫。如今吕西安觉得自己像精密的计时器一样干净、清晰。他走进泉水酒吧,要了一杯佩尔诺酒。小团体的伙伴们从不光顾泉水酒吧,因为此地麇集着来自地中海地区的外国佬。但是那一天,那些外国佬和犹太人都没有烦扰吕西安。在这个如同随风微微作响的燕麦田的黄褐色皮肤的人群中,他觉得自己非同寻常,而且样子十分可怕,如同斜靠在长椅上的一座耀眼的巨钟。他饶有兴趣地认出了一个矮小的犹太人。上学期他曾被爱国青年联盟的人在法学院的走廊里痛打了一顿。那个胖小鬼一副若有所思的样子,身上并没有留下挨揍的痕迹。他大概在相当长的时间里伤痕累累,后来才恢复了原形。但是他身上表现出一种对淫威的屈从。

此时,他的样子很高兴。他舒舒服服地打着呵欠。一束阳光刺痒了他的鼻孔。他搔了搔鼻子笑了。那是笑吗?倒不如说是产生于外面大厅某个角落而前来终结于他嘴上的一次小小的振荡。所有这些外国佬都在深暗和沉重的水里漂流,波浪摇撼着他们柔软的肌体,抬起他们的胳膊,拍打着他们的手指,并且和他们的嘴唇嬉戏。这些可怜的家伙!吕西安对他们不由得生起恻隐之心。他们到法国来干什么?是什么样的海浪把他们带到此地的?尽管他们在圣米迦勒大道的高档时装店里购置了时髦服装,那也是徒劳。他们并不比水母更好看。吕西安想,他不是水母,也不属于这群低三下四的家伙。他想:"我是居高临下地看他们!"后来,他突然忘记了泉水酒吧和外国佬。他只看见一个后背,一个宽阔的肌肉拱起的后背,它正在用一种平静的气魄离去,无情地消失在雾气中。他还看见了基加尔。基加尔脸色苍白,也在盯着这个后背看。他对看不见的皮埃蕾特说:"得了!就当我干了一件蠢事!……"吕西安狂喜不已,因为这个强壮和孤独的后背正是他的!这个场面是昨天发生的。有好一阵,他竭尽全力使自己变成了基加尔。他用基加尔的双眼看着自己的后背,他在自己面前体验到了基加尔的屈辱,并且觉得既高兴又害怕。"这对他们是一次教训!"他想。背景变了:这是未来,发生在皮埃蕾特的小客厅里。皮埃蕾特和基加尔神色不大自然地正指着一份需要邀请的宾客名单上的一个名字。吕西安不在场,但是他的威慑力在他们的身上起作用。基加尔说:"不!别请他!跟吕西安在一起会闹出事来的。吕西安是容不得犹太人的!"吕西安又细细地思量了一番,他想:"吕西安就是我!是一个容不得犹太人的家伙。"这句话他已经说过多次,但是今天却不同往常,完全不同。当然,从表面上看这是一个简单的事实,如同说:"吕西安不喜欢牡蛎"或"吕西安喜欢跳舞"。但是千万别误解,对跳舞的爱好,也许在那小个子犹太人身上也能发现,这并不比水母的一次颤动更有意义。只需看一眼那个可恶的犹太人便能明白,他的全部好恶都如同他的气味和皮肤的光泽一样紧紧地附在他的身上;而且像他那沉重的眼皮的上下眨动和令人厌恶的贪婪微笑一样和他一起消失。但是吕西安的反犹太主义属于另外一种。这是一种十足无情的反犹太主义,它如同一把锋利的钢刀从他手上冒出来,直刺别人的胸膛。"这种事,"他想,"很是……很是神圣!"他想起小时候母亲有时用一种特别的口气对他说:"爸爸在书房办公呢。"这句话仿佛是宗教格言,忽然间赋予他一大堆宗教义务,例如不可以玩他的卡宾气枪,不能高喊"塔拉嘣"。他在走廊里必须踮着脚尖走路,如同在大教堂里一样。"如今,该轮到我了。"他满意地想道。人们只要悄声地说:"吕西安不喜欢犹太人,"于是大家都会吓瘫了,仿佛四肢都被大量痛苦的短箭刺透了。他动情地想:"基加尔和皮埃蕾特都还是孩子呢。"他们曾犯了弥天大罪,但是只需吕西安略施淫威,他们便后悔不已,他们就得低声地说话,并且踮着脚尖走路。

吕西安再一次对自己充满了敬意。但是这一次他不再需要借用基加尔的眼睛了。他令人尊敬地出现在自己的眼面前。他这双慧眼终于穿透了他的肉体、好恶、习惯与性情的外壳。"在我寻找自我的地方,"他想,"我不能找到自我。"他真心诚意地、仔仔细细地把一切属于自我的东西都搜集在一起。"可是如果我只应该是目前这个样子,那么我和这个小犹太人也相差无几了。"在黏膜深处如此这般地搜索,除了肉体的伤痛、关于平等的可耻谎言以及混乱之外,还能发现什么呢?"第一句箴言,"吕西安想,"是别想在自己身上发现什么,没有比这个更危险的错误了。"真正的吕西安——他现在知道了——需要在别人的眼光里,在皮埃蕾特和基加尔胆怯的顺从里,在所有那些为了他而成长壮大的人们,那些今后会成为他手下工人的学徒以及有朝一日他会当上他们市长的大大小小费罗尔人的充满希望的期待之中去寻找。吕西安几乎害怕了,因为他几乎觉得自己个子太高了。有多少人都携着武器在等着他。而他呢,目前和将来永远都是别人的这种无限期待。"一个头头就应该是这样的。"他想。于是,他仿佛又见到了肌肉发达、拱起的后背,随后立即又见到了一座大教堂。他就在教堂里,在通过窗玻璃射入的缕缕光线中小心翼翼地漫步。"不过,这一次我就是大教堂!"他目光死死地盯住身旁那个浅棕色皮肤、个子高高像一支雪茄的古巴人。必须找到适当的词语来表达他这个了不起的发现。他慢慢地,小心谨慎地把手举到额前,如同拿着一支点燃的蜡烛,随后他庄严地冥思苦想了一番,那些词语便脱口而出了。他喃喃说道:"我有权!"权!这是像三角和圆那样的东西。它们是那样完美,因此实际上并不存在。人们徒劳地用圆规画出了成千上万个圆,但是仍然画不出一个圆周。一代又一代的工人将谨小慎微地听从吕西安的命令,然而他们却不能使吕西安的这种指挥权枯竭。权在存在之外,如同数学对象或宗教信条。而吕西安恰恰就是这样,他集一大堆责任和权利于一身。曾经有很长时间,他认为自己偶然地,漂泊不定地存在于世上。但那是因为缺乏认真思考的缘故。早在他出生之前,他已在光天化日之下定位于费罗尔。甚至在他父亲结婚以前,人们已经在期待着他的降临。他之所以来到这人世,那是为了占据这个位置。"我存在,"他想,"乃是因为我有权利存在。"可是,可能是生平第一次,他对自己的命运做了闪电般的辉煌的想象。他或早或晚(而且这毫无意义)将被国立高等工艺学校录取。那么,他将会摆脱莫德(如果她总想跟他睡觉,这很腻人。他们俩融合在一起的肉体在这初春的灼热中散发出一种有点烧焦的白葡萄酒烩肉的味道。"再说,莫德属于大家,今天她跟我在一起,明天她会跟另一个人,这一切都毫无意义。")。他将去费罗尔定居。在法国的某个地方,有一位像皮埃蕾特那样的姑娘,一位为他保持着贞洁,眼睛鼓鼓的外省女子。她有时试图想象其未来的主人,那个既可怕又温柔的男人。但是她没有成功。她是一位处女,并且在内心深处承认吕西安有独占她的权利。他将娶她,她将成为他的妻子。这是他最富于温情的权利。晚上。当她以庄重而细小的动作宽衣解带时,仿佛是一种献身。他在大家的赞同下把她搂在怀里,他将对她说:"你是属于我的!"她要向他展示的,她有责任仅仅向他展示。而做爱对于他来说则是能带来快感的对自己财富的一种清理。这是他最富于温情的权利,也是最隐秘的权利。这是直到肉体都被人尊敬的权利,在床笫被人服从的权利。"我将趁年轻就结婚。"他想。他还想将会有很多孩子。随后他又想到了父亲的事业。他迫不及待地想接父亲的班,并且在思忖弗勒里耶先生是否不久便会去世。

挂钟敲响了十二点整。吕西安站了起来。他终于完成了嬗变。在这家咖啡馆里,一小时以前走进来一名举止文雅、犹豫不决的青年人,现在走出去的是一名成熟的男子汉,是法国人当中的一位企业主。吕西安在法兰西某个早晨荣耀的光辉沐浴下走了几步。在学校街和圣米迦勒大道的拐角处,他走向一家文具店,照了照镜子。他很想在自己的脸上找到他十分欣赏的勒莫尔当那种拒人于千里之外的神情。但是镜子折射出来的却是一个漂亮而固执的小脸蛋,还不算十分可怕。"我要开始蓄须了。"他作了决定。